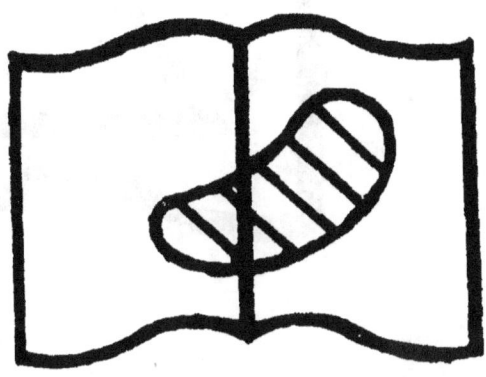

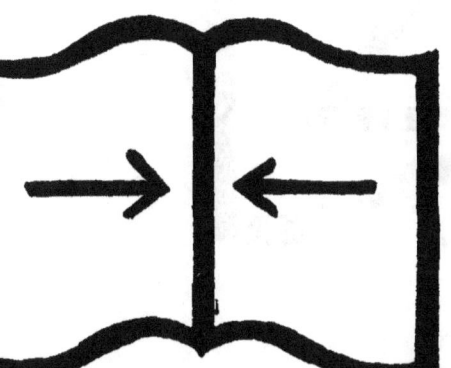

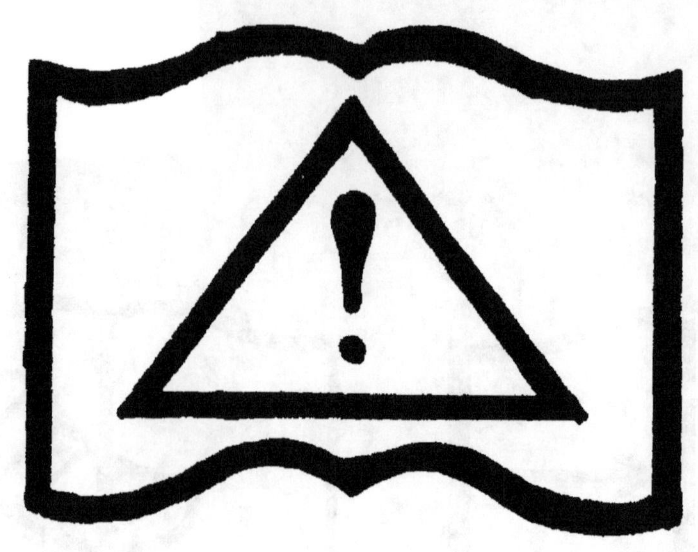

LES COUV. SUP. ET INF. SONT RELIEES
A LA FIN DU VOLUME

DU N° 2
AU N° 16

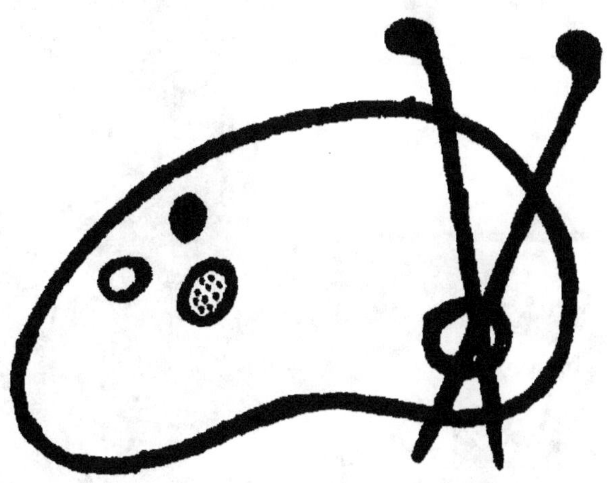

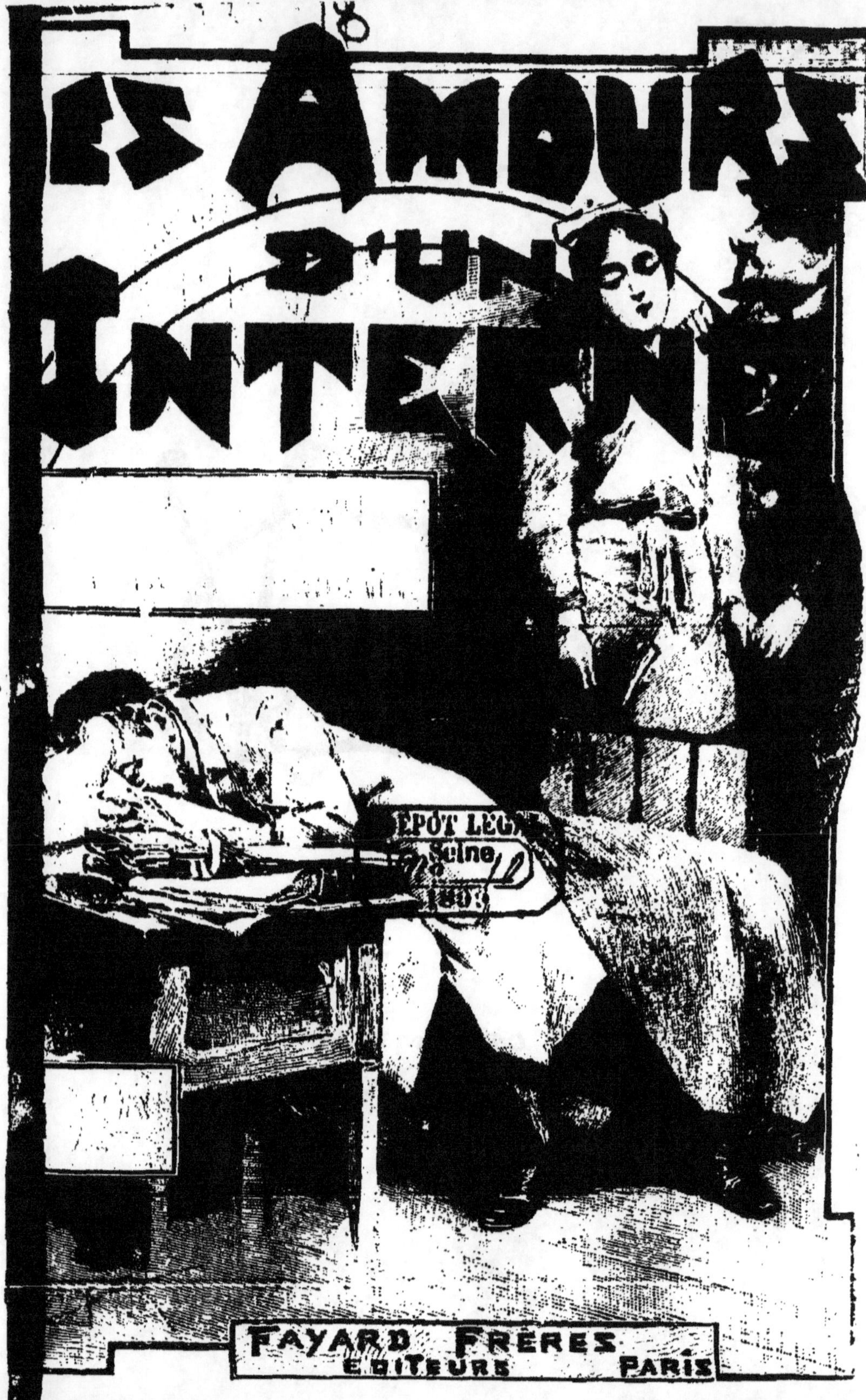
ES AMOURS
D'UN
INTERNE
DÉPOT LÉGAL
Seine
FAYARD FRÈRES
ÉDITEURS PARIS

PARIS. — IMP. MICHELS ET FILS.

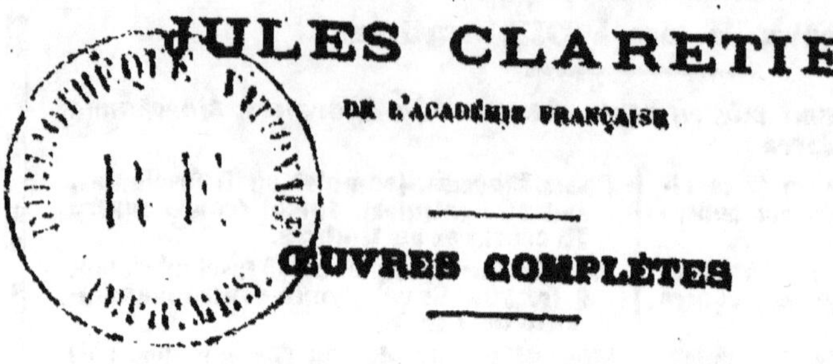

JULES CLARETIE

DE L'ACADÉMIE FRANÇAISE

ŒUVRES COMPLÈTES

# LES AMOURS D'UN INTERNE

## PRÉFACE

On trouvera, étudiée dans ce volume — et pour la première fois par un romancier — une des formes les plus étranges de la grande maladie du siècle.

C'est ici un livre de vérité, de vérité âpre, aussi peu voilée que dans un mémoire scientifique. J'ai marché, comme dit Wordsworth, sur le *solide terrain de la nature*.

Rien de plus fréquent, dans notre société moderne, que ces névroses bizarres qui produisent soit les affolées du monde ou du théâtre, soit les exaltées de la politique et des réunions populaires : les déséquilibrées du foyer ou de la place publique. L'hystérie est un peu partout à l'heure où nous sommes : tantôt elle s'affirme, exaltée, du haut d'une tribune; tantôt elle griffonne, on ne sait où, quelque lettre anonyme. Nous avons vu cela, nous le voyons tous les jours encore. Il appartenait donc au romancier d'étudier, après les savants, ces manifestations inquiétantes, attirantes aussi, et ces cas bizarres.

Je l'ai fait en toute sincérité, mais en dégageant de la réalité littérale ce souffle de rêve qui est comme la brise de ce monde.

Jusque dans le milieu le plus rempli d'épouvante et de dégoût, j'ai rencontré l'éternelle poésie qui console et qui transfigure ; — et si, sur mon chemin, j'ai trouvé le ruisseau qui coule entre deux murs d'hôpital, j'y ai vu s'y mirer quelque chose d'*au delà* : les dévouements, les charités, les vertus, comme dans un marais où se réfléchiraient des étoiles.

JULES CLARETIE.

1er Mars 1881.

# LES AMOURS D'UN INTERNE

## I

### PARTIE DE CAMPAGNE

— *Viroflay! Viroflay!*

Le train s'arrêta, et, sur le quai de débarquement de la petite gare, des jeunes gens sautèrent lestement, les jolies filles en robes claires s'aidant des mains qu'on leur tendait et riant en posant le bout du pied sur le sable.

Au bas du remblai, le village montrait ses toits rouges. Des collines vertes, çà et là trouées de murailles blanches, formaient au delà des prés un horizon d'arbres; et, sur ce coquet coin de terre, un soleil de juin, aussi doux qu'un rayon d'avril, laissait tomber sa chaleur saine, du haut d'un ciel lumineux, corrégien, d'un bleu tendre.

Aux portières des wagons, des têtes souriantes, les unes railleuses, les autres mélancoliques, avec des regards d'envie ou de pitié, des ressouvenirs de jeunesse ou des espérances déçues, contemplaient ces trois couples qui faisaient, sur le quai, comme un bruit argentin de grelots, et dont les lèvres, les narines, les yeux, les pores aspiraient, buvaient le grand air, plein pour eux des griseries de la vingtième année.

— Des jeunes gens qui s'amusent!

— Des étudiants en gaieté!

— Des écervelés!

— Des fous!

— Des sages! grommela entre ses dents un homme d'une quarantaine d'années, mais usé, flétri, traînant la jambe, et qui descendait derrière les jeunes gens.

Il avait entendu ce qu'on disait de ses compagnons, et il répondait tout bas, en haussant les épaules :

— Des sages! au contraire, pu' qu'ils ont des cheveux, et qu'ils les secouent à ce vent atanier; des dents, et qu'ils vont croquer les fruits dou..... Ah! des dents à casser tous les noyaux... quitte à faire la grimace après, en trouvant l'amertume de l'amande au bout du compte!

Le sifflet de la machine déchirant en deux les propos des philosophes plus ou moins jaloux penchés aux portières, coupa net réflexions et dialogues, et le train fila lestement sur Versailles, la locomotive jetant au ciel bleu, avec des bruits rauques, son haleine de fumée, et les jeunes gens restés sur le quai, pour voir s'enfuir les wagons, saluaient, de loin, en riant toujours, les voyageurs curieux qui les regardaient encore, tandis que des mouchoirs blancs s'agitaient gaiement aux petites mains des jeunes filles.

— Adieu!

— Au revoir!

— Bon voyage!

— Bien des choses à Trianon!

— Bah! Trianon est mort! Vive Viroflay!

— Salut, Viroflay!

— Vos billets? demanda l'homme en casquette planté devant la barrière.

— Histoire de nous rappeler au sentiment de la réalité, dit le plus âgé des compagnons qui, de sa jambe traînante, avait rejoint ses camarades.

Les six jeunes gens, comme pour railler sa lenteur forcée, descendirent en courant la petite pente rapide menant à l'aqueduc qui s'ouvre hardiment sur le Haut-Viroflay, avec des brindilles d'herbes tombantes comme une cascade de lierre sur une ruine romaine.

Lui, philosophiquement, alluma sa pipe, et, doucement, marcha derrière.

Les jeunes filles couraient en avant, heureuses, avides d'espace et de grand air, avec des ardeurs de chevreaux échappés à travers les pousses fraîches. Une des trois cependant marchait lentement, d'un pas attristé, tournant la tête parfois pour regarder celui des trois jeunes hommes qui se rapprochait, au contraire, le plus près des fillettes échappées.

Il était le plus haut de taille, et ses deux amis, le suivant à quelques pas, semblaient tout naturellement, comme d'instinct, lui faire cortège. Maigre, élancé, il les dominait de sa belle tête blonde, hardie, avec cet éclair dans les yeux qui est comme le coup de foudre magnétique fait pour dompter la destinée. Ses yeux bleus avaient, en se fixant sur les choses, sur cet horizon de collines, sur le village aperçu dans le fond du chemin, une ardeur singulière, un appétit de bataille; puis, en se reportant sur la jeune fille, dont le visage souvent se retournait vers le sien, ils s'adoucissaient tout à coup, se changeaient en un regard d'enfant câlin, un peu hypocrite peut-être, après ce coup d'œil impératif d'homme résolu.

— Savez-vous, Combette, lui dit en se rapprochant et en lui prenant le bras, un de ses compagnons, joli garçon, roux, au teint clair, avec une moustache retroussée de reître sur des lèvres rouges de buveur et d'amoureux — un type heureux de ces beaux gars frais et roses groupés par les peintres flamands autour des larges tables des kermesses — Combette, mon ami, savez-vous qu'à elles trois ces jolies filles qui sont là,

... Aimables compagnonnes,
Perles, femmes, houris, anges, amours, trognonnes,

représentent à peine un peu plus d'un demi-siècle? Parole! En additionnant leurs âges respectifs — et respectables, puisqu'ils sont minces — elles ne formeraient pas, je parie, le total d'un sexagénaire : cinquante-cinq ans à elles trois! C'est assez coquet, et je ne m'étonne point qu'elles laissent le vent leur dénouer un peu les cheveux. Les fausses nattes ne tomberont pas!

— Cinquante-cinq ans? demanda le plus petit des trois, gentil jeune homme au sourire fin, la voix douce, hésitante, la lèvre presque imberbe, un de ces êtres qui ont dû être souvent fouettés étant tout petits, et qui, jusqu'à la soixantaine, ont toujours l'air de sentir le vent du martinet. — Comment additionnes-tu ces cinquante-cinq ans-là, Pedro?

Le bon gros garçon, avec son nom espagnolisé, regarda le petit bonhomme d'un air de pitié attendrie :

— Sais-tu compter, Finet? Quel âge a Lolo?

— Léonie? répondit Finet.

Son visage devint tout rouge, et, machinalement, son regard se porta de loin vers une grande fille brune marchant là-bas, la première, en frappant de son ombrelle les frondaisons des haies, sur le chemin de la Saussaie qui va vers les bois.

— Léonie? Elle a dix-huit ans.

— Bon. Et Mathilde, dites donc, Combette?

— Vingt ans!

— Ci : Trente-huit ans à elles deux! Quant à Manon, quoique je ne lui aie jamais demandé son âge, j'ai bien le droit de la gratifier de dix-sept printemps. Si elle les a, c'est le bout du monde, et sa raison, son entendement, son concept, ce que vous voudrez, atteint à peine celui d'une gamine de six ans. Ah! la linotte! En tout donc, les cinquante-cinq ans demandés, mon petit Finet! Et regarde-moi ça! Un trio un peu choisi! Lolo, forte brune, belle comme un vrai modèle romain! Est-elle assez bien campée! A chaque pas qu'elle fait, on jurerait que sa robe blanche va craquer. Quelle santé! Quelle femme! Une statue! Tu n'as pas besoin de rougir pour ça, petite rosière de Finet. Je t'en fais mon compliment, au contraire. Tu peux te flatter d'être aimé par une belle fille! — Et Manon, est-elle assez bien prise, cette petite Parisienne, mince, frêle, folle, preste comme un moucheron, et aussi bête et aussi têtue qu'une mouche. C'est même peut-être pour cette dernière qualité que je l'adore! Quant à Mathilde...

Pedro, qui riait, parlant tout haut, sur le chemin comme s'il eût voulu que les fillettes l'entendissent, s'arrêta tout à coup, après avoir prononcé ce nom, et dit à Combette :

— Au fait, dites-moi... eh! Paul... Mathilde, vous ne trouvez pas?...

— Quoi?

— Un peu d'anémie, hein, Mathilde? Le sang appauvri. Déglobulisée!

— Ah! les globules! dit Finet. Bien peu de gens en ont maintenant. Le fer s'en va des veines contemporaines. Le monde périra par là!

Pedro haussa légèrement les épaules, donna doucement à Finet, qui s'approchait, une petite tape sur le derrière de la tête, et lui dit gaiement :

— Toi, petiot, si tu deviens jamais professeur à la Faculté, ce que je te souhaite, tu enseigneras que l'univers est en train de s'en aller d'un tas de maladies épouvantables, alcoolisme, nervosisme, anémie, et que la médecine, très capable de constater cet état de choses, est absolument désarmée lorsqu'il s'agit d'y porter remède!

— Dédame! fit naïvement Finet qui se reculait un peu sur le chemin, comme s'il eût redouté les amitiés du gros Flamand.

Pedro était d'ailleurs devenu sérieux brusquement lorsque Combette, dont les yeux clairs semblaient anxieux, lui demanda avec une expression de voix angoissée :

— N'est-ce pas? Elle vous inquiète aussi, vous, Mathilde?

Pedro s'arrêta un moment au milieu du chemin.

— C'est une fille qui a dû souffrir étant petite. Système nerveux trop développé. Pas de sang, des nerfs. Ce diable de Finet n'a pas tout à fait tort avec son pessimisme. L'anémie est la grande maladie contemporaine.

Combette essaya de rire.

— Vous autres médecins, dit-il, vous voyez des malades partout.

— Comme vous autres peintres, vous apercevez partout des *motifs*. Chacun sa partie. Les arbres, ce sont vos *sujets*, Combette. Les malades, ce sont mes paysages.

— Alors, Mathilde?...

— Regardez-la. Cheveux d'un blond paille, jolie à ravir, je vous l'accorde; la peau blanche, les yeux du bleu de ce ciel-là, mais quelque chose de bizarre et d'inquiétant dans l'expression. Beaucoup de douceur et cependant une énergie maladive, capable d'être surexcitée par des émotions quelconques. Georges Vilandry, mon interne, vous la classerait carrément parmi les hystériques.

Combette s'était mis à rire.

— Un joli toqué, votre Vilandry! Il serait capable, en

rencontrant une femme, de lui proposer de la magnétiser, ou de l'hypnotiser, comme vous dites, avec vos mots de l'autre monde. Savez-vous qui il me rappelle, votre Vilandry?

— Non, je ne sais pas.

— Thomas Diafoirus proposant à sa fiancée une partie de dissection. Diable d'homme, ce Molière. Il avait deviné Vilandry et tous les Vilandrys de la terre.

— Ne vous moquez pas de Vilandry, fit l'étudiant qui parla tout de suite très sérieusement. C'est un des hommes les plus remarquables de notre génération. Savant, à vingt-sept ans, comme un bénédictin de soixante-dix. Pas du tout ennuyeux pour ça, ni pédant ni poseur. Un interne qui fera honneur à M. Fargeas, notre maître.

— Le docteur Fargeas est un homme, répondit Combette. C'est un malin entre les malins. Mais votre Vilandry, je ne lui confierais pas mon petit doigt. Il a l'air gauche...

— Pensif, ce qui n'est pas la même chose!

— Enfin, il me semble que s'il avait à me couper les ongles, il raterait l'opération. Voilà!

— Vous ne l'aimez pas, vous, Combette.

— Est-ce que ça se voit? demanda le jeune homme d'un ton railleur; et dans ses yeux clairs une lueur électrique avait passé comme une étincelle d'orage.

— Qu'est-ce que Vilandry vous a fait?

— Oh rien! je le connais peu d'ailleurs. Mais quand vous me faites l'amitié de m'inviter à dîner à la salle de garde, il a l'air toujours vexé comme un baudet. Ce n'est pas ma faute si mes façons de rapin ne conviennent pas à Sa Dignité Monseigneur votre Interne!

— Quand vous le connaîtrez mieux, dit l'étudiant, vous ferez comme les autres, vous l'aimerez et le respecterez. On peut dire de lui ce que vous disiez de M. Fargeas : c'est un homme!

— *Amen!* fit Combette.

On était arrivé au haut du chemin, sur la lisière des futaies qui mènent au bois des Fausses-Reposes. Les fillettes toutes rouges de chaleur sous leurs ombrelles de percale, s'arrêtaient, cherchaient leur chemin et regardaient curieusement les herbes de la route, un champ de froment tout vert, piqué de coquelicots, qui grimpait sur le coteau à gauche, et devant elles, auprès d'un champ d'avoine drue, coupé par un carré de choux, un potager où des fruits verts se montraient déjà au bout des branches.

Manon et Lolo poussaient de petits cris joyeux, des pépiements de passereaux échappés et elles répétaient gaiement que ça sentait bon la campagne. Elles demandaient, en regardant osciller les épis d'un vert tendre sur des tiges qui semblaient bleues, ce que c'était que ces graines jaunes dans leur enveloppe verte.

— On dirait un écrin.

Et doucement Mathilde, qui souriait quoique toujours un peu triste, leur expliquait que c'était du blé.

— Avec quoi l'on fait du pain? demandait la grande Lolo, surprise.

— Une occasion pour s'établir boulangère, ma fille, répondit le petit Finet de sa voix doucement flûtée.

Lolo haussa les épaules.

— Je ne serais pas la boulangère aux écus, toujours! — Et ça, là-bas, tu dis que c'est des choux, Mathilde? J'aurais cru que c'était en zinc, moi, parole. C'est bleu, ça reluit, c'est comme en métal!

— Sainte ignorance parisienne! dit Combette qui s'approchait avec Pedro.

— Voyons, dit-il, qui connait le chemin ici?

— Mongobert, parbleu! Il connait tout! répondit celle des jeunes filles que Pedro appelait Manon.

L'homme qui, péniblement, fumait sa pipe en grimpant, de son pas traînant, le chemin de la Saussaie, s'approcha lentement du groupe hésitant et qui ne savait où aller.

— Droit devant vous, dit-il. A gauche, vous iriez à Versailles; à droite, à Ville-d'Avray. Les Fausses-Reposes sont devant vous.

— Un drôle de nom pour qui compte bien s'asseoir! grommelait Finet, toujours très doux.

Mongobert désignait, tout juste en face du chemin, un petit sentier à peine tracé dans l'herbe haute et le taillis, avec une voûte épaisse d'arbres, des entre-lacs et des embrassements de branches, et, vidant sur l'ongle de son pouce la cendre de tabac de sa pipe :

— Allez, dit-il simplement.

— Là?

— Là!

— Mais c'est un fourré, une impasse, un buisson, un cul-de-sac en plein bois!

Tout ce jeune monde se mit à rire; les ombrelles se fermèrent, les jupes furent retroussées, les petits pieds se risquèrent dans l'étroit sentier; les joues devinrent un peu plus fraîches, fouettées par les branchettes, caressées par les feuilles, sous le dôme vert des noisetiers et des chênes. On alla un par un à travers bois, la grande Lolo ouvrant la marche, avec ses beaux cheveux noirs dénoués et entraînant dans leur chute leur peigne dont les dents mordaient mal ce ruissellement de soie.

Parfois la belle fille disparaissait au détour du sentier, comme perdue dans les arbres, et Mongobert, qui venait le dernier, regardait cette file de jeunes gens et de *jeunesses*, comme il disait, riant dans l'ombre verte des arbres où, tout à côté, les oiseaux chantaient en voletant sous les branches.

— Ça s'appelle une idylle, grommelait-il. Premier acte d'un mélodrame banal qui finit souvent à l'hôpital comme il commence! Et ça sera comme ça tant qu'il y aura des carabins, des fillettes et des feuilles! Diable! c'est humide là-dessous, et si ça émoustille leurs amours, ça réveille mes rhumatismes! Dépêchez-vous, Lolo, Manon, eh! là-bas devant! Les bois sont frais même au 15 juin! Ou peut-être est-ce que les étés semblent plus froids à mesure qu'on vieillit!

Il y avait autour du sentier un carrefour, une clairière. Finet et Pedro cherchaient, comme des témoins en quête d'un lieu de rencontre, un endroit où s'installer pour déjeuner. Oui, déjeuner sur l'herbe, en Parisiens de Paris, en étudiants de Paul de Kock, en grisettes du bon vieux temps, comme si le temps même des grisettes n'eût pas été défunt depuis belle lurette. Déjeuner sous les feuilles vertes, avec le ciel pour plafond, une pelouse pour tapis, des mouchoirs pour serviettes, et, pour fourchettes, les dix doigts, les fourchettes du père Adam.

— Mes enfants, dit Mongobert, en s'arrêtant un peu essoufflé, je vous ai promis une surprise. Voici la surprise annoncée!

Il approcha de sa moustache ses mains réunies en forme de conque, et il héla d'une voix forte quelqu'un d'invisible, qu'il appelait sur le ton des compagnons maçons avertissant *la coterie :*

— Eh ! Carmine !

— Carmine ! répéta la forte Lolo, d'une belle voix de contralto qui monta, comme une chanson, dans les grands arbres.

— Carmine ! Carmine ! dirent après elle les jeunes gens en gaieté, ne comprenant pas trop ce que Mongobert voulait dire.

— Carmine ! Carmine !

— J'y vais de confiance ! fit Combette, mais qu'est-ce que Carmine, dites-moi, Mongobert?

— Carmine? répliqua Mongobert du ton calme d'un homme qui sait où il va.

Il montra un gamin de dix à douze ans, qui, au bout d'un chemin, arrivait, traînant un énorme panier jaune, et il ajouta :

— Le Carmine demandé : voilà !

C'était le jeune garçon d'un hôtelier du village, prévenu la veille par Mongobert qui tenait à ce coup de théâtre : la nourriture apparaissant à l'heure dite, dans un cadre de verdure.

— Potemkin, ajouta Mongobert, ne réservait pas, j'espère, de surprises plus agréables à la czarine. D'autant plus que les poulets apportés par le jeune Carmine ne sont pas en carton comme les palais de l'autre.

— Potemkin? murmurait Manon étonnée. Où prenez-vous Potemkin, Mongobert?

— Ne fais pas attention, dit Pedro. C'est un endroit que tu ne connais pas.

Tout essoufflé, le petit Carmine s'approchait, et déposait son panier au pied d'un talus, l'ouvrant, et arrangeant les provisions qu'il apportait, sur les nodosités du tronc d'un chêne énorme, pareilles à des figurations de montagnes sur les grandes cartes en relief. L'enfant, avec de beaux yeux bleus intelligents et un petit sourire malin allumé dans sa figure rose de blond garçonnet, regardait l'effet produit sur « ces Parisiens », par la vue des bouteilles de vin et de cidre, des poulets froids enveloppés dans des serviettes blanches, des œufs durs pliés dans des journaux, du pâté doré, bronzé, des grosses fraises rouges posées sur des feuilles, et, dans un panier plus petit, des cerises cueillies le matin, et qui luisaient, toutes fraîches. On saluait d'acclamations ces *boustifailles*, comme les appelait Lolo, à mesure que le petit Carmine les tirait, avec une certaine habileté de mise en scène, les étalant sur l'Utrecht des mousses, plaçant les cerises près des bruyères roses et les oranges à côté des clochettes jaunes.

Paul Combette lui disait en lui tapant sur la nuque :

— Tu as le sentiment de la couleur, toi, gamin ! Tu feras un peintre !

Les fillettes applaudissaient, déclaraient que Mongobert était un grand homme.

— Je ne disais rien, répétait Lolo, mais je me demandais où l'on déjeunerait. Il faisait faim déjà ! Mongobert, vous êtes un ange !

— L'ange de la nourriture ! Et Carmine en est le chérubin.

— A table ! cria Mongobert.

— La table, la voilà, disait Pedro en montrant l'herbe verte.

Mathilde, de ses jolis yeux tristes, regardait devant elle, et, doucement, ajoutait :

— La jolie salle à manger ! On est bien ici !

Et, pendant que les autres s'asseyaient, s'allongeaient à terre, gaiement, contre les talus du carrefour, elle regardait ces bois qui s'étendaient à perte de vue au bas du coteau, comme si ce coin de terre, où l'on s'arrêtait, eût dominé tout le paysage.

— Où sommes-nous ? demanda-t-elle.

— Au carrefour de la Sablonnière, dit Mongobert. Dans le bois des Fausses-Reposes, ou Fosses-Reposes, comme tu voudras, ma fille !

— Et ça veut dire ? demanda Lolo, qui commençait à attaquer le pâté.

— Ah çà ! mais, Lolo ne cesse pas de nous poser des questions ! s'écria Finet. Est-ce que tu voudrais devenir savante, Lolo ? Passer des examens, publier une thèse ?

— Il est toujours à se moquer de moi, ce Charles ! dit la grande fille. Un être que j'emporterais sous mon bras, ma parole, plus facilement que le petit Carmine son panier !

— Essaie, dit Finet, très sérieusement, en la regardant bien en face, dans les yeux.

La grande Lolo devint un peu pâle.

— Oui, je te demande pardon, Finet ; mais laisse-moi déjeuner tranquille. Tu feras tes expériences après, si tu veux.

— Lolo a d'ailleurs le droit de demander ce que signifie ce nom de Fausses-Reposes, dit Mongobert. Mais le diable, c'est qu'on l'ignore. *Fosses-Reposes*, ça veut dire cimetière, si l'on veut. On a peut-être enterré des gens là où nous sommes.

— Etes-vous bête, Mongobert ! s'écria Manon.

— Est-ce qu'on dit de ces choses-là ?

— Ça coupe l'appétit.

— Je vous parle du temps des Romains ou des Carthaginois ! Il y a beau jour qu'ils n'ont plus mal aux dents. Fausses-Reposes peut aussi vouloir dire que ces bois-là, avec leurs vallonnements et leurs chemins qui n'en finissent plus, vous condamnent à marcher et à marcher toujours quand vous croyez en avoir fini. Fausses... Reposes.

— On est pourtant joliment bien, et c'est bon pour se reposer ici, répétait Mathilde, qui regardait tantôt Paul Combette et tantôt ces grands arbres aux pieds desquels on s'était assis.

Debout, le petit Carmine se tenait, une serviette sous le bras, gardant à la main une bouteille, tandis que les dents saines des fillettes mordaient hardiment au pain à demi rassis et que les lèvres buvaient aux gros verres du marchand de vins.

Un demi-cercle de talus enveloppait les dîneurs ; devant eux, un large chemin, tapissé de vert, descendait vers le bois. Ce chemin, bordé de grands arbres, s'enfonçait, par une rapide pente herbue, en pleine forêt, laissant voir, des deux côtés de son sol, zébré, moiré par l'ombre des chênes, une raie blanchéâcée dans le gramen par les roues et se perdant, à l'horizon, dans la masse profonde des arbres, aux tons verts, très différents, tendres, roussis, parfois foncés par plaques jusqu'à paraître noirs sous ce ciel clair où des nuages pommelés s'immobilisaient dans la lumière.

— Ça vous rendrait paysagiste si on ne l'était pas, disait Combette.

Au centre du carrefour, dans le sable fin, le vieux poteau de bois blanc, délavé et excorié par les pluies, se dressait avec ces lettres noires effacées : *Carrefour de la Sablonnière*, et là, au milieu des chemins en croix, sur ce sommet de coteau plongeant dans un fond de bois tranquille, sur la fine mousse étoilée des talus, à l'ombre de la chênaie haute, toute vibrante et chantante sous le vent léger, dans ce paysage isolé où des clairières s'apercevaient rougeâtres, coupées par des troncs blafards de bouleaux, minces comme des colonnettes blanches, ces échappés de Paris, mangeant sur l'herbe, et laissant emporter par le vent les papiers qui enveloppaient le jambon ou les fruits, s'amusaient, dans le pittoresque désordre des chapeaux de paille jetés à terre, des ombrelles traînant sur le gazon, des mantelets accrochés aux branches, et des jaunes mandarines, roulant dans l'herbe comme des *oronges* serties de gazon.

— Mes enfants, dit alors Mongobert, en se levant tout droit au milieu de ses compagnons demeurés assis — les lèvres penchées vers les lèvres, les mains embrassant les tailles fines, les regards quémandeurs appelant les coquetteries et les promesses des prunelles — mes enfants, je propose un toast à celui de nous qui a eu l'idée de cette débauche de poésie ! Avec un temps pareil, au 15 juin, par ce diable de soleil qui vous monte au nez comme de la moutarde, il faut être un homme sérieux comme notre ami Vilandry, espoir de la Salpêtrière, pour rester enfermé à l'hôpital ou à l'atelier. Moi, j'en avais assez de modeler des larynx et des reins en cire et de mouler des cerveaux en plâtre, et j'étais pris d'une fringale de campagne. Parole ! Déjeuner sur la mousse, voir les arbres couverts de feuilles bonnes à croquer comme des salades, et entendre Lolo, savante comme une encyclopédie, pousser des colles à un érudit comme Finet, c'était mon rêve. Pedro, mon ami, toi qui unis l'enjouement d'un étudiant de la bonne époque — une gaieté du *temps* — au sérieux d'un darwiniste distingué, Combette, mon cher, qui vous élancez dans la carrière du paysage, qu'ont illustrée Hobbema, Raphaël, Claude Lorrain et Salvator Rosa, vos maîtres, et, je ne crains pas de le dire, vos *rivaux*; Finet, habile à hypnotiser les femmes, vous tous, ici présents, vous aviez assez *potassé* vos bouquins, étudié les *cas* variés des salles d'hôpital, ou, selon vos métiers divers, barbouillé des toiles et usé des tubes de couleurs, vous aviez mérité bien le *campo!* La clef des champs était dans notre gousset; elle y était même à peu près seule — je le dis pendant que ces dames n'écoutent pas. — Qui vous a conseillé de secouer la poussière de vos souliers sur cette capitale qui a inventé l'opérette, élevé le reportage jusqu'à la hauteur d'un principe et l'art de la peinture jusqu'à celle d'une opération commerciale?

— C'est vous, Mongobert!...

— C'est toi! Vive Mongobert!

— A la santé de Mongobert!

— *Vivat, crescat, floreat* Mongobert, le plus habile des mouleurs pour musées chirurgicaux, collections particulières et autres!

— A la vôtre, Mongobert!

— Merci à vous, répondait, toujours debout, Mongobert vers qui les verres pleins de vin *de pays* se levaient en se heurtant avec de gais tintements de clochettes. — Eh bien! Combette, dit-il en s'adressant au grand jeune homme blond qui regardait une des trois jeunes femmes, Mathilde, avec une expression singulière de désir ardent. Vous ne trinquez pas, Combette? Et vous, Mathilde?

— Moi? Oh! moi, fit la jolie blonde, toute pâle, ne vous inquiétez pas de moi! Vous savez, je suis Mlle Trouble-Fête dans les jours comme ça où j'ai mes idées noires en tête!

— Allons donc! dit Pedro, avec son large rire de Flamand. De la mélancolie! Vilain fruit!

— Des diables bleus! ajoutait Manon. Des soupirs! Es-tu bête! Est-ce que M. Paul Combette se conduirait mal avec toi?

Mathilde regarda le jeune homme qui ne la quittait point des yeux et répondit très franchement, en levant les yeux sur ceux du peintre:

— Je sais bien qu'il m'aime, mais ce n'est pas ça! C'est un autre souci! Non...

Le petit Finet eut un sourire narquois, un sourire de clerc d'huissier de village, et dit de sa voix flûtée :

— Je parie que c'est la vieille Artémise, M^me^ Artémise Saint-Gervais, comme elle s'appelle, qui vous a fait pleurer encore, Mathilde. Ah ! la Saint-Gervais. En voilà une qui ne me va pas!

— Est-ce vrai, Mathilde? demanda Combette, qui se rapprochait de la jeune femme et lui prenait la main.

— Non, non, dit-elle. N'accusez personne, allez! La pauvre femme! Elle me fait souvent souffrir, c'est vrai, mais après tout, elle n'est peut-être pas méchante!

— On n'a jamais pu savoir, fit Mongobert en vidant son verre. C'est peut-être un ange qui mord?

— A ta place, dit encore Manon, comme je l'aurais plantée là depuis longtemps!

La petite blonde, avec son air de pauvrette triste, haussa les épaules et dit simplement.

— Est-ce que c'est possible?

Mongobert interrompit alors Mathilde avec sa brusquerie bonne enfant.

— Dieu me garde, dit-il, d'attenter aux lois de la morale! M. Prudhomme m'en voudrait trop! Je suis d'avis, absolument comme la chanson, qu'il faut laisser les roses aux rosiers et les enfants à leurs mères. Mais est-ce vraiment votre mère, votre grand'mère, votre cousine ou votre tante, cette femme-là? Qu'est-ce que c'est, au juste, voyons?

— C'est une femme qui m'a recueillie et élevée, moi, orpheline, répondit simplement Mathilde. Et, vous savez, quand elle est trop violente ou trop colère, je me révolte et je me dis : « Après tout, quoi! ce n'est pas ma parente. Je suis bien niaise de supporter... » Mais je réfléchis bientôt et j'ajoute : « Eh bien! quoi! c'est celle qui, bonne ou mauvaise, t'a en somme tenu lieu de mère et t'a empêchée de mourir de faim! » Et alors, je me résigne — et je reste.

— Allons! bon! dit Pedro, les souvenirs des jours sans pain! Pourquoi pas tout de suite pleurer dans votre vin bleu? Il est assez baptisé pourtant. Comment ton papa l'appelle-t-il ce vin-là, eh? jeune Carmine?

Tout rouge, l'enfant ne répondait pas et souriait, et Manon disait d'un ton profond, sous un air souriant :

— Mon pauvre Pedro, tristes ou gaies, tristes comme Mathilde ou folles comme moi, les filles comme nous ont toutes de ces souvenirs-là!

— Et qui sait? fit Mongobert, ce sont peut-être les meilleurs!

Mathilde l'avait regardé de ses grands yeux clairs, limpides, un peu hagards, avec des reflets verts comme une eau troublée :

— Vous croyez peut-être rire, Mongobert? dit-elle. C'est pourtant très vrai ce que vous dites-là. Figurez-vous que moi, telle que vous me voyez, j'ai mendié. Je n'en rougis pas. J'étais quoi? une pauvre petite abandonnée que sa mère, quelque fille séduite, avait mise en nourrice aux environs de Paris. Ma mère, sans ouvrage, mourut en me laissant, moi, comme un paquet, chez la nourrice; elle n'avait pas pu payer le prix du lait qu'on me donnait. Alors, après m'avoir gardée longtemps par charité, le père nourricier, qui ne pouvait guère se passer le luxe d'une fille de plus, me renvoya de chez lui, par colère. J'étais toute petite et faible, faible... Je ne sais pas comment je ne suis pas morte... C'est alors que cette femme...

— Arthémise Saint-Gervais, saluez! cria Pedro ironiquement.

— Ce n'est toujours pas à moi de l'accuser, reprit Mathilde. Elle me prit chez elle, me nourrit, m'éleva...

— Et t'éleva gentiment, parlons-en! fit Mongobert, qui tutoyait parfois facilement.

Mathilde eut encore son doux sourire, triste, résigné et bon.

— Dame! elle n'était pas riche, murmura-t-elle. Je me rappelle qu'elle me faisait, dans les bois — nous habitions du côté de Vincennes — ramasser du mouron. J'en faisais des petits bouquets. J'allais les vendre. On gagnait bien à ça cinq sous par jour.

— Une fortune! dit Combette, dont les yeux brillaient et qui écoutait avec une attention fixe ce que disait la jeune fille.

— La fortune du Juif-Errant! dit Lolo.

Mongobert interrompit, presque furieux :

— Puis, la noble femme, après t'avoir dressée à ce petit

commerce — noble négoce, difficile pour l'exportation — s'imagina de te promener d'atelier en atelier, et de louer aux futurs membres de l'Institut tes yeux, tes cheveux et ta jeunesse! Elle te fit modèle et partagea ce qu'elle appelle ta gloire! C'est elle qui, à l'ouverture du Salon, chaque année, va se placer devant le tableau de Baudry ou d'Henner que tu as inspiré et s'écrie : « Regardez! Cette Madeleine ou cette Ève, eh! bien, c'est ma fille! »

Celle que Pedro appelait Manon se mit à crier gaiement :

— Après tout quoi, Mongobert! Modèle! Avec ça que le métier est déshonorant? On est la Muse de son artiste! On l'inspire! on collabore!

— « Collabore » est joli, dit Pedro.

— On est tantôt Cléopâtre et tantôt Velléda, est-ce que je sais? On est Charlotte Corday ou Mme Dubarry... Moi, moi qui vous parle, tenez, j'ai été Jeanne d'Arc!

— Jeanne d'Arc! crièrent à la fois Lolo, Finet et le gros Pedro.

— Pas possible! dit Mongobert.

Pedro ajouta bien vite :

— Il y a si longtemps!

Manon se leva toute droite, rouge comme une pivoine, et avec une colère qui ne l'empêchait pas d'avoir une belle envie de rire :

— Insolents, dit-elle d'un grand air de dignité, comme si elle eût posé devant Cabanel. Eh bien, toi, mon petit Pedro, reviens me dire à présent que tu m'adores. Je te répondrai un peu vite de prendre l'omnibus de Chaillot!

— Impossible! Il est toujours complet, répondit Pedro, qui courait après la jolie fille, voulant payer son pardon d'un baiser.

Mathilde, toujours triste, revenait à son idée fixe, tandis que Combette la regardait encore comme s'il l'eût étudiée :

— Va, ma pauvre Manon, disait-elle, si l'on n'était que modèle encore, tu as raison, on vaudrait autant que bien d'autres. Mais sais-tu quand on se sent vraiment attristée, peinée au cœur? Eh bien, c'est quand on se dit qu'on aura beau faire, le passé est le passé. Voilà!

Et il y avait, dans ces simples mots, d'amers ressouvenirs d'une première chute, sans doute inconsciente, les dégoûts d'un autrefois qui était une faute, des angoisses de fille perdue devant un avenir sans espoir, gâté par l'irréparable.

— Bah! fit Mongobert, pour chasser l'idée lugubre. Et qui n'a pas de passé?

— Les honnêtes filles! répondit doucement Mathilde.

Paul Combette était assez ému, lui froid d'ordinaire :

— Ma parole, dit-il, je ne vous ai jamais vue ainsi, Mathilde!

— C'est peut-être parce que je vieillis, mon ami, répondit-elle.

— Elle a bien toujours eu sa pointe de rêverie, dit Manon, puisqu'à l'atelier Gérôme on l'avait surnommée *Mignon*, à cause d'un peintre qui a fait un tableau qu'on a même mis en musique. J'ai vu la gravure et l'opéra, les deux. « Mlle Mignon! » Moi, Pedro m'a appelée Manon parce qu'il m'a rencontrée, pour la première fois, à la Salpêtrière, dans la cour de Manon Lescaut. J'allais voir là maman. Paralysée, la pauvre femme! Et il a fallu que j'y rencontre ce diable de garnement que j'ai la bêtise d'adorer, je vous demande, et qui se fiche de moi quand je dis que j'ai posé!

— Pour Jeanne d'Arc, c'est entendu!

— Ah! les hommes! Et si Mathilde, si Mlle Mignon broie du noir, voulez-vous que je vous dise? C'est encore à cause d'un sacripant, de cette espèce de fabricant de chef-d'œuvre qui est là — oui, monsieur Combette, — à cause de vous qu'elle aime, l'imbécile qu'elle est, comme j'aime ce gros blond-là, tenez, petite bête que je suis!

— Eh bien! demanda Lolo. Est-ce vrai, ça, Mathilde?

La jolie fille regarda encore Paul Combette, et, de sa voix douce, franchement :

— Je n'ai jamais dit que je ne l'aimais pas, fit-elle.

La grande Lolo s'était levée, jetant ses bras en l'air, avec un appétit de mouvement, de promenade, d'espace pour son beau corps, las d'être assis. Le déjeuner, d'ailleurs, finissait.

— Au diable les amoureux! cria-t-elle. J'ai envie de courir dans les bois, de ramasser des fleurs, et de m'amuser, moi! On n'est pas à la campagne pour pleurnicher, n'est-ce pas?

— Allons, Manon, dit Pedro en tendant ses robustes mains à sa maîtresse. Un tour de bois avec Finet?

— Je veux bien! répondit Manon. Mais je suis fâchée!

— Nous nous défâcherons. C'est fait pour ça, les bois!

Et, bras dessus bras dessous, par le grand sentier descendant, les deux couples gais s'en allaient, tout doucement, chantant une chanson déjà presque indistincte, Finot se dressant sur ses talons comme un coq sur ses ergots, pour ne point paraître trop petit à côté de la belle fille, et Pedro entraînant en courant Manon qui, tout essoufflée, la main sur son cœur, les cheveux dénoués, plus rouge encore que tout à l'heure avec ses joues de pomme d'api, répétait en riant :

— Es-tu bête! Pedro! Pedro! Tu sais bien que j'ai des palpitations!

— Preuve que tu as un cœur!

## II

### AMOURETTE

Mongobert était resté à côté de Mathilde et de Combette, étendu philosophiquement au pied d'un chêne, les pieds dans un rayon de soleil et son mouchoir blanc criblé de lumière, posé sur ses yeux.

De loin, Combette suivait du regard les jeunes gens qui s'enfonçaient dans le sentier vert, et il disait, avec une voix attendrie qui, chose bizarre, paraissait à Mongobert légèrement détonner :

— Les gens gais sont bien heureux! Êtes-vous souffrante, Mathilde? Vous avez l'air pâle, aujourd'hui.

— Je suis fatiguée, répondit-elle. J'ai posé hier toute la journée chez M. Jules Lefebvre et je me suis levée de bonne heure ce matin. Vous savez... je ne suis pas très forte.

— Pourquoi gardez-vous ce métier-là?

— Je n'en ai pas d'autre. Je ne sais pas coudre. Je ne sais rien.

— On apprend, dit Combette.

— Et qui paiera l'apprentissage?

Paul sourit doucement.

Mongobert, curieux, attendait la réponse.

— C'est vrai, dit le peintre après avoir hésité un moment. Après tout, si vous vouliez, Mathilde... Je sais plus d'un ami...

Mathilde l'interrompit après avoir regardé Mongobert, bien qu'elle n'eût point de timidité fausse devant cet homme narquois, ironique, mais qu'elle estimait vivement, d'instinct.

— Vous allez me répéter ce que vous m'avez déjà dit, monsieur Combette. Vous allez mettre à ma disposition votre temps, votre travail, votre talent. Gardez tout cela pour quelque autre qui en sera plus digne.

— Et qui plus que vous, Mathilde?... commença le jeune homme.

— Non, dit-elle avec vivacité, son teint pâle s'animant tout à coup. Vous savez bien qui je suis. Par ma faute, ou par celle d'une autre, de cette femme dont je parlais, ou simplement peut-être par la faute de la vie, je suis une fille tombée. Et pour relever ces filles-là, il faut se baisser jusqu'à elles. Ce n'est pas à vous de faire cela. Vous avez de l'avenir, on dit que vous pouvez devenir un grand peintre. Demeurez ce que vous êtes, et ne vous inquiétez pas de moi qui ne puis être qu'un hasard dans votre vie. Prenez-moi pour modèle si vous voulez, ne songez pas à me prendre pour maîtresse.

— Bon. Et que va-t-il répondre, le rapin? songeait Mongobert, qui ne bougeait pas.

La voix de Paul Combette se faisait tremblante, un peu étranglée par l'émotion, et pourtant ce sceptique enragé de Mongobert y trouvait encore quelque chose de factice, des vibrations singulières, apprêtées.

— Est-ce qu'il pense bien ce qu'il dit? songeait-il. Il est peut-être lui-même dupe de son attendrissement passager!... Le vin du père Carmine était fortement chargé en alcool!

— Mathilde, disait Combette, je veux que vous soyez ma compagne, mon amie de toujours, celle qui partagera mes joies, mes déceptions, mes luttes si j'en ai, mes triomphes si j'en obtiens... Mais non, qu'est-ce que je vous offre, après tout? Une vie qui ressemble à une bataille, le besoin, la misère peut-être... car, si je dois être riche un jour, je ne le suis pas encore... Mes parents sont jeunes... Et ne craignez rien, Mathilde; en acceptant cela, vous me donnez autant que je vous offre !

Sous son mouchoir, maintenant traversé du soleil, Mongobert avait fait la grimace à ces mots de Combette : « Mes parents sont jeunes ». Mauvaise note. Ce parfum d'héritage sentait médiocrement bon.

Le bohême sourit, au contraire, dans sa barbe grise, lorsque Mathilde répliqua :

— Je vous répète, monsieur Paul, que je ne puis et ne veux être que votre amie.

— Autant me dire que vous ne m'aimez pas ! s'écria Combette.

— Je ne sais si je vous aime, mon ami, de ce qu'on appelle l'amour, répondit-elle très franchement; mais je me sens très humble devant vous, comme gênée et indigne de vous. Comprenez-moi bien : je veux vous voir glorieux, honoré, célèbre. Et c'est parce que, partageant votre existence, je vous prendrais un peu de tout ça, que je vous dis décidément : Non. Ne parlons plus de cela, et laissez-moi suivre ma destinée. Je ne vous aime pas?... Vous êtes le premier homme qui m'ait témoigné autre chose que cette affection banale que les femmes rencontrent partout. Les autres me désiraient, vous m'avez estimée. La première parole que les autres m'ont dite, c'était : « Comme vous êtes belle ! » Vous, votre premier cri a été : « Comme vous êtes bonne ! » — Je ne vous aime pas?... Je fais mieux que vous aimer : je vous respecte et je vous veux heureux.

— Eh bien ! le bonheur, s'écria brusquement Combette, c'est vous, Mathilde, vous !

Il s'était rapproché d'elle, oubliant Mongobert, cherchant, de ses mains avides, les mains de la jeune fille, lui répétant que c'était elle, elle seule, elle et son amour, ce bonheur dont elle parlait; mais sérieuse, toute pâle, prête à pleurer, sûre d'elle-même pourtant, sachant maintenant, et trop tard, comment la femme tombe, Mathilde répondait, la voix brisée, éperdue et navrée :

— Non, ce n'est pas cela le bonheur ! C'est l'oubli, c'est la folie, c'est la griserie de la jeunesse. Je le sens bien. Ce qu'il vous faut, c'est un foyer paisible, une femme honnête, qui travaille auprès de votre chevalet... Ce n'est point Mathilde Mignon, c'est Mme Combette... Ce n'est pas une maîtresse, c'est une femme.

— Ma parole, songeait Mongobert, avec toute autre que cette enfant-là, je croirais qu'elle joue la carte du mariage !

Il se redressa à demi, rejetant le mouchoir qui lui couvrait la face, et se montrant assis, riant dans sa moustache, et jetant son mot, de son ton de *blague* d'atelier ou d'estaminet :

— Eh bien ! passez à la mairie, mariez-vous, et donnez beaucoup de petits citoyens à l'Etat !... C'est une carrière aussi utile que la peinture !...

Le peintre, involontairement, laissa échapper un mouvement de mauvaise humeur nerveuse, tandis que Mathilde tournait son joli visage triste vers cette tête de faune narquois qui la regardait d'un air de raillerie sans méchanceté.

— Je parie, dit alors Mongobert, que vous m'avez oublié, eh ! Combette ? Oh ! mais vous prenez là un air vexé... Au fond, vous ne m'aimez pas beaucoup... Mais, vous savez, moi, je ne suis pas comme vous : je ne tiens pas à être aimé ! Je l'ai été à en mourir ! Bah ! tout comme un autre ! Maintenant, je suis vacciné. Seulement, voyez l'injustice : moi qui déteste assez cordialement toutes choses, hommes et femmes en général, et la vie en particulier, j'ai un faible pour vous, pour vous deux, créatures qui avez gardé encore sur le cœur le velouté du fruit nouveau. Quand je dis vous, c'est surtout à Mathilde que je pense, car vous me troublez, vous, Combette, et, pour vous connaître réellement, il faudrait que j'aie *préparé* votre cerveau comme je l'ai fait pour le dernier assassin exécuté place de la Roquette, et tout porte à croire que je n'en arrriverai pas à cette extrémité. Mais quant à Mathilde, c'est autre chose. Je réponds d'elle. Une vraie femme. Et savez-vous bien une chose ? Voilà la première fois que je fais pareil compliment à mon semblable !

— Si l'on vous écoutait, vous, dit Mathilde doucement, on vous croirait un méchant homme !

— Et on aurait joliment raison ! fit-il en se redressant et en enlevant le sable et les débris de gramen qui mouchetaient son pantalon. Méchant homme, non, mais homme, et cela suffit. J'en ai trop vu, mes pauvres amis ! C'est vrai, j'ai fait de tout. J'ai cru à tout. J'ai tout avalé. Riche jadis, j'ai donné ma fortune à tous les inventeurs de systèmes et à tous les chercheurs d'utopies. Passionné, j'ai servi chaud mon cœur à toutes les dents féminines dont la blancheur ourlée de rose m'a tenté. J'ai toujours et partout été dupe et dupé jusqu'à la garde. Il paraît qu'on en revient. J'en suis revenu. Seulement, de mes voyages à travers les industries et les folies humaines, tour à tour sculpteur manqué, rêvant de devenir Phidias, Michel-Ange, Donatello, Rude, Barye, est-ce que je sais? et finissant par sculpter des figures de cire, comme M. Talrich, pour les musées d'hôpitaux et, au besoin, pour le musée Tussaud et les baraques de la foire ; avant ça, inventeur de machines agronomiques qui m'ont tout avalé, mangeant en herbe un blé qu'elles ne produisaient pas ; philosophe, répétiteur de marmots qui se moquaient de la science et des savants, professeur de grec moderne à Pithiviers, et tanneur de peaux de buffles à Philadelphie, il m'est resté dans le cœur l'amertume qui reste aux lèvres après une orgie. Je suis las, et mon opinion est faite. Je dirais volontiers comme cet autre : « J'ai été tout et tout n'est rien ! » Et pourtant, vrai, je sentais, en vous écoutant, quelque chose de vivant qui me grattait le cœur. Ça me rajeunissait de vous entendre. Je vous demande pardon de vous interrompre, mais je vais vous donner mon avis, celui d'un homme qui a payé cher le droit de poser pour les Mentor...

— Vous êtes bien malheureux, n'est-ce pas? interrompit Mathilde.

— En ai-je l'air? Non. Alors, dès que ça ne se voit pas, c'est que vous vous trompez, ma petite. Et puisque vous me faites une question, je vais vous répondre par un conseil. Voici un garçon que je crois honnête — il ne le sera pas toujours, car il vieillira... — Ne vous fâchez pas, ami Combette ! — Il vous aime. Aimez-le tant que vous pourrez, aimez-le jusqu'à la saison des coupés et des cachemires. Et quand vous aurez assez de lui, ce qui ne tardera pas, à moins qu'il ne prenne les devants, tournez-lui le dos, et adieu, va! Chacun de son côté!... Saluez-le quand vous le rencontrerez autour du grand Lac, invitez-le même à pendre la crémaillère dans le petit hôtel que vous ferez bâtir dans la plaine Monceau. Et voilà. Pas de phrases. C'est la vie! Il a raison de vous dire qu'il vous aime et de vous supplier de l'aimer. Ça n'engage à rien!

Combette écoutait cet homme avec une sorte de curiosité troublée, voulant, de son regard aigu, déchiffrer ce que pensait un si étrange conseiller.

Toute pâle, presque tremblante, prise d'une envie de pleurer douloureuse, Mathilde regardait Mongobert en faisant, pour dominer l'émotion qui l'étreignait, des efforts horribles.

— Qu'il faut avoir souffert, dit Combette lentement, pour calomnier ainsi la vie!

— Non, fit Mongobert. Il suffit d'avoir vécu!

Mathilde, dont la voix s'étranglait, se contraignait à parler, dominant un spasme qui venait.

— Eh bien, dit-elle simplement, avec sa pauvre voix d'enfant battue, mais brave, moi, monsieur Mongobert, qui n'ai cependant pas à me louer beaucoup de mon sort, je ne vois pas la vie si mauvaise que vous le dites, et, comme je tiens à ce que M. Paul Combette m'aime toujours un peu et m'estime toujours beaucoup, eh bien! je lui répète d'aller où, comme on dit, sa destinée, à lui, l'appelle, et de me laisser où la mienne me retient. Inutile de s'aimer un moment quand l'amour ne doit pas toujours durer. J'en ai la haine et le dégoût, de ces amours de hasard, et je garderai à celui que j'aime le seul amour qui soit digne de lui et que personne n'ait souillé : l'amitié, une amitié dévouée, entière, une amitié de sœur!

Elle avait mis dans ces derniers mots une espèce de solennité qui contrastait avec sa figure douce de petite blonde anémique, et Combette ne put s'empêcher de laisser échapper un mouvement qui ressemblait plus à du dépit qu'à de la souffrance lorsque Mathilde lui tendit la main, avec un geste tendre, mais résolu, plein de volonté — et ce mouvement dépité, Mongobert le saisit au passage.

— Mathilde, dit cependant le jeune homme en donnant

encore à sa voix une expression de mélancolie un pe[u] fâchée, je vous aurais tant aimée !

— Combien de temps ? fit Mongobert en allumant sa pipe.

Ce Paul Combette, avec sa grande taille élégante, so[n] front porté haut et son air volontaire, semblait fort pe[u] charmé des bavardages du sculpteur de cire, et il ne reti[nt] pas un brusque mouvement de colère — comme pour indi[-] quer à Mongobert qu'il eût à se mêler de ses affaires, lors[-] qu'en se retournant vers une partie du coteau quasi dé[-] pouillé d'arbres et tout couvert d'herbes et de bruyères, [il] jeta nerveusement tout haut ce cri, où il mettait dans un[e] seule exclamation tout son mécontentement presque brutal[.]

— Allons, bon ! L'autre !

Et pendant que Mongobert et Mathilde suivaient du re[-] gard le coup d'œil de Combette :

— Vilandry ! M. Vilandry maintenant ! ajouta le peintr[e] d'un ton colère.

— Tiens, c'est vrai ! Vilandry ! répéta Mongobert. Il [a] donc quitté l'hôpital aujourd'hui ? Quel miracle !

Dans l'espace à demi dénudé où, vers la route de Ville[-] d'Avray, des bouleaux grêles s'élançaient hors des touffe[s] d'herbes, un jeune homme marchait, tenant à la main un[e] carte, et, sur son paletot brun, portant, au bout d'une cou[r-] roie, une boîte de botaniste en fer-blanc peinte en vert. Tout en avançant, il se penchait à demi sur les gramens, herborisant, étudiant, avec un soin visiblement passionné, cette flore des bois où Pedro, Finet et ses compagnons de l[a] Salpêtrière ne cherchaient à dénicher qu'une amourett[e] comme ils eussent déniché des nids. — Mince, l'air sérieux, un peu bronzé et hâlé, comme un fils de paysans, avec de[s] attaches fines, l'œil et le front d'un penseur, le jeune homm[e] semblait, avec ses cheveux ras, sa barbe châtaine, porté[e] entière, son vêtement serré à la taille, un officier en tenu[e] bourgeoise occupé à un travail topographique et relevan[t] à travers champs quelque mouvement de terrain. Mongo[-] bert, éternel spectateur, s'amusait à le regarder. « Tout [à] son affaire, ce mâtin-là ! pensait-il. Aussi, c'est taillé pou[r] arriver !... Un bûcheur ! »

Lui, paresseux acharné, dépensant sa vie en tirades, e[n] projets, en paradoxes, annonçant parfois des *Mémoires* qu'i[l] n'écrivait pas, pas plus qu'il n'avait, jadis, achevé les statues qu'il devait envoyer au prochain Salon, projets de groupes qu'il dessinait sur le papier, dont il exécutait — quelquefois — les maquettes, et qui restaient et s'écaillaient dans son atelier à l'état d'ébauche; lui, dilettante de l'observation, flâneur dégoûté et bavard, faisait plus qu'admirer les travailleurs, il les adorait. C'était son culte, le travail. Mongobert ne pratiquait pas, mais il avait la dévotion du labeur.

L'interne du docteur Fargeas lui semblait un modèle achevé de l'homme utile, voué à l'existence rude, mais capable de la supporter sans une plainte.

— J'aime ça, des hommes taillés comme des femmelettes et qui, âpres à leur tâche comme tant d'autres sont âpres au gain, harasseraient un Hercule, tant ils abattent d'ouvrage!

Peut-être ce Mongobert n'était-il, en somme, avec ses allures, trop fortement affichées, de misanthrope cynique, tout simplement qu'un naïf, très facilement pris à ce qui lui semblait bon et beau, à la pitié quand il songeait à la petite Mathilde, à l'estime violemment dévouée quand il pensait à Vilandry.

— Quelque malin que soit l'oiseau, grommelait-il, il y a toujours une glu à laquelle il se prend les pattes. Moi, ma glu, c'est l'honnêteté. Chacun sa bêtise!

Il s'avançait, tout en fumant, vers Vilandry, qui ne voyait pas cet allongement de l'ombre du mouleur sur le flanc du coteau, et continuait à herboriser, la tête inclinée, pointant de temps à autre sa carte d'une annotation rapide.

Combette jeta à Mathilde Mignon un dernier regard, qui suppliait et brûlait à la fois, et dont l'acuité pénétra au cœur de la jeune fille, toute frissonnante.

Elle sentit le jeune homme se rapprocher d'elle encore une fois, brusquement, lui prendre la main, et, tandis qu'il se penchait vers elle, lui murmurer, dans le cou, comme si ses lèvres eussent baisé cette peau douce :

— Je t'aime! Quoi que tu dises, je t'aime et t'aimerai toujours! Tu entends? Toujours!

Elle fermait les yeux, sentant, comme si elle eût chancelé, la terre lui manquer, et Combette fut tout étonné, presque effrayé, de cette rapide pâleur de morte.

Il s'avançait pour la soutenir, la croyant défaillante; mais elle se redressait déjà, tournait la tête en signe de refus, sans parler, et instinctivement faisait quelques pas vers Mongobert qui, planté sur le bord de la route, saluait déjà Vilandry, le forçant ainsi à relever la tête.

— Salut, maître Georges!

L'interne aperçut le mouleur arrêté là-haut, la pipe à la bouche.

— Tiens, Mongobert!

— Ah ça! dit l'autre, il n'y a donc plus de malades à la Salpêtrière?

— Ah ça! fit l'interne, on ne peut donc pas avoir un jour de congé, par hasard?

— Et vous l'utilisez à ça?

— Mon Dieu, oui! La botanique vaut bien la chirurgie, Mongobert. Il y a un tas de simples qui guérissent autant que le bistouri. Je ne déteste pas les remèdes de bonnes femmes... La preuve, c'est que je les étudie!

— Etablissez-vous tout de suite rebouteux. Que dirait le docteur Fargeas?

— Il dirait bravo. Il a l'intelligence assez vaste pour tout comprendre. Ce n'est pas lui qui repoussera un remède ou une observation parce que la thérapeutique ou la découverte viendra d'en bas. Je vous garantis, d'ailleurs, que je n'ai pas perdu ma journée! Ma boîte est pleine.

Il montrait à Mongobert des fleurettes, des racines, des gramens, dans sa boîte verte, que Paul Combette, de loin, trouvait ridicule, disant maintenant à Mathilde :

— On pourrait faire du beau et fameux Georges Vilandry un croquis à la Topffer! — L'Herborisateur! ou l'Herboriste! — Je regrette mon album!

Et la jeune fille, étonnée, regardait le peintre, toute troublée par cet accent de raillerie froide qu'il avait maintenant en parlant de l'interne.

# III

## ENFANCE

Georges Vilandry n'était pas beau — Combotte avait raison mais il était déjà fameux parmi ses camarades. Sa généion se groupait, d'instinct, autour de lui; on sentait dans te nature sérieuse, un peu grave et triste à vingt-sept ans, ec des échappées de gaieté parfois qui ressemblaient à des ussées de sève juvénile, une intelligence haute. Vilandry enait la vie par son côté sévère, et il avait voulu être mécin comme d'autres sont artistes, voyageurs, missionires, par vocation pure, tout rempli d'un âpre appétit de rifice, sachant qu'il vouait son existence à une lutte quoienne avec la mort.

Il était né, là-bas, au pays de Dupuytren, dans la petite lle de Pierre-Buffière, en Limousin, et, tout petit, cette tière figure, demeurée légendaire, du docteur, le poursuiit et le hantait sous les grands châtaigniers du pays. Le re Vilandry était tout simplement le menuisier du village. emi-paysan, semi-ouvrier, il passait de son établi à son rdin, bêchait, sarclait, ratissait, maniait la pioche après voir manié le rabot, et économisait, avec sa brave femme e femme, pour élever le petit et en faire un homme. « Non s un monsieur, disait Pierre Vilandry, mais un savant. » e menuisier, sans être instruit, savait bien des choses. Il sait beaucoup. Sur les rayons de sa petite bibliothèque, u'il avait fabriquée lui-même avec cinq ou six planches et es clous, il tenait rangés, à côté des vieux almanachs liécois à couvertures bleues, imprimés sur papier d'emballage, des livres utiles achetés aux foires, triés dans le ballot u colporteur, ou bouquins brocantés, par hasard, dans des entes. Il y avait l'*Histoire de France* de Dulaure, un volume dépareillé de Corneille, des romans du XVIIIe siècle, et u tome de Pascal, recueillis par hasard. C'est là dedans q le futur médecin avait appris à lire.

Tout en tricotant des bas de laine pour le petit, la mè Vilandry disait à son homme :

— Tu as joliment raison d'enseigner de bonne heure à t garçon toutes ces choses utiles. Qu'il garde ton fonds Pierre-Buffière ou qu'il aille à Limoges commis-marcha ou greffier, ce qu'il saura lui restera toujours.

Georges Vilandry adorait sa mère, une vraie ménagèr aimant comme deux enfants son fils et son mari, n'ayant d joie que lorsqu'elle leur cuisinait de « bonnes petites choses tripotant de la farine délayée dans de l'eau, pour faire c gâteaux aux cerises, ces flans limousins qu'on appelle *clafoutis*, et cette *bréjeaude* fumante, la dure soupe aux choux au lard, où la cuiller se tient debout comme une bêc plantée dans la terre, et des *gogues*, molles, douces, et d châtaignes blanchies dans l'écuellée où fume le lait sorta du pis mousseux de la vache, tous les petits plats familie des fermières limousines. La cuisine et l'économie étaien dans le logis, les deux spécialités de la mère Vilandr Pierre se chargeait d'apporter l'argent à la maison; sa Mariannou n'avait qu'à ne pas le laisser s'en aller comme u eau qui coule.

Et l'établissement de menuiserie prospérait. Vilandry plaçait ses économies, achetait un champ, se laissait aller raisonnablement à cet amour de la terre qui a sa folie, comm les autres amours. Il mettait à Limoges, en pension, puis a collège, son Georges qui grandissait, travaillait dans de livres comme le père bûchait avec sa varlope. Le jeun homme maintenant se rappelait avec des attendrissement qui lui étaient chers cette pension Féval où il allait, prisonnier dans le grand dortoir, isolé dans l'immense jardin, regrettant la petite rue de Pierre-Buffière, la boutique encombrée de copeaux du menuisier et l'établi sur lequel il s'asseyait parfois pour lire l'*Histoire des voyages* ou la *Biograph des hommes célèbres*, deux ouvrages que Vilandry avait donnés au garçon pour le jour de l'an.

Comme il regrettait surtout les bons bécots de la mère les *poutouns* passionnés de la bonne femme, et même se gronderies de ménagère lorsqu'il rentrait, barbouillé de mûres ou déchiré, d'une course dans les bois!...

— Tu as encore attrapé des lézards, des vers luisants, couru après des *rapiettes!* Quelque jour, tu mettras la main sur un aspic, tu arriveras avec le bras gonflé, et qu'est-ce qui sera bien triste? Ce sera maman Vilandry!

— Allons donc! répondait le menuisier en poussant le rabot, laisse-le donc étudier, ce gamin! Ça l'amuse, les bêtes, ce *drôle!* Il deviendra un Dupuytren!

Dupuytren! Ce même nom, répété tant de fois, avait pris comme possession de ce cerveau d'enfant, et Georges se disait dans ses songeries adolescentes, que c'était beau de laisser ainsi, après soi, sa mémoire à ceux qui naissaient quand on était mort. Aussi, comme il s'acharnait au travail, comme il restait, au collège, durant les heures d'études, penché sur son pupitre de bois peint en noir, tout luisant de tant de coudes d'écoliers qui s'étaient appuyés là! Qui sait? Dupuytren, peut-être, avait touché ces planches de chêne!

L'enfant se disait aussi qu'il fallait travailler vite et bien, parce que la science coûte cher. Il savait que c'étaient les économies du père qu'il dépensait au lycée. Il lui semblait que, dans l'encre avec laquelle il écrivait ses devoirs, il y avait comme des gouttes de la sueur du menuisier de Pierre-Buffière. Pauvre homme, qui se privait, là-bas, pour faire de son enfant, quoi? — il ne savait encore — mais quelqu'un d'instruit. Ah! comme, devenu grand et savant et riche, le petit Georges leur rendrait tout cela, à ses pauvres vieux!

Il le leur rendait bien déjà, lorsqu'au jour de la distribution des prix, il montait, parmi les fanfares de la musique et les bravos des camarades, chercher ses prix et ses couronnes, sur l'estrade où se tenaient des gens cravatés de blanc, avec un monsieur décoré, qui était le préfet, et un général en uniforme. Le père et la mère entendaient, tout rouges de joie, appeler leur fils. Ils le voyaient passer, très pâle, ému, voulant sourire, mais troublé, à travers les bancs, au milieu des belles dames de Limoges, en grandes toilettes, et maman Vilandry se levait debout sur la banquette de velours et, de loin, envoyait des baisers à ce cher petit que les moustaches blanches du général embrassaient, sous la tente rayée de velours vert, où s'entassaient des livres dorés et des couronnes de papier.

— Tu cries trop, ma femme, disait tout bas Vilandry à la ménagère qui, dans le fracas des cuivres, des acclamations, de la musique militaire et des battements de mains des collégiens, répétait, éperdue, le nom de son Georges.

— Et toi, répondait-elle en riant, regarde-toi donc, bête! Tu pleures trop!

Puis, quand c'était fini, on prenait pour Pierre-Buffière un char-à-bancs qui attendait à la porte du collège, et clic! clac! au grand trot du cheval, on faisait une triomphante entrée dans la grand'rue, tout le monde sur le pas des portes voyant revenir, par ces beaux soirs d'été, le fils Vilandry, chargé de prix, riant de ne pouvoir porter tous ses livres, et la mère ayant passé ses bras dans les couronnes, les arborant comme une parure, comme d'immenses bracelets, tandis que le menuisier, beau comme un astre dans des habits neufs, allait, de boutique en boutique, répéter à l'épicier, au charron, à l'huissier, au notaire, même au député de la circonscription, s'il le rencontrait par hasard :

— Mon garçon a eu sept prix et quatre accessits! Prix de composition française, prix d'histoire, prix de mathématiques, prix de version latine, prix d'anglais... prix...

Et il continuait ainsi, jusqu'à la fin, même lorsqu'on l'interrompait pour le féliciter.

Georges Vilandry avait quinze ans quand sa mère mourut. Jusque-là il était resté hésitant sur la carrière qu'il devait suivre. D'éternels récits de combats, racontés par d'anciens soldats retirés du service et usant encore parfois, dans les rues de Pierre-Buffière, leurs pantalons rouges de fantassins ou leurs vestes de chasseurs d'Afrique, l'avaient fait songer parfois à la vie militaire. Il rêvait, au dortoir, de ces histoires : l'assaut de Constantine, le passage des Portes de Fer, la Smala, les fusillades contre les réguliers d'Abd-el-Kader, qu'il découpait, avec leurs burnous gris et leurs fez rouges, sur les feuilles de papier des images d'Epinal. Il y avait en lui une telle ardeur militaire, un besoin si vaillant d'action et de lutte, qu'il se demandait parfois, tout bas: « Ne me ferai-je pas soldat? »

Le *père* Bugeaud, dont on lui parlait tant, était aussi du pays, comme *monsieur* Dupuytren.

Un soir — Georges allait entrer à l'étude au collège — on vint l'avertir que quelqu'un le demandait au parloir. Le père Vilandry venait souvent embrasser son fils lorsqu'une commission quelconque, l'achat de bois ou d'outils, l'amenait à Limoges. Le cœur du garçon sautait de joie. Il se serra tout à coup, lorsqu'en poussant la porte du parloir, l'adolescent aperçut le voiturier de Pierre-Buffière qui, s'essuyant le front, lui dit, essoufflé :

— Il faut venir tout de suite avec moi, monsieur Georges.

Le regard anxieux de Georges interrogeait le voiturier. L'autre reprit :

— La maman ne va pas bien !

Le ton seul dont cet homme avait dit cela annonçait au pauvre petit le malheur le plus cruel de sa vie.

Il devint tout blanc et demanda brusquement, sans savoir comment il avait la force de parler :

— Maman !... Maman !... Elle est morte ?

— Non, répondit l'homme, non.

Mais il hochait la tête d'une manière triste, sans espoir.

— Ah ! vite vite ! s'écria Georges, je veux la voir ! je veux l'embrasser !

Un garçon du lycée lui apportait un manteau, des vêtements. Le proviseur était prévenu. On monta rapidement dans ce même char-à-bancs qui faisait un bruit si joyeux en sautant sur le pavé de Limoges, les jours de distribution de prix. En chemin, le voiturier expliquait comment *ça lui avait commencé;* un grand mal de tête, de la fièvre, un peu de délire, mais ça ne sera rien.

— Rien ! Et du délire ! Bordas, êtes-vous fou ? Ah ! ma pauvre maman ! Ma pauvre maman !

Il disait à Bordas de fouetter sa bête. Le cheval trottait, comme emporté, à travers les routes. Il avait plu. L'enfant maudissait cette pluie qui creusait aux chemins tant d'ornières. S'il allait arriver trop tard ! Il fallait que la mère fût bien malade pour qu'on l'envoyât chercher, car c'était le temps des compositions générales de fin d'année, et Pierre Vilandry ne badinait pas avec ces derniers exercices qui décidaient de tout.

Comme ce cheval allait lentement! Il faisait bien ce qu'il pouvait, mais les flaques d'eau, les *gauliers* où il passait en barbottant dans de la boue délayée, l'arrêtaient. Georges avait envie de descendre et de courir, de courir, de courir à travers champs.

— J'arriverais plus tôt!

— Ça n'a pas de bon sens, monsieur Georges, disait Dordas.

Le voiturier, tout en nage, allongeait un coup de fouet à son cheval dont la croupe blanche, sur laquelle dansait le harnais, fumait comme du linge au soleil.

— Je fais ce que je peux, monsieur Georges!

Alors, sans répondre un mot, l'enfant prenait la grosse main rugueuse de calus du brave homme et nerveusement la serrait.

Il n'arriva pas trop tard. La mère semblait l'avoir attendu. Elle sourit en l'apercevant, et Georges fut terrifié de voir cette face creuse, décharnée, avec des yeux qui lui parurent énormes et qui brûlaient. Il lui semblait qu'on avait fait du mal à sa mère, que ce n'était plus elle. Comment! En si peu de temps! Si changée!

— Bonjour, mon petit Georges, dit-elle d'une voix sèche qui n'était point sa voix non plus. Ton père a bien fait de t'envoyer chercher... Je voulais t'embrasser... t'embrasser...

Pierre Vilandry, droit, se raidissant, se tenait auprès de l'enfant, pâle comme un mort, et ne disait rien.

La mourante sortit de dessous les couvertures ses bras maigres qu'elle tendit à Georges. Il se jeta sur elle, baisa ces mains qui brûlaient, chercha sur ces joues creuses, sur ce front en sueur, ses « places » d'habitude, comme s'il y allait retrouver les caresses d'autrefois, et il resta là, un moment, jusqu'à ce que la mère lui dit en le repoussant:

— Maintenant, c'est bien! Va-t'en! Tu pourrais attraper mon mal! La fièvre typhoïde! Va-t'en! Je t'en supplie, mon petit, va-t'en! répétait Marianne d'une voix très douce, voyant que l'enfant voulait rester là.

Pierre dit à Georges:

— Elle a raison. Viens!

L'adolescent se laissait emmener, machinalement, sortant de cette chambre parce qu'*elle* le voulait, mais suppliant bientôt son père de laisser relevés les rideaux blancs de la fenêtre qui donnait sur le jardinet où tant de fois il avait joué, étant petit, aux pieds de la mourante en faisant des maisons de sable ou des trous dans la terre tandis qu'elle tricotait, si jolie, si jolie sous son *barbichet* blanc orné de dentelles et dont les bouts flottaient derrière ses cheveux noirs, avec des battements d'ailes!... Il lui semblait qu'il la revoyait ainsi.

Pierre releva les rideaux, et, au dehors, son front collé à la vitre, le regard plongeant dans ce lit aux rideaux de serge où sur l'oreiller reposait la tête pâle de Mariannou, l'enfant demeura là, immobile, baisant la vitre froide comme s'il eût collé ses lèvres au front de la malade.

Un ouvrier de Vilandry vint lui dire:

— Monsieur Georges, votre papa vous prie de vous mettre à table... Monsieur Georges!...

Il n'écoutait pas, n'entendait pas.

— Monsieur Georges! monsieur Georges!

L'ouvrier lui frappa sur l'épaule.

— Hein?... Quoi?...

— Votre papa... La soupe est servie!...

— Merci, Pellat. Je n'ai pas faim. Je veux rester là. Je suis bien là!

Il lui semblait, en effet, qu'il était auprès de sa mère, qu'il la soignait, qu'il pouvait lui être utile, qu'elle le voyait, et que tandis qu'il parlait tout bas, elle l'entendait.

La nuit, peu à peu, emplissait la petite chambre du rez-de-chaussée, et Pierre maintenant allumait une lampe à huile, un quinquet dont la lumière basse éclairait vaguement le lit où la mère était couchée. Comme elle était amaigrie, la pauvre! Tout à l'heure, le garçon, saisi, avait eu peur d'éclater en sanglots, brusquement, sans pouvoir se maîtriser! Mais qu'est-ce qu'on lui faisait donc, pour la soigner, à la malade? Pierre tournait bien là une cuiller dans un bol, donnait à boire à Mariannou, Georges le voyait. Mais est-ce que c'était assez, cela? Est-ce que le médecin n'ordonnerait pas autre chose? Est-ce qu'il ne viendrait pas, le médecin? Ah! si Dupuytren était là!

Et cette figure du grand mort se dressait, s'animait devant l'imagination de l'adolescent, dont la fièvre aussi faisait battre les artères. S'il vivait encore maintenant, ce savant, s'il venait au chevet de la Mariannou, il la sauverait, lui! C'était beau cela, savoir guérir, combattre la mort, dire à ceux qui aiment : « Ne vous chagrinez plus, je réponds de cette existence!... » Être savant! être savant!

— Ah! si je savais! répétait l'enfant, la face contre la vitre, le regard dans cette pénombre, l'œil sur cette face pâle de la mourante.

Il se redressa tout à coup, violemment, comme sous un coup de fouet, et dit bien haut, dans la nuit qui déjà tombait sur le jardin, humide et noire :

— Eh bien, je saurai! je saurai! Oui, je saurai!

Il entendait, d'ailleurs, à la grille du bois, donnant sur un sentier qui allait vers les champs, un galop de cheval. C'était le médecin qui rentrait de sa tournée, dans la campagne, son grand manteau sur ses épaules.

Georges se précipita vers lui, ouvrant la grille :

— Monsieur Bouteilloux, maman va mourir. Empêchez-la!

— Je ferai ce que je pourrai, mon pauvre petit, répondit le docteur qui descendait de cheval. Veux-tu me tenir ma bride? J'entre chez vous.

Georges, la main sur le mors, entendit le docteur frapper à la porte de la maison qui donnait sur le jardin. Pierre vint ouvrir. La porte fut refermée et l'enfant restait là, dans l'ombre, le cheval piaffant en pleine boue et les étriers rendant un son clair quand ils se cognaient l'un contre l'autre. Dans les ténèbres, ce bruit de clochettes semblait lugubre au pauvre petit qui, tout bas, comme si le docteur l'eût entendu, répétait sur le ton de la prière :

— Rendez-la-moi, conservez-la-moi, monsieur Bouteilloux; sauvez-la-moi!

La porte de la maison du menuisier s'ouvrit encore. La silhouette râblée du docteur, avec son grand chapeau de feutre, se dessinait toute noire, dans la lumière. M. Bouteilloux descendait dans le jardin. Pierre venait après lui. L'adolescent entendait leurs talons crier dans le sable mouillé. Il allongeait vers eux sa tête, son oreille, voulant saisir au moins une parole, apprendre ce que pensait ce bon gros homme qu'on disait très savant aussi.

Le pauvret ne distingua qu'un mot, mais qui s'enfonça en lui comme un couteau : « *Perdue!* »

Perdue! C'était bien cela que le docteur avait dit!... Perdue! Qui? Elle, sa mère? *Maman*, qu'il pouvait apercevoir, qu'il pouvait embrasser, qui vivait encore? Perdue!

— Ah! si j'étais médecin, si j'étais médecin! disait l'enfant tout haut, ouvrant sur la nuit des yeux hagards.

On approchait. Il se tut.

Pierre répétait d'un ton frappé d'hébétude :

— Alors, fini? Vous dites que c'est fini, monsieur Bouteilloux! Fini!... Fini!

— Il faut être brave, Vilandry. Vous êtes un homme, vous avez votre enfant!

— Fini!... Fini!... C'est bien sûr, ça, monsieur Bouteilloux? Est-ce que c'est possible? Fini!

— Vous me demandez la vérité, mon pauvre garçon; je vous la dis. Demain, quand je reviendrai, elle n'y sera plus; seulement, vous pourrez vous rendre la justice de l'avoir bien soignée! Et puis, l'agonie sera douce! Ça lui a fait du bien d'embrasser son Georges! Adieu, Vilandry!

— Adieu, monsieur Bouteilloux!

L'enfant écoutait, pétrifié.

— Toi, lui dit brusquement le docteur en l'attirant à lui, aime bien ton père, toi!

Georges sentit sur sa joue la piqûre de la barbe du médecin qui l'embrassait, et il entendit, au bout d'un moment, le trot du cheval qui clapotait dans l'eau boueuse.

Alors il rentra dans la chambre, et sans que son père l'aperçût, doucement, il s'assit dans un coin, tout noir d'ombre, et il passa la nuit à voir Pierre Vilandry qui, penché sur le lit où dormait Mariannou, épiait silencieusement, tendrement, le moindre mouvement de la mourante.

La lumière enveloppait ce groupe touchant de ces deux êtres, le père et la mère, qui s'étaient aimés depuis tant d'années, avaient mis en commun leurs peines et leurs joies, et que la mort, l'inévitable mort, allait séparer. Assoupie, la moribonde avait comme un sourire. Debout, le père angoissé, fronçait les sourcils et semblait guetter d'un air farouche cette meurtrière invisible qui lui volait sa compagne de toujours.

Et leur jetant ses supplications au destin, comme il leur eût jeté un baiser de ses lèvres, l'enfant, caché, les regardait tous deux, ne pleurant pas, respirant très bas, se répétant la recommandation du docteur :

— Aime bien ton père!

Et ç'avait été au retour navré du cimetière, lorsque dans cette même chambre qui leur semblait si vide, le père et le fils s'étaient retrouvés seuls, qu'alors l'adolescent avait dit :

— Je sais maintenant ce que je veux faire. Je sais ce que je veux être!

— Quoi?

— Médecin. Si j'avais été médecin, maman ne serait pas morte!

Pierre Vilandry hochait la tête.

— M. Bouteilloux est bien savant! S'il n'a rien pu, personne ne pouvait rien!

— Alors, savant, je le serai plus que lui, et je rendrai aux fils comme moi celles que la mort veut emporter!

L'artisan contemplait, à travers ses larmes, ce visage enfiévré et illuminé d'enfant. Il attira à lui son Georges, l'embrassa en fondant en larmes, et lui dit à l'oreille, dans un baiser qui n'en finissait pas :

— Tu seras ce que tu voudras, mon Georges! Mais, je t'en prie, ne travaille plus trop! Soigne-toi! Calme-toi! Je n'ai plus que toi au monde maintenant!

Dès lors, Georges Vilandry, poussé par cette vocation, violente comme un apostolat, avait travaillé pour devenir ce qu'avait été l'homme dont la légende emplissait les propos, à Pierre-Buffière. Il serait, lui, fils de menuisier, ce qu'avait été Dupuytren fils de ses œuvres. Il travaillerait âprement, n'espérant pas une statue de bronze sur la grand'-place de son village, mais voulant du moins que son nom, celui de l'ouvrier limousin, non seulement restât honoré, mais devînt célèbre; et surtout, avant tout, ayant l'appétit du devoir.

Et les années avaient passé, rapides, pleines de labeurs, l'enfant penché sur les livres, le père demeuré à son établi.

Quand Georges était devenu jeune homme, Vilandry avait voulu que son garçon allât à Paris.

— C'est là que tu finiras de t'instruire!

Il en coûtait d'ailleurs au pauvre homme de se séparer de ce fils qui était sa joie. Et puis la science ne se donne pas! Elle se conquiert et s'acquiert. Elle est comme le total du labeur des enfants et de l'argent des parents. Bah! le menuisier ferait des économies! Il n'avait pas besoin de tant de choses. Sa grosse dépense était son tabac. « Ça ne ruine pas », disait-il, souriant. Et il travaillait, lui aussi, avec plus de joie, sachant que c'était pour faire de son Georges un savant, oui, un savant, décidément.

Logé dans un petit hôtel de la rue Racine, le jeune homme menait à Paris la vie de l'étudiant pauvre. Il sortait peu, travaillait beaucoup, passait ses matinées à l'hôpital, ses après-midi à l'école, parfois se consolait de l'âpre réalité par la vision de l'art, et, en sortant de la salle de dissection, allait au Louvre retrouver, après le cadavre, l'éternelle vie dans le sourire de la *Joconde*.

Il écrivait souvent à son père. Ces deux êtres restaient en communication presque quotidienne. Le fils contait ses espoirs, analysait ses travaux, disait ses rêves. Le père envoyait au *Parisien* des nouvelles du coin de terre. Il ne se passait rien. On travaillait beaucoup. L'ouvrage marchait. Un jour — quelle idée! — la mère Migayrou, l'épicière, avait voulu marier Pierre Vilandry *contre* une veuve du pays, de Saint-Léonard, un bon parti. Pierre n'avait que quarante-huit ans; la veuve en avait trente. Une honnête femme qui eût aimé cet honnête homme! A quoi pensait la Migayrou?

La mère de Georges avait été l'unique et solide passion de Vilandry. L'ayant perdue, il ne songeait guère à la remplacer. Il avait voué sa jeunesse à Marianne; il sacrifiait son âge mûr à son enfant, et c'était un mot qu'il ne prononçait même pas, car, à dire vrai, ce sacrifice était une joie. D'ailleurs, ce robuste Limousin, sans se sentir vieillir, avait déjà pourtant la mélancolie de l'être humain qui redescend la colline. Sa barbe grisonnait, ses cheveux étaient blancs près des tempes. Il avait commencé vers l'âge de quatorze ans à raboter des planches, et depuis trente-quatre ans, sans repos, il maniait l'outil. Sa seule ambition était de voir le *petit* prendre sa place, là-bas, parmi les gens utiles au pays, et d'avoir un coin de muraille où fumer tranquillement sa pipe au soleil; se réchauffer, en été, comme un lézard et, l'hiver, une cheminée qui ne manquât point de flambée. Avec ça et les quelques sous amassés pour les vieux jours, Vilandry ne demandait plus rien à la destinée.

Georges, lui, était plus ambitieux — de cette légitime ambition des forts. — Il se donnait tout entier à la science, dominant les premiers frémissements que lui causait, dans l'amphithéâtre, la vue des corps tailladés ou sciés, marchant vers l'avenir comme un soldat vers la redoute à enlever, trouvant bien parfois, selon le mot du « docteur » Rabelais, l'état *fascheux par trop et mélancolique*, mais éprouvant une sorte de fierté brave à se répéter que le médecin vit sur la brèche, détroussant la mort, lui dérobant les victimes marquées, mais destiné, lui, à mourir jeune comme si la pourriture de l'hôpital et l'air des salles de malades débilitaient les plus robustes à la longue. Et il ressentait un orgueil généreux à regarder en face cette existence de lent avancement, d'esclavage et de périls quotidiens qu'il embrassait avec une ferveur ardente, voyant au bout du chemin, l'agrégation, le professorat, l'Académie de médecine, peut-être, et, mieux que cela, une vie bien remplie, vouée à la science, utile et droite.

Après les premiers examens, les concours subis et les années d'externat payées par l'argent durement gagné du père, Georges Vilandry passait, avec une supériorité qui fut remarquée, le concours de l'internat, battant hardiment, sur la composition écrite et les questions orales, les candidats externes qui rêvaient comme lui d'être logés à l'hôpital et de prendre le tablier blanc. Dans la composition sur un sujet de pathologie, dès ses débuts, il pressentait, indiquait les travaux qui allaient faire la gloire des Charcot et des Brenner : l'action des courants électriques sur les nerfs. C'était, d'ailleurs, sa vocation. La médecine des névroses, l'étude du cerveau humain l'attiraient. Il y avait, dans le sujet qui le tentait, comme un gouffre noir de mystère. Le détraquement de l'intelligence, toute maladie cérébrale, ces coups de foudre ou ces paralysies lentes qui d'un homme de génie peuvent faire un idiot, lui semblaient pleins d'énigmes attirantes.

Quelle joie, lorsque le concours lui donna cette place d'interne, si ambitionnée. Il franchissait enfin un haut échelon! Et puis, à l'hôpital où il entrait, au 1er janvier, comme si la nouvelle année eût marqué une étape nouvelle, il avait son *logis*, une *indemnité de cinq cents francs* qui allégeait d'autant les sacrifices du père. Dans deux ans il toucherait six cents francs et sept cents francs pour la quatrième année d'internat. Ah! ce premier argent gagné, comme il sonnait gaiement dans la main du jeune homme! Vilandry courait acheter, au bazar voisin, une pipe d'écume pour son père, une couronne d'immortelles pour le coin de terre limousine où dormait la mère, et, superstitieusement, il voulait que la première pièce d'or qui lui tombait dans la main fût pour ceux qu'il appelait ses *vieux*.

Avec le reste — car il était riche, trente-sept francs cinquante! — il donnait un acompte sur un *Dictionnaire* de Nysten, traduit par Littré et Robin, qu'il trouvait chez un bouquiniste d'occasion, et il ajoutait le gros volume aux livres de son *humble bibliothèque*, rangés là-haut, dans sa chambre d'interne, sur des tablettes en bois blanc!

Partout où Vilandry passait, il laissait, en quelque sorte, après lui comme une traînée de sympathie. « Il y a là un *avenir!* » disait de lui le rude docteur Brivard, qui l'eut, une année, comme interne à la Pitié. Au début de sa quatrième année, Georges entrait à la Salpêtrière, sous les ordres de ce M. *Fargeas*, qu'il admirait sans le connaître, dont il avait lu, appris par cœur, avec d'avides curiosités, et les leçons et les conférences, avant de devenir son élève. Le docteur Fargeas avait, dans l'étude des névroses, dans ses recherches cliniques et thérapeutiques sur les maladies du système nerveux, l'épilepsie, l'hystérie, révolutionné la science. Il osait; et le monde savant, après avoir blâmé cette audace, nié ses *découvertes*, combattu ses recherches, marchait à la remorque de cet homme. Eternelle histoire des inventions humaines. Le voyant aperçoit l'étoile. La foule hurle, insulte, raille — et suit.

Là, dans un service spécial, où ses goûts, sa vocation pour l'étude de la pathologie cérébrale trouvaient à se développer, devant la multiplicité des *sujets* et des *cas*, Georges Vilandry apportait à son maître un dévouement éprouvé, une intelligence haute, des qualités morales qui, pour le docteur Fargeas, faisaient de ce jeune homme non pas un élève, mais un ami. Et cette supériorité évidente qui rayonnait du disciple au maître, s'imposait aux camarades, mettait Vilandry en pleine lumière, le rendait, avant d'être même connu, quasi célèbre parmi ceux de sa génération. Aux repas de la salle de garde, lorsqu'il parlait sans pose et sans pédanterie, les internes des autres services interrompaient parfois, pour l'écouter, les chansons et les plaisanteries de leurs vingt ans. Le vieux Mongobert, le modeleur de pièces anatomiques, difficile sur l'humanité, se fût mis en quatre pour ce laborieux.

— Piocheur, sérieux, brave garçon! Tout juste assez mélancolique pour ne pas rire bêtement à tout propos, comme si c'était si gai, ce qui arrive! — pas assez sévère pour être ennuyeux. — Si la vie ne le gâte pas, celui-là, disait-il, ce sera un malin!

Sous la forme pittoresquement débraillée que le sculpteur donnait à tous ses propos, c'était encore la *note* glorieuse du docteur Brivard sur son interne de la Pitié.

## IV

### UNE MÈRE

— Alors, dit Mongobert, toujours planté sur le bord du chemin, dans le sable fin du carrefour, vous avez ramassé comme ça pas mal d'herbage dans votre petite *machine* en fer-blanc?... C'est votre *carnier?*...

— Oui, fit Vilandry.

Il regardait l'intérieur de sa boîte à herborisation.

— Eh bien! dit Combette en s'avançant, un peu ironique, la cueillette?

— Excellente. De la pulsatille. De la clématite des haies. L'aconit napel. La valériane; ou, pour donner à toutes ces plantes les noms, beaucoup plus jolis, que leur gardent les bonnes gens : de l'Herbe au Vent ou Fleur de Pâques, de la Vigne blanche, du Berceau de la Vierge, du Tue-Loup, de l'Herbe à la Meurtrie. C'est vrai, dit Vilandry en s'adressant surtout à Mongobert, je ne sais pas pourquoi on a substitué des mots latins à ces jolis noms, qui sont en même temps des définitions : *Herbe aux gueux* pour cette *Clematis vitalta*, par exemple, ce vésicant qui rappelle la cour des Miracles et avec quoi les mendiants se fabriquent des ulcères factices, peu profonds... Voici l'ancolie : un pédant l'appellera solennellement *Aquilegia vulgaris*... *Vulgaris !* Avec ces belles fleurs bleues ! Les paysans la nomment plus coquettement Colombine ou Gant Notre-Dame. Ils ont leur poésie aussi, ces braves gens des campagnes, comme ils ont leur science, qui n'est pas si folle qu'on veut bien le dire. Je connais chez nous, en Limousin, de vieux observateurs des champs qui en remontreraient à nos botanistes officiels et à nos météorologues patentés !...

— Alors, dit Combette, qu'on les nomme membres de l'Institut ! C'est une idée !

— Qu'est-ce que vous ferez de ces plantes-là ? demanda brusquement Mongobert, comme s'il n'eût pas entendu la plaisanterie du peintre.

— Je n'ai guère ramassé que les plantes qui ont une action sur le système nerveux, la moelle épinière. Chacun sa partie. Je veux porter de cette valériane à mes épileptiques. Et ces grandes feuilles ovales, aiguës, que vous voyez là, avec leurs longs pétioles et leurs verticules aux petites fleurs rosées, c'est le plantain d'eau, le *Pain de grenouille,* comme disent encore les paysans. On a prétendu, un moment, qu'il guérissait de la rage, comme le genêt, l'aconit, la racine d'églantier... Je veux la faire infuser, chercher...

— Toujours chercher ! dit Mongobert.

Vilandry, souriant :

— C'est mon métier.

— Et c'est la destinée commune. Tout le monde cherche quelque chose. Ceux qui trouvent sont des exceptions.

Combette écoutait, les mains dans les poches, avec un air railleur, et Mathilde, ses beaux yeux d'un bleu tendre regardant curieusement l'interne, souriait, tandis que Georges expliquait les propriétés des plantes cueillies. La jeune fille gardait son sourire de mélancolie douce, comme si elle se fût rappelée ce temps dont elle parlait tout à l'heure et où elle allait cueillir, dans les bois, le mouron qu'on vendait pour vivre !

Machinalement, Vilandry, qui avait salué Combette assez froidement, jeta à Mathilde un regard profond, le coup d'œil enveloppant et pénétrant à la fois du médecin devinant une nature d'élite ou un tempérament maladif, un sujet à expériences, et, sous cette espèce d'interrogatoire aigu, Mathilde, devenue pâle, eut par tout le corps un frisson de malaise et détourna la tête brusquement, comme pour échapper à une obsession.

— Je parie, dit alors tout bas Mongobert à Vilandry, que voilà une petite qui tombera un jour ou l'autre dans votre service ?

— Pauvre fille ! répondit l'interne.

Il regardait toujours Mathilde, qui, d'instinct, se serrait contre Combette et, à voix basse, elle aussi, murmurait :

— Allons-nous-en ! Emmenez-moi !

Le grand garçon se mit à rire et, entraînant la pauvre enfant toute troublée, vers l'entrée du bois :

— Ah ! il vous produit donc le même effet qu'à moi, ce M. Vilandry ? dit-il. En voilà un qui me déplaît !

— Moi, non ! répondit Mathilde. Mais, je ne sais pas, quand il m'a regardée, ça m'a toute saisie. Une drôle de sensation. Ah ! il s'en va ! Tant mieux !

Elle souriait, secouait ses épaules comme un oisillon secouerait ses ailes et, de temps à autre, de côté, elle regardait Georges Vilandry, rapidement, avec une expression effrayée.

On entendait, du fond du bois, s'élever des chansons et des rires. Dans le crépuscule qui, peu à peu, enveloppait les fonds d'un vert sombre, embrumés d'une vapeur chaude, les jeunes voix fraîches de Manon et de la grande Léonie montaient, mêlées aux applaudissements gais de Pedro et aux *bravos* jetés par le petit Finet, de son timbre grêle de sonnette. Et bras dessus, bras dessous, les quatre jeunes gens grimpaient, par le chemin rapide et tapissé d'herbe, jusqu'à la Sablonnière, où Combette et Mathilde les attendaient. Le petit Finet s'abritait, comme d'un parasol, d'une énorme bruyère datant certainement, disait-il, du déluge, la bruyère étant le premier végétal paru sur la surface du globe, et Lolo, ses longs cheveux dénoués, noirs comme de l'encre, apparaissait avec une rouge couronne de coquelicots qui s'effeuillaient parfois, tombaient sur son corsage, dans son cou, la faisaient rire d'un rire nerveux, tandis que Manon marchait doucement, faisant avec Pedro, qui se moquait d'elle, de la poésie, tout en regardant un bouquet de bleuets fourragé dans les champs de blé.

Et, après avoir salué d'une acclamation l'arrivée sur la crête de la montée et la rencontre de Vilandry, on s'acheminait à travers bois jusqu'à la gare. C'était le retour! La grande Lolo se mettait à avoir peur, dans les allées un peu assombries. Elle prenait pour des serpents les racines blanches des chênes, trouant, avec des torsions bizarres les talus roux, bordés de ronces, de mûriers aux fleurettes blanches, et elle demandait si les « ronds » qu'elle voyait dans la terre étaient l'entrée des *tanières* des reptiles.

Le mot *tanière* faisait tordre de rire le petit Finet; *tanière* lui semblait « immense ».

Devant un tronc d'arbre plus gros, énorme et s'enfonçant dans la glaise, Finet s'écria :

— Prends garde! Un boa!

— Ça, un boa? dit Lolo, toute pâle.

— Le *boa constrictor* de Viroflay. Espèce géante!

Mais Lolo s'était mise à rire :

— Par exemple, tu me prends pour trop bête, Finet! Tu vas me faire croire que c'est un boa qui a construit Viroflay, à présent?

On se remettait ensuite à chanter; refrains d'atelier ou d'hôpital, inventés par quelque rapin ou quelque externe, un *roupiou*, comme ils disent; et, dans le grand repos silencieux du soir, ces chansons de la jeunesse semblaient d'autres ramages d'oiseaux, maintenant que le gazouillis des nids s'étaient tus, dans le recueillement du crépuscule.

— Voilà une belle journée! disait Pedro.

— Charmante, répétait Combette, qui pressait doucement contre sa poitrine le bras de Mathilde appuyé sur le sien.

Il sentait, à de certains mouvements rapides, que la jeune fille voulait lui échapper, retirer ce bras, et il la retenait, cherchant une main qu'il rencontrait, toute froide, tremblante.

— Allons, disait-il en baissant la voix, vous ne m'aimez pas, Mathilde!

— Si... mais...

— Ah! est-ce qu'il y a un *mais* dans l'amour?

Elle ne répondait même plus; elle songeait, tout en marchant, comme perdue dans le monde amer des souvenirs.

Combette en devenait maussade. Il s'irritait et s'étonnait de rencontrer une résistance aussi inattendue, aussi absolue, dans une nature en apparence frêle, maléable, presque maladive.

C'était un caprice qui l'avait poussé vers cette jeune fille, rencontrée par hasard d'un atelier à l'autre, et dont l'air souffrant, le charme doux l'avaient attiré. Habitué à traiter l'amour, comme toutes choses, hardiment, sans admettre des résistances et des atermoiements inutiles, il se hourtait à cette chose passive qui n'était point de l'ignorance, puisque Mathilde avait le dégoût du passé, ni de l'indifférence, puisque cette enfant lui avouait qu'elle l'aimait. Et ce sentiment complexe, né d'une pudeur qui revient parfois justement à la femme tombée et refleurit lorsqu'elle aime vraiment, Combette, loin de le respecter et de s'en attendrir, en éprouvait comme une révolte

Une fillette, une enfant, lui résister ainsi, à lui! Il en venait à être plus pris qu'il n'eût voulu, colère contre Mathilde et contre lui-même.

— Décidément, disait-il encore, non, décidément, vous ne m'aimez pas!

— Au contraire.

Elle le regarda, de ses beaux yeux très doux qui semblaient mettre de la lumière dans la nuit tombante.

— Je vous aime trop, au contraire!

— On n'aime jamais assez!

— Eh bien! je vous aime *mieux*, voilà!

Ils allaient monter — eux causant ainsi, les autres chantant et Vilandry marchant le dernier, tout en philosophant avec Mongobert — le petit perron qui conduit à la gare, lorsque, d'un mouvement instinctif, le groupe tout entier de ces jeunes gens s'arrêta, devenant muet, devant une sorte d'apparition qui se détachait, en noir, au haut des marches.

Pâle, de longs cheveux gris dénoués tombant sur des vêtements de deuil, une femme qui, sans être évidemment très vieille, avait pourtant l'air d'une aïeule, et, le visage convulsé et égaré, devait être cependant très belle, descendait à grands pas, levant en l'air les bras, jetant autour d'elle des regards rapides, des regards furtifs de fauve traqué, les marches de pierre du perron.

L'air pauvre, avec ses vêtements noirs, elle appuyait sur la rampe de fer ses mains gantées de gants déchirés, qui laissaient voir des poignets maigres, et fixait sur le groupe des jeunes gens instinctivement arrêtés et comme pétrifiés devant elle, des yeux hagards, chargés de quelque chose de farouche.

— Où est-il ? disait-elle. Où est le misérable ?... Pierre !... Pierre !... Je veux te venger, mon Pierre !... Te venger, tu entends, lui arracher le cœur, à ce lâche coquin, lui enfoncer mes doigts dans les joues, lui arracher la langue avec mes ongles !

— Diable ! dit le gros Pedro. Pas gaie, celle-là !

— Quelque malheureuse démente ! fit Vilandry en s'approchant, ce nom de Pierre lui rappelant le *vieux* de là-bas, le menuisier de Pierre-Buffière.

La folle, avec son visage à demi noyé dans les mèches de cheveux gris qu'elle écartait avec colère, regardait, appuyée maintenant sur la rampe, l'interne, d'un air de menace.

— Qu'est-ce que vous voulez, vous ? Qui est-ce qui vous parle ? Pourquoi me regardez-vous ? C'est donc bien curieux, une vieille femme qui souffre ?...

La voix maintenant devenait stridente, sifflait et souffletait comme une insulte.

Mais, derrière la vieille femme, un visage doux apparut, tranquille, très pâle aussi, avec de beaux yeux noirs, profonds et tristes — un visage de jeune femme en deuil qui se pencha, à son tour, vers l'interne et ses compagnons, et dit, très mélancoliquement, donnant à son excuse l'expression d'une confidence navrée :

— Je vous demande pardon, messieurs, mais la pauvre femme est malade !

Puis s'inclinant sur la vieille qui demeurait là, raidie et farouche, elle ajouta sur le ton de la caresse :

— Maman, ma chère maman, je t'en prie, maman, viens !... Le chemin de fer va partir... Il faut rentrer, maman !... Il va faire nuit.

Vilandry avait été frappé du timbre doux de cette pauvre jeune voix brisée. Il enveloppait la jeune fille d'un regard de sympathie curieuse, frappé, comme tous ses amis, de la beauté fine de cette enfant de vingt ans, mince comme une figurine gothique dans ses vêtements noirs, avec une expression de volonté et de bonté dans de grands yeux dont, maintenant, de grosses larmes mal refoulées éteignaient la flamme.

On sentait, dans l'attitude penchée de cette fille, couvant de son regard sa mère, essayant, dans une caresse, de détacher de la rampe de fer où elle se cramponnaient, les mains crispées de la vieille, un dévouement de toutes les heures, une souffrance qui, à tout instant, devait se dissimuler et se fondre dans un sourire.

— Maman, répétait la voix tendre, ma chère maman... Je t'en prie... tu me l'avais promis... tu avais dit que tu serais obéissante ?

La vieille femme s'était rejetée brusquement de côté, écartant de sa main droite les cheveux qui lui tombaient sur les yeux, et de l'autre toujours accrochée à cette rampe, comme si elle eût voulu demeurer là, éternellement :

— Eh bien ! oui, j'ai promis, dit-elle avec les gestes brefs des fous. Mais ton père avant tout ! Il n'y a pas de promesse qui tienne. Ils ont laissé son corps, là-bas, dans ces bois... à Fausses-Reposes... Je veux aller l'enterrer moi-même... Tu entends, l'enterrer, et semer des fleurs sur le tertre... Donnez-moi donc les fleurs rouges que vous avez au front, vous ! dit-elle à la grande Léonie, qui devint toute blême, effrayée... Ce sera pour lui !

La grande fille, machinalement, détachait de ses cheveux bruns les coquelicots qu'elle y avait mis et les tendait à la vieille.

— Merci bien ! Merci ! Maintenant, viens, Jeanne, viens, les lui porter !

Elle avait pris la main de la jeune fille qui résistait, disant :

— Non. Il faut partir Tu aurais froid maintenant dans les bois!

Vilandry s'avança doucement.

— Pardon, mademoiselle!

Et, prenant dans sa poche un flacon de buis qu'il déboucha, il fit brusquement respirer à la pauvre folle, surprise, un peu d'éther.

— C'est bon, ça! dit-elle. Qu'est-ce que c'est que ça?

L'interne tendait le flacon à celle que la vieille avait appelée Jeanne.

— Prenez, mademoiselle... Oh! et gardez, dit-il avec un sourire.

— Vous êtes médecin, monsieur? demanda la jeune fille.

— A peu près!

Médecin! La vieille avait tressailli brusquement, se rejetant tout à coup vers Jeanne, comme un enfant qui aurait peur. La fille serra contre elle la pauvre femme, ramena sur ses épaules maigres un châle de laine qui tombait, et dit, en embrassant ses cheveux gris dont elle ramenait les mèches en bandeaux, des deux côtés de ce visage de cire:

— Tu vois, il faut être sage, maman! Très sage! Monsieur est médecin!

Les yeux terribles de la folle étaient devenus maintenant très soumis, pleins de supplications tremblantes. Elle se faisait petite, toute petite, devant ce jeune homme qu'elle regardait, de côté, avec un effroi stupide.

— Elle a donc bien peur des médecins? dit Georges.

La jeune fille hocha la tête tristement.

— Dans la maison où je l'avais mise, on l'a traitée trop durement peut-être! Et puis, vous savez, pour ceux qui sont frappés de son mal, le docteur...

— C'est le bourreau, dit l'interne. Et au fait, c'est bien un peu cela, quand ce n'est pas le sauveur. — Depuis combien de temps?... demanda-t-il, sans plus préciser la question que la jeune fille comprit bien, passant la douceur de ses mains blanches sur la figure de sa mère, à présent blottie contre elle.

— Depuis quinze ans!... Oui, quinze ans! dit Jeanne. La commotion d'un malheur... Un vrai coup de foudre... Mon père tué... tué en duel dans ces bois... Elle a eu des alternatives de guérison apparente... Mais non... Et depuis quelque temps les crises redoublent...

— Ah ! dit Vilandry, regardant la folle, dont la tête grise apparaissait maintenant — comme celle d'une enfant bercée — sous le bras de sa fille qui la serrait, la regardait, lui souriait...

Habitué à tant de maux de cette sorte, Georges, cependant, le cœur étreint d'une émotion inaccoutumée, avait l'envie de se découvrir, respectueusement, comme devant un malheur plus grand que ceux qu'il rencontrait d'ordinaire.

Il sentait, dans ces deux malheureuses femmes, dans le langage même de la démente, dans celui de la fille, une éducation au-dessus de l'état de gêne cachée que dissimulait médiocrement ce deuil porté depuis des années, en vêtements usés, rapiécés peut-être comme ces gants noirs recousus, ces châles de laine traînés, en été, comme des cache-misère.

Il y avait là une de ces réalités poignantes de la vie de Paris où, à la douleur physique, que l'interne bravait par habitude et par métier, se mêlait il ne savait quelle douleur morale, quelles angoisses cruelles l'arrêtant, tout à coup, pensif, devant cette femme, en cheveux gris qui, à quarante ans, avait l'air d'en porter soixante, et cette jeune fille triste, frêle, douce encore dans l'accomplissement atroce de ce devoir : être l'Antigone de vingt ans d'une cécité morale, guider, défendre, en sacrifiant sans doute sa jeunesse et sa beauté, cette âme pleine de nuit et de fureur qui secouait un corps misérable, miné et oscillant, en état de mal.

Tous les compagnons de Vilandry semblaient éprouver, en même temps, une émotion analogue. Ils se regardaient silencieux. Le gros Pedro avait cessé de rire.

— Crânement bête, la folie, quand on y songe ! disait-il. Et si on pouvait guérir ça !

Les femmes étaient pâles. La grande Lolo disait à Finet qu'elle se sentait « tout chose, » avec ces prodromes d'attaques nerveuses qu'elle avait parfois.

— Pour sûr, tu sais, Charles, j'aurai un accès demain.

— Eh bien ! on te guérira, répondit Finet d'un air digne.

Paul Combette, seul, gardait son sourire un peu hautain.

d'une ironie d'homme supérieur. Il n'était pas ému du tout. Il se contentait de trouver la jeune fille en noir jolie ; « oh ! jolie comme un cœur, mais très, très jolie ». Il le disait, presque à haute voix, tandis que Mathilde, les lèvres blêmies et tremblantes, regardait celle que sa mère appelait Jeanne, et murmurait, sentant des larmes lui venir aux yeux :

— Oh ! pauvre petite, va ! Comme c'est triste, tout de même !

On entendit, sur la ligne, le lointain sifflement d'un train. Les portes de la petite gare s'ouvrirent et, à droite, derrière la barre noire des buissons, des lueurs rougeâtres apparurent, comme de gros vers luisants dans les haies.

— Paris ! Paris ! Les voyageurs pour Paris ! cria une voix.

Et, au moment où, le train arrêté, les deux femmes en deuil cherchaient à monter dans un wagon de deuxième classe — la mère calme devenue sage, peureuse — Georges Vilandy, rapidement, ouvrit la portière, et il se retournait vers Jeanne pour l'aider à monter, lorsque Paul Combette se précipita vers la jeune fille et lui tendit la main.

Machinalement, elle la prit. Ses yeux rencontrèrent ceux du peintre.

Il la regardait si fixement, qu'elle devint un peu rouge et balbutia, comme troublée :

— Merci, monsieur !

Combette se retourna ; il ne put s'empêcher de sourire légèrement en voyant Georges, l'air un peu mécontent, qui montait dans un autre wagon, brusquement.

— Ah ça ! mais, dit Mongobert en montrant à Paul, d'un geste de tête, la jeune fille en deuil assise dans le wagon, et Mathilde qui attendait sur le quai, il vous les faut donc toutes, à vous ?

— Toutes, dit Combette.

Enfoncée dans le coin de son wagon, la vieille dame en deuil murmurait, entre ses dents — comme si elle eût redouté que le médecin, monté dans un autre compartiment, l'entendît — des paroles bizarres, dont l'incohérence tragique tournait sans cesse autour d'un souvenir de meurtre comme un vol de corbeaux autour d'un cadavre :

— Tué!... Tué, dans ce bois!... Tout près!... Mon Pierre!... Et je suis encore là!... Pourquoi suis-je là? Qu'est-ce que je fais là?... Si je pouvais dormir!

— Oui, dors, maman, dors, répondit la jeune fille.

Et, comme une mère attirerait sur elle un petit être mort de fatigue, elle prenait à deux mains la tête grise de la démente et, doucement, tandis que le train filait vers ce grand Paris dont les flamboiements incendiaient déjà de lueurs rouges l'horizon envahi par la nuit, elle berçait, d'un mouvement imperceptible, avec des tendresses exquises, ce grand enfant sans raison qui s'appelait Hermance Barral — la veuve Barral.

## V

### FAITS DIVERS

Vingt ans auparavant, en un pareil jour d'été, à Ville-d'Avray, non loin de ces mêmes sentiers, de ces bois pleins de chansons où la femme en deuil entrevoyait encore un cadavre, voici ce qui se passait :

Un jardin fleuri. Des massifs de roses, des touffes blanches de marguerites, d'énormes pivoines rouges comme un manteau de pourpre ou rosées comme une chair de femme. Un grand frisson joyeux dans les branches d'arbres : les acacias touffus, le grand saule penché, l'araucarias aux branches inférieures rampant sur le gazon ; les érables aux feuilles d'un vert pâle ourlé de blanc, les marronniers où déjà se montrent les petits *pelons* hérissés. De la lumière sur les pelouses piquées de pâquerettes ou de fleurs jaunes ; des ombres tièdes sur le sable fin des allées ; et, à travers ce paradis embaumé, une fillette en robe blanche, toute rouge de mouvement et de santé, sous son chapeau de paille, courant après des papillons dans la clarté du soleil.

Point de bruit, ou seulement des vols de moucherons, s frémissements d'ailes sous les feuilles, de petits cris 'oiseaux, moins joyeux que les cris de l'enfant. A peine uelquefois le son d'une jeune voix de femme, des recomnandations, des appels, des :

— Prends garde, Jeanne! ne cours pas si fort! Prends arde de tomber! — Jeanne! Jeanne! Voyons donc, Jeanne, ois sage! Mais tu vas tomber, maudite enfant! — Et les leurs! Tu abîmes les fleurs! Que dira papa quand il va evenir?

C'est la mère qui gronde comme elle caresserait.

Elle est assise dans un *tonneau* d'osier capitonné de couil rose, et le soleil passe doucement, comme par un crible, travers le clissage jaunâtre, avivant de reflets chauds et iquant de petits losanges lumineux les joues mates de la eune femme, les yeux noirs, enfoncés sous des arcades ourcilières profondes : — un pâle visage au front plaqué le bandeaux plats, presque sévères et qui font contraste vec la robe d'été toute blanche, coquettement cinturée l'un ruban, rouge comme les géraniums des bordures.

Elle brode doucement, la bande déroulée traînant à terre ur les cailloux jaunes, fins et propres comme ceux d'un ruisseau clair. De temps à autre, très souvent, ses paupières baissées se soulèvent. Elle cherche de loin, du regard, la robe blanche de la fillette, et quand elle aperçoit l'enfant, là-bas, avec ses petites bottines noires, la chair de ses mollets nus bordée de chaussettes rayées, ses cheveux châtains — blonds hier, déjà presque bruns — flottant sur son cou, elle s'arrête, elle lui envoie des baisers, de loin, et, trottinant, la fillette alors accourt, tenant à la main quelque fleur cueillie et la tend à la mère en disant avec son doux babil de cinq ans :

— Pour toi, maman! Sens! sens, comme ça sent bon!

Et, tyranniquement, la petite passe la marguerite au corsage de la jeune femme. Il faut céder..

— Mais tu dévasteras le jardin, Jeanne!

— Oui, maman, pour toi! Papa, t'apporte bien des écrins, n'est-ce pas? Je peux bien t'apporter des fleurs!

Alors, ce sont des baisers, des câlineries, des caresses dans les cheveux dénoués de l'enfant, des joues tapotées par les douces mains de la petite, des serrements de Jeanne soulevée jusqu'au sein de la mère, comme jadis quand Mme Barral la berçait sur ses genoux pour l'endormir. Puis Jeanne, posée à terre, se remet à courir dans le soleil, à travers l'or ou l'incarnat des fleurs, et c'est comme une autre fleur vivante, énorme, qu'on voit bondir comme emportée par un ouragan de joie.

Dans l'herbe verte, les jambes roses disparaissent. On n'aperçoit plus que la jupe blanche, le chapeau de paille, les petits bras qui s'agitent, traînant une branche ou tenant en l'air la gaze flottante d'un filet à papillons.

— Je n'en prends pas, maman! Je ne peux pas en attraper! Ils volent trop haut aujourd'hui!

— Eh bien! tant mieux, ma Jeannette. Au moins tu ne les feras pas souffrir!

— Ça souffre donc, les papillons, quand c'est en cage? dit l'enfant en se rapprochant.

— Mais oui, ça souffre. Est-ce que tu t'amuserais en prison, toi?

— Mais une cage, maman, c'est pas une prison.

— Et qu'est-ce que c'est?

— Je ne sais pas. Mais, dans une prison, on ne mange que du pain noir, et dans la cage, je donne toujours de l'herbe, très fraîche, très bonne, à mes papillons.

— Et, est-ce qu'ils vivent, tes papillons?

— Non, c'est vrai, ils sont tous morts! Peut-être bien que l'herbe était mauvaise, dis, maman?

L'enfant, de ses grands yeux noirs profonds, regardait sa mère.

— Maman?

— Mon amour?

— Et les oiseaux, est-ce que ça souffre aussi, dans leur cage?

— Tout souffre sans liberté, ma pauvre petite.

— Alors, pourquoi qu'on en a, des oiseaux? Je dirai qu'on leur ouvre leur cage; on ne voudra peut-être pas. Ah! maman!

— Quoi, ma Jeanne?

— Tu ne sais pas pourquoi que la cheminée de la cuisine fumait?

— Non, ma chérie.

— Le fumiste vient de venir. Il a grimpé tout en haut, tout en haut, et il a trouvé... devine quoi...

— Je ne sais pas.

— Un nid!

— Un nid d'hirondelles? demanda la mère, joyeuse, avec la superstition des gens qui croient que les oisillons apportent comme une fumée et un parfum de bonheur avec le duvet de leurs ailes.

— Non, pas des hirondelles, dit Jeanne. Un nid sans œufs. Un nid tout vide. Un nid tout frais. Le fumiste a dit comme ça, que le père et la mère avaient dû le bâtir avant-hier et hier. Oh! maman, quel dommage qu'on l'ait ôté!... Nous aurions pris les petits bientôt. Des moineaux. Je leur aurais donné à manger. J'aurais été leur maman. Tu vas voir.

Elle courait vers la maison de campagne dont les murs couverts de glycine, les fenêtres vertes, le toit d'ardoise et les vitres de la serre où des volubilis grimpaient au treillage, s'illuminaient dans le soleil, et, toute fière, avec des précautions infinies, elle rapportait à la mère un tas d'herbes, desséchées, des gramens mêlés à des flocons blancs et à des bouts de fil que, de leurs becs, les oiseaux avaient façonné comme un berceau pour leurs petits.

— Tiens, regarde!

Ce n'était pas le nid vide, le nid abandonné par les oiseaux sûrs de leurs ailes, ce n'était pas le nid détruit, les œufs brisés, toute la couvée écrasée — mais ce tas d'herbes sèches et inutiles avait aussi sa mélancolie, celle de la vie interrompue, d'un amour envolé, d'un berceau sans baby, de quelque chose de déserté avant d'avoir été vécu.

— Laisse ça, Jeanne, fit la mère, c'est triste!

— N'est-ce pas? dit encore l'enfant revenant à son idée, le regard sérieux, la moue grave. Nous aurions eu les petits petits!

— Jeanne, dit doucement la mère, est-ce que tu crois que nous serions bien contents, ton papa et moi, si quelqu'un te prenait et t'emportait?

— Oh! non, maman!

Elle hochait la tête d'un air entendu, pensive.

— Eh bien, mon amour, les petits, c'est la Jeanne des oiseaux, et quand on leur prend leurs œufs, c'est comme si on te volait à nous.

— Pas tout à fait, dit Jeanne. Moi je reviendrais!

Mme Barral attira encore, d'un mouvement fou, plein de passion et de gourmandise maternelle, les joues fraîches de la fillette jusqu'à ses lèvres, enfonçant son visage dans les cheveux de l'enfant qui sentaient bon et les mordit presque en disant :

— Ah! que je t'aime, toi, ma vie, mon âme!

Rouge comme une fraise, le visage de Jeanne reparut sous les caresses de la mère, et la petite, en écartant de ses mains sa chevelure emmêlée qui lui tombait sur les yeux.

— C'est donc ça, fit-elle, que papa dit que quand tu m'embrasses, tu as l'air de te débarbouiller avec mes joues?

— Oui, justement, répondit Mme Barral, qui se mit à rire.

— Et papa, c'est ta vie aussi, n'est-ce pas, maman, c'est aussi ton âme?

— Oui, chérie!

— Tu as deux âmes alors : lui et moi?

— Oui, chérie!

La mère avait laissé là la broderie interrompue, le nid inachevé, et, les mains jointes et posées sur les genoux, elle regardait, à demi penchée hors de la guérite d'osier, la limpidité des yeux de la fillette, comme elle eût contemplé une eau profonde où se serait reflété quelque chose d'étonnant, d'inattendu.

La pensée de l'enfant est comme un puits de lumière où tout se réfléchit en clartés.

— Je l'aime bien aussi, papa, dit Jeanne. Je suis aussi sa vie. Il ne voudrait pas qu'on m'emporte, mais, moi non plus, je ne voudrais pas qu'on nous le prenne!

— Qu'est-ce que tu dis? fit brusquement la mère. Tu me fais peur, toi! Nous le prendre?... En voilà une idée!

Elle essayait de sourire, mais un rapide frisson l'avait toute secouée, et elle était pâle, ses yeux se cernant brusquement, comme d'un cercle de bistre.

— Et qui veux-tu qui nous le prenne?

— Je ne sais pas, maman. Des mauvais. Il y a bien aussi des mauvais pour les hommes comme pour les oiseaux.

— Tais-toi, Jeanne! C'est vrai, dit Mme Barral, en se levant, tu me ferais peur à la fin!

Elle roula machinalement sa broderie et dit :

— Rentrons, tiens!

— Pourquoi rentrer, petite mère?

— Je ne sais pas, répondit-elle, comme tout à l'heure l'enfant avait répondu.

Et, pendant qu'elle traversait le jardin pour aller au perron, Jeanne disait, trottant toujours à côté d'elle :

— Tout de même, maman, ces pauvres oiseaux, si le fumiste n'était pas venu, ils auraient été brûlés dans leur nid, tu sais!

Maintenant, ce jardin, si gai tout à l'heure, plein de lumière et de senteurs douces, paraissait triste à Mme Barral, et elle le regardait d'un air de pressentiment anxieux comme si, là-bas, au fond des allées vertes, dans le labyrinthe ou le petit bois, elle ne savait quoi d'inquiétant, de redoutable, quelque malheur fût tapi.

Elle avait hâte de revoir son mari. Un âpre désir de l'embrasser, de le tenir contre sa poitrine, de lui parler, lui venait, la secouait comme d'une crise nerveuse, avec des envies sans cause de pleurer, puis de se moquer d'elle-même et de son enfantillage. Elle prenait un livre, l'ouvrait, ne comprenait rien, tournait des pages, matériellement les lisait, mais sans les comprendre, sa pensée étant ailleurs, bien loin de ce jardin de Ville-d'Avray, à Paris, où Pierre Barral allait tous les matins, revenant le soir d'habitude, mais parfois restant longtemps, plusieurs jours de suite, forcé, disait-il, de demeurer, le soir, pour ses affaires.

Ce soir, du moins, il avait formellement promis de rentrer. Il prendrait le train de cinq heures et demie. C'était dimanche le lendemain. On avait juré à Jeanne de la mener par les bois, en voiture. Le loueur était prévenu. Quelle bonne journée! On déjeunerait peut-être au bord des étangs.

Pierre Barral aimait beaucoup, autrefois, ces gaies échappées à travers champs. Il fuyait avec une joie de collégien en rupture de *bancs*, comme il disait, le bureau d'agent de change où il s'enfermait d'ordinaire, et il prenait des douches d'air, au bras de sa femme, regardant courir sa petite Jeanne à travers les ombelles des sureaux et les mûres des haies.

Sa place, dans la maison Rippert, lui assurait une vie facile. Il y ajoutait le travail. C'était un heureux. Sa femme l'adorait. Il l'avait épousée par amour. Orpheline, fille d'un vieil officier en retraite, mort très pauvre après avoir donné à son pays toute une vie de sacrifices obscurs, elle ne lui apportait que sa beauté, mais elle y ajoutait le dévouement le plus profond, la tendresse la plus passionnée !

— Il n'y avait qu'une femme comme toi au monde, disait le jeune homme souvent, et je l'ai trouvée !

La naissance de Jeanne avait été une joie dans le jeune ménage. On avait planté, dans un coin de la maison de Ville-d'Avray, nouvellement acquise, un marronnier, baptisé avec le champagne qui avait arrosé les dragées de l'enfant, et que la petite appelait *Moi*, le regardant grandir et se mesurant à lui avec de longs regards d'envie.

Si quelqu'un s'aimait en ce monde, c'étaient ces trois êtres vivant d'une existence si étroitement commune, ne se quittant que lorsque, durant l'été, le père, transportant sa maisonnée à la campagne, venait passer dans le logis de la rue Taitbout ces heures qui semblaient si longues à Hermance Barral.

Le matin, elle l'accompagnait à la station, la plupart du temps. Elle allait, le soir, à la gare. Jeanne prenait le paquet rapporté par le père, et l'on rentrait au logis, bras dessus, bras dessous, la main dans la main.

— C'est un pâté, ça ? demandait Jeanne, ou des joujoux ? ou des bonnes choses ? ou un petit « rien-du-tout » pour maman ?

Et c'était, la plupart du temps, tout cela ensemble, et les lèvres de la mère et les menottes de l'enfant caressaient à la fois, pour remercier, les joues du père.

Ah ! comme ce soir-là, Pierre tardait à venir ! Et, par un instinct singulier, une terreur sotte qui l'effrayait encore davantage, Hermance hésitait à aller au-devant de son mari. La question triste de Jeanne lui revenait aux oreilles. Elle se la répétait tout bas, le cœur serré, disant de temps à autre, tout haut, comme le poltron chante dans l'ombre pour se rassurer :

— Je suis bête, moi !

Elle tressaillit de la tête aux pieds, nerveuse, pâle comme une morte, lorsqu'à la grille la cloche retentit, cette cloche dont le son clair n'annonçait jamais dans le logis qu'une bonne nouvelle. Ses yeux se cernèrent comme tout à l'heure, et elle se sentit oppressée, n'osant faire un pas, se demandant qui pouvait ainsi sonner là.

— Papa ! cria la voix gaie de la petite, traversant l'air du soir comme une fusée de joie. C'est papa ! Bonsoir, papa !

Jeanne, se cramponnant aux jambes du père, lui tendait le front, lui offrait les lèvres.

Il posa sa bouche sur ces cerises vivantes et pressa l'enfant entre ses bras, si fort, que la petite dit :

— Oh ! tu me fais mal, papa ! comme tu me serres !

Pierre Barral posa rapidement sa Jeanne sur le sable.

— C'est vrai ? Je t'ai fait du mal, pauvrette ?

— Non, pas de mal du tout, papa !

— Je ne l'aurais pas fait exprès, va !

L'enfant souriait. Elle s'arrêta tout à coup en regardant son père. Il était blême, avec un rictus aux lèvres qui donnait quelque chose d'étrange à sa physionomie d'homme heureux, d'ordinaire très calme.

Mme Barral s'avançait maintenant, embrassant son mari dans une étreinte éperdue, folle, nerveuse.

Elle était si troublée qu'elle ne remarqua pas que les mains du jeune homme brûlaient de fièvre.

— Pourquoi as-tu sonné ? dit-elle. Tu avais donc oublié la clef de la grille ?

— Moi ?... Non... Tiens, c'est vrai, j'ai sonné... Un oubli !

Il parlait d'un ton sec, saccadé, essayant de paraître gai.

— Ah ! que je suis heureuse de te voir ! dit Hermance. C'est vrai, il me semblait que ce soir n'arriverait pas !

— Pourquoi ? Qu'y avait-il donc ?

— Rien, tu sais, mes folies. Des idées niaises. Je broyais du noir, comme tu dis.

Elle lui avait enlevé son chapeau, lui épongeant le front avec son mouchoir.

— Comme tu as chaud ! Tu as encore couru pour prendre le train ?... Entre vite...

Au salon, elle le fit asseoir dans un fauteuil, approchant un pouf à côté de lui, et regardant son Pierre avec une expression d'amour éperdu.

Et qu'avait-il fait depuis le matin ? Comment allaient les affaires ? Avec qui avait-il déjeuné ? Qui avait-il rencontré ? Que lui avait-on dit ? Y avait-il encore beaucoup de monde sur les boulevards ?

Il répondait tant bien que mal, d'un air distrait qui pourtant ne frappait point cette femme, tout à l'heure inquiète d'une chimère et maintenant aveugle devant cette réalité : la préoccupation de cet homme. Pierre était là ! Elle n'en demandait pas davantage. Toutes les craintes étaient finies.

Au moment de se mettre à table, on appela Jeanne.

La petite était restée au jardin.

Elle revint toute songeuse.

— Qu'est-ce que tu faisais, seule ?

— Moi ? Rien.

— Dis-moi ce que tu faisais, Jeanne ?

— Eh bien, répondit l'enfant en baissant la voix, je regardais le nid, tu sais. C'est vrai, maman, c'est triste, ces choses-là, qui sont si jolies quand c'est vivant !

Les parents échangèrent instinctivement un regard silencieux, toujours étonnés de toute réflexion qui traversait ce petit cerveau.

Pierre Barral était livide.

— Tu ne manges rien, ce soir, Pierre ? dit Hermance.

— Non, c'est vrai ! Je ne sais pas ce que j'ai. J'ai eu un peu chaud. Ce n'est rien !

Et il mangea, en « se forçant ».

La nuit tombait peu à peu sur le jardin assombri. Des sons de cloche traversaient l'air, par-dessus les arbres. La mélancolie du crépuscule pleuvait, comme un brume grise, sur la terre endormie.

Maintenant Jeanne dormait. Elle dormait, là-haut, dans les rideaux doublés de percale bleue de son petit lit blanc. Sous la lampe à abat-jour chinois, dont les bonshommes et les couleurs avaient tout à l'heure amusé l'enfant, Hermance continuait sa broderie, et Pierre feuilletait un livre, de cet air distrait qu'avait eu la jeune femme lorsqu'elle l'attendait.

Ils ne se parlaient pas. Ces silences leur étaient chers parfois, dans les longs soirs. Elle se disait : « Il pense à ses affaires ! » et elle se taisait. Lui, bien souvent la regardait, se répétait qu'il l'aimait, qu'il était aimé, qu'il était heureux.

Les phalènes de nuit entraient dans le salon par la fenêtre ouverte, et tournoyaient, en brûlant leurs ailes lourdes au verre de la lampe.

— Hermance ! dit tout à coup Barral d'une voix brève — si un malheur quelconque arrivait un jour, et que tu apprisses de moi... je ne sais quoi — tu ne m'en voudrais pas, dis ? Tu serais certaine que ce que j'aurais fait, je le faisais pour ton bien, pour celui de notre fille ?

— Qu'est-ce que tu me dis-là ? fit-elle en se levant toute droite, d'un seul bond, comme électrisée.

Elle appuyait ses deux mains sur la table, puis, se baissant, elle releva brusquement l'abat-jour et regarda le visage de son mari que la lumière frappait en plein.

Barral avait eu sans doute la force de composer sa physionomie, car il souriait, cette fois, sans contrainte apparente.

— Pierre, demanda la jeune femme d'une voix étranglée, que signifie ce que tu viens de me dire ? Qu'est-ce qu'il y a ? Qu'est-ce qui se passe ?

Il la vit si agitée, la face convulsée et les yeux si hagards que, voulant parler, il s'arrêta, songeant maintenant qu'avec une nature aussi nerveuse, mieux valait se taire.

— Je suis un imbécile, ou un *mauvais*, comme dirait Jeanne. Une plaisanterie, rien de plus ! Calme-toi. Ça ne signifie rien du tout.

Il se leva à son tour et pris les mains d'Hermance. Elles étaient glacées.

— Je t'en prie, mon enfant, oublie ce que je t'ai dit. On ne soumet point à de telles épreuves des natures pareilles à la tienne. Je ne sais même pas quelle songerie me passait par la tête.

— Une songerie ! Tu as dis que si j'apprenais jamais de toi...

— Et que veux-tu que tu apprennes ? Je t'aime ! je t'adore !

je donnerais ma vie pour toi ! Voilà tout. Voyons, calme-toi. Reviens à toi. Ah ! j'avais bien besoin !...

Droite, les lèvres violacées dans un visage immobile, comme figé, Hermance regardait son mari dans le blanc des yeux, se demandant comment, en si peu de temps, la fille et le père venaient, l'un après l'autre, frapper, en quelque sorte, si brutalement sur son cœur.

Barral paraissait désolé. Il s'en voulait, disait-il. Quelle idée d'aller évoquer ainsi des diables noirs à propos de rien! Il avait voulu soumettre l'affection d'Hermance à une épreuve. Cela est toujours niais. Voyons, de bonne foi, quel malheur pouvait-elle prévoir? Et quelle idée à lui, quelle idée folle, d'aller prononcer justement cet affreux mot ? Allons, il n'y fallait plus penser. C'était ce crépuscule, cette nuit tombante, qui le poussait tout à l'heure à inventer une telle billevesée.

Il embrassait au front Hermance toute froide, et essayait de la rassurer, mécontent de lui-même, d'avoir laissé, dans un moment d'expansion nerveuse, échapper une parole qu'il eût voulu racheter au prix d'un péril.

Elle semblait se laisser convaincre, restait immobile, et regardait Pierre dans un mutisme qui faisait peur au jeune homme.

Il passa toute la soirée à tâcher d'effacer l'impression tragique de cette confidence entamée et qu'il avait arrêtée net devant l'effarement d'Hermance.

Il se rappelait les recommandations du vieux médecin qui avait vu la jeune femme toute petite. C'était comme une sensitive, une de ces natures à la fois énergiques et frêles qui ressemblent à du cristal fin. Vibrantes, un rien les émeut, un rien les brise. Il fallait prendre soin d'elle comme d'une enfant. Sa mère était morte d'un transport au cerveau, très jeune.

Maintenant, Barral réentendait tout cela. Les moindres mots du docteur lui revenaient. Il se contraignait à ne plus rien laisser paraître d'une émotion violente qui l'agitait. Toute la nuit, qu'il passa éveillé, il ferma les yeux, sentant bien sur ses paupières le regard anxieusement interrogateur d'Hermance, et il songeait. — Demain ! Ah ! qu'il eût voulu être à la même heure demain !

Il se leva à l'heure accoutumée, annonça à Mme Barral qu'il allait à Paris, écrivit rapidement quelques mots sur son bureau, et, partit, après avoir embrassé sa femme, et d'un air dégagé, sa petite fille qui lui disait :

— Voilà! tu m'embrasses pas fort à cause d'hier! Mais, tu sais, j'aime bien que tu me fasses mal!

— Au revoir! répondit Pierre en essayant de rire.

Il partit en courant, son pardessus jeté sur son bras gauche et criant à travers la grille :

— Je reviendrai probablement plus tôt que d'habitude. Au revoir!... Au revoir, ma chérie.

Hermance le suivait des yeux, de loin, oubliant ce qu'il lui avait dit la veille.

Un mauvais rêve! Elle devait avoir mal entendu. Il avait l'air si heureux!

Hermance déjeuna seule avec sa fille, et, après déjeuner, elle reprit sa broderie, sa place dans le tonneau d'osier, et Jeanne se remit à courir après les papillons.

C'était une journée pareille à toutes les autres journées, avec du soleil, un vent doux, des parfums, le calme cherché sous les arbres.

Et le temps passait, dans la quiétude revenue. Qu'on était bien là, loin de tout le monde, comme à cent lieues de Paris, dans cette maison d'amoureux où le père reviendrait le soir!

La cloche de la grille sonna brusquement, de son même son clair, joyeux, gai comme un carillon de fête.

— C'est peut-être papa! cria Jeanne, courant comme tous les soirs. Pourtant, c'est bien tôt!

Il l'avait dit : il devait rentrer de bonne heure!

— Maman, c'est une voiture! dit l'enfant.

Hermance apercevait, en effet, une charrette, pareille à celle des maraîchers qui s'arrêtaient, le matin, devant la grille, vendant des légumes.

Le domestique allait ouvrir lentement, sans doute à quelque fournisseur. Il fut tout étonné de voir descendre du siège un gros homme en redingote boutonnée, très pâle, que Mme Barral reconnut bien.

Un des amis de son mari, M. Aurès. Et que venait-il faire là, dans cette charrette?

Sans doute il aperçut Mme Hermance à travers la grille. Vivement, il dit tout bas au domestique :

— Eloignez madame!

L'autre regardait sans comprendre.

— Emmenez-la! dit M. Aurès, d'un ton brusque.

Mais Hermance était trop près. Elle s'avança jusqu'à frôler la roue, et demanda à Aurès :

— D'où venez-vous? Qu'y a-t-il donc?

Sur le siège, à côté du charretier, quelqu'un qu'elle ne connaissait pas et qui la salua, lui fit peur.

Avec sa cravate blanche et sa rosette rouge, cet homme avait l'air d'un médecin.

Qu'est-ce qu'on apportait donc, qu'est-ce qu'on traînait là, dans cette charrette?

— Madame, dit M. Aurès, la voix serrée, n'approchez pas! Madame, ne regardez pas!

Elle fouilla le regard du gros homme, écarta Aurès, comme il voulait s'opposer à ce qu'elle avançât, et, brusque, éperdue, plongeant entre les ais de la charrette, elle vit, étendu, quelque chose de lugubre : un corps raidi que recouvrait à demi le paletot gris emporté par Pierre Barral, un cadavre dont ce vêtement cachait le visage, mais qu'elle reconnut, elle, en poussant un cri affolé, un rugissement d'épouvante, et se précipitant, grimpant des genoux et des ongles dans cette charrette, arrachant le patelot, collant son visage à la face pâle de Pierre, elle appela, cria, hurla, jetant au vent, au ciel, au grand silence funèbre qui l'enveloppait, ces appels éperdus!

— Pierre! Pierre!... Réveille-toi donc, Pierre! Est-ce qu'on l'a tué?... Qui l'a tué? Pierre! Pierre! Ah! celui qui l'a tué, je lui arracherai la peau avec mes ongles! Je lui mangerai le cœur.

Le domestique avait emmené l'enfant qui, machinalement, en chemin, avait ramassé, sur le sable, le nid vide de la veille.

M. Aurès remit, le soir, à Hermance Barral, une lettre que lui avait confiée Pierre.

La femme apprenait là pourquoi Barral s'était battu et pourquoi il était mort. Pierre avait joué. Hasard et désœuvrement au début, fièvre et désir de corriger le destin ensuite, de rattraper la perte subie. Histoire banale. Pour ressaisir ce qui lui avait échappé, coulé entre les doigts comme de l'eau, il perdait encore et toujours. Et ce qu'il perdait, c'était le luxe de la femme, la future dot de la fille; pis que cela, le pain quotidien au logis.

Alors, dans son exaltation et son désir de revanche, il engageait tout, jouait sur parole, reperdait, vendait les titres, réalisait, jetait aux créanciers — comme il eût jeté au feu — ce qui lui restait pour vivre, pour se racheter et vaincre. Exaspéré, affolé, il cherchait querelle dans un moment de fureur et de doute à il ne savait quel brelandier taré, qui peut-être biseautait les cartes en ayant soin de le faire avec la pointe d'un fleuret et, subitement il s'éveillait, de cette espèce de cauchemar, qui avait duré quelques semaines à peine, avec la ruine derrière lui et, devant, le fer d'un spadassin.

Il se battait alors avec une âpre joie, comme pour laver dans le sang toute cette honte qui l'écœurait, mettre une dernière aventure entre cette folie de parieur et une vie nouvelle. Il avait hâte de revenir aux chères douceurs de ses amours paisibles. Il ne voulait pas que le duel eût lieu le matin afin de n'éveiller personne, de ne point troubler le logis endormi; on se battrait vers midi. Il choisissait, pour en finir, un coin voisin de Ville-d'Avray, une clairière dans le bois des Fausses-Reposes, pour accourir plus tôt vers Hermance, embrasser Jeanne, et, blessé ou lavé à ses propres yeux de toute souillure, avouer maintenant à sa femme ce qu'il n'avait pas osé laisser deviner la veille et lui dire :

— J'ai gâché notre pauvre fortune, Hermance, mais je suis assez jeune et assez courageux pour en gagner une autre! J'ai l'avenir devant moi!

L'avenir! Et c'était un cadavre qu'on rapportait à la maison en deuil!...

« Si je succombe, disait la lettre suprême, pardonne-moi, Hermance; pardonne-moi de vous laisser pauvres, après avoir pu vous faire riches. Vends l'humble maison, si joyeuse, qui est tout ce qui nous reste à présent. Élève notre enfant. Apprends-lui à ne pas me maudire. J'ai été insensé, et cette fièvre de quelques heures vous ruine peut-être pour toujours. Ah! si je ne meurs pas! — et je ne mourrai pas!

est-ce qu'on meurt? — quelque chose me répète que je pourrai tout réparer et me dire encore ton mari qui t'adore, ton mari redevenu digne de toi, chère et exquise créature, et digne de ce petit ange qui est notre Jeanne.

« Je t'embrasse de toutes les forces d'un cœur qui est à toi tout entier.

« PIERRE BARRAL.

« 11 Juillet 1852. »

| Mille baisers de mes lèvres pour toi et la petite dans ce carré. |
|---|

— C'est singulier, monsieur Aurès, dit Hermance froidement, lorsqu'elle eut fini de lire la lettre qu'elle avait semblé épeler syllabe par syllabe, lentement, en la regardant d'un œil fixe. Pourquoi Pierre me dit-il que j'aie à lui pardonner? Il ne rentrera donc pas, ce soir?

Elle souriait, de cet air enfantin, heureux, touchant et niais qu'ont parfois les folles.

M. Aurès eut par tout le corps un petit tremblement invincible. Il appela le médecin.

— Docteur, dit-il, écoutez donc! Regardez donc!

Mme Barral pliait doucement, précieusement, la lettre de son mari, la baisait, la glissait dans la poche de sa robe, et, cherchant des yeux, autour d'elle, quelqu'un ou quelque chose :

— Jeanne! disait-elle, Jeanne! Mon chapeau! Le grand chapeau de paille, tu sais! Nous allons à la gare attendre papa. Et bien! où es-tu donc, Jeanne? Papa doit être arrivé. Il t'apporte une poupée, et tu ne seras pas là! Vite! vite, vite donc, mon enfant!

Le médecin posa sa main sur le front de la malade.

Aurès, tout rouge maintenant, étouffant et étranglé d'émotion, questionnait du regard le docteur, qui semblait contempler on ne savait quoi à terre.

— Fièvre cérébrale ou folie! dit enfin le médecin en hochant la tête. On verra plus tard!

## VI

### CONSULTATION

*La Salpêtrière!*

Dès qu'après la traversée de la place triste, plantée d'arbres sans ombre, projetant leur silhouette grêle sur l'herbe pelée qui pousse de ce côté, foulée par les talons des vieilles se promenant hors de l'hospice, on a franchi la porte où clapote un drapeau tricolore, au-dessus de l'inscription lugubre : *Hospice de la Vieillesse, Femmes,* on est comme enveloppé du grand silence mélancolique de cette cité dolente.

Une impression de tristesse reposée tombe de ces hautes murailles grises, de ces massifs d'arbres, de ces toits de tuiles rouges mansardés et de ces perspectives infinies rappelant celles des tableaux de Peter de Hoog. Et le long de ces murs, tandis que se traînent des larves humaines, tandis que des vieilles au dos courbé longent, appuyées sur leurs bâtons, ces ruelles qui font songer à celles de quelque béguinage flamand, de jolies filles en tablier blanc, une coiffe blanche sur leurs cheveux blonds ou bruns, toutes jeunes, pareilles à des soubrettes d'un autre âge, avec la fraîcheur des vingt ans sur la joue, trottinent de leurs petits pieds sur les pavés gris sertis de gramens. C'est la jeunesse vaillante qui aide toute cette vieillesse à mourir. Ce sont les filles de service dévouées au soulagement de tous ces maux. On les rencontre partout, saluant de quelque leste bonjour une de ces vieilles, courbée en deux sur son banc, prenant le frais ou humant la chaleur réchauffante, et qu'on appelle de ce nom, poétiquement doux et attristé déjà comme un appel du tombeau : *les reposantes.*

Dans ce bâtiment immense, dans cet entassement de logis

de la Salpêtrière, ville à part dans la grande ville, avec sa population tragique, douloureuse, ses six mille âmes respirant dans cet amas de murailles, comme à l'ombre de ce dôme noir d'ardoises qui est l'église ; — au bout des grandes cours où, sur les bancs de bois, ruminent misérablement leur existence, ces pauvres vieilles bouffies ou ratatinées par l'âge ; — là-bas, après avoir longé ces parterres de fleurs, touffus de lilas, au printemps, mélancoliques à l'automne ; — au bout des arcades successives qui s'ouvrent, l'une après l'autre, sur des cours nouvelles, cour Sainte-Claire, rue Saint-Félix, et dont chacune est comme le promenoir de maux ambulants, de vieillesses lentement traînées, de décrépitudes inconscientes, on arrive, en dépassant la large rue de la Cuisine, dont on aperçoit, par la porte entr'ouverte, les marmites énormes, les casseroles gargantuesques jetant leurs éclats de cuivre rouge, à une sorte de ruelle conduisant, à gauche, au service du docteur Fargeas.

En face, un portail s'ouvre sur la démence. C'est le domaine des aliénés.

A gauche, et avant de franchir la porte de la folie, c'est le quartier des maladies nerveuses, de l'épilepsie et de l'hystérie, dont, avec le docteur Charcot, M. Fargeas, le maître de Georges Vilandry, avait la direction.

Comme, sur l'enseigne de bois d'un chantier, ces mots se détachaient :

SAINTE-LAURE

*2e division — 3e section.*

à l'entrée de la cour, avant le pavillon élevé de quelques marches en pierre, où, le matin, venaient du dehors, poussant la porte avec des espoirs de guérison, un tas de malades aux tremblements et aux marmottements nerveux, leurs membres déformés quelquefois par l'ataxie, et, péniblement, s'asseyant dans la petite pièce à claire-voie qui précédait le cabinet de consultation où M. Fargeas passait sa visite, et le vaste établissement où il électrisait ses malades.

De temps à autre, un élève externe ouvrait la porte du cabinet, ou encore Vilandry montrait sa tête couverte de la calotte de velours noir, qui est la coiffure d'uniforme de l'interne, et, les mains dans le tablier noué à sa ceinture, la pelote piquée d'épingles pendant sur sa poitrine, il regardait cette lugubre foule de malades attirés par la science du maître, et qui tournaient des prunelles anxieuses vers ce cabinet, où étaient, pour eux, le soulagement à leurs maux, le remède, le salut — l'espoir, du moins !

C'était la douleur faisant antichambre.

Des gens sortaient, une ordonnance à la main, du cabinet où d'autres malades s'engouffraient, tout pâles. Il y avait des redingotes coudoyant des blouses, des chapeaux de paille aux fleurs fanées, tremblottant à côté de têtes branlantes, coiffées d'un bonnet de linge. Une fille de service, forte, saine, gaie, regardait sans pitié, tout naturellement, comme des monstruosités aperçues tous les jours, ces hébétudes, ces contractions, ces torsions atroces de bras, ces mouvements rapides des mâchoires, tout ce que le ramollissement de la moelle humaine pouvait produire de férocités ridicules.

Dans le cabinet, debout, droit, solide, grand, maigre, avec des cheveux noirs crépus, un œil sombre plongeant dans l'œil d'autrui comme un scalpel dans la chair, les favoris gris, la lèvre rosée, le docteur Fargeas interrogeait tous ses malades qui arrivaient là comme un flot, après un flot, et dictait à ses élèves, assis devant une table chargée de papiers, d'instruments de physique, et de disques de couleurs différentes, formant, réunis, le spectre solaire et permettant au docteur de se rendre compte des perturbations, des lésions de la vue chez ses malades.

Vilandry, debout, écoutait, examinait et interrogeait à son tour, et lui aussi, comme sous la dictée de M. Fargeas, prenait rapidement des notes.

Aux murailles, des photographies, des dessins, des chromo-lithographies représentant des cas bizarres, étaient accrochés, dans des cadres. La lumière entrait, au fond, par la large fenêtre donnant sur une cour et, de temps à autre, derrière les vitres, une face terrible d'épileptique, les cheveux épars, venait se plaquer, et, hagarde — regardait curieusement.

Le maître allait vite, n'ayant à donner qu'un peu de sa science et de son temps à toutes ces souffrances accumulées, réunies, là, sur les bancs de l'antichambre, dans une promiscuité hideuse.

— Qu'est-ce que vous avez?

L'homme regardait, hébété, n'osant parler : un vieil officier décoré, portant une redingote râpée, tournant entre ses doigts, comme un enfant, un vieux chapeau gris, coupé en deux par un crêpe.

Sa femme, petite vieille, rouge, ridée, souriante, vêtue de noir, lui disait :

— Réponds donc, voyons!... Le docteur te parle!

Puis, le vieux restant là, silencieux, les prunelles sur le parquet, timide, abêti, la femme reprenait, parlant très vite :

— Voilà, monsieur. Il ne dort plus. Il ne peut plus dormir. Et des migraines, des douleurs... Oui... Dans tout le côté gauche de la tête. Il reste des nuits sans rien dire, les yeux ouverts. C'est depuis que nous avons perdu notre fille.

Le docteur dictait l'ordonnance.

— Vous reviendrez dans trois jours, madame.

— Mercredi?

— Mercredi.

Sans dire un mot, sans faire un signe, tout d'une pièce, à petits pas d'enfant, le soldat sortait, emmené par la vieille qui, pour le faire se redresser, tout bas répétait :

— Allons, commandant! Voyons, commandant! Qu'est-ce que c'est que ça, commandant?

Et lui, tête nue, bégayant, essayait de saluer et disparaissait, balbutiant :

— Merci... ci... ci... doct... docteur!

— A un autre! dit M. Fargeas.

Un homme jeune encore, chauve, usé, pâle, anémique, entrait, timide aussi, peureux. Il se plaignait de la tête. Il ne digérait pas, ne dormait pas.

— Quel est votre état?

— Teneur de livres!

— Qu'est-ce que vous voulez? Vous n'avez rien. Tâchez de prendre l'air. Marchez beaucoup, allez à la campagne. Allez-vous à la campagne?

— Je ne peux pas. Le dimanche, j'ai une tenue de livres supplémentaire — on gagne si peu — et alors...

— Alors, vous voulez vous passer d'air, de feuilles? Allez la campagne et marchez!...

Des femmes entraient, se plaignant de sentir en elles comme des boules qui remontaient, les étouffaient. Et puis il y avait des moments où elles tombaient, sans savoir pourquoi, comme du haut mal.

— Avez-vous encore votre père?

— Oui, monsieur.

— Qu'est-ce qu'il fait?

— Il est à Sainte-Anne!

— Alcoolique, disait M. Fargeas en se tournant vers les élèves.

— Votre mère?

— Maman est morte.

— De quoi?

— D'une colère. Elle était nerveuse. Elle avait des syncopes aussi, comme moi!

Le docteur prenait entre ses mains, comme un sculpteur eût manié de la glaise, ces bras et cette chair de femme, interrogeait, palpait et jetait, de temps à autre, des observations que recueillaient les élèves, Vilandry interrogeant cette inconnue dont *le chef* analysait les antécédents, et décrivait avec impassibilité *l'observation* clinique :

— Hémianesthésie du côté droit!... Diminution de la sensibilité au bras gauche!... Hystéro-épileptique... Essayons le bromure d'éthyle... — Y a-t-il encore des malades?

Et, pendant que la jeune femme interrogée s'en allait toute rouge, comme effrayée, et, dans son trouble, sachant à peine retrouver son chemin — sur le seuil apparaissaient deux femmes en noir, l'une toute pâle, apeurée, regardant devant elle avec des yeux fixes; l'autre jeune, essayant de sourire comme pour se faire pardonner son audace et bien venir de ce docteur Fargeas dont on lui avait tant parlé.

Georges Vilandry laissa involontairement échapper un cri de surprise joyeuse en la reconnaissant, cette grande et mince jeune femme brune qui conduisait ainsi sa mère, et il retrouvait là, amenée par la nécessité au seuil de cet hôpital, cette enfant rencontrée à Viroflay, il y avait déjà deux semaines, et à laquelle il avait, depuis, songé souvent, pensif et tout attendri.

Aux carreaux, la pauvre femme épileptique, aux cheveu ébouriffés, frappait de ses doigts contre la vitre et montrai à la jeune femme et à sa mère un petit cahier d'un sou, ca hier d'écolier à couverture illustrée d'une image, ramass on ne savait où, et répétait d'une voix qui était un glapis sement :

— Achetez-moi ça? Achetez-moi ça! C'est le remède pou ne pas veillir!

— Faites taire cette femme, dit le docteur Fargeas.

Un des internes alla au carreau, et, en l'apercevant, l femme au cahier d'un sou disparut.

— Elle sera montée sur un tabouret, dans la cour, pou voir ce qui se passe ici.

— Oh! elle serait facilement dangereuse, comme tout les épileptiques, dit Fargeas.

Il se tourna vers les deux femmes en deuil, et, parlant la mère :

— Qu'est-ce que vous avez, madame?

Comme, tout à l'heure, la femme du commandant s'étai mise à parler, ce fut la jeune fille qui, montrant doucemen d'un geste de pitié tendre, la femme en cheveux gris, plon gée dans un mutisme peureux, répondit :

— Ma mère est sujette à des accès bizarres, docteur, qu ne sont pas de l'aliénation, je crois, mais qui, depuis de années, la minent, la tuent. Je l'ai déjà conduite dans un maison de santé.

— Chez qui? demanda Fargeas.

La jeune femme donna un nom.

— Eh bien! on a dû la bien soigner, là?

— Oui, docteur, mais...

La jeune femme hésita un moment, puis très franchemen sans la fausse honte ou le ton humble des suppliants :

— Mais cela coûte cher et mon travail ne pouvait suffir à payer ce qu'on demandait.

— Ah! dit M. Fargeas.

Vilandry se sentait tout ému par cette douce voix de femme, et Jeanne l'ayant reconnu et salué d'un sourir triste, il en éprouvait comme une sorte d'impression com parable à un flot de lumière lui arrivant en plein visage.

— Et quel est votre état? demanda le docteur.

— Je donnais des leçons de piano, de français. Je faisais de la couture, des broderies. Un peu de tout. Maintenant, cela m'est difficile. Il faut que je reste tout le jour à côté de ma malade. Elle a des idées sombres quelquefois. Elle a voulu se tuer.

M. Fargeas enfonça son regard dans les yeux fixes de la mère, qui se tenait debout, pareille, dans ses vêtements noirs, à une statue de pierre.

Il interrogeait la fille, tout en examinant cette femme amaigrie, dont les lèvres pâles, serrées et comme cousues, ne laissaient pas tomber une parole, tandis que les prunelles demeuraient fixes, la malade regardant devant elle sans paraître rien comprendre.

Alors Jeanne racontait la vie douloureuse qu'elle avait menée, depuis son enfance, avec la malheureuse, dans l'immensité de ce grand Paris, sourd à tant de maux. Un jour, le père avait été rapporté, le corps troué, dans une charrette, à la porte d'une maison achetée pour y passer les étés joyeux. Sous ce coup de foudre, la raison de la jeune femme s'était comme écroulée. Il fallait l'arracher de vive force du bord de la fosse où l'on descendait le cercueil de Pierre Barral. Elle voulait s'y jeter, s'y enterrer, mourir là, sur la bière de ce mort. Cette première exaltation morbide passait. Le babil de sa petite Jeanne ramenait un peu de calme dans ce pauvre cerveau malade. Il semblait déjà que la fillette comprît tout. Quelque chose de sérieux, de pensif se logeait dans cette tête enfantine. On eût dit qu'elle sentait vaguement que, désormais, dans le chemin qui lui restait à faire avec Hermance Barral, ce serait elle qui serait la mère. Sans se rendre compte de rien, elle avait l'instinct de son doux pouvoir consolant sur cette âme blessée à mort.

En mourant, Pierre n'avait pas laissé d'argent à sa femme. Ce n'était pas la misère, mais c'était la gêne. On vendit la maison de Ville-d'Avray. Ce fut pour Hermance un nouveau coup de couteau dans le cœur. Elle l'aimait, ce triste logis, ce jardin où Jeanne, toute petite, courait après les papillons, ramassait les scarabées aux élytres mordorés, beaux comme des émeraudes. Elle aimait ce coin de terre où il lui semblait que, sur le chemin caillouteux, devant la grille, elle eût retrouvé des gouttes de sang de Barral tombées par les fentes de bois de cette charrette de maraîcher qui avai traîné là le cadavre.

Avec l'appétit de souffrance qu'ont ceux qui se plaisen dans leur douleur, voulant comme l'ivresse même de leur maux, Hermance Barral, dans ses moments les plus lucide ou par instinct, lorsque sa raison l'abandonnait dans ses ac cès, entraînait sa fille vers la maison de Ville-d'Avray, et timide, silencieuse, regardait à travers les barreaux de l grille blanche la maison tapissée de glycine, couverte de larges feuilles vertes de l'aristoloche, et la pelouse, et le pins, et l'érable blanc, et dans un coin, près de la grille, côté du grand cerisier, le marronnier, qu'on avait planté l jour du baptême de Jeanne.

— Tu l'appelais *Moi!* disait Hermance en hochant la tête Regarde comme il a poussé! Il n'est plus à nous!...

— Viens, mère! répondait Jeanne en essayant d'entraîne la pauvre femme, qui s'obstinait à demeurer à la mêm place, immobile.

— Tu vois, répétait la veuve. C'est là que la charrett s'est arrêtée... Ils ne voulaient pas me laisser voir!... Ah ton pauvre père! ton pauvre père!... Quand il m'avait parl comme il l'avait fait la veille, j'aurais dû pourtant devine qu'il y avait un malheur sur la maison. Je n'aurais pas dû l laisser partir... Je suis coupable... coupable... coupable..

Elle répétait le mot machinalement, devenant pensive comme si le gouffre de la folie la ressaisissait, et Jeann l'interrompait, tâchait de l'arracher doucement à cette con templation dangereuse, et disait :

— Mère! mère!

Du fond du jardin, de ce jardin où Jeanne autrefois avai joué, des cris d'enfants venaient, pareils à des gazouilli d'oiseaux, à travers les arbres. Une mère passait, se prome nait lentement sous une ombrelle de toile. Dans un coin, u homme jeune, en vêtement de coutil, lisait son journal étendu dans un *rocking-chair,* sous l'acacia aux grapp roses. Des heureux, ces inconnus! Ces inconnus qui succé daient à la pauvre Hermance dans le logis où l'on avai veillé le corps de Barral, là-haut, dans cette chambre où Hermance semblait revoir encore la pâle lueur des cierge jaunes! Et il lui semblait que ces gens lui volaient quelqu hose de sa vie, marchaient, inconscients, sur ses plus sacrés ouvenirs!

Elle frissonnait, se laissait emmener par Jeanne, et il 'était pas rare qu'à ces pèlerinages douloureux, auxquels n ne pouvait arracher cette femme, une crise succédât, sinistre : M^me^ Barral apercevant le meurtrier de son mari — u'elle n'avait jamais vu — et voulant le tuer, lui vider les rbites avec ses ongles.

Tant que Jeanne avait été petite, une sœur de M^me^ Barral, morte maintenant et demeurée vieille fille, était venue vivre Paris avec Hermance, la soigner, surveillant aussi l'éduation de l'enfant qui, mise en classe dans des établissements le second ordre, dans des pensionnats de faubourg, apprenait pourtant, avec une résolution ardente, voulait tout savoir, comme si elle eût senti que l'avenir de sa mère pauvre eposait tout entier sur elle.

M. Aurès, un des témoins de Barral dans son duel, avait, un moment, voulu venir en aide à la veuve de son ami, puis il s'était éloigné, comme les anciens compagnons de Pierre, trouvant peut-être qu'il y a comme de la contagion dans le malheur. Au reste, pas plus que l'adversaire de Barral, mort d'une chute de cheval, au bois de Boulogne, M. Aurès ne survécut longtemps à son ancien ami.

Jeanne était déjà une femme — dix-huit ans — lorsque, il y avait deux ans, la sœur de M^me^ Barral était morte.

Jeune, jolie, faite pour aimer et pour être aimée, avec des effusions refoulées, des rêves qu'il lui fallait chasser à mesure qu'ils passaient devant elle, la jeune fille s'éveillait seule, dans une mansarde de la rue Saint-Louis-en-l'Ile, face à face avec cette femme secouée, de temps à autre, par quelque terrible crise, et qui la regardait de ses yeux fixes, du fond d'un fauteuil où elle se tenait d'ordinaire, immobile et songeant.

Jamais elle n'avait senti en elle, cette Jeanne, ni un sentiment de révolte ni une velléité de colère. Elle restait aux côtés de cette mère pauvre et démente, tout naturellement, comme on demeure au poste où vous a placé la vie. Elle travaillait pour la folie, qui ne pouvait se nourrir, comme la mère eût travaillé pour elle, quand elle était petite. Elle eût voulu seulement reprendre à la maladie cette intelligence et cette bonté qui parfois se changeaient en fureur et menaçaient de mort cette enfant elle-même qui se faisait à la fois garde-malade et nourricière. Les consolations de Jeanne étaient d'emmener M$^{me}$ Barral en promenade, loin de la foule, dans les rues désertes des environs de l'Arsenal ou vers les coins solitaires du Jardin des Plantes. Jeanne brodait silencieusement, sous les arbres, regardant parfois passer les couples d'amoureux et jouer les enfants dans le sable, et, un peu calmée, Hermance souriait en prenant le frais.

Dans l'été de 1870, la malade que la chaleur énervait d'habitude et jetait dans ses accès, se sentait mieux, par extraordinaire. Jeanne était heureuse. Elle espérait. Des leçons, données en assez grande quantité, lui permettaient de faire des économies. Qui sait? Il y avait peut-être des joies encore pour ces deux femmes, après tant d'épreuves. Les journées sinistres de la fin de cette année, la crise farouche qui secoua Paris au début de l'an qui suivit, rejetèrent la pauvre femme à son effroyable névrose, exacerbée par les souffrances du siège et les terreurs de la Commune.

Comme cause initiale à bien des maladies mentales, à l'état convulsionnaire de tant de pauvres filles jetées à l'hôpital, la science touche presque toujours du doigt cette chose navrante : la guerre civile. On ne tue pas seulement des corps, mais des esprits, et la pensée a ses cadavres, cadavres ambulants.

M$^{me}$ Barral sortit décidément perdue de ces mois tragiques. Son mal avait triplé en violence, en fréquence. Elle se levait la nuit, appelait, criait, montrait le poing à ce bourreau qui l'avait fait veuve, et poursuivit, une fois, ce fantôme dans l'escalier, un couteau à la main. Les voisins s'effrayèrent. Jeanne fit monter sa mère dans un fiacre et, étouffant ses larmes, la conduisit dans la maison d'un aliéniste, dans la banlieue de Paris. On y soigna la malheureuse. Elle s'y sentait à la fois matériellement bien traitée — elle ne manquait de rien — et moralement insultée, comme si la promiscuité des folles eût été pour elle une flétrissure.

— C'est encore *lui* qui me poursuit, disait-elle, lui, le misérable lâche!

*Lui*, c'était le meurtrier de Pierre Barral.

La pension d'ailleurs, en cette maison, coûtait cher.

Toutes les économies de Jeanne s'en allaient comme de l'eau. La pauvre enfant passait des nuits à travailler, frappait à la porte des magasins de confection, et sollicitait de l'ouvrage, côte à côte avec des ouvrières qui la regardaient avec colère, se demandant comment une fille presque bien mise venait disputer, voler le pain de plus besogneuses.

Jeanne ramassait par tous les moyens l'argent qui était, pour elle, comme de la santé monnayée, de la vie pour l'insensée. Elle courait le cachet, dans Paris, enseignant ce qu'elle s'était appris elle-même, passant ses examens à l'Hôtel de Ville, diplômée, c'est-à-dire capable d'être dédaigneusement traitée, comme une mercenaire, par ceux qui lui demandaient des leçons d'anglais ou de piano et qui, la voyant arriver grelottante en hiver, rouge et congestionnée en été, ne lui offraient pas toujours de se chauffer les pieds à la cheminée, les jours de décembre, ou de prendre un verre d'eau, les jours de juillet.

Qu'importait à Jeanne! Cette vie de misère, au lieu de l'anémier et de l'abattre, l'avait faite robuste, et toutes les tristesses de son existence semblaient s'effacer devant l'espèce d'amère joie de son devoir. Elle n'avait qu'une terreur : ne pouvoir suffire au paiement de cette pension dans la maison des aliénés. Le travail acharné d'un homme n'y eût point suffi.

Et maintenant les économies étaient dévorées. Jeanne songeait à ces sinistres fins de mois qui allaient venir, échéances affreuses. Comment y faire face? La journée et la nuit n'ont qu'un nombre d'heures voulu. Maintenant, la jeune fille se tuait, penchée sur sa couture, et, en dépit de sa jeunesse, elle se sentait faiblir, non devant la responsabilité, mais sous le fardeau de sa tâche.

Le docteur qui soignait M^me^ Barral devina. Il eût pu proposer à cette enfant l'aumône des dettes futures, mais il sentait en elle trop de fierté. Et puis, réellement, l'état de la malade s'était amélioré. Il n'y avait plus rien à craindre pour les voisins. Hermance pouvait reprendre sans danger ce tête-à-tête éternel et touchant avec sa fille...

— La maladie, déclara le médecin à Jeanne, est d'ailleurs bien moins une folie constatée qu'une sorte d'hystéro-épilepsie. Et au cas où les accès reparaîtraient, je vous conseillerais de conduire votre malade soit à M. Charcot, qui es un maître éminent, hors de pair en ces matières, soit M. Fargeas. L'un et l'autre ont un service à la Salpêtrière

Ce lugubre nom, la Salpêtrière, sonnait pour la premièr fois, pareil à un glas, aux oreilles de Jeanne. Il évoquai soudainement la vision d'un lieu de supplices, avec des ap paritions dantesques de visages égarés, des cris sinistres e des grimaces de folles. La Salpêtrière! le Bicêtre de femmes! Ah! vraiment, non, Dieu merci, non, on n'en étai pas là!

Et Jeanne se sentait comme ivre de joie à cette idée d pouvoir vivre encore, côte à côte, avec sa mère, comme pa le passé, dans la même chambre, de pouvoir la veiller l nuit, la soigner, prévenir ses désirs, se pencher, durant l sommeil de la pauvre, sur ses cheveux gris, en retenan son souffle, comme la mère sur la joue de son enfant!

Il lui avait semblé que, dans l'établissement d'aliéné dont la lourde porte s'était un jour refermée sur Hermance, sa mère était perdue pour elle, ensevelie, comme morte, e maintenant c'était une sorte de renaissance, une résurrec tion. On la lui rendait.

Elle l'étouffait de ses baisers.

— Ah! si tu savais ce que j'ai souffert là-bas, ma chèr petite, disait Mme Barral. Ils ne me saluaient même pas. Il me disaient que j'étais folle. Si j'avais pu, j'aurais mang les barreaux de la cour avec mes dents pour me sauver e venir t'embrasser!

Hermance Barral avait alors quarante ans. Ses traits régu liers et fins, jadis faits de charme, s'étaient comme durcis, racornis comme du parchemin, et animés d'une expressio d'énergie mâle, bourrée de menaces. Elle avait des regard terribles, roulant des pensées d'épouvante, et qu'un sourir de Jeanne adoucissait. La jeune fille enlevait du cerveau d sa mère les suggestions tragiques, comme on prendrait dou cement une arme égarée aux mains inconscientes d'u enfant.

Elles avaient déménagé, Jeanne voulant éviter les ques tions, les propos, les regards des voisins de ce coin de Paris, Saint-Louis-en-l'Ile, calme et raconteur comme une pro vince. Elles habitaient un humble appartement, vers le boulevard Montparnasse, avec un jardinet grand comme un drap de lit, où Mme Barral avait, pour s'asseoir, une tonnelle, et tout autour des volubilis bleus et roses qui grimpaient.

Lorsque Jeanne n'était pas en courses pour donner des leçons, elle restait là, travaillant aux pieds de sa mère, comme quand elle était petite. Elle pouvait presque se croire heureuse dans ces accalmies du malheur.

Puis, un jour, les crises revenaient brusquement, Mme Barral ayant été attirée par un attroupement devant une boutique de pharmacien. On y apportait un homme écrasé, livide. Hermance apercevait cette face pâle, au fond de la pharmacie, et, sur la chemise toute blanche, des taches rouges qui lui rappelaient le sang d'autrefois.

— Circulez ! circulez ! disaient les sergents de ville sur le seuil. Voyons, ne restez pas là !

Et l'un d'eux restait stupéfait, ne sachant que penser lorsque cette femme en deuil lui répondait :

— Comment ! Je n'ai donc plus le droit de veiller le corps de mon mari, maintenant?

— Votre mari, madame?

— Oui !... Pierre Barral ! On me l'a tué ! Je veux l'embrasser !

Et, comme le sergent de ville faisait place, s'effaçant pour laisser passer la pauvre femme, Jeanne prenait sa mère doucement par le bras, disait tout bas à l'homme de police qui hochait la tête, comprenant maintenant : « Ne faites pas attention, monsieur », et emmenait sa mère, en répétant sur le ton d'une prière qui se ferait caresse :

— Maman, ma chère maman ; viens, maman, nous serons si bien chez nous !

C'était le début de nouvelles secousses, d'une phase nouvelle dans la maladie et, depuis ce jour, les crises de la pauvre femme devenaient épileptiformes, plus effrayantes encore peut-être pour Jeanne qui regardait se tordre dans des convulsions atroces, dans des torsions de damnée, cette pauvre créature exquise et bonne qui était sa mère.

Et, comme, de mois en mois, cet état morbide s'accentuait, comme les crises devenaient à la fois plus fréquentes et plus épouvantables, il fallait bien songer à faire de nouveau subir à la malheureuse un traitement radical. Mais quel parti prendre? La conduire dans la maison de santé d'autrefois? Hélas! les économies étaient finies!... Jeanne se serait saignée aux quatre veines pour payer les mois de ce traitement qu'elle n'y serait point parvenue. On dirait que la folie ou les névroses sont des maladies de riches. Cela mange une fortune. Les maniaques ont besoin de domestiques. La douleur coûte cher.

Alors, avec toutes sortes de frissons tragiques, d'angoisses et de répugnances, Jeanne Barral songea à cette suprême ressource, à ce dernier asile : *l'hôpital*. Elle en avait la terreur, comme l'a le peuple. A l'hôpital, les médecins sont cependant illustres, les soins gratuits, les médicaments fournis aux malades, le bordeaux aux convalescents. Mais c'est l'*hôpital*. Cela sent l'agonie, le dépècement, le charnier. Il semble que, dans les rideaux blancs des lits, des odeurs de râles flottent encore, pareilles à des miasmes. L'imagination grossit ces frayeurs et les souffrants aiment mieux mourir *at home*, chez eux, dans une misère qui ne sent pas du moins la charité, qui ne pèse point comme une aumône.

— Allons donc! se disait Jeanne. Et où trouverait-on des soins pareils à ceux qu'on donne à l'hôpital? Et cette maison de santé, qui coûte si cher, n'était-ce donc pas aussi l'hospice et la prison?

Elle s'efforçait, par toutes sortes de raisonnements, de dompter le dégoût, l'effroi qui s'emparaient d'elle. Il fallait pourtant bien que sa mère fût soignée, guérie peut-être, et ce n'était pas dans leur triste mansarde que la démente retrouverait le repos et la raison...

Oui, mais, à la Salpêtrière — puisque c'était la Salpêtrière qui réclamait de telles malades — il fallait quitter encore sa mère! L'abandonner! La lourde porte se refermerait entre elle et Jeanne. Deux fois seulement par semaine, la pauvre fille pourrait voir sa *grande enfant*, l'attirer, dans un coin du jardin, l'asseoir sur un banc, causer les mains dans les mains, la calmer, lui sourire pour essayer d'amener un autre sourire à ses lèvres...

Non, Jeanne Barral, cette fois, ne se sentait plus le courage d'abandonner à d'autres cet être cher que secouait un mal hideux. Elle avait la superstition peureuse d'une séparation éfinitive. Toute tremblante, elle songeait : — « Si je n'allais as la revoir? Ne plus la revoir? » — Un jour qu'elle viendrait là, demander sa mère, si on lui disait qu'elle était morte? Morte loin d'elle? morte sans l'avoir embrassée? morte entre les bras d'une autre? Est-ce que c'était possible, a? Jeanne Barral s'était-elle donc résignée, courbant enfin a tête sous la nécessité, lorsqu'elle avait ainsi consulté l. Fargeas?

Le docteur l'avait écoutée, tandis qu'elle décrivait les symptômes de la maladie qui lentement tuait sa mère. Georges Vilandry ne perdait pas de vue cette jeune fille, franchement belle, pensive et pâle, et tout son être indistinctement allait à elle, comme les admirations habituelles de ses enthousiasmes allaient aux choses bonnes, aux œuvres hautes. Il lui semblait qu'une telle créature était comme le résumé de ses aspirations. Il n'eût pas autrement imaginé la femme idéale, cherchée, rêvée. Sa double nature de savant habitué aux réalités sévères, et de songeur ne détestant point les vagues chimères, se sentait attirée invinciblement, dès ces premières rencontres, par cette loyauté du regard, ce charme de la voix, cette expression de courageuse fierté dans la souffrance. Il eût voulu connaître dans l'intimité même de ses pensées cette jeune fille que M. Fargeas interrogeait tout naturellement, avec sa netteté habituelle, tandis que la malade, l'œil atone maintenant, semblait inconsciente de ce qui se passait.

— Il y a combien de temps que votre père est mort?

— C'était en juillet 1852. Nous sommes en juin 1872. Il y aura vingt ans dans quelques jours. Vingt ans! répéta Jeanne en enveloppant instinctivement du regard cette pauvre femme qui, depuis vingt années, n'appartenait plus au monde normal.

Vilandry devinait tous les sacrifices, dans ce bon regard attendri.

— Et les crises ont commencé dès 1852? ajoutait M. Fargeas.

— Tout de suite, monsieur. J'étais bien petite, mais il me semble que je m'en souviens... Seulement elle était plus tranquille alors... ou morne...

— Et maintenant... Elle vous paraît agitée?

— Souvent. Puis elle reste couchée, les mains tordues, comme un enfant qui a des convulsions.

M. Fargeas s'était retourné vers ses élèves, et, comme un guide montrant un tableau, il décrivait, avec une divination singulière, et qui frappait Jeanne, les phénomènes divers que devait présenter le sujet. Vilandry la voyait reporter son regard anxieux du visage du docteur à la face immobile de la mère, et, quand M. Fargeas eut fini, il la vit devenir plus pâle qu'elle n'était encore.

— C'est bien, dit le médecin. Je prendrai votre mère dans mon service.

M. Fargeas semblait chercher des yeux son chapeau, sans doute posé sur quelque chaise, et rapidement tirait sa montre en hochant la tête comme un homme pressé.

— Je vous remercie, monsieur, balbutia Jeanne.

— Oh ! vous n'avez pas à me remercier ! Il y a justement un lit vide... le numéro 4..., salle Sainte-Claire, n'est-ce pas, Vilandry?

— Oui, le numéro 4, répondit Georges, qui sentait maintenant les grands yeux noirs de Jeanne posés sur les siens.

— Bon ! voilà qui est dit.

— Pardon, monsieur, murmura tout bas Jeanne, hésitante.

— Quoi donc, mademoiselle?

Fargeas avait mis son chapeau sur sa tête tout naturellement, et les élèves s'étaient levés, refermant leurs cahiers de notes, la consultation étant finie.

— Monsieur, dit tout à coup la jeune fille très résolument, je voudrais vous adresser une prière.

— Je suis tout à vous, mademoiselle, mais...

Il semblait vouloir ajouter : « Je suis pressé, vous le voyez. Hâtez-vous ! »

— Monsieur, je voudrais pouvoir ne pas quitter ma mère!

— Vous, mademoiselle? Mais c'est impossible. Votre mère, une fois entrée ici, nous appartient et nous la soignerons de notre mieux. Vous pourrez la voir les jours de visite, de une heure à trois heures, le jeudi et le dimanche.

— Je le sais, dit Jeanne. Je voudrais mieux que cela. Je voudrais rester à côté d'elle... là-bas.

Elle étendait la main, toute droite, vers la porte qui donnait sur le laboratoire et qui menait — elle le devinait d'instinct — aux salles de l'hôpital.

Georges Vilandry se sentait remué jusqu'au fond de l'âme. Du ton dont elle avait parlé, à la flamme ardente qui, subitement, allumait le regard de cette grande jeune fille frêle, il eut du coup la perception nette de ce qu'elle voulait, de ce qu'elle demandait en suppliante, lorsqu'il fallait la remercier de son sacrifice.

— Mademoiselle, répondit M. Fargeas, je conçois tout ce qu'il y a de pénible dans de telles séparations ; mais de toute nécessité : ou vous garderez votre malade, ce qui me semble difficile et ce qui serait déplorable, ou vous la confierez sans réserve à nos soins.

— Monsieur, répondit Jeanne Barral d'un ton bref et plein de frayeur pourtant, je vous en supplie, usez de votre autorité, de votre bon vouloir, pour me permettre de rester ici — comme fille de salle.

— Fille de service? dit M. Fargeas en regardant en face cette enfant distinguée et délicate sous ses pauvres vêtements de deuil.

Vilandry avait bien senti ce qu'elle allait dire. Il éprouvait une émotion profonde, les yeux un peu mouillés, une oppression sur la poitrine.

— Oui, monsieur, dit Jeanne en prenant la main inerte d'Hermance, qui regardait devant elle, clignant des paupières, comme si la lumière du dehors, entrant brutalement par la fenêtre en face d'elle, l'eût aveuglée. Oui, fille de service. Et je servirai bien, et je soignerai les autres comme je soignerai ma pauvre maman, et on sera content de moi, monsieur, et ce sera bien à vous de me la guérir et de me permettre d'être là pour la voir renaître sous vos soins ! Je sais, je sais tout. On m'a dit que vous preniez pour les salles des paysannes, des servantes, de braves filles... je ne suis pas forte comme elles, mais je sais beaucoup de choses... je suis presque déjà une garde-malade... Ah ! faites cela, monsieur ; docteur, faites cela ; c'est un moyen de soigner deux êtres au lieu d'un : elle et moi ! — N'est-ce pas, maman? demandait instinctivement Jeanne à la malheureuse qui, l'esprit ailleurs, regardait, souriait et répondait : « Oui ! oui ! oui ! oui ! » machinalement.

Les élèves avaient des envies de crier « *bravo* » à la pauvre fille. Ils se sentaient émus, réellement, et tout drôles. M. Fargeas, fronçant les sourcils, regardant en face cette enfant, timide dans la sublimité de sa demande, grommelait on ne savait quoi entre ses dents, et, entre le pouce et l'index, se tordait la lèvre inférieure. Vilandry savait que c'était là une des formes de l'attendrissement du maître, peu sentimental par tempérament et par habitude.

Au bout d'un moment, Fargeas répondit :

— Eh bien ! c'est bon ! C'est une idée comme une autre, après tout ! Le costume est joli. Le petit bonnet blanc vous ira bien. Je fais mon affaire de votre demande. C'est très bien ! — Adieu, messieurs ! dit-il brusquement à ses élèves.

Jeanne, dont la pâleur maintenant rayonnait, avec un appétit de sacrifice et de souffrance, s'écarta doucement pour le laisser passer. Arrivé au seuil de la porte, M. Fargeas cessa de se tortiller la lèvre avec ses doigts, et se retournant vers la jeune fille, il la bombarda d'un regard aigu, puis revenant à elle, il lui tendit la main, la serra et dit :

— Vous êtes une brave fille, vous !

Puis, se tournant encore vers les élèves, et leur montrant la démente aux cheveux épars, qui s'était hissée encore à hauteur de la fenêtre et regardait dans la salle, de ses yeux fous, en chantant une chanson dont on n'entendait que des notes gutturales, des sons rauques :

— Et qu'on lui flanque la camisole, à celle-là, si elle continue à grimper toujours comme ça ! A demain !

Tous les élèves saluèrent.

Georges Vilandry regardait Jeanne. Elle se penchait à l'oreille de sa mère, lui murmurait quelques mots à l'oreille, et la vieille femme, écartant de sa face ses cheveux gris, envoyait, comme un enfant, du bout des doigts, un baiser à la porte ouverte par laquelle Fargeas était sorti.

## VII

### LA SALLE DE GARDE

Quand il s'éveillait le matin, dans le petit logis que l'hôpital donnait à ses internes, là-haut, sous les toits du pavillon de Bellièvre, dans le bâtiment Mazarin, Vilandry avait sous les yeux — comme un immense parterre dont les maisons eussent été les massifs — Paris! Paris, dont la grande rumeur montait vaguement jusqu'à sa cellule de travailleur encore étudiant.

L'appartement de l'interne s'ouvrait, comme la porte d'un cachot ou d'un logis de moine, dans un grand couloir sombre, très large, mais bas de plafond, où l'administration logeait, en bloc, tous les employés; les teneurs de livres et les plumitifs ayant des chambres plus vastes que l'interne, toujours sacrifié. Mais du moins, après avoir gravi l'escalier de pierre monumental où il se heurtait à tant de pauvres vieilles, logées dans ce pavillon, et traînant ou colportant leurs sanies à travers les marches, lorsque Vilandry se trouvait seul, libre, maître de sa pensée, de ses rêves, dans son humble retraite, alors il respirait à l'aise. Il oubliait les visites des malades, les tristesses des agonies, les confidences des *entrantes*, les nécessités d'ailleurs passionnantes des dissections, et là, devant sa table de travail, ses livres rangés sur des rayons de bois blanc — petite bibliothèque de *studiosus* où les historiens de la liberté se mêlaient aux écrivains scientifiques et les poètes comme Victor Hugo, aux naturalistes comme Geoffroy Saint-Hilaire ou Huxley — il se prenait à songer, et sa joie c'était d'écrire au père.

Son logis, après tout, n'était qu'une grande chambre divisée en deux par une cloison, une alcôve plutôt. Ses vêtements, bien rangés, pendaient à des patères, derrière des rideaux de serge verte, soigneusement tirés. Des bottines cirées, une paire de bottines vernies, pour les grands soirs, attendaient, sous ces mêmes rideaux, et — dominant la toilette de noyer à dessus de marbre dont le pot à eau de faïence, à grosses fleurs bleues, égayait la blancheur froide — des dessins d'amis, des *charges* de compagnons faites par le crayon d'un camarade, deux petits cadres surtout, deux cadres de verre à bordure de bois, où Vilandry retrouvait les portraits de sa bonne femme de mère, avec sa jolie coiffure du pays, le barbichet de mousseline brodée; et *le vieux*, ses grosses larges mains de travailleur posées sur ses genoux, et sa mâle figure d'honnête homme clignant des paupières, se contractant devant l'objectif du photographe.

Mais, la fenêtre ouverte, l'interne plongeait, comme du haut d'une pensée, sur ce Paris qui s'éveillait et s'endormait en même temps que lui, amas de toits d'où la coupole du Panthéon et les clochers des églises émergeaient, dans des poudroiements d'or, au soleil couchant, ou de roses clartés d'aurore. Il regardait la tour Saint-Jacques, la colline de Montmartre. Au milieu, apparaissant dans la brume, les tours de Notre-Dame semblaient dominer cette ville immense d'où montait, peu à peu, un bruit de chars. A gauche, le Val-de-Grâce étincelait sous le soleil.

Au bas de sa mansarde, comme sous ses pieds, le jeune homme apercevait, sur les allées pavées et le long des acacias du jardin, de vieilles femmes marchant lentement sans prendre garde aux hirondelles qui, ironiquement rapides, rasaient les pelouses vertes, semblables à du velours usé. Tout près, une grande plaque qui semblait du verre noir étincelait, lançant des paillettes de lumière. C'était le bâtiment de la gare d'Orléans, très voisin, et dont les sifflets de locomotives souvent déchiraient l'air, aigus comme de sinistres cris de folles.

Puis, au haut de ces murailles qui encerclaient la Salpêtrière, devant lui, sous sa fenêtre même, au-dessus des cheminées et des toits de tuiles, Vilandry apercevait un lambeau de drapeau tricolore clapotant au vent, le drapeau suspendu devant le grand portail de l'hospice, et qui rappelait au jeune homme les mois de dévouement au pays — l'année précédente — les rudes étapes de l'armée de la Loire, les coups de feu de Villepion et de Coulmiers... Tout venait pour lui dans cette étroite chambre. Cette fenêtre, ouverte sur Paris, semblait s'ouvrir sur l'avenir. Les souvenirs du petit pays limousin revivaient dans les cadres de bois, et les espérances de la grande patrie palpitaient, comme des oiseaux blessés, avec les trois couleurs de ce drapeau que la pluie noircissait peu à peu.

Et maintenant, à ces images qui, avec ses chers livres tant de fois feuilletés, relus et annotés, emplissaient la cellule de l'interne, une vision nouvelle venait s'unir. Il lui semblait — la plante humaine se développant comme les autres — qu'on venait de greffer sur lui-même quelque chose d'inattendu, dont le suc le pénétrait, s'infiltrait chaudement dans ses veines.

Depuis qu'il avait, ce jour de juin, rencontré à Viroflay cette jeune fille que le hasard de la vie ou plutôt l'inflexible logique d'une situation désespérée rapprochait de lui, tout à coup, Vilandry se demandait ce qu'il y avait de changé dans son existence. Il se sentait à la fois plus inquiet et plus heureux. Il était trop de son temps, de cette époque tourmentée, hésitante et nerveuse pour ne s'être pas posé bien des fois déjà cette question :

— Je travaille, je vais, je marche, je vieillis. Mais où vais-je?

Evidemment, il savait bien où était son but. Là, devant lui! « Un Dupuytren », disait en parlant du *petit*, le vieux raboteur de planches de Pierre-Buffière. Mais, s'il était résolu à vouer tout son temps à ses semblables, comment Georges Vilandry organiserait-il cependant sa propre vie? Faisant large part au dévouement et au devoir, garderait-il une place au bonheur intime? Irait-il exercer la médecine en Limousin, auprès du père? Ou se jetterait-il à Paris, corps et âme, se donnant à jamais à cette bataille de tous les jours? Il prendrait, se disait-il, une décision lorsqu'il aurait trente ans, lorsque son stage serait achevé, lorsqu'à son tour il aurait conquis tous ses grades.

Trente ans! Il lui semblait que jamais l'heure de la trentaine ne sonnerait! Il avait cette impatience des jeunes qui ressentent une violente et ignorante hâte de vieillir, comme si la vieillesse ne guettait pas, au coin des ans, inévitable comme la mort qui va cependant souvent plus vite qu'elle, et ne posait pas assez rapidement sa main décharnée sur les fronts !

— Quand j'aurai trente ans, je verrai.

Et il laissait les jours passer, courbé sur son microscope, étudiant la moelle humaine, la cellule qui est la vie, le génie, l'humble et admirable cause, la génératrice — et tout à coup, une rencontre presque banale en apparence, une sorte de vision inattendue terminant une partie de campagne où des étudiants et des grisettes allaient, au bois, cueillir des merises, changeait brusquement la direction de sa pensée et peut-être le cours de sa vie !...

Il n'avait pas à le nier à lui-même et dans ces songeries, sous les toits, il se l'avouait parfaitement : il était amoureux. « Ah ! bêtement et absolument amoureux ! » se disait-il en essayant de railler la douceur même qu'il éprouvait. Amoureux de cet amour qui détourne la pensée de tout autre objet que l'être qui plaît, amoureux de l'amour des vingt ans, pur, absolu, fait de tristesses sans cause et de timidités sans fin, amoureux comme il ne l'avait jamais été en croyant avoir aimé vraiment, et sentant bien maintenant, dans l'épanouissement et le frémissement de tout son être, qu'il n'avait jusqu'ici connu que le caprice, et qu'à présent, vraiment, du fond de l'âme et de toute la force de son cœur, il aimait cette femme, Mlle Barral, dont tout haut, à lui-même, contemplant Paris qui s'illuminait, le soir, criblé de lueurs, comme un immense puits sombre qui eût réflété les étoiles — il se répétait le nom, doux comme une musique, comme l'écho de sa jeunesse et de ses rêves : « *Jeanne !* »

Vilandry n'était rien moins que superstitieux, son métier lui ayant appris à ne se payer que de réalité ; mais il en venait à se demander si le sort ne voulait pas le rapprocher de cette femme, et il se plaisait à cette idée de prédestination. Ah ! comme le bon gros Pedro l'eût accablé de reproches d'idéalisme !

L'impression produite sur l'interne par Mlle Barral n'avait pas échappé d'ailleurs aux externes soumis à Vilandry et aux camarades de la salle de garde. Matin et soir, aux repas, dans ce petit rez-de-chaussée qu'une immense et haute baie, une fenêtre monumentale, sans rideaux, éclairait d'un jour cru, laissant voir les longs bâtiments blancs de l'hôpital et les branches des arbres échevelés par le vent, ce nom de Mlle Barral revenait maintenant dans la conversation, presque à tout propos, l'entrée quasi romanesque de la jeune fille à la Salpêtrière ayant fait événement dans tout ce monde de docteurs, d'étudiants, de filles de service et de surveillantes.

Autour de la table, dans les causeries rapides, lorsqu'un cas pressant, une opération longtemps attendue, un accès grave ne venait pas couper court aux bavardages, c'était, dans les repas arrosés de vin clair, une continuelle biographie de la nouvelle arrivée, des exclamations sur sa beauté, des légendes sur sa vie, un tas de racontages incessants, tous à la louange de cette Jeanne sacrifiant ainsi sa jeunesse et s'emprisonnant, en tête à tête avec des épileptiques — autant valait dire des aliénées — dans le dortoir où reposait sa mère.

Georges écoutait, parlait peu, mais buvait, comme quelque chose de grisant, ces éloges de bonne foi, élans de jeunesse, parfois gouailleurs, toujours sincères, allant vers la pauvre fille, volontairement martyre, comme autant d'hommages et de respects.

— Et dites donc que nous ne savons pas admirer la vertu!... s'écriait gaiement Pedro. Je l'aime, platoniquement, c'est vrai, mais je l'aime, parole d'honneur! Et quand je la rencontre, comme ça, ma foi, j'y vais de mon coup de chapeau, comme, au théâtre, quelquefois, j'y vais de ma larme!

— Toi, Pedro, tu pleures au théâtre?

— Parole! J'ai du cœur. Je suis très tendre. Plus tendre que votre côtelette, mère Girard! dit le gros garçon en se tournant vers la cuisinière de ce *mess* d'étudiants.

— Je n'étais pas dans la jambe de ce mouton-là, répondit la vieille femme, qui cherchait des tasses à café dans une sorte de bahut accroché à la muraille.

Pedro se renversa sur sa chaise en éclatant de rire.

— Ah! bravo! ah! magnifique, mère Girard! La côtelette pousse dans la cuisse du mouton! Bravo! premier prix d'anatomie comparée, mère Girard! Ah! si j'osais, je vous embrasserais pour cette découverte-là!

La bonne femme de cuisinière souriait en haussant les épaules et répondait sur un ton maternel :

— Ah! grand fou de monsieur Pedro, allez!

Et Pedro, à qui il fallait si peu de chose pour rire, s'amusait comme un gros enfant de cette côtelette si étrangement placée.

Vilandry n'était point là. Une de ses malades venait d'être prise d'une attaque. Il la soignait. Le dîner finissait dans le tapage des causeries générales. Pedro, arrivé en retard, mangeait vite, tout en s'amusant, pour rattraper les camarades. Le petit Finet bourrait une énorme pipe d'écume de mer, plus grosse que son poing.

Il y avait à ses côtés un grand jeune homme mince, grêle, imberbe, avec un pince-nez sur les yeux, qui, de temps à autre, quand la conversation devenait trop gaie ou semblait trop *bizarre*, *regardait par la fenêtre les bâtiments* de l'hospice, et paraissait se perdre dans une sorte de mystique contemplation du ciel bleu, devenu de minute en minute un peu gris sous le crépuscule.

Dans l'œil profond, clair et grand ouvert, de ce jeune homme maigre, s'allumait une flamme maladive d'une expression fiévreuse, tout à fait étrange.

A sa droite, se trouvait placé Mongobert qui, pour voisin, avait un homme d'une trentaine d'années, blond, avec une barbe longue lui tombant sur la poitrine, joli garçon au type slave, le nez court, les cheveux rares, jetant autour de lui des regards très vifs, curieux, qui interrogeaient et pensaient.

Mongobert avait tout à l'heure, en le présentant à la table des internes, expliqué en deux mots comment M. Serge Platoff, sculpteur russe, se trouverait parfois le convive des habitués de la salle de garde. Un ami de Mongobert, vieux camarade d'atelier, établi à Moscou où il faisait de l'art industriel, des figurines pour pendules, des groupes de bronze pour le commerce — on fait ce qu'on peut, disait Mongobert qui n'avait pas de préjugés — recommandait tout spécialement à son ancien compagnon, M. Platoff, venu à Paris pour se perfectionner dans l'étude stricte de la nature. Il y avait, dans la sculpture telle que la pratiquaient les maîtres à Pétersbourg ou à Moscou, trop de sentimentalisme et d'idéalisme, au gré de Serge.

Les sculpteurs moscovites rêvaient et cherchaient en art le mouvement, le drame, l'expression du visage « *Eh bien!*

disait Platoff, le marbre et le bronze ne sont pas faits pour cela. » Il sentait bien que la sculpture, c'était le calme, la ligne, le repos. Il voulait se débarrasser, comme d'un fardeau, de tout l'enseignement reçu là-bas, et chercher, dans un pays nouveau, une inspiration qui ne fût ni la raideur hiératique des figures byzantines ni le tortillé et le factice des statues russes modernes.

— J'ai besoin de vérité, disait Platoff, j'en ai soif!

Il allait donc droit à la vérité sinistre, à l'écorché, au cadavre, et portait à Mongobert, préparateur de pièces anatomiques et sculpteur en cire, la lettre de recommandation qu'on lui avait remise à Pétersbourg.

A la Salpêtrière, Mongobert avait une sorte d'atelier à lui, atelier bizarre sentant l'amphithéâtre et le musée de médecine, où des débris humains traînaient à côté de têtes de criminels, moulées sur nature après l'échafaud — rez-de-chaussée singulier où des copies de la Vénus de Milo et des Captifs de Michel-Ange faisaient comme des antithèses consolantes aux difformités atroces que le mouleur conservait ou modelait pour les vitrines de l'hôpital ; — et la première chose que Serge Platoff apercevait en pénétrant dans cette salle pleine d'une fade odeur combattue par l'alcool où trempaient des pièces anatomiques, c'était un vieux carré de papier jaune, portant d'immenses lettres imprimées, une affiche de théâtre de province où il était dit, en grosses capitales :

*A dix heures et demie, dans l'acte du bal*

DU

CHAPEAU DE PAILLE D'ITALIE

M. MONGOBERT

PHOTO-SCULPTEUR

Modèlera en sept minutes, sous les yeux du public, un grand médaillon, homme célèbre, allégorie, scène moderne, mythologique, au choix des spectateurs.

NOTA. — *Les emblèmes politiques sont interdits. — Ressemblance garantie.*

Et comme, après avoir lu, le sculpteur russe paraissait étonné :

— Oui, lui avait répondu Mongobert. C'est un souve de mes jeunes années. Je n'ai pas toujours eu un po officiel !

— Je vous en félicite, répliquait Serge, d'un ton br avec cette vivacité autoritaire des Russes. On n'est quelqu' — ou quelque chose — qu'à la condition d'avoir été to pour essayer d'avoir tout vu.

Dès cette présentation, Mongobert avait été enchanté. Platoff lui semblait, du premier coup, si différent d autres êtres, de la platitude ambiante, comme disait modeleur, que certaines excentricités mêmes du jeu Russe lui plaisaient. Bonne affaire ! Mongobert allait av là, sous la main, dans son atelier, quelqu'un avec qui débl térer tout à son aise et un auditeur tout neuf pour c tirades qu'il avait l'habitude de jeter au vent, quoiq Pedro lui dît gaiement, parfois, que « ça faisait longueur!

Mongobert l'aimait bien, ce Pedro ; il aimait aussi Vil dry, mais l'interne, tout à son service, n'avait pas toujo le temps d'écouter, et, quant à Pedro, il perdait le respe ce diable de garçon ; il répondait déjà à Mongobert :

— Oui, bravo. Je sais. Je la connais, celle-là. C'est Thomas Vireloque ! Vous me l'avez déjà dite, Mongobert.

Au moins, Serge Platoff était tout neuf. Et si doux ! Et plein de bonne volonté ! Il venait à l'atelier, travaill comme un nègre, d'après des corps apportés par le garç d'amphithéâtre, et étudiait la musculature, la myolog comme s'il eût dû passer son examen. Très bizarre av cela, presque mystérieux, des regards froids, perçants com des aiguilles, dans ses petits yeux clairs, verts comme d prunelles de chat. Souvent déjà, Mongobert avait voulu questionner sur la politique, sur ce qui se passait, en Russi et, d'un ton bref, avec un sourire qui coupait court à to et qui, cependant, en disait long :

— Excusez, répondait Serge vivement, je ne m'occu que de ma sculpture !

Mongobert avait une idée à lui, bien arrêtée, bien nette c'est que ce sculpteur-là était un nihiliste.

— Il l'est peu ou prou, j'en mettrais ma main au fe pensait-il. Après ça, nous verrons bien.

Ce qui était certain, c'est que le Russe n'était pas un pe

onnage vulgaire. Toute la table venait de subir l'espèce l'ascendant, irrésistible dans sa froideur, qu'avait éprouvé Mongobert, tout récemment, lorsque Platoff s'était présenté à lui, sa lettre à la main. La politesse correcte, un peu hautaine, parfois, du jeune homme, sa façon de répondre d'un mot rapide et juste aux questions adressées, l'évidente supériorité de la pensée, difficile à analyser, qui se cachait dans ses yeux limpides comme une source claire dont on ne verrait pourtant pas le fond, étonnaient, attiraient sur lui les interrogations admiratives des regards.

Le petit Finet avait dit, un moment, à son voisin, un interne du service des aliénées :

— Il me donne froid. On dirait un marbre!

L'autre avait répondu :

— Et il doit être aussi solide que le marbre.

Le jeune homme mince, d'un blond pâle, assis à côté de Mongobert, s'était pench plus d'une fois pour examiner Platoff avec une curiosité sympathique.

— Eh bien! Tournoël, lui demandait le modeleur tout bas, pour que Serge n'entendît point, qu'est-ce que vous dites de mon Cosaque?

— Très remarquable, dit Tournoël lentement.

— Mieux que ça : supérieur, fit Mongobert.

— Et ce qui m'a plu en lui, continua le jeune homme au regard extatique, c'est qu'il ne raille pas la religion.

— Vous dites?

— Tout à l'heure, Pedro a parlé des martyrs et de l'énergie qui leur faisait braver les supplices; le Russe a souri et baissé la tête, en approuvant.

— Ça ne m'étonne pas, fit Mongobert.

— Comment cela?

— Il y a une femme dans sa vie, et une vraie femme! Avec des yeux! Et un profil! Oh! celle-là serait bien de taille à faire une martyre, j'en réponds!

— Une femme? demanda Tournoël, très intrigué.

— Oui, oui... Ah! ça vous met en éveil, vous, catholique et croyant, quand je vous dis que celle-là descendrait sans sourciller dans le cirque comme une de vos chrétiennes d'autrefois?

— Elle est Russe? demanda encore Tournoël.

— Russe.

— Jeune?

— Dix-huit ou dix-neuf ans!

— Et jolie?

— Plus que jolie : belle!

Ils parlaient tout bas, et, dans le tapage des conversations, Serge Platoff n'entendait rien certainement, mais il pouvait entendre, et c'était assez pour que Mongobert devint prudent.

— Je vous conterai cela plus tard, dit-il à Tournoël, en faisant de la main droite soulevée sur la nappe un petit signe qui voulait dire : « Silence, et restons-en là! »

Le nom de Mlle Barral, tombant des lèvres de Pedro, attirait, d'ailleurs, d'un autre côté, son attention subitement éveillée.

— Qu'est-ce que vous dites de Mlle Barral, Pedro? demanda le modeleur. Vous savez que je suis un de ses admirateurs!

— Ah ça! Mongobert admire donc tout! dit, avec son joli sourire ironique, Combette, qui devenait, depuis quelque temps, très assidu à ces repas de la salle de garde, où l'avait présenté Finet, son ami.

Le peintre avait même obtenu la permission de travailler dans l'intérieur de l'hôpital. Une commande à exécuter, disait-il.

Mongobert releva la raillerie, très lestement.

— Oui, dit-il, j'admire tout ce qui est bien! Ce qui fait que je n'admire pas grand'chose!

— Vous savez, dit Pedro, que Mlle Barral est une fille de service modèle!

— Elle ne soigne pas seulement bien sa mère, ajouta le petit Finet, mais les autres malades. Elle est dévouée, bonne et douce!

— Et parfaite! dit Combette, raillant toujours.

— Et parfaite, répliqua Pedro. Pauvre jeune fille! Je la vois encore quand elle a débuté dans ce dur emploi de garde-malade, timide, tremblante, mais pas gauche, non, pas gauche, jolie comme personne sous son bonnet blanc qu'elle a voulu mettre tout de suite, pour ne pas se distinguer des autres... J'étais allé causer avec Vilandry, rien que pour la voir. Ma parole, il y avait de la vocation chez cette enfant-là!

— Elle était née sœur de charité, dit Tournesl avec conviction.

— Il y a des sœurs de charité laïques, mon bon petit, fit Pedro.

— Ou plutôt, toute femme est un peu sœur de charité! dit Finet, très doux.

— Quand elle n'est pas une affreuse coquine! ajouta Combette, qui, du bout de ses lèvres railleuses, fumait une cigarette, lentement.

L'œil clair de Serge Platoff s'était fixé sur le jeune peintre et semblait étudier cet homme jetant ainsi ses ironies au milieu de ces propos de table, comme des ronces au milieu d'un bouquet.

Le Russe ne disait pas un mot et regardait, écoutant.

— Je lui reconnais, à M^lle^ Barral, une qualité qui vaut toutes les autres à mes yeux, dit Paul Combette affectant un sourire d'amateur un peu dédaigneux. Elle est jolie comme un cœur.

— Ce pauvre Vilandry le sait bien, dit toujours doucement le petit Finet, qui tournait sa tête imberbe vers la porte, comme s'il eût redouté l'entrée soudaine de l'interne.

Serge Platoff vit distinctement sur le visage souriant de Combette passer un petit rictus mécontent.

— Ah! dit le paysagiste... décidément, Vilandry?...

— Trouve qu'il n'y a pas de femme comparable à cette jeune fille!

— Il a peut-être raison! fit Combette, qui, brusquement jeta sa cigarette et demanda à Pedro un peu de rhum.

Pedro revenait, avec une sorte d'acharnement admiratif, sur les vertus de M^lle^ Barral, son dévouement, sa bonté, l'exemple qu'elle donnait à tout ce personnel de la Salpêtrière, filles de service ou surveillantes, et on eût dit que tant d'éloges agaçaient le peintre, comme s'il eût reporté sur M^lle^ Barral un peu de la jalousie armée qu'il montrait contre Vilandry.

Ce n'était pourtant pas ce sentiment haineux qu'il éprouvait pour Jeanne. Ce joli garçon, mondain et spirituel, préoccupé avant tout du succès dans la bataille quotidienne, avait cependant un défaut grave pour « arriver à arriver », comme il disait : il se laissait irrésistiblement attirer par la

*femme*. La femme ne le prenait pas tout entier, et sa v
n'était guère qu'une succession de caprices, d'aventures,
romans faciles, mais tant de liaisons renouvelées, u
amourette chassant l'autre, lui émiettaient son temps et l
gâchaient son existence.

A cela Combette répondait qu'il n'était pas vieux, et q
vingt-sept ans on a le loisir de pétrir la destinée à sa gu
en s'attardant, au besoin, à l'éternel passe-temps de l'éter
féminin.

Combette était ambitieux, Combette était certain que
monde lui appartiendrait quelque jour. Ce paysagiste, q
devait être épris de son art, passionné de la nature, se p
occupait surtout des soirées où les invitations sont un ho
neur, et des réceptions dont les invités voient, le lendema
leurs noms dans les journaux. Des satiriques d'ateli
l'avaient surnommé, plaisamment, un *paysagiste de hig-li*

D'autres lui disaient :

— Sais-tu ce qui te préoccupe plus encore qu'un *motif*

— Je serais aise de l'apprendre, répondait Combette.

— Eh bien, c'est un beau mariage ! Tu as des yeux
*tomber* une héritière.

Le peintre souriait.

— Ma parole, je n'y pense pas !

Et il disait vrai.

— Alors, tu y penseras.

— On n'a jamais pu savoir !

Non, ce qui préoccupait Paul Combette, c'était sa sati
faction immédiate, le feu follet qui lui passait par la têt
la fantaisie dont il avait soif. Il n'aimait pas beaucoup qu'o
lui résistât. Il n'en avait pas l'habitude. Aussi bien, s'étai
il épris plus vivement qu'il n'eût voulu ou qu'il n'eût p
croire de Mathilde — Mathilde *Mignon* — simplement parc
que la pauvre fille, lasse des amours passagères, plus to
chée au cœur sans nul doute qu'elle ne l'avait jamais été
ne voulait pas devenir sa maîtresse.

Mais c'est qu'en vérité il se sentait plus profondém
atteint et plus piqué qu'il ne pensait tout d'abord.

— Touché ! se disait-il, avait une sorte de colère, comm
un duelliste qui, pour la première fois, est égratigné.

Etait-ce assez niais ? Une fillette ! Un modèle ! M^lle^ Mi

ion! — Au moins ce Vilandry, qu'il n'aimait guère, pla-
it-il un peu plus haut son idéal. C'est vrai, pourtant, elle
ait adorable, cette Mlle Barral, avec ses cheveux en ban-
eaux plats, lisses et noirs, sous le bonnet blanc tuyauté
 la fille de service, aux larges brides nouées sous le men-
n et, sur sa jupe noire, ce tablier blanc, que les fillettes
 l'hôpital portaient avec une sorte de coquetterie, lui don-
ait à elle, avec sa gravité douce, un aspect de ménagère
ollandaise, de bourgeoise janséniste du temps passé.

Comment diable, lui, Combette, n'avait-il jamais regardé
 près cette jeune fille? Il fallait donc qu'une conversa-
ion de dessert, à la salle de garde, attirât son attention, pi-
uât sa jalousie, pour que sa pensée se reportât vers elle,
 que Mlle Barral lui réapparût, en quelque sorte, dans ce
ostume de l'hôpital qu'elle avait endossé comme un soldat
rend l'uniforme?

Et le peintre, associant Vilandry et la jeune fille dans sa
réoccupation soudaine, se répétait à lui-même, avec un
apide éveil de curiosité mêlée de dépit, ce mot qu'il avait
it tout à l'heure: « Jolie comme un cœur! »

— Oui, jolie! — Et Vilandry n'est pas un imbécile de
l'aimer! Car il l'aime, parbleu!

Puis, tirant un nouveau *papelito* de son porte-cigarettes:

— Et qu'est-ce que cela me fait, après tout, que Vilan-
ry l'aime et qu'elle soit si étonnante que ça?

Il se remit à écouter la conversation — volontairement
— comme si ce qu'on disait tout haut venait chasser ce
u'il pensait tout bas.

On s'était laissé aller, tout naturellement, par un entraî-
nement de métier, à parler des malades, après avoir loué
cette Mlle Barral, devenue la servante de ces souffrants.
Causerie à bâtons rompus, ironique et sérieuse à la fois, où,
comme un feu d'artifice eût éclairé un gouffre, les fusées
de la jeunesse illuminaient de reparties gaies les propos lugubres, d'une réalité macabre, les révélations des *cas*, toute
cette conversation pleine d'odeurs de pharmacie et d'amphithéâtre, mêlées à des calembours de petits théâtres et à des
racontars de boulevardiers.

Tout cela importait peu à Paul Combette, mais il tenait
peut-être à ne plus penser à cette jeune fille, Jeanne, dont

le visage pâle et doux venait se plaquer là, devant ses yeux comme une vision.

Il écoutait donc.

— Il y a une chose certaine, disait Mongobert, c'est — que vous l'appeliez comme vous voudrez, hypnotisme, attaque hystéro-épileptique, catalepsie avec suggestion, somnambulisme provoqué, peu importe — vous vous trouvez face à face; vous, malins, avec ce fameux magnétisme animal, tant hué, conspué, traité en pelé et en galeux, et que vous étudiez sous un autre nom! Voilà! Vous disiez, n'est-ce pas, Finet, que vous pouviez endormir la grande Lolo comme bon vous semblait?

Charles Finet devint rouge et, d'un petit ton résolu qui tranchait sur sa timidité habituelle :

— Oui, dit-il, tant qu'il me plait et quand il me plait.

— Et notez que c'est un Hercule que cette Lolo! Des bras de marbre! dit Pedro. Elle renverserait Finet d'une chiquenaude — Tant qu'il lui plairait!

— Eh bien, reprit le petit homme de sa voix très douce, je n'ai qu'à la regarder droit dans les yeux, comme ça... paf!... elle tombe en catalepsie!

— Magnétisme, grommela Mongobert entre ses dents.

— Je lui plante la pomme de ma canne ou la pointe d'acier de mon porte-plume, ou une épingle à la tête de jais brillante entre les deux yeux, à la racine du nez, continua le petit Finet tout fier, et crac! c'est fini! Hypnotisée!

— Magnétisme, répéta Mongobert.

— Mongobert, mon ami, nous vous parlons science et vous nous répondez charlatanisme! Vous croyez au magnétisme des baraques de foire, peut-être?

— J'y crois comme Tournoël croit à la messe, dit le modeleur, à qui Tournoël jeta un regard stupéfait, comme si le manieur de cire venait de commettre un sacrilège. Je crois que leurs sujets lucides ou translucides, supra-lucides, sont des hystériques, comme vos malades; mais je crois aussi que Mesmer avait trouvé déjà bien des choses que vous avez découvertes, lorsqu'il fit courir *tout Paris* — comme dirait un reporter d'aujourd'hui — autour de son fameux baquet. Il hypnotisait les grandes dames comme Finet hypnotise Lolo!

— Qui est-ce qui vous dit le contraire? Il n'y a rien de uveau sous le soleil, depuis le roi Salomon! Mais la gloire notre maître sera d'avoir étudié scientifiquement les phé-omènes nerveux que des saltimbanques avaient exploités ur étonner ou faire fortune.

— Alors — excusez — Mesmer, demanda doucement le ulpteur russe, avait eu l'instinct vague de ce qui est au-urd'hui formulé en lois?

— Seulement, dit Pedro, c'était un homme de génie qui ulait battre monnaie. Et alors il tapa de la grosse caisse finit comme un charlatan! Mais d'ailleurs il n'est pas le ul à avoir eu connaissance de l'hystérie! Les peintres ita-ens ont peint des hystériques, en veux-tu en voilà. ans l'église de l'Annunziata, à Florence, il y a un saint hilippe guérissant une *indemoniata*. Les démoniaques du emps passé, ce sont tout simplement des hystériques du emps présent. Le Dominiquin a représenté un fameux mé-ecin avec son saint Nil mettant les deux doigts dans la ouche d'un petit possédé. C'est exact comme une photo-raphie. Et la sainte Catherine de Sienne en extase, c'est ne de nos hystériques à l'état de crise, pas autre chose! On e se doute guère du soin que mettaient les anciens pein-res, particulièrement les primitifs, à copier toutes ces hoses-là sur nature : Raphaël a serré de moins près la vé-ité dans son tableau de Saint-Pierre de Rome, vous savez? e *Petit Epileptique*. Mais ce diable de Rubens, qu'on pren-drait volontiers pour un *chiqueur*, si l'on n'avait pas vu sa *Kermesse* du Louvre — n'est-ce pas Mongobert? — Eh bien! Rubens a laissé l'esquisse d'une démoniaque, les yeux en l'air, la face convulsée, le cou gonflé, jetant un grand cri terrible, dans le renversement de la tête. Oh! c'est exact comme une description médicale! Rien à y reprendre. Il a vu ça!

— Je connais l'esquisse, dit Platoff.

Pedro continuait gaiement, parlant sans prétention, sur le ton alerte de la causerie.

— Rien de tout ça n'est nouveau, comme dit Mongobert. Seulement, les mots changent et le monde découvre ainsi pas mal de choses, en vieillissant. Il en découvrira même tant et tant, et il sera si savant, à la fin des fins, qu'il finira par crever.

— Ainsi soit-il ! dit Mongobert.

— Dieu merci ! reprit Pedro, il n'en est pas là ! Encor un verre de rhum, mon petit Finet. *Mil gracias !* Eh bien, le fameuses Ursulines de Loudun, toutes toquées de ce satan Urbain Grandier, c'étaient des hystériques, encore tout simplement ! Et les convulsionnaires de Saint-Médard, ce femmes qui allaient tomber en pâmoison sur le tombeau d diacre Pâris, toujours des hystériques.

— Des malades alors, au lieu d'être des croyantes ? fi Serge Platoff.

— De pures malades. Il y a des gravures du temps qui représentent des gens graves occupés à leur flanquer des coup de trique ou à leur trépigner sur le ventre pour les fai revenir à elles. Eh bien, nous, nous leur comprimons l région ovarienne moins brutalement qu'au XVIII^e siècle, e beaucoup des bonshommes de la gravure font ce que Fin ferait à Lolo ou Vilandry à ses malades pour couper court à une crise. Parbleu ! non, Mongobert, il n'y a rien de nouveau. Tenez, il existe un livre, assez naïf en somme, d'u médecin de ce temps-là.

— Qui s'appelle ?

— Hecquet.

— Oh ! dit Pedro toujours riant, ce n'est pas une de no gloires ! Mais enfin, ce bonhomme a fait un livre, il y a u peu plus de cent ans. Ça a pour titre : *Le Naturalisme de convulsions*...

— Tu dis ? demanda Finet.

— Le *Naturalisme des convulsions*. Ça a paru en 1700 e tant ! M. Fargeas nous en parlait l'autre jour. Eh bien, encore une fois, en lisant ce brave docteur Hecquet, on croirait parfois trouver la description d'une de ces maladies d système nerveux que M. Charcot a si admirablement étudiées.

— Alors, cet Hecquet est un précurseur ? demanda Mongobert.

— Non. Le précurseur, c'est un contemporain à nous, c'est Duchenne, de Boulogne. Voilà un homme fort !

— Inconnu, au moins à moi, qui suis, il est vrai, ignorant, dit Serge Platoff, qui souriait.

— Être fort et rester inconnu, ça arrive quelquefois, dit le modeleur en cire, un peu amer, quoiqu'il voulût rire.

— Je vous demande pardon, reprit Platoff, avec son fin accent russe... Permettez... Dites-moi au juste, je vous prie, ce que entendez par l'hystérie.

— Diable ! Une définition, c'est toujours difficile, fit Pedro. Je vous dirai plutôt ce que l'hystérie n'est point. Elle n'est point, par exemple, ce qu'on croit généralement qu'elle est dans le monde. Le mot d'hystérie comporte, pour le commun des martyrs, une idée de dérèglements sensuels, comme dirait M. Joseph Prudhomme. Pas du tout. C'est plutôt un détraquement général du système nerveux. Ça a toutes les formes. Ça peut être érotique — pour donner raison au vulgaire — ça peut être sombre, ça peut être mystique, ça peut être religieux, ça peut être tout. C'est, si vous voulez, l'exagération de tout. L'hystérique mange trop ou ne mange rien, dort trop ou ne dort pas assez, semble absorbée comme une idiote ou exaltée comme une folle ; elle aime le tapage, les couleurs violentes, les inventions romanesques, veut qu'on s'occupe d'elle, et qu'on ne s'occupe que d'elle ; elle est en dehors de la règle commune, et le monde et le demi-monde, le théâtre, les salons, tout Paris est plein d'hystériques, dont la maladie, parfaitement caractérisée, aurait besoin des soins du docteur Charcot ou de la science du docteur Fargeas ! C'est même la grande maladie moderne, l'hystérie ! La société souffre d'une névrose ou d'une névrite gigantesque. Qui la guérira lui rendra plus de service que les politiciens, qui n'ont d'autre idéal que d'attacher leur nom à un amendement ou d'accrocher leur main à un portefeuille ! Ah ! qu'on guérisse donc tous les *cérébraux !*... — Mais ce n'est pas moi qui m'en chargerai... Encore un peu de rhum ; il est peu fils de la Jamaïque, mais il est bon !

— Pedro, dit timidement Finet en passant le carafon à son camarade, tu finiras alcoolique, mon ami.

— Peut-être bien. Mais j'ai le temps, répondit le gros garçon, fier de sa santé de colosse heureux.

— Eh bien, Tournoël, dit Finet, tu ne dis rien, toi ?... Ça t'ennuie, parce que les recherches sur l'hystérie, la contracture hystérique permanente et le reste, ça démolit un peu l'histoire de Marie Alacoque, de Bernadette Soubirous et de Louise Lateau, la stigmatisée belge.

— Ça ne démolit rien, répondit Tournoël d'un ton bref très convaincu.

— Non, mais ça explique. C'est la même chose.

— Ça explique quoi? dit Tournoël. Que Bernadette est une hystérique. Bien. Ça explique-t-il les miracles?...

— Monsieur Platoff, interrompit Pedro, je vous donne notre ami Tournoël pour un des types les plus remarquables de la salle de garde! Médecin, ou médecin futur, il ne croit qu'à ce qu'il touche, et ce qu'il touche réduit quelque peu à néant certaines de ses croyances religieuses! Je te demande pardon, Tournoël, je t'analyse. — Mais catholique...

— Et catholique fervent, dit bravement Tournoël.

— ... Il est ennuyé de découvrir, comme étudiant, des vérités au scalpel qui ébranlent sa foi.

— Elles n'ébranlent rien du tout! répondit encore Tournoël. Elles ne les combattent même pas!

— Alors, qu'est-ce que vous dites de ces phénomènes, monsieur Tournoël? demanda Combette qui se taisait depuis un moment.

— Je les constate.

— Mais tu ne les expliques pas? reprit Finet.

— Les guérissez-vous, vous autres? demanda Tournoël d'un ton bref.

— Quelquefois. Plus tard, on y arrivera, à coup sûr!

— Quand vous les guérissez, fit Tournoël, vous êtes tout étonnés, vous ne savez pas comment ça s'est fait, et vous regardez l'aventure comme un malheur, parce que c'est un *sujet* qui vous échappe!

— Un acteur en représentation qui résilie son engagement, ajouta Mongobert.

— Dame! Nous étudions! s'écria Finet.

— En attendant, dit Combette, c'est fort extraordinaire!

— C'est une science qui commence, fit Pedro. L'histoire de l'humanité serait, à tout prendre, l'histoire des maladies nerveuses, et c'est ce qu'a diablement bien compris Michelet, quand il a mêlé l'étude des tempéraments et des maladies à celle des *Mémoires* et des vieilles chartes.

— Il a fait la clinique de l'histoire! dit Mongobert.

On se taisait un peu, comme si le dîner étant fini on allait se lever et se séparer. Déjà même Finet, pressé peut-être de rejoindre quelque part, hors de l'hospice, la grande Lolo, qui l'attendait, se lavait les mains à une fontaine de cuivre rouge datant du dix-huitième siècle, et qui portait, gravés en caractères grêles du temps passé, ces mots : « *Hôpital général — Saint-Avoye.* »

Mais, tout à coup, dans ce court silence qui s'était fait, comme si la conversation eût été épuisée, le sculpteur russe, auditeur jusque-là très attentif et suivant tour à tour, de ses yeux bleus et fixes, chacun de ceux qui avaient parlé, laissa tomber une simple phrase qui réveilla brusquement l'attention :

— Il y a, dans notre Russie, dit doucement Platoff de sa voix nette, vibrante comme un ressort d'acier, des choses plus extraordinaires que cela !

— Je le crois parbleu bien ! fit tout de suite Pedro. Vous êtes le peuple le plus invraisemblable qu'on puisse rencontrer ! Il semble que vous soyez amoureux de la mort. C'est pourtant crânement amusant, la vie bien vécue !

Il souriait, de ses belles lèvres rouges, s'ouvrant sur des dents saines, au-dessous du hérissement à la mousquetaire de sa *moustache* rousse.

Serge laissa aller vers Pedro, d'un air d'abord triste et las, qui devint tout à coup railleur, un regard de ses prunelles claires :

— Amusante, la vie ! Vous trouvez la vie amusante, cher monsieur ? Il y a des gens qui la regardent comme un bagne. Il y en a beaucoup chez nous !

— Les nihilistes ? dit Combette.

Platoff sourit un moment avant de répondre.

Puis, hochant la tête :

— Oh ! dit-il, il n'y a pas de nihilistes en Russie, ou toute la nation est nihiliste, comme vous voudrez ! Les nihilistes avérés sont une poignée à peine...

— Et les *Colombes blanches,* demanda Finet, rougissant toujours, qu'est-ce que c'est au juste ?

— Les *Skoptzy?* répondit encore une fois Platoff sans répondre.

— Oui, les *Skoptzy!*

— Ce sont des hystériques moscovites! fit Combette.

— C'est une secte comme une autre, dit le jeune Russe lentement.

— Comme une autre! Ah! comme une autre est joli! s'écria Pedro. Une secte comme une autre, celle qui supprimerait le monde entier, d'un coup de couteau! Alors, la censure est une institution comme une autre, et Abélard était un philosophe comme un autre?..

— Parfaitement, répondit Serge de son ton tranquille, implacablement doux.

Il regarda, en souriant dans sa longue barbe blonde, la table un peu stupéfaite.

— Vous admettez bien que la foi, sous toutes ses formes, est respectable?

— Explicable, oui; respectable, non, dit Pedro.

— Respectable, vénérable même! Monsieur a raison! s'écria Tournoël.

— Parbleu! tu es catholique... apostolique...

— Je suis ce que je suis!

— L'admettez-vous ou ne l'admettez-vous pas? demanda Platoff.

— Supposez qu'on l'admette, fit Mongobert, et parlez-nous des *Skoptsy*.

— Ça m'intéresse, les *Colombes blanches*, dit Finet.

— Un joli cas de folie, pourtant! Monomaniaques, les *Skoptsy!*

— Bref, ils existent, dit Platoff.

— Et ils sont nombreux?

— Ils ont commencé par être treize, et ils sont près de six mille.

— Diable! fit Mongobert. Mais Malthus leur eût décerné une couronne d'or! Ils ont résolu son problème... avec des ciseaux!

— C'est un paysan, un nommé Iwanoff, qui fonda la secte, reprit Serge. Il avait douze disciples, il en fit lui-même des castrats. On l'arrêta, on lui donna le knout, et il alla finir martyr en Sibérie. Les idées vaincues renaissent. Dans le domaine de la pensée, comme dans celui de la matière, rien ne se perd, si j'ose parler science devant des savants... de leurs médecins!... Iwanoff mort, un autre, Kondrati Szelivanoff, organisa la secte. On l'arrêta. Toujours la Sibérie. Qu'arriva-t-il alors? Szelivanoff fut appelé *Sauveur* et *Fils de Dieu*. Il ne faut persécuter personne, c'est imprudent — dit Platoff, dont le sourire froid s'accentuait dans sa barbe blonde. — Le *Sauveur* (et il appuyait étrangement sur le mot, comme s'il en eût accepté la légitimité) fut tiré des mines, devinez par qui? Par le tzar. Paul Ier voulut qu'on lui amenât Szelivanoff du fond de la Sibérie. Quand il l'eut vu, il dit : « Il est fou! » On enferma Szelivanoff dans un asile, comme ici; et savez-vous ce que devint pour les Skoptzy la maison d'aliénés où Kondrati Szelivanoff végétait?... Ce fut la *Jérusalem nouvelle* d'une religion qui se mit à grandir. Les treize Skoptzy du vieil Iwanoff devinrent légion. Pour le peuple, le martyr Szelivanoff, mort en 1832, dans un couvent, devint Paul III lui-même, le Christ Skoptzy, qui reviendra quelque jour de Sibérie ou de France pour reprendre le trône de toutes les Russies, couronner les bons, juger les méchants, et terminer la vie du monde par l'universelle castration donnant l'infinie volupté, la volupté du *nirvana* hindou, l'âcre et violente volupté du néant! Il reviendra, le Christ Skoptzy, le grand justicier, lorsque la secte sainte des Skoptzy aura atteint le chiffre de 144,000, et, pour arriver à ce nombre apocalyptique, les Skopzty actuels bravent le knout, la déportation, les travaux forcés. Ne riez pas! C'est une folie, si vous voulez, mais c'est la folie de la pureté et de l'idéal! Chasteté de la vie, jeûne, horreur de ces liqueurs, de cet alcool qui change en pauvres diables pris de tremblements nerveux et rongés de syphilis la plupart de nos malheureux paysans de Russie, austérité de pensée et d'existence, voilà ce qu'ils prêchent à leurs disciples, et il y a, quelque matérialiste que se fasse la vie moderne, une telle soif d'idéal dans la nature humaine, que ces affolés de virginité recrutent des disciples prêts à guérir le péché par le fer et le feu, et à mettre en pratique la parole de saint Marc : « Si ton pied est une occasion de chute, coupe-le et jette-le loin de toi ».

Il y avait, autour de la table, un peu de surprise, et Pedro, qui souriait, regardait Mongobert avec des clignements d'yeux qui semblaient dire : « Eh bien! mais votre Russe?... Il est toqué, votre Russe! »

Pedro eût parlé tout haut et Platoff eût entendu, qu'il n'eût pas répondu plus vite, avec son sourire bizarre.

— Vous m'avez demandé ce que c'était que les *Colombes blanches*. Je raconte. Je ne juge pas.

— Mais, dit Pedro, vos Skoptzy, ils achètent les enfants et ils font leur bonheur, comme vous dites, en les empêchant de devenir des hommes. Crac! un coup de hachette! La sainte Russie devient la chapelle Sixtine. Et avec ça ils leur prouvent que le bonheur est dans le mysticisme maladif dont vous nous parlez!

— Et si bien, répondit Platoff, que les petits mutilés grandissent sans jamais révéler qu'ils sont eunuques, et que, si on les arrache aux Skoptzy avant la mutilation, ils se châtrent eux-mêmes, joyeux, et se font les missionnaires de l'idée de néant! Le néant a du bon!... Messieurs, mais songez donc à cette chose extraordinairement exquise : ne pas naître! Il est déjà consolant de se dire qu'on n'existera plus, qu'il ne sera pas plus question de vous, dans un temps donné, que d'un puceron; mais enfin on a vécu et, par conséquent, on a souffert, peu ou beaucoup. Tandis que si on n'était pas né!... Aucune peine pour en finir! N'être pas né, c'est si simple!

Il riait doucement, mais d'un rire silencieux, ne laissant pas deviner s'il parlait sérieusement.

— Ce n'est pas si bête, cette théorie-là! dit Mongobert dans la fumée de sa pipe.

— Fichtre! je ne trouve pas! s'écria Pedro. Encore un coup, moi j'aime la vie! Bien boire, bien manger, bien aimer, bien dormir, c'est déjà vénérable, je suppose! Je ne crache pas dessus, ça m'amuse!

— Les autres, fit Serge Platoff sur le même ton, ça les ennuie, voilà tout!

— Combette disait tout à l'heure que les *Colombes blanches* sont des hystériques russes. C'est tout à fait ça, dit Pedro. Nous avons ici une hystérique célèbre. Geneviève, qui, un jour, sans raison, s'est enlevé complètement, avec des ciseaux, le bout du sein gauche. Et elle prétend qu'elle n'en a ressenti aucune douleur.

— Aucune?

— Aucune. Ça lui a même fait plaisir. Hémianesthésie du côté gauche. La *Skoptzy sans le savoir!* vaudeville... ou drame.

— Ah! dit Platoff, je n'aurais pas cru qu'une Française aurait ce courage-là!

Combette se mit à rire.

— Merci pour nos compatriotes!

— Oh! vous savez, nos femmes, fit encore Serge en souriant, ce sont des sauvages... des Cosaques! Voilà ce que je voulais dire!... Excusez!

Ces jeunes gens, groupés autour du sculpteur, se regardèrent instinctivement, assez intrigués. Le jeune Russe, froid, élégant avec sa barbe blonde, son espèce de veste de paysan, boutonnée jusqu'au menton, devenait le point de mire de ces étudiants, cherchant à savoir, attirés par le mystère, ce qu'était au fond un tel homme. L'invité avait fini par avoir l'air de présider la table.

Il dit doucement, d'un ton fort poli, mais qui ressemblait à un ordre :

— Voulez-vous me permettre de sortir? Je trouve qu'il fait chaud ici et j'ai souvent des migraines.

— Comment donc! D'autant plus qu'il est tard, s'écria Pedro. J'ai à surveiller une malade très cocasse. Un cas de lésions trophiques des os, produites par l'épilepsie hémiplégique! Très curieux! J'attends le décès pour la disséquer... Ce sera superbe! Oh! fit-il en se reprenant, comme si ce cri de savant amoureux de son art eût dû sembler choquant à Platoff... Je vous demande pardon... l'enthousiasme du métier! Et puis, elle a quatre-vingt-douze ans!

— Malheureux que votre malade soit si vieille, répondit le Russe souriant. Plus jeune vous auriez peut-être trouvé à l'autopsie encore plus de révélations pour guérir les autres!

Le gros Pedro n'était pas facile à démonter, comme il disait. Mais il fut stupéfait d'un tel sang-froid.

— Ah çà! qu'est-ce que c'est que votre Cosaque? demanda-t-il à Mongobert.

— Un gaillard!

— Qu'est-ce qu'il fait?

— Je vous l'ai dit. De la sculpture.

— Et après?

— Ça ne suffit pas? dit le modeleur, en gouaillant.

— Du talent?

— Du tempérament.

— Et... la femme qui l'accompagne?

— Olga?

— Oui.

— Oh! celle-là! Encore plus étonnante que lui!

— Parole?

— Parole

— Vous me mettez l'eau à la bouche, Mongobert!...

— Soit. Mais je vous engage à ne faire que ça, Pedro. Mon Cosaque ne serait pas homme à laisser flirter personne avec son Olga!

— Jaloux?

— Comme un ours!

— Alors, ça n'est pas un Skoptzy, lui? dit Pedro riant toujours. Ni son Olga une *Colombe blanche!*

— Ce qui est certain, fit Mongobert, c'est qu'elle et lui sont des êtres qui aiment et qui croient. Aujourd'hui, en France, tout le monde cherche à faire sa pelote. Il n'est pas mauvais de rencontrer des étrangers qui ne cherchent qu'à prendre la lune avec leurs dents.

— Je ne comprends pas!

— Je veux dire que mon Cosaque est un croyant qui vient faire de la sculpture dans un pays de malins! Eh bien! Pedro, mon chéri, s'il veut s'en donner la peine, Serge Platoff les roulera tous, nos farceurs d'ici, comme des goujons dans la farine? Et vous, le premier, si vous pensez à conter fleurette à la nihiliste!

— Nihiliste? demanda Pedro. Vous croyez?

— Je n'en crois pas un mot. C'est un petit nom d'amitié que je lui donne!

Pedro instinctivement regardait la haute taille maigre de Serge qui se découpait sur le seuil de la salle de garde, comme la silhouette de quelque don Quichotte slave, et toutes ses curiosités d'observateur et d'étudiant s'éveillaient comme si le Russe eût été une énigme vivante.

Il n'y avait pas jusqu'à cette Olga, que Pedro ne connaissait point et qu'il avait hâte de voir, cette étrange conversation de tout à l'heure lui tournant par la tête, avec toutes

tes de drôleries impossibles et d'invraisemblables bizarries. « Après tout, songeait-il, nous sommes gens de ue ! Eh bien, on verra ! » Il sortit.

Par la cour qui menait à la salle de garde, Georges Vilandry, coiffé de la calotte de velours et le tablier blanc autour la taille, venait, marchant très vite, arrivant, le diner i, pour manger un morceau, en toute hâte, entre deux nsements.

— Quoi de nouveau? demanda Pedro.

Vilandry hocha la tête d'un air d'inquiétude un peu nerveuse.

— La *nouvelle* ne va pas bien ! dit-il.

— Qui cela?

— Mme Barral.

— La mère de Mlle Jeanne?

— Oui. Elle vient d'avoir une crise.

— Forte?

— Terrible. On lui a mis la camisole. Ah ! j'ai bien peur ne nous ne puissions la garder dans notre service, et qu'il ille la faire passer aux aliénées !

— Pauvre Mme Barral ! dit Pedro d'un ton sincère.

— N'est-ce pas? fit Vilandry. Ce serait un coup dur pour lle. Mais vraiment j'ai peur, ah ! j'ai bien peur...

Et, sur le même ton que Pedro, mais avec une expression e pitié plus poignante et plus ardente :

— Pauvre Mlle Jeanne ! fit-il.

Paul Combette écoutait, ne disait rien et souriait en frisant sa moustache.

## VIII

### LE NUMÉRO 4

Dans la grande salle du rez-de-chaussée — son lit placé contre la muraille — entre deux autres malades qui la regardaient, indifférentes, Mme Barral était couchée, sa tête seule, égarée et menaçante, sortant, fouettée par les mèches gris de ses cheveux longs, d'une sorte de sac de toile bise q l'enserrait toute et la maintenait attachée.

— Elle est ficelée! disait une voisine.

Une voix répondait, du fond d'un lit, accompagnée d'u éclat de rire bizarre :

— On lui a mis le *manchon!*

Debout, au pied du lit, Jeanne Barral, très pâle, se r dissant contre l'émotion, regardait sa mère.

Elle avait bien l'habitude de ces crises, mais jamais el n'avait vu sa pauvre malade aussi cruellement secouée captive, là, dans cette camisole de force. Il lui sembl qu'une complication nouvelle survenait dans l'état de l malheureuse, et, les yeux inquiets, elle interrogeait les fill de service ou la sous-surveillante, Mlle Devin, qui avaie plus qu'elle l'habitude de ces attaques.

Mlle Devin, petite femme sèche, active, proprette et noi comme une fourmi, répondait en hochant la tête :

— Dame! ça pourrait bien finir par la section Rambuteau

La section Rambuteau est un des quartiers des folles.

Jeanne se sentait devenir toute froide, effarée, devant c péril; mais alors une jolie fillette de vingt ans, porta comme elle le bonnet blanc des filles de service, la rass rait en haussant les épaules :

— Mais non! mais non! Ça passera! J'ai eu ça, mo aussi, et on me disait bien que je finirais chez les aliéné Eh bien! voyez, je suis guérie!

C'était une ancienne pensionnaire, en effet, une *admis* comme on les appelle, qui, sauvée, était demeurée à l'hôpi tal et soignait les autres.

Mais cette fille avait beau dire, Jeanne éprouvait toujou l'angoisse affreuse de cette translation de sa mère dans l section des folles.

Elle frissonnait en contemplant la pauvre femme, muet dans son lit, garrottée, et regardant devant elle de ses yeu ronds, tout blancs, farouches.

La lumière du dehors entrait des deux côtés de la salle par les fenêtres donnant, de face, sur une petite cour planté d'arbres — marronniers où, çà et là, les fruits montraie leurs pompons vert clair, acacias aux folioles d'une teint oins sombre — et, par le fond, sur une vaste cour d'infirerie aux murailles hautes, où les malades prenaient l'air.

Cette grande salle, au plafond bas, traversée de poutrelles ormes, avait l'aspect sain et presque gai d'un dortoir de uvent riche.

Une grande statue de la Vierge en plâtre blanc, plantée r une sorte de commode formant piédestal, au fond de la èce, aux pieds d'un Christ accroché au mur, avec toutes rtes de fleurs artificielles blanches, des lys au calice doré, s rubans, des bouquets, ajoutait à ce caractère spécial raplant le cloître ou la chapelle.

Des malades, couchées dans leurs lits blancs, en fer, les nes silencieuses, mornes, en proie à quelque hallucination zarre, les autres riant, chantant, d'une gaieté nerveuse, mblaient ou indifférentes à tout ou amusées par le moindre ouvement.

Il y en avait qui, debout, tricotaient, arrangeaient leur t, se peignaient avec des coquetteries visibles devant de etits miroirs, et se regardaient longuement, heureuses l'être sorties de quelque crise.

Ce n'était point des folles, c'était des hystériques, les unes nfoncées dans un mutisme volontaire, absurde et entêté; s autres livrées à une étrange surexcitation nerveuse.

Sombre, immobile, demi nue, il y en avait une — mince, rêle, seize ans — presque une enfant, avec des cheveux ouleur de seigle mûr, qui, depuis des jours et des jours, estait là, étendue, les membres contracturés, n'ayant rien oulu boire, rien manger, n'ayant dit que ces mots : « Donez-moi un couteau, je veux me tuer! »

Une autre, à côté, couchée aussi, peignait avec un rire inquiétant, des gestes saccadés, les cheveux noirs d'une poupée à tête de porcelaine, et répétait avec une persistance ruelle : « Il faut la désensevelir, ma fille, lui ôter son linceul, la faire belle, très belle! »

Une autre, au rire édenté, sinistre, attachée comme Mme Barral, regardait aussi, droit devant elle, féroce, roulant sans doute des idées de meurtre sous son crâne d'hébétée.

Mais, parmi toutes ces malades, Jeanne, sourde à ces rires et à ces cris, aux rabâchages de ces pauvres cerveaux affaiblis, ne regardait que la malheureuse qui était sa mère et qu'une horrible crise avait secouée, tout à l'heure, la lai sant maintenant sous l'écrasement de la prostration.

Au-dessus de la tête grise d'Hermance Barral, une pa carte blanche apparaissait, comme le passeport attristant la malade.

Toutes en avaient une de ces pancartes blanches, que l hystériques, avec leur amour du clinquant, du voyant, de couleur, de tout ce qui flamboie devant les yeux comme tout ce qui bruit aux oreilles, ornaient de rubans, de fle rettes, de pelotes bleues ou rouges, d'images découpées.

Et au milieu de ces pancartes coquettes, celle du n° 4 re tait, blanche et noire, sinistre comme une feuille de rou pour l'éternité!

*Le numéro 4!*

C'était celle que Jeanne appelait sa mère!

Et, machinalement, la jeune fille déchiffrait ces mots, l'écriture se mêlait aux caractères d'imprimerie et qui l semblaient la condamnation lugubre de la pauvre femm retombée peut-être dans le gouffre de sa démence :

ADMINISTRATION GÉNÉRALE DE L'ASSISTANCE PUBLIQUE

| N° DU REGISTRE des entrées : 13,102.<br>N° DU PAQUET : 704. | HOPITAL<br>DE LA VIEILLESSE<br>(Femmes)<br>—<br>BILLET DE SALLE | MÉDECINE<br>—<br>SALLE SAINTE-LAURE<br>—<br>Lit n° 4 |
|---|---|---|
| RENSEIGNEMENTS particuliers<br>—<br><br>*A été traitée comme aliénée en 1871.* | Le *27 juillet 1872* est entrée la nommée *Barral (Hermance-Louise)*, âgée de *quarante-deux ans*,<br>demeurant rue *boul. Montparnasse*, née à *Paris*, département de *la Seine*, mariée à....., *veuve de Barral (Pierre-Léon)*.<br>LE DIRECTEUR.<br><br>MALADIE : *Hystéro-épilepsie.*<br><br>LE MÉDECIN,<br>*Dr Fargeas.* | |

C'était peut-être pour la dixième fois que Jeanne, debout au pied de ce lit, relisait ces indications sinistres, cette note surtout, ce renseignement particulier qui lui rappelait l'entrée de sa pauvre chère malade dans la maison où elle avait souffert si profondément, rapportant de ces journées de cabanon une horreur tragique : *a été traité comme aliénée !*

Et tout bas, se murmurant à elle-même des paroles inquiètes :

— Maman, ma pauvre maman, disait Jeanne, est-ce qu'on va te rejeter encore une fois parmi les folles?

Passer aux aliénées ! Franchir le seuil d'une autre section Rambuteau ou la section Esquirol ! Descendre un degré nouveau dans cet enfer où la raison humaine a sombré comme dans un vide noir ! C'est la terreur de ces hystériques, libres encore d'aller, de venir, de s'asseoir sur les bancs verts, de prendre le frais, comme les reposantes ou les vieilles femmes, les *admises*. C'est la confiscation de la liberté. C'est la maladie s'accentuant, se faisant démence. Une ligne seule les sépare, à peine cette pièce de monnaie que Napoléon, visitant Bicêtre, mettait entre son front et celui d'un idiot. Mais cette ligne, parfois imperceptible, c'est un monde. En deçà, c'est la maladie peut-être, mais au delà, c'est la folie. Ici, l'être humain semble encore avoir son libre arbitre, hors des heures de crises. Là-bas, tout est dit. C'est la fin. Il disparaît, il s'effondre dans l'égarement et le néant. Il ne compte plus. Il a à peine un nom. La monomanie le broie sous sa roue et le rejette en lambeaux à la mort.

Jeanne se faisait cette illusion que la démence de sa mère finirait, s'atténuerait avec le temps et les soins. Les premiers temps de séjour à la Salpêtrière avaient fait du bien à Hermance. C'était un repos. Ces voisinages lui semblaient curieux. Les gaietés nerveuses de ces malades, presque toutes jeunes, l'amusaient. Elle causait, écoutait. Sa pauvre mince raison s'intéressait, chancelante, à cette vie nouvelle. Appuyée au bras de sa fille, elle pouvait se promener sous les tilleuls de la *Hauteur* — ce grand jardin silencieux de l'hôpital — ou le long des murs gris de l'église, dans les cours, à l'ombre des acacias, dans la quiétude du boulevard Mazarin, de ces ruelles plus longues que des rues de province. La veuve de Pierre Barral pouvait, en errant, çà et là, dans cette cité de misères, solennelle et calme, ne point se sentir prisonnière. Ce changement d'existence l'avait d'abord calmée.

— On est bien ici, disait-elle. Très bien!

Dans les premiers jours, Hermance souriait à sa fille. M. Fargeas lui plaisait. Elle causait volontiers avec Vilandry.

— Vous me guérirez, n'est-ce pas? disait-elle.

Puis, hochant la tête :

— Ce sera peut-être long, mais je serai patiente, je vous le promets, bien patiente!... Vous êtes tous si bons pour moi!

C'était une joie, pour Jeanne, d'assister à cette renaissance, de voir sa mère entrer là comme dans un bain calmant, et elle payait en dévouement, aux autres malades, les soins que tous ces gens, Fargeas et ses élèves, donnaient à Hermance.

— Ma mère a raison, disait-elle avec une effusion qui allumait des flammes au fond de la tristesse de ses grands yeux noirs. Vous êtes bons!

— Nous faisons notre devoir, mademoiselle Jeanne, répondait Vilandry, doucement, avec un sourire.

Il éprouvait comme une volupté à prononcer ce nom de *Jeanne,* à ne pas dire simplement « *mademoiselle* », comme lorsqu'elle était entrée, le premier jour. Il lui semblait qu'une espèce d'intimité naissait entre eux, par ce seul fait qu'il l'appelait par son nom, qu'il lui souriait ainsi. Il se sentait conquis tout entier par cette beauté grave, et pourtant douce, par ce charme en deuil, ce pâle visage qui n'avait que des reflets de sourire. Il se fût jeté dans un brasier pour cette Mlle Barral, qu'il admirait, disait-il tout haut, n'osant sans doute pas s'avouer à lui-même, fût-ce tout bas, qu'à cette admiration il ajoutait l'amour.

Et quel amour! Respectueux, dévoué, fervent comme une foi, le silencieux amour qui adore du regard, enveloppe l'objet aimé d'une auréole de lumière, évoque toutes les poésies pour en faire des couronnes ou des parfums. Toute la jeunesse, refoulée jusque-là, de Vilandry, ses vingt ans voués au labeur, ses jeunes années courbées sur les livres, chantaient au cœur de Georges l'hymne printanier, la chère chanson du premier amour.

Il lui semblait que cette grande cité, la Salpêtrière, où il avait, tant de fois, promené dans les solitudes les langueurs de ses hésitations, ses inquiétudes d'avenir, ses tristesses de dépaysé, se trouvait tout à coup peuplée, joyeuse, pleine de bruits gais comme des fanfares. Il s'étonnait qu'il y eût tant de battements et de froufrous d'ailes, tant de pépiements d'oiseaux dans les arbres, comme s'il ne les eût pas entendus jusque-là! La présence seule de Jeanne animait pour lui toutes ces cours, ces boulevards, ces grands espaces vides. Il travaillait avec plus d'ardeur, il avait confiance en « demain », cette inconnue du grand problème de la vie.

Il eût été profondément heureux, s'il n'eût point remarqué — et dès le premier jour — l'étrange assiduité que montrait Combette auprès de M^lle^ Barral. Le peintre, maintenant, ne quittait plus l'hôpital. On le rencontrait partout. Mongobert, tout en ne faisant pas trop compliment au petit Finet d'avoir présenté et introduit son ami, prétendait en riant que ce Lovelace de Paul Combette était amoureux de toute la Salpêtrière, y compris les vieilles et les paralytiques.

— Combette, lui avait-il dit, espèce de don Juan du paysage, parions qu'il manque une centenaire à votre collection!

Combette s'était mis à rire, de ce petit rire sec et silencieux qu'il affectait.

— A combien en êtes-vous, Combette? Le *mill e tre* doit être dépassé. Et Mathilde, qu'est-ce qu'elle dit de ça? Vous savez, ne jouez pas avec ce petit cœur-là! C'est du cristal, ça n'est pas solide!

Le grand beau garçon continuait à sourire.

Et visiblement — Georges le remarquait bien — il cherchait les moyens de se trouver sur le passage de M^lle^ Barral, accompagnant dans leurs promenades Jeanne et sa mère, offrant à M^me^ Barral, qui s'y appuyait, son bras robuste. Souvent, Vilandry les avait rencontrés tous les trois sous les tilleuls de la Hauteur, et il en avait ressenti comme une douleur de brûlure.

— Connaissiez-vous M. Combette avant d'entrer à la Salpêtrière? avait-il demandé un soir à Jeanne.

— Non. J'ai rencontré M. Combette, le soir où je vous ai vu pour la première fois à Viroflay.

— Ah ! dit Georges.

— Mais il est si charmant, si complaisant, ajoutait bien vite Jeanne avec une vivacité singulière. Ma mère l'aime beaucoup...

— Beaucoup, disait Mme Barral.

— Et moi aussi, avait repris Jeanne.

Vilandry l'entendit désormais comme un écho sinistre, ce : « *Et moi aussi* ». Lorsqu'il se prenait à songer, il sentait alors que des bouffées de colère lui montaient au cerveau, tout à coup. Il avait des envies violentes de chercher querelle à ce Combette, il ne savait à propos de quoi, à la première occasion. Quelle folie !

— Est-ce que je suis jaloux ? se disait-il.

Il ajoutait :

— Est-ce que j'ai le droit d'être jaloux ? Pensons à autre chose !

Et il ouvrait rapidement un livre, relisait ses notes, ou courait s'enfermer dans son laboratoire, l'œil sur le microscope, étudiant ces cellules de la moelle épinière d'où tout le rêve, les inventions, les œuvres d'art, la poésie, la grandeur du génie humain sont sortis, comme si l'infini naissait de l'atome.

Il redoublait, d'ailleurs, de soins pour Hermance Barral — la *nouvelle,* le numéro 4 — qu'il sentait menacée d'une rechute, peut-être mortelle, dans la folie, et parfois, devant la marche inattendue de ce mal avec des complications redoutables, il se rappelait son cri d'enfant jeté devant sa mère au vieux menuisier de Pierre-Buffière :

« Je veux être savant pour rendre aux fils comme moi celles que la mort veut emporter ! »

— Savant ! disait-il alors ironiquement en hochant la tête. Eh bien ! rends-lui donc une parcelle de raison, à cette femme, et promets à sa fille que cette mère ne mourra point, puisque tu te crois savant, pauvre chercheur que tu es !

Raison de plus, d'ailleurs, pour travailler plus âprement, désormais, pour chercher, apprendre, trouver, vaincre ! Et cette lutte avec l'atroce maladie lui plaisait.

— C'est votre malade de prédilection, ce numéro 4, lui disait M. Fargeas, dont l'œil voyait tout.

— Au fait, ajoutait *le chef*, la pauvre femme est bien assez intéressante! Et sa fille, donc, qui vit au milieu de ces misères et de ces sanies pour ne pas quitter sa malade! Ça me fait l'effet d'un ruisselet d'eau pure qui traverserait une sentine.

Jeanne avait accepté, avec l'ardeur vaillante des assoiffées de dévouement, tous les devoirs que lui imposait sa tâche.

Ses fines mains de Parisienne maniaient hardiment, comme des mains de paysanne, les balais et les seaux d'eau des filles de service. Elle portait leur uniforme, elle accomplissait leur tâche, donnait l'exemple aux petites Bretonnes, charnues, rouges comme groseille sous leurs bonnets blancs, et qui arrivaient de la campagne avec l'ambition de devenir surveillantes. Ces rurales s'étonnaient, parfois, du courage de cette enfant pâle, qui balayait les cours comme elles, brûlait ses cheveux noirs au feu des cuisines, sans dégoût, avec un sourire, heureuse d'être là, dans cette atmosphère de souffrances, dans cette désolation, ces plaintes, ces cris de douleur, emprisonnée dans un hôpital, soit, mais au chevet de sa mère.

Elle était si vaillante qu'elle leur en imposait à toutes. Paul Combette lui murmurait un soir à l'oreille, qu'elle lui rappelait ces princesses des contes de fées contraintes à servir chez des fermiers et dont la beauté rayonne encore à travers les haillons de la souquenille. Le madrigal était bien indifférent à Jeanne, mais le peintre avait ajouté : « Votre pauvre mère est digne d'ailleurs de tous les dévouements », et cette pitié pour sa malade touchait la pauvre fille jusqu'à l'âme. La voix de Combette lui avait produit l'effet d'une caresse.

— Est-ce que vous allez aussi me gâter comme les autres? lui avait-elle dit.

Elle avait raison. On la gâtait. Ces grosses filles qui la coudoyaient lui prenaient parfois le balai des mains, la voyant un peu lasse et essoufflée, ou lui arrachaient le panier aux ordures en disant : « Allons donc! donnez-moi ça! ça me connaît! » Loin de la jalouser, elles la plaignaient.

Elles lui glissaient souvent à l'oreille des paroles comme celles-ci :

— Ne vous occupez pas du numéro 9. Je vais la surveiller, moi!... Soignez votre mère!

Mlle Devin, la sous-surveillante, lui répétait d'habitude avec son petit ton sec de ménagère nerveuse :

— Faites donc de la charpie, de la couture. Ne vous fatiguez pas tant. Laissez le gros ouvrage à mes petites brettes bretonnes. Vous n'allez pas vous faire envoyer à l'infirmerie, je pense?

Cela avait l'air d'un reproche et c'était comme une prière.

— Après cela, comme vous voudrez, reprenait Mlle Devin si Jeanne, comme disait la sous-surveillante, *s'obstinait*. Seulement, quand vous serez à l'infirmerie, vous ne verrez plus le numéro 4. Voilà. Ça vous regarde!

Ne plus la voir, cette pauvre dolente éternelle qui ne souriait maintenant que lorsque sa fille lui souriait, se séparer de ce *numéro 4* qui était l'existence tout entière, le devoir vivant, la vie de Jeanne, était-ce possible? Et c'était possible, hélas! puisque, tout à l'heure, Mlle Devin l'avait dit, laissant tomber ces mots sinistres :

— Cela peut finir par la section Rambuteau!

Et Mlle Devin répétait, sans doute, quelque parole du docteur Fargeas.

La Folie!

Jeanne regardait désespérément les yeux fixes de la malade, cette face convulsée, d'une immobilité redoutable, ces yeux secs aux regards foudroyants, terribles comme le sont les coups de tonnerre sans pluie.

— Maman, disait-elle tout bas en s'approchant de la malade... Maman... maman...

Hermance n'entendait rien, ne comprenait pas. Elle restait là, enfoncée dans son mutisme, comme frappée de catalepsie.

— Est-ce que tu souffres, maman?

Changée en statue, allongée dans une roideur de morte, la mère ne laissait pas voir un frisson sur les muscles de son visage.

L'œil seul vivait, plein d'épouvante.

Maintenant, les demi-ténèbres du soir tombant entraient doucement dans la grande salle, emplissant déjà les coins d'ombres noires, où la double rangée de lits paraissaient plus blancs. Des rayons mourants s'accrochaient, là-bas, aux bouquets de fleurs entourant la Vierge, en haut à la veilleuse immobile, où l'huile jaune attendait dans son godet de cristal.

Une sorte d'apaisement assoupi pénétrait peu à peu dans ce dortoir où des sommeils lents couchaient, çà et là, sur l'oreiller, des têtes tout à l'heure dressées. Les cheveux dénoués de la poupée de porcelaine s'emmêlaient, sur la toile blanche, à la chevelure de la mère, tout à l'heure ricanante, à présent endormie. L'enfant aux cheveux d'un blond de seigle paraissait assoupie. Doucement, des malades poussaient la porte du dehors, rentraient, commençaient à se déshabiller sans faire de bruit.

— Allons, dit M^lle^ Devin à Jeanne. Je crois que M. Vilandry pourra dîner tranquille. Le numéro 4 n'aura pas de nouvelle crise maintenant.

Est-ce que l'oreille de la malade entendit, et ce mot de « crise » lui produisit-il l'effet d'une étincelle magnétique?

Tout à coup, dans ce grand silence de la salle, enveloppée d'une pénombre quasi mystérieuse, un cri aigu, un cri tragique, un cri sinistre de machine en détresse déchira l'air comme ces jets de vapeur aux sifflements perçants comme des vrilles. Jeanne devint livide, et tout ce dortoir fut, d'un seul coup, secoué comme par le passage brutal d'un courant électrique. Des faces apeurées surgirent avec des chevelures emmêlées et des yeux hagards; des ricanements effarés éclatèrent dans les coins, sous les draps, et des mouvements convulsifs agitèrent, de tous côtés, de misérables créatures poignardées, en quelque sorte, par cet affreux cri d'égorgée, dans l'assoupissement de leur premier sommeil.

Brusquement, secouant la tête, essayant de rompre les liens qui l'enserraient, les manches de toile où elle se débattait ficelée de cordons, Hermance Barral venait de jeter cet appel éperdu qui faisait frissonner dans les os, dans la moelle, toutes ces créatures aux nerfs malades.

La *mère à la poupée* serrait contre elle, enfonçait jusque dans ses seins le jouet qu'elle appelait sa fille, et des malheureuses, prises de rires convulsifs, regardaient, riaient, pleuraient, demandaient en criant, effarées :

— Qu'est-ce qu'il y a?... Qu'est-ce qui arrive?

Mlle Devin et les filles de service allaient alors d'un lit à l'autre, rassurant ces femmes, répétant :

— Ce n'est rien! Rien du tout. Dormez bien! C'est le numéro 4.

Alors, avec des égoïsmes tranquilles ou des plaintes remplies d'une pitié ironique, toutes ces têtes se laissaient retomber sur l'oreiller; les filles qui se déshabillaient montaient doucement dans leur lit, épaules et jambes nues, ricanaient, disaient d'un lit à l'autre :

— Elle ne va pas nous laisser reposer donc, celle-là!

— Une crise tout à l'heure, une crise maintenant! C'est beaucoup!

— Le *chef* y mettra bon ordre demain matin, à la visite!

— Donnez-lui donc de l'éther!

— A la porte! Ou mon argent!

— Allons, bonsoir, bonne nuit! Qu'elle s'arrange!

Jeanne n'avait pas entendu cette autre forme de la menace : « Le *chef* y mettra bon ordre! » Quelque hystérique qui avait passé par là peut-être, envoyée aux aliénées après une crise. Elle était tout absorbée par sa malade — cette vision effrayante d'un pâle visage tout à l'heure immobile, masque de marbre soudain agité, où tout remuait, comme tiré par mille fils par des tics sans nombre : les yeux, le nez, les lèvres, les paupières, qui battaient tragiquement. — Moins courageuse, Jeanne Barral eût reculé, terrifiée.

De cette face de furie, des imprécations sortaient se précipitant comme l'eau au goulot d'une carafe renversée. Des mots, des phrases sans suite s'échappaient, mêlés à des cris gutturaux, à des sons étranglés de râles — et c'était hideux, le balancement de tête qui accompagnait ces hurlements rauques, avec de longues mèches grises partout rejetées sur l'oreiller, fouettées sur le visage, avec l'aspect de hérissement d'une tête de Gorgone.

— Où est-il? où est-il? disait cette voix éraillée, comme lasse d'avoir crié... Misérable! Misérable lâche!... C'est un assassinat, le duel, un assassinat, tu entends, coquin!... E on va t'arrêter, et on te mettra les menottes, et tu iras devant les juges, et le *bourreau te coupera le cou!* Guillotinez-le! Guillotinez-le! C'est l'assassin de Pierre Barral... Assass... assass... assass... ass...

— Qu'est-ce que tu me veux, toi? hurla-t-elle tout à coup, en apercevant le visage blanc de Jeanne qui se penchait sur elle. Qu'est-ce que c'est que cette fille-là?

— C'est moi, maman! répondit doucement Jeanne.

— Tu as dit?... Qu'est-ce que tu as dit?... « Maman! » Va-t'en, menteuse, voleuse, va-t'en, va-t'en! Ma fille est morte, tu le sais bien! On l'a enterrée à Ville-d'Avray, sous le petit arbre que nous avions planté, à son baptême! Je n'ai plus de fille, je n'ai plus de mari, je n'ai plus rien!... Rien!... Si tu t'approches encore, toi, je vais te mordre! Je te mange la joue. Va-t'en! Tu es une misérable! C'est toi qui m'as fait renfermer ici, qui m'as mis ces chaînes au cou... Ote-moi donc ça, gredine! mes poignets gonflent, mes veines vont éclater! Tu veux donc me tuer, dis? tu veux donc que je meure? Qu'est-ce qui te paie pour me tuer? Celui qui a tué Pierre? Qu'est-ce que tu es, toi? Sa maîtresse peut-être! Ah! si j'avais mes poings libres, je te traînerais par les cheveux jusqu'au bois de Fausses-Reposes, et là, je t'enterrerais avec lui, avec des cailloux dans tes yeux et de la terre plein ta bouche!

La pauvre figure effrayée de Jeanne se penchait toujours vers cette face terrible de sa mère, dont les dents grinçaient et qui, par des mouvements rapides, essayait d'atteindre, du bout de ses dents longues, la joue pâle de cette créature qu'elle menaçait, injuriait, et qui était sa fille.

M^lle Devin, roide et sèche, avec son bonnet noir doublé de blanc encadrant son visage grêle, ne pouvait s'empêcher de contempler ce groupe hideux et touchant, *disant du bord de* ses lèvres, minces comme un fin ourlet, à une fille de service qui passait :

— C'est un ange, cette fille-là! Voyez donc!... Ça fait pitié!

Ecumante, la malheureuse affolée venait de cracher au visage de sa fille un jet de salive et de bave.

M^lle Devin se précipita instinctivement pour l'essuyer.

— Laissez donc, dit Jeanne avec un sourire profond de

sacrifice. Puisque je ne peux pas l'embrasser!... C'est encore de ses lèvres!...

— Va-t'en! va-t'en! va-t'en! répétait Hermance. Ote-moi ça! Ote-moi la camisole! Ah! tu n'oses pas! Tu sais bien que je t'étranglerais. Oui, je t'étranglerais! Ah! comme je t'étranglerais bien!

Elle essayait de rompre ses liens. Mais la camisole de toile solide, fermée dans le dos avec des liens maintenant les épaules et fixés à la tête du lit, tandis qu'aux pieds du lit s'attachaient ceux qui retiennent la poitrine et les bras, résistait à toutes ces secousses. Le tronc, en outre, comme ficelé par des bandes de toile, accroché à un lit voisin, se tordait vainement, secoué, comme les bras, par la traction violente qu'essayait le *numéro 4* sur les manches de la camisole.

M^lle^ Devin avait appelé deux infirmières qui se tenaient là, debout, regardant, de leurs yeux impassibles de campagnardes, cette Jeanne répondant par des bruits de baisers, des paroles douces, des caresses de la voix, à ces insultes inconscientes de la folle, à ce déchaînement de colères, à cette écume d'injures où des mots hideux que la pauvre femme ignorait à l'état calme, montaient comme de la boue à ses lèvres.

— Calme-toi, maman! Ma bonne maman! C'est moi! Ta Jeanne, ta petite Jeanne!... Ta Jeannette adorée, pauvre bonne chère mère!

— Il y a une chauve-souris... hurlait la démente. Qui l'a amenée, cette chauve-souris? C'est toi?... On te paie pour pencher ta sale figure sur la mienne!... Je vais t'arracher les cheveux avec mes dents, tu sais; prends garde, toi!

Et pendant ce duo douloureux, fait de rauquements d'un côté, de tendresse désolée de l'autre, et qui recommençait sans cesse, la patience de la fille, n'ayant d'égale que l'atroce fureur de la mère, les malades, réveillées, grommelaient çà et là, répondant aux cris du *numéro 4*, sentant peut-être, les malheureuses, s'éveiller en elles quelque crise, sous l'influence de cet ébranlement nerveux, quasi épidémique, comme le tétanos et les convulsions.

Alors, sous la lampe allumée, à la lumière rougeâtre, vacillante encore dans les recoins sombres du dortoir sur les traversins où les fronts se retournaient parfois avec impatience, des : — « Mais taisez-vous donc! — Quand va-t-elle finir? — Emportez-la! — Mords-la si tu veux et que ça soit tout! » partaient avec des accents gouailleurs de Parisiennes, accompagnés de petits rires bizarres.

— Ah! enfin, dit une fille de service, inquiète jusque-là, et comme sauvée maintenant en regardant la porte qui s'ouvrait — L'*interne!* Voici l'*interne!*

— Qu'y a-t-il donc? demanda Vilandry qui entrait.

Mlle Devin lui montra Jeanne à demi couchée sur la malade.

— Toujours le numéro 4! dit la surveillante avec son hochement de tête bref.

Georges s'approcha rapidement, écarta avec douceur la pauvre Jeanne, dont le visage effaré semblait amaigri, et il regarda un moment, sans rien dire, le *numéro 4,* cette femme qui, tout à coup, s'était tue, interrogeant, elle aussi, de ses grands yeux fixes le visage sérieux de l'interne.

On eût dit qu'Hermance s'arrêtait brusquement dans sa rage, étonnée de ce regard braqué sur elle.

— L'accès, dit tout bas le jeune homme à Jeanne, est bien près de prendre fin... La malheureuse est à bout de forces!

Il songeait tout bas que cette crise n'avait décidément plus rien des symptômes de l'hystérie et que la maladie de Mme Barral reprenait, à n'en plus douter, la forme de l'aliénation mentale, et il éprouvait quelque chose de cette même angoisse qui étreignait Jeanne à la gorge. A la section Rambuteau ou à la section Esquirol, pauvre femme!

Un grand beau garçon, à moustaches rousses, saluant Mlle Barral avec respect, venait de s'approcher de Vilandry, marchant derrière lui sans faire de bruit.

C'était Pedro.

— Eh bien? demanda-t-il à l'interne.

— Regarde...

— Oui, elle m'a l'air de vouloir passer dans le service de Cadilhat! C'est une *agitée.*

— Tais-toi donc!... Si sa fille entendait!...

L'accès terrible qui venait de secouer le *numéro 4,* tombait d'ailleurs presque brusquement, comme un orage que le vent chasse. Des frémissements singuliers, des torsions de bouche, subsistaient seuls, comme les grondements éloignés d'un tonnerre. Jeanne essuyait, de ses longs doigts blancs, l'écume restée aux commissures de ses lèvres tordues, quasi tuméfiées. Elle écartait du front ridé de sa mère, qui se laissait faire maintenant, inerte, impassible, les cheveux emmêlés sur ce pauvre front sans pensée, et, doucement, approchant ses baisers de cette maigre face en sueur:

— Repose-toi, maman, disait-elle. Sois sage! bien sage!

Dans la salle redevenue silencieuse, les malades semblaient se rendormir sous leurs draps soulevés, çà et là, par de bizarres positions de jambes, et l'on entendait, mêlées à des bruits d'haleines assoupies, à de petites plaintes de sommeil fiévreux, des paroles échangées à demi-voix, d'un lit à l'autre :

— Eh bien, est-ce fini, le numéro 4?

— C'est bien étonnant qu'elle n'ait pas donné des attaques à d'autres, avec ses cris!

— Elle dort. Sa fille lui refait son lit. Elle la borde comme un bébé. A son âge!... *Dodo*, l'enfant *do!*

— Alors, bonne nuit décidément! J'éteins mes quinquets!

Un petit rire, pareil à un gloussement, accompagnait la plaisanterie.

— Chut! disait M^lle^ Devin. Silence donc!

Vilandry avait posé sur le front de M^me^ Barral sa main ouverte, et la malade, à présent, laissait faire, sans dire un mot, retombée tout à coup dans son mutisme, comme écrasée sous la fatigue.

— On pourra bientôt lui ôter la camisole, dit l'interne à M^lle^ Devin. C'est fini.

Il y eut alors, dans les grands yeux égarés de la démente, une expression tellement reconnaissante, pleine d'un long remerciement muet, tellement éloquent, que Vilandry ne put s'empêcher de dire tout haut à Pedro :

— Tu vois, elle comprend!

Elle comprenait, en effet. Un lambeau de raison revenait à ce cerveau malade. Jeanne levait à son tour sur Vilandry un regard d'une gratitude tremblante.

— Ah! fit M^lle^ Devin. Ce n'est pas malheureux! J'ai cru un moment qu'elle allait déchirer ou manger le *manchon!*

— Ôtez-le-lui, dit Georges.

La sous-surveillante hésitait, comme si elle eût trouvé imprudente cette soudaine mise en liberté.

— Aide-moi, Pedro !

Et Vilandry détachait, aidé de l'élève, les bandes de toile qui garottaient la malade. Le torse maigre d'Hermance apparut sous la chemise de grosse toile, et les os de ses épaules sortaient, trouant la peau à demi cachée sous le flot gris des cheveux tombants. Cette poitrine creuse, ce cou sinueux se gonflaient, libres, délivrés, respirant plus à l'aise.

Les lèvres gonflées murmuraient un remerciement indistinct.

Puis, lorsque la camisole enlevée tomba à bas du lit, la vieille femme se laissant aller comme épuisée, sa tête tomba sur l'oreiller, poussant un long soupir d'écrasement et de béatitude bestiale.

Alors, toute joyeuse, comme si, dans la démoniaque de tout à l'heure, dans la bête fauve enragée qui hurlait et voulait mordre, elle retrouvait enfin maintenant sa mère, Jeanne se jeta, avide de caresses, sur ce corps maigre, étendu, et comme brisé.

Elle colla ses lèvres à ces joues creuses. Ses cheveux bruns se mêlaient aux longues mèches grises. Et, avec un ravissement de joie profonde, elle sentait, sous ses baisers, se ranimer cette souffrante. Elle éprouvait l'immense joie de la mère qui sent palpiter sous sa lèvre la chair de sa chair.

Elle embrassait la pauvre folle, elle lui disait :

— Tu me reconnais, n'est-ce pas, maman ?

Et elle entendait une petite voix dolente sortant comme un murmure de ce corps broyé, aux nerfs subitement détendus, lui répondre, à peine perceptible, inattendue, pareille à un souffle, mais qui réchauffait Jeanne tout entière :

— Chère petite... pauvre petite... J'ai été bien méchante... bien méchante... Pardon, mon bonheur !... Merci, mon enfant, ma chère enfant, ma bonne petite Jeanne... Merci... merci !

— Eh bien, tu vois, dit Pedro à Vilandry en se retournant brusquement. Ça me fait quelque chose, ça. Tu me trouves bête ?

Georges ne répondait rien.

Il toucha Pedro sur le bras comme pour l'entraîner.

Hors de la salle, Pedro se mit à rire. Il vit l'interne qui écrasait une larme entre ses paupières.

— Ah bah!... Tu as de la poussière dans l'œil? fit le gros Flamand. Tu dois pleurer aux mélodrames, toi? Tu es un idéaliste, mon vieux! A propos, dit-il, comme s'il eût eu honte de son émotion, très visible, elle aussi, ma vieille malade, tu sais, mon fameux cas? Finie! je vais m'offrir son autopsie demain. J'inviterai même le Russe, le nihiliste, si le cœur lui en dit, et son Olga avec, si ça l'amuse! Au fait, tu ne les connais pas!... Tu ne sais pas... Figure-toi, Vilandry, un *skoptzy*... Un *skoptzy*, je te dis... Tu ne m'écoutes pas... C'est vrai, fit-il, tu penses à l'autre.

Et il s'arrêta.

Sur les grands bâtiments de la Salpêtrière, une nuit d'été tombait, criblée d'étoiles. Le dôme rond, les longs toits rectilignes se détachaient, comme d'immenses découpures noires, sur le fond du ciel, d'un bleu clair. Des filles de salle passaient, en riant, venant de la leçon qu'on leur fait, tous les soirs, dans l'amphithéâtre. A travers les fenêtres des salles, on apercevait vaguement des lumières assoupies, éclairant à peine les longues files de rideaux blancs. L'horloge de l'hôpital sonnait avec des vibrations lentes.

— Oui, reprit Pedro, tu penses à M^lle^ Barral! Et tu as raison! Ça vous remue de voir une jolie fille comme ça, et mignonne et délicate, patauger dans ces saletés d'hôpital pour rester là, à côté de cette pauvre folle qui l'insulte, la battra et l'étranglera quelque jour, et soignant les autres pour avoir le droit de soigner celle-là! Crâne caractère tout de même! Sais-tu ce que c'est que M^lle^ Barral?

Georges ne répondait pas.

— Sais-tu comment je l'appelle? Eh bien! prends ça en note, dit Pedro en riant beaucoup, mais avec l'émotion vraie d'un brave garçon qui a le sens vrai des nobles choses. Quand je la vois dans ce tas de linges puants, de malades dégoûtants et de maux qui devraient lui soulever le cœur et qui ne lui enlèvent rien de sa sérénité et de son sourire résigné, la brave fille, eh bien. je te dis, je lui ai trouvé un surnom — fais-en ton profit, si tu veux! — c'est un lys dans un bourbier!

## IX

### MATHILDE

En sortant du dîner de la salle de garde, Mongobert, franchissant le seuil de la Salpêtrière, avait machinalement pris le bras de Paul Combette. Il n'avait cependant pour le peintre qu'une affection mitigée. Mais Mongobert était surtout un curieux, et, à tout prendre et tout comprendre, comme il disait après un autre pessimiste, on ne fréquenterait personne si l'on ne devait voir que les gens qu'on estime.

Il faisait beau sur le boulevard de l'Hôpital. Des enfants jouaient, se roulant sur l'herbe, sous les arbres. Des femmes en caraco blanc prenaient le frais, jasant sur les bancs, après une journée de chaleur forte. Une sorte de buée rouge, de poussière lumineuse, montait de l'entassement de maisons qui était Paris, et le bruit des voitures, les sifflements stridents des locomotives, tout à côté, se mêlaient au tapage des jeux d'enfants.

— Qu'est-ce que c'est que ça? dit Mongobert en voyant, brusquement, arriver de son côté une femme à la silhouette jeune, qui semblait guetter quelqu'un en se tenant debout près des murs de la Salpêtrière. Est-ce que ce n'est pas Mathilde?

— C'est Mathilde, en effet, répondit le peintre, qui reconnaissait la jeune fille.

Mongobert remarqua, dans le ton de Combette, une nuance de mauvais humeur qui disparut brusquement lorsque la jeune fille, courant très vite, eut rejoint les deux hommes.

Elle paraissait toute joyeuse de revoir Combette. Ses jolis yeux bleus brillaient d'un éclat très visible dans cette nuit.

— Ah! enfin! dit-elle tout heureuse. Je vous attendais!

— Depuis longtemps? demanda Combette.

— Depuis très longtemps, mais cela ne fait rien A cette heure-ci, j'ai tout loisir! Bonsoir, monsieur Mongobert.

— Bonsoir, mon enfant.

Le soulpteur regardait, tout en bourrant sa pipe, cette frêle petite blonde si charmante qui se pendait au bras de Combette avec des enlacements de liane.

— Pauvre fillette, va! se disait-il. Elle l'aime tout plein, ce gaillard-là!

Il ne savait pas trop si Mathilde était devenue la maîtresse du peintre. Il pensait que non. Cette révolte d'une fille tombée devant une chute nouvelle lui semblait même tout à fait bizarre, et ce Mongobert, désabusé de tant de choses, se répétait le vieux mot de ceux qui ont encore une foi sous leur apparent scepticisme : « Où diable ce regain de vertu va-t-il se nicher? »

Ce qui faisait l'admiration de Mongobert était d'ailleurs l'irritation de Paul Combette. Il y avait, chez cet inassouvi, curieux de toutes les sensations, amoureux de toutes les femmes, envieux de toutes les joies, mécontent de ce qu'il possédait, affolé de ce qui lui échappait, vite rassasié, plus vite attiré vers le nouveau, quelque chose de cette soif d'émotions inattendues, de cette avidité d'idéal peut-être qui fit don Juan. Il se sentait né pour les caprices, mais les caprices ardents, convaincus pendant qu'ils flambaient, et qui ressemblaient réellement à des passions. Feux de paille de l'amour. Il en poussait bientôt du pied les cendres, ou les jetait au vent avec un ironique sourire :

— Encore un peu de sentiment perdu! — Et à une autre!

De la femme, il n'aimait que la satisfaction d'amour-propre ou le plaisir qu'elle donne. Il la désirait, il la possédait, mais il ne la connaissait pas. Elle n'était pour lui ni la compagne, ni la mère, ni l'épouse, mais la maîtresse, et la maîtresse d'un moment, la souriante maîtresse qui donne un baiser, disparaît, essuie ses larmes si elle a le cœur gros au moment de la séparation inévitable, et ne revient pas, ne laisse ni remords ni troubles, tout au contraire : un gai souvenir, doux comme un arome.

Combette se disait, dans sa décision absolue, sa volonté ferme de réussir, que tous ces caprices accumulés ne valent pas une des réalités de la vie — l'argent, par exemple — et il se laissait aller à ses curiosités de chercheur de sensations, à ses entraînements de séducteur que la séduction grise, qui y revient comme à une ivresse d'habitude, mais il se ressaisissait lui-même au moment voulu, il se moquait de ses propres ardeurs, et, dans son argot de rapin qui reparaissait plus d'une fois en lui, sous l'élégant très correct et le mondain :

— Allons, se disait-il, ne *t'emballe* pas, toi. Tu vas *t'emballer!*

Evidemment, s'il avait jamais été épris et séduit, s'il avait désiré une femme, c'était Mathilde. Cette candeur dans la résistance, ce sourire de vierge chez la pauvre fille sacrifiée, cette douce pâleur de perle dans l'encadrement de cheveux d'un blond fin, couleur de seigle mûr, irritaient et charmaient à la fois Combette, que les refus souriants, simples et doux, de la pauvre fille, rendaient, sinon plus amoureux, du moins plus avide et plus exalté.

Il y mettait aussi de l'amour-propre, se trouvant un peu ridicule de soupirer, comme un collégien, devant une fillette, une grisette — pis que cela : un modèle. — Mais quelle singulière idée ont donc les femmes de s'aviser de retrouver ainsi, en elles, un beau jour, des pudeurs perdues et comme des ignorances ensevelies !

Combette ne se disait pas que c'est l'amour vrai, le profond et sincère amour, qui fait refleurir ainsi ces candeurs, ces sortes de blancheurs d'âme. Mathilde l'aimait, l'aimait vivement, de tout son pauvre cœur triste et qui se remettait à battre gaiement quand elle pensait à ce beau grand jeune homme qui lui répétait si souvent et lui disait si bien :

— Je vous aime, aimons-nous, Mathilde ! C'est si bon de s'aimer quand on s'aime bien !

En réalité, peu importait à Combettte que l'affection de Mathilde pour lui fût d'une profondeur aussi grande, d'une sincérité aussi entière. C'était Mathilde qu'il voulait, plus encore que l'amour de Mathilde. Il éprouvait l'irritation d'un soldat, vainqueur d'habitude, et qui se trouve brusquement arrêté devant une bicoque. La liste était longue de ses maîtresses, choisies partout, et à cette liste il ne pouvait ajouter le nom d'une petite fille de vingt ans qui lui disait très franchement, de sa voix douce :

— Je vous aime beaucoup, mais je ne veux pas être à vous. A quoi bon?

Elle donnait la vraie raison, d'ailleurs. A quoi bon? puisque les amours de Combette ne duraient pas, puisqu'une maîtresse, avec lui, succédait à une autre, jusqu'au jour où cet amoureux de son caprice se trouverait fixé, séduit lui-même, jeté à son tour en pleine passion?

Et Combette avait peur d'en venir là. Il redoutait un sentiment vrai comme il eût redouté une faiblesse. Il sentait qu'à un moment donné de sa vie, il était capable, quelle que fût sa résolution, de se laisser emporter par l'avidité de son désir. Il s'étudiait assez soigneusement pour connaître ainsi ses défauts. Il se savait moins fort qu'il n'aurait cru. Evidemment, Mathilde le préoccupait plus que de raison; mais voilà qu'au désir violent qu'il avait de la jeune fille, une autre passion s'ajoutait maintenant, entrait, peu à peu, et plus forte et plus irritante, dans le cœur de cet homme. C'était à Jeanne qu'il pensait.

Il y pensait souvent, il finissait par y penser toujours.

Combette avait été comme enveloppé, dès le premier jour, par ce charme souverain de la douceur, qui donnait une poésie tendre, comme caressante, d'une féminité exquise, à Jeanne Barral, rendue plus adorablement belle par cette simplicité du costume d'infirmière, coquet chez d'autres, plein de style sur elle et comme sculptural.

Il n'eût pas fallu aimer et comprendre la « femme » pour ne pas éprouver le frémissement d'admiration mêlée à du désir qui, sous le calme regard triste de Jeanne, faisait frissonner Combette. C'était à présent cette Jeanne qui attirait le peintre aux alentours de la salle de garde, de l'atelier où Mongobert modelait ses cires, et du bâtiment où M^lle^ Barral soignait et veillait les malades.

Combette venait fréquemment à l'hôpital. Il éprouvait comme un besoin d'apercevoir Jeanne. Jamais il n'avait ressenti pour une femme ce sentiment spécial, fait de désir, mais aussi de respect.

— Ah! ça, mon garçon, est-ce que réellement tu serais *pincé?* se redisait-il encore.

Mais — chose qui l'effrayait encore davantage — ce ton de plaisanterie avec lui-même sonnait faux. Ce n'était plus l'irritation ressentie des refus de Mathilde, c'était une transformation de toutes ses façons de penser, de sentir. Il se disait, lui qui n'avait jamais songé au mariage que sous la forme d'une dot rendant la vie facile et corrigeant les hasards de la lutte artistique par la sécurité bourgeoise, il se répétait que Jeanne Barral ferait une adorable femme, et il la voyait étendue sur un divan, dans l'atelier; elle, souriante, les cheveux noirs dénoués, et lui à ses pieds, la regardant, interrompant le paysage commencé pour venir lui dire :

— Tu es belle!

Alors, brusquement, Combette, se sentant *glisser*, comme il disait, secouait cette vision et se moquait de lui-même et de ses poésies bêtes. A quoi bon rêver? La réalité n'était-elle point là, charmante, et ne s'appelait-elle pas Mathilde? Est-ce qu'il ne l'aimait plus, cette Mathilde, depuis qu'il avait entrevu l'autre? Est-ce qu'elle n'était pas aussi jolie, avec sa chevelure d'or et ses grands yeux bleus, un peu fous, attirants comme une eau profonde?

Si! Et voilà les amours qu'il lui fallait, à lui, et non cet amour pour Jeanne qui menaçait de devenir sérieux, inquiétant, ridicule!

Oui, ridicule, puisqu'il ne menait à rien.

Le mariage? Une folie! — Le mariage sans un sou! Une amourette? — Eh bien, pour l'amourette, Mathilde était là, et pour vaincre la résistance de la fillette, il suffisait d'oser! Mathilde ferait oublier Jeanne.

Combette ne se doutait point d'ailleurs que cette passion pour Jeanne Barral, qui naissait et grandissait en lui, Mathilde en avait le secret. Les femmes devinent. Mathilde avait vu comment, peu à peu, tout en l'aimant encore, elle, Paul Combette s'était épris de Jeanne. Elle en était restée comme effarée, peureuse, se répétant :

— Il ne va donc plus m'aimer?...

Alors elle se disait qu'après tout c'était sa faute, puisqu'elle calculait dans son amour, se refusant, ne se donnant pas toute, comme les hommes aiment qu'on se donne. Elle avait donc le droit de faire la fière, elle, née du ruisseau, roulée comme un caillou par l'orage, et qui retrouvait, dans ses souvenirs, d'atroces visions de caresses qui ressemblaient pour elle à des tortures !

— Je ne l'aime peut-être pas assez !... J'ai voulu jouer à la vertu, moi ! .. Voilà... Il fallait être réellement honnête, pour ça !... Est-ce que j'en avais le droit?... Il en aime une autre ! C'est bien fait !

Mais en aimait-il vraiment autant que cela *une autre*, ce Paul qui lui souriait et lui répétait les mêmes mots qu'autrefois, qu'hier, avec les mêmes supplications ardentes? Pour garder son amour, cet amour qui était la joie et comme le rachat de la pauvre fille, pour l'attacher à elle tout à fait, le reprendre à l'autre, sans doute fallait-il se donner? Eh bien ! elle se donnerait.

Elle se donnerait avec joie, avec une ivresse ardente, mais elle avait peur de cette heure de chute, comme en eût eu peur une vierge. Elle voulait conserver pour elle l'impression charmée de cette pureté qui faisait si différent des autres instants de sa vie cet amour, ce chaste amour éprouvé pour Combette, et elle se disait :

— C'est si bon ! Et ça durera si peu ! Il me semble que nous sommes fiancés !

Mongobert, en réalité, devinait et démêlait tous ces sentiments dans la façon dont Mathilde se serrait contre le jeune homme et dont elle reculait le front, instinctivement, lorsque Paul se penchait pour le baiser, tendant elle-même ensuite sa lèvre au peintre, et ce baiser semblant demander pardon du premier refus.

— Allons fumer ma pipe vers la Halle aux Vins, grommela Mongobert. Les duos doivent être chantés à deux !

Et il fit quelques pas sous les arbres, du côté des quais, lorsqu'une vieille femme, marchant très vite, enveloppée d'un vieux châle de laine semé de quelques grains de jais décousus — défroque achetée au Temple — se précipita vers Mathilde, perdant à demi le chapeau de paille noire, aux brides dénouées et déchirées, qui ballottait sur son chignon gris.

— Tiens ! la Saint-Gervais ! dit Mongobert.

Et il la suivait lentement, tandis que, presque menaçante, la vieille femme, grosse, joufflue, sanguine, rouge comme une cerise, arrivait essoufflée devant Mathilde et Combette et, s'épongeant le front avec son mouchoir, poussait de petits cris aigus d'oiseau dont on déniche les petits :

— Ah! ce n'est pas malheureux! Et j'étais bien sûre de te trouver ici!... Parbleu!... Puisque M. Combette n'en sort pas!

Combette avait laissé glisser le bras de Mathilde qui, doucement, devenue pâle, et avec une sorte d'habitude de la prière, balbutiait d'un *ton craintif* ce seul mot :

— Madame...

— Madame! madame! fit la vieille. Tu pourrais bien me dire : *ma mère*, je suppose?... Ou ma tante... Je ne tiens pas à la parenté... Ou Artémise, mon petit nom... Je te cherche à la maison... Envolée!... Je vais au passage, à l'atelier Julian pour voir si l'on pose le soir... On ne t'y a pas vue... Et pendant que vous perdez ici votre temps — à quoi? je vous le demande — on te fait réclamer chez M. Degeorge. Il avait besoin de toi pour lui poser une figure. Et c'est ce que j'appelle une séance perdue. En été, il n'y en a pas tant. Ils vont tous à la mer à présent.

— A la bonne heure! dit Mongobert, qui s'était approché, écoutant avec son rire narquois, voilà la nature humaine telle qu'elle est!

— Vous dites, vous? fit Artémise Saint-Gervais, qui connaissait bien le sculpteur.

— Rien. Vous êtes, fit Mongobert, admirable et franche comme l'or — que vous aimez. — Au moins avec vous, dès le *premier mot*, on est fixé. On sait à qui l'on a affaire!

— Ma pauvre petite Mathilde, murmura Combette, vous voyez!

La jeune fille eut un sourire triste.

— Bah! dit-elle. On se fait à tout.

— Vous m'avez l'air d'un esprit sain, vous! faisait Artémise en regardant Mongobert, ne sachant trop s'il se moquait ou s'il disait vrai.

— Pas plus *fou* qu'un autre, grommela Mongobert.

La Saint-Gervais essayait de convertir Mongobert, expliquant ses droits, parlant de l'avenir de Mathilde comme un maraîcher d'une terre qu'il aurait cultivée en vue d'un rendement.

— Vous comprenez, monsieur Mongobert, j'ai élevé la

petite que voici. Je l'ai ramassée, on peut dire, sur le grand chemin et mourante de toux, et j'en ai fait la personne que voilà. Tourne-toi, Mathilde. Assez jolie, hein? Je lui donne le gîte et le repas et je l'aime comme mon enfant. L'ayant nourrie, il est bien juste qu'elle me nourrisse à mon tour.

— Absolument logique, dit le sculpteur, tandis que Paul Combette ne pouvait s'empêcher de dire tout bas à Mathilde, qui le suppliait de se taire :

— La drôlesse !

— Je lui ai, continuait Artémise, donné un agréable état : modèle. Mais encore faut-il qu'on le pratique et qu'on n'aille pas courir le boulevard de l'Hôpital et filer avec... un paysagiste... le parfait amour.

— L'imparfait amour! rectifia Mongobert.

— Perdre une séance! Une séance! Ah! les enfants sont bien ingrats !

Le mouleur de cire regarda la vieille femme.

— Les enfants? ingrats? Pas du tout, dit-il, seulement ce sont de petits hommes.

— En vérité, disait tout bas Combette, j'aurais envie de lui jeter au visage l'argent qu'elle gagne à nourrir une pauvre fille comme vous!

Mais inquiète, peureuse, très douce :

— Je vous en supplie, disait la pauvre fille, laissez-moi du moins ce qui me reste ! ma fierté! — Et vous, dit-elle, en se retournant vers la Saint-Gervais, puisque je n'ai pas gagné le pain de la journée, eh bien — et tout son être se redressait dans une altière ironie — rassurez-vous, je ne mangerai pas ce soir.

— Mathilde! s'écria Combette.

Artémise était devenue incandescente, toutes ses rougeurs s'avivant de reflets colères.

— Mais on jurerait qu'on la fait jeûner maintenant! dit-elle, comme suffoquée. Vous n'en croyez rien, monsieur Mongobert?...

— Je suis persuadé que vous n'y songez même pas! dit Mongobert — elle maigrirait.

Et tout bas, tendrement, doucement, Mathilde murmurait à l'oreille du peintre :

— Elle a raison, elle m'a élevée, après tout.

— Élevée ! ah ! quittez donc cette mégère !...

— Quand vous rencontrerez des enfants abandonnés sur votre chemin, monsieur Mongobert, continuait Artémise, furieuse, ne vous arrêtez pas, ne vous baissez même pas pour les ramasser...

— Vous avez raison, dit le misanthrope, les laisser crever, c'est plus clément.

— Il a toujours l'air de se moquer du monde, celui-là ! maugréa Artémise. Viens, Mathilde, dit-elle.

— Adieu ! fit Mathilde en se tournant vers Paul.

— A bientôt ! répondit Combette.

Il regardait la jeune fille s'éloigner, tandis qu'Artémise, peut-être pour se donner une contenance, répétait à Mongobert :

— Ne vous arrêtez pas... Ne vous baissez pas...

— C'est entendu, dit Mongobert, qui la saluait d'un air ironique. — Je te donne un coup de chapeau comme si je te donnais une paire de gifles, coquine ! pensait-il.

La jeune fille, au loin, disparaissait parmi les passants, Paul Combette se demandant par quelle insigne faiblesse cette fillette obéissait à l'horrible femme qu'elle appelait sa mère !

— Après tout, songeait-il, une telle existence ne peut durer. C'est un enfer. Les tyrannies de la vieille Artémise me la donneront pour maîtresse plus sûrement que ses protestations. Suis-je niais ! Je n'ai qu'à attendre !

Il se retourna vers Mongobert, qui hochait la tête avec une moue singulière.

— A quoi pensez-vous? dit Combette.

— A Mathilde — comme vous !

— Comme moi?

— Faites donc l'étonné ! Et comme c'est drôle, les femmes? Ça a du style inné ! J'en ferais une statue, tenez, de cette petite, si j'avais le temps... et le talent ! Après tout, qui sait? Je pourrais la modeler en cire ! C'est un phénomène aussi ! Parole, voilà une pauvre enfant qui, tout à l'heure, dans le regard et dans la voix, avait la fierté d'une duchesse ! « Je ne mangerai pas ce soir ! » Comme elle a dit ça ! A quoi te servira ton orgueil, pauvrette? C'est la vertu des puissants ! Quand on est tombé, il faut être humble ! c'est plus simple !

— Morale facile, dit Combette.

— C'est celle de l'expérience, reprit le mouleur. Notez bien, jeune homme, que je n'en suis pas arrivé à ces théories sans avoir crânement lutté contre moi-même. J'ai essayé de me raccrocher à toutes les vertus. Bah ! Les branches cassaient... Patatras ! Je dégringolais comme Michel Morin... *faciebam pouf !*... Et je me relevais avec une brisure nouvelle ! Je ne dis pas que tout cela soit gai. J'ai mes rages aussi. Par exemple, lorsque je rencontre, même aujourd'hui, une nature demeurée honnête comme cette petite Mathilde — une de ces fleurettes parisiennes, salies par toutes les pluies, et qui gardent encore un parfum de printemps, ma parole — alors la colère me vient contre la destinée !

— Une colère ! A vous ? fit le peintre un peu railleur.

Mongobert haussait les épaules.

— Un vieux levain d'honnêteté qui reste dans un coffre vermoulu. Oui, je me dis parfois : « Quelle idée ! si l'on pouvait corriger les injustices de la vie ? Remettre à sa place — très haut — la femme, que le hasard a fait naître trop bas. Si, comme il arrive dans les romans ou les contes de fées... » Ah ! bah ! jolie idée et drôlement saugrenue ! Est-ce qu'on corrige le destin ?

— Non, mais on le modèle à sa guise, dit Combette hardiment.

— Alors, vous êtes plus fort que *papa* en sculpture, mons Combette !

Il se passa la main sur son crâne chauve, qui semblait bouillir, et ajouta :

— Adieu ! Au revoir, plutôt ! Et, vous savez, pour son repos, sinon pour le vôtre, et s'il en est encore temps, oubliez la petite. Je me rappelle qu'elle vous disait un jour, devant moi, que la seule maîtresse qu'il vous fallait, c'était la gloire ! J'y ajouterai la fortune, moi, car je vous prends pour un appétit de fort calibre et un gros mangeur. Malgré ça, Mathilde, ce jour-là, à Viroflay, sous les noisetiers ou les hêtres, parlait comme un livre et était vraie comme une ègle de trois. La seule maîtresse qu'il vous faut, c'est la éputation. Vous en avez soif. Faites-lui donc la cour, à ette gueuse! Elle se fait prier, j'en sais quelque chose; nais, bah! on ne sait pas non plus ce qui peut arriver!

— Vous êtes bien bon, fit Combette avec son petit souire ironique...

— Ah! Et si la petite vous tient trop à cœur : à jeûn, aites de la gymnastique, vous mangerez comme quatre. C'est souverain contre le mal d'estomac et contre l'amour.

Mongobert *reprit, en regardant Combette bien en face* :

— Je sais parfaitement que vous ne ferez rien de ce que e vous dis. Vous vous amuserez, par passe-temps, à vous payer le caprice de cette enfant, qui se raccroche à l'amour u'elle a pour vous comme à une réhabilitation, et, quand ous en aurez assez, bonsoir! Il y a un dessin de Gavarni ui s'appelle la *Fin du roman*. Ça représente une pauvre ille, le cœur et le ventre gros, qui s'approche du parapet l'un pont et, avant de s'y jeter, regarde comment la Seine oule. C'est drôle comme tout, mais il me semble que cette illette nerveuse, sensitive, maladive, qui vient de nous uitter, ressemble à la figure du dessin, et, quant au séduceur, qu'on ne voit pas, Gavarni, qui avait du goût, lui eût lonné volontiers quelque chose de votre profil. Songez à ça, et bon appétit! Pedro me reproche assez de tomber dans les irades. Un tour de clef, et c'est fini.

— En supposant que Mathilde ressemble à celle dont vous parlez, je n'aurais aucune responsabilité, dit Combette, puisque...

— Puisque vous n'êtes pas le premier? C'est juste! Une ille séduite, ça ne compte pas! Mais un honnête garçon ne s'inquiète pas de savoir s'il est le premier ou le second; il est *lui*. Ce n'est pas parce qu'il y a eu une canaille au début d'une existence, qu'il faut continuer son petit commerce. *Addio!* fit Mongobert. Je m'en vais fumer une pipe!

Il laissait Combette, souriant et nullement touché par cette morale enveloppée de drôleries comme une pilule dans du sucre. Combette ne songeait qu'à une chose : mettre à profit l'irritation ou plutôt le désespoir qui, fatalement, devait, chez Mathilde, succéder à ces scènes violentes avec la vieille Artémise, l'exploiteuse, la grosse coureuse d'ateliers, qui eût vendu, à la nuit, la chair de cette fille adoptive, comme elle louait, à l'heure, sa beauté.

La nature nerveuse de la jeune fille, violemment tendue en présence de ces étrangers, et se redressant là sous l'injure, s'écrasait toute, en effet, s'abattait, comme sans ressort, lorsque Mathilde se retrouvait seule avec la Saint-Gervais, dans le taudis de la rue de l'Arbre-Sec, où elle habitait. Elle demeurait alors pensive comme devant un de ces précipices qui attirent — les yeux agrandis dans sa figure pâle. — Les gens qui hésitent, frémissants, secoués de tentations morbides, devant le suicide, doivent avoir de ces tragiques regards-là.

C'était pour Mathilde un tel supplice que la vie en commun avec cette femme qui en faisait sa *chose*, la pétrissait à sa guise, lui faisait payer par une tyrannie de toutes les heures les soins d'autrefois! Cette nature faible et malléable de fillette blonde, anémique, triste, n'osait se révolter, n'osait pas même se défendre. Mathilde Mignon subissait l'autorité de cette misérable qui l'avait recueillie avec la pitié vague qu'on a à ramasser un chien perdu, comme elle subissait la dureté même de la vie.

Cette Artémise Saint-Gervais, vieille femme déchue, pourrie par le vice, laissant quelquefois tomber de ses lèvres, gercées et ridées par l'âge, des histoires d'un temps où elle portait des cachemires et roulait carrosse, disait-elle, des ressouvenirs confus de parties fines au Cadran Bleu, au Jardin Turc, à Montmorency — toute une époque de galanterie disparue — ce débris et ce détritus de la vie parisienne d'autrefois s'accrochait à Mathilde comme à une ressource suprême, comme la hideur à la jeunesse, pour en tirer profit, exploitant âprement cette beauté de fillette et la conduisant d'atelier en atelier comme elle l'eût promenée de soupers en soupers.

— Ah! que t'es niaise, ma fille! lui disait-elle quelquefois. Si tu voulais! si tu savais!... J'ai eu des ducs et des pairs, moi, telle que tu me vois, qui se mettaient à genoux pour me lacer mes souliers à rubans... on portait ça jadis... J'ai fait figure à Longchamps... J'ai rendu jalouse la femme du ministre de l'intérieur — oui, moi, qui te parle — et l'épouse de Son Excellence avait mis toute la police à mes rousses pour me séparer de son mari qui m'aimait trop. Elle m'a même fait fourrer à Saint-Lazare, et le conseil des ministres s'est occupé de la chose. Parfaitement. Voilà ce que j'ai été, moi, mais je n'étais pas une petite bébête comme toi!

— Et à quoi ça vous a-t-il menée? répondait Mathilde en montrant à la Saint-Gervais les murs lugubres de la mansarde humide dont le papier déchiré pendait, tout moisi.

Artémise haussait les épaules.

— Quand ça ne serait qu'à me rappeler mes beaux jours! Ah! je te souhaite de boire autant de champagne qu'il m'en est passé par le gosier, ma petite!

— Je n'y tiens pas, répliquait la pauvre fille.

Elle passait décidément pour trop sotte aux yeux d'Artémise. On n'est pas aussi « pot-au-feu » que ça.

— Et encore, si tu étais une vertu! disait la vieille.

C'était bien ce qui navrait Mathilde, dont la joue, subitement alors, devenait toute rouge. Elle n'avait jamais plus amèrement ressenti la honte de sa chute. Elle éprouvait, à certains souvenirs, une sorte de brûlure morale comparable à la cuisson que produit sur la peau la morsure de l'ortie. Elle se sentait piquée jusqu'au sang. Ah! si elle avait eu à donner à Combette un baiser qu'elle n'eût pas déjà donné à d'autres, comme elle lui eût dit :

— Je t'aime. Viens. Bravons la vie, aimons-nous tant qu'un amour dure!

Mais à quoi bon recommencer une de ces liaisons dont elle avait la lassitude et le dégoût? Qu'avait-elle à offrir à cet homme qui lui murmurait si passionnément qu'il l'aimait?

Eh! ce qu'elle avait à lui donner, avec toute la ferveur d'une vierge, c'était précisément cette pureté de sentiment, cette timidité inquiète, cette fièvre et cette douleur de l'âme qui étaient si nouvelles, qui l'étonnaient elle-même, qu'elle n'avait jamais ressenties pour personne et qui la rachetaient à ses propres yeux! Ce qu'elle avait à lui offrir, c'était l'amour, l'amour vrai, l'amour absolu, le seul amour que lui eût jamais inspiré un homme! Les autres l'avaient possédée sans qu'elle en gardât même une sensation et un souvenir.

Son corps, son cœur, sa passion, sa confiance, son ê entier, elle donnerait tout à Combette, et maintenant, da la solitude sombre de la mansarde, et, ce qui était pis, da le tête-à-tête humiliant, tyrannique et écœurant avec Art mise, Mathilde se disait qu'après tout, puisqu'elle aima la vie pouvait recommencer pour elle, une vie nouvell une vie heureuse, et elle rêvait, rêvait...

Elle se revoyait dans les sentiers verts de Viroflay, so l'ombre épaisse des arbres, avec du soleil criblant les tro d'arbres, tigrant le sable fin du sentier, qui semblait to rose. Et des oiseaux, leur petite tête percée de petits tro noirs brillants, voletant de branchette en branchette, e jasant sur les noisetiers! Et des parfums de fleurs, d'her fraîche, des odeurs de bois, montant des dessous des bra ches! Elle se retrouvait avec Paul, dans ce cadre grisant, e elle laissait aller, en pensée, sa tête sur l'épaule du peintre appelant un baiser de sa lèvre.

Lorsque Combette, bien décidé à en finir avec ce *stage*, comme il disait, qui traînait en longueur, reparla d'amou à la jeune fille, lui montra toute la tristesse morne de l'existence qu'elle traînait, la supplia une dernière fois de fuir avec lui, de secouer l'esclavage brutal de la Saint Gervais, Mathilde était toute convaincue, entraînée par les rê veries, les visions qui l'enfiévraient. Elle n'essaya plus de résister.

Elle dit :

— Oui, c'est vrai, au fait, puisque nous nous aimons!

Puis, doucement :

— Mais, tu sais, moi, Paul, cette fois, c'est pour la vi que je me donne! Après toi, vois-tu, ce sera fini, fini. Si tu as jamais assez de moi, c'est moi qui aurai assez de la vie! Réfléchis bien!

— Je t'adore, répétait Combette qui se sentait caressé dans son amour-propre et excité dans son désir.

Et puis, Mathilde pouvait-elle résister? Se donner, c'était peut-être la seule façon d'arracher Combette à l'obsession que M^lle^ Barral exerçait visiblement sur lui. Toute jalouse, son pauvre cœur serré par l'anxiété, Mathilde Mignon se répétait :

— Maintenant il ne songera peut-être plus à *l'autre!*

Ce fut là sans doute, plus qu'aucune autre cause, ce qui fit qu'elle se donna enfin, mais avec des pudeurs d'ignorante tombant pour la première fois. Et c'était la première fois qu'elle disait vraiment, dans ses baisers et ses larmes : *Je t'aime*, avec le frisson de la passion et l'alanguissement heureux d'un rêve.

Elle avait quitté Mme Saint-Gervais. La vieille femme poursuivait de ses malédictions cette fille ingrate qui s'en allait ainsi, lui laissant cependant, comme à une créancière, toutes ses pauvres économies. Mongobert, qui rencontrait Artémise à quelque temps de là, lui disait :

— Vous avez une drôle de tête. Vous ressemblez à un avare qui a perdu son trésor.

— Qu'est-ce qui se serait douté de ça? dit la vieille. Une mâtine qui pouvait avoir un coupé! S'encanailler avec un peintre!

Combette, à qui Mongobert rapporta le mot, se moquait parfaitement des malédictions de la Saint-Gervais. Il éprouvait, pour le moment, la satisfaction d'amour-propre de l'artiste qui a atteint son but, et c'était pour lui tout son art spécial que la séduction. Cette petite Mathilde lui eût résisté plus longtemps, qu'il en eût éprouvé un dépit beaucoup trop violent sans doute pour « ce que cela valait », comme il disait, mais en pareille matière, comme en toutes choses, la joie de bien des succès n'équivaut pas à la colère que cause un échec. Mathilde méritait bien d'ailleurs qu'on l'aimât et qu'on oubliât pour elle cette Jeanne Barral même, dont Combette, comme Vilandry, se sentait épris très violemment.

Bah! Mathilde serait comme un passe-temps aimable et Combette avait toujours le loisir de faire sa cour à Mlle Barral! Il savourait, en attendant, la douceur tiède de cet amour tout jeune, tendre, peureux, enfantin, mais profond, que la pauvre Mignon avait pour lui. C'était comme le blotissement craintif de la fillette dans les bras d'un frère aîné, et aussi l'admiration entière de l'être faible pour le plus fort, et puis des ardeurs étranges, des affolements éperdus, une violence de volupté qui secouait de mouvements nerveux cette petite blonde frêle, douce, dont les regards fixés sur Combette avaient comme des profondeurs d'extase.

Combette se sentait complètement aimé et admiré, caressé dans sa vanité masculine. Il se surprenait à retrouver avec Mathilde des échappées de jeunesse, des gaietés de ses vingt ans. Avec son rire retrouvé de grisette, cette mélancolique de la veille changeait en une sorte d'étudiant heureux cet ironique d'hier. Il se laissait aller à courir les environs de Paris, les bois, les guinguettes, dans le tête-à-tête de la jeune fille qui courait par les chemins, buvant l'air en redressant la tête comme un chevreau échappé. Ces « feux de paille » flambaient, brillaient, étincelaient peut-être pour s'éteindre plus vite.

— Amour idyllique, murmurait tout bas Combette, se raillant lui-même et n'attachant qu'une importance secondaire à cette liaison où, naïvement, comme elle l'avait dit, Mathilde Mignon avait mis sa vie, tout ce qui lui restait encore de jeunesse et de foi.

Le peintre avait loué à la fillette un petit logement assez loin de l'hôpital, dans le quartier du Temple, et là Mathilde se trouvait heureuse, passant sa vie à attendre son amant et à regarder le pot de jasmin qui grimpait, à un fil de fer, le long de sa fenêtre. Elle n'avait jamais été aussi contente. C'était donc vrai ça, qu'on pouvait être heureux tout de même, avec si peu de chose?

— Ah! disait-elle. Aimer et être aimée, tout est là!

Combette, qui, pour son amour présent et ses amitiés de la salle de garde, ne renonçait pas à ses relations mondaines, laissait Mathilde souvent seule, tandis qu'il allait en soirée ou à la campagne. La fillette trouvait tout naturel qu'il fût invité partout. Quand il allait quelque part en habit noir, elle le suppliait seulement d'une chose, c'est qu'il se laissât faire par elle le nœud de sa cravate blanche.

— Je veux que tu sois gentil, gentil, gentil!

Elle s'interrompait, avec une petite moue qui voulait être soucieuse, mais qui riait encore.

— Je suis peut-être bien sotte, moi! Je te fais beau pour que tu trouves quelque part par là une héritière très jolie et très riche qui t'enlève à ta pauvre petite Mignon!

Elle ne remarquait pas le sourire fin, très particulier de Combette.

— Une héritière? disait-il.

— Dame !

— Il faudrait pour ça qu'elle te ressemblât, et je ne connais pas une femme aussi gentille que toi, ma petite Mathilde.

Il disait cela par une sorte d'habitude qu'il avait d'être agréable, de tourner un madrigal sans y attacher d'importance, mais elle s'en trouvait toute joyeuse, comme caressée dans son cœur.

Elle l'adorait.

Il la menait volontiers au théâtre, à la campagne, humant les derniers beaux jours, les soleils d'automne, et surtout dans les réunions de jeunes gens, chez Finet, qui donnait des soirées curieuses, où l'on se livrait, devant des amis, à des expériences d'hypnotisme sur la grande Lolo.

Le petit Finet, très fier, renouvelait, le soir, dans son appartement de garçon, les expériences que son *interne* ou le docteur Fargeas avaient faites le matin sur les malades. Il invitait volontiers des amis, des étudiants en droit, des apprentis littérateurs, pour leur donner le spectacle de Lolo, la belle fille, subissant sa volonté toute-puissante, à lui, Finet. C'est ce qu'il appelait, de sa mince voix flutée : la revanche de l'esprit sur la matière.

C'était fort drôle, d'ailleurs. Finet montait sur un tabouret pour regarder Lolo fixement dans le blanc des yeux, et cette grande, grosse fille, tout à coup, laissait, comme domptée, tomber sa tête sur son épaule.

— Catalepsie complète, messieurs !... criait triomphalement la voix grêle du petit Charles.

Et alors, il prenait les bras, très gras, aux os solides, de l'énorme fille, et il les maniait, les tripotait à sa guise, faisant ouvrir de grands yeux à ses invités, aux jeunes gens stupéfaits, à ce commun des martyrs, peu familiarisé avec l'hypnotisme, et qui disaient :

— Quelle puissance il a, ce Finet !

Finet en faisait bien d'autres ! Il envoyait la lumière de la bougie dans les yeux de Lolo, et Lolo tombait en catalepsie. Elle semblait endormie, presque morte. Il lui soufflait dans la figure et, reculant d'un pas, Lolo s'éveillait, tout d'un coup. Quand elle était en catalepsie, il lui suggérait les idées qu'il voulait.

Il lui disait, dans l'oreille :

— Un oiseau !

Et, souriante, tendant les mains comme pour saisir u oiselet invisible pour tous, visible pour elle, Lolo caressa doucement le pinson ou le chardonneret qu'elle croyait teni et le portait à ses lèvres, en disant :

— Oh ! qu'il est gentil ! Oh ! est-il gentil !

A ce moment, Charles Finet criait, tout à coup :

— Un serpent !

Et Lolo se sauvait, effarée, par la chambre, secouant se jupes, se collant à la muraille, comme à l'approche d'u reptile.

— Hein ? disait Finet, les mains dans ses poches, pro menant un regard victorieux autour de sa chambre, et s redressant sur ses talons comme pour dominer l'assemblé éblouie.

Le fait est que ce « grand carabinier de Lolo », comme disait Mongobert, obéissait à la volonté de Finet comme une toupie sous les cinglements d'un fouet.

Il semblait que le cerveau de la cataleptique subit, comme une cire molle, l'impression que lui voulait donner ce petit homme, qui tremblait devant elle dans la vie ordinaire. Elle entendait, au gré de Finet, une musique très suave ou un charivari à grincer des dents, buvait une liqueur exquise ou s'enfuyait devant une vipère. Le petit Charles était le maître de la pensée et des sensations de cette masse de chair, devenue plus facile à pétrir entre ses doigts que le bloc de terre sous le pouce du sculpteur.

Lolo étant en catalepsie, il lui touchait très doucement la peau vers le cou, « au-dessus du muscle sternocléido-mastoïden », disait-il, comme en se gargarisant avec les termes scientifiques, et tout aussitôt la grande fille semblait, dans la position oblique de sa tête, affligée d'un torticolis.

— Et elle resterait là tant que je voudrais ! disait le petit Finet d'un ton très doux.

Il lui frottait légèrement le pouce dans sa partie interne, et le doigt fléchissait comme mû par un ressort ; il frottait plus vite, et tout l'avant-bras suivait bientôt ce mouvement fléchissant ; les muscles de l'épaule, la jambe, la cuisse obéissaient à leur tour.

— Contracture générale ! concluait l'étudiant, regardant ses invités stupéfaits.

L'être humain semblait réduit ainsi à l'état de machine, à cet état de « maquette » de bois dont se servent les sculpteurs en faisant jouer à leur fantaisie les articulations de ces mannequins — caricatures macabres de l'homme.

Lolo obéissait comme un chien, suivait Finet, subissait ses ordres et sa fantaisie.

— Mais, dites donc, Finet, demandait un soir un de ces spectateurs d'habitude que l'étudiant conviait à ces expériences, vous pourriez commander à Lolo de commettre un crime ?...

— Parfaitement. Si je voulais !

Le petit homme, alors, se redressait, raidissant toute sa mince personne comme sous l'immensité de sa puissance.

— Enfoncé, Balsamo ! disait un de ceux des amis de Finet qui se « livraient à la littérature ».

— Et voilà comment, ajoutait Finet, les magnétiseurs et les charlatans *enfoncent* le public. Ils ont un sujet hystérique, comme Lolo, et ils se font des rentes en disant qu'ils les magnétisent, ce qui est une autre manière de débiter des bourdes et d'élever des *canards !*

En amenant Mathilde chez le petit homme, Combette ne se doutait guère du saisissement qu'elle allait éprouver devant de semblables expériences. Tout d'abord, dans ce petit appartement d'étudiant où il y avait sur la cheminée un crâne, et des imageries bizarres sur la muraille, la jeune fille s'était sentie comme suffoquée, tant il y avait de monde ; et tous ces regards de jeunes gens, ardents ou gouailleurs, convergeant sur Lolo, puis se tournant vers elle, la décontenançaient. Mais ce fut bien pis devant les phénomènes hypnotiques. Elle resta brusquement toute blême, comme frappée elle-même de catalepsie devant la grande Lolo endormie, la tête penchée sur l'épaule gauche et subissant l'influence de Finet.

Puis, quand le petit Charles cria tour à tour à l'oreille de Lolo, suivant l'habitude : *Un oiseau !* et : *Un serpent !* Mathilde se mit à rire involontairement d'un rire nerveux, un rire de chatouillée qui fit retourner vers elle tout le monde.

— Diable ! dit tout bas à Combette Mongobert qui ét là, invité à venir fumer sa pipe, je ne suis pas médeci mais en voilà une chez qui la catalepsie ne serait pas long à venir !

Finet regardait aussi Mathilde avec le coup d'œil spéci de l'amateur lorgnant un *sujet*.

Debout devant Lolo immobile, et maintenant changée e une sorte de statue de la Terreur, les yeux agrandis d'effr devant quelque couleuvre aperçue par elle seule, Mathil semblait enfoncer ses yeux devenus hagards dans les pr nelles de la grande fille, puis, peureuse, elle se retourna vers Combette et, tout en essayant de sourire d'un air q demeurait inquiet, elle lui demandait de loin :

— Est-ce que je rêve?

Elle ne savait où elle se trouvait. Il lui semblait qu'u sorte de cauchemar pesait sur elle, comme dans ces sommei mauvais où l'on étouffe.

La vue de cette grande fille transformée en une machi inconsciente lui faisait peur.

Si elle n'avait craint de paraître sotte, elle se fût retour née vers Combette, en lui disant, éperdue :

— Allons-nous-en !

— Elle se meurt de terreur ! murmurait Mongobert à l'oreille du peintre, qui haussait doucement les épaules, nul lement inquiet.

— Je vais vous faire, disait en ce moment Finet, une ex périence plus curieuse, presque incroyable ! Vous allez voir Je vais, dans l'état où est Lolo, lui insuffler, si je puis dire, une idée — fausse, absurde, invraisemblable — et cette idée subsistera même lorsque je l'aurai réveillée. Réveillée est un terme inexact puisque Lolo ne dort pas, en réalité, mais je me sers du mot vulgaire pour me faire mieux comprendre.

Finet se trouvait placé en pleine lumière, au milieu de sa chambre, sous la lumière d'une lampe qui donnait éga lement en plein sur le bon gros visage de Lolo, et toutes les têtes des invités, tendues vers lui le contemplaient, les yeux écarquillés par une avidité de mystère.

Mathilde ne se sentait pas très rassurée dans cette espèce d'atmosphère fantastique qui l'enveloppait. Il n'y avait l'autre femme qu'elle et Lolo, et elle éprouvait le sentiment vague, mal défini, d'un danger couru par cette grande fille, comme si elle eût assisté à une exécution.

La petite voix tendre de Charles Finot continuait d'ailleurs, impertubable :

— Je puis, à ma fantaisie, faire disparaître l'un de vous — et moi-même — si je veux...

— Allons donc!

— Tu vas nous escamoter?

— Passez muscades? Pas de bêtises, Finot!

— Vous ne comprenez pas, répondait Finot essayant de dominer les clameurs comme une flûte jouant dans un ouragan. Je puis lui donner cette idée fausse que l'un de nous n'est plus là! Et, à son réveil, elle ne le verra plus. Elle le cherchera. Il aura bel et bien disparu pour elle. Perturbation complète des sens. — Et tenez, autre chose d'aussi curieux... dit Finot... Vous allez voir...

Il s'approcha de Lolo et lui désignant Combette, planté à côté de Mathilde :

— Tu vois bien ce monsieur? dit-il.

— Oui, répondit Lolo dont l'œil de cataleptique se fixa un moment sur le peintre.

— Eh bien! tu le regarderas tout à l'heure. Tu le regarderas bien. Et, tu verras, il aura un habit vert!

— Vert? fit Mongobert.

— Vert comme un pré! dit un assistant.

— Vert comme le collet d'un académicien! dit un autre.

— Vert, répéta Finot en parlant à Lolo, en lui suggérant de par sa volonté cette vision. Tu entends? vert!

Et brusquement il souffla sur les yeux de la grande fille, qui se recula, porta les mains à ses paupières et dit :

— C'est bête!... C'est encore ce Charles!...

Elle tournait machinalement des yeux un peu égarés, des yeux ensommeillés autour d'elle, lorsque, tout à coup, apercevant Combette, elle se mit à rire, à rire gaiement, d'un franc rire, jeune, hardi, irrésistible, non pas le rire nerveux et hystérique qu'elle avait parfois et que Mathilde venait d'avoir, mais d'un rire large, sain, le rire invincible de la belle humeur.

— Eh bien! qu'est-ce que tu as, grande bringue? dit Finot.

— Ce que j'ai?... ce que j'ai?...

Elle s'interrompait, tordue par le rire.

— Ce que j'ai... c'est... c'est M. Combette!

— Eh bien?

— Regarde donc! Regarde-le!

— Quoi? Mais quoi?

— Il a un habit vert! Un habit vert! Un habit vert! Ah! qu'il est drôle! disait Lolo, dont le grand rire continuait, au point qu'elle s'assit sur une chaise. Mon Dieu! qu'il est drôle!...

Les assistants échangeaient des regards incrédules.

Le petit Finet semblait grandir, Mongobert disait dans une bouffée de tabac ces simples mots:

— Moralité : Moule à blagues, le cerveau! On lui fait contenir tout ce qu'on veut!

Mathilde, livide, frisonnait.

— Eh! mais, Mathilde, qu'avez-vous donc? dit Finet, qui la regardait.

— Moi?... Je ne sais pas... je ne sais pas, moi... répétait la jeune fille, épeurée, cherchant de son pauvre regard doux devenu très inquiet, presque hagard, un appel du côté de Combette.

Evidemment un tel spectacle lui causait un ébranlement maladif, inattendu, lui faisait courir par tous les nerfs une irritation soudaine.

— Il ne manquerait plus que Finet fit d'une pierre deux coups! dit le futur écrivain regardant le futur médecin qui redressait sa petite taille et développait son torse, étonné lui-même de sa propre science.

Le petit Charles trouva d'ailleurs prudent de conseiller à Combette d'emmener Mathilde. Elle était trop nerveuse. Il ne répondait de rien. Il y a, en de telles maladies, quelque chose de contagieux, d'épidémique. On a vu des villages entiers, des pensionnats, des couvents, secoués par le même mal.

— C'est bien, citoyen Urbain Grandier, dit Combette qui riait. Oui, je l'emmène. Mais faites taire votre Lolo. Elle me voit toujours vert comme un lézard?

— Toujours!

Le rire de la grosse fille, étalée sur sa chaise, toute la chair sa poitrine de fermière de Rubens dansant sous cet accès d'hilarité, ne s'éteignait pas, continuait, éperdu — un grand rire de belle humeur — tandis que Mathilde, égarée, ne se rendant pas bien compte de ce qu'elle venait de voir, sortait au bras de Combette, qu'elle attirait à elle, en lui disant tout bas :

— Tu sais! ça, Paul, je ne veux plus voir ça! Jamais! Ça me rendrait folle!

Et, en descendant l'escalier, elle secouait la tête avec effroi, comme pour chasser la vision de cette femme livrée totalement à la volonté de cet homme.

Une telle nature, vibrant si facilement au moindre choc, comme un cristal très fin, devait se sentir terriblement remuée par de si incroyables scènes qui maintenant lui paraissaient des cauchemars.

A moins que Lolo ne se prêtât à quelque plaisanterie de Finet et ne fût la complice de l'étudiant. Mais non, une sorte d'ourlet d'écume montant aux lèvres de Lolo, et qui avait fait peur à Mathilde, montrait bien que la grande fille entrait là dans un état tout particulier, effrayant. Mathilde même n'y voulait plus penser. Elle en avait rêvé toute la nuit. Quelle idée de la conduire ainsi chez M. Finet? Elle se sentait, depuis, toute malade et n'osait plus se regarder dans la glace, redoutant presque de trouver sur ses lèvres, à elle, cette écume qu'elle revoyait toujours — quoiqu'elle essayât de chasser une telle image — dans la bouche convulsée de Lolo.

— Il ne faudrait pas longtemps la prier de regarder fixement une tête d'épingle, celle-là! avait dit Finet lorsque Mathilde avait quitté la *séance*, presque emportée par Combette.

Mongobert avait suivi des yeux la petite blonde qui disparaissait, toute pâle, tandis que les invités de Finet regrettaient de ne pas voir essayer sur cette frêle fillette élégante les expériences qui réussissaient si bien sur Lolo.

Mongobert avait décidément un faible pour Mathilde.

Il avait assisté à la lutte de la pauvre fille contre le peintre, lutte d'oisillon contre une couleuvre. Il était bien certain qu'une telle résistance, à demi incompréhensible, ne durerait pas très longtemps. Mathilde lui ayant, un soir, parlé de Jeanne Barral d'une voix toute tremblante, le mouleur s'était dit :

— Très bien ! Celle-là se donnera par jalousie, comme d'autres se donnent par pitié.

C'était exactement ce qui arrivait; mais, en de telles amours, la chute n'est pas un dénouement, et Mongobert en cela comme en toute chose, était curieux de savoir « comment ça finirait ».

— Il y a beau jour que j'ai renoncé à jouer des rôles sur la scène, même d'apporter une lettre, se disait-il; mais, puisque je ne demande plus qu'un strapontin au parterre ou au poulailler, au moins je veux voir de quoi il en retourne. A l'occasion, ça m'amuse de siffler !

Et puis, encore une fois, il l'aimait vraiment cette petite Mathilde Michon, et ce restant de vertu naïve dans une fille perdue lui semblait aussi remarquable que ces cerveaux extraordinaires qu'on lui donnait à mouler

— Ils ont tous une circonvolution de plus que le commun des martyrs, ces diables d'assassins ! Joli avantage dont ils profitent drôlement. Mais je parie que la petite Mathilde a, elle, le cœur énorme. Quant à l'autre, au Combette, le sien est en silex ! On allumerait un briquet avec ! Ce garçon-là arrivera à tout.

Il arriva, en attendant, à se lasser très vite de Mathilde. Plus vite qu'il ne l'eût pensé lui-même. Le sentiment ne comptant guère pour lui, la sensation était rapidement épuisée. Il était de ceux que la possession rassasie. Il en est d'autres qu'elle attache, et qui, d'un caprice, ont fait des liaisons qui durent toute une existence. Combette était de la race de ceux qui désirent et qui oublient, le désir une fois satisfait. Qu'était-ce, d'ailleurs, que Mathilde pour lui? Une distraction. Et puis, elle s'était donnée trop tard, et lorsque Jeanne Barral avait eu le temps de s'emparer de cet éternel assoiffé d'inconnu.

Il avait aimé Mathilde réellement, peut-être sincèrement. Maintenant, il aimait Mlle Barral, mais d'une façon tout autrement violente, profonde et forte. Mathilde n'était, après tout, qu'un caprice de plus, une maîtresse charmante, tout à fait jolie et très bonne.

Mais, sous la résignation froide, l'espèce d'autorité résolue de Jeanne, quels trésors de passion on devinerait, et quelle conquête c'était là !

Elle avait cru, en se livrant, la pauvre Mathilde, effacer le souvenir même de cette rivale qu'elle-même admirait, et, avec la perspicacité étrange des malades et des souffrants, voilà qu'elle devinait maintenant que la pensée de Combette se tournait plus que jamais, invinciblement, vers Mlle Barral. Il l'aimait toujours, cette Jeanne ! Quand il n'en parlait pas, il y pensait. Il était comme las de sa Mathilde, et elle, de cet amour suprême qu'elle avait pour lui, elle l'aimait encore et à en mourir.

— C'est pour la vie ! avait-elle dit.

Elle ne lui rappelait pas — de crainte de l'ennuyer — ce serment, fait si doucement. Point de grandes phrases. Elle avait murmuré ces mots : *Pour la vie, tu sais !* Mais, dans cette modulation tendre d'un aveu, c'était bien vraiment toute sa vie, tout son être qu'elle avait mis.

Et elle sentait que cette vivante joie lui échappait ; elle voyait clairement qu'elle n'avait été pour Combette qu'un passe-temps, et que l'amour vrai de cet homme, c'était Jeanne.

— Eh bien, songeait-elle, simplement, dans sa solitude qui redevenait sombre, quand il ne voudra plus de moi, je me tuerai !

Elle ne se plaignait pas, ne disait rien, et pourtant son cœur l'étouffait. Tout ce lourd chagrin grossissant lui donnait des envies de pleurer ou d'en finir tout de suite. Ah ! elle l'avait bien deviné, qu'il se lasserait d'elle ! Et c'était pour cela qu'elle ne voulait pas être sa maîtresse — autrefois. — Un autrefois qui datait d'hier.

Elle n'avait qu'un seul ami, rencontré souvent lorsqu'elle allait, vers l'hôpital, attendre Combette, c'était Mongobert. Son instinct lui avait fait voir clair au fond de cet esprit ironique. Elle le savait meilleur qu'il ne le voulait paraître. Il était même bon.

Quand il lui demandait de ses nouvelles, la jeune fille sentait qu'il y avait là autre chose que le banal sentiment de tout le monde.

— Vous êtes malheureuse, ma pauvre Mathilde? lui dit-il un jour.

— Moi ?... Vous devinez donc tout ? fit-elle.

— Je sais tout et vois tout, comme le *Solitaire !*... Mais il ne faut pas être bien malin pour voir que vous en avez gros sur le cœur !

— C'est vrai, dit Mathilde franchement, et plus d'une fois j'ai pensé à vous, monsieur Mongobert... Ah ! oui, vous êtes peut-être le seul être qui ayez pitié de moi... Et sous votre air sceptique...

— Ou cynique, fit le sculpteur. Bref, sous mon air de vieil égoïste fumant son tabac, vous avez deviné, ma pauvre petite, que je n'étais pas très content de savoir qu'on vous faisait bobo. Vous souffrez, hein ?

— Cruellement, dit-elle. Oh ! je n'ai rien à vous cacher... Vous ne le lui direz pas, monsieur Mongobert, vous ne le direz à personne ?

— Je n'aime pas les bavardages, et je n'écris pas de *Courrier de Paris* dans les journaux, dit Mongobert, avec son habitude de railler sa propre émotion.

— Eh bien... Combette...

— M. Combette ?

— Il ne m'aime plus !... Lui !... lui qui m'avait tant dit qu'il m'aimerait toujours. C'est fini... bien fini... Comprenez-vous cela ? Cet amour qui devait être la consolation — mieux que ça, monsieur Mongobert — le rachat de ma vie, il m'échappe ; il m'échappe, cet amour, qui était tout pour moi, tout !

— M. Combette, demanda Mongobert, a-t-il donc rompu ?

Il s'arrêta. Mathilde haussa les épaules, tout en portant son mouchoir mouillé à ses yeux rouges.

— Lui ? non. Non, pas encore. La chaîne lui pèse, ça se voit bien, mais il la supporte. Il n'a rien dit, rien laissé deviner, mais l'instinct de la femme ne se trompe pas. Je ne suis pas aussi intelligente que lui, mais je lis dans sa pensée comme dans un livre, ma parole. Il ne m'aime plus.

— Sait-on jamais si l'on n'aime plus ? fit Mongobert.

C'était devant le grand portail solennel de la Salpêtrière, par un soir d'automne, presque pareil à cette soirée où, à cette même place, Mongobert avait vu Mathilde sourire à Combette, sous les menaces et les grognements d'Artémise

Saint-Gervais; c'était sur ce même coin de terre tout plein de jeux d'enfants, courant et criant à travers les arbres, de vieilles femmes humant l'air tiède de la fin du jour ou se traînant lentement vers l'hospice; oui, dans ce même cadre d'une verdure maintenant jaunie, c'était là que Mathilde déçue, tombée, comme brisée, du haut de son rêve, parlait de cet amour de la veille qui n'existait déjà plus, de cet amour à peine né et qui n'était plus que le cadavre ou la cendre d'un amour.

— Il ne vient plus me voir, il me fuit, disait-elle. Ah! je suis bien lâche de revenir l'attendre là, pour le voir peut-être tout à l'heure sortir au bras d'une autre!

— Quelle autre? demanda Mongobert.

— Oh! celle-là, non! non! Je lui demande pardon! C'est vrai, je ne devrais la mêler à rien... à rien de rien... Mais il l'aime! Ah! ce n'est pas moi, c'est elle qu'il aime! Et il n'a peut-être jamais aimé qu'elle! Qui sait? il ne m'a même jamais aimée, moi!

— Celle-là est une sainte, ma pauvre petite, dit le sculpteur. Elle ne vous prendra rien de ce qui est votre existence. La vie pour elle s'appelle devoir.

Il s'interrompit tout à coup, montrant à Mathilde, Paul Combette qui sortait, tout seul, par le grand portail.

L'ombre descendait déjà sur cette petite place pleine d'herbe qui est, au bas du boulevard de l'Hôpital, une sorte d'antichambre en plein air de la Salpêtrière.

— Je vous laisse! dit le sculpteur.

— Non, fit Mathilde qui saisit brusquement la main de Mongobert. Restez là... Attendez... je veux savoir... Je veux lui demander...

— Et quoi donc? répliqua le mouleur en hochant la tête.

Il semblait dire: « Vous savez tout, hélas! pauvre petite! »

— Après ça, fit-il brusquement en se ravisant, voulez-vous vraiment savoir s'il vous aime encore?

— Oui! oui!

— Eh bien, dites-lui que vous ne l'aimez plus. C'est un vieux moyen; mais il réussit toujours.

— Que je lui dise...

— Essayez! fit Mongobert.

Et il s'assit sur un banc attendant le résultat de l'entrevue, comme s'il eût deviné — chose vaguement pressentie par Mathilde — que son affection devait être présente et pouvait être utile.

Mathilde s'était vivement avancée vers Combette, essayant de sourire, et le jeune homme, un peu surpris, s'arrêta net comme si, tout d'abord, dans la teinte grise du crépuscule, il n'eût pas reconnu sa maîtresse.

— Ah! c'est toi? dit-il assez brusquement.

— Oui, moi!

Une espèce de résolution inattendue venait de passer dans sa voix.

— Tu n'es pas venu me voir depuis trois jours, Paul... Alors, moi, voilà, je me suis dit que tu devais être avec tes amis de la salle de garde, et.., et je suis venue ici.., comme autrefois, tu te rappelles bien?

— Oui, dit-il à son tour.

Il regardait autour de lui. On eût dit qu'il redoutait d'être surpris.

— Qu'est-ce que tu cherches?... Ce n'est pas Artémise qui t'inquiète? dit Mathilde avec un petit rire bizarre. Elle ne nous gêne plus! Viens t'asseoir sur un banc, Paul, j'ai à te parler.

— Ici?

— Pourquoi pas?... Ça me rappelle ce soir-là dont je te parlais...

Elle l'amenait doucement vers un des bancs, sous les platanes, et Combette, un peu étonné, s'asseyait, regardant au fond de la pénombre un point rouge qui s'avivait et semblait s'éteindre à intervalles égaux. Il eût deviné que Mongobert était assis là-bas, fumant sa pipe, qu'il n'eût pas contemplé plus fixement cette lueur rouge.

— Ecoute, Paul, dit brusquement Mathilde. Je veux te demander quelque chose, oui, franchement. Veux-tu?

— Quoi? dit Combette.

— Tu es un honnête homme... Moi, tu sais, je ne t'ai pas trompé quand tu m'as prise. Je t'ai dit qui j'étais. Je t'ai dit que je t'aimerais toute ma vie!

— Oui, fit Combette, mais quelle idée de me parler de cela ici?

— Ici, justement, je veux t'en parler, dit Mathilde qui

regardait, dans le gris de la nuit, la coupole de la chapelle émerger de ce tas de murs monotones de l'hôpital.

Il lui semblait peut-être que Jeanne Barral écoutait.

— Qui est-ce qui nous entend? disait-elle. Personne. Et ça me plait de te demander ce que je vais te dire, à cet endroit même où tant de fois je t'ai attendu, en sortant d'une séance de modèle... il y a si longtemps... si longtemps... et pourtant je croirais presque que c'est hier!

— Enfin?... demanda le peintre.

— Enfin?... Eh bien, écoute...

Elle s'arrêta.

Assis à côté d'elle sur le banc, il la regardait, essayant de deviner sa pensée dans son regard.

Mais ce n'était qu'une ombre finement découpée sur l'obscurité qu'il apercevait, une ombre timide, peureuse, qui tremblait.

— Non, voilà maintenant que j'hésite... Je n'ose pas... c'est vrai, Paul; je n'ose pas, j'ai peur. Je te disais comme ça que c'était pour retrouver un souvenir de notre amour que je suis venue ici; il semblerait qu'il va refleurir et rajeunir sous ces arbres!... Eh bien! non! C'est pour te dire que, si tu ne m'aimais plus, si, par hasard... — elle semblait chercher les mots, et sa voix tremblait — oui, si tu ne m'aimais plus... eh bien, vois-tu, maintenant, tu serais libre de me l'avouer... Libre... tu entends, Paul?...

— Pourquoi? s'écria-t-il vivement, tout étonné, mais se demandant si cette enfant ne venait pas là lui rendre sa liberté en lui réclamant la sienne propre.

— Tu demandes pourquoi? fit-elle.

— Oui.

Il entendit sortir des lèvres de Mathilde un rire nerveux et brisé qui se perdit dans le brouhaha d'une ronde d'enfants, chantée, à quelque pas, sous les arbres, devant les aïeules qui regardaient.

— Pourquoi? répéta Mathilde. Eh bien, mais c'est que... je ne voudrais pas plus te retenir... Esclave, tu comprends, que je ne voudrais pas l'être, moi... si je ne t'aimais plus.

— Tu pourrais ne plus m'aimer, toi, Mathilde? dit-il avec un cri qui lui fit croire, à la pauvre fille, qu'elle était aimée toujours.

— On ne sait pas ! murmura-t-elle, se demandant avec une terrible angoisse ce qu'il allait répondre.

— Eh bien, dit la voix brève de Combette, si tu ne m'aimais plus, ma pauvre Mathilde, il faudrait laisser à la vie le soin de séparer ceux qui s'étaient unis, voilà tout !

Un frisson courut par tout le corps de la pauvre fille.

Au loin, la lueur rouge de la pipe de Mongobert luisait comme un charbon.

Les enfants auprès d'eux chantaient :

Que t'as de belles filles,
Girofié ! Girofla !
Que t'as de belles filles,
L'amour les comptera !

— Qu'est-ce que tu dis ? fit Mathilde éperdue.

Combette eût cherché dès longtemps un prétexte qu'il n'eût pas saisi l'occasion plus vite.

— Écoute à ton tour, ma chère bonne petite Mathilde, dit-il doucement, en cherchant dans l'ombre les mains de la jeune fille — ces pauvres mains maigres que la fièvre maintenant brûlait — tu auras été, je crois, ma parole, le seul amour vrai de ma vie. Mon esprit inquiet et qui cherche toujours aura trouvé en toi ce qui console et ce qui charme. Les beaux souvenirs que nous avons, ma petite Mathilde ! Eh bien ! qui sait ? peut-être allaient-ils devenir des regrets ! Il ne faut pas attendre qu'on soit las les uns des autres pour se séparer ; c'est le moyen de rester bons amis et de se retrouver un jour !... Le moment est venu... Le couvre-feu a sonné, vois-tu ; c'est l'heure. Allons, va, chérie, rentrons au logis, la tête basse et le cœur vide, mais, après tout, dévoués l'un à l'autre, amis d'une amitié vraie, et l'âme embaumée, je te le jure, oui, embaumée de ces chers parfums du passé !

Combette avait dit cela comme il eût récité une leçon apprise et déjà débitée, avec un tremblement factice dans la voix, en comédien d'ailleurs habile, et Mathilde, les yeux hagards, l'écoutait toute tremblante dans cette nuit qui tombait.

— Est-ce que tu penses réellement ce que tu dis là ? demanda-t-elle.

Il se méprit, croyant peut-être qu'elle lui parlait de cette vaine amitié, offerte comme un pis-aller.

— Je te jure de n'oublier jamais cette bonne chère affection qui m'a fait vivre! répondit-il en lui pressant la main.

— Oublier!... Tu parles d'oublier!...

Il se rapprochait d'elle sur le banc, ne voyant pas qu'elle allait sangloter, qu'elle faisait tout pour dompter l'émotion qui l'étouffait.

Il voulait envelopper sa cruauté dans une caresse.

— Ainsi, tu ne mens pas? s'écria Mathilde. Tout ce que tu dis là, c'est vrai?... Ton cœur...

— Mon cœur est tout à toi d'une amitié profonde. Veux-tu que je te dise, Mathilde? Après toi, je n'aimerai personne, personne, tu entends? Et je me demande parfois s'il vaut la peine de vivre, puisque tout doit finir de ce qu'on croyait éternel.

— Finir? Mourir? Ainsi, dit la pauvre fille dans une secousse nerveuse, la voix étranglée, ainsi ton amour est mort! Il est mort? Tu ne m'aimes plus? Et tu me le dis! Ah! l'éternité en amour, un joli mensonge, hein? On doit s'aimer un an, on s'aime à peine un mois. Et le plus triste est qu'on est sincère quand on se répète ça : « Toujours! je t'aimerai toujours! »

— Qu'as-tu donc, Mathilde? demanda Combette, effrayé du changement qui s'était fait dans cette voix douce, maintenant stridente.

— Moi? Ce que j'ai? Rien. Ah! non, par exemple, non, je ne pleurerai pas! Ce serait lâche! C'est égal... tu m'as frappée cruellement, va! Tout est dit. Tu as raison. C'est la fin. Voilà! On devait s'y attendre. Adieu!

— Adieu! non, pas adieu, dit-il... Au revoir!...

Et il lui tendit la main.

Elle la prit, cette main, l'attirant à elle, essayant de le regarder, de le voir encore dans cette ombre.

— C'est fini, dis? C'est bien fini?... Voyons, Paul, voyons.

— Tout doit finir! fit-il avec une douceur impitoyable.

Elle le repoussa vivement.

— C'est vrai. J'étais bête de l'oublier. Je t'avais tout donné. Comme si j'avais eu quelque chose à donner!... Je ne croyais qu'en toi! Je ne voyais que toi! Ah! tiens, si tu avais voulu! Si tu m'avais aimée comme tu le disais! Eh bien, je sens que j'aurais pu devenir une autre femme... J'aurais tant travaillé... appris... cherché .. Ah! c'est méchant! que c'est méchant!...

— Mathilde!

— C'est vrai, je t'aimais trop! Je croyais à des choses impossibles! Je me disais que nous pourrions vivre toujours heureux. Ah! bien oui! On se plaît, on se prend, on se quitte. Et au hasard de la vie! Tiens, tu es fait de vanité! tu me trouvais gentille; tu m'as voulue... comme les autres... tu entends... comme les autres... Tu m'as eue... mais tu ne m'aimes pas! tu ne m'as jamais aimée!

— Tu as été, je te le répète, Mathilde, mon amour le plus sincère et le plus vrai. Seulement, tu as raison, la vie est faite ainsi. Et toi-même, tout à l'heure, est-ce que tu ne semblais pas me dire que le roman était achevé et que maintenant...

— Ah! malheureux! s'écria-t-elle, mais tu ne voyais donc pas que je mentais?

— Tu mentais?

— Et tu l'aurais deviné tout de suite, va, s'il t'était resté un peu d'amour!

— Tu m'aimes encore?

— Oui. Et c'est toi qui ne m'aimes plus! Ah! non, non, Paul, voyons, c'est impossible! C'était pour m'éprouver aussi que tu répondais ce que tu as répondu? Voyons, dis, dis, n'est-ce pas? Tu m'aimes! Tout n'est point fini?

— Mathilde!...

— Non! ne réponds pas, ne dis plus rien, j'ai peur!

Elle essayait d'arrêter sur les lèvres de cet homme la sentence devinée. Elle eût voulu qu'il ne dît rien, qu'il se tût, et dans le silence elle entendait son propre cœur battre, et la chanson enfantine continuait toujours railleuse et effroyablement triste avec la douceur de ces voix d'enfants:

Que t'as de belles filles,
Girofié! Girofla!
Elles sont jeunes et gentilles,
L'amour les comptera!

— Eh bien, si, je veux te le dire! répondit brusquement Combette, sentant qu'il fallait couper net, en pleine chair.

Oui, mon âme inquiète, mon tempérament nerveux, oui, cet être troublé que tu connais, s'est laissé envahir par la lassitude. Ce n'est pas toi, pauvre chère enfant, que je n'aime plus, c'est la vie, la vie qui ne tient pas ses promesses, qui répond : *le plaisir* quand on lui demande *le bonheur* — cette vie sans but, cette vie oisive, sans haine et sans amour — et qui me lasse et qui me fatigue, et que je voudrais secouer comme un fardeau! Je t'ai aimée, ah! bien et vraiment aimée! Et tu m'as consolé! Mais à cet amour si grand il manquait une force plus grande, le devoir.

— Le devoir? balbutia-t-elle, comme un enfant épellerait un mot inconnu.

— Oui, je n'ai plus soif que d'une chose et ce n'est pas toi, ma pauvre Mathilde, pardonne-moi, pardonne, ce n'est pas toi qui peux me la donner.

— Tais-toi! dit-elle brusquement, tu es méchant, à la fin! Tu crois donc que je ne comprends pas? Est-ce que je t'ai dit que j'étais une sainte, moi?... Ah! parbleu, l'amour naïf, le pauvre amour de l'enfant qui s'appuie sur vous, de la jeune fille qui ne sait rien, qui dit : « Je suis à toi, je n'ai point de passé, point de souvenir! Je t'aime! je ne suis rien, fais de moi une femme, crée-moi à ta fantaisie! rends-moi fière de toi! » cet amour-là aussi j'aurais voulu te le donner. Alors, il ne fallait pas que je sois la fille à la Saint-Gervais, il ne fallait pas que je sois la ramasseuse de mouron, qui ne voulait pas être ta maîtresse, parce qu'elle t'aimait plus que les autres; il ne fallait pas que je sois le modèle qui se loue à l'heure, il ne fallait pas que je sois Mathilde Mignon, parbleu! — Mais, vois-tu, Paul, ta main est joliment exercée pour frapper comme ça une femme au cœur — c'est mal ce que tu me dis là! — Le devoir?... Tu es cruel, toi! Non! je n'ai jamais été l'enfant qui s'ignore; mais je t'ai donné plus que ça, peut-être, j'ai donné ma vie, oui, ma vie et ce qui me restait d'espoir après tant d'écœurements. Et maintenant tu regrettes, tu cherches! Tu as soif d'autre chose! Ah! un mot encore et tu m'insulterais, tiens! Eh bien, va, cherche toujours, cherche quelqu'un qui t'aime. Je t'ai aimé, moi, plus que tout au monde. Mais si je suis de celles qui se donnent — car je ne me suis jamais vendue, tu sais — je ne suis pas de celles qu'on humilie et qui tendent encore la joue. Non! Adieu, cette fois!

Mathilde s'était levée toute droite, parlant avec une énergie que jamais Combette n'eût soupçonnée dans ce corps frêle, la douleur donnant à cette intelligence de timide et de souffreteuse une espèce d'éloquence âpre, où la colère flambait avec des éclairs.

— Mathilde!... dit-il encore, un peu surpris, après avoir joué la comédie du désenchantement et s'être posé, lui, l'être pratique et positif, devant cette pauvre ignorante, en une sorte de Lara ou d'Hamlet de l'amour.

— Eh bien? demanda-t-elle en entendant encore son nom vibrer sur les lèvres de cet homme.

— Tu pars, Mathilde?

— Dis-moi que tu m'aimes encore, et je reste et je t'obéis, je suis ton esclave, ta chose... — Tu ne réponds pas? — Ah! lâche que je suis! s'écria-t-elle.

Elle fit quelques pas, comme en chancelant, et tout à coup, portant la main à sa poitrine, où il lui semblait qu'un genou se posât, pressant sur elle et l'étouffant, elle poussa un grand cri étrange, nerveux, douloureux comme le brisement d'un membre, un cri qui terrifia Combette lui-même et lui entra dans les entrailles.

— Diable! dit Mongobert. Ça se gâte!

Il accourut.

Mathilde était tombée toute droite, subitement raidie, sur le gazon pelé de la petite place, et son grand cri sinistre était maintenant couvert par les cris stridents d'un sifflet de locomotive, sortant, aigu, des bâtiments voisins de la gare d'Orléans.

Très pâle, assez effrayé, Combette se penchait sur Mathilde étendue, pour la secourir, la relever.

Mongobert l'arrêta tout net.

— Pardon, dit-il, l'homœopathie est une mauvaise méthode. C'est vous qui avez fait le mal, ce n'est pas à vous de le réparer.

Et comme le peintre allait se récrier:

— Ah! c'est comme ça! fit brusquement le mouleur en jetant sa pipe. La petite a assez souffert! Maintenant, ça me regarde!

Et, se penchant sur la pauvre enfant, il la souleva doucement, posant sur son genou la tête blonde de Mathilde et relevant, avec des soins de père, ce pauvre corps frêle qui ployait comme une branchette cassée par un vent d'orage.

La ronde des enfants continuait, doucement, ironique, et le vieux refrain montait, chanté par les petites bouches roses :

Que t'as de belles filles,
L'amour les comptera !...

## X

### UNE LETTRE

*A monsieur Pierre Vilandry, à Pierre-Buffière (Haute-Vienne).*

La Salpêtrière, 25 octobre.

Mon cher père,

Il est tard, j'ai fini ma journée; me voici tout seul dans ma petite chambre, et je suis bien heureux, va, puisque je puis maintenant causer avec toi, te demander de tes nouvelles et te dire un peu de ce que je pense, d'un tas d'idées qui me traversent la tête et me serrent parfois aussi le cœur. A moins qu'il ne me vienne un *carton à faire*, je suis maître de mon temps et à toi tout entier, mon bon vieil ami ! — Je t'ai déjà dit ce que c'était que ce diable de *carton*, spécial à la Salpêtrière, qui nous a si souvent séparés l'un de l'autre, me forçant à interrompre ma lettre inachevée. Chaque fois qu'une des *admises* est souffrante, son nom et celui de la salle où elle est placée sont indiqués sur un carton qu'on dépose chez le concierge. Le concierge appelle, et c'est le rôle de l'interne de garde d'aller visiter la malade, même hors de la division à laquelle son service appartient. Mais je ne vois pas que j'aie, ce soir, de *carton* à faire. Causons.

Ah! oui, que je voudrais causer avec toi, mon cher père, comme dans ces bons soirs de vacances, longues soirées, toujours trop courtes, où, toi fumant ta pipe à cheval sur la chaise, moi, en face de toi, contre le chèvrefeuille qui tapisse la chère maisonnette, nous restions là des heures et des heures à faire tant de projets et à regarder les étoiles. Il me semble que j'y suis et que j'entends encore les grincements des roues des charrettes qui rentrent, ou les chansons des paysans qui reviennent du travail. Tout ce monde-là va bien, j'espère; distribue çà et là, des poignées de mains et, aux petits qui me montraient leurs bobos, l'an dernier, de bons baisers bien forts. Ce sera peut-être — qui sait? — ma clientèle à venir, ces pauvres braves gens qui me *disaient si gentiment en passant devant chez nous, tout* brûlés de soleil, et leur bêche sur l'épaule : « *Bonsoir, monsieur Georges!* »

Un monsieur! c'est vrai, mon cher vaillant père; grâce à toi, je suis « un monsieur! » J'ai appris tout ce que j'ai pu, tout ce que j'ai voulu, et ton enfant, né pour manier la varlope, sera demain un médecin, parce que tu l'as bien aimé et que tu as beaucoup travaillé pour lui. Quand je dis toi, c'est à vous deux que je pense, à la pauvre chère femme adorée, à toi et à elle, mes deux vieux que je ne sépare jamais dans ma pensée! Je me demande d'ailleurs quelquefois si, au point de vue purement égoïste, je n'aurais pas été plus facilement heureux en restant, comme toi, menuisier à Pierre-Buffière et en travaillant un peu plus de mes bras et un peu moins du cerveau. Je suis, en ce moment même, dans une heure, non de découragement, mais de doute. J'ai peut-être la lassitude de ce travail qui me plaît, me passionne, mais me harasse. Je me demande où je vais, ce que je veux. Tous les nerveux ont de ces défaillances, qu'ils surmontent vite, au surplus, et si je t'en parle, c'est que le seul fait de me livrer, de me confier à toi et de m'expliquer, m'enlève cet état d'énervement où je suis parfois, presque sans cause.

Veux-tu que je te dise? Et pourquoi pas? — Je suis peut-être amoureux. — Ah! parbleu, je te vois sourire. Tu t'imagines que ton fils a rencontré quelque grisette qui lui a tourné la tête, ou plutôt, car tu as toujours été ambitieux pour moi, que je suis devenu affolé de quelque grande dame de Paris, trouvée dans un salon, et qui se moque de moi qui l'adore. Pas du tout. C'est à la fois moins grave et plus sérieux que cela. Ce n'est ni une passion ni une amourette. Ce n'est pas une liaison. Si je n'avais peur de me servir de grands mots qui ne signifient rien, je dirais que c'est une vision, un rêve. Ne te moque pas de moi, grand laborieux, qui n'a jamais cru qu'aux réalités dures de la vie ; tu sais, on n'en a pas moins, parce qu'on est un manieur de scapel, ses minutes de songerie. Tu m'as dit bien souvent qu'étant petit, j'avais toujours l'air de penser à des choses impossibles. C'est un peu ce que je fais encore aujourd'hui, mon cher père.

Il y a, chez nous, et dans mon service même, à la Salpêtrière, une jeune fille qui nous *étonne* tous et nous attendrit par son dévouement et sa bonté. C'est une créature jolie à se mettre à genoux devant, instruite, bien élevée et qui, pour ne pas se séparer de sa mère malade, est entrée à l'hôpital parmi les filles de service. Pense au triste métier qu'elle fait, songe à ce que doit être cette tâche rebutante pour une femme qui était née riche et qui consent à faire ce que refuseraient des pauvresses. Je ne pouvais d'abord m'empêcher de la plaindre et j'éprouve maintenant pour elle un sentiment profond d'admiration vraie. Figure-toi qu'on fait souvent, le soir, des cours, des leçons à ces filles de service, campagnardes ignorantes, pour la plupart, belles filles robustes, qui aspirent à mettre un ruban noir à leur bonnet blanc, c'est-à-dire à devenir suppléantes, puis — qui sait ? — à porter le bonnet noir doublé de blanc des sous-surveillantes et, enfin, à conquérir, étape par étape, le grade supérieur : le bonnet noir de la surveillante. Eh bien, celle dont je parle, cette enfant que la vie appelait à être aimée, adulée, et qu'elle avait faite si jolie en lui donnant le sourire — un sourire qui s'est enfui, et une grâce qu'elle a gardée — cette jeune fille s'en va suivre avec une ardeur courageuse ces cours du soir, comme si bien décidément sa vie entière devait s'écouler entre les grands murs gris de la Salpêtrière, et comme si elle ensevelissait vivante sa beauté, côte à côte, avec cette mère qui est folle !

Oui, folle, et voilà où les épreuves de la pauvre fille vont commencer. Plus terribles qu'elles n'ont été jusqu'ici. La mère n'a point quitté mon service encore. Elle est traitée comme si son mal était une maladie nerveuse; mais chaque jour la précipite, la pousse brutalement vers la section des folles, et le moment n'est pas loin où M. Fargeas va envoyer la malheureuse au docteur Cadilhat.

Le désespoir de cette enfant dont je te parle me navre d'avance, car elle va souffrir affreusement et — pourquoi ne pas le dire? — moi aussi; cette idée de ne plus voir à sa place accoutumée, dans la salle Sainte-Laure, ce doux visage pâle de jeune fille, de ne plus rencontrer le regard de ses yeux noirs, énergiques et bons, m'attriste et me prend au cœur. C'était pour moi une habitude chère que celle de ce coudoiement journalier. Je trouvais bien légères mes longues heures de travail, comparées à ces interminables journées passées par cette enfant dans une salle d'hystériques, en tête à tête avec une insensée.

Qu'est-ce que c'était, je te prie, mon cher père, que mes énervements, mes défiances envers l'avenir, mes vagues ennuis sans cause, le chagrin d'être si loin de toi, les angoisses de ce *demain* d'où toute ma carrière dépend; qu'était cela comparé au désespoir sinistre et au dévouement de cette femme, qui, de ses vingt ans, de sa beauté, de sa jeunesse, fait comme un linceul, une litière où pose ses pieds cette malheureuse qui est sa mère?

Je cause souvent avec elle. Je ne puis m'empêcher de laisser voir que, si je l'admire, je la plains. Elle en est tout étonnée, elle trouve que ce qu'elle fait est tout simple.

Je la rencontre, hier, dans une petite cour qui précède l'infirmerie. De pauvres filles hystériques y étaient assises, causant. L'une d'elles, une forte paysanne beauceronne, que la peur d'un chien enragé qui l'a poursuivie a rendue malade, se sent prise d'un accès, pousse un cri, tombe en attaque. Tu n'as jamais vu cela. C'est épouvantable. Cette jeune fille, toute faible malgré son courage, essaie de calmer l'accès de la malade. Le poing robuste de la paysanne s'abat sur elle.

Je me suis jeté entre elles deux. La malade, égarée, regardait devant elle, l'œil fixe. La jeune fille souriait.

Elle avait sur la joue la trace sanglante des ongles de la paysanne.

— Vous a-t-elle fait mal, mademoiselle?

— Et quand elle m'aurait fait mal! m'a-t-elle dit... Ma pauvre mère est bien aussi violente qu'elle, et pour d'autres! « Pour d'autres! » Et pour sa fille aussi, car figure-toi ce spectacle, père : en ses accès, la mère injurie, menace sa fille, montre les dents à cette dévouée qu'elle veut déchirer et mordre. Plus l'enfant supplie, plus la mère insulte.

— Vous êtes la meilleure des créatures, dis-je, attendri, à cette enfant.

— Moi? Je fais ce que toute fille ferait à ma place si elle voyait sa mère souffrir.

Et comme je lui montrais tant de pauvres femmes abandonnées et seules dans ce grand hospice silencieux de la vieillesse :

— Eh bien, c'est qu'elles n'ont pas de filles, m'a-t-elle dit doucement, car leurs filles seraient ici certainement... comme j'y suis.

Il y a de ces natures — et qui le sait mieux que toi, mon pauvre père? — pour qui le bien est tout naturel, je dirais presque machinal, si le mot n'avait pas l'air déplacé. Certains êtres portent le dévouement comme l'arbre des fruits. Et veux-tu que je te dise encore? Ceux-là — et voilà ce qui me révolte parfois contre la destinée — ceux-là semblent nés pour souffrir. Ils vont au-devant de tout malheur, le cœur grand ouvert, et montrant bien la place où la destinée doit frapper. Ils ont l'appétit de la douleur, la soif de voir leur sang couler. Ce sont, après tout, les natures d'élite, et je les saluerai, toute ma vie, chapeau bas, en restant couvert devant les satisfaits.

Il m'est parfois monté au cerveau un songe. J'arrachais cette enfant à l'épouvantable vie où volontairement elle se plonge. Je l'emportais, si je puis dire, dans notre Limousin, sous les grands châtaigniers de nos bois. Je travaillais âprement, follement, à disputer, à la démence qui la tient, la pauvre raison de sa mère. Ce que le bon docteur Bouteilloux ne pouvait faire pour notre malade, à nous, notre bien-aimée mourante — tu te rappelles ma colère et ma foi ardente! — j'essayais de le faire pour cette aliénée vers qui se penche ce front de jeune fille. Je tentais l'impossible, je me consacrais tout entier au salut de ces deux êtres, les soignant et les sauvant l'un par l'autre, et je réussissais, et la mère se raccrochait aux lambeaux de sa raison, et le sourire revenait aux lèvres de la jeune fille me récompensait de cette cure, et, là-bas, chez nous, près de toi, père, à Pierre-Buffière, j'étais heureux, je vieillissais à mon tour, doucement, sans fracas, en appelant cette jeune fille ma femme, et en voyant grandir et courir, par les sentiers où j'ai couru, quelque fils de notre union que j'appelais ton fils... Suis-je fou?

Est-ce que c'est possible? La maladie est là, implacable, incurable. Je n'ai ni la science qui guérit ni le charme qui séduit, et cette Jeanne — Jeanne Barral, c'est le nom de celle dont je te parle — serait bien étonnée, sans nul doute, si elle savait que de telles billevesées traversent la tête de l'interne, dans sa petite chambre sous les toits.

*Tout songe est mensonge*, mon pauvre père. Je ne sais vraiment pas si je n'aime point, et d'un amour absolu, Mlle Barral... Ou plutôt, à quoi bon essayer de me mentir à moi-même? Je l'aime véritablement, profondément, de cet amour grave et vrai qui se donne pour la vie, et je serais capable de te dire, sans crainte de rencontrer chez toi, brave ouvrier de ta fortune, la moindre hésitation : « Je t'ai trouvé et je t'amène une bru qui n'a rien à elle, rien que du malheur, mais qui est digne de toi et qui travaillera pour moi, à mes côtés, comme aux tiens a travaillé ma mère ». Mais pourquoi penser à cela? Est-ce que Mlle Barral m'aime? Est-ce qu'elle pourrait m'aimer? Ah ! voilà bien la cause de mon désespoir actuel, de mon besoin d'amères confidences. Je crains que Mlle Barral n'en aime un autre ! Et celui-là en mon âme et conscience, je le trouve aussi détestable et aussi certainement vil que Mlle Barral est digne du plus ardent respect qu'on puisse vouer à une créature humaine.

Ecoute bien. Le hasard a amené ici, dans mon service encore, une pauvre fille, de cette race parisienne si étrangement nerveuse, à demi anémique — très affinée et très débile en somme — une femme d'une vingtaine d'années qui a l'air d'une enfant, et qu'une commotion subite — comme c'est la majorité des cas — a jetée à cette terrible maladie que soigne mon chef et que j'étudie avec lui — l'hystérie.

Tu t'es souvent étonné de tout ce que je te raconte de ce mal terrible, et tu te demandes d'où peuvent venir, chez tant de pauvres femmes, de tels accidents si épouvantables. La plupart du temps, c'est la peur qui fait tout : la peur, cette autre maladie dont on devrait bien guérir l'humanité, mon cher père, car elle engendre, au moral et au physique, un tas de maux et de lâchetés. C'est la peur, les contes fantastiques, les visions folles qui donnent aux enfants des cauchemars et retiennent les hommes à l'état d'enfance.

Te rappelles-tu que lorsque les bonnes femmes de Pierre-Buffière me disaient de ne point passer trop près du puits de la mère Taurion, parce qu'il y avait, au fond, *M^me^ Sept Heures* qui guettait les petits enfants, tu répondais : « Non, il n'y a pas de *M^me^ Sept Heures,* il n'y a que de l'eau au fond du puits, mais c'est assez pour s'y noyer ». Tu ne voulais pas qu'on me donnât la moindre idée fausse. Tu avais raison. La peur donc fait les hystériques, la peur et la douleur, et quand on est, comme moi, au centre de ces foyers de souffrances, on mûrit vite, on apprend rapidement bien des choses. La Salpêtrière, c'est comme l'embouchure d'un égout où viennent se dégorger toutes les misères parisiennes, les plus sinistres des misères — les misères féminines.

Celles qu'on nous amène sont malades par hérédité. L'hérédité, chose épouvantable et qui fait qu'une mère, un père, transmettent leurs propres maux, leurs hideurs physiques à un pauvre petit être arrivant au monde. Les parents nerveux, le père alcoolique, et voilà une malheureuse créature vouée à l'hystérie, préparée à l'attaque initiale, à cette première attaque qui vient, je te l'ai dit, d'une terreur la plupart du temps.

Les causes varient. — Un patron accuse son ouvrière de l'avoir volé, la menace de la prison — la pauvre fille tombe raide. On l'emporte. C'est le premier accès. Un chien errant, la gueule pleine de bave, a poursuivi une paysanne à travers les ronces ; elle est arrivée effarée au logis. Hystérique. Une autre a vu, par hasard, brusquement, au détour du chemin, le cadavre d'un assassiné ; ou elle est entrée à la Morgue par une curiosité maladive ; ou elle est tombée en hiver dans une rivière gelée, et le froid l'a saisie ; toutes ces peurs amènent le même lugubre résultat. Hystériques. Ou bien encore, c'est une malheureuse qui se défend contre la violence du premier homme, et qui en sort nerveuse à jamais, secouée par l'hystérie ou l'épilepsie. Ou ce sont des balles de la guerre civile qui entrent dans une chambre, tuent un parent, un petit frère, et tuent en même temps la santé, la raison de la fillette, prise, le soir même, d'accès épileptiques. Ah! pauvre cher père, comme cette triste humanité est, de tous côtés, visée par des maux sinistres! C'est un incendie, la vue d'un enfant carbonisé, un obus qui éclate, la fuite sous les balles à plat ventre, une machine à vapeur qui saute dans la fabrique et cause la première attaque convulsive. Mais, encore une fois, plus souvent encore, c'est hérédité: un aïeul qui a eu la danse de Saint-Guy, un oncle paralysé dès l'enfance — est-ce qu'on sait? — Puis un beau jour, un rire subit, aigu, nerveux: c'est l'accès qui vient! Des secousses, de celles que nous appelons des mouvements choréiformes, et alors nous assistons à un spectacle épouvantable. La femme, comme frappée brusquement, pousse un cri prolongé, étend les bras, et tombe en arrière presque doucement. Ensuite, la bouche fermée, le cou tendu, gonflé, avec des bruits de déglutition dans le gosier, elle reste là, les paupières ouvertes, la pupille dilatée, regardant en haut, les bras rigides, étendus en croix — crucifiée littéralement — les jambes allongées, rapprochées l'une de l'autre, raides, jusqu'à ce que les bras se décontracturent. Il y a de ces accès qui quelquefois durent cinq heures.

Autrefois — je t'explique tout cela comme si nous causions ensemble, et je te prie de croire que je ne joue pas au savant avec toi, qui en sais plus que moi sur bien des points — on ne distinguait rien dans ces accès-là. On disait: « C'est un accès! » Voilà tout. Et on ne se donnait point la peine de se rendre compte des différentes phases qu'il traversait. Aujourd'hui — et c'est la gloire de mon maître M. Fargeas et de M. Charcot, son collègue — on a divisé un de ces accès en plusieurs phases, qui, toujours régulièrement, comme mécaniquement, se reproduisent avec les mêmes phénomènes, qu'il serait trop long de te décrire, mais qui ont vraiment, je te le répète, une régularité mathématique. Les pauvres malades, répétant ainsi comme à la minute les mêmes mouvements, que mon *chef* a décomposés, ressement littéralement à des automates qu'on aurait montés avec ne clef. Et je dis bien : *automates*, puisqu'on peut provoner artificiellement une de ces crises en appuyant sur un oint quelconque du corps, comme on presserait un ressort. rôle de machine que la nôtre, va, mon vieil ami, et petite hose que notre raison ! Il ne vaut pas la peine d'en être si er!

C'est donc une de ces pauvres filles qu'on nous a amenée, n'y a pas longtemps. La première attaque de son mal avait té déterminée, non par une frayeur très caractérisée, mais lutôt par une souffrance morale très vive, la rupture brule d'une liaison qui lui était chère. M. Mongobert, dont je i bien souvent parlé — un sceptique qui a un cœur d'ennt, un gâcheur de talent qui a un vrai tempérament de ulpteur — nous avait amené la malade. Il nous a conté on histoire. Une enfance pauvre, mal nourrie, la chute à âge de la puberté, l'anémie, un amour vrai venant tout à oup fleurir sur ce terrain pris par la souffrance ; puis, l'inéitable conclusion de ces liaisons de hasard : l'abandon, la atiété chez l'homme, avec le désespoir chez la femme. C'est anal sans doute, mais c'est morbide.

Elle s'appelle Mathilde Mignon. *Mignon*, un surnom qu'on ui a donné.

On nous a amené Mathilde Mignon dans un état de prosration complète, ne voulant pas manger, rêvant peut-être e suicide par la faim. J'ai réussi à l'attendrir, à lui faire rendre un peu de nourriture. Dans les premiers jours, je royais presque qu'elle allait mourir. Elle n'avait plus qu'un ouffle faible, expirant. Puis, un matin, Mongobert étant là ustement et lui parlant à l'oreille avec une douceur que je 'eusse jamais soupçonnée chez ce railleur qui se moque de out, le pauvre visage pâle comme cire de la jeune fille s'est omme détendu et elle a pleuré.

Je vois encore ces deux premières grosses larmes au bord le ses yeux doux, tout bleus. Elles grossissaient sans pouvoir tomber, puis lentement, elles ont glissé sur ses pauvres oues amaigries, et ma malade a parlé, disant tour à tour *merci* à Mongobert et à moi.

Eh bien ! mon bon cher père, vois comme la vie est faite et comme elle est parfois, ainsi que je te le disais, tout hasard! L'homme que cet enfant a aimé, se raccrochant sans doute à cet amour comme le noyé à la branche pourrie, c'est précisément ce M. Paul Combette, qui visiblement essaie de faire entendre à Mlle Barral, à cette adorable, admirable Mlle Jeanne, qu'il est épris d'elle, et que c'est pour elle qu'il vient si souvent à l'hôpital. Sans doute il répondrait, à qui lui demanderait compte de la douleur de Mathilde Mignon, qu'il ne pouvait lier éternellement sa vie à celle d'une fille tombée; que cette liaison, qu'elle prenait pour un dénouement, était un passe-temps pour lui; qu'un homme de son âge, ambitieux comme on doit l'être, ne peut sacrifier son existence à une fillette rencontrée dans quelque atelier — M. Combette est peintre — ou dans quelque partie de campagne. Mais il y a des façons de s'excuser comme il y a des façons de rompre. Avec cette enfant, cet homme a été brutal. Il s'est comporté à la houzarde, comme dit Mongobert, et il a frappé.

Et, ce qui m'irrite, vois-tu, c'est qu'implacable pour cette faiblesse, ironique quand on lui parle de Mathilde, il est enveloppant et doux, d'une humilité caressante, devant Mlle Barral, qui ignore ce qu'est un tel homme et se laisse aller, dirait-on, à l'écouter, à sourire tristement à ses savantes protestations de dévouement!

Décidément, il y a deux races d'hommes : celle des habiles et celle des dupes. Je suis peut-être de la seconde, mais ce Combette est de la première. Oui, habile, et bien habile, avec ses regards attendris, levés sur le calme visage de Mlle Barral; habile avec ses paroles doucement émues, cet art de complimenter qui est l'art de séduire, toutes ces tactiques de la galanterie mondaine, que j'ignore, moi, qui me semblent viles et vaines, et dont Mlle Barral doit d'autant plus sûrement se sentir enveloppée, que jamais cet homme ne lui a parlé, j'en suis certain, autrement que nous ne lui parlons nous-mêmes, ne mêlant à ses paroles d'autres mots que ceux d'une admiration profonde!

C'est bien là que cette femme doit se sentir gagnée et comme attirée vers ce regard hautain qui savamment s'attendrit, par cette voix un peu acérée, mordante, qui s'assouplit pour lui parler. Je regarde et j'étudie. Mlle Jeanne, polie et charmante pour nous, est comme troublée sous les yeux bleus étrangement clairs et perçants de ce Combette. Elle lui parle d'un autre ton, elle a, lorsqu'elle l'apercoit, un autre sourire. Elle l'évite parfois, lorsqu'elle le rencontre dans une de nos cours, comme si elle en avait peur, ou plutôt comme si elle avait peur de trop lui laisser voir ce trouble qui la saisit lorsqu'il est là.

Je me suis souvent demandé si je n'allais pas mener Mlle Barral devant le lit de Mathilde Mignon et lui dire :

— Voilà où en est une pauvre fille pour avoir cru que l'amour de Combette pouvait durer plus longtemps qu'une fantaisie!

A quoi bon?

Mathilde est couchée dans une autre salle que la mère de Mlle Barral. Jeanne ne la voit pas. Elle ne sait rien. Pourquoi lui apprendre que ce Combette est déjà mêlé à un drame où se joue l'existence d'une de nos malades?

Ah! que j'aurais été heureux, mon vieux père, de trouver, dès les premiers pas dans la vie, la femme aimée à qui j'aurais demandé de partager ma vie de luttes! Dans un an, je serai docteur. Dans un an, comme dit la chanson, j'aurai quitté

> Ce paletot blanchi dans la clinique,
> Par la dextrine et le plâtre empesé,
> Et la pelote en cœur, avec chiffre gothique,
> Et la calotte au velours tout usé!

Dans un an je gagnerai sans doute un peu plus que mes vingt sous par jour : « *le salaire d'un chantre!* »

Dans un an, j'aurais pu donner mon nom à cette jeune fille! Et, que je reste à Paris pour y combattre ou que je me retire à Pierre-Buffière pour y vivre à côté de toi, cette Jeanne, aperçue ainsi comme au seuil de ma véritable vie de luttes, et qui est bien l'âme la plus vaillante qu'on puisse rencontrer, aurait partagé mes journées d'ambitieuses batailles à Paris ou de longs et obscurs travaux en province!

Un rêve encore une fois!

Et, au fait, pourquoi serait-ce un rêve?

Est-ce qu'elle aime ce Combette? Est-ce qu'elle ne peut m'aimer? Est-ce que j'ai bien deviné la vérité? Est-ce que ma jalousie ou mon amour ne m'aveugle pas? Ah! que de doutes et de fièvres — de fièvres que je calme en te les racontant, mon cher père, comme si toute confidence était un adoucissement.

Si elle m'aimait! Il me semble que ma vie serait fixée, que marié, toutes les hésitations de mon caractère cesseraient brusquement et que je n'aurais plus que ce double devoir : mon foyer et mon métier.

Tu sais mieux que personne, toi, que je ne songe pas à la fortune en ce monde. Vivre librement, en travaillant âprement, comme tu l'as fait, voilà mon but, et j'espère, mon lot. Les folies de la jeunesse ne m'ont point tenté. J'en ai tout de suite senti l'inanité. Et puis, en pleine floraison des vingt ans, le coup de foudre qui nous a atteints tous, en 70, a fait rapidement de moi un homme en en faisant un soldat. Il me semble que ma jeunesse a été fauchée tout d'un coup, écrasée comme ces fleurettes des chemins sur lesquelles ont alors passé les roues des canons.

J'ai senti — et j'aurais voulu que tous les jeunes gens de mon âge sentissent à un égal degré — la nécessité de vouer ma vie à une longue, lourde, mais vaillante tâche, et, dussé-je faire sourire les sceptiques, les éternels railleurs et jouisseurs qui retournent à leur vie facile, à leurs amusements et à leurs fantaisies comme les chiens à leur vomissement, j'ai cru et je crois à une régénération nécessaire, absolue, et je vois avec peine que mes compagnons d'études, même les meilleurs, se laissent aller à cette habitude stupide, qui est devenue une maladie aussi, une maladie française, et qui s'appelle *la blague*.

Quand je veux, à la salle de garde, bien souvent, aborder ce sujet, montrant aux camarades que les Anglais, par exemple, peuvent être un peuple dévoré de vices, comme bien d'autres, ne fût-ce qu'une certaine hypocrisie, mais qu'ils sont un grand peuple parce qu'ils sont un peuple sérieux; que les Allemands, qui ne nous valent pas à tant de points de vue, sont lourds, brutaux, affolés de militarisme, mais qu'ils sont redoutables et forts parce qu'ils sont sérieux, plus sérieux et disciplinés que nous — alors on rit. — Même les meilleurs, je te le répète, même les plus charmants, se mettent à rire.

— Ah! voilà Vilandry qui se régénère et veut nous régénérer! dit Pedro, ce gai Pedro, tu sais bien, bon et gros rçon, le plus sympathique de tous, et spirituel, et brave, qui se ferait, en un moment de péril, casser la tête en riant, mais qui n'entend pas qu'on se *régénère*, comme dit, et qui blague et qui blaguera tant qu'il aura de l'esit à dépenser — et il en aura toujours!

J'ai donc pris, mon bon cher père, la vie par son côté rude. ne tiens pas à un mariage riche. J'aurais voulu aimer ma mme en l'épousant, et qu'elle m'aimât quand je l'épourais. M^lle^ Barral serait pour moi la compagne rêvée, douce résolue à la fois. Et si jolie, avec son front tout pâle sous s bandeaux plats de ses cheveux noirs! Tu vois, je pense core à elle. J'y pense toujours. Mon pauvre diable de eur est plus mordu que je ne crois peut-être!

Et avec cela, l'irritation s'en mêle. Ce Combette me porte r les nerfs. Il était venu, hier, à notre repas du soir, et je sais à propos de quoi, dans la conversation, il lança cette hrase :

— Un chirurgien qui fait de la poésie, c'est comme un ces bouchers qui font des rinceaux avec la graisse des outons abattus, et leur plantent des roses artificielles dans chair de leur ventre vide!

Je ne voulais pas avoir l'air de prendre directement cela our moi, mais, à cette attaque, je ripostai par un petit porait de certains artistes qui sont plus étroitement bourgeois ue les bourgeois, et avides des réalités sonnantes de la vie, es succès où l'on passe à la caisse, des Panthéons qui ressemblent à la Bourse; et j'ai vu que la table ne me regarait point comme battu. Tu sais que dès que l'on me blesse, u dès que la passion s'en mêle, je deviens éloquent. Je dis u moins très vivement ce que je pense. Je parlais de cet omme comme je l'eusse souffleté.

Il y avait là, à côté de moi, un jeune sculpteur russe, qui ravaille dans l'atelier de M. Mongobert, à l'hôpital même; l me prit la main, à la fin, en me disant :

— Vous avez raison, monsieur Vilandry, et tout homme ui sacrifie quelque chose à la matière ou à l'ordure est plus bestial qu'un ours de chez nous, puisque la passion de l'ours, c'est le miel!

Je ne sais trop où je vais, dans cette longue lettre à bâtons rompus, mon cher père. C'est une confession, ma parole;

que je t'envoie là. Tu n'as même pas besoin de me répon[dre] par quelqu'une de ces bonnes mâles paroles fortifiantes [qui] sont le fier commentaire de toute ton humble existence [utile] et vouée au vrai. Je te dis que tout ce que je te raconte [ici] n'est qu'un songe de jeune homme. C'est mon caprice à m[oi] cette admiration pour cette vaillante fille. C'est une chim[ère] cette idée, qu'elle aurait pu être ma femme — qu'elle pou[r]rait l'être, me dis-je encore tout bas — et que m'apport[ant] le charme de sa douceur, l'appui de sa fermeté, elle part[a]gerait, glorieux ou malheureux, les hasards de ma vie!

Mais tout s'évanouit bientôt, et je me trouve face à fa[ce] avec la réalité. Ah! je n'en ai pas peur, va! C'est ça, la vi[e]. C'est ce perpétuel recommencement de labeurs, de dés[es]poirs, de lassitudes, de petits ennuis, de lourdes douleur[s]. Eh bien! on bravera tout ça! *On y va, mon général!* comm[e] disent les pioupous en montant à l'assaut. Quand je souff[re] de ces maux peut-être imaginaires qui ont troublé les âm[es] des Rolla, des gens nés pour la rêverie et que le sort con[]damne à l'action — tu te rappelles comme avec ton bon se[ns] droit tu me disais, chez nous, de ne pas trop lire cet *Obe[r]mann*, que j'avais apporté à Pierre-Buffière — quand je m[e] sens des nausées devant les nécessités de la vie, alors je va[is] voir mes paralytiques, mes vieilles femmes du bâtiment d[e] la Vierge, qui n'ont plus rien d'humain, que la vie a tortu[]rées, ankylosées, ossifiées ou boursouflées, et qui mar[]mottent, du fond de leur lit, des paroles où tant de vision[s] évanouies reviennent. Je vais soigner mes pauvres fill[es] hystériques, secouées, les innocentes, par des maux qui leur viennent des vices ou des fureurs des parents; je tâche d'[a]paiser ces épileptiques effarées qui passent, avec leurs geste[s] fous, le long des cours. Puis, tout seul, enfermé, au bout des longues salles, dans ce laboratoire où tant d'internes, devenus des illustres, m'ont précédé, je m'assieds ensuite devant la longue table où, sur des plaques de verre, on [a] placé des lambeaux de moelle épinière, coloriés en rouge par le picrocarmin, et là, l'œil sur mon microscope, j'étudie, je cherche des lésions de cette moelle qui fait de l'homme un être de génie ou un fou, un héros ou un lâche, un créateur ou un idiot.

Si tu me voyais alors, cher père, tout seul, durant des

heures, dans cette atmosphère qui sent l'alcool, devant ces petits flacons blanchis à l'émeri où trempent des débris de corps humains, tu te demanderais comment j'ai pu surmonter le dégoût d'une telle carrière! Et non seulement je l'ai supporté, mais, en face de cette œuvre de mort, dans l'interrogation de ces détritus de cadavres, je me sens comme envahi d'une consolante foi en moi-même. Je lutte pour quelque chose. Et tous mes maux imaginaires s'envolent, comme tout à l'heure devant les dures souffrances réelles de mes pauvres vieilles!

Ah! mon laboratoire! Il y a encore sur la porte un croquis, fait au pastel, d'une anatomie du cœur — et qui a été tracé par un de mes prédécesseurs, le docteur Cortil, aujourd'hui en pleine renommée. Je le regarde parfois, ce croquis, me disant que peut-être après moi d'autres internes viendront, qui se répéteront : « — Là a travaillé le docteur Vilandry! » comme je me dis : « — Là ont travaillé mes aînés! »

Et ce laboratoire, qui me donnait un haut-le-cœur avec ses débris hideux et son odeur d'ampithéâtre, il me devient cher comme la cellule du solitaire où sa pensée grandit, où son œuvre intellectuelle s'élabore. Ah! comme j'y travaille — et avec quel cœur! — en pensant à toi, oui, à toi, qui m'as donné la sueur de ton labeur, et à qui je veux rendre cela en gloire, si je puis, en dévouement et en vaillantise, si je ne puis que cela!

Bah! tout le monde ne saurait être grand homme. Heureusement, peut-être! Mais chacun de nous peut être un honnête homme. Et quoi? c'est peut-être l'essentiel.

Que j'arrive à devenir un grand docteur, tant mieux pour moi, tant mieux aussi pour les autres, je te le jure bien! Mais si je ne suis en fin de compte qu'un pauvre bon médecin de campagne, je ne me plaindrai pas de la destinée. Le rêve d'une société bien organisée — tu sais que, quoique praticien, et par conséquent pratique, je ne me guéris pas des rêves — serait un état où tout le monde, à son rang, travaillerait à l'œuvre commune, comme un musicien faisant sa partie dans une symphonie et ne demandant pas à exécuter un *solo* quand il s'agit d'un ensemble. Je jouerais donc à Pierre-Buffière, à l'ombre de la statue de ce Dupuytren, qu'il est plus facile d'admirer que de remplacer, ma partie de flûte ou de flageolet, tout doucement, sans tapa on semant autour de moi — je me trompe, c'est autour d *nous* que je veux dire — le plus de bien que je pourrais. ce serait une jolie ambition, si j'y parviens, de faire estim deux fois ton nom de Vilandry en le faisant bénir ainsi d'u tas de pauvres gens que je serais si heureux de secouri

Et nous vivrions comme ça, tous deux, en tête à tête; t toujours robuste comme un frère aîné, moi rêvassant peut être encore à ces visions de jeunesse. — Mlle Jeanne ser devenue...

Que serait-elle devenue?

Voilà, quand j'y songe, que mes angoisses me reprenne et, avec elles, mes colères contre ce Combette! — Je te de mande pardon de ces rabâchages; toute ma lettre tourne au tour de cette Jeanne, comme si je ne t'écrivais que pour t parler d'elle. Ah! que n'ai-je le courage de n'y plus penser de me jeter à la science, tout entier, esprit et chair, pou n'avoir d'autre obsession que celle de ces problèmes de l vie et de la mort, assez redoutables, je pense, pour absorbe des intelligences autrement puissantes que la mienne.

Mais que veux-tu? A vingt-sept ans, on a vingt-sept ans! C'est-à-dire qu'on aime, et je l'aime vraiment cette Mlle Bar ral, et je me dis encore, tout bas, qu'il n'est pas certain qu je ne puisse me faire aimer.

Qu'est-ce que tu dirais si je te demandais ton consente ment à mon mariage avec une sainte?

Mais si elle aime cet homme, pourtant?...

Allons, je suis fou, et je sens un peu de fièvre qui me monte au cerveau.

Je m'arrête, mon cher père, et je vais, en pensant à toi, dormir dans ma petite chambre. Tout ce grand hôpital re pose, avec ses maux et ses dévouements réunis dans une pro miscuité touchante. Il n'y a peut-être que moi qui veille à cette heure — moi — et les malades livrées à leurs délires

Je t'embrasse. Je vais rêver à toi, à notre maisonnette, à la joie et aussi à l'inquiétude que tu auras en lisant cette lettre, sur ton banc d'habitude, la fumée de ta pipe montant dans les brindilles de la vigne cramponnée à la muraille. Je t'ai tout dit parce que tu me dis de tout te dire. Et puis d'avoir étalé ainsi à toi qui ne t'en moqueras pas — et toi seul ne t'en moquerais pas — l'état de mon esprit, mes doutes, mes espoirs, cela m'a soulagé. Il m'a semblé que nous bavardions cœur à cœur, coude à coude.

Ne t'inquiète pas, cher père. Oui, parbleu! j'ai les défaillances que les jeunes gens ont tous, et surtout ceux de ma génération, une génération broyée, qui a subi les fautes de ses aînées, a tout supporté sans avoir eu la responsabilité de rien, a cueilli, lorsqu'elle a eu vingt ans, ses bouquets d'aubépine dans des haies où elle a pu rencontrer les débris des cartouches de l'invasion, et est restée triste, écœurée des stériles luttes politiques qui ont succédé aux épreuves nationales, rêvant une réconciliation générale de tous les bons cœurs dans l'amour unique de la patrie, et — au lieu de cela — assistant aux disputes de partis, à la curée éternelle des situations, à l'assaut des places, au jeu et à la bascule des fortunes, à une sorte d'agio et de loterie du pouvoir — que sais-je? — oui, tout cela m'a causé plus d'un énervement et d'un désespoir; je me suis souvent demandé où j'allais, où nous allions, ce qu'avaient tenu mes beaux songes, et pourquoi les plus belles étoiles, une fois décrochées, n'étaient que des bulles de savon crevant entre nos doigts et nous bavant leurs gouttelettes dans les yeux... Oui, tu m'as vu troublé, navré, passant de l'enthousiasme au désanchantement, croyant et amer à la fois, illusionné et, tour à tour, comme sceptique... C'est que je suis sincère, c'est que je t'ai toujours dit, je te le répète, et c'est que ton fils n'a pas eu, à une seule heure de sa vie, de secret pour toi.

Eh bien! je te raconte cet amour, comme je te conterais un rêve!

Et, remarque, mon cher père, combien ce mot : *le rêve*, revient souvent sous ma plume. Est-ce que ce Combette aurait raison? Est-ce que je ne serais qu'un carabin mystique?

Mais non! — Le Devoir, voilà mon maître. La joie de donner un peu de gloire à tes jours de repos, voilà ce qui me guide.

Heureux? Je ne sais pas si je serai jamais heureux.

Riche? Je ne tiens pas à l'être.

Je veux que tu sois fier de ton fils! Et tu l'aurais été si je t'avais, je le répète, amené cette créature admirable en te disant : « Voilà ta fille! »

Si cela arrivait cependant?

Tu vois, j'espère encore. Ah! ces rêveurs! Ils espèrent toujours!

Je t'embrasse encore une fois, mon cher père, de toute la force de mon âme, et je t'envoie, sans la relire, cette lettre un peu folle — c'est le voisinage de la démence, qu'est-ce que tu veux! — en te priant de n'en retenir qu'une chose, c'est que je t'aime et t'aimerai profondément, uniquement — comme toi et ma pauvre mère chérie m'avez aimé — c'est-à-dire toute ma vie, toujours, toujours.

Ton fils dévoué,

GEORGES VILANDRY.

## XI

### OLGA

Dans son vaste atelier, semblable à un hangar aux murs crépis à la chaux, avec une rangée de bustes, de têtes, de moulages d'hydrocéphales et de microcéphales formant, autour de la grande pièce carrée, comme une frise bizarre, Mongobert travaillait à la reproduction, en cire, d'une jambe horriblement déformée par l'ataxie, tandis que, debout à ses côtés, Serge Platoff achevait une statue d'après un écorché « grandeur nature », planté droit au milieu de l'atelier.

Une créature étrange, fort belle, portant les cheveux coupés droit derrière la nuque et tombant en longues mèches rectilignes des deux côtés du front, cernant à demi les joues, jusqu'aux lobes roses des oreilles, se tenait assise — accroupie plutôt — aux pieds de Platoff et, tour à tour, regardait de son œil noir, allumé d'une flamme sourde, l'écorché aux muscles en relief et la figure vivante, tourmentée et singulière, que Serge exécutait d'après ce modèle d'anatomie.

La sculpture de Serge représentait un Christ en croix, et une douleur farouche, la douleur d'un corps tordu par le supplice, les pieds et les mains troués par les clous, le front déchiré de ronces, passait dans ce grand corps maigre qui, avec sa barbe un peu longue, ressemblait vaguement à Platoff lui-même, tout artiste se peignant inconsciemment dans son œuvre d'art.

L'être accroupi devant le sculpteur contemplait, sans dire une parole, le Christ et l'ouvrier.

C'était une femme, vêtue de l'espèce de blouse de soie des moujiks, une blouse rouge, bouffante, serrée autour d'une taille mince par une ceinture de cuir à boucle d'argent niellé de dessins byzantins. Une femme, mais la chemise de soie, caressant ce corps élancé de fille de vingt ans, semblait plutôt dessiner les épaules, la taille, la poitrine d'un éphèbe, et, dans ce visage imberbe, magnifiquement beau, d'une régularité de statue, le nez droit, aux narines ardentes, la bouche un peu grande, rouge comme une bouche d'enfant trempée dans le sang des mûres fraiches, le menton accusé, volontaire, nettement dessiné; dans cette physionomie pensive, un peu sauvage, quelque chose d'inquiétant, de troublant, d'indéfini, passait, et le charme pénétrant de cet être semblait fait de la vigueur maigre d'un adolescent autant que de la séduction profonde, féline, de la femme

Ce qui était frappant — et Mongobert l'avait bien remarqué, jetant à ces deux êtres, de temps à autre, un regard de côté — c'était l'air de profond dévouement, d'adoration et comme d'écrasement qu'avait cette belle fille devant Serge, qu'elle regardait comme du bas de l'agenouillement d'une croyante devant son Dieu. On sentait là, dans ces prunelles noires enveloppant le grand jeune homme d'une tendresse de chien buvant des yeux son maître, une sorte d'anéantissement d'une personnalité dans la personnalité de l'être aimé, et une chaîne magnétique, en quelque sorte visible, allait de cet homme à cette femme.

Tout en travaillant, Mongobert observait. Les yeux de Platoff allaient droit à l'écorché et se reportaient sur son esquisse de terre, la tête blonde du Russe se dressant et s'abaissant par des mouvements quasi-automatiques, réguliers, et ce n'était que par hasard que Serge laissait aller son regard sur la jeune femme. Il était tout à son œuvre. Mais quand il rencontrait les prunelles noires de la fille accroupie, il s'arrêtait involontairement pour la contempler à son tour, tendresse éperdue, infinie, qu'il coupait comme du tranchant d'un couteau en reportant ses yeux sur la terre pétrie par ses doigts osseux.

Cette femme, au contraire, n'avait pour lui que la caresse passionnée, affolée et comme peureuse de l'esclave. Elle semblait guetter ses ordres, interroger sa pensée, chercher à deviner la volonté, le désir, le caprice de Serge.

La lumière du dehors, entrant par la large baie vitrée de l'atelier, enveloppait et caressait ce corps féminin aux lignes exquises, à demi invisible sous les grands plis de la blouse de soie, et les cheveux admirablement noirs, le teint mat, le profil sculptural de la jeune femme s'illuminaient parfois de rayons d'un soleil qui entrait et sortait dans le grand atelier en se concentrant sur ce type de beauté bizarre et en noyant dans une sorte d'ombre les moulages et les plâtres disséminés sur les rayons de bois ou laissés à terre par Mongobert.

Ce qui stupéfiait le mouleur, c'était le mutisme que gardaient entre eux ces deux êtres, ne se parlant que des yeux : lui, travaillant avec âpreté, fiévreusement ; elle, calme, ne bougeant pas et restant là dans son absorption muette.

— Drôles d'amoureux ! pensait Mongobert.

Il adressait parfois la parole à Platoff, mais la réponse une fois faite, très poliment, à toute question, par le Russe, les propos s'arrêtaient là. Un grand silence de paysage gelé retombait dans l'atelier où Mongobert était habitué à plus de bruit et où il « égrenait volontiers le paradoxe », disait-il, tout en bourrant sa pipe ou en roulant une cigarette sur le grand banc de bois blanc qui lui servait de divan turc.

— Pas bavards ! songeait encore le mouleur, qui sifflotait un air quelconque en manipulant sa cire.

— Mademoiselle Olga, dit-il tout à coup en s'arrêtant net, pourquoi ne m'avez-vous pas fait le plaisir d'apporter aujourd'hui votre carton et vos crayons comme l'autre fois?

Le visage d'éphèbe d'Olga ne bougea pas, et la jeune femme répondit très doucement, avec ce même accent résolu et tendre à la fois qu'avait Platoff, cet accent vibrant comme l'acier et qui n'admettait point de réplique :

— Inutile de dessiner. Je n'ai pas de talent. J'aime mieux regarder.

— Pas de talent? fit Mongobert. C'était, au contraire, crânement enlevé, et mâle, et fameux, votre esquisse de torse, d'après cette machine-là!

— Vous vous croyez obligé d'être galant? dit Olga, dont les lèvres rouges dessinaient à peine un petit rictus d'ironie. Parfaitement inutile encore. J'aime mieux une sévérité qu'une flatterie.

— Alors dessinez mal, et je vous répéterai que c'est atroce! Ah ça! dit le mouleur en faisant un mouvement vers Olga pour la regarder droit dans ses yeux farouches de louve, vous me prenez donc pour un monsieur qui coule en douceur des fadaises dans l'oreille des dames? Ça ne me ressemble pas, ça! Ce n'est pas ma partie!

— Et votre partie, demanda la jeune femme très doucement, c'est?...

— C'est la vérité. La vérité crue, nue, la vérité vraie. Ça a l'air de vous étonner?

— Olga s'étonne toujours, interrompit Serge, de voir des Français oser avoir le courage d'être désagréables. Vous êtes trop polis... ou policés, je ne sais pas comment vous dites. Olga aime mieux les ours que les chiens dressés.

— Et mademoiselle a crânement raison. M^lle^ Olga est, comme nous disons aussi, une vraie femme. L'autre jour, lorsqu'elle a voulu assister à l'opération qu'a faite M. Fargeas, coupant une jambe, je n'ai pas surpris un mouvement de faiblesse chez M^lle^ Olga.

Ce mot de faiblesse, volontairement prononcé peut-être par Mongobert, amena dans les yeux de la jeune Russe un éclair rapide, et sur les lèvres un sourire lent, qui tendit un moment comme un arc les courbes rouges de cette bouche étrange, attirante, calme et cruelle.

— De la faiblesse? dit Platoff, sans cesser une minute de pétrir sa glaise. Monsieur Mongobert, il y a deux ans, Olga et moi, nous voyagions, assez loin, en Asie, sur la frontière de la Chine. Il y avait eu, là-bas, quelque temps auparavant, une guerre, une grande guerre dont vous n'avez même pas entendu parler en Europe, et dont votre Paris, qui s'émeut quand un de ses danseurs de corde a la fièvre, ne se soucie pas plus que d'une opérette tombée. Or, cher, la ville où nous arrivions — une ville de douze mille âmes, je vous prie — avait été prise, pillée et rasée par les Chinois, et tous les habitants massacrés — oh! du petit au grand — tous, la tête coupée!... Eh bien! figurez-vous cette ville démolie, en ruine, toute écroulée et, autour des murs, au dehors, douze mille têtes : des crânes vides, avec leurs trous noirs, têtes parcheminées ayant encore des cheveux sur les os, et cela mis en tas, régulièrement, comme vos cailloux sur vos routes. Les Chinois n'avaient épargné que les chiens; mais comme ces bêtes n'avaient plus de quoi se nourrir, elles avaient fini à prendre exemple sur l'homme: elles étaient redevenues sauvages. Des troupeaux de chiens sauvages, c'est peu gai, monsieur Mongobert! Comme nous étions fatigués, Olga, nous et nos suivants, nous voulions cependant nous arrêter là, et nous avons campé dans cette ville rasée, disparue de la carte; et pendant qu'Olga dormait, je faisais le guet, et, à son tour, tandis que je prenais quelques croquis, Olga tuait à coups de revolver les chiens sauvages qui venaient voir si nous étions bons à manger. Vous concevez, cher, que ces impressions de voyage laissent assez loin la sensation d'une jambe coupée, fort bien coupée, d'ailleurs! Très habile, M. Fargeas. Et aussi M. Vilandry. Beaucoup de sang-froid.

Mongobert se sentait, à son tour, non point révolté mais intrigué et mis en goût par ces petites confidences, faites très doucement et qui n'amenaient ni dans le travail de Serge ni sur le visage d'Olga le moindre tressaillement.

— Diables de gens! maugréait le mouleur.

C'était toute la réflexion que lui amenait l'*impression* de voyage de Serge. En réalité, elle valait pour lui tous les étonnements et tous les compliments.

Olga était de cet avis sans doute, car elle regarda Mongobert avec un sourire bien défini et réellement doux dans sa physionomie un peu sauvage. Elle allait peut-être parler, lorsque deux ou trois coups frappés à la porte, et immédiatement suivis d'un «peut-on entrer?» jetés d'une voix claire, lui firent brusquement, sur ses yeux tragiques, froncer ses sourcils rudes.

Elle regarda, non plus le marbre, mais Platoff, et le Russe ne bougea aucunement, continuant tranquillement son œuvre, pendant que Mongobert disait :

— Ah ! ce doit être Pedro ! Entrez ! ajouta le mouleur.

C'était bien Pedro, en effet, tête nue, veston de travail, et qui venait flâner un moment, par habitude.

Flâner ou chercher quelqu'un?

Son premier coup d'œil, vif et clair, allait droit à Olga, avec une rapidité qui était toute une révélation. Le gai compagnon savait évidemment qu'il rencontrerait la jeune Russe chez Mongobert. Il venait certainement là tout exprès. Et Olga le devinait, le sentait bien; son froncement de sourcils était comme une réponse au regard jeté sur elle par Pedro.

Serge, tout à son crucifié, ne semblait même pas s'apercevoir qu'un nouveau venu venait d'entrer.

— Je ne vous dérange pas? dit Pedro en s'asseyant sur le banc de bois. Je viens prendre un bain d'art! Ça me sort un peu de mes pourritures d'hôpital. Ah ! fit-il avec un cri instinctif, arraché brusquement par une émotion vraie, lorsqu'il aperçut la sculpture de Platoff, c'est superbe !... A la bonne heure ! Voilà un Christ ! On jurerait que toutes les douleurs d'un peuple passent dans les muscles de ce martyrisé.

Le Russe se tourna vers Pedro et, sans rien répondre, salua d'un mouvement de tête correct et bref, et continua, tandis qu'une sorte de flamme sombre traversait les grands yeux farouches d'Olga.

Après s'être rassis, Pedro se levait, se plantait devant le Christ en croix, détaillait, plein d'une admiration très sincère, toutes les beautés de ce morceau où les torsions de la souffrance s'exprimaient dans ce corps de supplicié avec le naturalisme puissant des œuvres d'autrefois.

— Ça me rappelle les primitifs, c'est vrai !... A Lille, j'allais tout droit à ces sincères dont les mères douloureuses pleurent de vraies larmes et dont les crucifiés versent du vrai sang humain !

Serge écoutait, laissant un léger sourire relever la moustache de sa barbe blonde.

Quand Pedro eut fini, le sculpteur remercia, demandant ensuite à Mongobert son avis.

— Oh! vous savez, moi, dit le mouleur, je trouve ça très bien... Seulement, ça a un défaut : ce n'est pas assez simple.

— Exactement juste, fit Platoff. Je suis persuadé que tout artiste sincère connaît parfaitement le fort et le faible de ses... comment diriez-vous?... productions... Mais j'ai voulu mettre tant de choses dans ce Christ... Oui, la douleur de tous les pauvres gens — du vrai peuple, pour parler ainsi que monsieur...—il saluait encore Pedro, que le noir regard d'Olga interrogeait comme pour savoir si, tout à l'heure, les éloges étaient vrais... — et puis, le déchirement de la chair au moment de cette grande joie, immense, infinie, qui s'appelle la Mort... Une véritable apothéose, la Mort, pour toute créature qui a souffert!

Et ses prunelles vert clair, toutes pleines de quelque chose d'insondable, s'allumaient, tandis que, l'ébauchoir à la main, il expliquait, avec toutes sortes de paroles étranges que buvait du regard Olga, le sens de cette sculpture, dont la brutalité réaliste prenait, à l'entendre, un sens mystique, devenait l'incarnation même, le saignement, le supplice, le râle de l'humanité entière, la représentation sinistre de l'humaine douleur.

— Très romantique, votre Cosaque! dit alors Pedro en se penchant à l'oreille de Mongobert.

— Mais pas banal, grommela le mouleur.

Point banal, en effet, plutôt éperdu, et se lançant dans des théories et des esthétiques bizarres, que... j'aime bien ce mot... Pedro, avec sa bonne humeur gouailleuse et sa verve de buveur flamand, écoutait, stupéfait, ou plutôt n'écoutait plus, tout entier à la contemplation de cette belle statue vivante, élancée et mince comme une figure gothique d'Erwin de Steinbach, mais animée d'une flamme ardente, toute palpitante de passion, étrangement séduisante dans son costume de garçonnet moscovite. Il l'enveloppait de son regard, cette Olga qui ne le voyait plus, lui, pour qui tout disparaissait maintenant, et qui n'apercevait en cet atelier plein de lumière que Serge Platoff debout, sa barbe londe inondée de soleil, et racontant comment son Christ, on Christ tragique, essayant, par une torsion suprême des erfs, de s'arracher aux clous plantés dans sa chair, repréentait l'éternelle Pauvreté, le moujik farouche, accroché epuis des siècles sur le bois sanglant de sa croix.

— Romantique et socialiste, disait Pedro dans sa mousache.

Il semblait, d'ailleurs, qu'en devinant juste, l'étudiant en édecine eût fait tomber, comme une armure à demi détahée, un peu de la froideur dont s'entourait Platoff.

Le jeune Russe s'était mis à causer avec Pedro comme il 'eût fait avec Mongobert, et Olga elle-même, souriante, se elevant et s'asseyant sur le banc de bois à l'endroit où Pedro s'était assis, prenait part à la conversation par petites hrases qui tombaient de ses lèvres rouges, en paroles guturales, d'une voix harmonieuse, profonde, au timbre grave le contralto.

Elle avait croisé ses jambes l'une sur l'autre, et ses doigts ntremêlés se réunissaient sur le genou qui dessinait, sous a jupe, des lignes exquises. Des pieds tout petits, des pieds d'enfant, enfermés dans des bottines hautes, faisaient, au bas de ce corps élancé, une antithèse toute féminine avec ette tête inquiétante, cette chevelure noire masculinement aillée, dont les longues mèches noires tombaient, toutes droites.

Et Pedro songeait à toutes ces étonnantes histoires qu'avait racontées, une fois à la salle de garde, Serge Platoff, à ces Skoptzy presque fantastiques formant comme des êtres à part dans l'humanité, et cette fantaisie lui venait de se livrer, corps et âme, à un de ces amours hybrides, et de savoir en vérité quelle était cette créature, d'une beauté en quelque sorte menaçante, qui le troublait, lui ôtait le sommeil, lui faisait tout oublier, tant elle était différente des autres femmes, supérieure peut-être, tout autre, à coup sûr et comme d'une race à part :

— La belle conquête à faire !

Jamais Pedro n'avait été franchement amoureux, et il était capable de débuter par Olga, et d'aimer avec toutes les conséquences de cet amour : la jalousie de Platoff, le péril, l'attrait dangereux du charme de cette Russe qui, lorsqu'elle n'aimait point, devait laisser implacablement souffrir ceux qui l'aimaient.

Ah! bast! une belle fille de cette sorte valait cent fois qu'on tentât l'aventure! Surtout puisqu'il y avait un danger! Et depuis que Serge venait à l'hôpital travailler sur nature ou sur l'écorché dans l'atelier de Mongobert, presque régulièrement Pedro y entrait, attiré par la sauvagerie même d'Olga, comme Paul Combette l'était, ailleurs, par l'exquise douceur de Jeanne Barral.

Il essayait de pénétrer dans cette âme obscure d'étrangère, d'amener sur ces lèvres rouges un sourire, et il se heurtait à l'indifférence hautaine d'Olga et à la froideur de Serge.

On l'en raillait, à la salle de garde, en lui demandant s'il préparait ses examens chez le mouleur. On lui répétait qu'il perdait son temps, que la petite Cosaque était réfractaire à l'amour, qu'elle adorait son Platoff ou qu'elle n'aimait personne. Et plus on parlait d'elle, plus on piquait Pedro au jeu.

Il voulait savoir.

Curiosité plutôt que passion; mais cette grande, mince et admirable créature, presque terrible, l'intriguait.

— Tiens, tiens, songeait Pedro, ce jour-là, en écoutant le sculpteur qui expliquait son œuvre, il se décuirasse!...

Il sentait d'ailleurs que le moment était décisif pour entrer, d'un ou plusieurs pas, dans l'intimité de ces deux êtres, et tout hardiment, quand Platoff eut fini, le gros garçon, revenant à l'image de terre, qu'il trouvait d'ailleurs, de bonne foi, admirable :

— Savez-vous, dit-il, à quoi me fait penser votre Christ?

— Non, dit Platoff.

— Il me fait penser au Christ des Skoptzy! Il a, dans le regard mourant, comme une souffrance particulière... C'est votre martyr que vous avez fait là... Celui dont vous nous contiez l'histoire, l'autre jour... Comment l'appelez-vous! Enfin, votre...

— Szeliwanoff? dit Serge.

— Oui, Szeliwanoff. J'oubliais le nom. Soyez franc, voyons, vous y avez un peu songé?

Quelque maître qu'il fût de lui-même, Serge Platoff était

devenu pâle, légèrement, lorsque l'étudiant avait parlé de ce Christ des Skoptzy, et Mongobert avait, à travers la fumée de sa pipe, vu passer dans les yeux d'Olga la flamme sombre qui rendait presque féroce ce regard de femme.

Froid, essuyant de sourire, Platoff ne répondait pas.

— Allons, j'ai deviné! dit Pedro, qui se mit à rire.

Il regarda la jeune femme qui, brusquement, s'était levée et marchait droit vers la glaise que pétrissait Serge, puis, s'arrêtant là, toute droite, contemplait l'image convulsée de ce Christ avec une sorte de dévotion ardente.

Elle avait jeté, en passant, un coup d'œil à Pedro, le coup d'œil chargé de colère d'un fidèle dont on a raillé le culte.

Pedro cherchait les yeux de Mongobert comme pour leur sourire, mais, à son tour, le mouleur quitta sa cire, s'avança vers l'étudiant, et, tout bas, très vivement :

— Pas de plaisanteries là-dessus! Voyez!...

Son geste montrait l'expression religieusement admirative de ce regard d'Olga braqué sur le Christ de terre.

Les lèvres sanglantes de la jeune femme s'agitaient comme dans le murmure entendu d'une prière.

Muet, fervent, Serge contemplait, lui aussi, avec une sorte de respect cette face douloureuse de martyr où il avait fait passer toutes ses douleurs à lui et toutes les douleurs ignorées de milliers d'êtres.

— Ah çà! pensait Pedro. Ils y croient donc? Ma parole, mais ils y croient! Après tout, Pygmalion croyait bien à Galathée après l'avoir fabriquée lui-même!

Il s'était fait, entre ces trois êtres, un grand silence presque funèbre et, malgré sa verve habituelle, Pedro se sentait un peu décontenancé, ressentant l'impression vague qu'il eût pu avoir en entrant tout à coup dans une cour d'aliénés. Un vent de folie lui soufflait autour du crâne. Il avait envie de rire et il entendait des voix lui ricaner aux oreilles.

— C'est trop bête! se dit-il. C'est un fou, tout simplement, le Cosaque de Mongobert!

Et, presque par un besoin de repos d'esprit — pour se ressaisir lui-même — il changea brusquement la conversation, laissant là le Christ, la sculpture et les Skoptzy. Le nom de Combette et celui de Mathilde furent jetés presque par hasard, et Mongobert haussa les épaules, comme devant un malheur qui lui paraissait cruellement niais.

— Pauvre petite Mignon ! dit-il, je parie que Combette ne demande même pas de ses nouvelles !

— Si fait, dit Pedro, absolument comme le duelliste qui a blessé son adversaire s'informe de l'état de la blessure. Pure politesse.

— Oh ! très bien élevé, Combette ! Il a ça pour lui ! — Et son éducation ne lui reproche rien !

— Et sa conscience ?

— Ah ! bien oui !... fit Mongobert. La conscience, c'est le petit doigt des grandes personnes ! Il entend, il sait tout, mais on s'en moque ! On est bien sûr qu'il ne parlera pas !

— Ah ! s'il parlait, dit Pedro, on en entendrait de drôles.

— Monsieur Mongobert, interrompit Platoff, soyez certain que toutes les actions humaines ont leur sanction. Il y a un Dieu pour ça.

— Oui, oui, fit le mouleur en lâchant une bouffée de tabac. Il y a un Dieu pour les honnêtes gens, mais il sommeille assez souvent, voilà le malheur. Celui des coquins est toujours éveillé.

— Quand je pense, reprit Pedro, que j'ai donné Combette et Mathilde en exemple à nos amours de carton !... Je disais à Manon — la petite Manon, vous savez bien — Mongobert ?

— Oui. Qu'est-elle devenue, celle-là ?

— Elle ? Elle est devenue riche ! En quatre mois ! Elle tient un bureau de tabac qu'a fait avoir à une cousine à elle un monsieur qui est filleul du ministre des finances. Triomphe de la parenté ! Manon est entrée dans la fonctionnocratie ! Elle débite les produits du gouvernement. J'en aurai été pour ma morale. « Prends exemple sur Mathilde, Manon, lui disais-je, et sois sérieuse en amour ! » Je me rappelle avoir suivi Combette et sa pauvre petite tout le long des quais, un soir. Ils avaient l'air de s'adorer. On se retournait pour les regarder. C'était justement le jour où Manon avait notifié au plus ami de mes amis sa ferme volonté d'entrer, comme Ophélie entrait au couvent, dans le débit de tabac et de timbres-poste. Vexé, je me disais : « Mes amours étaient en zinc, ceux de Gambetta sont en bronze! » C'est vrai, il avait l'air de se moquer de moi, ce joli couple d'amoureux.

> Et moi très embêté de les voir si contents,
> Je me mis à blaguer comme on blague à vingt ans.

— Maintenant, fin finale : Un monsieur qui s'en va, une femme qu'on lâche, et une hystérique de plus dans le service de M. Fargeas. Pas gaie, la vie!... Manon l'a mieux comprise. Elle l'a placée en actions!

— Manon? dit de sa belle voix grave Olga, qui avait écouté d'un air impassible les plaisanteries de l'étudiant. Quelle est cette Manon?

Elle avait un pli dédaigneux sur la lèvre.

Pedro se mit encore à rire, et relevant sa tête rousse :

— Oh! fit-il. Il ne s'agit pas de Manon Lescaut!... Manon Lescaut était une sainte à côté de cette petite Manon-là, et la preuve c'est qu'on vous l'a cadenassée, à deux pas d'ici, dans le bâtiment qui porte son nom.

— Manon Lescaut?... Elle a vécu ici? répéta Olga.

Et pour la première fois peut-être, depuis qu'elle avait accompagné Platoff à la Salpêtrière, Mongobert et Pedro surprenaient en elle un sentiment bien féminin de curiosité qui avivait ses yeux tragiques et leur donnait des pétillements inaccoutumés.

— Parbleu! dit Pedro, voulez-vous voir la cour de Manon Lescaut? Elle en vaut la peine! Et c'est à deux pas!

Olga chercha des yeux le regard de Serge comme pour lui demander son avis, s'il l'accompagnerait, s'il fallait suivre l'étudiant.

— Je tiens à travailler encore! dit le sculpteur de sa voix très douce. Allez!

— Je veux bien, répondit alors Olga, en regardant Pedro, de bas en haut, d'une façon étrange.

Ces deux êtres, ce beau garçon roux, bien en chair, la joue fraîche, la moustache hardiment retroussée, et cette grande fille pâle, l'œil enfoncé sous des sourcils drus, redoutable avec son masque blême et sa bouche ardente, semblaient, comme deux adversaires avant un duel, se mesurer du regard, Pedro avec une audace gaie, Olga avec une bravade hautaine.

L'étudiant arrondissait son bras comme pour l'offrir.

— Merci, dit-elle, sur le ton net du refus.

Elle jeta à Platoff, qui sourit doucement, calme, pétrissant la terre, un regard brusque, et sortit devant Pedro, qui la regardait marcher. Cette marche rythmique avait une grâce singulière, comme orgueilleuse, et les grands plis de soie de la blouse russe palpitaient autour de ce corps aux élégances élancées, tandis que la ceinture enserrait nettement la taille souple.

En traversant avec elle les rues tristes, grises, où les éternelles petites vieilles traînaient, faisant sur le pavé sonner leurs béquilles, Pedro essayait de lier avec la jeune Russe une conversation plus intime. Tout ce qu'avait de mystérieux cette belle grande fille bizarre allumait en lui un monde de curiosités violentes.

*Manon Lescaut* était là, faite exprès pour permettre aux propos de glisser vers les confidences, les paroles frôlant l'amour. Cette Olga, qui se tenait immobile, impassible pendant des heures, aux pieds de Platoff, le regardant comme un chien, de ses yeux fidèles, contemple son maître, cette belle créature dédaigneuse de tout ce qui n'était point son compagnon Serge, paraissait avide de voir l'endroit où cette création d'un homme — Manon Lescaut — avait laissé son ombre.

C'était certainement le premier désir que Pedro, depuis qu'il la connaissait, lui avait entendu exprimer. Jusque-là elle lui avait fait l'effet d'un être absolument détaché de la terre, vivant d'une vie de rêve, songeant... Et, après tout, n'était-ce pas à un songe encore — un roman — qu'elle attachait ce désir de curieuse?

Manon Lescaut! Dans ce grand hôpital où tant de savants avaient passé, où l'histoire avait écrit des noms illustres sur les bâtiments de pierre ou le fronton des salles, cette étrangère, comme tant d'autres de ceux qui visitent la Salpêtrière, ne se souciait que de cette vision d'un conteur, Manon Lescaut, plus vivante, après plus d'un siècle, que la foule anonyme des gens qui avaient réellement vécu, aimé, crié, souffert — et disparu.

Le roman, par le privilège étonnant de l'art, la toute-puissance de la poésie, se substituait à la réalité, l'étouffait, l'exilait, prenait sa place, et, dans cette petite cour pittoresque et triste où Pedro conduisait Olga, ce n'était plus des êtres de chair et d'os qui sollicitaient l'attention de la jeune Russe, c'était le fantôme de la fille, de cette Manon qui semblait sourire encore avec sa chair rose sous son bonnet blanc...

— Il n'y a peut-être de vrai, dans le monde, que le roman, dit alors Pedro en riant. N'est-ce pas, mademoiselle?

— Tout idéal est plus vrai que la réalité, répondit Olga de son ton inquiétant.

Elle demanda brusquement, montrant les tilleuls sous lesquels ils passaient :

— N'est-ce pas ici ce qu'on appelle le boulevard de la Vierge?

— Oui, dit Pedro.

Et une pensée tout à fait étrange lui traversa l'esprit. Il lui sembla que la jeune Russe avait prononcé avec une espèce de ferveur avide, ce nom de la *Vierge*, et qu'une sorte d'éclair noir avait traversé ses yeux. La Vierge! Il y avait de l'adoration, une ardeur farouche dans le regard d'Olga prononçant ce nom; et Pedro, silencieux maintenant, revoyait involontairement le maigre visage à barbe blonde de Platoff, et se mettait à songer involontairement à ces *Skoptzy*, à ces amants fous de la virginité et du néant, et à tout ce qu'en avait raconté le Russe, l'autre fois...

Oui, il lui semblait entendre encore ce Serge évoquer ces scènes fantastiques, cet incroyable et cet improbable qui était pourtant l'existence de milliers d'êtres, là-bas, au fond des terres russes...

Tout ce qu'avait dit Platoff lui revenait à la mémoire, comme l'écho sinistre d'une cloche d'airain.

La Vierge! les Skoptzy!

Affolés, épris de la mort en pleine existence, sectaires éperdus, heureux de supprimer, par le fer et par le feu, toute passion, se réunissant en des assemblées secrètes pour chanter les hymnes sacrés où sont contées les souffrances du sauveur Szeliwanoff, et danser, énervés comme des fakirs, les danses authentiques que David exécuta devant l'arche,

Pedro les revoyait, tels que les avaient peints les récits de Serge Platoff.

Tantôt, comme dans la *petite nef*, les assistants de ces réunions se suivent à la file en sautant et en formant une croix; tantôt ils tournent, jusqu'à l'épuisement de leur être, comme des derviches, leurs vêtements gonflés clapotant sur leurs membres en sueur, leur chemise blanche bruissant comme la voile d'un navire au vent d'orage, et, sans haleine, ils tombent à terre ou restent étendus, la face au firmament, sous le soleil d'été. C'est le soir qu'ils prient, à la nuit close, comme tous les proscrits, dans le mystère des ténèbres. La prière de la nuit va, d'ailleurs, tout droit à Dieu, qui écoute le silence; celle du jour ne lui est remise que par les anges.

Et là, sectaires et néophytes, agneaux blancs, blanches colombes, grisons, nouveaux agneaux ou nouvelles âmes, tous, dans une communion bénie, recevant des mains du plus ancien Skoptzy le pain d'épices carré empreint d'une croix, prennent part à la cène divine — et se mutilent ensuite, avec des jouissances de fou, tranchant ou brûlant ce qui est la vie, écrasant le serpent, comme ils disent, jetant au néant les clefs de l'enfer et la clef de l'abîme!

Pourquoi diable Pedro en suivant cette Olga, avait-il devant les yeux, obsédante et d'une précision étonnante, la vision de ces scènes de sauvagerie et d'épouvantable foi? Après tout, Platoff était un original, Olga semblait fort bizarre avec ses cheveux coupés et ses vêtements d'homme, mais ils semblaient vivre de la vie commune, s'adorer, et, en vérité, il fallait être affreusement romanesque pour aller chercher des phénomènes ou des monstres chez un homme aussi mâle et une femme aussi adorable que l'étaient le sculpteur et la jeune Russe.

Et cependant cette persistante et irritante pensée hantait littéralement Pedro.

— Je suis bête comme une oie, moi! se dit-il en haussant les épaules et en parlant presque tout haut. Je rêve en marchant!

Ils arrivaient devant le bâtiment Saint-Vincent de Paul:

— 3e division, 4e section, dit-il. C'est là qu'est la cour de Manon Lescaut!

Olga s'était arrêtée, et se penchant sur la bordure de buis

d'un parterre, coupait à côté une de ces fleurettes bleues qui s'appellent dans toutes les langues, des « ne m'oubliez pas », et glissait dans son corsage de soie les *vergiss mein nicht*.

Pedro en éprouva brusquement comme un âpre sentiment de jalousie. Il revit, encore une fois, le maigre visage émacié de Serge avec un rictus dans sa barbe blonde, et il lui trouva, cette fois, une expression singulièrement amoureuse et mâle.

Il lui sembla qu'il voyait Olga tirer de son corsage ces fleurettes bleues et les tendre à Platoff qui les couvrait de baisers ardents.

— Je deviens stupide. Stupide! se répéta le gros garçon, secouant cette vision d'homme éveillé, pénible comme un cauchemar.

Bien évidemment, il s'éprenait décidément de cette femme. Curiosité sensuelle ou intellectuelle, cette grâce cruelle, ce charme maladif et sombre, cette ardeur fauve qui se dégageaient de ce corps de statue gothique le tentaient. C'était quelque chose d'irritant, de captivant et de capiteux qui l'attirait comme une de ces liqueurs où il aimait à tremper ses lèvres rouges.

— Drôle de fille, tout de même! se disait-il. Maintenant, c'est fini, je la reverrai partout!

Ils arrivaient au pied de ce blanc bâtiment de la Vierge et, par une petite porte basse, ils entrèrent brusquement, après avoir franchi un couloir étroit, dans cette cour de *Manon Lescaut*, d'un caractère si particulier, avec ses trois étages aux murs de plâtre gris, ses mansardes sous les toits de vieilles tuiles, ses rideaux blancs apparaissant aux fenêtres blanches qui l'entourent, son puits au milieu de la cour où des fleurettes quasi-sauvages poussent avec l'herbe entre les pavés.

— C'est là, dit Pedro.

Olga s'arrêta, regardant des vieilles femmes qui lavaient leur linge, et buvant, en quelque sorte, l'impression de tristesse de cette cour qui sent la prison et où, dirait-on, par les escaliers de pierre, quelque fille va descendre, blême et larmoyante, pour monter dans l'espèce de tombereau des filles en route vers le vaisseau de la Louisiane.

— Comme c'est lugubre, cette cour! murmurait Olga.

Elle promenait autour d'elle ses yeux noirs, apercevant, dans la percée des fenêtres, les salles des vieilles femmes, dont les lits apparaissaient avec les serre-tête des malades, leurs faces jaunes ou rouges, et elle écoutait, muette, le pépiement des moineaux se mêlant ironiquement au bruit des vaisselles lavées et aux soupirs de souffrance qui semblaient traverser les vitres verdâtres des grandes baies.

— *Manon?* murmurait Olga. *Manon Lescaut!*

Pedro, souriant, essaya quelques plaisanteries qui lui permissent d'entrer en conversation plus intime.

— Ah! la charmante fille que la Manon de Prévost! dit-il.

— Charmante, oui, répondit brusquement Olga. Mais odieuse. Elle trompe et elle se vend!

— Et se donne aussi! fit l'étudiant.

— Mais une femme ne doit se donner qu'à un seul homme!

— Oh! oh! dit Pedro en riant, si l'on devait envoyer à la Louisiane toutes celles qui se sont offertes à plusieurs, il y aurait joliment des vides dans Paris et je crois aussi à Pétersbourg, n'est-ce pas, mademoiselle, sans indiscrétion?

— A qui la faute? répondit brusquement Olga, toute pâle, répondant à la plaisanterie de Pedro par une sortie amère et colère. Je méprise cette Manon parce qu'elle se vend, mais je hais ceux qui l'achètent.

Pedro était enchanté de la tournure que prenait la conversation. Vive *Manon Lescaut*, qui lui avait fourni une transition si facile! Et cette Olga, qui traitait si hardiment un pareil sujet, et se prêtait à de tels propos de si bonne grâce, une jolie créature comme cela, il l'avait donc mal jugée! Elle osait tout dire, elle parlait de tout sans fausse pruderie. A la bonne heure!

— Que voulez-vous? fit-il. Si les malheureuses se vendent, c'est qu'il faut vivre :

> Au banquet de la vie, infortuné convive,
> L'homme devrait pouvoir commander son menu.

Et la femme aussi, nécessairement. Mais comme le menu est cher, elle remercie de son mieux ceux qui le paient — et qui y ajoutent pas mal de dessert!

Olga, sans répondre un mot, regarda en face l'étudiant, avec un air d'ironique mépris, et se recula brusquement.

— La plaisanterie ne lui va pas! songea Pedro un peu mal à l'aise.

— Ah! dit-elle, vous raillez aussi, vous, en de pareils sujets? La femme devenant de la chair à plaisir comme l'homme est de la chair à canon, cela vous amuse? Vous avez beaucoup d'esprit, vous autres! Nous, pas!

Il se sentait tout remué, surpris et confus, presque humilié, en entendant tout à coup cette fille, d'un ton exalté de prophétesse, s'élever de *Manon* à la réalité sinistre de la vie, parler, avec une colère âpre, de ces vendeuses de chair qui livrent du plaisir aux enchères du vice, et de ce vice même qui réduit la femme, née pour être mère, éducatrice de l'homme et faiseuse d'âmes, à l'état de marchandise à l'étal.

Elle mettait, dans cette sortie violente, une éloquence brusque et comme une rage de pudeur insultée. Elle semblait âprement déclarer à *l'homme* une guerre farouche, pleine de colères inassouvies, de sentiments froissés, de rancunes qui, à flots amers, remontaient à ses lèvres rouges. Pedro était stupéfait. Cette espèce d'Orientale gelée, muette, étendue tout à l'heure devant Platoff dans l'atelier de Mongobert, jetait maintenant, âprement éloquente, une espèce de malédiction d'opprimée à l'homme qui vendait, achetait, souillait, condamnait la femme; et l'étudiant, un peu sceptique et gouailleur par habitude, se demandait à qui vraiment il avait affaire, à une hystérique digne d'être soignée par Fargeas et Vilandry, ou à une femme supérieure, blessée sans doute par la vie, blessée jusqu'au fond de l'âme, et n'ayant d'autre amour et d'autre foi que cette virginité dont elle faisait le refuge de la femme, ou ce grand jeune homme pâle dont elle partageait l'existence.

Ce qui était certain, c'est qu'elle semblait à l'étudiant de plus en plus adorable, et que tout ce mystère, plus inquiétant à chaque effort tenté pour le deviner, grisait et exaltait Pedro.

Il revint littéralement fou, tout son être flambant, toute sa curiosité exaspérée, de cette visite à la cour de Manon Lescaut, et lorsque le soir Platoff quitta l'atelier, emmenant Olga, disparaissant avec elle au bout d'une de ces longues ruelles de la Salpêtrière qui font rêver aux perspectives des *primitifs*, Pedro avait des envies folles de courir après eux, de prendre le bras d'Olga, de lui crier qu'il l'adorait, sous le nez même de Platoff, et de voir ce que le « Cosaque » en dirait.

Ah ! ma foi, oui, le braver, l'insulter et se couper la gorge avec le Russe, Pedro en avait une tentation insensée, comme un affolé eût ressenti le besoin de briser et d'écraser un verre !

Il arriva à la salle de garde au milieu d'un débordement de gaietés.

Internes et *roupious* s'amusaient. Plaisanteries et chansons de carabins. La causerie avait, ce soir-là, oscillé entre les souvenirs de Bullier et les cancans du boulevard Saint-Michel, le *boul' Mich'*, comme disaient les « bénévoles ». On chantait, on s'entraînait, on répétait les refrains nouveaux, et cette joie, chose imprévue, souffletait cruellement le boute-en-train ordinaire, Pedro, qui s'assit dans un coin, écoutant et tortillant sa moustache de reître.

Le petit Finet récitait, avec toutes sortes de mines amusantes, en contrefaisant un acteur de la Comédie-Française, un poème d'un docteur célèbre sur les maladies de la peau :

La rougissante Acné, l'agaçante Eczéma,
Purpura, Sycosis, Ephelis, Ecthyma,
Sur la peau des mortels préférés vont s'étendre !

— C'est ennuyeux, ton poème épique, dit brusquement un convive ; ça manque de calembours !

— Eh bien, répondit Finet, à propos de calembour, sais-tu, toi, quel est le comble de la thérapeutique?

— Non. C'est?...

— *Panser ce qu'on dit !*

— Bravo! Et la devise d'un bon dentiste?

— Dis?

— *Dieu aidant!*

On accompagna d'un *ban*, avec les couteaux et les assiettes, l'ovation faite au petit Finet; tandis qu'un étudiant, à l'autre bout de la table, chantait avec une voix sonore de Toulousain :

Un vieux corbeau goutteux qui s'était enrichi,
Sur un wagon perché vint un jour de Vichy.
Il tenait à son bec sa bourse pleine d'or,
Lorsqu'un renard docteur l'accosta tout d'abord,
Sur l'air du tra la la la,
Sur l'air du tra la la la,
Sur l'air du tradéridéra !

— Mes enfants, interrompit Finet, si le *creux du Midi* veut bien consentir à se taire un moment, j'ai de l'inédit à vous offrir !

— Encore un poème?

— Pas du tout. Une chanson !

— A la bonne heure ! Va pour la chanson !

Pedro écoutait, mais ne voyait rien, rien que l'image d'Olga frémissante devant lui et tentatrice : une statue de goule !

Et, sur l'air populaire d'Offenbach, Finet s'était mis à chanter *l'Oculiste et le Brésilien*, en criant tout d'abord :

— Premier couplet !

Hier, à midi, l'oculiste
Vit arriver le Brésilien :
— Voulez-vous, savant oculiste,
Redresser l'œil au Brésilien?
— C'est mon métier, dit l'oculiste.
— J' m'en doutais, dit le Brésilien.
— Quand voulez-vous? dit l'oculiste.
— A l'instant, dit le Brésilien.
— Et combien, illustre oculiste?
— Deux mille écus, bon Brésilien !
— Deux mille écus, grand oculiste,
C'est pour rien ! dit le Brésilien. —
Et sous les doigts de l'oculiste
S'aligna l'œil du Brésilien !

— Bis ! Bravo ! Bis !

Et sous les doigts de l'oculiste
S'aligna l'œil du Brésilien !

— Deuxième couplet ! hurla Finet au milieu des bravos.

Deux heures après, l'oculiste
Vint à penser au Brésilien :
Cent sous manquaient à l'oculiste
Pour payer ses contributions...

— Oh! oh! une mendiante, cette rime-là!

— Une pauvresse!

— Râpée comme Job!

— Messieurs, dit gravement le chanteur, l'auteur a pen[sé] que la majesté de ce mot : *contributions!* lui donnait tou[te] la valeur d'une rime!

— Puissance vaut richesse. Or, le fisc est une puissance. Donc, dans tous les cas possibles, *contributions* est un[e] rime riche!

— Va pour contributions!

Cent sous manquaient à l'oculiste
Pour payer ses contributions.
Un fiacre mena l'oculiste
Au Grand Hôtel du Brésilien.
On interroge en vain la liste :
Il est parti, le Brésilien!
Il eût fallu suivre sa piste
Jusqu'au pays du Brésilien.
Ça diminua, chez l'oculiste,
La confiance au Brésilien.

— Conclusion :

Et voilà pourquoi l'oculiste
Ne fait plus l'œil au Brésilien!

Toute la salle de garde reprit, avec des accompagnements de couteaux et de fourchettes :

*Moralité :* Bon oculiste,
Ne fais pas l'œil au Brésilien!

Une tempête de voix réclamait avec des hourras :

— L'auteur! l'auteur! l'auteur!

— Messieurs, dit Finet, l'auteur est un docteur de beaucoup d'esprit et de science, à la fois cousin d'Apollon et d'Esculape! Mais il désire garder l'anonyme.

— Eh bien, tant mieux! s'écria brusquement Pedro en se levant, l'œil incendié. Aussi bien, c'est assez de vaudevilles! Ça vous amuse, ces chansons-là? Moi, ça m'attriste!

— Qu'est-ce que tu as?

— Le vin rêveur?

— Tu as marché sur le monologue d'Hamlet?

— *To be or not to be!*

— *Alas, poor Yorick!*

— Mais tu es fou! disait à l'étudiant le petit Finet, tandis que Pedro laissait échapper brusquement, fébrilement, dans une causerie nerveuse, débridée et galopante, une partie de la colère et des désirs affolés qui lui entraient au cœur.

— Qu'est-ce que c'est que ces diables bleus? faisait Mongobert. Je n'ai jamais vu Pedro comme ça!

— Messieurs, disait Pedro, tous vos poèmes, vos chansons, vos gaietés, votre esprit, ne valent pas le coup d'œil d'une femme, le sourire d'une jolie fille, et par exemple le bout d'un ongle de cette Olga que traîne après lui ce Kalmouck de Platoff!

Le jeune Breton Tournoël, de ses yeux profonds et clairs, regardait Pedro, comprenant bien tout cela, amoureux lui-même, amoureux — lui, étudiant pauvre — d'une jeune fille riche, et se heurtant comme Pedro à cette pierre dure où se brisent les fronts et les courages : *l'impossible!* Ce roc effroyable : *l'impossible!*

— Apportez du punch! criait alors Pedro, s'excitant lui-même avec ces frénésies d'oubli, ces prurits de tapage qui secouent parfois l'être humain. Je veux du punch! Du rhum! n'importe quoi! J'ai soif! Soif d'une griserie complète! soif d'abrutissement! J'ai trop de Skoptzy dans la tête. Du punch!

— Tu es fou, je te dis! répétait Finet. Tu te brûleras les entrailles avec ton alcool!

— Tu finiras à Sainte-Anne, Pedro!

— Tu es amoureux : traite l'amour comme une indigestion, et souviens-toi du précepte de l'*Ecole de médecine gauloise* — rivale heureuse de l'École de Salerne — tu te rappelles bien, Pedro?

Et le petit Finet déclamait de sa voix flûtée, toute drôle :

> Si parfois gronde en toi le festin révolté,
> Saisis — pour retrouver ton aimable gaieté —
> L'instrument grâce auquel, par un vague orifice,
> La subtile guimauve en nos tubes se glisse!

Finet essayait de faire rire Pedro, qui d'ordinaire riait toujours, mais le gai visage de buveur de Van der Helst du jeune homme, au lieu de sourire, se crispait comme sous une colère inattendue, et, lorsqu'on apporta le punch, versant un litre entier dans une écuelle, allumant l'alcool, et faisant retomber en cascades flambantes la liqueur qui crépitait, avec ses reflets bleu jaunes, roses, et ses languettes qui s'éloignaient pour se .umer et revivre :

— Allons! cria Pedro, déjà rouge, arrachant sa cravate — ivre avant d'avoir bu — allons! à la santé des vraies bonnes filles qui ne sont pas poseuses! A la réussite de Manon, pas la vieille Manon du roman, non, à la fortune de ma petite Manon, à moi, qui m'a planté là, et que nous retrouverons dans un demi-monde meilleur! A Manon, qui vend du tabac, des petits paquets tout faits, et tient, dans l'arrière-boutique, de l'amour au plus juste prix! Voilà une femme! Pas bégueule! Et qui mérite d'avoir un coupé, un huit-ressorts, et des rentes!... Quant aux femmes philosophes, conférencières et puritaines, que le diable les emporte. — J'ai dit!

Il trempa dans le rhum qu'on lui versait sa moustache blonde et il tendit son verre vide en criant :

— Encore!

Quelqu'un, derrière Pedro, lui dit tout à coup :

— Savez-vous que vous l'aimez joliment?

— Le rhum? s'écria Pedro en se retournant et en apercevant la figure de faune de Mongobert qui devenait sérieuse.

— Non, dit le mouleur. L'autre!

— La Cosaque?... Allons donc! ça m'étonnerait!... Je n'ai jamais rien aimé au monde qu'une partie de plaisir.

— Il y a un commencement à tout!

— Mongobert, s'écria Pedro, vous parlez comme M. de la Palisse, qui vaut bien M. de la Rochefoucauld. Je me moque de votre Cosaque, restée vierge peut-être, comme je me moque de Manon devenue cocotte. Mais si je voulais... ah!... si je voulais!... Messieurs, dit l'étudiant, décidément gris, écoutez, messieurs, qu'est-ce qui tient un pari ici?...

— Quel pari?

— Celui-ci : je gage tout ce qu'on voudra que, si je veux, dans trois mois, la petite Cosaque sera ma maîtresse!

— Ta maîtresse?

— Taisez-vous donc, Pedro! fit très sérieusement Mongobert. On ne dit pas ces sottises-là, même en étant ivre!

— Et si je veux les dire? Et quand les dirait-on? Messieurs, reprit Pedro en regardant autour de lui dans la salle de garde, je vous le répète : Qui est-ce qui tient le pari?

Tous ces jeunes gens restaient muets, n'attachant aucune importance aux paroles de Pedro.

Mais la porte de la salle qui donnait sur le couloir menant à la cour s'était ouverte, et Paul Combette entrait, au meilleur moment, précédant Vilandry qui, ne voulant pas entrer en même temps que le peintre — pour n'avoir pas à le saluer peut-être — le laissait passer.

Combette arrivait tout juste pour entendre ce mot éveillant toujours la curiosité : « un pari ».

— De quel pari s'agit-il?

— Ah! Combette! s'écria Pedro. Eh bien, c'est très simple! Je parie que j'aurai séduit Olga, l'Olga de Serge Flatoff, avant que vous, le tombeur des cœurs, vous n'ayez même osé dire un mot d'amour à M^lle^ Barral!

Combette était, à ce nom, devenu blême brusquement. Il ne s'attendait guère à cette entrée, à ce brusque salut dont le souffletait ironiquement Pedro, exalté et enivré de ses propres paroles, plus encore que du punch absorbé avidement.

— Ah! Pedro, fit Mongobert en intervenant, pas de bêtises! C'est assez! C'est trop de parler comme ça de cette Russe. Elle est d'ailleurs femme à se défendre, et elle a un défenseur tout trouvé. Mais M^lle^ Barral...

— Eh bien! dit froidement Combette, relevant le défi, pourquoi M^lle^ Barral n'aurait-elle pas un défenseur, elle aussi?

— Parce que personne ici n'a le droit de la défendre!

Vilandry entra sur ces mots, nettement jetés par Mongobert.

Peut-être Combette aperçut-il l'interne et, comme éperonné, piqué au vif par l'arrivée de Georges, il sourit avec une douceur voulue, et répondit :

— Si quelqu'un aimait assez M^lle^ Barral pour lui offrir son nom et sa vie, celui-là aurait bien le droit, je pense, de la faire respecter par les mauvais plaisants.

Pedro écoutait et se mit à rire, tandis que Vilandry, que Mongobert ne perdait pas de vue, restait silencieux, poignardant Combette du regard et devenant livide.

— Tu te fâches, donc tu as tort, comme dit l'ancien ! cria Pedro. Acceptez-vous le pari ?

— Non, dit Combette. Je ne joue pas avec l'honneur d'une femme, et je vous ordonne de respecter Mlle Barral !

— Ordonner ?... Ordonner ?... Il ordonne ! fit Pedro en se redressant tout droit et en regardant Combette en face. Ah ! par exemple, ajouta-t-il, en s'avançant sur le grand jeune homme qui le regardait insolemment, voilà un mot qu'il faudra retirer !

Mais avant qu'il eût fait un pas, Mongobert, le petit Finet et Tournoël se saisissaient de lui et l'entraînaient dans la cour, tête nue, vociférant, mais déjà calmé ou plutôt étourdi par cet air frais du dehors qui l'accablait, en lui tapant sur le crâne.

Il portait machinalement ses mains à ses cheveux roux, cherchait vaguement des yeux un banc où se reposer.

On l'emmena.

Tournoël alors revint très vite vers Combette, qui était sorti presque en même temps, son chapeau sur la tête.

— Ah ! monsieur Combette, dit l'étudiant en s'approchant du peintre qui, de loin, dédaigneux, regardait le groupe formé par Mongobert, Finet et l'étudiant disparaissant au détour d'une ruelle, Pedro gesticulant toujours au milieu des deux amis qui l'entraînaient — monsieur Combette, vous m'avez fait grand plaisir tout à l'heure.

— Et comment cela, monsieur Tournoël ?

— Comment ? Mais... c'est que... oui, voilà... vous avez dit que vous étiez capable de donner votre nom à Mlle Barral.

— N'est-ce pas, fit Combette avec sa phraséologie habituelle, la plus noble des créatures ?

— Ah ! dit Tournoël avec l'effusion d'un croyant, à qui le dites-vous ? C'est une sainte ! Mais, l'autre jour — et il parut hésiter légèrement, son visage un peu maladif devenant rouge — l'autre jour, je vous ai rencontré chez M. Lamarche...

— Eh bien ? demanda Combette, dont le regard, brusquement, devint aigu, et plongea dans les yeux de Tournoël.

— Eh bien! fit naïvement le jeune homme... je croyais... j'avais cru... que Mlle Blanche Lamarche...

Il y eut entre Tournoël et Combette un moment de silence, très inquiet chez le Breton, un peu ironique chez le Parisien.

Ce M. Lamarche était un banquier dont la fille, fort jolie, avait fait rêver bien souvent les chasseurs de dot.

Combette, en effet, avait sollicité l'honneur d'être présenté dans la maison dont Tournoël, depuis longtemps, était l'hôte.

Le peintre, dès les premiers mots de l'étudiant, et le nom de Mlle Blanche Lamarche à peine prononcé, devinait ce que Tournoël entendait dire : « Si vous songez à épouser Mlle Barral, vous ne pouvez prétendre à la main de Mlle Lamarche — et moi... »

Il regarda, en quelque sorte, au fond même de la pensée de Tournoël.

Certainement, l'étudiant aimait cette jeune fille.

Quelle sottise! En supposant que lui, Combette, songeât à Mlle Blanche, Tournoël pouvait-il donc devenir un prétendant? Le pauvre garçon, avec ses grands yeux un peu égarés et son sourire hésitant, n'avait pas l'air bien dangereux. Un rival, lui? Allons donc! C'était un naïf. Rien à craindre.

Combette, en toute sincérité, ne songeait d'ailleurs qu'à Mlle Barral. Elle était bien assez belle pour absorber tout entière une pensée.

— Vous ne savez pas, vous ne saurez peut-être jamais, ajouta Tournoël, tout le bien que vous m'avez fait en disant ce que vous avez dit.

Combette sourit.

— Je m'en doute bien un peu, fit-il avec sa froideur souriante, très narquoise.

Resté seul dans la salle de garde, tout à l'heure bruyante et pleine encore de l'odeur du punch, Georges Vilandry, assis devant les assiettes qu'il laissait vides et repoussait, mangeant machinalement quelque morceau de pain tordu entre ses doigts, Vilandry, pâle, inquiet, malheureux, se répétait, lui aussi, les paroles de Combette. Il les sentait s'enfoncer en lui comme des couteaux. Il les voyait luire, rouges comme un fer chaud, devant son regard. Il étouffait, avec d'âpres envies de crier ou de pleurer. Son cœur se déchirait et saignait.

— Il l'aime!... Il l'aime aussi!... Il a osé dire tout haut qu'il l'aimait, qu'il l'épouserait!... Il l'aime!

Et dans cet écroulement terrible, gardant un fugitif espoir, le jeune homme se posait cette question comme une consolation timide, apeurée, déjà mise en déroute:

— Mais elle! Mais Jeanne?...

## XII

### SECTION ESQUIROL

Les jours passaient.

Autour de l'intelligence obscurcie d'Hermance Barral un peu plus de nuit se faisait presque d'heure en heure. Le docteur Fargeas hochait la tête.

Une crise nouvelle décida de tout. On envoya Mme Barral parmi les folles.

Elle ne paraissait point se douter du changement. Elle allait, droit devant elle, regardant d'un air tragique.

— Est-ce que je vais retrouver Pierre? demandait-elle à Jeanne qui, toute pâle, la tenait par la main et l'emmenait à travers les cours.

Vilandry marchait à côté de Jeanne, aussi profondément ému que la jeune fille, l'examinant, effrayé d'avance de l'impression qu'allait ressentir Jeanne en voyant sa mère jetée dans ces grandes cours où, comique et lugubre à la fois, s'agite éperdûment la démence.

— Courage! disait doucement Vilandry à cette Jeanne qui se roidissait sous la douleur, ses beaux cheveux en bandeaux paraissant plus noirs sur son visage plus blanc. Courage!

— J'en ai, répondit-elle alors avec un sourire qui fit courir un frisson dans les cheveux de Georges, tant il y avait de souffrance dans cette résignation, et de calme brave dans cette douleur.

le docteur Cadilhat passait justement la visite et, comme on avait amené Hermance au docteur Fargeas, on lui amenait les pauvres femmes de la Salpêtrière qu'une modification de leur état maladif faisait passer du quartier des épileptiques ou des hystériques au quartier des folles, et les démentes du dehors que l'on conduisait là plutôt qu'à Sainte-Anne, peut-être parce qu'elles habitaient un quartier plus voisin.

Lorsque, après avoir longé les rues grises, Jeanne se trouva, sa mère marchant entre elle et une infirmière, devant l'espèce de portail à claire-voie au-dessus duquel on lisait ses deux mots : *Section Esquirol*, la grille franchie, il sembla à la pauvre fille qu'elle s'engouffrait dans un enfer. Au loin, des terrains s'étendaient sous un ciel gris d'automne, avec des arbres grêles portant encore des feuilles jaunies ; de petites constructions basses apparaissaient, longues maisonnettes blanches, comme perdues dans de grands espaces. Des êtres enjuponnés, des femelles devenues idiotes, aux visages étrangement pensifs, avec des démarches inquiétantes, regardaient, sans dire un mot, passer ce groupe de femmes suivies de l'interne, qu'elles reconnaissaient à sa calotte de velours et à son tablier blanc à larges poches.

Les lèvres blêmes de Jeanne s'agitaient sous un tremblement nerveux. Sa mère, jusqu'alors, lui avait appartenu. Elle l'avait soignée, disputée au mal avec de l'espoir. C'était hier encore une malade. Aujourd'hui, c'était une folle!

Une folle!

Jeanne résistait à l'atroce frisson qui, à son tour, la secouait en courant sur sa peau. A chaque pas qu'elle faisait, elle éprouvait cette impression sinistre que quelque chose d'elle-même sombrait dans un gouffre. Une sorte d'entonnoir l'appelait, l'avalait avec ce quelque chose de hideux tout au fond : la folie.

Elle se demandait si ce n'était pas elle-même qu'on conduisait là, si tout ce cauchemar affreux n'était pas une folie, si ce Vilandry, qui lui répétait : « Courage! » d'une voix étranglée, n'était pas un geôlier et non un soutien.

La folie?

Jeanne tremblait, non de peur, mais d'étonnement, d'inquiétude, d'angoisse.

Il fallait, avant d'entrer dans les bâtiments où se trouvaient les cabanons et les cours, passer par le cabinet du docteur Cadilhat.

— Où est Barral?... Mon mari?... Est-ce qu'il m'attend là? demandait Hermance en regardant la porte.

Des vieilles accroupies dans un coin, au bas d'un escalier de pierre, contemplaient cette femme à cheveux gris qu'on soutenait, et sans dire un mot, elles échangeaient des regards narquois, des regards de pitié, des rictus qui tiraient ironiquement leurs lèvres ridées.

C'étaient des folles qui se moquaient de cette folle.

— Entrons, maman, dit Jeanne, en essayant de donner quelque chose de caressant à sa voix qui vibrait toute sèche.

Vilandry prit le bras de Mme Barral, et la pauvre malheureuse, suivie de sa fille et de l'infirmière, pénétra dans le cabinet où Jeanne revit ce spectacle qu'elle connaissait déjà: le docteur expliquant à ses élèves les *cas* des malades qu'on lui amenait.

Il y avait, debout devant M. Cadilhat, des élèves, Tournoël, entre autres, et des *bénévoles*, des externes avec leur petite pelote garnie d'épingles pendue à leur boutonnière; tous examinaient une pauvre fille, jeune, vêtue comme une ouvrière besogneuse, et que sa mère — une autre travailleuse au jour le jour — amenait au docteur Cadilhat.

Grand, maigre, de longs cheveux blancs tombant sur le collet de sa redingote piquée de la rosette rouge, le docteur Cadilhat, avec ses lèvres sévères et son menton rasé, étudiait, d'un coup d'œil, la fillette.

Il se retourna lorsque Vilandry entra, regarda rapidement Mme Barral et les deux femmes vêtues de l'uniforme des filles de service, et après avoir, d'un geste, montré à Georges des chaises pour faire asseoir la malade nouvelle, il reprit son examen et regarda un moment la mère, tandis que, tout bas, Tournoël et Pedro échangeaient quelques mots tristes en jetant un coup d'œil à Jeanne.

— Pauvre Mlle Jeanne! disait Tournoël.

— Pauvre Vilandry! fit Pedro.

M. Cadilhat regardait les deux ouvrières, la vieille et la jeune.

La mère poussait devant elle sa fille de seize ou dix-sept ans, toute maigre, noiraude et sèche, des yeux doux, mais des yeux de femme dans un corps d'enfant; proprement mise malgré sa misère évidente, et baissant les yeux et devenant rouge quand on lui parlait.

— Prends ce porte-crayon, lui dit le docteur, et porte-le à ton front. Veux-tu? Sais-tu où est ton front?

La petite haussa les épaules, ayant l'air de répondre : « Vous moquez-vous de moi? » Elle prit le porte-crayon d'or et le mettant sur son front :

— Cette idée! fit-elle. *Tu* crois donc qu'on est folle?

M. Cadilhat se tourna vers la mère.

— Est-ce que votre fille avait l'habitude du tutoiement?

La mère, tout interloquée, paraissait confuse.

— Oh! non, monsieur, non! Elle était sage, réservée, au contraire, ma pauvre Mélie! Maintenant, voilà : elle dit *tu* à tout le monde. Elle dit même un tas de mots qui, avant, la faisaient rougir!... Ça lui part sans qu'elle se rende compte!

— A-t-elle reçu de l'éducation?

— De l'éducation? répéta la pauvre femme avec un sourire triste. Oh! non! non, monsieur, elle n'a même jamais pu apprendre à lire!...

— Travaille-t-elle? demanda le docteur.

— Mais puisqu'on te dit, s'écria la fille rachitique avec une étrange vivacité et des mouvements saccadés, puisqu'on te dit qu'on n'a pas d'ouvrage! C'est vrai, ça! Et grand frère qui a tout perdu! *Tout! Il se donnait joliment du mal pourtant*, va! Moi aussi! On gagnait vingt-deux francs dans la semaine. C'est chic. On ne gagne plus que seize francs. Il y a grand'maman qui est dans le ciel!

Inquiète, la mère regardait, de son œil gris, effaré, le docteur qui, de sa bonne voix, dit doucement à l'enfant :

— Ah! ah! grand'maman est dans le ciel?... Conte-moi ça!

— Tu veux? fit la petite. Voilà! *Eh bien, on n'a pas pu* la faire mettre dans la fosse commune, quand elle est morte. On était trop pauvre. On a demandé au patron, M. Hardy, s'il voulait avancer l'argent. On aurait bien travaillé, va, pour le rendre. Tout le jour et toute la nuit, on aurait travaillé!... Oh! raide!...

— Qu'y a-t-il de vrai dans ce qu'elle dit? demanda M. Cadilhat à la mère.

— Monsieur, c'est la vérité! Nous n'avions pas d'argent pour acheter une fosse pour la grand'mère, à Cayenne, vous savez, la succursale de Montmartre. La petite aimait beaucoup sa maman Robert. J'ai demandé une avance au patron. Il n'a pas voulu. Il a dit comme ça qu'il avait déjà trop perdu d'argent avec des avances, qu'on est souvent parti sans lui payer. Alors, moi, très triste, je suis rentrée. J'ai raconté ça, Mélie écoutait. Faut prendre garde de parler devant les enfants. Ça lui a tourné les sangs à celle-là, et je crois bien que c'est comme ça que sa pauvre tête est partie. Elle a dit : « Il est méchant, M. Hardy! Aussi il va mourir comme grand'maman! Tiens, maman, j'entends qu'il est mort. J'en suis sûre. Je veux aller voir son enterrement! » Et, comme on la retenait, ah! bien, oui, elle voulait se jeter par la fenêtre. Elle criait : « Voilà les croque-morts qui viennent enlever la bière! Ils sont là, dans la rue, et j'aperçois le bon Dieu! »

— Tu l'as vu, le bon Dieu? demanda le docteur Cadilhat, à la petite, qui, sans avoir l'air de comprendre ce qu'on racontait là, grattait ses cheveux noirs, embroussaillés.

La pauvrette sourit au médecin.

— Oui, dit-elle, mystérieusement.

— Comment était-il?

— Grand, beau. Avec une barbe toute d'or et une grande robe bleue, avec des diamants, comme quand il y a, en haut, des étoiles!

— Il ne t'a pas parlé?

— Non. Malheureusement. J'aurais bien voulu.

— Vous êtes veuve, madame? demanda le docteur qui se tourna vers la mère.

— Oui, dit la femme.

— De quoi est mort votre mari?

— Des suites d'une chute. En descendant d'omnibus trop vite. Une tumeur au genou.

— Y a-t-il eu jamais des aliénés dans sa famille... dans la vôtre?

— Jamais, non, monsieur.

— L'enfant a-t-elle eu des convulsions?

— Oui... toute petite.

— Avait-elle eu peur?

— Peur?... Mélie?

— Oui, peur!

— Non, monsieur.

— Dans ces temps derniers, rien n'a provoqué une secousse?

— Ah! si! fit la mère, comme si brusquement elle se souvenait. Un soir, il y a eu une batterie devant chez nous. Il y a un marchand de vins dans la maison, en bas. Il y a eu deux hommes qui se sont battus à coups de couteau sous nos fenêtres, un charbonnier et un fort de la Halle! C'est le charbonnier qui avait pris son couteau... Il a éventré l'autre!

— Oh! dit vivement la petite avec un effroi qui durait encore, il criait, il criait, et l'autre crapule le tuait toujours!

— Vous voyez, dit M. Cadilhat à ses élèves, la peur! Toujours la peur!... C'est beaucoup moins l'émotion de la grand'mère que cette terreur devant le sang versé qui a fait apparaître les premiers symptômes et...

— Et quoi? interrompit la fille. Tu parles, tu parles, toi! Tu n'arrêtes pas! En voilà un avocat! M. Jacasse! On voit bien que tu es le maître ici! Tu fais le malin! Tu es riche, je parie! Tu auras une fosse à part, toi! Eh bien! maman aussi en aura une, là!... Ah! ça t'embête, ça?... Eh bien! *on* travaillera, tu entends, pour la parer, la fosse, *on* travaillera, quoique ça fasse rudement mal!

— Mal! Et où as-tu mal? dit M. Cadilhat.

La petite Mélie toucha, de ses mains maigres, une place au-dessous du sein :

— Là! dit-elle.

Et comme le docteur approchait :

— Mais bas les pattes! On ne touche pas!...

Elle se reprit, son front devenant rouge sous sa forêt de crins noirs, et elle dit, confuse comme si elle eût entendu ce cri : *Bas les pattes!* jeté par une autre :

— Oh! comme *on* est effrontée, tout de même, hein! crois-tu?

Sa pauvre figure, pâle d'ordinaire, se fit toute pensive sous sa rougeur, et il roula une larme dans ses yeux; puis, brusquement, fixant du regard l'espace, l'oreille tendue :

— Tu n'entends pas? dit-elle. C'est grand'mère qui parle... Elle est bien changée, grand'mère!... Oui, elle dit comme ça qu'il faut être sage, qu'on ne va pas chez Kolbus, ni à la *Boule Noire*, que ce sont les sales filles qui vont au bal! Si *on* pouvait travailler tout de même, reprit-elle en pleurant, elle aurait une fosse, grand'mère!

— Ecoute, dit Cadilhat. Regarde-moi bien. Veux-tu rester avec moi? Je te guérirai. Et puis, après, tu pourras travailler et acheter la fosse pour la grand'maman.

— Rester? fit Mélie. Pourquoi que je resterais? *On* n'est pas folle. C'est la Salpêtrière ici, je sais bien, va!... Mais je parie que tu crois que je suis folle! T'es bête! Je m'en vais! Mon chapeau, m'man!

Elle regardait son pauvre chapeau de paille noire, tout usé, avec un coquelicot sur le côté.

— On l'a acheté quand on gagnait. On ne gagne plus. — Il va bien tout de même, pas vrai?... On est coquette aussi! C'est pas défendu?

— Tu t'en vas, fit Cadilhat. Tu ne veux donc pas guérir?

— Oh! si! Et bonne-m'man aussi le veut! Mais, tu sais, si tu me gardes, pendant que je ne serai pas là, comment que grand frère et m'man mangeront? Il faut du pain à Paris! On n'en a pas. Vrai, parole; je te dis, on n'en a pas!

— On en aura, fit le docteur. Mais il faut que tu ailles à la campagne. Si tu travaillais, tu deviendrais folle!

— Ah!

Elle baissa la tête, morne, les yeux immobiles.

— On ne te gardera pas ici. Tu iras à la campagne. Tu aimes la campagne?

— Je ne sais pas. J'y suis allé si peu. Les fortifications, c'est-il la campagne?

— Non. Tu auras les champs! Tu courras, tu t'amuseras!

— On me mènera où papa est mort? fit Mélie. On boira du lait dans le cimetière! Viens, m'man! Es-tu là, grand'mère? Il y a un pas, prends garde! Bonsoir, messieurs!

Elle fit une révérence et pendant que sa mère lui remettait son chapeau et lui arrangeait ses cheveux sous la paille déchiquetée :

— Guérira-t-elle? demanda Vilandry qui s'était approché de M. Cadilhat.

— Oui, dit tout bas le maître, si elle peut aller au grand air, à travers les bois. Mais c'est pauvre. La mère a à peine du pain. Dans quinze jours seulement elle aura peut-être quinze francs, m'a-t-elle dit. Quinze francs, ce n'est pas assez! Elle sera folle!

On ne l'avait pas entendu.

Il haussa la voix et parlant dans le ton de la leçon.

— Messieurs, il y a deux grandes causes à la folie, le manque d'air et le manque de pain, c'est-à-dire la misère — et le manque de sang-froid — c'est-à-dire la peur — cette misère de l'esprit! Privation de soins, privation de raison! Il est bon d'être riche. Mais les riches aussi deviennent fous, ce qui déroute un peu tous les calculs. En résumé, il ne faut pas être très fier d'être homme. Ça ne pèse pas lourd!

Tandis que Mme Barral, hébétée, comme inconsciente, restait assise sur une chaise à côté de la fille de service qui l'escortait, Jeanne s'était levée et regardait, avec des larmes plein les yeux, cette fille rachitique qui s'en allait pour revenir et que la mère caressait avec des tendresses infinies. C'était le contraire de sa propre destinée! La mère, ici, était la garde-malade. Tandis que toute sa jeunesse, elle la passerait, elle, auprès de Mme Barral, liée, toute vivante, à cette sorte de cadavre!...

Il y avait, dans le regard attendri de Jeanne, une telle douceur et une telle pitié, qu'en l'apercevant la petite Mélie, qui, au moment de partir, leva les yeux sur Jeanne, se mit à sourire instinctivement et dit à sa mère avec un humble accent plaintif:

— Oh! regarde donc, m'man!... Cette dame...

— Quoi? dit la mère.

— Comme elle est jolie!... Comme elle a l'air bon! Vous devez être bien bonne, madame?

Devant tout ce monde, Jeanne se sentait involontairement troublée, confuse de ces compliments naïs de la pauvre fille.

Elle s'était détournée sous le regard de Georges qui avait paru souligner l'exclamation inconsciente de Mélie: *Comme elle est jolie!*

— Et quelle belle robe! disait la petite encore. Est-ce que c'est de la soie? Est-ce qu'on peut la toucher?

Elle approchait de la jupe de Jeanne ses pauvres mains grêles, où le jour eût passé au travers, et hochant la tête:

— Non! ce n'est pas de la soie. Mais ça ne fait rien! Comme vous êtes jolie, madame! Je voudrais avoir une grande sœur comme vous!

La pauvrette se retournait encore vers M. Cadilhat et les élèves, les saluait, disait:

— Salut, la compagnie!

Et, rieuse, s'envolant comme un oiseau, toute légère comme sa tête vide, elle disparaissait, tandis que sa mère hochait le front et la suivait en criant:

— Ne cours pas si vite!

Sur sa chaise, Mme Barral, la pensée perdue, n'avait pas fait un mouvement.

— Dans trois semaines, dit M. Cadilhat, Mélie sera ici... ou à Sainte-Anne!

— Ainsi, on ne l'évitait point, l'atroce folie? songeait Jeanne. Quand elle vous tenait, elle ne vous lâchait plus? C'était fatal. Et, à ce mal, elle n'avait plus l'espoir maintenant d'arracher sa mère.

L'entrée de Mme Barral dans le service du docteur Cadilhat n'était qu'une question de changement de lit. Il suffisait que M. Fargeas renvoyât la démente à son collègue. Vilandry en éprouvait comme un déchirement. Il eût voulu la sauver, cette malheureuse, dont la folie fouillait le cerveau comme avec des ongles ou des crocs. Il l'eût voulu pour Jeanne, cette Jeanne qu'on lui prenait, en même temps qu'on emmenait Mme Barral. Car, maintenant, ce coudoiement de tous les jours avec Jeanne, c'était fini.

Elle avait sollicité du directeur la faveur de suivre Hermance Barral jusque dans la cour des aliénées, comme elle l'avait suivie dans la salle blanche des malades. Toute sa beauté, toute sa jeunesse, Jeanne les enfermait sous la chape de plomb de la section des folles. Elle allait vivre là, menacée, en péril, entourée des grimaces tragiques, des poings fermés, des dents prêtes à mordre, des ricanements et des rires qui perçaient comme des coups de couteau. Elle ne sorirait plus de cet enfer : la *Section Esquirol!* Jeanne Barral descendait souriante.

Elle avait supplié M. Fargeas de lui obtenir cette *grâce :* — la grâce de vivre avec des aliénées!

Georges s'était habitué à cette existence silencieusement dévouée où il pouvait chaque jour, dans une promiscuité qui lui était chère, rencontrer Jeanne, lui parler.

Elle lui semblait illuminer, de sa beauté de vierge, la salle Sainte-Laure.

Toutes les malades la respectaient, étonnées. Lui, l'adorait.

Il n'eût certes pas osé le lui dire. Et pourquoi? En avait-il le droit? En aurait-il l'audace?

Et que répondrait-elle?

Il avait peur — peur qu'un autre nom que le sien se rencontrât sur les lèvres ou dans la pensée de Jeanne.

Du moins, ainsi, il avait cette illusion que M^lle^ Barral n'aimait personne, n'écoutait personne, pas même ce Paul Combette qui venait si souvent à l'hôpital pour la voir.

Et alors Georges se laissait aller à croire que cette espèce de communauté d'existence et de dévouement avec Jeanne pouvait durer toujours. Il ne pensait même pas à la séparation nécessaire, lorsque, au bout de l'an qui s'écoulait, il aurait achevé ses années d'internat, lorsqu'il aurait enfin « sa vie » à faire! Non; il ne quitterait point Paris. Il resterait là, tout près de Jeanne. C'était un projet vague, un avenir cependant très proche, auquel obstinément il ne voulait point songer.

Il ne songeait qu'à elle et il se trouvait toujours à ses côtés, lorsque M^me^ Barral, de sa voix colère, réclamait quelque secours. Il donnait parfois à Jeanne une espérance qu'il n'avait pas. Dans cette grande salle où tant de malheureuses recevaient ses soins, c'était Hermance qui était sa malade préférée; il la soignait comme il eût soigné la pauvre femme couchée, là-bas, sous l'herbe, depuis tant d'années, dans le petit cimetière de Pierre-Buffière.

Puis un regard doucement attendri de Jeanne, un sourire, un serrement de mains, et Georges Vilandry était payé de sa peine.

— Comme c'est facile à faire, le devoir! disait-il gaiement à Pedro, lorsque Jeanne, d'un coup d'œil, lui avait dit : « Merci ! »

Si Combette n'eût été là, Vilandry, dans cette existence quotidiennement âpre, eût été profondément heureux. Mais les audaces caressantes du peintre, l'enlacement visible dont cet homme, esclave de sa passion, mais habitué à la satisfaire, enveloppait savamment la jeune fille, donnaient à l'interne des irritations violentes. Il avait toujours haï ces beaux parleurs, sûrs d'eux-mêmes, passant dans la vie avec le port de tête satisfait des gens que rien n'arrête. Toutes ses timidités à lui, ses songeries farouches se heurtaient, douloureuses, à l'aplomb de ces heureux qui jettent sur l'humanité un regard souverain, comme s'ils passaient une revue, et sourient éternellement, leur visage insolemment épanoui étant une fête continuelle. Mais, cette fois, l'imperturbable confiance du bellâtre venait lui disputer ce qui était pour lui une partie de sa vie, la meilleure, celle du rêve. Il en éprouvait des colères nerveuses, et se demandait s'il allait provoquer cet homme.

Et pourquoi? Et, encore un coup, de quel droit?

Parce que, venant assidûment à la Salpêtrière, lié avec tous les élèves de la salle de garde, Combette affectait de se montrer, envers Jeanne Barral, d'une politesse empressée ?

Le peintre n'avait-il pas le droit de fréquenter l'hôpital puisqu'on l'y invitait, puisqu'un travail spécial l'y appelait, et lui était-il interdit d'admirer M^lle Jeanne puisque tout le monde en était enthousiaste?

Certes, Combette pouvait bien subir, comme Vilandry lui-même, l'ascendant doucement puissant de Jeanne et montrer même qu'il le subissait; mais ce qui irritait sourdement Georges, c'était ce qu'il connaissait de l'existence du peintre et ce qu'il en soupçonnait. Le passé de Combette s'appelait Mathilde et gisait, salle Sainte-Laure, dans un lit d'hôpital.

L'avenir... Ah! l'avenir! Bien fin eût été celui qui eût deviné où voulait arriver, monter ce beau garçon débarrassé du lest de tout scrupule!

Le pauvre Tournoël s'en doutait bien un peu.

Vilandry l'estimait, ce Tournoël, tête faible, un peu mystique, mais nature honnête, et dont les songeries s'attristaient visiblement depuis quelque temps. Tournoël se laissait même aller à confier ses peines à l'interne, qui volontiers écoutait.

En Bretagne, pendant un voyage sur la côte du Mont-Saint-Michel, Tournoël avait rencontré, deux ans auparavant, une jeune fille charmante, fine et séduisante comme une vraie Parisienne qu'elle était, et qui voyageait avec son père, un bon vivant, et son jeune frère, maladif, nerveux, secoué par des convulsions bizarres. M. Lamarche, le père, disait gaiement en parlant du petit : « Il tient ça de feu ma femme, qui était une sensitive. Et Blanche, également! Avec ses excentricités, c'est *tout* sa mère, de pied en cap. Moi, à la bonne heure, je n'ai pas de nerfs, je suis sanguin! Les nerfs, je trouve ça ridicule! »

Tournoël s'était lié, comme on se lie en voyage, avec M. Lamarche et sa fille. M$^{lle}$ Blanche, mince, frêle, capable, avec son air maigre et mourant, de lasser dans une excursion un chasseur pyrénéen ou un *pedestrian* américain, s'amusait à étonner l'étudiant. Elle posait pour lui, elle sentait qu'elle avait littéralement mis le feu à cette tête facile à incendier. Elle stupéfiait Tournoël par l'excentricité de ses costumes, la drôlerie de son langage, la persistance de ses paradoxes. Il devenait littéralement amoureux fou.

Une crise soudaine, survenant au petit Valentin sur la grande route même, servait à lier plus étroitement Tournoël à M. Lamarche. L'étudiant s'installait au chevet de l'enfant dans une ferme, du côté de Pontorson, et restait là, le soignant avec une ardeur absolue, tandis que M$^{lle}$ Blanche, que la maladie de Valentin n'inquiétait pas, jouait à la paysanne avec l'appétit de l'inconnu, et se divertissait à vivre pendant quelques jours de l'existence des fermières bretonnes, comme la reine, à Trianon, devait s'amuser à jouer à la laitière dans le *Hameau*, devant *M. le Bailli*.

La petite cocodette couchant dans un lit à rideaux de serge en riait toute la journée.

— C'est le cas de dire que je *bois du lait!* faisait-elle en trempant son pain bis dans l'écuellée de faïence.

M. Lamarche bâillait, s'ennuyait, regrettait Paris, le boulevard, les coulisses, et trouvait que Valentin était extraordinairement lent à guérir.

L'enfant une fois sur pied, on continua le voyage. Tournoël ne devait plus quitter son petit malade. Le père trouvait « ce garçon-là » charmant. Blanche s'amusait des naïvetés tendres du grand jeune homme extatique. Une fois de retour à Paris, on invitait Tournoël à dîner. Il était de la maison. M. Lamarche habitait un petit hôtel Louis XIII qu'il avait acheté, sur enchères, boulevard Malesherbes, d'une « cocotte » en renom. Cela amusait Mlle Blanche de loger sous le toit qui avait abrité le sommeil de cette Mlle Glinska, la Hongroise dont on avait tant parlé et qui allait au Bois avec un attelage si curieux, bouffettes noires et grelots d'argent.

— Papa a joliment bien fait d'acheter ça! disait-elle. D'abord, tout meublé, c'était une affaire superbe!... Et puis papa savait bien ce qu'il faisait. Il ne pouvait pas être volé. Il connaissait le chemin de l'hôtel. Je parie même qu'il en avait déjà payé une fois les meubles!

Et elle riait d'un petit rire tout drôle.

La voyant très souvent, Tournoël était devenu complètement épris de Mlle Blanche.

Elle s'en était aperçue avant lui. Cela l'amusait. Elle disait de lui : « Il est très gentil, mon séminariste! »

Tournoël n'eût certainement jamais osé même lui donner à entendre qu'il l'aimait. Fils d'un vieil avocat breton très pauvre, le jeune homme savait que la fortune de M. Lamarche était considérable. Il eût rougi de honte si l'on eût pu croire qu'il était un chasseur de dot. Mais être reçu à l'hôtel Lamarche, que Mlle Blanche appelait toujours, en riant, la *Villa Glinska*, vivre dans l'intimité séduisante de cette jeune fille, si étrange, cela lui plaisait et lui suffisait. Il avait cette illusion de croire que Blanche, un jour... Qui sait?... Et il ne formulait même pas son espoir. Il se laissait vivre. M. Lamarche n'avait pas oublié les bons soins de l'étudiant dans la petite ferme bretonne. Le jeune Valentin remerciait Tornouël en lui faisant des niches; Blanche trouvait cela charmant, et cela durait ainsi depuis un temps assez long, lorsque Paul Combette, un beau soir, fut présenté dans la maison.

Tout changea. Tournoël crut remarquer bien vite que le peintre n'avait point de ces timidités de *patito* dont se divertissait peut-être M^lle^ Blanche en parlant de son amoureux timide. Combette, présenté boulevard Malesherbes, par le professeur de piano de M^lle^ Lamarche, entrait là avec son assurance habituelle, comme en pays conquis. Tournoël se rappelait avec colère quelle impression douloureuse lui avait causée cette apparition de Combette.

Le peintre regardant tout avec une sorte de curiosité admirative, M^lle^ Blanche lui avait demandé brusquement à brûle-pourpoint :

— Je parie, monsieur, que ce n'est pas la première fois que vous venez ici?

— Moi, mademoiselle?

— Oui... vous devez avoir connu M^lle^ Glinska! Voyons, dites-moi franchement, comment était-elle?

Et Combette répétant qu'il ne connaissait M^lle^ Glinska que par les petits journaux, M^lle^ Blanche s'amusait alors à faire visiter au peintre tout l'hôtel, expliquant crânement où étaient le fumoir, le boudoir, le petit salon, et disant avec un petit rire qui déconcertait :

— Vous ne savez pas comment papa appelle son hôtel? *Le Passage Glinska!* Le fait est qu'il en a tant vu de monde!

— Et de tous les mondes!

M. Lamarche alors essayait de faire de la morale. Trop inconséquente, vraiment, cette petite Blanche! Mais si drôle après tout! Si spirituelle! Plus drôle que Boule-de-Gomme elle-même!

Combette, en effet, la trouvait charmante.

Tournoël, le jour où il avait assisté à la présentation de Combette, avait ressenti comme une impression d'écroulement. Quelque chose en lui s'abattait. Il se disait pour la première fois de sa vie : « Quel malheur de n'être pas riche! »

Mais, au fait, était-il riche, lui, ce Combette qui pénétrait ainsi brusquement dans l'intimité de ce logis, flattait le père, faisait des *mots* avec la fille, contait des histoires, se retrouvait enfin comme dans sa tribu de boulevardiers auprès de cette jeune fille qui savait tout, causait de tout, peignait sur faïence, jouait du piano, *imitait* M^me^ Judic, et disait à Combette, tout à fait charmé :

— Savez-vous où j'ai appris tout ça? Au couvent! Parbleu! Celles qui avaient des frères grands nous rapportaient, les jours de sortie, les journaux qu'elles leur chipaient dans la poche de leurs pardessus. Nous nous les passions. Et voilà!

Quand Combette racontait une historiette, Mlle Blanche l'interrompait quelquefois :

— Ah! j'ai lu ça dans la *Vie parisienne!* Bien amusante, la *Vie parisienne!* Qu'est-ce que vous dites de l'histoire du nid de guêpes, dans le dernier numéro? C'est raide, comme dit papa, mais c'est bien drôle!

Était-il riche, ce peintre élégant qui guettait une héritière, comme, à l'affût, un chasseur guette un gibier, et à qui Tournoël avait entendu dire, un soir, à la salle de garde, d'un ton de raillerie qui cachait une profession de foi : « Quand on n'est pas né riche et qu'on a de l'ambition, il faut trouver quelque petite *pintade*, dont le père aura préalablement eu soin de travailler et d'économiser, et l'épouser pour vivre à son aise! »

Combette n'avait pas plus de fortune que Tournoël, mais il avait plus d'audace. Et tandis que Vilandry assistait aux savantes manœuvres du séducteur autour de Jeanne, Tournoël, éperdu, voyait cet homme s'imposer chaque jour davantage à M. Lamarche, amuser Blanche, devenir, dans cet hôtel du boulevard Malesherbes, comme un hôte habituel dont l'absence attristait un peu tout le monde si elle venait à se prolonger.

— Est-il amusant! disait le père.

— Charmant! ajoutait Blanche.

— Et de l'esprit!

— Et du talent!

Tournoël rentrait navré à l'hôpital, après de telles soirées passées à écouter les louanges du peintre. Il se sentait horriblement peiné. Sa crédulité pieuse le consolait. Il se disait qu'il fallait peut-être souffrir en ce monde. Et puis il confiait ses inquiétudes à Vilandry. Il ne se doutait guère du prix qu'avaient pour l'interne de telles confessions. Elles affermissaient Vilandry dans cette idée que Combette n'aimait Jeanne Barral que pour en faire sa maîtresse. Une autre Mathilde Mignon.

— Il voudrait l'épouser, songeait Vilandry, qu'il faudrait me taire!... Mais il ne l'aime pas! Il la désire. Ah! le misérable!

Vilandry se trompait.

Combette aimait assez Jeanne Barral pour lui donner son nom. Il s'était déjà posé, à lui-même, cette question. Jeanne le troublait, s'emparait de lui tout entier. Cette beauté froide encore, où la passion couvait, lui donnait d'âpres envies de possession. Mais ce n'était pas là une femme ordinaire. Toutes les habiletés du bellâtre eussent échoué devant cette franchise, cette limpidité d'âme. Combette découvrait en elle une honnêteté d'autant plus absolue qu'elle était plus simple. Jeanne éprouvait devant Combette une impression singulière, mais toute confiante et sans fièvre. Combette lui parlait toujours, avec une adresse émérite, du seul sujet qui pût émouvoir la jeune femme — sa mère. — Elle éprouvait alors comme une immense joie à écouter les consolations du jeune homme.

Vilandry ne consolait pas : médecin, il savait ce qu'était ce mal. Il le combattait. Le peintre, plus averti, donnait à Jeanne des espérances quotidiennes qui ne se réalisaient guère, mais qui pourtant fortifiaient la jeune fille dans sa tâche. Et puis Combette avait de tels apitoiements sur le sort d'Hermance! Jamais Mlle Barral n'avait trouvé un tel élan et une telle affection chez un étranger. Le dévouement même de Vilandry, toujours prêt, mais toujours correct, timide et froid en apparence, n'était point comparable à ces effusions de cœur de Paul Combette.

Jeanne se laissait aller à songer alors à ce beau grand garçon aux cheveux blonds, qui la contemplait si souvent, attendri.

Mais plus Combette sentait que l'adorable femme pouvait l'aimer, plus il devinait qu'elle ne se donnerait jamais — jamais qu'à celui qui partagerait avec elle sa vie. — Ah! quelle folie! Eh! oui, vraiment, une folie! Epouser Mlle Barral, autant valait se mettre la corde au cou!

Et pourtant Combette y songeait.

Sérieusement, il y pensait. Il ne se reconnaissait plus.

Il l'aimait absolument, cette Jeanne. Il haussait les épaules en la comparant avec Mlle Lamarche. C'était pourtant là l'idéal : Blanche devenant la femme, et Jeanne la maîtresse.

Parbleu! Seulement Jeanne n'était pas de celles dont on fait les maîtresses!

Ah! Combette avait bien besoin de se prendre à cet amour-là! Autant valait se brûler à la chandelle!

— Pour arriver, songeait-il, il faut être disponible!

Et déjà l'amour éprouvé, la passion violente, faite de désir et d'admiration, de haine aussi contre Vilandry, qu'il avait pour Jeanne, ressemblait à un obstacle.

Voilà ce que Georges ne devinait pas. Il ne voyait dans ce rival qu'un séducteur visant habilement M^{lle} Barral. Et Combette était plus que cela; pris à ses propres rets, c'était un affolé de possession tout prêt à jouer sa liberté — et à la perdre — contre l'amour attirant de Jeanne.

Une telle femme était, en effet, créée pour incarner à la fois tous les amours. Admirablement belle, de cette beauté tentante de neige blanche qui est comme l'appât du débauché, elle avait la séduction plus puissante encore de ce rayonnement de bonté qui, dans cette immense cité dolente de la Salpêtrière, imposait magnétiquement le respect à tous.

Jeanne Barral devenait, pour tout ce personnel de l'hôpital, une créature à part « une sainte laïque », comme disait Pedro pour ennuyer Tournoël, comparable seulement à ces grandes âmes dévouées qui, pendant des années, dans l'ombre, poursuivent vaillamment la plus noble des tâches, celle du dévouement aux autres. On a couronné une de ces femmes qui ne demandait que l'oubli, et qui malgré elle a eu la gloire : M^{lle} Nicolle.

Jeanne Barral était de la race de cette vaillante.

Hermance, sa mère, avait été jetée — comme une proie — à l'une de ces grandes cours de la section Esquirol où vont et viennent, çà et là, rapides, avec des déhanchements et des gestes bizarres, on ne sait quelles figures errantes ballottées par une monomanie particulière. Jeanne y suivait sa mère avec des terreurs grandissantes. Toutes ces folles dont les cris lui trouaient les oreilles et dont les regards élargis l'interrogeaient, menaçants ou anxieux, lui faisaient peur, non pour elle, mais pour la malheureuse qui leur était livrée.

La démence d'Hermance Barral affectait maintenant une forme plus tragique, peut-être, que la crise éperdue, avec les ouragans de ses menaces. C'était comme une expression de crainte sombre dans une intelligence déprimée. M. Casthat prétendait que cette forme était plus dangereuse que la précédente.

Cette grande cour, peuplée de femmes aux démarches saccadées, quelques-unes vêtues d'une façon comiquement lugubre, semblait terrifier la malade qui, instinctivement, parmi ces aliénées, se faisant toute petite, s'accrochait comme une enfant à la jupe de sa fille.

— Qu'est-ce que c'est que tout ce monde? Qu'est-ce qu'elles me veulent?... balbutiait la mère.

— N'aie pas peur, maman, répondit Jeanne. Je suis là! Ta Jeanne est là!

C'était le refrain éternel aux plaintes ou aux rages de la folle. Et Jeanne, le cœur dans un étau, essayait de faire monter un sourire à ses lèvres.

Mais elle aussi tremblait. Cette cour grise avec ses deux rangées de maisonnettes basses des deux côtés, petits pavillons qui étaient des cabanons; cette cour, bornée par deux grilles d'où l'on apercevait encore les arêtes rectilignes d'autres bâtiments peuplés d'autres misères, les idiotes libres d'aller et de venir, collant là-bas leurs faces bestiales aux barreaux qui tenaient les folles prisonnières; cette cour aux arbres chétifs, malades, avec une fontaine au milieu; cette cour sinistre, traversée d'espèces de fantômes vivants, parlant tout haut, criant ou chantant, frôlant du pied sans les voir d'autres fantômes avachis à terre ou collés aux murailles, et qui restaient accroupis d'habitude, sans bouger; cette grande cour tragique donnait à Jeanne l'impression d'une geôle ou d'un cimetière.

Cimetière de la raison humaine. Il y avait là de ces démentes qui tournaient en fredonnant, tournoyant sur elles-mêmes avec des ravissements extasiés de fakirs; il y en avait qui, écumantes, montraient leur poing maigre à des êtres imaginaires. Il y en avait qui riaient doucement, en silence, à des êtres morts et qu'elles revoyaient. Une vieille, hideuse, se regardait coquettement dans un morceau de miroir cassé et, avec toutes sortes de minauderies macabres, disait, avec un zézaiement de fillette, horrible dans cette bouche édentée : *Z'ai zeize ans! Ze suis zolie!* Une autre, prétentieuse, attifée d'un caraco de velours usé garni de jais, aux fils décousus, une grande plume rouge ramassée on ne savait où, flottant sur son chapeau de paille noire, passait avec des airs de dédain et de supériorité parmi ces folles et, d'un bout de charbon, allait ébaucher quelques rinceaux informes, sur la muraille, se reculait pour juger de l'effet, souriant à ces imageries grossières d'enfant inhabile, et disant tout haut toute joyeuse :

— C'est signé! signé! Mme Gasse, élève de M. Abel de Pujol!

Une autre, rousse, dépeignée et dépenaillée, roulait dans sa bouche, comme des cailloux, un tas de menaces sauvages, portant à ses dents des mains robustes, encore déchirées de coups d'ongles. Elle avait à l'oreille droite une plaie noirâtre qui ressemblait à une morsure.

Toute mignonne, avec des airs d'Ophélie, des fleurs artificielles dans ses beaux cheveux blonds dénoués, fins comme le fil d'un cocon de soie, une fillette de dix-sept ou dix-huit ans, la chair toute blanche avec de légères taches de rousseur, passait, repassait, traversait la cour, filait en chantant des chansons, avec une légèreté d'oiseau.

Elle fixait de temps à autre ses jolis yeux tendres sur Hermance Barral.

— Prenez garde! avait dit d'elle la surveillante en avertissant Jeanne. Elle est méchante, celle-là! Elle mord!...

Et la fillette disparaissait en fredonnant un air très gai, un *tra la la la* qui n'existait pas.

Une autre encore, grande femme colossale et loquace, portant des trousseaux de ciseaux à son tablier, s'approchait de Jeanne pour lui raconter que l'archevêque de Tolède l'avait fait enfermer là par malice et qu'elle y resterait jusqu'à ce qu'elle eût ourlé douze cents douzaines de mouchoirs dont on ferait des devants d'autel.

— Vous concevez comme c'est embêtant, madame.

Et la femme géante se retirait, majestueuse, en caressant

sur sa lèvre supérieure une espèce de duvet qui ressemblait à une moustache.

Mais ce qui effarait peut-être plus que toutes ces folles Jeanne Barral, c'étaient ces êtres accroupis, n'ayant plus rien de la femme, sinistres, sordides, méprisantes, et qui, lorsqu'elle passait, dardaient sur elle des regards qui étaient des fers rouges et laissaient tomber sur Hermance des rictus silencieux, chargés d'une pitié insultante.

La pitié de ces folles! L'insulte de ces hébétements! Le mépris de ces aliénées! Tout cela tombant comme une malédiction sur cette chère créature dolente, que Jeanne, l'adorant toujours, l'adorant plus que jamais, appelait sa mère!...

Alors Jeanne attirait contre elle la vieille femme, qui se blotissait comme si autour d'elle tout eût été menaces, et elle passait, évitant ces regards injurieux des folles comme, sur un chemin, elle eût évité un éclat de verre ou un aspic.

Et c'était ici, dans cette cour, qu'il fallait vivre! La grille de fer se dressait, implacable. On laissait là l'espoir, on laissait là la vie! Des folles entouraient la nouvelle fille de service, la reconnaissant bien à son costume, et lui disaient — la même espérance montant à leurs cerveaux obscurs, la même plainte à leur bouche tordue par les rictus ou les colères :

— Vous allez me faire sortir, n'est-ce pas? Vous allez dire au docteur de me faire signer mon *exeat?* Vous direz à M. Cadilhat que je ne suis pas folle!

Pas folle! — Et c'étaient des histoires sans fin, des racontages et des gémissements.

— Voyez-vous, puisque vous êtes *nouvelle*, il faut que vous sachiez ce qui m'est arrivé. J'étais très tranquille chez moi. On m'a dit de venir ici, que j'y serais bien. J'avais mal à la tête. Je suis venue. On m'a gardée. C'est de la traitrise! Je veux m'en aller!

— Mes parents sont venus. Ils sont venus me voir. Ils vont m'emmener. N'est-ce pas, vous leur direz de m'emmener, vous? Seulement, je ne veux pas voir mon frère Paul! C'est vrai, c'est dégoûtant, ça! d'être toute la journée appelée citrouille, surtout par son frère!

Livide, le sang glacé au milieu de ces misérables, Jean alors, se tenait droite, écoutant, prise de peur, le souff chaud de toutes ces fièvres lui effleurant le visage, et ce mains qui suppliaient caressant ses mains.

Puis elle se disait qu'après tout ces malheureuses étaie des abandonnées qui n'avaient pas, comme Hermance, u dévouement tout proche pour les consoler, et alors ell essayait de calmer, de promettre.

Elle souriait à ces hideuses inconnues comme elle e souri à sa mère.

— Est-ce que ça a du bon sens, mademoiselle? répondai toujours l'une d'entre elles, une ouvrière parisienne, pâl d'anémie, les lèvres et les gencives blanches, avec un rir découvrant des dents jaunes, déchaussées. Je travaillais à l mécanique, chez papa. On me dit : « Je vais te mener voi les masques ». Je dis : « Ça y est! Ça m'amuse, les mas ques! » Je sors. On me colle dans une voiture et on me flanque ici. On se croit donc le czar? Qu'est-ce que ça veu dire, ça? — Vous n'êtes pas entrée au bal de l'Opéra, vous!

— Non, répondait Jeanne.

— Eh bien! tu m'y mèneras, ou je te fourrerai un coup de couteau!

D'autres folles s'approchaient alors de Mlle Barral, et, en haussant les épaules comme pour prouver le mépris que leur inspirait cette coureuse de bals, la conduisaient insen siblement dans quelque coin où Hermance, assise sur un banc, songeait à Pierre, toute perdue dans l'anéantisse ment et la confusion des souvenirs; et là, Jeanne était forcée de subir les récits de ces égarées, récits où toutes les passions humaines, la vanité, l'ambition, la maternité, l'amour, l'orgueil, toutes les exaltations, toutes les chimères, toutes les souffrances apparaissaient déformées, ridiculisées, comme des caricatures de vertus, comme des *charges* de douleurs, cires molles sous le pouce effrayant de la folie.

Jeanne frissonnait.

Des rires affreux montaient, des mots ignobles, des mena ces sortaient de ce cercle qui l'entourait, exigeant, sentant bien la faiblesse, devinant les terreurs de cette « nouvelle » et lui imposant de tout subir, depuis l'étalage des plaies, la confidence des vices, jusqu'à la vue des petites tapisseries, les pelotes, des ouvrages de perles faits dans la solitude du cabanon.

— C'est pour M. de Rémusat. Il est de Toulouse. Je lui enverrai cette têtière de fauteuil, et il me fera sortir d'ici!

— On ne veut pas me guérir, mademoiselle Barral, il y a pourtant un moyen certain de me guérir. C'est de m'arracher toutes mes dents, une à une, avec l'insensibilisateur, par exemple! Je ne suis pas plus folle que M. Cadilhat, mais j'ai mal aux dents. Voilà!

La pauvre Jeanne se demandait parfois, dans cet enfer, si elle ne devenait point folle, elle aussi. Elle avait le vertige effrayant qui vous saisit au bord d'un gouffre. Elle restait parfois des heures à s'interroger pour savoir si tout cela n'était pas quelque cauchemar.

Une plainte d'Hermance l'éveillait.

Non, non, c'était bien la vérité et c'était bien dans cette réalité hideuse qu'il fallait vivre.

De courtes apparitions de Combette semblaient à Jeanne des éclaircies dans une nuit noire. Il avait sollicité et obtenu la permission de séjourner parfois hors des cours, dans les ruelles, d'où il pouvait, à travers les grilles voir les folles. Il s'agissait pour lui, disait-il, d'études d'aliénées pour un nouveau tableau projeté. Il voulait s'essayer dans la peinture de genre ou d'histoire, peindre les *Miracles du diacre Pâris*.

En fin de compte, il ne tenait qu'à pouvoir se rapprocher de Jeanne, et bien souvent ils avaient eu, à travers la grille, des conversations qui semblaient exquises à la pauvre fille et qui rendaient Combette de plus en plus perplexe, car elles le mordaient un peu plus au cœur.

— Vous avez l'air d'une recluse, disait-il à Jeanne, dont la pâleur souriait à travers les barreaux de fer; et je songe à ces paladins qui enlevaient autrefois les nonnes des couvents. Ah! si je pouvais vous arracher à cette prison!

— Il faudrait pour cela, répondait-elle, guérir ma pauvre malade!

— Je ne suis pas M. Vilandry, ni M. Cadilhat, mais il me semble que, si j'étais médecin, je parviendrais à vous rendre votre chère mère! Et savez-vous pourquoi? C'est que je ne penserais, moi, qu'à me dévouer pour vous — c'est-à-dire pour elle!

Et Jeanne, avec l'inconsciente ingratitude de ceux qui n'aiment point, ne se disait pas que Georges avait, à la salle Sainte-Laure, bien souvent veillé, à ses côtés, sur le sommeil nerveux, coupé de visions, d'Hermance Barral. Elle semblait croire, elle croyait peut-être que vraiment, avec sa résolution indomptable, Combette, s'il eût été médecin, lui eût en effet, comme il le disait, rendu sa mère.

Alors pourquoi les autres ne le faisaient-ils pas? Pourquoi Vilandry ne réalisait-il pas l'impossible? On le disait savant, ce Vilandry! — Et elle doutait.

Les souffrants doutent des savants, quand la douleur persiste devant la science à bout de ressources.

Un soir de septembre, chaud comme une journée d'août, avec des odeurs de soufre et d'orage dans le vent d'ouest, Jeanne traversait la cour, cherchant sa mère parmi ces folles dont les rires montaient plus aigus que de coutume dans l'atmosphère lourde. Une surveillante, en passant, lui dit:

— Il y en a beaucoup d'agitées! C'est l'orage. Thérèse a voulu me casser tout à l'heure son sabot sur la tête.

Thérèse était cette petite blonde poétique, qui chantonnait d'habitude des rondes d'enfant.

— Ah! dit Jeanne.

Et elle continua à chercher sa mère.

M^me^ Barral était accroupie dans quelque coin, invisible, cachée.

Jeanne ne l'apercevait pas.

Tout à coup, dans cette cour où les mouvements, les démarches, les tics semblaient plus saccadés et plus nerveux que de coutume, une *nouvelle* fut comme précipitée par cette même grille venant du dehors, qui s'ouvrait devant la malheureuse, comme elle s'était ouverte devant Hermance.

Il y eut un grand cri, une clameur soudaine parmi ces folles habituées pourtant à voir des folles inconnues tomber là, brusquement comme vomies par le Paris de la misère.

Presque toutes, curieuses, faisant de grands gestes, sautant avec des accents sauvages, des ricanements, des lazzis bêtes, se précipitaient vers la *nouvelle*, une fillette maigre et noire qui se pelotonnait dans un pauvre petit châle tartan à carreaux noirs et regardait avec effroi ces faces contractées.

Machinalement, Jeanne Barral se tourna du côté de l'enfant.

— Déjà ! fit-elle.

Elle avait reconnu cette Mélie que sa mère amenait à la visite le matin du jour où Hermance Barral s'engouffrait dans la section Esquirol.

— Pauvre petite ! La voilà revenue !

Les cris, les voix, les rires, les blagues, les ordures, les insultes, montaient de ce tas de femmes poussées vers Mélie par la même curiosité navrante.

— Oh ! mais c'est une princesse !

— En deuil ! Pourquoi es-tu en deuil ?

— Est-ce qu'elle vient nous inspecter ou nous voler notre pain ?

— Passez-la-moi que je cogne !

— Ohé ! Julia ! Qu'est-ce qu'elle vient faire ici, ce bout de femme ?

— A la porte ! A la porte !

Mélie, ratatinée, repliée sur elle-même, dans ses vêtements de laine noire, cherchait devant elle, vaguement, de ses yeux éperdus, un appui, une défense, avec un instinct de la conservation qui survivait à sa raison même.

M. Cadilhat l'avait bien dit. Mélie était roulée et ramenée là par la pauvreté.

« Elle sera folle ! » — Elle était folle !

La pauvre petite jeta tout à coup un grand cri, bondit hors du cercle des folles et se précipita, les bras en avant, vers Jeanne Barral dès qu'elle l'aperçut.

— Maman ! cria-t-elle... M'man !

Avant même que Jeanne eût fait un mouvement, les bras de Mélie l'entouraient, la tête pâle de la jeune fille se collait à la poitrine de la jeune femme, et la petite aliénée, doucement, suppliante, peureuse, disait à Jeanne, comme une prière :

— Défends-moi... M'man ! M'man !... M'man !

L'être tout entier de Jeanne était comme réchauffé par cette étreinte effrayée, et les deux mains de Mlle Barral cherchaient la tête de Mélie, cette pauvre tête chaude de fièvre et la serraient.

Jeanne avait baissé les yeux pour contempler ce triste visage éperdu, et elle disait doucement à Mélie :

— Te voilà donc, ma pauvre petite?...

— Oui... oui... On a enterré maman... C'est vrai... Dans une bière toute blanche... Alors, c'est vous qui serez ma maman!... Tu veux bien, dis?...

Mais Jeanne Barral ne voyait pas l'étrange cercle qui se formait tout à coup autour d'elle. La surveillante avait raison. Une sorte de bouillonnement nerveux agitait toutes ces cervelles d'aliénées — des épileptiques sans doute, car les fous entre eux ne se peuvent concerter pour une idée commune, dans un but déterminé et c'est bien pourquoi dix gardiens peuvent surveiller deux cents aliénés. — Un vent de colère soufflait, une ébullition grondait dans cette cour pleine de cris gutturaux ou stridents.

Jeanne, en redressant la tête, aperçut en face d'elle le visage effroyablement convulsé de cette Thérèse, l'Ophélie aux chansons. L'écume montait aux lèvres cyanosées de la folle. Elle levait éperduement les bras en l'air, disant que c'était dégoûtant, qu'il fallait en finir...

— Elle m'a insultée, la petite rosse. Elle m'a insultée, moi, qui suis fille de M. de Metternich! Et puis, elle m'a pris ma fille! Elle m'a tué ma petite! Je veux l'étriper!...

Et, comme si ces monomanies diverses, toutes ces folies différentes, ces déraisons multiples eussent été, par miracle — la folie étant essentiellement solitaire, égoïste — réunies sur un seul point, une sorte d'agitation épidémique agitant, secouant ces démences ou plutôt réveillant en elles des épilepsies et les rendant furieuses, toutes convergeaient vers un seul point dans cette grande cour lugubre: vers cette jeune femme serrant contre son sein cette fillette épeurée. La tête grise d'Hermance Barral apparut brusquement, secouant au vent ces mèches grises; et, la bouche tordue, montrant à Jeanne son poing fermé où les os blanchissaient sous la peau tendue, la folle, la pauvre folle, poussée aussi par ce vent d'orage, cette odeur de tempête, la lourdeur de ce ciel où des nuages noirs roulaient, masses énormes chargées de grondements — la mère de Jeanne s'unissait à ces insensées pour menacer, crier, cracher des injures à Jeanne. — Ah! cette fois, M^lle^ Barral sentit son courage faiblir!

Trouver, dans cette horde d'épilepsies ameutées, sa mère, cette inconsciente qui insultait, menaçait et allait frapper, c'était trop. Et il avait fallu cette épidémie de fureur, cette électricité de colère pour tirer Hermance Barral de la torpeur sombre où elle s'effondrait! Les yeux injectés, pleins de fibrilles rouges, la souffrante devenue mégère rugissait, mettait maintenant son poing fermé sous le menton de Jeanne.

— Je veux sortir d'ici! Sortir tout de suite, entends-tu? disait-elle. Ouvre-moi! Emmène-moi!

— Moi aussi, sortir! sortir!

— Nous voulons sortir! glapissaient des voix criardes, que des rires nerveux accompagnaient, cruellement sonores, terribles, stridents comme des sifflets de machines.

Une poussée formidable précipita sur Jeanne et la petite Mélie cette Hermance qui venait de surgir là, au premier rang, et, dans la cohue, M^me^ Barral, jetée en avant, alla tomber à quelques pas de Jeanne qu'elle dépassa et qui poussa un cri.

Au loin, des folles regardaient, sans voir, ricanaient, indifférentes.

Le cercle se resserrait autour de Jeanne; mais, instinctivement, devant ce corps poussé en avant, les épileptiques s'étaient écartées et, entraînant Mélie accrochée à elle, M^lle^ Barral se précipita vers sa mère qui déjà se relevait, sur les genoux, hébétée, calmée tout à coup, comme si la chute eût fait diversion; et, vivement, la jeune femme relevait sa mère et l'attirait à elle, tenant maintenant contre son sein ces deux êtres: la mère échevelée, l'enfant éperdue.

Jeanne, résignée à mourir, se disait que c'était fini, que ces épileptiques ainsi poussées, les malheureuses, par une excitation qui les groupait dans un ménadisme unique, allaient là, dans un moment, les déchirer de leurs dents et les couper de leurs ongles. Elle cherchait, autour d'elle, un secours, appelant à l'aide, n'apercevant, dans cette cour immense, ni le bonnet d'une fille de service ni la calotte d'un interne, et, poussée par cette cohue hurlante, marchant à reculons en serrant contre elle ces deux êtres qui collaient leurs bras à son corps — Hermance maintenant aussi terrifiée que Mélie — Mlle Barral, blanche comme un marbre, mais droite, regardant ces fureurs en face, montrant sa belle tête calme à ces visages hideusement convulsés, se laissait conduire presque par ce cercle effrayant d'où des mains avides, crochues, des dents longues, des baves infectes sortaient avec des fétidités de marais et des prurits de fauves. Et l'excitation croissait parmi ces épileptiques. Il y en avait qui voyaient rouge. L'électricité de l'orage passait dans ces êtres aux férocités soudaines. On eût, comme du dos d'un chat, fait jaillir des étincelles de ces crinières en les tirant à rebours. Les rires mêmes de ces femmes, leurs cris, leurs bondissements de panthères, les exacerbaient, décuplant leur rage. Jeanne reculait, reculait toujours, se disant avec effroi qu'une fois acculée à la grille de fer dont il lui semblait, derrière elle, deviner l'ombre, elle serait déchirée, dépecée, elle et ces deux femmes, dont l'une était sa mère.

Et c'était miracle qu'une de ces griffes ne l'eût pas saisie déjà et jetée à terre en la traînant par les cheveux. Un premier coup, un seul, et tout était dit C'était la mort atroce, sous le déchirement féroce d'une foule. Une bande de loups ne dévorerait pas plus sûrement sa proie que ces misérables folles. Des ongles plongeant dans les orbites, des bras tiraillant les membres, les morsures s'enfonçant, bestiales, en pleine chair. Jeanne pensait à tout cela, voyait tout cela, sentait déjà par avance le premier coup d'ongle faisant saigner sa joue ou son front.

Elle serrait éperdument Hermance et Mélie, reculait, reculait toujours, criant :

— A moi! Au secours! Quelqu'un!

Thérèse, ses cheveux d'or fin fouettant son visage, empêchait, sans le vouloir, les autres folles d'approcher de Jeanne. Demi-nue, déchirant ses vêtements, les épaules à l'air, les seins au vent, agitant sa chevelure dans la lividité d'un coucher de soleil chargé d'orage, la malheureuse dansait, éperdue, criant, sautant, disant qu'elle était la reine des îles Sandwich et qu'on allait dévorer des Anglais. Et ce spectre effrayant, ce corps aux blancheurs laiteuses, secoué comme par une pile électrique, s'agitait par bonds, devant les autres aliénées furieuses, qui voulant l'écarter, lui criaient : « Ote-toi! » et poussaient toujours Jeanne Barral vers la grille.

Un effort plus brusque, plus brutal, et Jeanne, ses mains serrées contre sa mère et Mélie, se sentit, cette fois, plaquée contre la grille dont sa tête heurta les barreaux froids, tandis que ses jambes ployaient à demi contre le soubassement de granit.

Maintenant, ah! maintenant, c'était fini!

Comment fuir?

La grille arrêtait brusquement Jeanne. Jeanne appartenait à cette horde. Ces misérables, en délire, criant ou riant, allaient se jeter sur ces trois femmes et les étouffer ou les déchirer.

— C'est une moucharde! Traînez-la par les cheveux!

— Passez-la-moi que je la mange!

— Elle a tué ma petite fille, criait Thérèse; je vais la crever!

— Eh bien, marquise de San-Donato, ça t'amuse?

— Dépêchez-vous! Embrochez-la! Voilà l'interne!

L'interne!

Jeanne se sentait, se croyait sauvée. Mais l'apparition même de l'interne était, pour ces cerveaux malades, une vision comme tout le reste. Elles suivaient leurs rêves — les épileptiques — furieuses; les autres, perdues dans leurs chimères, passives. Les filles de service couraient, appelaient, pâles de terreur. Il semblait à Jeanne qu'elle entendait ouvrir des portes, appeler au secours, pousser là-bas, de l'autre côté, la grille. Mais si loin! si loin! C'était trop loin! trop loin! Avant qu'on n'accourût, les trois malheureuses seraient tombées, étouffées, foulées aux pieds, par ces épileptiques.

— Attends! attends! Je te vas trépigner! criait Thérèse.

Elle ôta rapidement de ses pieds nus ses sabots et, les brandissant en l'air, comme deux massues, elle sauta littéralement sur Jeanne avec un grand rire affolé dans ses cheveux épars qui lui fouettaient les joues.

Jeanne vit, au milieu de ces faces atroces, de ces yeux hagards, de ces lèvres qui écumaient, ces deux mains levées, ces deux sabots de bois levés sur son front, et qui allaient lui briser le crâne. Elle attira plus violemment encore contre sa poitrine Hermance qui restait là, béante, muette, et la petite Mélie qui pleurait, et elle se colla contre la grille, tâchant d'enfoncer sa tête entre les barreaux pour éviter les coups sur son visage.

— C'est la mort! songeait-elle. Ma pauvre maman

Tout à coup, entre les barreaux de fer, brusquement, deux bras s'allongèrent. Jeanne sentit là, derrière elle, dans la ruelle qui longeait la cour des *folles*, un corps qui se collait à la grille, et, levant instinctivement les yeux, elle aperçut au-dessus de sa tête, les bras d'un homme qui, passant ses poignets à travers les barreaux saisissait violemment les mains de Thérèse et les tordait en désarmant la folle.

Et, au moment où, perdue de terreur, à bout de forces, toute son énergie s'écroulant, Jeanne sentait la torpeur de l'évanouissement s'emparer d'elle, où le corps de la pauvre fille glissait le long de la grille, comme si toute cette affreuse lutte l'eût enfin brisée, son regard apercevait, comme dans une vision, la moustache blonde de Paul Combette, et elle entendait la voix du peintre crier à l'aide, menacer de la douche ces malheureuses déchaînées:

— Arrière! arrière donc!

Ce ne fut qu'une apparition, et Jeanne plia sous l'émotion comme écrasée, restant soutenue par ces deux femmes cramponnées à elle, Hermance qui disait: *Peur, j'ai peur... Pas de douche!* et Mélie qui répétait: *M'man!*

Il n'avait pas fallu d'ailleurs un autre incident que l'apparition de Combette pour faire tomber, comme un vent d'orage, l'exaspération de ces folles.

Le terrible mot de *douche* leur arrivant droit comme une menace les faisait fuir brusquement à travers la cour, comme une volée de perdreaux sous un coup de feu.

Thérèse seule, se dégageant par un effort violent de l'étreinte de Combette, reculait de quelques pas, et, les poignets ensanglantés par la dure pression des doigts du peintre, courait, d'un bond colère, sur Jeanne Barral étendue — cette fois pour l'assommer — lorsque Vilandry, qui arrivait en courant avec d'autres élèves, arrêta net la dé-

…nte, la saisit à bras le corps et l'emporta à quelques pas …là, Thérèse lui déchirant le front et lui arrachant les …veux avec ses ongles.

Une heure après, de tout ce tumulte effrayant et inattendu …de mémoire de surveillante on n'avait jamais vu pareille …se — il ne restait rien dans la section Esquirol. La cour …it vide. Les folles reposaient dans leurs cabanons. Thé…se se tordait dans la camisole de force en chantant une …nson du pays de *Lorraine*, et en appelant la petite fille …'elle avait perdue.

Les surveillantes et les filles de cuisine racontaient, avec …les sortes de détails, comment « ça s'était joliment …ré » que ce peintre, M. Paul Combette, passât justement …la ruelle qui longe la cour. Il venait de travailler, un …plus loin, à un tableau. Il avait tout entendu. Il s'était …is à courir, et alors...

Georges Vilandry essuyait dans la bass'ne de cuivre de la …lle de garde, son front qui saignait, et, comme Pedro lui …isait :

— Tu vois, les femmes, ça vous déchire toujours quelque …ose : la peau du front ou les muscles du cœur.

Vilandry souriait et demandait au gros garçon des nou…lles de la *Cosaque*.

— Je l'assiège, répondit Pedro.

Ils se séparèrent.

Vilandry, avant de rentrer à la salle Sainte-Laure, vou…t, sous les arbres du jardin, prendre un peu le frais, se …ntant la tête lourde par ce temps d'orage.

Les tilleuls et les marronniers de cette grande promenade …litaire, la Hauteur, où des marbres apparaissent, indis…ncts, entre les troncs d'arbres, l'avaient plus d'une fois vu …romener ses songeries. Il allait souvent, un livre à la main, …s'asseoir là sur un de ces bancs de pierre.

Les feuilles des arbres tombaient, criant sous ses pas. La …uit n'était point tout à fait venue. Georges marchait, son…geant à Jeanne.

Il eût, tout à l'heure, voulu donner sa vie pour elle. Pauvre fille, comme elle avait eu peur !

Son premier cri, en sortant de son évanouissement, av
été pour sa mère, puis pour cette petite fille qui se blotti
contre elle, instinctivement, la faiblesse allant tout dr
à la bonté.

Au moment où Georges Vilandry passait sous les tilleul
en descendant vers le boulevard de la Vierge, il lui sembl
qu'il apercevait, dans l'ombre confuse, un homme et u
femme assis sur un des bancs de pierre et causant.

Il marchait justement vers eux.

Au bout de quelques pas, il sembla à Georges qu'il rec
vait un coup de couteau dans le cœur.

Une douleur lancinante lui troua la poitrine. Il devi
très pâle, puis se raidit pour passer devant ce banc — qu
connaissait bien — sans avoir l'air de trembler.

Sur le banc, Paul Combette, assis à côté de Jeanne, l
*parlait tout bas* — d'amour peut-être.

Et Jeanne écoutait. Jeanne souriait.

Une sorte d'expression de reconnaissance et d'admiratio
montait au visage de Jeanne.

Georges ne vit pas cela, il le devina. Il le devina dans l
pose de ces deux êtres, dans l'attendrissement de la voix d
Jeanne qui venait jusqu'à lui, dans sa propre douleur, dan
l'affreuse tentation de jalousie et de rage qui le poussait à
se jeter entre cet homme et cette femme.

Était-il fou ?

Il s'arrêta, avant même de passer devant eux.

Passer devant Jeanne, la saluer devant cet homme, la voir
ainsi, aux côtés de Combette !

Non.

Il s'enfonça sous l'ombre plus épaisse des marronniers de
la Hauteur. Les feuilles criaient toujours, comme ironiques,
sous ses pas, ou fuyaient devant lui en petits tourbillons,
faisant songer à ces échos de valses enfuies ou à des fantômes de rêves envolés.

Georges rentra à la salle Sainte-Laure.

Il alla droit au lit où Mathilde Mignon était couchée. Elle
dormait brisée de fatigue.

L'interne la regarda un moment.

— Voilà, murmura-t-il, la maîtresse d'hier ! Celle de
demain...

Il n'acheva point sa pensée, mais réaperçut presque, dans une vision colère, cet homme et cette femme assis là-bas, sur le banc de pierre...

— Il paraît, dit-il presque tout haut, involontairement, que la femme est, comme le monde, aux plus habiles !

— Monsieur Vilandry, fit tout bas Mlle Devin qui avait glissé jusqu'à lui, silencieuse et preste, de son pas rapide de fourmi ; il y a, en haut, Sophie qui vient d'être reprise d'une attaque.

— Ah !... Bien... J'y vais, dit l'interne simplement.

## XIII

### SALLE SAINTE-LAURE

A trois lits de distance de la place même où Mme Barral avait crié et souffert avant de passer dans le service du docteur Cadilhat, Mathilde Mignon était étendue maintenant, toute pâle, dans une immobilité de statue, raide dans son lit blanc, avec ses yeux bleu clair rivés sur les arbres dépouillés de feuilles de la cour. Ses cheveux blonds traînaient sur l'oreiller. Une chemise de grosse toile écrue, maintenue sur la poitrine par un cordonnet, laissait apercevoir, entre ses plis de couleur bise, la peau blanche, et cette enfant restait là, comme figée dans une pose anxieuse, la bouche tirée, le regard triste.

Elle ne parlait pas comme au début de sa crise, lorsqu'on l'avait conduite à la Salpêtrière. Elle se contraignait à un mutisme effrayant. Elle refusait tout aliment. Elle demeurait dans son lit d'hôpital comme en catalepsie.

Vainement, en lui adressant la parole doucement, Vilandry essayait de la tirer de ce silence où elle s'enfonçait, perdue dans une sorte de contemplation morne.

Elle ne répondait pas.

Des sourires étranges montaient parfois à ses lèvres blêmes.

C'était tout.

M. Fargeas le prenait sur un autre ton, à la fois paternel et narquois.

— Voyons, disait-il, tu ne veux pas manger?... Ni parler?... Soit! ne parle pas! C'est avantageux! Les autres malades parlent tant!... Mais mange au moins!... Il est vrai que si tu ne manges pas, cela fera des économies à l'administration!... Et puis, si elle ne veut pas manger, eh bien! un bon bain bien sinapisé!

Et il se retournait vers Vilandry, Pedro et Finet, pour donner ses ordres.

Mathilde Mignon ne bougeait pas.

Elle semblait ne pas entendre.

Mongobert s'informait toujours de la santé de la *petite* — comme il l'appelait — avec une inquiétude qui semblait d'autant plus touchante chez le vieux sceptique.

Maintenant, lorsque Combette venait à l'hôpital, le mouleur le saluait à peine d'un geste sec.

— Quand on me demandera pour un musée de figures de cire un beau type d'égoïste, n'aie pas peur, c'est toi que j'exposerai, pensait-il.

Les hystériques ont en quelque sorte une grâce d'état morbide.

Elles peuvent supporter le jeûne pendant des semaines, presque des mois.

Les extatiques et les stigmatisées du moyen âge, les visionnaires et les cataleptiques contemporaines, comme Louise Lateau, la stigmatisée du bois d'Haine, peuvent se passer de nourriture, comme elles peuvent s'enfoncer des clous dans la chair sans souffrir, et les intéressés y voient des miracles. Ni M. Fargeas ni son interne ne s'étonnaient du cas spécial de Mathilde. Il est fréquent. Vilandry seulement s'inquiétait un peu plus du *numéro 7*, parce que la pauvre fille, chez qui l'infamie de Combette déterminait l'attaque d'hystérie, lui semblait, en quelque sorte, liée à sa propre vie.

Il l'étudiait donc et la surveillait avec un soin sinon plus dévoué, du moins plus avide. La pauvre Mathilde était soumise, comme toutes les hystériques admises dans la salle Sainte-Claire, aux fantaisies de cette maladie bizarre, multiple en ses manifestations, et ce mutisme farouche, qui eût fait jadis, aux siècles noirs, prendre la malheureuse fille pour une sorcière ayant conclu avec le démon le *pacte du silence*, n'était qu'une forme de l'hystérie, comme la manie de se cacher, de se sauver, l'appétit effroyablement exagéré, le besoin de déplacement, l'amour des couleurs voyantes, l'appétit de *paroistre*, constituent d'autres formes du même mal.

Ce mutisme et cette immobilité qui, en recommençant, inquiétaient un peu Vilandry, allaient pourtant cesser. La maladie prenait chez Mathilde une forme spéciale, tout à fait inattendue, et le délire de la pauvre fille, secouée par l'hystérie, était le plus souvent religieux.

— Il doit y avoir là, disait Pedro, ressouvenir d'impression d'enfance ou de lectures! Est-ce que la Saint-Gervais serait dévote, par hasard?

Les crises de la pauvre enfant étaient d'ailleurs terribles. Tout à coup, au moment où l'attaque allait éclater, elle sentait comme une boule qui eût monté et descendu dans sa poitrine.

— La période d'*aura!* murmurait Pedro.

Puis, brusquement, la tête se soulevait, égarée, la gorge blanche se tordait sous la chemise écrue, les paupières s'ouvraient, montrant les yeux bleus retournés en haut; puis c'était, au milieu de cris, les cheveux dénoués fouettant l'oreiller, avec des mouvements de clown — période clownique, dit la science même — le corps de la pauvre enfant qui se courbait en arc, la nuque appuyée sur le traversin où s'enfouissait le visage dans la chevelure blonde, les pieds blancs posés à plat sur le lit, et ce corps frêle, d'une gracilité charmante, ce corps jeune, aux formes pures, se soulevait dans une courbe où se dessinaient sous la chemise la poitrine aux seins ronds, tout redressés, le ventre qui paraissait gonflé, et ces jambes fines d'une blancheur de marbre, que les voisines de lit de Mathilde Mignon cachaient doucement, par une pudeur instinctive, comme elles eussent voulu que, devant ces étudiants et ces malades, on couvrît aussi leur nudité, à l'heure de leurs attaques.

Vilandry, quelque habitué qu'il fût à de telles crises, ne

pouvait s'empêcher d'éprouver pour la pauvre Mignon une pitié profonde. La douleur ne semblait pas faite pour ces membres doux, ces bras délicats d'enfant que l'attaque contracturait horriblement.

Pedro et lui se précipitaient alors sur la jeune fille, et l'un d'eux, de ses deux poings fermés, appuyant avec force sur le ventre de Mathilde, arrêtait souvent l'attaque, brusquement.

Mathilde semblait alors sortir d'une espèce de rêve. Elle regardait devant elle, étonnée, devenait rouge en se voyant ainsi presque nue, sous le regard de ces hommes et, d'un coup d'œil, faisait signe à une voisine de lui ramener tout à fait la couverture sur les jambes, ou encore elle se pelotonnait, confuse, d'un mouvement pudique instinctif, dans ses draps, son oreiller, ses cheveux.

D'autres fois, elle avait des visions, des songes, dans des sommeils bizarres.

Elle paraissait échapper à un état d'extase.

— Où suis-je?

Elle semblait regretter un rêve brutalement envolé.

— J'étais si bien là-haut, si bien! C'était si beau!

Elle contemplait Vilandry ou Pedro avec une expression heureuse :

— J'étais dans le ciel..., dans une grande lumière éblouissante! Partout, partout il y avait de la mousse, des petits saint Jean, des moutons frisés, des diamants qui brillaient, brillaient, des dessins, des tableaux, des étoiles de toutes les couleurs... Il y avait aussi Notre Seigneur... Notre Seigneur a de longs cheveux bouclés, une grande barbe blonde! Il est beau, grand, fort, tout en or! La sainte Vierge aussi est en or! Toute dorée! Notre Seigneur m'a parlé. Je ne peux pas me rappeler ce qu'il m'a dit. Je n'ai pas pu lui répondre! J'étais si émue!

Georges et Pedro échangeaient des regards et tâchaient alors de consoler Mathilde, qui gémissait de ne plus voir ce qu'elle voyait tout à l'heure. C'était si beau, ses visions!

D'autres fois encore, elle se rappelait le passé, les années de misère, l'enfance malheureuse, la puberté vendue, la Saint-Gervais, les amours hideuses, et l'amour d'hier qui avait fait d'elle la misérable d'aujourd'hui.

— J'étais pas heureuse, non alors! et pourtant quelle existence chez Artémise! On mangeait bien un jour, et le lendemain on n'avait plus rien, mais on se consolait en disant qu'on s'était tout de même bien amusé la veille! Toute petite, une fois, on m'avait mise chez une couturière. J'allais porter les robes chez des femmes entretenues. Je les leur essayais. Il y avait des messieurs qui regardaient. C'était amusant.

Puis, brusquement :

— Eh bien, non, ce n'était pas amusant. C'était triste. C'était laid. C'était sale. Ah! la Saint-Gervais, je la déteste! je la déteste! — Et lui, Paul, il veut encore me prendre. Il veut de moi! Il ne m'aura pas! Non, je ne veux pas! Tu ne m'auras pas! Tu ne m'auras pas!

Et, comme se débattant sous un viol hideux, égratignant un être imaginaire, criant, repoussant un fantôme, secouant son corps, elle disait :

— Non! non! non! non! — Je ne veux pas! — Non! non! non! — Je te ferai arrêter! — Non! non! non! non non!

Et, tout à coup s'arrêtant, la pauvre fille innocente, incapable de faire du mal à personne, regardait Vilandry et disait doucement, avec un sourire égaré :

— Je voudrais assassiner quelqu'un.

— Pourquoi?

— Parce qu'on me mettrait en prison! Ça m'ennuie, moi, la Salpêtrière. Je voudrais me tuer, boire du poison ou de l'eau-de-vie, je ne sais pas quoi!

— Voilà pourtant ce que l'*autre* a fait d'elle! disait Vilandry.

Pedro haussait les épaules, et, avec une amertume qui ne lui était pas habituelle :

— Dame! répondait-il. Il faut que jeunesse se passe! M. Combette s'amuse!

La maladie de Mathilde Mignon prenait d'ailleurs, peu à peu, un caractère singulier, extatique et quasi-religieux qui intéressait fort M. Fargeas. Dans ce délire, tous les ressouvenirs pieux de l'enfance semblaient refleurir, estompés d'une demi-teinte mystique. Les moindres impressions des années passées revenaient soudain. Des petits faits auxquels la jeune fille n'avait plus jamais songé lui remontaient au cerveau, comme des images disparues d'une plaque daguérienne qui eussent reparu brusquement sous un réactif.

Elle se rappelait les moindres paroles, les moindres sensations, une partie de campagne, une promenade, la rencontre d'orphelines conduites par des religieuses, avec des rubans de soie bleue, jaune ou violette, sur leurs pèlerines grises; la première communion; le bruit que faisait le prêtre, au catéchisme, en fermant son livre et, dans la surexcitation de ces souvenirs, le langage de cette enfant voulant exprimer ce qu'elle éprouvait, peindre ce qu'elle voyait, devenait plus pittoresque qu'à l'état normal, parfois même étrangement éloquent.

Quand le calme de la maladie permettait qu'on la laissât sortir, elle allait à l'église, et restait là, agenouillée sur la pierre froide, priant ou regardant, sous le globe de verre qui la protège, une sainte en cire de grandeur nature, allongée dans ses vêtements de soie, les yeux en extase, avec une inscription qui rappelait que c'était une sainte du XIXe siècle, quelque hystérique carbonisée, et dont l'image poursuivait Mathilde.

Elle rêvait maintenant, dans ses hallucinations religieuses, d'être sanctifiée comme cette inconnue dont le blême visage de cire exprimait une joie si intense, une jouissance de bienheureuse. Alors elle rentrait à la salle Sainte-Laure et elle entourait de rubans, de fleurs, de feuillages, la pancarte placée à la tête de son lit. Du peu d'argent qu'elle avait en entrant à l'hospice, elle avait acheté des images dévotes représentant la Croix toute couverte de fleurs, dont Jésus dit à Marie Alacoque : *Voilà le lit de mes chastes épouses, les délices de mon amour!*

Et, dans cette pauvre tête affaiblie de malade, c'était comme un concert de cantiques où les vieux airs de l'enfance revenaient chanter leurs noëls, et devant ces yeux hagards de Mathilde Mignon passait et repassait une succession de rubans aux couleurs voyantes qu'elle mettait dans ses cheveux, de fleurs artificielles qu'elle accrochait au socle de la Vierge de plâtre, d'imageries, de roses mystiques, roses ou jaunes, découpées sur du papier à dentelle, et qui, levées, laissaient voir une première communiante en robe blanche ou un premier communiant frisé, le brassard au bras gauche, portant un cierge à poignée de velours.

Et Mathilde, comme redevenue petite, contemplait, toute souriante, ces images représentant des barques montées par deux colombes, avec l'ancre de l'espérance sur la voile, et dans le ciel une croix d'or, bordée de rouge, toute étincelante de rayons ; des cœurs rouges percés de poignards, enguirlandés de roses, d'où sortaient une poussée de lys et un chiffre doré : « M. », avec la blanche colombe et des versets mystiques, qu'elle apprenait par cœur et répétait parfois, aux heures de délire.

Il y avait, à côté de Mathilde, dans cette même salle Sainte-Laure, une autre hystérique, Pauline, secouée, comme la pauvre Mignon, par ces mêmes crises religieuses, hantée par les mêmes visions, déjà vieillie, et, depuis des années, livrées à tous ces fantômes de l'extase. C'était cette épileptique sinistre qui collait sa face hagarde aux carreaux, le jour déjà lointain où Jeanne Barral avait conduit sa mère à la consultation du docteur Fargeas.

Depuis, Pauline s'était calmée. Elle semblait guérie.

Elle disait à Mathilde :

— Tu sais, nous sommes les deux saintes de l'établissement !

Une sainte ! Mathilde devenait toute rouge. Une sainte ! La pauvre repentie, la fille de Paris, perdue et lâchée, comme elle se disait brutalement à elle-même, dans son langage d'enfant du peuple : — Une sainte ! Ah bien !...

Mais elle se mettait à conter pourtant, comme si elle en eût éprouvé une consolation, ses visions, à Pauline, et Pauline, à son tour, lui disait ce qu'elle voyait durant ses heures extatiques. C'était Notre Seigneur au Jardin des Oliviers — crucifié — expirant sur la croix, et depuis un an elle le voyait tout triste, versant de grosses larmes.

Et Pauline pleurait.

Ces deux êtres échangeaient ainsi leurs chimères, ne connaissant rien ni l'une ni l'autre de leur existence réelle et ne vivant que de leur existence factice, se racontant leurs songes, attirées l'une vers l'autre par cette étrange communauté de visions. Pauline, entrée dans le service de M. Fargeas depuis tantôt dix ans, avait trente-sept ans ; le père, violent, devenu fou, mort à Sainte-Anne, avait voulu jeter par la fenêtre la mère, morte de bonne heure. Pauline avait eu trois frères et une sœur. Deux de ces enfants avaient été emportés par les convulsions. Elle-même, à quinze ans, éprouvait des crises de nerfs, des espèces de secousses tétaniques. Elle entrait bientôt à la Salpêtrière où, avec ce besoin de louanges qu'ont les hystériques, elle était toute fière d'être, comme disait le *chef*, la plus intéressante de ses malades. La plus *intéressante !* C'était un titre. Elles ont toutes la soif d'être remarquées. Dans le monde, cet appétit de gloriole, ce besoin de primer et de paraître, produit les scandales, les lettres anonymes, les dénonciations, les espionnages, les intrigues. A l'hôpital, entre les murailles hautes, toute cette fièvre de tapage se calme sur place avec un peu de bromure d'éthyle. Les hystériques du monde sont plus dangereuses.

Pauline avait pris Mathilde Mignon en affection. Elle lui disait tout bas :

— Tu sais, n'écoute pas les médecins ! ni les internes. Ils s'entendent pour nous faire passer pour malades, mais ce n'est pas vrai. Nous sommes des saintes. Ce que nous voyons, vois-tu, c'est des miracles. Les médecins voudraient bien faire croire que nous ne voyons pas ce que nous voyons. Tout ça, c'est pour faire du tort à la religion. L'abbé Brochard me l'a bien dit !

Et Mathilde se laissait aller aux confidences et finissait par croire que cette Pauline était, en effet, quelque créature surnaturelle, et l'espèce d'atmosphère mystique où la pauvre Mignon vivait maintenant calmait peu à peu cette douleur horrible que lui causait la cruauté de Combette.

Elle n'avait de souffrance véritable que lorsqu'elle songeait à Jeanne. Alors, disait-elle, ça lui faisait au cœur comme si on l'avait piquée à coups de canif. Puis elle oubliait, elle revenait à ses visions, et, dans ses crises fréquentes, elle chantait ses cantiques ou racontait ses souvenirs.

— Pourquoi faut-il qu'on grandisse ? On est si bien quand on est enfant ! Tout le monde me disait, quand j'ai fait ma première communion : « Est-elle blanche ! Elle a l'air d'une sainte ! »

Et la voix de Pauline, à demi penchée sur l'oreiller où, l'œil perdu, en extase, Mathilde parlait, accompagnait d'une litanie, tout bas murmurée, les visions de Mignon.

Pauline chantait :

> La croix seule a tracé la route
> Qui mène à l'éternel bonheur.
> Aussi je veux, quoi qu'il m'en coûte,
> Suivre les traces du Sauveur !

Et si Mathilde, redressant sa tête blonde, regardait, en ouvrant de grands yeux, Pauline, déjà ridée, ratatinée, les dents gâtées, les cheveux rares, la malheureuse femme vieillie continuait en récitant le chapelet du Sacré-Cœur :

— Ame de Jésus, sanctifiez-moi !

Puis, lorsque Mathilde sortait de sa crise, l'autre lui contait, avec une grande expression de joie, qu'elles auraient toutes les deux trois cents jours d'indulgence, parce qu'elle, Pauline, avait dit, en pensant à Mathilde, sur les gros grains du chapelet : « *Jésus, doux et humble de cœur, rendez mon cœur semblable au vôtre !* » Et sur les petits grains : « *Doux cœur de Jésus, soyez mon amour !* »

M. Fargeas et Vilandry étudiaient de très près toutes les manifestations de ce mal étrange. Jour par jour, heure par heure plutôt, les phases de la névrose de Mathilde Mignon étaient scrupuleusement notées.

— Il faudra prendre garde, disait le *chef* à l'interne, que Pauline, avec ses manies de fuite, n'entraîne Mathilde à s'échapper !

— Je ne crois pas que, pour Mathilde, le danger soit là ! répondait Vilandry.

— Et où est-il ?

— Dans la jalousie !

Vilandry avait, en effet, une nuit, entendu Mignon, inconsciente, mêler à ses extases religieuses des menaces farouches contre Jeanne Barral.

Le lendemain, la crise passée, il avait parlé de Jeanne à la jeune fille.

Mathilde avait répondu doucement, avec son triste sourire dolent, presque résigné. Elle ne savait pas, ne se souvenait pas. Il fallait la laisser tranquille. Mais Vilandry n'oubliait point l'expression sinistre de la menace lorsque, délirant la pauvre martyre avait parlé de Jeanne en serrant le poi et en disant : « Je la tuerai ! »

— Oui, monsieur Fargeas, il faut la surveiller, répéta l'interne au docteur. Mais ce n'est pas la fuite que j redoute. A chacune sa manie.

Cette Pauline qui, chaque jour, prenait sur Mathilde un influence plus décisive, ne songeait, elle, qu'à s'enfuir, lors qu'une idée la possédait. Une fois, elle avait fait, à pied, la route de Paris à Dunkerque, vêtue de l'uniforme de l'asile d'aliénés, en sabots, couchant dans les bois, se déshabillant pour laver sa chemise qu'elle séchait sur elle, mendiant dans les fermes un morceau de pain. — « Notre Seigneur a bien demandé l'aumône ! disait-elle. Je puis bien faire comme lui. »

Elle n'était rentrée à la Salpêtrière, après bien des aventures, qu'au bout de trois mois. Elle avait voulu parler dans les réunions publiques, prêcher une croisade, condamner à mort les persécuteurs de la religion.

Une autre fois, dans l'hôpital même, elle se sauvait sur un toit, la nuit. Une autre fois encore, elle se cachait dans un égout. Et comme on montait sur le toit, croyant l'y retrouver, elle sortait de sa fosse pour dire en riant : — « Etes-vous bêtes de me chercher en l'air quand je suis en terre ! » Prise d'insomnie, souvent on ne la calmait, à défaut de chloral ou d'extrait thébaïque, qu'en la menaçant de la faire passer « aux aliénées ». Alors, plus de liberté. — « Aliénée ! aliénée ! Oh ! oh ! » disait Pauline, et elle répondait sur le ton de la plainte : — « Eh bien, pardon, je serai sage ! »

Il arrivait que, dans des crises épouvantables qui terrifiaient jusqu'aux os Mathilde Mignon, Pauline jetait des appels effroyables, criant au secours, voyant des brigands sous son lit, des voleurs, grinçant des dents, répétant qu'elle était aveugle.

— Je n'y vois plus clair, plus clair !... Qui est-ce qui m'a donc crevé les yeux ?

Et, dans ses lamentations, la tête inclinée, elle entendait, disait-elle, des hurlements de chiens, des voix, des cloches. Elle répétait en regardant Mathilde effrayée et qui se blotisit dans son lit, ou se jetait la couverture sur la tête pour pas entendre :

— J'ai plein de lézards dans le ventre ! Et, sur le mur, yez, voyez donc tous ces papillons, ces hirondelles ! Mais urquoi laisse-t-on des corbeaux venir me piquer la tête et s vipères entrer dans mon ventre ?...

Et Mathilde, froide de peur sous son drap, entendait Vilany répondre à Pauline :

— Allons donc ! Voyons, Pauline, des vipères !... Ici !... st-ce possible ?...

— Comment, si c'est possible ? Je le sens bien ! Et si je ne ange pas, c'est parce que je ne veux pas nourrir toutes ces êtes. Voilà !

Et, tout à coup, dans un grand cri aigu :

— Un corbeau ! criait Pauline. Oui, sur la fenêtre ! Posé ! Qu'est-ce qu'il fait là, à me regarder, cet idiot-là ?

Mathilde, qui l'admirait, cette Pauline et qui subissait si étrangement sa domination, en avait alors peur comme du diable.

La pauvre Mignon passait ainsi, tour à tour, des extases heureuses aux terreurs atroces, et les crises qui secouaient sa voisine déterminaient bientôt en elle d'épouvantables secousses.

Elle ressentait dans le crâne une douleur, le *clou hystérique*, occupant sur la tête une étendue comparable à celle d'une pièce de monnaie qu'on eût posée là. Elle avait sans cesse devant les yeux des étincelles, des flammes verdâtres. Elle reconnaissait le bleu, le rouge, le vert, lorsqu'ils étaient foncés, mais le bleu tendre, le vert clair, le rose lui semblaient absolument blancs. Des périodes d'analgésie, de froid complet, passaient sur ses pauvres membres amaigris. Elle éprouvait, tout à coup, des douleurs cardiaques : « Mon cœur ! mon Dieu ! mon cœur ! » et tombait sans connaissance.

Tout un côté de son corps, le côté droit, ne percevait ni le froid de la glace, ni la chaleur d'une boule d'eau chaude, ni la piqûre d'une épingle, ni le pincement d'un ongle. Insensibilité complète. On pouvait lui enfoncer une pointe d'acier dans la chair. Elle, si impressionnable, ne sentait rien. Puis, en des crises hideuses, secouant ses membres, mordant son oreiller, déchirant ses vêtements, les cheveux épars, ses bras blancs allongés comme ceux d'une crucifiée, ses jambes écartées, la peau blanche de ses cuisses apparaissant sous le linge qui les enveloppait, elle restait étendue, le ventre gonflé, les yeux retournés, couchée nue dans ses cheveux blonds.

Et M. Fargeas, étudiant un à un, sur la pauvre fille, ces symptômes bizarres, ces contorsions, ces attaques de démoniaque, expliquait aux élèves comment cette névrose jadis avait pu passer pour une possession, faire croire aux incubes et aux succubes.

On retrouvait sur Mathilde Mignon tous les symptômes de la maladie de cette sœur Claire de Sazilló, à laquelle on perçait d'outre en outre la peau du bras avec une épingle sans qu'il en sortit du sang et que le P. Elysée, capucin, son exorciste, regardait comme en proie au démon. Les religieuses de Loudun, se mordant les bras, contournant horriblement leurs membres, *tirant une langue noirâtre*, nous dit-on, et que, dans leurs épouvantables postures, on regardait comme livrées au démon Asmodée et en route pour le sabbat, les amoureuses d'Urbain Grandier, n'étaient que des hystériques comme Mathilde Mignon.

Et la jeune fille, devenue insensible, se laissait manier comme un automate. Quand elle revenait à elle, Fargeas lui mettait sous les yeux des disques colorés. Elle ne reconnaissait pas toutes les couleurs; le vert lui paraissait blanc. On pouvait la brûler, l'hypnotiser.

— Vieille méthode, disait le savant. Nos aïeux n'ignoraient certainement pas qu'on pût ainsi endormir les êtres. Au moyen âge, ceux qui pratiquaient ce que nous nommons l'hypnotisme, et stupéfiaient les gens avec des miroirs, s'appelaient des *specularii*. Les bateleurs d'aujourd'hui sont simplement leurs héritiers et leurs plagiaires. Et les *saintes* des convulsionnaires de Saint-Médard, à qui on enfonçait des clous dans les pieds et dans les mains, nous les traiterions à présent et tout simplement comme des hystériques, absolument comme cette enfant... Il y a de l'hystérie chez ces Aïssaouas arabes qui mangent du feu et croquent du verre... Et ce gonflement du ventre, que vous voyez là chez Mathilde, Hecquet, l'auteur du *Naturalisme des convulsions*, paru en 1723, l'attribue tout naïvement à l'*animal de la concupiscence*.

La petite Mlle Devin, avec sa figure noiraude, écoutait, ses yeux, pas plus gros que des grains de café, s'attachant au visage blafard de Mathilde Mignon. Elle ne comprenait pas grand'chose à tous ces termes de science ou à ces souvenirs d'histoire, et le docteur Fargeas semblait pour elle, la plupart du temps, parler hébreu. Mais elle se sentait, comme Vilandry, attirée par cette pauvre petite souffrante qui, lorsque les crises étaient passées, gardait, au fond de son regard, clair comme un beau ciel, une mélancolie si profonde.

La surveillante voyait avec peine, pour Mignon, le voisinage de Pauline. Elle sentait instinctivement que Mathilde obéissait plus qu'il ne fallait à l'influence de la vieille fille. Pour Mlle Devin, Pauline était plus qu'une hystérique, c'était une folle. On avait tort, disait-elle, de lui laisser, comme aux vieilles de l'hospice, la liberté des promenades dans les cours, hors de la section. Elle pouvait être dangereuse. Un jour, elle avait voulu, dans un accès de fureur, étrangler une malade avec le cordon du scapulaire qu'elle portait toujours, sous sa chemise de toile.

Et elle ne quittait point Mathilde, cette Pauline. C'était sur son bras que s'appuyait la jeune fille lorsque sortait humer un peu l'air.

Un soir, Pauline ramena, à la salle Sainte-Laure, Mathilde absolument livide, les yeux égarés, la tête perdue. Vilandry s'informa. Les deux femmes avaient rencontré, dans la rue de la Lingerie, Paul Combette qui conduisait Mlle Barral à l'école des infirmières.

En apercevant cet homme et cette femme, Mathilde était devenue toute blême, et Pauline, expérimentée, avait eu toutes les peines du monde à arrêter une attaque en comprimant le ventre de la malade de ses deux poings robustes.

Combette n'avait rien vu, rien entendu, étant déjà loin.

C'était Pauline qui racontait cela à Vilandry, ne se doutant point de la blessure à laquelle elle touchait. Georges le savait bien que Combette ne quittait plus Jeanne. Il avait encore, enfoncée dans son regard, cette vision cruelle de ces deux êtres causant, là-bas, comme deux amoureux! Mais inconsciemment cette fille venait lui retourner le couteau dans la plaie. En écoutant Pauline, il était presque aussi pâle que Mathilde lorsqu'elle avait suivi Combette de son regard effaré.

Une crise affreuse, tordant comme une convulsionnaire la pauvre Mignon, allait suivre d'ailleurs cette émotion violente. Georges passa la nuit à son chevet. Pauline, éveillée aussi, regardait sa voisine et, de temps à autre, avec cet amour-propre étonnant des hystériques, demandait à l'interne si ses attaques à elle étaient aussi « étonnantes » que cela.

— Plus étonnantes, répondait l'interne.

— Vraiment, monsieur Vilandry?

— Beaucoup plus étonnantes.

Pauline rayonnait. Elle avait cette qualité épouvantable d'être la malade la plus malade de la section.

— Un orgueil comme un autre, après tout, disait Pedro. Il y a des vanités plus nuisibles que celles-là, puisqu'elles nuisent à autrui!

Dans cette terrible nuit qui suivit pour Mathilde la rencontre de Jeanne, la pauvre fille passa, après une période d'excitation maniaque, par toutes les phases de son délire, mêlant à des cantiques des imprécations jetées à la face de Combette et de M^lle Barral, tombant de ses extases étranges, pleines de visions heureuses, à une dépression farouche, triste, traversée de cauchemars. Elle voyait des fantômes, voulait se déchirer les seins, mourir, briser, égratigner. Elle tutoyait Vilandry, l'injuriait, puis s'arrêtait, devenait souriante, voyait des fleurs, chantait des rondes:

Là-bas, chez mon père,
Y a un pommier doux,
Tout doux — et you!

Puis elle riait encore et, s'interrompant tout à coup, jetait quelque cri strident et disait, toute contente:

— Je ne suis plus mam'zelle Mignon, je suis madame Grenouille. J'ai épousé un crapaud et je viens d'accoucher de deux petits crapauds! Ça ne fait pas de mal, dans les jar-

hu, et le soir, ça a un chant très gentil, très triste... Hu! hu! — Hu! hu! — Je les aime, moi, les crapauds!

Les crapauds, les rats, les araignées, les animaux immondes, on les retrouve inévitablement en toutes ces hallucinations de l'hystérie.

— Otez-les! Ôtez ça! criait Mathilde.

Et encore, s'interrompant, assise sur son lit, ses pieds nus sortant de dessous les draps blancs, plus blancs que les draps, et la lueur triste de la lampe caressant ses pauvres épaules maigres dont on apercevait la rondeur juvénile sous l'éparpillement de la chevelure blonde, elle retournait aux souvenirs d'enfance, au temps où elle cueillait des fleurs des bois pour les vendre.

— On ramassait ça dans la mousse! C'est joli, la mousse! Du velours... doux... J'enfonçais ma main dedans... Je prenais de l'herbe mouillée à poignées, pour me faire frais, quand j'avais la fièvre... Ah! je m'amusais... J'allais dans le poulailler casser les œufs pour voir les petits!

Et encore et toujours, et éternellement, comme l'inévitable spectre, comme le tourmenteur et le carnifex, la vision détestée maintenant de Combette et les caresses de cet homme qu'elle repoussait de tous ses gestes, de tout son corps, des ongles, des dents, du ventre! Et toujours le même mot de refus haineux :

— Non! non! non! Va avec la Barral!... Trompe-la!... Aime-la... Mais moi, ah! moi, non! non! non! non! — Je le ferai arrêter!... Non! non! non! non! je ne veux pas!

Le lendemain, Mathilde était toute blême, brisée, immobile, dormant d'un sommeil comateux, dans ses draps fripés. M. Fargeas fit remarquer à ses élèves un phénomène nouveau, très singulier : Mathilde était totalement anesthésique et il suffisait de tracer, sur sa peau blanche, d'une douceur pareille à une peau d'enfant, les caractères qu'on voulait pour qu'aussitôt, à la place touchée par l'ongle ou le crayon du docteur, une saillie rouge apparût, d'une proéminence telle, qu'en tâtant ces caractères, on pût reconnaître la lettre que venait d'écrire là M. Fargeas.

— Trouble trophique et qui durera plusieurs heures, disait le chef. Le cas est assez fréquent, et voilà, messieurs une stigmatisée toute trouvée.

Et, pendant quelques heures, en effet, les caractères tracés sur cette peau blanche demeuraient visibles, comme une inscription parfaitement déchiffrable.

— Un aveugle pourrait la lire! disait Pedro.

— C'est la *femme lithographique*, cette Mathilde, ajoutait le petit Finet. Tiens, ça manque à Lolo, cette propriété-là!

— Il y a un nom qu'on pourrait écrire sur la poitrine de Mathilde, ajoutait Vilandry avec amertume, et le cœur lui en saignerait.

Et Pedro, hochant la tête :

— Connu ce nom-là, faisait-il : — *M. Don Juan Combette!*

Pauline, la voisine de Mathilde, était un peu irritée de cette supériorité inattendue que la pauvre Mignon venait de prendre sur elle.

— Toi qui as inventé l'hystérie, Pauline, lui disait Pedro, tu n'as pas ça, toi, la possibilité de servir de papier à lettre vivant!

Vilandry suppliait alors Pedro de ne pas surexciter l'amour-propre de Pauline. Il y avait chez cette fille de sourdes colères qui pouvaient être dangereuses.

— M. Vilandry a raison, monsieur Pedro, disait M^lle^ Devin. Elle me fait peur, cette enragée-là!

— Plus épileptique qu'autre chose, cette Pauline! songeait Vilandry.

Connaissant maintenant toute l'histoire de Mathilde Mignon, Pauline prenait souvent à part la jeune fille, et, tout bas, dans le coin des cours, lui parlait, avec une animation singulière, de choses qui faisaient, dans les yeux bleus de la jeune fille, passer comme des lueurs de colère mauvaise. Elle lui ressassait avec la même cruauté la même histoire, fatigante à force de rabâchage quotidien : « Combette venait tous les jours, ou presque tous les jours, voir Jeanne, oui, oui, cette Jeanne qui était là, tout près, à quelques pas, dans la section Esquirol, et qui, avec ses grands airs de vertu, volait parfaitement bien les amants des pauvres filles. »

— Car elle te l'a *levé*, ton Combette! disait Pauline. Faut pas qu'elle pose à la madone. Ah! mais non!

Pourquoi, dans cette tête détraquée de la malheureuse, une soudaine haine, violente, inexplicable, avait-elle germé et grandi contre Jeanne Barral? Pauline avait éprouvé, dès la première fois qu'elle avait vu Jeanne, une espèce de jalousie inexpliquée. Il lui déplaisait qu'on s'occupât « autant que ça » d'une fille de service. « Qu'est-ce qu'elle était donc, celle-là? Est-ce que, par hasard, elle sortait de la cuisse de Jupiter? »

Cette morbide surexcitation d'amour-propre que produit l'hystérie donnait à cette jalousie sans cause un acharnement singulier. Et puis peut-être le souvenir de la camisole de force mise à Pauline, le jour même de l'apparition de Mlle Barral à la Salpêtrière, expliquait-il toute cette fureur. Mais y avait-il besoin d'expliquer une idée fixe logée dans un cerveau malade? Pauline avait pris Jeanne *en grippe*, comme elle disait, voilà tout. C'était suffisant. Elle exaltait Mathilde, elle s'exaltait elle-même dans ces interminables et éternelles causeries où Pauline répétait, avec des éclats de rire fous, que « les hommes c'était de la canaille, des menteurs, un tas de lâches, et que, quant à certaines femmes, ah! par exemple, c'est avec du vitriol dans la figure ou des coups de pieds dans les reins qu'il fallait les traiter. Voilà! »

— Oui, du vitriol! Tiens, une idée! Veux-tu que je t'en rapporte quand je sortirai? disait-elle à Mathilde. Tu te vengeras!...

— Du vitriol?

— J'irai chez le pharmacien... j'en demanderai... je ferai une fausse ordonnance!

Mathilde tremblait quand cette Pauline parlait ainsi. Se venger? Pourquoi se venger? Il valait mieux oublier, et mourir, mourir comme on s'endormirait, doucement. Ah! c'est ça qui sera bon!...

Elle retombait alors dans ses rêves. Elle ressentait une lassitude atroce, la courbature de la vie. Elle voulait dormir, dormir toujours, ne s'éveiller jamais...

— C'est si doux quand on dort!

Un jour, après une douleur horrible ressentie au sommet de la tête, au vertex, Mathilde, éprouvant ensuite comme un étouffement de boule vers le cœur, cria brusquement qu'elle voyait tout en rouge autour d'elle, que c'était comme une vapeur rouge qui l'enveloppait. Elle était toute pâle. Une sueur froide lui coulait sur la peau. Elle tomba presque aussitôt dans un état de somniation singulier, ne bougeant pas, ne parlant pas, mais entendant tout, et chaque idée qu'on lui insufflait, en quelque sorte, se logeant dans un coin de son cerveau pour n'en plus sortir.

Elle resta ainsi durant cinq heures, sans dire un mot, les yeux fixes, et pendant ce long accès d'une espèce d'évanouissement, Pauline demeura clouée au chevet du lit, soignant Mathilde, disait-elle ; en réalité, lui parlant tout bas de cet éternel sujet de souffrance et de colère — Combette et Jeanne.

Et toujours des conseils farouches, le recommencement hideux d'une obsession idiotement haineuse :

— Ah ! je sais bien, moi, ce que je ferais si j'étais à ta place ! Oui, je le sais bien ! Écoute. Je les saignerais l'un et l'autre, elle et lui. Parole, ça mérite ça, de mettre une femme dans l'état où tu es !

Mathilde ne tressaillait pas.

Elle restait toujours étendue, dans sa rigide immobilité de morte.

— Écoute, continuait Pauline, assise à côté de la jeune fille et approchant sa lèvre de l'oreille transparente de Mathilde, écoute bien. Une nuit, saint Michel m'est apparu. Il m'a dit qu'il y avait un coquin de clerc d'huissier qui me voulait pour maîtresse. Je sais bien qui c'est, ce clerc d'huissier. C'est un de chez nous. Laid comme un pou. Pouah ! Alors, je me suis dit, moi, que s'il essayait de me séduire quand je vais me promener, sur le boulevard de l'Hôpital ou au Jardin des Plantes, eh bien, je ne ferais ni une ni deux, je lui flanquerais un coup de couteau. Je le ferais comme je te le dis. Tu m'écoutes bien, toi ?

Elle s'interrompait, regardait Mathilde, blême, la bouche ouverte, comme ensevelie dans ses longs cheveux blonds, livrée tout entière à cet accès de somniation.

Immobilité de cadavre. Ni un muscle ni un cil ne bougeait.

Mais, comme si Mathilde eût répondu : « Oui, j'écoute », Pauline continuait à rabâcher, remâchant en quelque sorte, épouvantablement sa chimère :

— Alors, voilà ce que j'ai fait, moi... Écoute ça, Mathilde... Il y avait là, devant l'hôpital, des petits qui jouaient, et leur grande sœur qui, avec un couteau, leur taillait des tartines de confiture. J'ai pris des mains de la gosse son couteau! Je lui ai jeté vingt sous, parce que je ne veux voler personne — et j'ai fourré le couteau dans ma poche. Un couteau de Nontron, tu sais, à lame de bois jaune, avec des dessins et une virole de cuivre. C'est pointu, ça pique et ça coupe rudement bien. Veux-tu que je te dise où il est, mon couteau?

Elle baissa la voix parce que M^lle^ Devin passait, trottinant toujours, ne semblant rien entendre.

— En face de l'infirmerie générale, en allant du côté de la rue de l'Infirmerie, vers la cuisine, il y a une allée d'acacias, n'est-ce pas? Eh bien, le couteau est sous le troisième acacia à main droite, en allant vers la cuisine! Le troisième, tu entends?...

Pauline, absorbée par ce qu'elle contait, ne voyait pas que M^lle^ Devin, tout en ayant l'air de dévider un écheveau de fil, tendait l'oreille et écoutait, sa mince figure noiraude devenant brusquement très pâle.

Etendue raide, Mathilde Mignon ne bougeait pas.

Mais entendait-elle? mais comprenait-elle?

— Le troisième arbre! répétait Pauline avec l'âpreté de l'idée fixe. Le troisième, comprends bien, Mathilde! Et, si j'étais de toi, ah! comme je te planterais mon couteau dans la poitrine de cette fille! Ça lui apprendrait!

M^lle^ Devin — toute *retournée*, comme elle disait — se hâta de prévenir Pedro qui se mit à rire, et Vilandry qui l'écouta un peu plus sérieusement.

— Vous avez tort de prendre les choses trop gaiement selon votre habitude, monsieur Pedro, disait la maigre petite femme, en faisant, de sa lèvre inférieure, une grimace. Il ne peut rien sortir de bon de tout ça, rien du tout!

— Voulez-vous qu'on sépare Pauline de Mathilde? C'est parfaitement inutile. Elles se rencontreront dans les cours. L'affaire du couteau est puérile. Mathilde est dans un état à n'avoir rien entendu de ce qu'a ressassé l'autre et, dans tous les cas, à ne pas s'en souvenir le moins du monde une fois éveillée.

— Qui sait? répondit Vilandry avec un air de doute.

— Ah! pardon! fit Pedro, toujours gai. Mille pardons. J'oubliais qu'il s'agit de la sécurité de Mlle Barral. Ça te touche au cœur.

Il s'arrêta d'ailleurs brusquement devant l'expression de tristesse que prit le mâle visage de l'interne. La plaie était saignante; il souffrait, ce Vilandry!

— Je te demande pardon, dit Pedro.

A partir de ce moment, Georges surveilla spécialement Mathilde. Il était persuadé que cette insensée de Pauline pouvait comme imprimer sa volonté propre dans la volonté de la cataleptique, et que ce qui était colère irréfléchie et fureur vaine, flottante, égarée chez Pauline, deviendrait aussitôt, en se fixant dans le cerveau de Mathilde, une idée pénétrante, creusant comme si elle eût été corrosive et faisant trou.

Mathilde Mignon semblait, au surplus, n'avoir nullement conscience de ce que lui avait dit Pauline et de ce qu'avait entendu Mlle Devin. Elle n'allait jamais, chose extraordinaire, vers l'allée d'acacias que lui avait désignée Pauline, du côté de la rue de l'Infirmerie. Elle restait, au contraire, accroupie contre la muraille de la division, regardant dans l'air courir les nuages, suivant des yeux les oiseaux qui se montraient sur les branches mortes, ou écoutant, comme charmée, le son triste des cloches de la chapelle qui tombait du grand dôme, là-bas, avec des accents navrés.

Ces espèces d'extases profondes, qui faisaient la joie de Tournoël et de l'abbé Brochard, lequel voyait déjà, dans le cas de Mignon, une sorte de miracle, rassuraient Vilandry, car il lui paraissait évident que la pauvre fille, toute à ces rêveries silencieuses, ne songeait pas aux haineux conseils murmurés à son oreille par l'hystéro-épileptique.

— Dis donc, tu ne sais pas, Vilandry? fit Pedro brusquement, un soir, à la salle de garde, je crois que Mathilde Mignon nous a *fumistés!*

C'est le terme d'argot pour dire: trompés. Le malade qui réussit à faire prendre le change au médecin sur sa maladie, le *fumiste*. Les feintes de ces hystériques sont des *fumisteries*.

— Qui t'a fait croire?... commença Georges.

— Voilà. J'ai voulu voir si Pauline avait blagué. Je suis allé à ce fameux troisième arbre dans l'allée des acacias. Il n'y avait rien, pas le moindre couteau...

— Eh bien?

— Rien, mais — attends donc! — j'ai trouvé dans la terre remuée il n'y a pas longtemps — note ça — une virole de cuivre qui prouve que le couteau dont Pauline a parlé, avait bel et bien été enfoui là par cette satanée femme qui est décidément la plus embêtante des assistées de la Salpêtrière! Le couteau y a été, j'en suis sûr, et Mathilde l'a pris!

— Allons donc! fit Vilandry, tout pâle.

— Elle l'a pris, et, chose plus bête que tout, M^lle Devin le lui a vu prendre, et elle n'a pas eu le courage de le lui arracher.

— Alors, dit Georges, moi, je vais le faire à l'instant même!

— Ah bien! oui! Si tu crois que c'est facile! Est-ce que tu sais seulement où elle l'a mis, à présent, ce diable de couteau?

— J'interrogerai, dit l'interne, je saurai bien...

Il avait, en effet, sur Mathilde, une influence assez grande. Sa douceur domptait, même aux heures de furie, cette pauvre anémique révoltée.

Il alla tout droit à la salle, demandant à la malade où elle avait mis le couteau.

Mathilde regarda l'interne de ses grands yeux bleus, doux et hagards. Elle ne savait même pas ce qu'on voulait lui dire. Le couteau? Quel couteau? Elle ignorait ce dont on lui parlait. Autant valait lui dire de raconter le plus confus des rêves. C'était une réalité pourtant. M^lle Devin avait vu Mathilde accroupie devant l'acacia de l'allée, creusant la terre de ses ongles et cachant brusquement dans sa poitrine le couteau de Nontron, à manche jaune, dont la vieille Pauline avait parlé!

Un moment après, la jeune fille en passant devant M^lle Devin lui avait même jeté un tel regard, si étrangement égaré, que la surveillante avait eu peur, n'osant pas se jeter sur elle pour lui arracher cette arme. Puis, quand M^lle Devin avait voulu reprendre à Mathilde, revenue de cette espèce d'état de catalepsie où elle subissait une volonté étrangère, le couteau que la malade avait ramassé, il n'était plus là, ce couteau. Il n'était plus sur la poitrine de la jeune fille. Mathilde Mignon l'avait caché, glissé ou enterré quelque part.

Où? Qui le savait?

Mathilde l'ignorait sans doute elle-même. C'était un automate qui, sous l'impulsion de l'idée fixe, logée dans un coin du cerveau, était allé déterrer cette arme. C'était un automate qui l'avait enfouie dans quelque coin de l'hôpital pour la retrouver au moment où l'obsession d'une pensée de meurtre lui dirait d'aller là, de la reprendre et de s'en servir.

Vilandry frémissait à l'idée qu'à une heure donnée, cette malheureuse inconsciente avait une arme à sa disposition. Il souffle parfois sur ces cerveaux d'hystériques des vents de révolte farouche qui mettent tout un dortoir en guerre contre le *chef* — contre l'interne — contre les *bénévoles*, contre les surveillantes, contre tout le monde. Les malheureuses conspirent pour conspirer, s'amoutent et s'excitent elles-mêmes. Elles résistent, s'acharnent et entrent en violences. Si, un de ces jours-là, Mathilde Mignon se servait du couteau que Pauline avait comme glissé dans sa main!...

Ni Pauline ni Mathilde ne voulaient d'ailleurs répondre à cette question, sans cesse répétée par Vilandry :

— Où était-il, ce couteau?

Pauline riait ou disait que la sainte Vierge l'avait emporté.

Mathilde répondait : « Je ne sais pas! » ou « Ne me demandez pas cela, monsieur Vilandry. Ça me fait de la peine de voir que vous croyez que je sais où il est et que je ne veux pas le dire. Je ne suis pas une menteuse, moi! »

Et sa pauvre petite voix tremblait, pleine d'une tristesse vraie.

— Nous ne saurons rien, pensait Vilandry.

Il était vraiment inquiet. Son imagination lui montrait Jeanne frappée brusquement par cette pauvre fille irresponsable, victime qui devenait dangereuse, martyre qui se faisait bourreau. Il eût risqué sa vie pour savoir où était ce couteau.

Ce vaste hôpital, plein de douleurs, lui semblait un lieu venu plus sinistre, un coupe-gorge où quelque chose de agique menaçait, sans qu'on pût même savoir d'où le coup rtirait.

Il en était tout assombri, interrogeant chaque matin, sur maladie de Mathilde, Mlle Devin, avec une anxiété grandissante, et faisant épier l'hystérique comme une criminelle.

Un matin, il en causait avec Pedro, lorsque devant la section, en voyant arriver le petit Finet tout pâle, les yeux cernés, le visage convulsé, Georges, éprouvant au cœur un serrement soudain, ne put s'empêcher de dire :

— Ah! cette fois! il y a un malheur!

— Le fait est qu'il est terriblement blème, Finet, répondit Pedro.

Le petit Charles arrivait sur eux comme en chancelant. Il avait les yeux hors des orbites. Ses lèvres tremblaient.

— Si vous saviez! dit-il, du plus loin qu'il put, de sa petite voix flûtée.

— Qu'y a-t-il? Mathilde?

— Mlle Barral?

Finet s'arrêta, regardant, sans comprendre, les deux jeunes gens qui venaient à lui.

— Mathilde? Pourquoi me parlez-vous de Mathilde? fit-il. Et pourquoi Mlle Barral?

— Ce n'est donc pas d'elle qu'il s'agit? demanda Vilandry, qui prévoyait déjà une épouvante.

— Non!... Non, ce n'est pas d'elle.

— Ouf! fit Pedro.

— Ah! mes amis, dit le petit Finet en s'épongeant le front avec son mouchoir, quelle nuit j'ai passée, mon Dieu!

— Qu'est-ce qu'il y a donc, Finet? demanda Pedro, brusquement rassuré et souriant en donnant machinalement un tour à sa moustache.

— Eh bien, dit Finet, Lolo... c'est effrayant, vous allez voir!... Oh! tu n'as pas besoin de rire pour ça, Pedro... — Lolo...

— Elle t'a rendu père?

— Ne te fiche pas de moi! C'est grave!

— Si grave que ça?

— Malheureusement. Tu sais bien que j'étais jaloux de voir que Mathilde était une *femme lithographique*... C'est même moi qui l'appelais comme ça... Eh bien, j'ai voulu faire sur Lolo des expériences nouvelles... Hier, je l'endors... Oh! très facilement... J'ai une influence sur elle...

— Terrible!

— Totale!... Je la fais tomber en catalepsie... Comme ça!... les bras en l'air... C'est bien... Et je sors... Je sors... comprenez-vous? dit le petit Finet en interrogeant tour à tour Vilandry et Pedro de ses yeux hagards.

— Tu sors, et tu la laisses là?

— Oui!

— En catalepsie?...

— Oui!

— Malheureux!

— Et plus fort que ça... ah! je mérite des coups de pied!... Je vais à l'Opéra... Tournoël m'avait offert des places dans la loge de M. et Mlle Lamarche... pour voir *Hamlet*... Combette est même venu saluer Mlle Lamarche dans les entr'actes... Ça a joliment embêté Tournoël... Mais ça ne me regarde pas... J'écoutais, je causais, je m'amusais... Elle est très drôlette, Mlle Lamarche!... Tournoël a raison... A sa place, je l'aimerais, moi!... Elle a du *chic!*

— Eh bien! Finet, et Lolo? dit Pedro gaiement.

La figure du petit homme s'allongea.

— Justement. Et Lolo? Je n'y pensais plus, moi, plus du tout! Mais voilà, tout à coup, au quatrième acte, je me rappelle que j'ai frappé la malheureuse de catalepsie!

— Merveilleuse influence! fit Pedro qui commençait à rire.

— Je me dis : mais, sapristi, si elle est toujours dans la même position...

— Les bras en l'air?

— Parfaitement. Elle doit être dans un joli état? Je sors de la loge, au beau milieu du ballet, je me précipite dans le couloir. Je tombe par terre, c'est très glissant, c'est du marbre. Je me jette sur le premier pardessus que me tend l'ouvreuse, je me lance dans un fiacre, et, arrivé chez moi, je monte mon escalier quatre à quatre.

— Et alors... Lolo?

— Lolo?... Ah! mes enfants!... Lolo était toujours debout, dans son coin, les bras levés!... Elle était là depuis cinq heures!...

— Cinq heures?

— Cinq heures! Elle était déjà froide.

— Période algide!

— Ne ris pas. Ce n'était pas gai. J'avais des sueurs glacées dans le dos! Si je l'avais tuée pourtant! Je me mis à la réveiller et à la frictionner, la frictionner! Une fois revenue à elle, elle grelottait! Ses dents claquaient. J'avais une peur!... Je faisais chauffer des tisanes, des linges, et je frottais, je frottais... Et elle, à mesure qu'elle revenait au sentiment, de me dire un tas de sottises, et que j'avais voulu la tuer, et que je le lui payerais, et que j'étais une canaille, et ci et ça! Et cela jusqu'au matin, vous entendez, jusqu'au matin. Je suis rompu! Elle dort, Lolo, maintenant. Ce ne sera rien. Mais, moi, je ne me tiens plus. Comprenez-vous ça? Tel que vous me voyez, j'ai frisé la cour d'assises! Homicide par imprudence!

— Ah! ce pauvre Finet! dit Pedro qui riait de bon cœur. Finet assassin par amour de la science! Demandez la *Complainte du meurtrier Finet*. Ça se chante sur l'air de *Fualdès :*

Écoutez de Finet (Charles)
L'épouvantable malheur.
Ce jeune homme plein de cœur
— Finet, c'est de toi qu'on parle! —
A cependant refroidi
Lolo, ce corps rebondi!...

Puis il s'arrêtait pour dire que cela lui rappelait l'aventure de l'an dernier, à la Salpêtrière même, lorsqu'au carnaval, dans le bal qu'on avait donné aux malades pour les distraire, on avait oublié de décommander les cuivres de la musique, et que, brusquement, au premier son des cymbales, tout à coup, comme dans une féerie, presque toutes les hystériques étaient demeurées pétrifiées, tombées en catalepsie, changées en statues par ce bruit de cuivre! Comme Pedro avait ri! C'était impayable, d'ailleurs, et curieux au possible.

Finet, encore vert de terreur, haussait les épaules, répondait à Pedro qu'il n'était pas sérieux, que ce n'était pas si drôle que ça une femme furieuse qui prétendait qu'on avait voulu l'assassiner.

— Et une femme forte, mon pauvre Finet. Elle va se venger à coups de poing, sais-tu? Menace-la de la réendormir encore et de l'oublier. Ça la calmera!

— Tu n'es qu'un blagueur, disait Finet. Je voudrais bien te voir à ma place!

— Oh! moi, impossible! Je n'aime pas les femmes comme Lolo.

— C'est vrai, fit le petit Charles, tu n'aimes que les femmes maigres.

Il accompagna sa réponse d'un petit sourire qui voulait être narquois.

La figure gaie de Pedro se crispa.

Il tortilla du bout du doigt sa moustache rousse.

— Le fait est qu'elle me tient ferme au cœur, la vierge gothique, dit-il avec une expression brusquement rageuse. Suis-je bête tout de même! Allons, Finet, viens prendre un verre de cognac, mon petit Charles. Ça te remettra!

— Et toi, dit Finet, ton éternel cognac, ça te jouera quelque mauvais tour!

— Oui, je sais! L'alcool! L'absinthe! Du poison! Mais c'est toujours la vieille histoire, Finet, mon bon, c'est du poison lent!

Pedro appuya son bras sur l'épaule du petit Finet et s'éloigna avec lui comme avec un enfant, tandis que Vilandry, rentrant seul vers la salle Sainte-Laure, oubliait déjà l'aventure de Lolo et les plaisanteries de Pedro pour ne songer qu'à ce terrible couteau invisible qui pouvait se trouver, d'un moment à l'autre, entre les doigts cripés de l'hystérique.

La pauvre Mathilde avait eu la veille même, une crise, et, dans son délire, ayant entendu parler de paralysie, elle se débattait, disant qu'elle voyait au pied de son lit une grande jeune femme brune qui la regardait en se moquant d'elle et étendait la main de son côté en lui criant :

— Paralytique! paralytique!

— Elle est là, là, là! disait, demi nue, la malheureuse

perdue, désignant dans le vide quelque chose d'invisible et effrayant. Vous ne la voyez donc pas? Là! là! là! là! Je vous dis : là!

Et, avec un grand cri, strident et fou :

— Parbleu! c'est la Barral! Elle a peur de moi! Elle a raison d'avoir peur! Paralytique, elle voudrait bien me voir paralytique!... Coquine! je t'en donnerai de la paralytique! Merci, Pauline! Il n'y a que toi qui m'aimes, il n'y a que toi qui m'aies donné ce qu'il faut, Pauline!

Et, pendant que, terrible, sa poitrine au vent, ses ongles déchirant ses pauvres épaules maigres, Mathilde Mignon continuait à divaguer, menaçant Jeanne Barral invisible, Vilandry, assis à une petite table, la plume à la main, prenait en note les phases diverses de l'accès :

— *Période épileptoïde. Période clonique. Court repos. Secousses isolées et quasi électriques. Bat le lit avec ses mains. Cris redoublés. Délire. Menaces. Respiration à 36. A la fin de l'attaque, plaintes, douleurs à la tête. Battements de cœur. Sensation de froid. Demande à boire. Puis la série reprend. — Prescrit éther. S'il n'agit pas, nitrite d'amyle.*

— Mademoiselle Devin, de l'éther! dit Vilandry à la surveillante, en désignant Mathilde, effroyablement secouée par son attaque. Et, au besoin, vous m'appellerez!

Il sortit brusquement, ayant comme une hâte d'échapper à ces cris de la malade poursuivant d'injures une vision exécrée, une vision qui portait le nom de son amour, à lui : Jeanne Barral.

En sortant de la salle, il se heurta contre la vieille Pauline qui le regarda presque méchamment, d'un air tout drôle.

— Tu ne veux décidément pas me dire où est le couteau? dit-il brusquement à l'épileptique.

— Est-ce que je sais, moi?

— Bon; mais tu sais que, s'il arrive un malheur, c'est toi qui en seras responsable.

Pauline, écartant ses cheveux gris, se mit à rire, édentée.

— Responsable?... dit-elle, d'un air idiot.

— Oui, on te punira, comprends-tu?

— Me punir? Et pourquoi donc ça?... Ah! fit Pauline, c'est pour mam'zelle Barral que vous tremblez? Eh bien! donc, quand on la tuerait! On lui rendrait service. Elle irait droit en paradis puisque c'est une sainte. Je voudrais bien aller au paradis, moi ! Ça doit être si beau, le paradis !

Et, les yeux levés sur le profond du ciel, regardant sur le bleu pâle les nuages pommelés qui semblaient d'argent, elle s'éloigna, en chantant d'une voix pure, poignante, douloureuse — une voix de l'autre monde — un cantique des heures d'enfance, un de ces noëls retrouvés au fond des campagnes et qui semblent sortir du fond des siècles, et Georges Vilandry frisonnait, ne songeant qu'à Jeanne et la voyant menacée par cette lame de couteau invisible, tandis que la voix, déjà moins distincte, de la vieille femme, s'effaçait, s'enfonçait, triste comme un chant funèbre et se perdant au loin comme un soupir...

## XIV

### ENTRE DEUX FEMMES

Boulevard Malesherbes, dans une chambre luxueuse de l'ancien hôtel Glinska, le petit Valentin Lamarche était couché, depuis quelque temps, pris d'un mal bizarre, secoué d'une étrange fièvre nerveuse, avec des appétits étonnants, des fantaisies qui stupéfiaient son père, faisaient rire sa sœur. Bruyant jusque-là, tapageur, cassant les fleurs du jardin, brisant ses jouets, changeant en salle de tir au pistolet le salon de M. Lamarche — ce qui divertissait extrêmement M^lle^ Blanche — tout à coup, l'enfant avait témoigné une invincible horreur pour ce qui l'amusait auparavant, regardant ses fusils avec une expression d'indifférence lassée, repoussant dans leurs boîtes blanches les soldats de plomb qu'on lui présentait ; et, à mesure qu'on lui apportait ses joujoux d'habitude — les balles de cuir, le cheval de bois, le polichinelle en habits de soie tout sonnant de grelots de cuivre — le petit, les yeux vagues, le sourire triste, dégoûté, disait après chaque objet :

— Non ! pas ça ! Je ne veux pas ça ! Je n'aime plus ça !

M. Lamarche trouvait ce petit Valentin insupportable, et montait en voiture, disant au cocher :

— Au Cercle !

Mlle Blanche, au contraire, restait au chevet de son frère, moins par dévouement que par curiosité.

Ce soudain changement d'humeur chez cet enfant de dix ans, un brise-fer la veille, un petit rêveur ennuyé le lendemain, intriguait la jeune fille et lui plaisait. Elle retrouvait là quelque chose d'elle-même, des brusques soubresauts de ses goûts, de ses enthousiasmes assez factices et très rapides, et de ses désillusions plus lestement arrivées encore. Tout l'amusait et tout l'ennuyait, elle aussi, tour à tour et presque à la fois. C'était bien simple. Cette nature nerveuse de petite Parisienne déséquilibrée semblait se mirer dans ce garçonnet chétif et qui disait à tout propos :

— Je m'ennuie !

— Mais qu'est-ce que tu veux enfin? demandait Blanche un peu agacée.

— Je ne sais pas !

— Veux-tu un livre? des images?

— Non !

— Un uniforme, un sabre?

— Non, pas ça !

— Ah ! par exemple, disait la sœur, papa m'a assez souvent reproché de me *charpenter le bourrichon* trop facilement et de casser mes idoles en un rien de temps, mais, toi, mon petit Valentin, parole, tu es plus fort que moi. Je ne sais pas toujours ce que je veux, mais au moins je dis que je veux quelque chose, n'importe quoi !... C'est comme du verjus, ça trompe l'appétit !

— Eh bien, dit brusquement l'enfant après un moment de réflexion, un matin que Blanche lui répétait qu'il était assommant, « à la fin des fins », je voudrais une poupée !

— Une poupée?

Mlle Blanche faillit mourir de rire.

— Une poupée !

— Oui, une poupée, et des ciseaux, et des dés, et des aiguilles pour coudre, et de la soie pour l'habiller. Je veux lui faire des robes !

Valentin était d'habitude un enfant exigeant, en quête

d'inventions insupportables, criant pour rester au lit, criant pour s'habiller, criaillant toujours. M. Lamarche, étonné, le regardait parfois, tout au fond des yeux, se demandant si ce petit garçonnet très nerveux n'était pas un peu fou. Mais, de toutes les idées baroques qui avaient jamais traversé ce cerveau enfantin, ce désir soudain de s'amuser avec des joujoux de fille était bien certainement la plus imprévue et la plus drôle.

Blanche Lamarche s'en divertissait extrêmement, appelant son frère « *Mademoiselle Valentine* ».

Elle ne soupçonnait pas que cette crise inattendue était une maladie. Tournoël, un jour qu'il vint à l'hôtel Glinska, le lui apprit tout net, après avoir mis son pince-nez pour examiner le petit bonhomme.

— Mon frère est malade ?

— Oui, mademoiselle, et d'une maladie singulière, qui prend quelquefois les enfants de cet âge-là ! Age trouble, si je puis dire, où il semble que le sexe hésite... que la nature tâtonne... que...

Et, rougissant, n'osant pas continuer, s'embarrassant un peu plus à chaque mot, empêtré dans des explications physiologiques écoutées avec une étrange attention par cette curieuse, le malheureux jeune homme, tortillant autour de ses doigts le cordonnet de caoutchouc de son lorgnon, essayait à la fois de battre en retraite et de donner à Blanche une explication qui ne fût vraiment pas trop médicale.

La vérité est qu'il se produisait chez Valentin un phénomène non pas très fréquent, mais caractéristique de cet étrange maladie : l'hystérie — « l'être vivant semblant, comme disait Tournoël, hésiter entre les deux sexes ». Une sorte de féminisation apparaissait chez cet enfant chétif. Il devenait fille — non pas au physique, mais au moral — avec les goûts, les manières, les mines coquettes des fillettes. Une âme de petite femme semblait logée dans ce corps grêle, dont le sexe devenait indistinct, et c'était là le commencement d'une dangereuse névrose qu'il fallait enrayer vivement.

Voilà ce que, rouge comme une framboise, étouffant, éperdu, ne sachant comment sortir de ses explications, Tournoël essayait de faire comprendre à Blanche, qui ouvait de grands yeux devant toutes ses révélations saugrenues. Et plus le pauvre garçon, suant sang et eau, tâchait de donner de ce cas pathologique une description possible, plus les yeux brillants, couleur d'algue marine, troublants et interrogateurs de Blanche, s'attachaient sur les claires prunelles de l'étudiant, qui baissait involontairement les paupières et balbutiait comme un enfant timide.

— Ah ça! mais, dit enfin Mlle Lamarche, je ne sais pas du tout la maladie que peut avoir Valentin, moi!... Je ne comprends pas très bien!... Il faut prévenir papa!

— Ah! oui, mademoiselle, oui, avec votre père je serai beaucoup plus à l'aise pour...

— Pour quoi?

— Mais pour dire... pour expliquer... Enfin, il est des choses...

— Qu'une jeune fille ne doit pas connaître! Je l'attendais, celle-là! dit Blanche en haussant les épaules.

Elle se mit à rire d'un petit rire de mouette envolée, et courut prévenir son père.

Avec M. Lamarche, Tournoël n'hésita pas. Il lui déclara que Valentin était atteint d'une forme spéciale de l'hystérie.

— Comment de l'hystérie?... Un garçon?... Qu'est-ce que vous dites-là, vous?

M. Lamarche jetait, à ce pauvre grand diable de jeune homme mince, le regard à demi méprisant des hommes gros examinant une nature frêle dont les délicatesses leur semblent des faiblesses. Evidemment, il prenait le jeune Breton pour un être stupide qui disait là une parfaite absurdité. Valentin hystérique, à présent! M. Lamarche n'était pas médecin, parbleu! mais il savait bien que les femmes seules sont hystériques. Ah! si c'était pour ça que Tournoël avait passé ses examens, il ne lui en faisait réellement pas ses compliments.

— Je vous demande pardon, monsieur, répondit l'étudiant avec une fermeté singulière, qui ébranla l'assurance du gros homme. Les garçons, à l'âge de votre fils, peuvent être sujets à cette névrose!

Était-ce possible? C'était donc encore un legs de Mme Lamarche à ce bonhomme, gai et bien portant? « Blanche un peu toquée, Valentin hystérique, c'était du joli ! » disait-il en s'épongeant le front.

Il fallut pourtant que M. Fargeas vînt, avec son autorité de maître, déclarer, pour que M. Lamarche fût convaincu, que le diagnostic de Tournoël était juste.

— Le diable emporte les natures nerveuses ! dit alors le père de Blanche, qui ajoutait tout haut, stupéfait comme une poule ayant couvé un canard : « Ma parole d'honneur, si M^me^ Lamarche n'avait pas été une honnête femme, ce serait à se demander si ces enfants sont bien de moi ! Des nerfs ! des nerfs ! Je n'en ai jamais eu, des nerfs ! »

Avant l'arrivée du *chef* et le verdict de M. Fargeas, ce pauvre Tournoël avait été, dans la maison Lamarche, l'objet d'incessantes plaisanteries. Combette, qui se montrait assidu à l'hôtel Glinska, avait pouffé de rire en apprenant que le jeune *séminariste,* comme on appelait couramment l'étudiant, boulevard Malesherbes, désignait la maladie de Valentin sous le nom d'hystérie.

— Ils sont fous, décidément, fous à lier, ces médecins! disait le paysagiste. *Ecole de la Salpêtrière !* Ils voient des hystériques partout. Le petit Finet passe son temps, quand il va dîner en ville, à faire étinceler sa fourchette devant le nez de ses voisines de table pour les hypnotiser. Avec ça que ça lui a si bien réussi avec Lolo !

— Lolo ? Qu'est-ce que c'est que ça, Lolo ? demandait alors Blanche Lamarche en fixant sur Combette, qui ne sourcillait pas, ce regard troublant sous lequel rougissait Tournoël.

Très gai, très spirituel, Parisien en diable, avec l'entrain du boulevardier, Combette racontait aussitôt sans se faire prier, à Blanche, qui éclatait de rire, les aventures médico-amoureuses du petit Finet et de la grosse Lolo. Il faisait tout un drame de l'histoire de la grande fille oubliée en état de catalepsie et que l'étudiant, effaré, passait la nuit à frictionner.

— Oh ! mais elle est exquise, cette histoire-là, disait la jeune fille en frappant ses deux mains l'une contre l'autre. Tu as entendu, papa ?

— Très amusant ! répondait le père.

— Et ce n'est pas tout, continuait Combette ; le plus drôle, c'est la suite.

— Il y a une suite ?

— Comment donc ! Il y aura même probablement une fin.

— Voyons ça ! Oh ! monsieur Combette, contez-nous ça ! demandait Blanche.

— Allez-y, allez ! disait le gros Lamarche. Seulement, si ça devient plus scabreux, gazez !

— Oh ! rien de scabreux ! mais du comique, oui ; pour ça, oui !

Et Combette achevait, en riant à son tour aux bons endroits, comme pour donner un *accompagnement* à son histoire :

— Lolo ne s'était pas plutôt retrouvée sur pieds, après l'aventure de son *refroidissement,* comme elle disait, qu'elle avait imaginé d'accuser Finet, ce pauvre Finet, ce malheureux Charles, d'avoir voulu se débarrasser d'elle en la laissant mourir là, d'inanition, de froid. D'abord, Finet avait ri. « Te tuer, non ! Tu es folle, ma fille ! Ne dis pas de bêtises ! » Et, de sa petite voix caressante, il s'efforçait de calmer la fureur de la grosse fille. Ah bien, oui ! Elle était *butée !* Elle répétait qu'elle avait échappé à une tentative d'assassinat, qu'elle savait bien que Finet ne l'aimait plus, qu'il voulait sans doute se marier, et qu'alors… — « Alors, quoi ? disait Charles. — Alors, on sait comment on se débarrasse d'une maîtresse. Il y en a qui les quittent, c'est le plus grand nombre, mais il y en a *qui n'osent* pas et qui, *n'osant* pas le plus simple, inventent le pire. » Et Lolo, terrible, racontait à ce pauvre Finet, stupéfait, livide, tremblant, toutes les histoires qu'elle avait lues dans les recueils de *Causes célèbres,* les histoires d'empoisonnement de maîtresses par leurs amants. — « Mais ce n'est pas vrai ! répondait Finet éperdu, mais ces histoires-là sont des contes ! Mais je n'ai jamais voulu *t'empoisonner !* — M'empoisonner, non, mais me laisser en catalepsie jusqu'à ce que je n'aie plus une *goutte de chaleur* dans les veines, ça, oui ! — Moi ? — Toi ! — Mais c'est insensé. Lolo ! ma bonne Lolo ! Voyons, Lolo ! — Il n'y a plus de Lolo, il y a une infortunée dont tu avais assez et dont tu as voulu te débarrasser. Tentative d'assassinat. Je vais aller faire ma déclaration au commissaire de police. — Tu as dit?... Le commissaire?... — Oui, la police, tu as bien entendu, la police! Tu passeras en cour d'assises. — Moi? — Toi, Charles Finet, et tu seras condamné... Condamné à mort! — Tu es ridicule! Tous les jurys de la terre m'acquitteraient! — Je ne t'en souhaite qu'un, mais tu l'auras! — Lolo! Voyons, Lolo, tu es stupide; mais avec ces stupidités-là, tu peux perdre mon avenir, tout simplement! — Ton avenir?... Eh bien! et le mien?... Il était propre, mon avenir, si tu m'avais laissé me refroidir plus longtemps. — Mais je suis venu, Lolo, mais j'ai couru! J'ai laissé là *Hamlet!* Je n'ai même pas vu la fin! — Eh bien, il n'eût plus manqué que ça! » Et Lolo prenait son chapeau, son châle. — « Où vas-tu? — Chez le commissaire! — Tu ne feras pas cela! — Je ne le ferai pas? — Tu ne peux pas faire cela! — Et pourquoi? — Parce que tu m'aimes. — Je t'ai aimé! C'est fini! Aimer son assassin, ça serait naïf! — Mais tu sais bien... — Je sais quoi? — Tu sais bien que je suis incapable... — Oh! oui, un carabin! C'est habitué à disséquer les gens! Ça joue avec la mort! Un cadavre de plus, un cadavre de moins! — Lolo, tu es bête... oh! pardon! tu es bête, mais tu es bonne! Qu'est-ce que tu veux que je fasse pour te prouver que je n'ai pas voulu te laisser mourir? — C'est bien simple : prouve-moi que tu n'as jamais pensé à me quitter! — Mais je n'y ai jamais pensé, Lolo! Tu es jolie, tu me plais, tu es admirable pour les expériences d'hypnotisme. Je n'ai jamais pensé à me séparer de toi. Jamais, jamais! — Prouve-le moi. — Comment? — En ne me quittant plus. — Je ne te quitterai plus! — Qui m'en répond? — Ma parole! — Ce n'est pas assez! — Qu'est-ce qu'il te faut encore? — Ta signature! — Je vais te la donner. As-tu une plume? — Oh! pas comme ça : devant M. le maire! — Tu dis? — Devant M. le maire. — Tu veux que je t'épouse? — Oui! — Me marier? — Avec moi, oui, ou je dis que tu m'as magnétisée, petite canaille, pour me laisser mourir de froid comme une mouche dans un coin de mon appartement! — Me marier! répétait Finet. Mais je n'ai jamais pensé à me marier! — Eh bien, j'y ai pensé, moi! — Mais ma famille... — Ton père? Tu lui enverras des sommations respectueuses ; il aimera encore mieux ça que l'assignation du juge d'instruction ! — Quel juge d'instruction ? — Celui qui sera chargé de ton affaire : *Affaire de l'étudiant Finet, assassinat d'une femme par la catalepsie !* — Ah ça ! mais, disait le pauvre Finet, se débattant déjà comme sous l'étreinte de l'accusation, tu es très forte sur la procédure ? — J'ai connu aussi des étudiants en droit ! » répondait Lolo en prenant — ce qui lui était facile — une pose sculpturale. Et Finet, ahuri, se sentait comme étranglé par ce dilemme : ou il épousait Lolo, et son avenir était compromis ; ou il ne l'épousait pas, et son avenir était perdu. Il était, pour le moment, en train de songer à échapper par le suicide à ces deux extrémités également fâcheuses.

. . . . . . . . . . . . . . . . . . . .

— Il épousera ! dit M. Lamarche, que le récit de Combette avait égayé.

— Il n'épousera pas ! dit Blanche. Ce serait trop bête. Votre avis, monsieur Combette ?

— Il épousera.

— C'est votre opinion ?

— D'ailleurs, nous saurons bientôt à quoi nous en tenir.

— Oh ! fit M^lle^ Lamarche, vous me tiendrez au courant, n'est-ce pas ?

— Comment donc, mademoiselle ! *La suite au prochain numéro*. Mais n'est-ce pas que l'histoire est drôle ?

— Topique, dit M^lle^ Blanche.

Combette était enchanté de son succès de conteur. Il avait tout joué, presque mimé la scène, imitant tour à tour la voix flûtée de Finet et le contralto menaçant de la jeune femme. Dieu ! qu'il était amusant ! Il prenait pied décidément dans le petit hôtel du boulevard Malesherbes. Et M^lle^ Lamarche le trouvait drôle, drôle, et le père, qui ne détestait pas le mot pour rire, s'égayait fort de ces plaisanteries de rapin élégant.

Il avait dit un soir :

— Les peintres d'aujourd'hui ne ressemblent point à ces meurt-de-faim d'autrefois, les Millet, les Rousseau, les Dupré. Je les ai connus, moi, ceux-là ! Ça mangeait du fromage sur le pouce et ça vivait comme ça pouvait. On disait alors : « Râpé comme un peintre ». Maintenant, fichtre !

toute l'avenue de Villiers appartient à ces gens-là. Je donnerais parfaitement ma fille à l'un d'eux, moi !

Le pauvre Tournoël devinait vaguement que ce Combette plaisait ainsi, à la fois, à la fille et au père. Ce grand garçon doux et triste en éprouvait d'horribles saignements de cœur. Il avait des colères, bientôt étouffées, qui se changeaient en espèces de résignations mystiques. Il éprouvait parfois la tentation de raconter, lui aussi, les histoires de l'hôpital, et d'opposer les aventures attristantes de Mathilde Mignon au roman comique de Finet et de Lolo. Il n'osait pas. Il eût volontiers dit, en face, à ce grand beau garçon satisfait, qu'il était un lâche, et il se demandait si un beau jour il ne lui jetterait pas au front quelque épithète dure en pleine salle de garde ou dans une cour de la Salpêtrière. Mais ce qui arrêtait Vilandry retenait aussi Tournoël.

A quoi bon ?

Et Combette continuait à fréquenter assidûment la Salpêtrière et à donner à l'hôtel Glinska tout ce qui lui restait de temps. Le fameux tableau officiel, commandé on ne savait par qui, n'avançait guère, mais Combette ne tenait évidemment pas à ce qu'il fût terminé vite.

Il était enchanté de la situation que le sort lui faisait, pour le moment. Entre Jeanne et Blanche il éprouvait un sentiment d'hésitation tout plein de charme. C'était son plaisir de se trouver placé entre deux femmes et de se demander, toujours avec une volupté de blasé et une impudence de bellâtre :

— Voyons ?... Laquelle ?

Entre cette belle Jeanne et cette petite évaporée de Blanche l'hésitation n'eût pas duré longtemps. Mais la dot de Blanche donnait du poids et comme un lest respectable à ce vide, léger comme un ballon.

Encore une fois, avoir Jeanne pour maîtresse et épouser Blanche, c'eût été l'idéal !

Mais décidément, et en dépit de lui-même, il se sentait pris pour M^lle^ Barral d'une telle passion, violente et profonde à la fois, qu'il ne répondait pas, comme il se le disait à lui-même, de ne pas faire la sottise de l'épouser.

— Ce serait fameusement absurde tout de même, songeait-il.

Mais l'idée de tenir dans ses bras cette belle jeune fille au regard songeur, dont le calme recouvrait un monde d'ardeurs refoulées! l'âpre envie de sentir, sous sa bouche, les lèvres vierges de cette Jeanne tressaillir comme dans un dernier souffle, toutes ces images de volupté qui sont les tentations éternelles des voluptueux, lui donnaient des nuits d'insomnies fiévreuses, le poursuivaient et l'irritaient, et il se laissait aller au hasard des événements et du lendemain, passionné avec Jeanne, railleur et gai avec Blanche, et se disant :

— Bah! Attendons! Qui vivra verra!

Il était évident, au surplus, que Blanche trouvait décidément ce beau garçon tout à fait à son goût. Elle le priait de venir lui tenir compagnie au chevet de *mademoiselle son frère*, que M. Fargeas soignait et chez qui, d'ailleurs, se perdait, de jour en jour, cette manie stupéfiante des jeux de petite fille, Valentin se reprenant à égratigner tout le monde comme un jeune chat, et à casser les tiges des fleurs, dans les jardinières.

— Il a assez de ses poupées! disait M^lle^ Blanche en riant. Il a redemandé son fusil, ses capsules, sa gibecière. Il revient au sexe fort. Lui pas bête! Mais quelle drôle de maladie!

— Vous dites que Valentin a raison de se décider pour le sexe fort, interrompait Combette. Mais c'est en même temps le sexe laid, mademoiselle.

Elle se mettait à rire.

— Je ne trouve pas! Non, parole! — Ça m'aurait amusée d'être homme! — J'aurais fait rouler les écus de papa!

Et elle regardait son père qui haussait les épaules et disait d'un ton à la fois bonhomme et grognon :

— Tu sais, tu n'as pas besoin d'être homme pour ça!

— Je te crois! répondit simplement Blanche.

Elle arriva, un soir, devant Combette, en tenant deux énormes albums sous le bras.

— Vous ne savez pas ce que c'est que ça, monsieur Combette?

— Non, mademoiselle!

— Ni moi, fit Tournoël, qui était là et semblait réclamer un regard, quêter un sourire.

— Eh bien, répondit Blanche, ce sont deux albums, l'un contient toutes les photographies de ces demoiselles de théâtre, l'autre un album pour les autographes. Une toquade nouvelle! Je voudrais collectionner des croquis et des pensées de gens célèbres. En connaissez-vous des gens célèbres, monsieur Combette?

Elle s'interrompit, s'excusant et riant gentiment avec une caresse dans la voix qui déchirait ce pauvre Tournoël.

— Eh! mais, parbleu, vous en êtes un... Un peintre *coté!*... C'est vous qui allez *étrenner* mon album!

Elle l'ouvrit tout grand devant lui, et Combette sourit, comme devant un miroir, à la page blanche.

— Qu'est-ce que vous voulez, mademoiselle, un dessin ou une pensée?

— Oh! un dessin! — La pensée — elle regarda Tournoël — monsieur Tournoël s'en chargera! Des vers, monsieur Tournoël, vous devez faire des vers, vous?

Elle avait dit cela presque en raillant; mais Tournoël ne s'aperçut que d'une chose : elle lui parlait.

— Oui, mademoiselle, répondit-il enchanté.

— Eh bien, quand M. Combette aura terminé son croquis, écrivez-moi des vers là-dessus... Oh! vous avez le temps! *Improvisez* tout à votre aise! Moi, je vais regarder mes cartes-album.

Combette s'était assis devant la feuille blanche, et du bout de la plume commençait un paysage, tandis que Tournoël cherchait des rimes et que Blanche, feuilletant ses portraits d'actrices, s'arrêtait devant chacun d'eux pour jeter, en passant, une observation, connaissant tout ce monde des théâtres et du Bois, par ses scandales, ses amours, ses tapages, érudite à stupéfier un reporter, disait en riant:

— C'est papa qui trouverait ça drôle qu'on fît de la peinture et des vers sous son toit! Et Mlle Glinska, donc!... Tiens, justement la voilà, Mlle Glinska!... Oh! mais elle a le nez plus long. C'est un flatteur, ce cliché-là! Ça fait donc des madrigaux aussi, le collodion?... Ah! Mlle Toinette, du Palais-Royal... c'est bien son sourire... Elle est drôlette, cette petite! Je me suis trouvée à côté d'elle le jour du Grand-Prix. Elle m'a amusée. Elle en disait de fortes, mais elle m'amusait. Quand on ne m'amuse pas, moi, oh ! alors ! *il pleut !* Eh bien ! et notre dessin ?

— Vous voyez, mademoiselle...

— Il vient bien. Et vos alexandrins, docteur ?

— Tenez, dit Tournoël.

Elle prit le papier, mit sur son nez un petit lorgnon d'or qui lui donnait un air insolemment exquis et lut avec une expression volontairement ironique :

> A vous s'en vont mes humbles vers
> Comme au soleil va l'hirondelle !
> Encor tout glacés des hivers,
> A vous s'en vont mes humbles vers.
> Battant du cœur, battant de l'aile !
> A vous s'en vont mes humbles vers
> Comme au soleil va l'hirondelle !

— Oh ! c'est sentimental, fit Blanche.

— Ça me rappelle un autre carabin poète, dit Combette ; oui, M. Vilandry ! Le fameux interne de M. Fargeas !

— Et mon ami, dit vivement, avec une fermeté presque expressive, Tournoël, devenu livide.

Le peintre regarda l'étudiant d'un petit air impertinent, et ses yeux bleus, dont il savait adoucir l'éclat, prirent brusquement une expression méchante.

Redressant la tête, Tournoël supportait ce regard très bravement, et l'attitude tout entière de son grand corps semblait dire : Eh bien ? j'attends !

M^lle^ Blanche comprit qu'entre ces deux hommes une sourde inimité grondait, s'affirmant ainsi par le moindre mot, et elle s'interposa bien vite, parlant du croquis du paysagiste et essayant de ramener la conversation sur des choses gaies. Elle trouvait mentalement que ce Tournoël avait *jeté un froid* avec sa poésie.

L'arrivée de M. Lamarche, essoufflé, le teint allumé, revenant des Variétés, changea d'allures la conversation. Le père de Blanche raconta, en riant beaucoup, une aventure qui venait d'égayer toute la salle pendant un entr'acte. La petite Betzy, surnommée *Casse-une-Croûte*, avait giflé le grand Bob, le beau Robert — Robert de Potémont — en pleine avant-scène. Bob, pour laver son offense, avait alors voulu embrasser Betzy. Le public criait, comme à l'Ambigu: *L'embrassera! L'embrassera pas!* Et ce malheureux Bob blanchissait les revers de son habit noir à la poudre de riz de *Casse-une-Croûte*, qui lui brisait son éventail sur le nez et menaçait de le griffer et de lui arracher sa barbe blonde.

— Non, il aurait fallu voir la scène. Rien n'était plus drôle. Energique, cette petite Betzy! Et le grand Bob, quelle aventure! aussi, comme dit la chanson:

Je suis content d'avoir vu ça!

Et le gros M. Lamarche se mit à chanter sur un air d'opérette.

Paul Combette riait beaucoup, trouvait que M. Lamarche contait les anecdotes à ravir, et M^lle Blanche avouait, en effet, que « papa » avait beaucoup d'esprit.

— Il me dit parfois des choses qui devraient me faire effroyablement rougir, mais il les dit si bien que je ne les comprends pas!

— Charmant, charmant! répondait Combette.

Le pauvre Tournoël sortit, cette fois, de l'hôtel Glinska complètement navré. Il se sentait peu à peu dépossédé et évincé par ce personnage qui, se pliant à toutes les nécessités, savait tour à tour se faire provoquant ou flatteur. Il valait bien la peine d'être croyant, d'aimer de toute son âme, de se sentir prêt à donner sa vie, pour que le premier phraseur venu l'emportât sur vous aux yeux d'une femme! Et cette femme même, que l'imagination mystique de Tournoël parait de toutes les vertus, ce n'était qu'une écervelée, une affolée éprise de paradoxes, d'impossibilités, de drôleries; tantôt s'éveillant avec des velléités d'apprendre la peinture, d'exposer, de figurer au Salon; tantôt rêvant de débuter, de jouer le vaudeville; toujours et chaque jour secouée d'un nouveau caprice; éperdue, exaltée, railleuse, modèle complet de cette espèce de dépravation parisienne qu'une éducation mal comprise produit dans certains milieux demi-bohèmes et demi-bourgeois. Quel écroulement pour l'étudiant breton! Il rêvait une Madone et trouvait une *gommeuse*. La fin d'un songe.

Tournoël rentra désespéré dans son logis, et Vilandry, en le voyant le lendemain, à l'hôpital, visiblement abattu, presque écrasé, ne put s'empêcher de lui demander ce qu'il avait.

— Moi?... Rien, dit Tournoël. Figurez-vous que j'ai vu filer une étoile. Ça se voit tous les jours. Eh bien, voilà tout ce que j'ai.

Il n'ajoutait pas d'autres explications, mais il semblait à Vilandry qu'il comprenait. Lui aussi regardait là-haut et tremblait de voir disparaître son étoile. Il remarquait chez Mlle Barral un changement singulier depuis quelque temps. Sur ce pâle visage de jeune femme, un sourire inattendu venait maintenant quelquefois. Jeanne avait dans ses prunelles noires comme une flamme plus ardente, presque heureuse. Sa mélancolie se fondait parfois comme un brouillard dans la lumière. Elle semblait même, dans la façon dont elle arrangeait les nœuds sombres de ses rubans, et dont elle posait son bonnet d'infirmière sur ses bandeaux lisses, avoir comme des coquetteries inconnues. Chez cette espèce de sainte, en apparence inaccessible à la passion, vouée tout entière à son devoir, la femme, la femme avec sa séduction exquise, sa grâce tendre, apparaissait depuis quelque temps, comme enveloppée d'un rayonnement de joie intérieure.

De la joie? Il y avait donc encore une joie pour Jeanne?

Ce n'était pourtant pas, se disait Vilandry, l'état de la mère qui pouvait rassurer Mlle Barral. Chez Hermance, le mal, au contraire, s'aggravait. La fureur faisait place à un état de torpeur noire. Peut-être Jeanne ne le voyait-elle pas! Peut-être cet état de calme apparent, cet abaissement progressif de la compréhension, chez la démente, donnait-elle à la garde-malade l'illusion du *mieux*, l'espoir d'une guérison. Oui, c'était peut-être cette erreur qui amenait sur les lèvres de la jeune fille ce beau sourire encore pensif mais heureux.

Elle aussi, la pauvre Jeanne, si elle conservait cette illusion, verrait tristement, comme disait Tournoël, filer son étoile!

Mais non, ce n'était pas cela qui éveillait chez Jeanne toute cette grâce féminine, doublant son charme, animant cette beauté de statue où couvait la flamme. Non. Georges se souvenait trop bien de cette vision : Jeanne assise aux côtés de Combette, là-bas, sur un des bancs de la Hauteur.

Il revoyait trop souvent, pareil à un cauchemar, le groupe de cet homme et de cette femme parlant — de quoi? — d'amour, eh! oui, d'amour! échangeant leurs confidences à voix basse, lui penché vers elle, avec cette voix caressante qu'il savait prendre, et elle écoutait, toute émue, troublée, charmée peut-être.

Oui, charmée. C'était depuis ce soir-là que Jeanne avait sur son visage triste ce sourire qui était comme l'éveil de la femme. Elle semblait à Vilandry lui-même une autre créature cent fois plus jolie, d'une séduction plus profonde, d'un charme nouveau, comme révélé.

Etait-ce donc l'amour qu'elle avait pour *l'autre* qui la transfigurait ainsi? Sans nul doute, c'était cela. Georges le sentait à ses propres colères, à la blessure de son cœur. Combette aimé de cette femme! Un tel homme, assez habile pour qu'une telle créature ne devinât point la fausseté et crût à de la passion où il n'y avait, comme toujours, que du caprice et du désir!

Ah! c'est que Combette avait cette science de la femme qui est l'arme la plus sûre de toutes les séductions. Ce sphinx rose, la femme, ne se livre guère qu'à l'être qui devine son secret. Il y a comme un magnétisme spécial dans le regard de l'homme qui sait, et puis il existe aussi une tactique, en amour, comme en toutes choses. La vie se compose d'une infinité de petits problèmes qu'il faut résoudre, sous peine de perdre la partie, et ceux-là qui vont, le cœur grand ouvert, généreux, souriants, poitrine nue, courent à une défaite certaine.

Combette, au contraire de ceux-là, était un tacticien prudent, ne livrant rien au hasard, marchant pas à pas, comme un assiégeant dans un chemin couvert. Il s'était fixé un but dès son entrée dans la vie : aller à la richesse par le plaisir. « En réalité, disait-il, l'équation est plus facile à résoudre qu'elle n'en a l'air. » Toute son existence était *voulue*. Il s'était, en quelque sorte, tracé le cercle de ses actions. Déjà las des amours faciles, ou plutôt arrivé, en quelque sorte, à un carrefour de son existence, à une heure cisive, il aspirait à se reposer dans une fortune aimable, exempt de tout souci, pouvant faire de la peinture à sa guise, ou plutôt, car l'art lui importait fort peu, envoyant au diable ses brosses et ses tubes de couleur, et jouissant aisément de toutes les succulences de la vie riche, largé, insolente...

Et, tout à coup, cette passion, dont la violence l'étonnait, cet amour pour Jeanne qui flambait en lui brusquement, comme une meule incendiée, l'arrêtait net dans ses projets et le faisait, imprudemment, s'avancer à dire à Mlle Barral bien des choses qu'il pensait, au moment présent, mais qui, lorsqu'il y songeait, le lendemain, amenaient cette réflexion en sa pensée :

— Est-ce que je suis fou, moi? Ou niais? Est-ce que je vais compromettre tout mon plan pour mon amour? Parole d'honneur, oui, c'est un amour! Combette amoureux, c'est vraiment drôle!

Ce que Combette avait dit à Jeanne Barral, le soir où Vibandry apercevait leurs silhouettes dans la brume du crépuscule, c'était ce que tout homme d'honneur doit dire à une honnête femme. Aux paroles d'amour, d'amour ardent, montant à ses lèvres avec une sincérité éloquente qui l'étonnait lui-même, il avait ajouté, comme eût pu le faire un fiancé, la protestation de respect tendre, presque tremblant, de l'être qui rêve et espère l'union sacrée de deux âmes.

Et c'était bien aussi comme des fiançailles volontaires que Jeanne Barral regardait ces serments d'amour que, doucement, avec sa voix toute émue, lui murmurait le jeune homme, sous les grands arbres de la Hauteur.

Un soir, ils étaient restés là, Mlle Barral sortant du *cours* professé pour les infirmières, et Combette ayant, malgré l'accueil plus froid qu'on lui réservait, dîné à la salle de garde; ils s'étaient assis sous les arbres, dont les feuilles frissonnaient aux souffles d'automne. Une tiède atmosphère d'été, une chaleur douce, comme les saisons finissantes en donnent quelquefois, tombait, pareille à un manteau réchauffant. Le ciel était tout plein d'étoiles, et, sur cette étendue bleue criblée de points d'or, les feuilles se découpaient nettement, toutes noires, comme une vaste guipure, et, dans ces branches sombres, les étoiles semblaient accroché étincelantes comme les bougies allumées dans les bra chettes vertes des arbres de Noël.

Ils se regardaient sans se parler, en devinant leurs ye dans l'ombre.

Jeanne se sentait comme bercée par un bon rêve, tou prête à laisser tomber sa tête lourde, au parfum doux, s l'épaule de Combette.

Lui écoutait — ravi, plus ému qu'il ne l'avait été jam — la respiration un peu oppressée de la jeune femme, et se sentait étrangement intimidé par cette honnêteté vra qui le frappait d'un respect instinctif.

Ce n'était plus Mathide Mignon, ce n'était pas Blanch Lamarche qu'il avait là, à ses côtés. Avec Jeanne, le moindr mot devenait grave, la moindre parole engageait. Il éprou vait d'âpres envies d'enlacer de ses bras cette taille deviné d'attirer à lui ce front pâle, ces lèvres dont il lui semblai que le souffle brûlait, et il se demandait quelle promesse i allait faire, quel serment prononcer imprudemment.

Tout était décisif. Il jouait son avenir pour son caprice Libre aujourd'hui et, comme il disait, *disponible*, n'était-i pas demain l'esclave de cette femme, si maintenant sa pas sion, vraiment ardente, oubliait, oubliait follement le froi calcul de toute sa vie?...

Jeanne regardait le ciel profond, à travers les branche qui bruissaient parfois longuement.

Elle se disait que c'était ainsi qu'au loin on devait en tendre murmurer la mer.....

La mer!

Et cela, tout à coup, ce mot, la reportait vers son enfance alors que son père vivait, que sa mère souriait, qu'on étai heureux, qu'il y avait de ces belles nuits pareilles, à Ville d'Avray — elle s'en souvenait — lorsqu'on la couchait, le soir, dans le hamac, sous le grand saule d'un vert pâle don les branches courbées traînaient comme une chevelure sur le sable fin!

La mer!

Pierre Barral lui avait promis de la conduire, un jour, à Étretat ou à Sainte-Adresse, bien loin, où elle pourrait s'amuser à courir, pieds nus, dans l'eau salée...

la mer !

Son enfance ! Son père ! Elle revoyait, dans cette tiède nuit, la figure pâle, à demi effacée, du pauvre mort...

Quelle existence depuis lors ! Quelle destinée !

Un grand silence apaisé tombait sur les bâtiments de l'hospice ; mais là-bas, mais derrière ces grands corps de logis rectilignes, il y avait des souffrances, des sommeils pleins de visions farouches, et il lui semblait voir passer, dans la pureté de cette belle nuit étoilée, les grimaces, les rires hideux et des déhanchements des folles. Quels fantômes ! Ce n'était plus maintenant le bruit de la mer qui lui semblait passer à travers les branches, c'était quelque soupir triste parti de l'antre des démences, la section Esquirol.

Et Combette voyait qu'instinctivement, toute peureuse, Jeanne se rapprochait de lui, l'amoureux de plaisir sentant la séduction de ce corps vierge de jeune fille, aux lignes exquises.

Tout son sang brûlait. Il avait des tentations de baisers fiévreux. Des souffles chauds lui couraient dans les cheveux.

Il se leva brusquement, ayant peur de lui, ayant peur d'elle.

— Vous partez? dit Jeanne.

— Oui ! Il se fait tard. Je rentre. A demain, Jeanne !

— A demain, fit-elle en lui tendant la main, tout naturellement, comme à un ami cher.

Il la prit, cette main, et, dans l'atmosphère douce de cette nuit, le contact de cette chair de femme lui fit passer un frisson sur tout le corps.

Il retint la main de Jeanne.

— Vous partez? répéta la jeune fille. C'est vrai, nous sommes faits pour vivre séparés... toujours.

— Toujours? répéta Combette, qui se rapprocha d'elle instinctivement.

Il ajouta très bas, sa voix devenant tremblante, il murmura presque sans savoir ce qu'il disait :

— Pourquoi toujours? Pourquoi ne resterions-nous pas unis?

— C'est impossible, dit Jeanne, à son tour, frissonnante.

— Pourquoi? Si vous m'aimiez pourtant?... Si je vous aimais?...

Elle écoutait encore extasiée, et comme elle ne répondait pas, le peintre ajouta :

— Ne m'aimeriez-vous pas assez, Jeanne, pour partager ma vie?

Partager sa vie! Il la laissait échapper, il la donnait cette promesse, qu'il s'était bien juré de ne pas faire. Il le disait, le mot qu'il voulait retenir.

Eperdu, il n'entendait pas ses propres paroles. Il n'entendait que les soupirs de Jeanne, heureuse à pleurer, et il se sentait comme enveloppé d'un effluve d'amour, attiré, emporté par cette jeunesse et ce charme.

— M'aimeriez-vous assez pour cela, Jeanne? disait-il. Moi, oh! moi, je vous aime!

Et plus bas, sur le ton ardent de la supplication, de la passion et de la foi :

— Oui, je t'aime, je t'aime, je t'adore!...

Elle ne répondit rien.

Il sentit qu'une espèce de sanglot la secouait, oppressée, et quand ses lèvres cherchèrent les lèvres de Jeanne, il but sur la joue froide de la jeune fille des larmes lentes qui coulaient, comme le déchirement d'une joie éperdue...

Mais à peine eut-elle senti sur sa chair courir ce baiser, que Jeanne se dégagea brusquement, s'arrachant à ces étreintes avec une sorte d'effroi suppliant, frissonnante, ne disant que ces mots : — « Laissez-moi!... » qu'elle répétait, la voix serrée par l'angoisse.

— Pourquoi me fuyez-vous, Jeanne? Pourquoi ne me répondez-vous pas?

— Et que voulez-vous que je réponde? Mon existence ne m'appartient pas!

— Eh bien! dit-il affolé, la mienne est à vous, ma Jeanne adorée, et vous n'aurez qu'à dire un mot pour que nous soyons deux à veiller sur votre mère!

Il ne vit pas, dans cette nuit, le sourire d'ineffable joie qui passa sur le visage attristé de Mlle Barral. Elle se sentit comme transportée dans un monde inconnu, nouveau, plein d'ivresses.

Veiller sur Hermance, aux côtés de cet homme qu'elle

mait — oui, elle le sentait bien, qu'elle aimait d'un mour profond — depuis qu'elle avait subi la puissance de regard hardi, de cette voix charmeresse.

— Vous ne répondez pas? disait Combette cherchant à saisir dans l'ombre la main de Jeanne!...

— Non, dit-elle, je ne peux pas. Mais bientôt!

— Bientôt? demanda-t-il, ne sachant trop ce qu'elle voulait dire et devinant chez la jeune fille une hésitation dont sens lui échappait. Pourquoi bientôt? Pourquoi ne pas me re, dès ce soir, que vous êtes à moi comme je suis à vous? ttendez-vous une nuit plus douce, plus poétique et plus moureuse? Je vous aime de toute mon âme, Jeanne, et ma ie, je vous le répète, est à vous tout entière! Mais dites-moi onc aussi que vous m'aimez!

— Adieu! dit-elle brusquement, et dans ce cri Combette entait un effort violent et comme le choc de quelque chose brisé.

Il voulut s'avancer vers elle. Elle s'enfuyait déjà, courant resque en allant comme au hasard du côté des bâtiments de hôpital, à travers les grands arbres de la Hauteur.

Combette resta un moment là, immobile, se demandant il allait la suivre, un peu déçu, attendant un autre dénouement que cette fuite.

Il eût voulu que Jeanne lui donnât, au moins, une espérance, qui sait? une promesse peut-être. Il se sentait ardemment attiré vers cette femme, piqué au jeu, capable d'une *bêtise,* et pourtant, dès que Jeanne eut disparu, il reprit son sang-froid bien vite et se dit, rapidement, se raillant lui-même, qu'il avait été tout à l'heure niaisement imprudent, prêt à tout promettre, ma foi, à s'engager, à aliéner sa liberté entre les mains fiévreuses de Jeanne.

— Diable! se dit le peintre, tu es plus pris que tu ne crois et moins malin que tu ne penses! Un collégien n'aurait pas agi autrement!

Jeanne rentrait, comme égarée, dans le quartier des folles. Elle se demandait si elle avait bien entendu. Pour la première fois de sa vie, elle s'était sentie troublée, remuée jusqu'au fond de l'être, par ces mots d'amour, qui éveillaient en elle toutes les sensations échappées, tous les rêves de jeune fille.

On l'aimait! On lui avait dit : « Je vous aime! » — Plus doux encore que cela, le tutoiement de Combette, bruissant doucement à ses oreilles comme une caresse, avait pris possession d'elle-même, parole d'amour coulant dans ses veines comme un baume. Elle se sentait plus légère, étonnée, levant le front, buvant, aspirant avec une sorte d'ivresse l'air de la nuit qui tombait, comme chargé d'effluves, du ciel étoilé.

Comme il lui avait dit cela! Comme cette voix mâle, se faisant tremblante, timide, savait toucher la corde secrète!

Son cœur battait. Elle était tout heureuse. Elle se sentait jeune fille. Le passé triste, le présent lugubre s'évanouissaient. Il lui semblait que, toute blanche, dans une robe de mariée, elle entrait dans la vie, comme tout le monde pouvant être femme, être mère, être heureuse — étant aimée!

Et, cherchant à ressaisir le son même, l'accent des paroles furtives du peintre, elle répétait, tout en marchant, vive, avec des chansons dans la tête :

— Je t'aime! je t'aime! je t'aime!

La vue soudaine de la grille qui se découpait sur l'horizon, s'ouvrant sur la section des aliénées, la ramena brutalement à la réalité tragique.

Elle s'assombrit tout à coup.

— C'est vrai, dit-elle, tout haut, comme si elle eût parlé à quelqu'un, j'oubliais : il y a ça!

Elle fit, cette nuit-là, d'étranges rêves.

Elle cherchait, à travers des réveils rapides suivis d'assoupissements, de visions, à ressaisir une pensée unique l'étreignant brusquement à la gorge et l'étouffant comme une angine. Elle voyait devant elle, se dresser, semblable à un spectre, une terreur inattendue.

Elle se rappelait maintenant — pourquoi maintenant? — des choses pleines d'épouvante qu'elle avait entendu souvent dire, auparavant, et qui ne l'avaient jusqu'alors jamais effrayée.

Il lui revenait à la pensée, tourmentante et aiguë, cette idée que la folie engendre la folie et que l'enfant d'un fou est menacé, guetté, comme une proie, par cet horrible mal : la démence!

Fils de fou, voué à la folie!

fille d'aliénée, menacée d'aliénation! Cette fatalité, montrée scientifiquement, a un nom : l'hérédité!

L'enfant hérite de ces lésions du cerveau; le père, la mère lèguent les maux qui les tordent et les tuent eux-mêmes.

— Fille de folle, si Jeanne était, elle aussi, vouée à la folie?

Elle entendait, comme un écho, des paroles tragiques du docteur Cadilhat :

— Les fous engendrent les fous!

— *Hérédité!*

Elle ne songeait qu'à cette affreuse idée, dans ce sommeil maladif qui la brisait.

A peine réveillée, en sursaut, à chaque instant, elle ressaisissait les lambeaux de sa songerie effarée et se rendormant, la même idée fixe restait enfermée en elle, et prenait maintenant la forme du rêve : fille de folle!

Puisque Mme Barral était folle, qui sait si Jeanne n'était pas menacée de folie?

— Folle! moi, folle!... Folle comme ma mère! Folle par hérédité! Folle! Folle!

Folle! Et pourquoi? N'avait-elle pas toute sa raison? — Mais pourquoi pas aussi? N'avait-elle pas dans ses veines, le sang d'Hermance?

Et c'était à l'heure où un homme qu'elle aimait venait lui parler d'amour, lui parler d'une vie nouvelle, passée en commun auprès d'Hermance; ouvrir, comme un rideau tiré sur une perspective inconnue, sur un paysage ensoleillé, un horizon bleu, des bois, des pelouses, de l'air; c'était maintenant que cette épouvantable idée se dressait là, devant elle, e, sur le pied de son lit, ce hibou venait hululer ce terrible cri :

— Hérédité! hérédité! De quel droit peux-tu songer à l'avenir, fille d'aliénée?

Être femme, être mère? En as-tu le droit? N'es-tu pas condamnée à la virginité, toi qui, née d'une folle, ne mettrais au monde que des fous, de pauvres êtres au cerveau lézardé comme une masure qui s'écroule?

*Ils sont fous, les enfants des fous!*... Cette pensée unique revenant toujours, toujours plus cruelle, rongeant et pénétrant comme un acide; cette idée fixe tordait dans son lit la pauvre Jeanne secouée par un de ces sommeils brisés, plei[ns] d'étouffements, des nuits d'orages et d'angoisses.

Elle entendait toujours cette interrogation suppliante [de] Combette : « Répondez-moi ! Vous ne me répondez pa[s] Jeanne ! » et elle avait maintenant envie de la lui don[ner] cette réponse sinistre :

— Je n'ai pas le droit d'être une femme ! Je suis une co[n]damnée ! L'hérédité est là, pareille à une sentence ! All[ez-]vous-en ! Allez-vous-en ! Je n'ai pas le droit d'être aimée !...

C'eût été beau pourtant et bon de vivre, comme toutes le[s] autres, de la vie heureuse des épouses et des mères ! Il l'av[ait] dit souvent : *Je t'aime ! je t'adore !* — Adorée, lui fallait-[il] donc renoncer à cet amour de Paul Combette, parce que l[e] fantôme de la folie était là ? Il était sincère, cet hom[me] jeune, beau, irrésistiblement charmant, dont la lèvre av[ait] effleuré son visage et cherché sa lèvre ; oui, sincère, vra[i]ment épris, elle le sentait, elle en était sûre ! — Et la répo[nse] qu'il fallait lui faire était-elle donc celle-ci :

— Non, non, non, je ne puis être à vous, c'est impossible [;] j'appartiens à cette épouvante, à cette hideur — la folie !

Mais elle l'aimait ! Mais la voix de cet homme lui avai[t] fait, de joie, bondir le cœur ! . . . . .

Aimer et se sentir aimée, et renoncer à cet amour, et bri[]ser cette joie, et jeter au vent cette espérance, parce que l[a] folie avait courbé Hermance Barral — était-ce possible ?

L'hérédité, après tout était-elle certaine ?

La démence de la mère n'avait-elle pas pour cause u[ne] émotion épouvantable plutôt qu'une disposition héréditair[e] — héréditaire chez elle aussi, peut-être ?

Jeanne se rappelait encore, avec effroi, que M. Cadilh[ac] avait dit un jour :

— La raison de la pauvre femme devait être déjà bie[n] frêle, son nervosisme accentué, lorsque la mort de Pier[re] Barral, cause déterminante, est survenue.

Prédisposition — prédestination — hérédité !... Tous ce[s] mots tragiques grondaient dans le cerveau de Jeanne comm[e] ces lointains orages qui roulent longuement, avec des réper[]cussions de lointains tonnerres.

Le matin venu, elle était plus calme. On eût dit qu'ell[e] avait pris un parti.

Pâle, brisée de fatigue, après les soins donnés à ses malades — et à *sa* malade — à la mère, absorbée, plus silencieuse, et à la petite Mélie qui souriait, toute blême, dans ses cheveux blonds emmêlés — Jeanne sortit de la section Esquirol.

Mélie, de loin, lui disait doucement :

— Tu t'en vas, *m'man?* Pourquoi tu t'en vas? On va être triste!

Jeanne se retourna, répondit à la pauvre enfant :

— Je reviens. Soyez sage!

Elle allait du côté de cette salle Sainte-Laure, où quelque temps auparavant était soignée Hermance Barral.

Sur le seuil de la salle de consultation, avant d'entrer, elle se heurta presque contre deux femmes qui se tenaient debout devant la porte, sur les marches, l'une vieille, avec des rubans aux couleurs violentes dans les cheveux, l'autre pâle, blonde — et qui regardait Jeanne avec des yeux d'un bleu clair, devenus farouches.

La vieille avait dit à la blonde :

— Tiens, la v'là, la Barral!

Jeanne salua les deux femmes, qui s'écartèrent instinctivement devant elle. Elle ne vit pas un geste singulier que fit la pâle jeune femme, cherchant dans ses vêtements, sur sa poitrine, quelque chose sans doute qu'elle y avait caché.

Pedro qui passait là — l'air un peu maussade, lui, si gai autrefois, et maintenant bêtement amoureux de sa Cosaque, comme il disait — regarda les deux femmes et, tout justement, leur dit :

— Allons, Pauline! — Voyons, Mathilde! Ce n'est pas ici qu'il faut vous tenir. Vous embarrassez! Il y a des gens qui viennent pour la consultation; laissez-leur le passage libre!

— Et où faut-il aller? dit Pauline.

— Où vous voudrez, mais ne restez pas là!

— Il a l'air bien grognon depuis quelque temps, dit alors Pauline en s'éloignant, et elle emmenait Mathilde qui, de ses yeux devenus égarés, regardait du côté de cette porte par laquelle était entrée Jeanne, et disait tout bas :

— Je l'ai toujours là, le couteau, tu sais! Je l'ai sur moi! Il ne me quitte pas!...

Dans ce bâtiment qu'elle connaissait bien, c'était George Vilandry que venait chercher Jeanne. Elle l'estimait et devi nait en lui une affection sérieuse, ne se doutant poi qu'une telle affection fût de l'amour. Avec l'implacable e inconscient aveuglement des êtres qui n'aiment pas, elle n s'était jamais demandé pourquoi l'interne était si ému, par fois pâle, troublé, lorsqu'il la voyait. Elle ne cherchait poi à se rendre compte de cette émotion ; pis que cela, elle n l'apercevait même pas. Et pourtant elle éprouvait pou Georges une sympathie absolue. De l'amitié.

L'amour eût été plus clairvoyant.

Elle chercha un moment Vilandry dans la salle. Mlle Devi lui apprit de son petit ton sec que l'interne était au premie étage, au chevet d'une malade ; puis, remuant ses lèvre comme une souris grignotant une noisette, l'infirmièr demanda des nouvelles d'Hermance Barral.

Jeanne hocha la tête sans répondre.

— Ah ! au fait, fit Mlle Devin — peut-être pour détourner la conversation — si vous rencontrez sur votre chemin Mathilde Mignon...

— Mathilde Mignon ? répéta Jeanne, qui se rappelait vaguement la jeune fille.

— Oui... Évitez-la... Elle vous veut du mal !

— A moi ?

— A vous.

— Et pourquoi, grand Dieu ?...

— Ah ! dame ! Vous savez ! les hystériques ! Ça ne sait pas trop le pourquoi des choses !

— Pauvre fille ! dit Jeanne doucement, avec sa belle voix d'or pleine de pitié.

Par la porte du fond, au bout de la salle, Vilandry entrait, roulant entre ses mains son tablier blanc qu'il venait de quitter et, en apercevant Jeanne, il sourit de son air un peu triste, ôta sa calotte de velours, et demanda à Mlle Barral ce qu'elle venait chercher dans le service de M. Fargeas.

— Vous, répondit Jeanne nettement.

Vilandry regarda presque brusquement Jeanne au fond de ses yeux noirs. La jeune fille, plus pâle qu'à l'ordinaire, souriait.

— J'ai une consultation à vous demander, dit-elle.

— Une consultation?

— Oui, c'est quelque chose de très grave. Avez-vous quelques instants à me donner?

Georges sentait instinctivement qu'il touchait à une minute décisive de sa vie.

Que pouvait lui demander Jeanne? De quelle consultation parlait-elle?

Il essayait de deviner en interrogeant anxieusement ce visage sérieux de jeune fille. Dans le sourire de Jeanne, il lui semblait qu'il y avait comme un malheur.

Son cœur se serrait. — Il n'avait, de sa vie, jamais éprouvé cette émotion bizarre. L'inconnu qu'il avait devant lui, cette mystérieuse demande de Jeanne l'effrayait.

— Venez, dit-il.

Georges sortit avec Jeanne, cherchant sous les arbres, du côté de l'infirmerie, un banc où s'asseoir. Les petites feuilles toutes jaunes des acacias faisaient sous les branches à demi dégarnies, un tapis qui tournoyait au moindre vent. Ils se tinrent assis là, et tous deux songeaient à la fois à ce banc de pierre où, sur la Hauteur, elle avait entendu la voix de Combette dire : « Je t'aime », et où lui, bien auparavant, avait entrevu, dans l'ombre, la silhouette du peintre à côté de celle de Jeanne.

L'interne, très ému, n'osant même chercher à deviner ce que lui voulait la jeune fille, attendait qu'elle parlât.

— Monsieur Vilandry, dit-elle tout à coup, d'une voix singulièrement nette, qui vibrait sous le coup d'une émotion violente, j'ai cru deviner que vous aviez pour moi un intérêt dont je vous remercie du fond du cœur.

— Je suis, fit Georges, dont le cœur battait à lui faire mal, le plus dévoué de vos amis, mademoiselle, et je serai heureux, je vous jure, si vous mettez ce dévouement à l'épreuve.

— Eh bien! reprit Jeanne, c'est à la fois à l'ami, comme vous voulez bien le dire, et au médecin, que je m'adresse aujourd'hui.

— Au médecin?

— Oui. Je me sens plus libre avec vous qu'avec M. Fargeas. Je n'oserais pas lui demander ce que je vais vous dire!

— S'il s'agit de science, vous avez tort, dit Georges étonné. Mon maître est le conseiller le plus sûr et...

— Je vous ai dit qu'il s'agissait aussi d'amitié, interrompit Jeanne.

Georges, presque blême, ses lèvres tremblant, se sentait comme invinciblement emporté vers quelque chose d'inattendu et de redoutable. Il se raidissait, avec cette allure militaire qu'il avait, et semblait attendre quelque coup de feu d'une arme invisible.

— Monsieur Vilandry, dit tout à coup Jeanne Barral en plongeant son regard profond dans les yeux de l'interne, je vais vous poser une question bien nette et d'où dépend toute ma vie : « Est-ce que je puis me marier ? »

— Vous... mar...

Il s'arrêta, devenant blême, ne comprenant pas, se demandant s'il avait bien entendu.

Que lui disait-elle là ?

Elle se méprit à l'expression de ce visage, et hochant la tête :

— Allons, dit-elle, c'est une façon de me répondre, cela !... Je suis condamnée !

— Pourquoi condamnée ? demanda Georges.

— Je voulais savoir si la fille d'une folle est une femme comme une autre, si à celui qui lui demande sa main, elle n'apportera pas en dot la folie. Vous êtes devenu tout pâle, c'est une réponse, je vous dis !...

— Non, dit l'interne en essayant de dominer l'effroyable émotion qui l'étreignait, ce n'est pas une réponse. Je vous demande pardon, mademoiselle ; voyons... voyons... que me demandez-vous ?

— Je vous demande si, fille de ma mère, de ma mère malade, je ne suis pas comme elle menacée de tomber dans un hospice d'aliénées, et si j'ai le droit d'accepter le nom que l'on m'offre ?

— Vous marier ? balbutia Vilandry. On vous a demandée...

— Oui, dit Jeanne brusquement, croyant que toutes ces hésitations de l'interne étaient une sentence, effrayée de ces silences, ne devinant rien... Oui, monsieur Vilandry !

Le malheureux appela à lui toutes ses forces, essaya de sourire, regarda Jeanne et demanda lentement :

— C'est... c'est M. Combette?

Une rougeur furtive, rougeur de pudeur à la fois et de fierté, passa sur les joues pâles de Jeanne, et elle répondit, heureuse de cet aveu, comme une jeune fille annonçant ses fiançailles :

— C'est M. Combette.

Georges Vilandry était livide.

Il attendait quelque malheur, mais non celui-là. Ce rude coup le frappait brutalement. Debout, il eût chancelé. Il appuyait ses deux mains au banc de pierre, dont l'impression de froid calmait sa fièvre. Ses yeux, devenus hagards, se fixaient droit sur Jeanne.

Que lui demandait-elle, grand Dieu?...

C'était à lui, à lui, l'amoureux silencieux, l'adorateur de cette femme, à lui qu'elle posait cette question atroce : « Faut-il épouser votre rival ? »

Et quel rival !... Un Combette !

L'image demi-nue de Mathilde, secouée par une crise, tordue par la contracture, lui passa devant les yeux, et il eut envie de se lever, de courir, d'appeler et de crier à Mignon : « Dis à cette femme, dis-lui donc ce qu'est le misérable qu'elle aime ! »

L'épouser, lui ! Lui, Combette !...

— A la question qu'il m'a posée, dit Jeanne avec la franchise naïve des âmes droites, je dois donner une réponse. Cette réponse, je ne la donnerai que si vous me dites, vous, que la fille d'Hermance Barral n'a pas hérité de la folie de sa mère !

— Et c'est à moi que vous posez cette question? s'écria Vilandry, qui se sentait secoué d'une épouvantable envie d'éclater de rire, d'un de ces rires ironiques plus douloureux que des sanglots.

— Oui, répondit Jeanne, à vous qui m'avez déjà témoigné tant de pitié, tant de bonté, et en qui je crois comme en un savant et un honnête homme.

— Ah ! un savant !... fit le jeune homme, dont le cœur devenait douloureux, comme si on l'eût pétri, comme si on l'eût broyé sous une meule. Savant !... Savant !... Est-ce que je suis savant?... Qui vous a dit que je pouvais répondre à ce que vous me demandez-là? Qui?...

Jeanne, plus pâle maintenant que jamais, sentait, à son tour, des pleurs qui la prenaient à la gorge et l'étouffaient.

Il ne répondait pas! Il ne voulait pas répondre!

— Alors, c'est vrai?... dit-elle brusquement en se levant droite comme une malade électrisée.

— Qu'est-ce qui est vrai?

— Que je suis vouée à la folie... comme elle.

— Jeanne!

— L'hérédité! Parbleu, dites-le, ah! dites-le, allez! fit-elle avec un désespoir terrible. Avant même de vous le demander, je le savais. Je m'étais dit que j'étais condamnée à n'être jamais une femme, jamais, jamais, jamais! Mais je voulais, pour en être bien sûre, vous l'entendre dire. Eh bien! c'est fait, maintenant. Voilà. C'est dit!

— Je n'ai rien dit, répéta Georges éperdu; mais avez-vous donc une foi si grande dans ma parole?

— Oui, fit Jeanne. Et c'est parce que vous êtes, comme vous le disiez tout à l'heure, le plus vrai de mes amis que je vous demande ce conseil suprême. Dites-moi de répondre *oui* à M. Combette : je suis sa femme. Dites-moi que je n'ai pas le droit de me marier, d'être épouse et mère : je réponds *non,* et je m'ensevelis, tenez, là, dans cet hôpital, auprès de ma mère, en attendant que la même maladie qu'elle vienne me frapper!

— Jeanne! mademoiselle Jeanne! répétait Vilandry, secoué de la plus effrayante tentation, devenant mauvais, n'ayant qu'un mot à répondre pour arracher cette adorée à ce misérable.

— Que faut-il faire? répétait Jeanne effrayée, attendant, angoissée, le verdict de cet homme, cherchant la vérité, la vérité vraie, fût-elle épouvantable et sans espoir, dans le regard ardent de Georges. C'est une consultation, je vous l'ai dit!... Ai-je le droit de vivre? On m'aime. Ai-je le droit d'être aimée?

Ah! c'était trop sauvage, à la fin! c'était trop épouvantable! Vilandry avait des envies folles de crier à cette femme: « Mais vous ne voyez donc rien? Vous ne voyez donc pas que chaque parole de vous me tue? Vous êtes donc aveugle? Vous es donc sourde? Ma pâleur, vous ne la voyez pas? Vous ne voyez pas ces larmes que j'écrase sous mes paupières qui me brûlent? Vous ne les entendez pas, ces soupirs que j'étouffe? Vous ne voyez rien, vous ne devinez rien, rien, rien, rien? Vous ne voyez pas que je vous aime? oui, entendez-vous, que je vous aime, et que jamais, jamais, on n'a mis ainsi un être à la torture? »

Il sentait toutes ces paroles lui monter aux lèvres, comme un flot de sang. Elles allaient jaillir, pareilles au jet chaud et rouge d'une veine piquée de lancette.

Et puis une tentation atroce, railleuse, ironique, féroce, lui traversait le cerveau comme un éclair : — S'il la trompait, cette Jeanne? S'il lui mentait? S'il lui disait qu'elle avait raison, qu'elle n'avait ni le droit d'être épouse, ni le droit d'être mère, que la folie d'Hermance l'attendait, que répondre « oui » à Combette, c'était mentir aussi et plus tragiquement encore que ne mentait cet homme?...

Elle questionnait, elle attendait, elle voulait savoir.

De la réponse de Vilandry, toute sa destinée dépendait.

Eh bien?...

Ah! quelle fièvre! Tenir, là, comme dans sa main, le sort, le bonheur de son rival — et aussi, qui sait? — le bonheur même de cette pauvre femme qui avait foi dans ce lâche!

N'avoir qu'un mot à dire! Être le juge de sa propre cause! Arracher à ce Combette cette beauté, cette âme, cette Jeanne vers laquelle tout l'être de Georges allait, éperdu, affolé, grisé!...

Disposer de cette femme comme un père, comme un maître! D'une parole la reprendre à l'autre et — peut-être et pourquoi pas? — plus tard, la conquérir, la séduire, la garder!...

— Mens, va! c'est le salut de ton amour, ce mensonge! Mens! c'est le salut de Jeanne!

Il lui semblait qu'il entendait bruire ces mots à son oreille; il était fou lui-même, fou de rage, de douleur, de déception...

— Qui vous dit que je ne puis pas me tromper? fit-il tout à coup, la voix tremblante.

— Moi! Je suis sûre, moi, que vous me direz la vérité!

— La vérité! Mais si elle vous tue?

Jeanne eut un sourire admirable, profond et doux, un sourire de martyre.

— Je suis habituée à souffrir!

— Alors, vous l'aimez, Combette?

— Profondément, dit-elle.

— Il vous aime?

— Oui.

— Il vous l'a dit?

— Il me l'a dit.

— Rien ne vous arrête pour l'épouser?

— Rien que cette terreur que j'ai d'être frappée d'un mal héréditaire. Si j'ai le droit d'être sa femme, je suis à lui!

A lui! Sa femme!

Vilandry s'était levé tout droit, à son tour, et il regardait cette Jeanne, exquise dans sa beauté fière, pâle sous ses bandeaux noirs, pleine de ce charme affolant que donne la souffrance, gaze morale de la beauté.

Il allait lui crier:

— Ne l'épousez pas!

Il allait mentir, mentir pour la sauver, mentir pour sauver son propre amour de cet écroulement.

Oui, mentir, mentir!...

— L'ami hésite, dit fermement Jeanne. Eh bien c'est au médecin que je parle. Votre devoir est de répondre. Répondez!

Le devoir!

Ah! le mot atrocement cruel, le mot d'ordre farouche de toute la vie des sots qui n'obéissent qu'à leur conscience! Le devoir!

Vilandry tressaillit sous la piqûre comme un cheval bondit sous l'éperon.

Il jeta au vent un grand éclat de rire et prenant par les poignets cette femme éperdue et qui, soudain, recula, peureuse, mais qu'il maintint sous son regard, sous sa parole, sous la pression de ses mains:

— Vous voulez que je fasse mon devoir?... Eh bien! soit! La vérité, c'est que vous êtes libre de votre beauté et de votre amour; la vérité, c'est que la folie de votre mère est un accident qui n'a rien de commun avec cette hérédité qui vous effraie! La vérité, c'est que vous aimez Combette!

...-le! Épousez-le! Soyez heureuse! Ne vous inquiétez ...e moi, ni de personne, ni de rien! Voilà la vérité! Mon ...oir est fait!... Maintenant, allez-vous-en! Ne me dites ...! Ne me parlez plus! Adieu!

...eut encore, comme un spasme, un effrayant éclat de ..., et laissant là Jeanne pâle, stupéfaite, clouée au sol, il ...ut sans savoir où il allait, traversant les cours, cherchant ...las, là-haut, sa petite chambre, cellule où avaient grandi ...songes, son étroite chambre, au haut du grand escalier ...mbre, et, une fois là, sous les toits, libre, étouffant, ...isant jaillir ses larmes comme le sang d'une blessure, se ...tat sur son lit, la face dans son oreiller, le mordant pour ...'on n'entendit pas ses cris, il resta tout seul, n'entendant ..., ne voyant rien, écrasé et broyé, tandis que, dans le ciel ...un gris de perle fine, à deux pas de lui, voletant et se ...semblant, des hirondelles passaient, repassaient, tour...oyaient — oiseaux qui apportent, dit-on, le bonheur où ...s posent leur nid, et qui, ayant niché sous le toit de l'in...me, dans ce grand hôpital triste, poussaient de petits cris ...semblaient prêtes à s'envoler vers le soleil.

## XV

### PLATOFF

Dans ce grand Paris, plein de bruit, où ils se trouvaient aussi isolés que s'ils eussent été perdus dans leurs steppes immenses, Serge Platoff et cette femme qui associait son existence à celle du sculpteur, vivaient d'une vie solitaire, retirée, dans un logis à demi caché dans l'ombre du quartier de l'Arsenal. Serge avait loué là un appartement, trouvant le quartier tranquille. Toute solitude lui plaisait.

Ils en sortaient le matin, pour se rendre à l'atelier de Mongobert. Ils déjeunaient d'ordinaire boulevard de l'Hôpital dans quelque cabaret où les ouvriers du quartier, les cochers du voisinage s'asseyaient, prenant leur repas sur le pouce et causant tout haut. Platoff ne semblait même pas entendre ce que ces gens disaient. Il regardait Olga dont les grands yeux tragiques s'adoucissaient lorsqu'ils se fixaient sur les siens.

Mongobert venait parfois s'asseoir à leur table, coupant de ses gouailleries parisiennes le silence qui enveloppait ces deux êtres étranges, et heurtant ses paradoxes aux réflexions de Serge. Rien de ce que disait le Français n'étonnait le Russe. Serge, au contraire, stupéfiait parfois Mongobert, qui n'était cependant pas facile à démonter.

Le bohème se sentait de plus en plus séduit par ce diable de Cosaque, auquel il en pouvait remontrer, l'ébauchoir à la main, mais qui, sur les choses humaines, lui, tout jeune, était supérieur à ce grison déjà chauve.

Mongobert avait d'ailleurs le don de « faire, comme il disait, bavarder » Serge Platoff. Le grand jeune homme qui, des heures durant, restait là, travaillant à son Christ, pétrissant sa terre, la rognant avec l'*éperon*, sans dire un mot, ou, dans le brouhaha de ce cabaret populaire, contemplant Olga, livré à un mutisme qui était de l'adoration — ce silencieux au sourire inquiétant, à l'œil clair, plein de flamme, se livrait volontiers à Mongobert.

Las des banalités courantes, le Russe éprouvait un plaisir vrai à rencontrer, chez cet artiste battu, flagellé par la vie, sceptique et bon, autre chose que ce que lui offraient les autres hommes. L'original allait droit à l'excentrique, en vertu des affinités électives de certaines natures. Il y a une telle franc-maçonnerie chez les sots qu'il faut bien parfois que les esprits d'élite s'entendent entre eux, à de certains signes, invisibles à d'autres.

Dans ces repas, entre deux séances à l'atelier, Serge et Mongobert parlaient de toutes choses, sans que les lèvres d'Olga laissassent tomber une parole. Elle écoutait, tout son être semblant vibrer à la voix douce de Platoff, cette voix tendre, timide, qui prenait, de temps à autre, un timbre net d'acier frappé par l'acier. A travers la fumée de sa pipe, Mongobert contemplait, charmé, le couple vraiment beau de cet homme de trente ans, à la bouche fine perdue dans une blonde barbe de flamme, et de cette grande jeune fille brune, qui semblait incarner le type de l'androgyne, svelte comme un éphèbe, exquise comme une vierge. Les yeux ardents d'Olga et ses lèvres rouges restaient brûlants et rouges jusque dans le nuage de tabac.

Mongobert parlait quelquefois de quitter Paris, de se remettre à voyager, à cause de ses rhumatismes.

— Je m'ennuie! disait-il.

Il y avait, chez ce gouailleur éternel, une blessure nouvelle peut-être; et, comme un oiseau printanier posé sur les ruines, peut-être l'affection quasi-paternelle qu'il éprouvait pour Mathilde Mignon, s'était-elle doublée en lui en devenant plus tendre. La vision de cette enfant et le sentiment de pitié qu'il avait pour elle ressemblaient à un de ces couchers de soleil qui jettent sur la terre assoupie un reflet d'or jaunissant les bois, et leur donnent comme une auréole. Amour mal défini, soleil couchant — qui sait?

Un sourire pâle venait alors aux lèvres de Serge lorsque Mongobert prononçait le mot : *ennui*.

— L'ennui était la maladie de Léopardi. C'est un peu le mal de Schopenhauser. Vous allez devenir pessimiste, monsieur Mongobert.

— Moi? pessimiste! Le diable m'emporte, je crois que je resterai, au contraire, naïf et, comme disent les boulevardiers, *gobeur* jusqu'à la fin de ma vie! On jure de ne s'attacher jamais à personne, parce qu'enfin il est bien certain que l'affection, sous quelque forme qu'elle se présente — amour, amitié, protection, pitié, tout ce qu'on voudra — est une source de déceptions. On jure ça et on recommence à aimer quelqu'un ou quelque chose, fût-ce un roquet! — Vrai, ça ne laisse pas que de me fatiguer, à la longue!... Je voudrais changer d'air!

— Venez en Russie, dit Serge.

— Ce ne serait pas si bête. Je ne connais pas la Russie, et il est bien certain que votre peuple jeune tient l'avenir dans sa main!

— Sa main!... Sa main!... Une patte d'ours! fit Platoff avec son sourire fin et froid.

— Toujours est-il, dit Mongobert, que je ne sais pas où je lisais, l'autre jour, une série de statistiques où l'on nous prouvait, clair comme la lumière, que l'accroissement des populations parlant, à travers le monde, la langue russe est considérable, tandis que les gens qui parlent — ou écorchent — notre pauvre langue française menacent de ne s'accroître que dans des proportions terriblement faibles. Parfaitement. Il y a un monsieur qui tient une plume en Amérique et qui a écrit insolemment que l'univers se divise, pour ainsi dire, en deux nations : les gens qui ne parlent pas anglais et ceux qui parlent anglais.

Platoff souriait.

— Pensez-vous donc que c'est le nombre qui est tout? dit-il. Croyez-vous que votre France n'est pas plus admirable — permettez — lorsqu'elle remue le monde avec ses idées et ses capitaux, qui sont du travail intellectuel et matériel accumulé, que lorsqu'elle canonnait l'univers?... Mais — voilà! — l'homme est toujours un peu un animal. Il tient à être le plus fort. Il a la vanité du coup de poing. C'est fort ridicule... Excusez, je ne dis pas cela pour vous!...

Il ajouta, souriant d'une façon singulière :

— On tient à être nombreux pour faire, avec plus de succès, la guerre! Ah! la guerre!... On porte triomphalement, cher, des gens au Panthéon pour avoir commis, en temps de guerre, certains actes qui les conduiraient en cour d'assises en temps de paix. — Après cela, fit-il, je ne suis pas français, moi, je n'ai pas le droit d'avoir mon opinion sur ce que vous pensez intimement.

— Je pense qu'il y a toujours un chauvin mal endormi chez nous. Et, ma foi, je sais gré à cet imbécile de chauvinisme de ne pas oublier les injures reçues et les injustices subies.

Platoff souriait encore.

— C'est très drôle, dit-il, les sentiments des peuples. Tout est très drôle, décidément, dans le monde, et tout y est parfaitement naturel. Chez les Kirghiz, où je voudrais bien que vous viviez une semaine seulement, sous la tente, en buvant du lait, on raisonne un peu comme vous raisonnez là. Vous iriez dire, comme vos chrétiens le disent ici, qu'un homme doit pardonner les offenses et oublier les injures, on vous prendrait simplement pour un lâche et on cracherait sur votre couardise. Le devoir, pour vous, c'est souvent la grandeur d'âme. On tend la main à son ennemi.

le monde trouve ça très beau. Pour les Kirghiz, le devoir, c'est la vengeance. Tu m'as outragé, je me venge ! Et non seulement je venge mon injure personnelle, mais je dois venger celle de mon père, de mon aïeul. Oh ! parfaitement ! La morale et le devoir changent selon les latitudes, et je ne vous reconnais pas le droit de dire que ces sentiments-là sont chez vous plus perfectionnés qu'ailleurs. Est-ce qu'on sait ? Est-ce que vous savez ? Oui, savez-vous où est le vrai, où est l'absolu ? C'est du fond de la tente d'un Kirghiz qu'il vous faudrait contempler et jauger votre boulevard, vos théâtres, votre art, vos salons, votre civilisation ! Ces Kirghiz, qui vous dépouilleraient et vous laisseraient nu comme un ver s'ils ne vous connaissaient pas, et qui se feraient hacher pour vous si vous avez été leur hôte pendant une heure, vous en apprendraient peut-être sur le cœur humain plus que tous vos compatriotes ensemble, lettrés ou non ! Le monde est grand, il est grand le vaste monde, et peut-être bien faudrait-il l'avoir vu tout entier pour le juger !

— Bravo ! répondit Mongobert. Eh bien, vous voyez, nous sommes d'accord. Je ne raisonne pas comme un Français, je raisonne comme un Kirghiz. C'est peut-être le commencement de la sagesse.

Après ces causeries et ces discussions, Serge rentrait, comme s'il y eût été rappelé militairement, dans l'atelier de Mongobert, et travaillait âprement à son Christ maigre effroyablement tordu par la souffrance.

Il n'en était pas satisfait.

Il le trouvait encore trop affecté, trop torturé. Cette figure de marbre ne lui semblait pas assez simple. Il voulait éviter cette figure de supplicié ressemblant à un moujik russe entrevu dans l'atelier d'Antokolski, et pourtant il tenait à exprimer la douleur d'une race sacrifiée. Le soir, après un travail âpre, il sortait avec Olga, descendait, assez loin, dans un restaurant ignoré de la rue des Saints-Pères, où des Russes, artistes ou étudiants, voyageurs ou réfugiés, prenaient leur repas, retrouvant la soupe moscovite, le caviar et le *kalebjaka* du pays, les *navitkas* de Moscou, la liqueur de sorbes ou de framboises servie dans des bouteilles dorées.

Il donnait là quelque salut, à droite et à gauche, mais ne

se liait avec personne, éprouvant seulement cette sensation particulièrement exquise de l'étranger devant un parfum, un écho de la terre natale dans une ville étrangère.

— Vous voyez bien que, vous aussi, vous êtes chauvin, lui disait alors Mongobert. On a beau être philosophe, on aime la fange natale, la soupe et les chansons de l'enfance comme on aime sa maman.

Après ce repas, d'ailleurs rapide, Serge disparaissait avec Olga, s'enfonçant en quelque sorte dans l'ombre de Paris. Ils allaient à pied, comme au hasard, le long des quais, regardant les silhouettes des maisons hautes dans l'eau du fleuve, les rougeurs tremblotantes des lumières allongées comme des larmes. Ils cherchaient dans les allées des Champs-Elysées ou du Bois, les allées sombres où l'on peut se promener lentement, furtivement; le bruit lointain des équipages, des passants, de tout ce qui est la vie, venait expirer dans ces solitudes, comme la vague vient mourir sur un rivage. Ils se faisaient, dans ce tourbillon de Paris, une existence ignorée; dans ce fracas, une vie silencieuse.

Nul ne les savait au monde.

En plein bouillonnement de civilisation, ils éprouvaient la fortifiante sensation de solitude, l'impression bénie d'isolement qui fait à l'homme comme un bain dans la forêt solitaire. Serge se disait que si, tout à coup, la mort venait là, les frapper tous deux, personne, personne au monde ne saurait le nom de ces passants, de ces errants, de ces inconnus — personne, sauf Mongobert et les gens de la Salpêtrière, qui n'apprendraient peut-être même pas cette mort et croiraient les Russes partis, enfuis, disparus...

Serge voulait parfois conduire Olga au théâtre. Elle s'y ennuyait. Ces gaietés voulues, ces terreurs imaginaires lui semblaient sonner étrangement faux. Elle se racontait, disait-elle, à elle-même, des drames plus poignants que ceux qui se déroulaient sur les planches. Elle entendait une musique plus suave que celle des opéras. Le vent qui passait dans les arbres, la nuit, quand elle marchait côte à côte avec Serge, par les allées où le sable criait, lui chantait des mélodies plus douces.

Dans leur logis voisin de l'Arsenal, personne n'entrait. Un Russe robuste, au nez épaté, sachant tout juste de fran-

..is ce qu'il fallait pour que le portier le comprît, servait ..tatoff. Il ne sortait pas, ne connaissait de Paris que les ..elques ruelles voisines et ne semblait curieux de rien ; ..oué au logis, il y restait comme attaché, buvant du kwass, ..t rêvant peut-être à l'*isba* paternelle, laissée là-bas, sous ..s sapins noirs.

Mongobert, chaque jour plus intrigué et plus séduit par ..s deux êtres décidément fort mystérieux qui venaient ré..gulièrement à son atelier, comme des élèves, songeait par..fois, avec une pitié ironique, à ce pauvre Pedro et à son ..bsurde pari...

Se faire aimer d'Olga ! Il était fou, ce Pedro !

Et d'ailleurs, le jour où il avait osé défier Combette de ..onquérir Mlle Barral avant que, lui, Pedro, eût séduit « la Cosaque », il était ivre absolument.

« *Dans trois mois, elle sera ma maîtresse !* » Mongobert se rappelait cette déclaration stupéfiante de Pedro et ne pouvait s'empêcher de rire. Comme il en serait pour ses frais, ce Pedro, malgré sa gaieté et son aplomb, s'il essayait ! Qu'importaient toute sa verve, ses fusées et ses flambées d'esprit, à cette belle fille silencieuse, froide et brûlante comme la neige ?

La verve de Pedro ? Elle n'existait plus, d'ailleurs.

Ce jovial compagnon, fait pour les larges et bons rires, et qu'on s'imaginait né pour tenir en main un vidrecome dans quelque kermesse flamande, fronçait les sourcils maintenant, paraissait triste, se trouvait mécontent de lui-même et songeait avec colère à cette jolie Russe, dont l'implacable et indéfinissable beauté venait le hanter et lui portait au cerveau.

Il s'était mis ardemment au travail, *potassant* ses livres, disséquant, donnant des leçons aux *roupious*, s'étonnant lui-même de cette frénésie de *pioche* qu'il lui prenait et de ce courage qu'il apportait à s'étourdir, cherchant l'oubli dans le harassement de sa pensée et de son corps. Et tout à coup, la rencontre d'Olga, apparue dans quelque carrefour de l'Hôpital, se détachant sur une de ces perspectives infinies comme une grêle madone primitive dans quelque peinture d'Hemlinc ou de Van Eyck, le troublait, le ramenait brutalement à cette constante pensée : deviner cette énigme vivante, savoir si cette apparition troublante avait un cœur. Elle aimait Platoff, sans nul doute. Était-elle sa femme, sa maîtresse? Pedro n'en savait rien. Et qu'importait! Le sculpteur possédait, tout entière — et c'était là ce qui irritait Pedro — cette créature d'élite dont le noir regard semblait faire trou, brûler où il se posait, comme ces rayons de soleil qui consument un objet en passant à travers une lentille de verre.

Ainsi cet homme froid, maigre, énigmatique, avait séduit, conquis cette belle fille que Pedro eût voulu tenir dans ses bras, couvrir de baisers fous, qui lui semblait l'incarnation même de ses désirs et les irritait par cette idée énervante que l'amour d'Olga était impossible.

L'impossible! Toujours l'impossible! Encore une fois, c'était pour Pedro comme un aiguillon. Il s'entêtait à cette passion que la colère, les songeries, le hasard même exacerbaient. Il prenait à ce bon gros garçon, amusant autrefois et blagueur, des idées enfantines d'amoureux transi. Il suivait, de loin, leurs promenades furtives, à ces deux êtres qui se cachaient. Il avait des envies méchantes d'apparaître, tout à coup, entre elle et lui, et de leur chercher querelle et de se moquer d'eux. Il ne savait pourquoi — ou plutôt il le savait trop bien — mais les apercevoir de loin, mais sentir que cette femme aimait cet homme, lui donnait sur les nerfs. Il trouvait ce Platoff absurde et laid et poseur. Il avait des tentations d'entrer dans l'atelier de Mongobert, de briser la terre du sculpteur et de lui dire, devant les débris de ce Christ :

— Eh bien! oui, c'est moi qui ai fait cela! Maintenant je suis à vos ordres!

Jamais de la vie Pedro ne se fût imaginé jadis qu'en si peu de temps il pût devenir aussi insensé. C'était un cas!

— Je suis un *cas!* se disait-il en essayant de rire.

— Tu as une fichue mine, Pedro, lui répétait Finet. Prends garde : trop d'alcool à la clef.

— Passe donc à la mairie, toi; Lolo t'y attend, et laisse-moi la paix, répondait Pedro.

Tout bas pourtant il se posait cette question redoutable: Finet n'avait-il pas raison? — Pedro buvait beaucoup, par plaisir et pour s'étourdir. Il éprouvait une volupté à sentir les pensées flotter dans sa tête — confuses — et surtout, ah! surtout, il était heureux, heureux follement de ne plus penser. Cela le fatiguait et le crispait de toujours songer à sa Cosaque.

— Imbécile! Ah! imbécile, va! criait-il quelquefois, tout haut, avec rage.

Pedro avait voulu parler bien souvent à Olga depuis l'entretien, dont il se rappelait les moindres mots, dans la cour de Manon Lescaut.

Olga écoutait, répondait avec une politesse correcte, ne quittait pas des yeux les yeux de Pedro et, dès que le jeune homme risquait une parole un peu vive, ou essayait de faire glisser les propos vers des confidences intimes, elle coupait net l'entrevue, saluait de ce geste bref qu'avait aussi Platoff, et disparaissait, ou, chose plus bizarre, restait, devant Pedro, comme si elle eût attendu qu'il dit enfin le mot qui lui brûlait les lèvres — et elle dardait sur lui son regard, plein de nuit, ses lèvres rouges donnant une expression quasi-sauvage à sa figure pâle.

Pedro en venait alors à se demander s'il n'était pas complètement niais d'être timide, et si avec une telle fille; il n'aurait pas dû, depuis longtemps, risquer hardiment une déclaration — mieux que cela peut-être.

Tantôt elle avait l'air irrité, fronçant ses sourcils noirs, avec une expression fauve qui donnait à son regard une férocité étrange; tantôt ne semblant pas comprendre, elle demeurait là, debout devant Pedro, indéchiffrable comme un sphinx de chair.

L'étudiant savait où elle habitait.

Il les avait suivis dans le quartier de l'Arsenal. Il avait interrogé.

Le concierge de la maison qu'habitait Platoff avait rapidement défini ses locataires :

— Des ours!

Pedro savait que Serge ne recevait personne. Il avait essayé de faire causer Ivan. C'était le moujik. Ivan paraissait ne point comprendre.

D'un air indifférent, avec une curiosité qui semblait désintéressée, Pedro, dans l'atelier de Mougobert, interrogea alors Platoff sur la façon dont il vivait à Paris, et, tandis que l'étudiant laissait tomber ces questions, l'œil d'Olga ne le quittait pas, devinant sa pensée, lisant en lui comme dans un livre ouvert.

Platoff ne fit que des réponses vagues.

Pedro, dépité, dit alors presque brusquement à Olga, pendant un moment où le Russe était allé avec Mongobert voir, sur nature, pour compléter sa figure, un écorché à l'amphithéâtre :

— Il est jaloux, M. Platoff?

— Et pourquoi serait-il jaloux? demanda Olga.

Elle était assise, les jambes croisées, le genou gauche dans ses mains jointes.

Le beau garçon roux, debout devant elle, la regardant, troublé comme un enfant, mais essayant de sourire dans le retroussis de sa moustache :

— Pourquoi? fit-il. Mais parce qu'il vous aime et que vous êtes si jolie... si jolie... Je me trompe, vous êtes belle! Oui, et il est impossible de vous voir sans vous aimer.

— M'aimer, moi?

— D'une passion ardente, absolue...

Il se penchait vers elle à demi; son haleine effleurait presque le front pâle de cette femme où les cheveux noirs, taillés droit, mettaient leur ombre.

— Eh bien, fit-elle, quand tout le monde m'aimerait, cela pourrait-il inquiéter Platoff donc, puisque je n'aime que lui? — Il le sait bien, ajouta-t-elle en se levant toute droite. Et vous le savez bien aussi. Cela donc vous amuse de me l'entendre dire?

Pedro sentait comme un afflux de sang lui monter aux tempes. Il avait devant lui ce corps aux gracilités ardentes, pareil à un roseau qu'on sentait devoir ployer aux souffles embrasés, sous les orages d'amour; et il lui prenait des tentations affolées de renverser cette tête blême et de se brûler le cœur à ces lèvres rouges.

Un léger frémissement des narines transparentes d'Olga semblait à Pedro comme un appel de passion — peut-être une marque de colère.

Il hésita.

Une minute après, ils n'étaient plus seuls. Mongobert et Serge rentraient. Pedro remarqua, d'ailleurs, que la jeune

Russe n'adressait point une parole à Platoff, qu'elle ne le regardait même pas. Avec cette facilité qu'ont les esprits de sa trempe à juger sur les apparences, il en conclut qu'une brouille pouvait bien — qui sait? — en dépit des paroles formelles de la jeune fille, être survenue entre Serge et Olga.

Pedro n'était rien moins que fat. Mais il se dit que la belle fille, dardant sur lui son regard sombre, avait, tout à l'heure, une attitude singulière, et que, peut-être, dans cette froideur voulue, se cachait une flamme sourde. Elle proclamait trop haut, selon lui, l'amour qu'elle avait pour Platoff. Et des espoirs fous lui harassaient alors la pensée. Il lui semblait à présent qu'Olga le regardait d'une façon toute nouvelle, presque provoquante. Ah! en vérité, ou il était le dernier des sots, ou il reprendrait quelque part, demain, le plus tôt possible, cet entretien interrompu.

Mais où? Chez Platoff, parbleu! En se présentant chez le Russe, qu'il voyait presque tous les jours à l'atelier du mouleur, il ne commettait pas une inconvenance bien grande. Oui, il irait chez Platoff. Il y retournerait jusqu'à ce que, seul avec Olga, il pût lui dire tout ce qu'il pensait de sa beauté, de ce mystère affolant qui la rendait si enivrante. Il risquerait tout pour tenir entre ses bras cette idéale créature, plus femme que toutes les autres femmes.

Il en venait à ce degré de passion éperdue qu'il n'admettait même plus qu'on plaisantât en lui parlant de *la Cosaque*.

Combette lui ayant demandé un soir :

— Et notre pari?

Pedro le regarda en relevant la tête :

— N'en parlons plus, je vous prie! Je ne fais, moi, de folies et ne commets de certains actes que lorsque je suis ivre!

Combette, devenu subitement très blême, regarda Pedro s'éloigner, se demandant s'il allait exiger une explication. Bah! paroles en l'air! Le peintre avait à jouer une partie autrement sérieuse : la partie décisive de sa vie. Il n'avait pas à s'attarder à des querelles d'étudiant.

A interroger Pedro, on eût deviné une préoccupation identique. Rien ne lui paraissait plus sacré et plus décisif que l'état d'âme où il se trouvait. Il l'aimait follement, cette

Olga, à tout risquer pour en faire sa maîtresse. La froideur dangereuse de Serge, tout ce qu'un tel homme pouvait, à un moment donné, déployer de courage barbare, sans merci, exaltait Pedro en donnant à ce caprice, devenu passion, l'appât même du péril. Il lui fallait Olga, femme ou maîtresse de Serge, dût-il jouer sa vie pour l'avoir.

Tout un jour, il l'attendit, une fois que — sachant Mongobert en promenade avec Platoff — il espérait voir la jeune fille sortir du logis. Elle ne sortait pas. Alors, enfiévré, il monta, sonna. Ivan vint entre-bâiller la porte et, apercevant Pedro, la referma brusquement.

Pedro, furieux, comprenait qu'on donnât le knout à ces drôles. Il l'eût étranglé.

Le lendemain, il aborda hardiment Olga sur le boulevard, devant l'hôpital, au moment où elle allait y entrer, son carton à dessin sur le bras, une toque fourrée posée sur ses cheveux noirs.

— Je me suis présenté chez vous, hier, lui dit-il.

— Chez moi?

Elle le regardait, impénétrable.

— Oui, chez vous.

— Je n'ai pas de chez moi. J'habite chez Platoff.

— Eh bien! je me suis présenté chez lui, pour vous voir, vous!

— Moi?

— Oui.

— Que voulez-vous me dire que vous ne puissiez me dire ici? Vous me rencontrez presque tous les jours!

— Ce que j'ai à vous dire, fit Pedro; je vous le dirai, car je me le suis juré! Et si vous m'écoutez...

— Je vous écouterai, fit Olga d'un ton étrange. Oui, je vous écouterai, et je vous répondrai!

— Quand? quand cela? dit Pedro, baissant la voix, comme si cette femme allait laisser tomber l'heure d'un rendez-vous.

— Ah! cher, fit-elle, en prenant brusquement son ton cassant et sec, vous m'en demandez trop, donc!

Et elle disparut, s'enfonçant dans cette espèce de couloir tapissé d'affiches annonçant les cours des professeurs, et qui sert d'entrée à la Salpêtrière.

L'énigme se posait, plus inquiétante encore, pour Pedro. ...e devait-il croire? Qu'était-ce que cette femme? Une ...aturière? Une fille honnête? Elles sont si bizarres, ces ...rangères, qui viennent promener et comme allumer leurs ...es aux becs de gaz de Paris! Une nihiliste? Allons donc! ...e déclassée tout simplement. Quelque bourgeoise de ...tersbourg ou de Moscou que ce Platoff avait enlevée, ou ...e fille noble qui s'émancipait et courait à la fois le monde ...le guilledou avec un artiste! Ah! parbleu! il avait bien ...soin de trembler devant elle, lui, Pedro! Une fille bête ...mme cette Manon, déjà oubliée, ou une belle fille intelli...nte et hautaine comme celle-ci, c'était au fond la même ...mme, et cela se traitait de même, hardiment, si l'on vou...it réussir! Il n'y avait que les trembleurs qui échouaient. Il fallait oser! Et c'était son habitude. Il oserait!

Mais, pour oser, il avait besoin de cet adjuvant qui le con...lait, de cette liqueur verte qui lui coulait dans les veines, comme un baume. Il se versa, au café, de l'absinthe dans un grand verre et, joyeux, plein de foi en lui-même, décidé à tout, riant d'avance, allant il ne savait au juste à quel but — à un duel avec Serge ou à une entrevue avec Olga — il s'achemina, ce même soir, la cervelle pleine de fumée, les lèvres pleines de chansons, vers le quartier désert de l'Arsenal, bien décidé à dire à la jeune Russe tout ce qu'il avait de désirs, de folies, d'espoirs, et à savoir enfin ce que c'était que cette femme — une honnête fille ou une courtisane.

Il y avait peu de passants dans ces rues abandonnées, où la vie, si intense ailleurs, semble arrêtée dès le crépuscule et le sang figé. Un hasard avait appris à Pedro que Serge Platoff assistait, chose extraordinaire, à cette heure même, à une réunion de Russes où se poserait la question de savoir si on n'élèverait point, par souscription, un monument à Pouchskine.

Platoff, spécialement convoqué par ses compatriotes, rencontrés au restaurant de la rue des Saints-Pères, avait promis de se rendre à leur invitation.

— Et l'on vous choisira pour sculpter la figure du poète, avait dit Mongobert.

Platoff avait répondu :

— Oh! je ne travaille pas sur commande. Je suis assez

désolé déjà quand je ne puis pas réaliser ce que j'ai dans la tête. Vous voyez bien mon Christ, eh bien! je le briserai!

— Quelle folie!

— Certainement, je le briserai. J'en suis mécontent.

Ainsi, Platoff, assistant à cette réunion, Olga devait être seule chez elle, chez *lui*, comme elle disait. A moins qu'elle eût accompagné son amant là-bas, comme partout. C'était possible.

— Nous verrons bien, songeait Pedro.

Il marchait, confiant, l'esprit grisé, allant devant lui, très vite, et il monta rapidement les marches qui menaient à l'appartement loué par Serge.

Le portier de la maison l'avait reconnu. Il paraissait profondément surpris de voir quelqu'un venir chez Platoff, à cette heure.

— Il n'y a que madame. Madame ne vous recevra pas.

— Nous verrons bien, se dit encore Pedro, enchanté d'apprendre que la jeune femme était là.

Il avait envie de rire en montant les marches. Comme ce serait drôle, tout de même, s'il gagnait son pari d'homme ivre! Il fallait oser, oser... Il sonna, comme il l'avait fait déjà, à la porte, mais hardiment. Ivan vint ouvrir. Pedro était décidé à se colleter avec le moujik pour passer. Il fut tout étonné en voyant cette face écrasée s'éclairer et, sous ce nez de Kalmouck, un large sourire édenté s'ouvrir dans une barbe jaune :

— Oui!... oui!... répondit Ivan à la question de Pedro.

Olga était donc là? Olga l'attendait peut-être!

Pedro entra dans une grande salle, éclairée par une lampe de cuivre, où des tapis persans étaient jetés à terre. Aux murs à peu près nus, des gravures encadrées, qui ne devaient pas, comme les tapis, appartenir à Platoff. Le mobilier, banal, ressemblait à celui d'un hôtel garni. Pedro s'attendait à un autre cadre pour cette beauté tragique de la jeune Russe.

Elle n'était point dans cette salle.

Ivan fit un signe, montrant à Pedro un fauteuil de velours grenat en bois d'acajou, lorsque tout à coup une porte s'ouvrit et, blanche, enveloppée dans sa blouse russe de soie rouge, Olga apparut, relevant sa belle tête fière et regardant Pedro en face.

Ses lèvres couleur de sang s'entr'ouvrirent doucement, un sourire indéfinissable les releva, silencieuses ; puis elle se tourna vers Ivan et lui jeta quelques mots très brefs, en langue russe.

L'homme, courbant son corps trapu, disparut rapidement

Quand elle fut seule avec Pedro, Olga, changeant de ton, lentement, laissa une à une, comme des gouttes d'eau d'un samovar, tomber ces paroles :

— Je viens de donner à cet homme l'ordre de ne pas entrer ! Je vous attendais presque. Dites-moi donc maintenant ce que vous avez à me dire.

La lumière de la lampe frappait en plein le visage de cette femme et renvoyait à la muraille la silhouette agrandie de ce beau corps svelte où la soie se collait, caressant les épaules et les membres aux lignes pures.

Pedro, silencieux, pris à la gorge par le désir, ne doutant plus que *la Cosaque* ne fût une aventurière, enveloppait du regard ces formes exquises, plongeait ses yeux dans ces prunelles noires, ardentes.

— Si vous me demandez ce que je viens vous dire, Olga, fit-il, baissant la voix, se rapprochant lentement de la jeune femme, c'est que vous le savez déjà, c'est que vous l'avez deviné !

— Je ne devine rien, répondit Olga. Vous vouliez me dire ?...

— Que je vous aime, fit Pedro, cherchant à attirer ce corps dont la peau, qu'il devinait mate, semblait frissonner sous la soie rouge.

Il se rapprochait toujours, enlaçant à demi la jeune Russe, dont le masque froid restait immobile, troué de deux yeux noirs et coupé de ces deux lèvres d'un rouge de sang... Olga restait comme glacée, ses yeux cherchant les yeux de cet homme qui lui parlait ainsi brusquement, brutalement, dès les premiers mots, comme à une fille.

Et ne le lui avait-elle pas demandé ?

— Alors, dit-elle vivement, en posant sa petite main fine, dont Pedro sentit la pression nerveuse, sur le bras du jeune homme, vous venez ici pour me parler d'amour ?

— D'amour, oui! D'un amour profond, d'un amour fou!... Depuis que je vous ai vue, Olga, depuis que vous m'êtes apparue, je vous aime, je vis avec votre pensée et votre image!

— Vous m'aimez — ou vous me voulez? — demanda-t-elle, enfonçant sa question tout droit, comme un couteau.

Pedro, tout égaré qu'il fût avec cette vapeur d'absinthe dans le cerveau, recula d'un pas, regardant Olga pour savoir ce qu'elle voulait dire.

Elle gardait toujours, sur sa face pâle, belle comme un marbre antique, ce rictus bizarre, que la lumière de la lampe éclairait en plein.

— Vous croyez que vous m'étonnez? dit-elle. Je vous répète que je vous attendais. Ce que vous alliez me dire, vous avez raison, je le savais d'avance! C'est le refrain banal de l'homme qui passe et qui heurte une femme qui lui plaît! Vous appelez ça de l'amour, vous?... Vous n'êtes pas difficile!

Pedro était stupéfait, mais il essayait de sourire. Quelle que fût la tournure de l'entretien, que lui importait, pourvu que cette femme fût à lui!... Amour ou désir, comme elle le disait elle-même, passion ou prurit, la vérité est qu'il en était fou, possédé, et que, dans ce tête-à-tête avec elle, tous ses désirs flambaient, toute sa fièvre lui courait par les veines.

— Il n'y a pas deux amours, dit-il, il y a l'amour! Et tout mon être va à vous comme à tout ce qu'il y a de plus parfait et de plus désirable au monde!... Je vous aime, je vous aime, je vous aime!

Elle chercha son regard, et froidement:

— Je croyais vous avoir dit, fit-elle, que j'aimais Serge Platoff de toute mon âme?

Elle semblait n'avoir pas d'accent, toutes les paroles montant à ses lèvres vivement, comme dans un jaillissement d'éloquence.

Pedro sourit, et, ses beaux yeux brillant dans son joli visage à moustache blonde:

— Ne parlons pas de lui! dit-il doucement, suppliant et railleur à la fois, comme un amant parlant du mari.

— Pourquoi ? fit Olga.

— Mais parce que je vous l'ai dit... Je vous aime.

— Vraiment ?

— Comme vous prétendez l'aimer, lui ; de toute mon me.

Il s'approchait d'elle, la cherchait, voulait la saisir, l'en-ser, la serrer dans ses bras, déjà ivre de cette joie ar-ente...

Olga lui échappa tout à coup.

— Savez-vous ce que vous venez de me dire là ? fit-elle, voix toute tremblante, comme une épée d'acier secouée, us venez de répondre à une femme la plus basse injure e lui puisse jeter un homme ! Je vous ai dit que j'aimais elqu'un, et vous m'avez répondu : « Qu'importe, gardez-i votre amour et donnez-moi le plaisir ! »

— Olga !

— Il paraît que ces choses se font et que ces marchés se gnent ! On ramasse les miettes d'autrui et l'on s'en con-tente ! C'est de l'amour, ça, dites-vous ? — L'amour, c'est ce que Serge Platoff a pour moi ! — L'amour, c'est le dé-vouement d'une existence entière à un être qui ne peut et ne veut pas donner la volupté que vous vendra au coin de la rue la première rôdeuse de plaisir ! — L'amour, c'est toute une vie sacrifiée à qui sacrifie sa vie ! C'est ce que m'a donné Platoff.

— C'est ce que je vous donnerai, Olga, cria Pedro, affolé, buvant du regard cette belle fille enveloppée dans sa blouse rouge, et dont les yeux et les lèvres brûlaient d'une passion sauvage qui emportait Pedro, l'enveloppait de feu.

Olga poussa un cri strident, déchirant et éperdu, qui glaça, tout à coup, le jeune homme jusque dans la moelle des os, un cri souffrant et maladif, et, reculant brusquement de quelques pas, se tenant droite sous la lueur rougeâtre de la lampe :

— Vous m'aimez ? dit-elle. Ah ! vous m'aimez ?

— Je vous adore !

— De l'adoration ? De l'amour ? Tout cela ?... Tout cela ? dit-elle... Ah ! vous m'aimez !... Eh bien, regardez !

Elle prit de sa main droite, le collet de sa chemise rouge

qu'elle arracha presque en faisant glisser la soie le long de ses épaules et de ses bras, et, dans un éblouissement éperdu, Pedro, égaré, fou d'amour, aperçut d'abord la blancheur superbe, pareille à un beau marbre doré du soleil, de cette chair de femme que couvrait, comme d'un baiser, la lumière de la lampe, et il tendit les bras vers elle, lorsque, brusquement au cri douloureux d'Olga, il répondit, foudroyé, par un cri d'horreur, reculant devant cette femme qui, demi nue, dans la splendeur de ses vingt ans, lui montrait sa poitrine mutilée, une poitrine adorable sous un cou exquis, mais où, des deux côtés, à la place des seins, deux entailles profondes, posant leur hideur sur cette beauté, apparaissaient, comme deux immenses morsures, deux plaies horribles, affreusement repoussantes, stigmatisant cette jeunesse, cette fraîcheur, ce charme et, faisant reculer Pedro, comme devant une atroce laideur.

— Allons! m'aimerez-vous encore?

Olga se redressait, superbe, fière de cette mutilation, ses cheveux noirs à demi coupés tombant sur son visage marmoréen, une mèche hardie avivant de son ombre l'ombre de ses yeux, et, droite, nue jusqu'à la ceinture, une croix moscovite et une médaille d'argent tranchant seules sur la blancheur ambrée de sa poitrine, elle montrait, comme orgueilleuse de ses blessures, la place tailladée d'où l'on avait arraché ses deux seins, sa poitrine suppliciée, rayée de deux plaies parallèles qui semblaient béantes encore...

Et elle était éblouissante, cette femme nue, dont les formes caressées par la lampe ressemblaient à celles d'un éphèbe antique.

Regardant avec un mépris profond, plein d'une amertume joyeuse, ce Pedro qui tout à l'heure lui parlait d'amour et qui avait maintenant peur de ces stigmates :

— C'est que je suis une skoptzy! dit Olga, une mutilée, une cicatrisée, non plus une femme! C'est que ces seins, je les ai pris et arrachés avec un fer rouge! Ne voulant pas donner naissance à des êtres qui souffrent, ne voulant pas être mère, à quoi bon les mamelles qui nourrissent? Vive le néant et la mort! Eh bien! vous voyez bien que vous ne m'aimez pas, puisque vous avez peur?

— Peur? dit Pedro.

— Oui, pour de moi qui ne suis plus une femme, n'ayant plus les seins d'une femme! Allez trouver une courtisane : sa nudité tiendra tout ce que n'a plus la mienne! Mais savez-vous comment m'aime Platoff, lui? Mutilée, stigmatisée, fouillée et tailladée par le fer rouge, il m'aime! Il m'aime parce que c'est moi qu'il aime en moi, mon âme, mon dévouement, mon affection, non pas mon corps! — Il est beau, riche, adulé. Il y a, là-bas, une fille du sang du tsar qui l'a aimé, et qui le lui a dit, un soir, comme vous venez de me le dire! — Et à celle qui lui apportait une fortune de reine, il a préféré la skoptzy, dont le corps n'est plus celui d'une femme, mais qui se ferait tuer pour lui et qui le suivra partout — jusque dans la mort! — Maintenant, dit brutalement Olga, allez-vous-en! Allez-vous-en sur-le-champ! Je vous chasse comme un laquais! vous vouliez du plaisir et Olga était pour vous une courtisane! Vous n'êtes pas ici chez une fille! — Allez-vous-en! — Allez-vous-en! dit-elle, je ne suis ni de celles qui se vendent ni de celles qui se donnent! Et quand vous parlerez d'amour, soyez donc plus franc : parlez de plaisir! C'est tout ce que vous voulez et c'est tout ce que vous valez! — Partez!

Ramenant sur ses épaules sa blouse de soie rouge, elle avait pris la lampe et poussait presque devant elle Pedro affolé, croyant, éperdu, faire un mauvais rêve, apercevant encore avec horreur, par l'échancrure du corsage, ces deux entailles affreuses, rongeant les seins de la skoptzy.

Il se trouva debout, sur le seuil de la porte, ayant reculé, reculé devant cette femme, sans se rendre compte de ce qu'il faisait, de l'épouvante qui lui sautait à la gorge. Il bondit dans les escaliers comme poursuivi par une vision mauvaise. Il se demandait s'il était fou. Ce cauchemar sinistre le suivait.

Dans la rue, marchant en hâte, revoyant toujours, sur cette poitrine blanche et plate, ces hideuses entailles, il entra dans un café, voulant boire, boire encore, boire toujours; — puis titubant, égaré, longeant les quais, passant les ponts pour regagner, comme au hasard, la Salpêtrière, il jeta au vent, de temps à autre, ce cri qui se perdait dans le brouhaha de la rue, et qui faisait hausser les épaules aux gens se heurtant à cet homme ivre :

— Ah! ah!... Mon pari! mon pari! il est joli, mon pari! Eh bien, je l'ai perdu, mon pari, mons Combette! Et vous, voyons, et vous, quand gagnez-vous le vôtre?

## XVI

### FIN DE RÊVE

Jeanne éprouvait une joie immense, depuis que Combette lui avait dit de cette voix pénétrante qu'elle entendait toujours, qu'il l'aimait, qu'il n'attendait pour s'unir à elle que son aveu. C'était comme la sensation d'un bonheur inespéré. L'étonnement y avait autant de place que l'ivresse. Ainsi, c'était donc vrai! Elle pouvait être la femme de Combette! Le mal dont souffrait Hermance n'avait rien d'héréditaire. Jeanne avait le droit d'être épouse, d'être mère, de vivre... Georges l'avait dit, et c'était là maintenant la seule tristesse de la jeune fille. Elle avait, à travers les amertumes jaillies du cœur de l'interne comme des sanglots mal étouffés, entrevu le tourment de cette âme, deviné cet amour que Vilandry lui cachait et, souvent, coupant en deux sa joie, cette pensée lui venait que Georges souffrait. Jeanne hochait la tête; sa lèvre, presque souriante maintenant, reprenait son pli douloureux, et doucement, ces mots lui venaient, mélancoliques :

— Pauvre garçon!

Elle le plaignait. Mais la joie d'être aimée par l'autre lui enlevait la tristesse qu'elle éprouvait devant cet amour sacrifié de l'interne. Les songes d'or l'arrachaient à la réalité. Elle se voyait déjà la femme de ce beau jeune homme, qui passait si fièrement à travers la vie, de l'air hautain d'un conquérant. Elle n'avait pour cela qu'à lui dire qu'elle était prête à lui vouer son existence et qu'en échange de son nom elle lui garderait le plus profond amour qu'une femme pût offrir à un homme.

Et c'était donc vrai, cela, qu'on pouvait, même après avoir dit adieu au bonheur, être heureux encore! Heureuse, Jeanne le serait, même après le sacrifice de sa jeunesse fait à sa mère. Elle emporterait la pauvre Hermance, de plus en plus accablée, morne, silencieuse et comme assoupie, à la campagne, à Chaville ou à Viroflay, tout près de ces bois qu'elle aimait tant autrefois. Combette serait là, travaillant la palette à la main. La petite maison de Ville-d'Avray, si elle était à vendre, on pourrait la racheter, voir si le marronnier planté jadis avait grandi.

Jeanne, comme les fiancées qui voudraient que le cher et rapide moment des serments furtifs, de la *cour* faite tout bas, des confidences exquises de *promis* à *promise*, durât toujours, gardait, avec une sorte de volupté, le secret de son trouble charmé, de son amour maintenant certain d'être compris et partagé. Elle évitait presque Combette pour n'avoir pas la tentation de répondre par l'aveu qui disait tout à cette question qu'elle entendait encore :

— Dites-moi si vous m'aimez, Jeanne!

Si elle l'aimait! — De toute son âme, comme une nature sérieuse et mélancolique, pareille à la sienne, pouvait aimer. Elle se répétait éternellement les chères paroles qu'il lui avait dites, là-bas, sur la Hauteur, pendant cette soirée embaumée, toute chaude et traversée d'effluves sous le poudroiement de la voie lactée. Qu'avait-elle donc fait pour mériter l'amour d'un tel homme, si supérieur aux autres, avec cet éclat dominateur dans les prunelles et ce charme qui, d'abord, avait presque effrayé Jeanne, et maintenant lui semblait si doux, si bon?

Il fallait pourtant bien qu'elle se décidât à parler.

Jeanne laissait passer les jours en savourant tout bas l'impression délicieuse de cet état de joie indistincte qui était celui de la jeune fille retenant sur ses lèvres un aveu, pour le rendre plus profond et plus caressant. Jeune fille, elle l'était maintenant, elle le redevenait. Elle s'étonnait de se retrouver tant de coquetteries et de sourires, sous sa robe et son bonnet d'infirmière.

La jeunesse étouffée chantait.

Il est des libellules à demi endormies qui, tout à coup, s'échappent, s'envolent et montent, lumineuses, dans la lumière du soleil. La juvénilité de Jeanne leur ressemblai

La pauvre fille était toute surprise de découvrir en el comme d'enfantines gaietés oubliées. Elle se sentait enve loppée d'espoir, baignée de rayons, heureuse. Elle aimai On l'aimait. Avait-elle jamais espéré un tel amour?

Puis, à la pensée que Combette attendait une répons réclamait cet aveu qu'elle ne faisait pas encore, des pudeu soudaines la prenaient. Oserait-elle? Quoi! il fallait main tenant aller dire à cet homme : « *Je vous aime?* » — Eh ne l'avait-il pas demandé? N'avait-il pas supplié? N'attea dait-il pas déjà depuis longtemps? Allons! il fallait aller lui et, rougissante, dans l'épanouissement de son âme, lu apprendre ce qu'elle aurait, d'ailleurs, tant de joie à décla rer, après avoir éprouvé, à le cacher, tant de volupté!

Paul ne venait plus que très rarement à l'hôpital. Il n'avai cependant pas achevé les *études* qu'il venait faire là pour c fameux tableau.

Il avait à peu près disparu. A la salle de garde, personn ne s'en plaignait.

Jeanne le cherchait maintenant, l'épiait, se disait :

— Pourquoi ne l'ai-je pas vu aujourd'hui?

Elle se reprochait de n'avoir pas parlé plus tôt. Qui sait? Combette n'osait peut-être pas la revoir, se croyant évincé...

Il y avait si longtemps qu'il avait dit, suppliant : « *Répondez-moi!* » et qu'elle gardait volontairement le silence!

Quand elle le verrait, maintenant, elle lui dirait tout ce qui se passait de délicieux au fond de sa pensée. Elle ose rait. Elle avait presque hâte de laisser échapper cet aveu, trop longtemps retenu, avec une sorte d'égoïsme avare.

Combette ne reparaissait pas.

Un jour pourtant elle apprit par Mongobert que le peintre était là, venu depuis un moment.

— Et, demanda Jeanne, il est dans votre atelier?

Elle était toute pâle.

— Non, dit le mouleur, il doit être du côté de la rue de l'Infirmerie, et il vous cherche, mademoiselle.

Il la cherchait! Jeanne sentait son cœur battre à lui rompre la poitrine. Combette était las d'attendre, d'espérer cette réponse favorable qu'elle lui devait! Il n'osait pas plus la voir qu'elle n'osait lui parler. Un homme de cette résolution et de ce courage, ne pas oser!

Et Jeanne, pensant à lui, laissait tomber aussi ce mot qu'elle avait dit, songeant à Georges :

— Pauvre garçon!

Mais comme elle donnait à ces mêmes paroles une expression différente! Toute l'âme de la femme était contenue dans ces deux intonations : l'une pleine de pitié, comme le soupir d'une sœur devant un mourant; l'autre pleine d'une tendresse contenue, mais débordante d'amour.

Elle alla rapidement vers cette rue de l'Infirmerie, de loin cherchant à apercevoir Combette dans ces perspectives à peu près solitaires. Elle le reconnut bien vite. Il venait justement de son côté. Quelle joie! Et sous ces mêmes arbres à la hauteur où il lui avait dit qu'il l'aimait, à son tour elle voulait lui répondre :

— Eh bien, moi aussi, je vous donne ma vie. J'en ai le droit. Rien ne menace notre amour. La fille d'Hermance Barral peut être votre femme. Aimons-nous!

Combette, qui marchait d'un pas alourdi, presque ennuyé, les yeux à terre, relevant le front de temps à autre, dut apercevoir Jeanne, car brusquement il s'arrêta, la regardant venir.

Il était très pâle, tournant et tordant machinalement autour de ses doigts une paire de gants qu'il n'avait pas mis.

A mesure que Jeanne venait à lui, marchant droite, portant dans le regard le rayonnement des heureux, les yeux bleus du jeune homme, assez mornes tout à l'heure, s'emplissaient de leur éclat magnétique habituel, et la vision de cette beauté de Jeanne, plus séduisante encore avec une rougeur douce qui colorait la pâleur de ses joues, l'apparition de cette jeune fille dont tout le corps était une harmonie, allumait dans les veines de Combette ce courant de lave qui faisait parfois de cet homme fort l'esclave de ses caprices, de son désir.

— Elle est admirable! songeait-il, détaillant dans le rythme exquis de la démarche toute la séduction de cette femme, comme il l'eût fait devant une œuvre d'art, une figure peinte ou une statuette.

Mais il se rebella brusquement, avec une violence voulue,

contre cette émotion qu'il trouvait périlleuse pour son intérêt, et lorsque Jeanne Barral fut près de lui, toute la flamme ardente qui venait de brûler le regard de Combette était volontairement assoupie, étouffée sous les paupières baissées.

Jeanne rayonnait. Rougissante, le cœur lui battant dans la poitrine, troublée comme la fiancée qui va dire *oui* et qui voudrait mettre dans ce *oui* toute la joie de son être, elle ne cherchait pas comment elle allait répondre à la question de Combette. Elle ne se demandait pas s'il allait, à entendre son aveu, éprouver un bonheur aussi intense qu'elle en éprouvait elle-même à le lui dire.

« Votre femme! Oui, je veux et puis être votre femme! »

C'était cela qu'elle allait lui répondre, puisque c'était cela qu'il avait demandé, suppliant, l'autre fois...

Mais avait-elle besoin même de parler? Combette n'allait-il pas tout deviner, rien qu'en la regardant, cette Jeanne, si heureuse, le sourire dans les prunelles et sur les lèvres? Il lui semblait à elle que sa joie se voyait.

Sur les arbres à demi dépouillés, sur les murailles grises, un soleil d'automne pâle mais brillant mettait des plaques qui étincelaient, et elle s'avançait, droite, fière, marchant vite, dans ces rayons qui faisaient un cadre de lumière à son bonheur.

Elle s'arrêta devant Combette, cherchant de toute la profondeur de ses yeux noirs le regard du jeune homme, et pour qu'il lût, avant même qu'elle eût parlé, ce qu'elle venait lui dire.

Un frisson glacé la parcourut toute, elle sentit comme une main de fer, comme le croc de la migraine qui la prenait brusquement à la nuque. Combette évitait de la regarder. Pourquoi?

Il essayait de sourire, il tâchait de donner à sa lèvre un pli quelconque. Il baissait les yeux.

Qu'y avait-il donc?

Jeanne eut brutalement le pressentiment d'un malheur, d'un écroulement, d'une fin tragique.

— Mon Dieu! dit-elle, devenant très pâle.

Et elle n'ajouta pas un mot de plus, resta là en fixant sur Combette ses yeux agrandis par l'effarement.

l'instinct voulut qu'il la regardât, ce cri étouffé de Jeanne tirant ses yeux ; et il se contraignit alors à parler, domptant sa embarras, devant cette pâleur de la jeune fille :

— Comme il y a longtemps que je ne vous ai vue ! fit-il, cherchant évidemment ses mots, disant cela comme une banalité inattendue.

Elle crut retrouver pourtant, oui — pauvre fille ! — elle crut sentir dans ces mots prononcés très bas, l'accent doucement ému de la déclaration qu'il lui murmurait, ce soir-là, et elle se reprit à sourire.

— Oui, dit-elle, bien longtemps. Trop longtemps. J'attendais.

— Vous attendiez? dit Combette.

— Je voulais savoir si j'avais le droit d'être l'honnête femme d'un honnête homme, et j'ai interrogé, demandé... Maintenant...

Jeanne cherchait encore les yeux de Combette. Ce qu'elle disait là, avec le sourire attendri de la femme qui aime, avec cet irrésistible enveloppement du regard que la femme n'a que pour le bien-aimé et pour l'enfant, il devait bien comprendre ce que cela signifiait et quel poème d'amour prêt à se dévouer, de chasteté qui se donnait, de séduction qui se livrait, contenait ce seul mot : *Maintenant*...

Et certes il le comprenait, et, en en sentant toute la puissance, il en devinait tout le danger. C'était à présent qu'il appelait à lui toute sa froideur d'homme fort. Lui, le voluptueux, attiré vers cette femme par toutes les fibres de sa chair, il s'imposait de résister à la charmeuse, d'écouter cet aveu sans avoir l'air de l'entendre. Il se tenait là, embarrassé, inquiet, avec des appétits de baisers sur les lèvres de Jeanne, et des envies de fuir, de ne reparaître jamais, de jeter au vent ce souvenir d'amour ébauché...

Elle, debout devant lui, essayant de marcher doucement, en longeant les murs, du côté de l'église, vers la Hauteur où il lui avait demandé : *M'aimez-vous?* et où elle voulait lui répondre, sur le même banc, sous les mêmes arbres : *Oui, je vous aime!*

Mais elle avait beau faire, timidement, un ou deux pas pour aller du côté de ce coin de terre où il lui semblait qu'elle devait retrouver la même émotion et la même joie,

Combette demeurait immobile, ne bougeant pas, tantôt dé tournant les yeux, tantôt regardant Jeanne d'un air inqui et ne trouvant rien à répondre aux caresses que la pauv fille mettait dans sa voix pour lui dire :

— Je n'osais pas répondre, l'autre soir ! Mais mainte nant...

Elle se sentait d'ailleurs envahie peu à peu par une terre atroce, un doute, quelque chose d'épouvantable. Il lui sem blait que ce n'était plus le même homme qu'elle avait deva elle. Cet être si froid aujourd'hui, hésitant, embarrassé, pr nant une espèce de sourire diplomatique, était-ce donc c même Combette qui lui avait, en si peu de mots, ouvert ta de perspectives d'espoirs sans fin, là-bas, et il y avait si pe de temps ? Comment ! c'était ainsi qu'il lui répondait ! C'éta avec cette impassibilité hautaine qu'il recevait l'aveu qu'ell lui apportait, comme le don même, le don absolu, éternel, de son âme ?

Elle n'avait d'abord pas compris, se disant qu'il était ému sans doute, qu'il avait peur peut-être de n'être pas aimé — lui, pas aimé ? le cher adoré !... — Elle se disait que, dans un moment, l'immense joie qu'elle éprouvait, il allait la parta- ger. Elle attendait son cri d'amour, son sourire, ce remercie- ment dans un baiser ou dans un serrement de mains qui est le pacte d'union de deux existences. Elle attendait, et elle avait beau parler, ajouter à son *maintenant* des mots qui voulaient tout dire et qui disaient tout, Combette restait là, muet, ne comprenant pas, ne voulant pas comprendre.

Alors elle s'arrêta, brusquement poignardée de douleur, portant involontairement — pour l'ôter bien vite — sa main à son cœur, où il lui semblait que quelque pointe d'épingle s'enfonçait. Elle ne dit plus un mot. Elle attendit, à son tour. Elle attendit anxieusement, ne respirant pas, toute sa poi- trine oppressée par l'angoisse.

Combette, dont le visage se crispait peu à peu sous quelque pensée désagréable, pénible, ne répondait pas, et, machina- lement, semblait chercher au loin, à droite ou à gauche, une apparition qui fît une diversion. Ce tête-à-tête évidemment le gênait.

La pauvre fille s'en aperçut. Elle ne comprenait pas, elle ne savait pas ; mais il y avait quelque chose de changé dans l'esprit ou dans l'existence de Combette. La froideur du jeune homme arrêtait net sur les lèvres de Jeanne ce cher aveu qu'elle voulait et venait faire, ivre de son pur amour.

Elle se raidit fièrement, ne voulant pas s'humilier plus longtemps et sentant qu'elle allait pleurer. Les larmes lui venaient, étouffantes. Une sorte de vide se faisait dans sa tête et comme autour d'elle, et elle avait peur de tomber. La terre lui manquait.

— Allons! je vous dirai une autre fois, balbutia-t-elle avec un malheureux sourire navré, un sourire de morte, ce que je venais... ce que je croyais...

Elle s'arrêta, cherchant toujours, de ses yeux noirs, le fond de l'âme de Combette.

Il souriait, mais machinalement, d'un rictus froid, confus, banal, qui ne réclamait pas la fin de la confidence, qui semblait, au contraire, las d'un entretien durant un peu trop.

Il essaya pourtant de prier Jeanne d'achever de parler... Pure politesse. Jeanne sentait là elle ne savait quoi de factice, d'insultant même dans son apparent intérêt. Ah! ce n'était pas ainsi qu'il devait réclamer la chère réponse!

Il ne l'aimait donc plus? Il ne l'aimait donc pas?

Elle ne s'expliquait rien, ne comprenait point, s'abandonnant à la sensation de ce vide immense, brutalement fait autour d'elle. Il lui semblait qu'elle rêvait et que ce rêve était un de ceux où l'on tombe au fond d'un trou, dans l'enfoncement d'un gouffre...

— Vous ne voulez pas me dire? répétait Combette, voyant cette femme toute pâle, les yeux brusquement cernés, les lèvres violacées comme par la mort.

— Non... plus tard... Plus tard... Vous ne m'écouteriez pas aujourd'hui...

— Aujourd'hui?

— Oui, aujourd'hui vous ne me comprendriez pas...

Elle voulait sourire, le cœur lacéré.

Elle répétait, sans savoir ce qu'elle disait, comme s'il y avait pour sa vie un « plus tard » à présent :

— Plus tard... plus tard...

Et elle saluait doucement, d'un geste de tête machinal, cet homme qui redevenait presque un étranger et qui était, pour elle, tout à l'heure, l'idéal vivant, et elle souriait, de sourire inconscient des patients qu'on ampute, des martyrisées qui chantent. Elle s'éloignait, redisant encore, en tournant de côté sa tête blêmie vers Combette, demeuré à la même place, immobile :

— Plus tard... plus tard !

Et elle retournait vers le quartier des folles, mais pas à pas, attendant qu'*il* la rappelât par un cri, se retournant pour le revoir, se disant qu'il était impossible qu'il ne courût pas après elle pour lui demander pourquoi elle partait.

Oui, certes, oui, il y avait, il devait y avoir une méprise, une douleur, quelque chose d'inexpliqué et de caché. Mais elle allait le savoir. *Il* allait revenir vers elle, la retrouver, la rattraper et lui dire :

« Je n'ai pas compris. Que me disiez-vous? Que vous étiez ma femme! Cet aveu, je l'attendais!... Aimons-nous! aimons-nous! »

Elle le revoyait toujours, à la même place, là-bas, sur le pavé de la ruelle tout incendié de lumière, entre les murs gris illuminés de rayons.

Il ne bougeait pas. Il songeait, la tête baissée.

Jeanne Barral ne se doutait point de la violence du combat qui se livrait, chez cet homme, entre son désir et son intérêt.

D'un côté, la satisfaction du seul amour qu'il eût jamais éprouvé; de l'autre la redoutable question de l'avenir. Il hésitait.

« J'ai envie de l'attendre, se disait Jeanne. Il n'a pas compris! Il n'a pas compris! »

Tout à coup elle le vit, après un geste violent, tourner brusquement sur lui-même, et, d'un pas rapide, comme ne voulant pas rester une minute de plus dans cet hôpital, s'éloigner vivement, marcher, à travers les allées, vers la grande porte de sortie de la Salpêtrière.

Alors Jeanne éprouva la sensation d'un déchirement suprême... Quelque chose en elle se tordait comme pour mourir. Elle se sentit perdue, comme noyée, dans l'isolement de ce grand hospice ironiquement éclairé par ce beau soleil. Quoi? Qu'y avait-il? Il partait? Il s'en allait? Il ne l'aimait plus? Qu'est-ce qui se passait?

Comment! En si peu de temps, d'une minute à l'autre tomber de tant de joie à tant d'effarement? Quelle solitude! — Il fuyait, oui, oui, il fuyait. Mais qu'est-ce qu'il disait donc, l'autre soir, lorsqu'il répétait : « Je t'aime! » — Il mentait donc? Il avait donc menti? — Et c'était cela les serments d'amour! C'était cela!

La pauvre Jeanne marchait, comme une somnambule, dans les ruelles qui menaient à la section Esquirol. Elle se disait qu'elle aurait l'explication de cet écroulement, bientôt, plus tard...

*Plus tard!* Le mot qu'elle disait à Combette.

Il lui fallait pourtant du courage et bien de la force pour ne pas pleurer.

Et cette force, à chaque pas, lui manquait. Elle se sentait près de se trouver mal. Jamais peut-être, jamais elle n'avait été aussi malheureuse.

— Non, jamais, se répétait-elle tout haut, avec ce rabâchement machinal de ceux qui souffrent, jamais, jamais, jamais!

Elle se laissa brusquement tomber, n'en pouvant plus, sur un banc, à quelques pas de la section Esquirol, devant le pavillon où l'on entrait chez le docteur Fargeas. Elle épela machinalement sur le fronton ces mots qu'elle connaissait bien : *Section Sainte-Laure*.

C'était là qu'un jour, en gravissant ces mêmes marches, elle avait conduit sa mère! Elle avait presque de l'espoir ce jour-là! Hermance allait peut-être guérir! Ah! tous ces espoirs ironiques, ironiquement fustigés par la vie!

Elle entendait, de loin, des rires d'hystériques. Elle voyait sortir de la section de pauvres filles qu'elle connaissait, qu'elle avait soignées, des épileptiques qu'on laissait aller prendre l'air dans les cours.

Il y en avait qui riaient à quelque moineau apprivoisé qu'elles tenaient sur leurs doigts, d'autres qui s'attachaient, coquettement, sans penser à autre chose, des rubans dans les cheveux.

Jeanne les enviait. Elle se disait que celles-là ou ne pensaient pas ou avaient trouvé leur rêve. Mensonge pour mensonge, la duperie de la folie, de la maladie, valait bien les écroulements de la vie.

Et elle restait là, regardant passer, s'éloigner, ces pauvres filles dont le rire montait avec des sons de cristal brisé.

Tout à coup, même sans savoir d'où elle était venue ni comment elle se dressait près d'elle, Jeanne aperçut debout, le bras levé, toute pâle, ses cheveux blonds dénoués, Mathilde Mignon qui la regardait, les yeux fixes, traversés d'une expression bizarre, un rictus mauvais défigurant cette pauvre figure douce d'enfant souffrante.

La pensée de Jeanne était bien loin de Mathilde.

Et pourtant, lorsque ses yeux s'arrêtèrent sur la jeune fille, une douceur instinctive leur vint, comme si le seul visage de Mignon appelât tout naturellement la pitié.

Peut-être aussi, dans ce cruel déchirement de tout son être, Jeanne éprouvait-elle, sans même s'en rendre compte, un besoin de confidence, de détente, et la vue d'une autre malheureuse la consolait passagèrement de son malheur.

— Ah! dit-elle machinalement, vous voilà sortie, Mathilde?

— Oui, fit Mathilde d'un ton de brusquerie farouche, et c'est toi que je cherchais!

— Moi?

— La Barral! Oui! Toi qui m'as volé mon amant, car tu me l'as volé, coquine! Aussi...

Elle tenait dans sa main droite quelque chose que Jeanne tout d'abord n'avait pas aperçu et qui flambait au soleil. Jeanne vit alors ce que c'était. Mathilde serrait dans ses doigts un couteau. La lame aiguë, courte, étincelait.

Et tout aussitôt une tentation violente, morbide, traversa l'esprit de Jeanne. Elle se dit que c'était la mort qui était là et que c'est bon, la mort, qui finit tout, console de tout, fait tout oublier. Elle jeta un grand cri, non d'effroi, mais de joie, d'une joie affolée, et, brusquement, se levant droite, se dressant, à son tour, devant Mathilde, elle eut, dans ses prunelles qui brûlaient d'une fièvre soudaine, dans son sourire, dans le timbre ardent de sa voix, quelque chose de l'appétit de souffrance qui emportait les martyrs, et elle dit, en faisant un pas vers l'hystérique :

— Ah! vous venez me tuer! Je veux bien! Ce sera fini!

Elle ne raisonnait pas. Dans l'immense douleur qui la frappait comme d'un coup de massue, elle ne voyait qu'une chose : la destinée lui offrait le moyen de ne plus souffrir. Elle n'eût jamais cédé au suicide, mais puisqu'il y avait un couteau levé sur elle, quelle joie! quelle joie de s'affranchir!

Jeanne avait eu, en marchant vers Mathilde, un cri tellement profond, déchirant et comme saignant, elle avait regardé la jeune fille avec une expression d'un navrement si absolu, d'un désespoir si vrai, si écrasé et si doux, que, tout d'un coup, Mathilde Mignon s'était arrêtée, muette, ne trouvant plus une injure, plus une menace à jeter à cette femme. Elle la contemplait, stupéfaite, la clarté de ses yeux bleus paraissant éblouie par l'éclair noir jailli des prunelles de Jeanne.

Elle restait immobile, le bras toujours levé, les doigts serrés sur le manche jaune du couteau de Nontron, et son doux visage anémique, tout à l'heure crispé, comme injecté de furie, semblait peu à peu se détendre, lentement, comme si quelque fil qui, un moment auparavant, tirait les muscles, eût été coupé... Et, sur cette figure d'enfant, l'instant d'avant folle de colère, sur cette peau blanche qui redevenait pâle, s'affaissait, sur ce visage qui reprenait doucement son expression de langueur maladive, une douleur résignée revenait, des larmes coulaient, grosses et lourdes, tombant de ces yeux clairs, effroyablement tristes...

— Mais tuez-moi donc! tuez-moi donc! disait Jeanne.

Mathilde laissa glisser le long de son corps grêle le bras qu'elle levait et sa main lâcha le couteau, qui tomba à terre, piqué entre deux pavés; puis, les genoux de la malade se pliant à demi, comme pour une prière, ses pauvres doigts maigres se joignant, tout suppliants, dans un tremblement peureux, plein de remords et d'effarement :

— Oh! dit-elle, la voix si basse, si tendre, qu'elle ressemblait à un soupir d'enfant qui s'endort, pardonnez-moi, mademoiselle... Je suis bien méchante... bien méchante... Mais ce n'est pas ma faute... Non, du tout... pas ma faute... je ne voulais pas vous faire du mal!

Elle regardait de bas en haut, comme agenouillée, cette Jeanne qu'elle appelait tout à l'heure, comme dans ses crises traversées de visions, *la Barral*, et brusquement désarmée, domptée, ramenée à elle-même par le seul regard plein d'une tristesse accablée, d'un désespoir morne de la jeune femme, elle retrouvait, pour demander pardon, cette douceur enfantine qui était son charme, et toute sa bonté, sa timidité, sa pauvre petite attitude souffreteuse lui revenaient, les yeux de Jeanne ayant tout à fait rappelé Mathilde à la raison, chassé brusquement le cauchemar qui la secouait.

— Ah! fit Jeanne Barral doucement, je ne vous en aurais pas voulu, allez, si vous m'aviez tuée!

Jeanne avait instinctivement posé sa main sur les mains jointes de Mathilde et, quoique elle-même prise par la fièvre, elle ressentit, en touchant les doigts de la malade, une impression de brûlure.

— Mais vous êtes souffrante? dit-elle.

— Oui, je souffre beaucoup. De là, fit Mathilde.

Et elle touchait, en se relevant, sa tête et sa poitrine, à la place du cœur.

Un sourire de douleur profonde — le sourire de l'être inconscient, tout petit, qui semble demander au père, à la mère, pourquoi le mal lui est venu et ce qu'il a fait pour mériter de souffrir — passa sur les lèvres exsangues de Mathilde et fit, de pitié, frissonner Jeanne.

— Pauvre petite! Voulez-vous que je vous accompagne à la salle?

— Non, merci! Oh! j'irai bien seule. Alors, vous m'avez pardonné? C'est vrai, c'est bien vrai? dit Mathilde avec un accent de ferveur éperdue.

Dans cette petite voix tremblante, il semblait à Jeanne qu'elle retrouvait la voix tendre, peureuse, de la petite Mélie, qui, là-bas, lui disait: « M'man! »

— Oui, j'ai pardonné... pardonné...

Mathilde donna dans le couteau planté en terre un coup de pied qui l'envoya bien loin et, haussant les épaules:

— Qui est-ce qui m'avait donc mis cette idée-là dans la cervelle? fit-elle. Avec ça que ça me le rendrait, lui!

Elle sourit encore, souriant aux anges, comme on dit, à l'espace, et elle s'éloigna doucement, péniblement, sans dire un mot de plus à Jeanne qui la suivait des yeux et, regardant tour à tour cette malheureuse et le couteau qu'elle laissait, se disait, hochant la tête:

« C'est dommage! oui, dommage! C'eût été bon de mourir! »

L'image d'Hermance lui apparut tout à coup. Elle songea alors que c'était bien mal d'avoir, même un seul moment, voulu la quitter, la pauvre femme! Est-ce que la mère était faite pour souffrir de ces déceptions d'amour?

Il semblait, d'ailleurs, que Jeanne fût rivée à ce sol, magnétisée par le couteau. Elle restait là, ne bougeant pas, rêvant. Son nom, qu'on prononça près d'elle, fit relever sa tête baissée.

C'était Tournoël qui la saluait

Il suivit machinalement la direction du regard de Jeanne et aperçut le couteau.

— Ah! dit-il. Un couteau de Nontron! Si c'était celui qu'a ramassé Mathilde?

— C'est celui-là, fit Jeanne.

— Vraiment?

— Elle l'a laissé tomber il n'y a qu'un instant!

— Eh bien! si nous ne l'avions pas encore trouvé, ce n'est pas faute de l'avoir cherché! Ah! quelle chance! dit le jeune homme en ramassant l'arme. C'est Vilandry qui va être heureux!

— M. Vilandry? Pourquoi? demanda Jeanne.

— Parce que... ma foi, parce que c'est vous que la pauvre Mathilde menaçait dans ses crises, et que tout ce qui vous touche, mademoiselle, touche beaucoup Georges Vilandry.

« C'est vrai, pensa Jeanne. Il m'aime! Plains-toi donc de souffrir, toi qui fais peut-être souffrir les autres! »

— Et pourquoi Mathilde me hait-elle donc? demanda-t-elle.

Une flamme rapide traversa l'œil rêveur de Tournoël, et le grand jeune homme doux laissa, pour la première fois de sa vie, peut-être, échapper un geste de colère.

— Ah! pourquoi? Parbleu! parce que M. Combette disait qu'il vous aimait, et que M. Combette avait fait de la pauvre fille sa maîtresse!

Jeanne devint tour à tour un peu rouge et très pâle. Mathilde! la maîtresse de Combette! Elle l'ignorait!

Mathilde! Mais Combette ne lui avait jamais parlé de la

jeune fille, jamais il n'avait prononcé son nom ! Et Mathilde râlait, se débattait à quelque pas de lui, quand il venait à l'hôpital !

Tournoël avait mis un singulier accent de rage dans la façon dont il prononçait ce nom, dont il disait : « Monsieur Combette ». Et comment Tournoël savait-il, et Mathilde avec lui, que Combette aimait Jeanne ? Il l'avait donc dit tout haut — à tout le monde ?

— La pauvre Mathilde ! Si elle savait ce que Combette aime réellement ! dit Tournoël, presque malgré lui.

— Et... Qu'est-ce donc ?... Quoi ?

— L'argent, pas autre chose !

— L'argent ?

— Ah ça ! s'écria Tournoël, est-ce que vous croyez que c'est par amour qu'il épouse M^lle^ Lamarche !

— M^lle^ Lamarche ?... Il se... marie ? Il se marie ? balbutia Jeanne, qui devint livide et étendit les bras autour d'elle, comme si elle allait tomber.

— Il ne vous l'a pas dit ? fit Tournoël.

— Non... je ne savais pas... je...

— Il ne vous l'a pas dit ? répétait l'étudiant. Ah ça ! mais quel jeu joue-t-il donc ? — Cette jeune fille, je l'aime ! Il me la prend ! — Il jurait qu'il vous aimait, et il n'a pas le courage de vous avouer la vérité. C'est un lâche ! Oui, c'est un lâche !

Le malheureux Tournoël s'exaltait tout seul, frappant de son pince-nez l'ongle de sa main gauche, et tout ennuyé pourtant d'avoir appris aussi brutalement à M^lle^ Barral une chose qu'elle ne savait pas :

— Je suis peut-être un maladroit, un butor ! disait-il. Mais j'ai le cœur gros. Il faut que ça sorte !

— Et je vous remercie, dit Jeanne avec une fermeté soudaine, retrouvant en elle assez de force pour supporter cet écrasement.

Elle avait seulement besoin de se retrouver dans la solitude pour pleurer ou crier tout à son aise. L'émotion l'étranglait comme un nœud coulant. Elle essaya de sourire à Tournoël, de lui répéter du geste son *merci*, et rapidement elle le quitta, comme elle se fût enfuie, retournant machinalement à la section Esquirol, et, dans sa marche, se répétant avec un besoin de souffrance, en se lacérant elle-même le cœur.

— Voilà, je sais tout à présent! C'est pour cela qu'il semblait si embarrassé, qu'il ne répondait rien! Il se marie! Quelle est celle qu'il épouse? Et que m'importe? Elle est riche, voilà tout. C'est parce qu'elle est riche qu'il la prend. Est-ce possible? Alors, pourquoi m'a-t-il dit, à moi, qu'il m'aimait? Pourquoi l'a-t-il répété à d'autres? Qu'est-ce qu'il voulait? Qu'est-ce qu'il espérait?

Elle s'entendit, avec effroi, rire elle-même, nerveusement.

— Qui sait? ce qu'il voulait, c'était peut-être avoir l'autre pour femme et moi pour maîtresse! Manger avec celle qui n'a pas un sou, l'argent de celle qui lui achète son nom avec une dot! C'est cela! Parbleu, oui, c'est cela! Tournoël a raison. C'est un lâche! Un lâche... Il a menti, menti! Ah! pouah! C'est hideux, c'est répugnant!...

Elle s'arrêta tout à coup, se sentant prête à suffoquer, la poitrine lourde de sanglots, tournant la tête autour d'elle comme effarée et se disant, le cœur tenaillé, qu'elle l'aimait pourtant toujours et que ce misérable amour serait sans nul doute l'amour de toute sa vie. On n'aime qu'une fois comme elle l'aimait, ce Combette! Elle s'était donnée à lui par toutes les fibres de son être. Et le dénouement de cet amour, c'était cela, c'était cette trahison, cette infamie et ce mensonge! Comme elle tombait de haut, toute brisée, la pauvre Jeanne!

Elle demeura, toute la journée, avec ce cercle de fer que met la névralgie autour du crâne. Elle allait, marchait, soignait Hermance, surveillait les folles, souriait à la petite Mélie qui humblement venait quêter un regard, sans savoir ce qu'elle faisait, comme dans une confuse atmosphère de rêve. On dit à Jeanne, le soir, que Mathilde Mignon venait d'être prise d'une attaque furieuse, puis qu'elle était tombée dans un état cataleptique effrayant, un de ces sommeils dans lesquels un bruit de cymbales, un diapason renforcé par une caisse de résonnance, un foyer lumineux très intense ou un jet de lumière électrique la plongeait d'ordinaire.

Des parties de son corps étaient devenues tout à fait insensibles. Vilandry avait essayé l'application de bracelets d'or monnayé sur l'avant-bras et la jambe anesthésiée, cela d'après la métalloscopie du docteur Burq. Mathilde était sensible à la piqûre, le sang coulait. Elle se plaignait, lorsqu'elle fut revenue à elle, de fortes douleurs à la tête, dans les os, disait-elle. Elle demandait pourquoi on lui sciait le crâne. Elle voyait son front ouvert. Chaque pulsation lui arrachait une plainte. Il lui semblait qu'on lui martelait la boîte osseuse.

Une fièvre intense, d'un caractère inquiétant, s'était déclarée presque brusquement et l'accès semblait tourner à une congestion cérébrale.

— L'émotion de ce matin a ébranlé effroyablement ce pauvre système nerveux, dit Tourneil, qui rapportait ces détails à M^lle Barral.

— Malheureuse fille! dit Jeanne.

Elle voulut aller la voir, la soigner. Hermance, de plus en plus absorbée, l'œil atone, sa lèvre inférieure tombante, ne réclamait plus guère sa fille maintenant. Elle la reconnaissait à peine. Toute personne, à côté d'elle, lui était aussi agréable que son enfant. Quand la jeune fille n'était point là, une question de la démente tombait parfois de sa bouche aux commissures tirées :

— Et Jeanne?

On lui répondait qu'elle n'était pas loin, qu'elle allait revenir. Hermance répondait : « Ah! bon! bon! » et retombait dans son mutisme. On lui eût dit : « Elle est morte » — la pauvre femme, dont le cerveau semblait se vider chaque jour davantage, eût de même répondu : « Ah! bon! »

Quand elle contemplait le visage maigre, abêti et flétri de sa mère — ce visage si beau autrefois — Jeanne avait peur. Cette décrépitude, chaque jour plus accentuée, la tuait elle-même à petit feu. Elle pouvait donc quitter Hermance! La folle n'avait même plus la force de l'injurier et de lui cracher au visage, comme jadis. Jeanne les regrettait comme des caresses, et les enviait, ces insultes!

Elle courut, laissant là sa mère, à la salle Sainte-Laure. Il y avait, debout, autour du lit de Mathilde, deux hommes: Vilandry et Pedro.

Pedro, morne, songeur, sa belle chevelure rousse déjà ravagée, ne souriait plus. Il rêvait parfois à cet impossible eur qui lui laissait aux lèvres l'âpreté de la mûre sauvage.

Vilandry, inquiet, étudiait Mathilde. Un souffle court faisait haleter cette poitrine blanche, aperçue à travers la toile bise. Les yeux ouverts ne voyaient pas. Retournés à demi, ils donnaient à ce visage pâli une expression douloureuse, augmentée par l'immobilité des lèvres entr'ouvertes. La respiration pénible ressemblait à un râle.

Jeanne eut peur.

— Est-ce qu'elle va mourir? demanda-t-elle.

— Non, dit Vilandry, mais le corps s'use. La névrose la tue.

Et M^lle^ Barral, tout émue, regardait, dans le lit de fer, la pauvre fille étendue dans une rigidité cadavérique, et elle songeait à tout ce qu'avait dû souffrir cette enfant — par la faute de *l'autre*.

L'autre! Il en avait fait aussi une maîtresse, de cette moutarde!

Elle s'offrit à passer la nuit au chevet de Mignon. Il lui semblait que la destinée l'unissait à cette misérable qui, ce matin, voulait se venger d'elle à coups de couteau. Se venger!

« Je souffre autant que toi, pauvre enfant », songeait Jeanne.

Vilandry ne voulut pas que M^lle^ Barral demeurât là. A quoi bon? Il n'y avait rien à redouter pour le moment. Ce *pour le moment* était gros de menaces. Jeanne sentait que Mathilde Mignon était perdue. Elle avait la sensation vague que c'était là comme un assassinat. Dans la malade, elle voyait une victime.

Ce Combette!

Elle se retira, regagna son lit, ne dormant pas, se rappelant et se répétant, dans l'obsession de sa douleur, les paroles du peintre, ces musicales paroles qui l'avaient enivrée, qu'elle entendait encore. Elle posait, comme pour les étouffer, ses mains sur ses oreilles, et, la tête en feu, la gorge sèche, dans le malaise fiévreux de l'insomnie, elle les entendait toujours, toujours; elle le revoyait, souriant, élégant et lui disant : « *Je t'aime!* »

Elle se releva brisée.

Les nouvelles de Mathilde étaient meilleures. Ce fut Mongobert qui lui en donna. Il sortait de la salle Sainte-Laure. Il savait que Mignon avait été brutalement couchée, la veille, comme une plante sous le vent. Il s'en inquiétait, aimant beaucoup la *petite*.

— Elle va mieux, dit-il à Jeanne, mais je la crois perdue!

— Perdue?

— Oh! un peu plus tôt, un peu plus tard! Après ça, dit-il avec son rictus amer, pour le plaisir qu'elle a eu et qu'elle pourrait encore avoir dans ce monde...

Il s'en alla, les mains dans ses poches, vers son atelier, où les Russes n'étaient plus revenus depuis l'aventure de Pedro.

L'étudiant avait longtemps attendu des témoins venus de la part de Serge Platoff. Ah! comme il se fût battu avec joie, effaçant son audace avec son sang ou se vengeant d'Olga sur le Cosaque!

Serge n'avait point fait un pas.

Mongobert ne parlait jamais de lui à Pedro. Peut-être le mouleur savait-il ce qui s'était passé.

Jeanne eût voulu questionner Mongobert sur Combette, cette fois. Mais Mongobert devenait visiblement silencieux, plus triste. Quand on le lui faisait remarquer, il répondait simplement : « *Je vieillis* », et parlait d'autre chose.

Elle n'osa pas. Elle eût osé bien moins encore parler à Vilandry. Elle se sentait isolée, perdue dans cette Salpêtrière où tout lui manquait à la fois : sa mère, son amour. Elle tenait à ne point s'éloigner de la salle Sainte-Laure. Mongobert avait raison. Mathilde ne pouvait pas vivre, et il lui semblait qu'elle lui devait de la soigner, de la consoler, de réparer — elle, innocente — les infamies de *l'autre*.

Pauline n'eût pas voulu non plus quitter le chevet de Mathilde. On l'en éloignait, la vieille hystérique épiant la pauvre fille pour lui glisser dans l'oreille quelques nouvelles paroles de vengeance, ou pour écouter ce qu'elle disait dans son délire et l'aller répéter à l'abbé Brochard.

— Monsieur l'abbé, disait Pauline, je vous assure, c'est une sainte!... Elle et moi, nous avons des visions de saintes!... Moi surtout!... Je voudrais bien avoir ma figure en cire couchée dans une église, sous une belle robe bleue et blanche, semée d'étoiles d'or, comme celle de la chapelle.

Les visions de la pauvre Mathilde gardaient toujours, en effet, leur caractère d'extase. Elle chantait, priait, se rappelait des cantiques. Elle n'avait plus, dans ses crises, de ces mouvements cloniques qui tordaient son corps juvénile auparavant. Elle semblait heureuse. Elle disait qu'elle cueillait des violettes, du mouron, et qu'elle le vendait.

— Achetez-moi mes violettes! disait-elle à Vilandry. Ça sent si bon! si bon! Et Mme Saint-Gervais ne me battra pas!

Un soir, Pedro dit à Georges :

— Il y a des hasards ironiques dans la vie. Sais-tu qui l'on vient d'amener à l'hôpital?

— Non.

— Artémise, la marchande de cette jeunesse, la vendeuse de cette pauvre fille. Quel dépotoir que l'hospice de la vieillesse! Ici, le vice femelle. A Bicêtre, le résidu mâle.

— La Saint-Gervais?

— Oui. Et hideuse!... Ataxique, maigre, décrépite, atroce. Tu la verras.

Il ajouta ironiquement, montrant du doigt l'extérieur, du côté de l'infirmerie où était la Saint-Gervais, puis ramenant son geste vers le lit blanc de Mathilde :

— Ceci a tué cela!

— Elle... et Carabette! répondit Vilandry.

Une nuit, Mathilde dormait, épuisée par un accès qui l'avait tordue pendant deux heures — un accès d'autrefois — et qui avait failli briser cette pauvre frêle machine usée, lorsqu'en poussant un soupir elle s'éveilla, cherchant autour d'elle. Le dortoir dormait.

Jeanne Barral était assise dans un coin, avec Mlle Devin, qui lisait un roman. Il n'était pas très tard. Jeanne allait se retirer, lorsqu'elle entendit la voix de Mignon.

Elle s'approcha.

— Chut! dit Mathilde en la voyant. Taisez-vous. Pas de bruit! Vous n'entendez pas?

— Quoi? demanda Jeanne.

— Les cloches!

On n'entendait rien dans la nuit. La salle même était paisible, silencieuse, malgré des souffles de femmes endormies.

— Quelles cloches?

— Les cloches du mariage. Ah! c'est que, vous ne savez pas?... Il se marie.

Jeanne se sentit devenir toute froide.

— Oui, oui... il l'épouse!... Il l'épouse, puisqu'il l'aime!... Il épouse Jeanne Barral!

Elle s'était assise à demi sur son lit, l'oreille tendue, tout son maigre corps, blanc comme du marbre, incliné vers l'endroit d'où il lui semblait que le son des cloches venait.

— Ding!... Dong!... Ding!... Comment! Vous n'entendez pas?... Tu es bête!... Ah! la Barral! Elle me l'a pris!... Elle me l'a joliment pincé!... Elle est jolie!... Tout en blanc!... Avec un voile!... Quand j'ai fait ma première communion, j'étais comme ça aussi, moi... Dong! Dong!... Elles me font mal, ces cloches!... Elle est méchante, la Barral, elle aurait bien pu se marier sans cloches! Je n'aurais rien entendu, au moins!... Je n'entends d'habitude que le sifflet du chemin de fer d'Orléans... J'aime mieux le sifflet... Dong!... Dong!... Dong!

Elle enfonçait dans son oreiller sa petite tête blonde, comme un oiseau qui se fût caché; et, glacée, le cœur tordu, des pleurs plein les yeux, Jeanne l'entendait compter et recompter, un, deux, trois, quatre, cinq — les *dong!* et les *ding!* les sons lugubres de ces cloches imaginaires qui sonnaient l'imaginaire mariage de *la Barral*.

Son mariage! Son mariage avec Combette! Les paroles de cette mourante la poignardaient.

La malheureuse Jeanne étouffait. Elle courut à la surveillante.

— Mademoiselle Devin! Mademoiselle Devin! le délire de Mathilde m'effraye. Ce n'est pas une vision... C'est...

— C'est?

— C'est effrayant! on dirait que c'est le délire d'une agonie?...

M^lle^ Devin envoya chercher Vilandry. Il vint bien vite, n'étant point couché, prenant des notes, là-haut, dans sa chambre.

— Regardez donc! lui dit Jeanne.

L'interne se pencha sur le lit de Mathilde.

L'instinct de Jeanne avait deviné.

C'était l'agonie qui venait. La malade, de ses doigts criss, attirait ses draps à elle. La sueur collait à son front ses cheveux blonds, épars, en grosses mèches mouillées.

— Elle aura bientôt fini de souffrir, dit Georges.

La mourante comptait toujours les tintements des cloches et disait :

— C'est beau ! C'est bien beau ! Ah ! que c'est beau !

Dans la pénombre de cette nuit rougie par la lueur de la lampe, on n'avait pas aperçu une espèce de fantôme gris qui s'était glissé, le long des lits, une femme aux cheveux hérissés, demi nue, en chemise, la vieille Pauline qui se dressait maintenant au chevet de Mathilde et disait, les yeux hagards, rouges comme braise, en mettant sur sa bouche un long doigt sec :

— Elle va au ciel !... au ciel !

Et elle faisait des signes de croix.

— Allez-vous-en, Pauline, lui dit entre ses dents Mme Devin.

— Oh ! maintenant, dit Vilandry, elle ne peut plus être dangereuse pour Mathilde !

Toute la nuit, Mathilde Mignon entendit des cloches. Elle comptait, machinalement, sa voix déjà faible s'affaiblissant de minute en minute. Elle avait maintenant mis ses bras en croix sur sa poitrine blanche. Quand le jour pâle entra par les rideaux blancs, il éclaira l'agonie devenue silencieuse de la pauvre fille qui souriait à la mort comme à une délivrance. Les yeux égarés avaient la douceur fixe d'un ciel bleu d'été, lavé par la pluie après un orage essuyé. Ils souriaient aussi. C'étaient ceux de Jeanne qui gardaient les larmes.

Vilandry, blême, se mordant les lèvres, ne quitta pas la mourante.

Lorsqu'il dit : *C'est fini!* ce fut Jeanne qui s'approcha de Mignon et, sur ses prunelles sans regard, abaissa ses paupières, dont la peau, très douce, était encore chaude.

« C'est pourtant *la Barral* qui t'aura fermé les yeux !... » songeait Jeanne en regardant, sur ce visage enfoui dans des cheveux pareils à des gerbes d'or, ce pâle sourire de mort, et, sous le front limpide, l'ombre des grands cils blonds.

Tout le jour encore, Jeanne Barral eut la sensation d'un meurtre commis. Vilandry rédigeait, avec une froideur voulue, mais le cœur pris dans un étau, le *bulletin statistique* de la malade :

*Nom et prénoms* du malade? — Un surnom! — *Lieu de naissance?* — On ne savait pas! — Le *domicile?* — Mathilde n'en avait plus! — *Date de l'entrée* à l'hôpital, *date du décès, numéro du lit.* Voilà tout ce qui tenait lieu d'état civil à la pauvre morte.

La Saint-Gervais, interrogée, balbutiant, à demi gâteuse, avait répondu à toutes les questions sur Mathilde :

— Est-ce que je me souviens, moi!... Comment voulez-vous? Je ne sais pas!... Je l'ai ramassée sur une grande route! Une fille de trente-six pères!

Il restait à Vilandry une dernière place blanche à remplir sur le bulletin, celle qui porte ces mots tragiques, avec un espace en blanc pour la réponse :

| AUTOPSIE CADAVÉRIQUE | faite...... |
|---|---|
| | non faite... |

*Observations particulières*......

L'autopsie! Allait-on livrer au scalpel, jeter sur la dalle de l'amphithéâtre cette pauvre fille qui n'avait pas même une tombe après n'avoir pas eu un asile? Pedro lui-même, qui n'était pas sentimental, avait dit à Vilandry :

— Tu sais, Gustave ne la touchera pas, la petite!

Gustave, c'était le garçon d'amphithéâtre, la souveraine puissance dans tout hôpital, la puissance suprême, celle à qui tout aboutit comme au fossoyeur. Le garçon d'amphithéâtre, qui passe indifférent au milieu des réalités atroces de la mort, plus rabelaisien qu'hamlétique d'ordinaire, et qui traite la camarde sans façon, comme un marchand de légumes ses denrées. Le garçon d'amphithéâtre, qui, dans tout hôpital, fourre, au hasard, dans le fourgon des enterrements, les premiers débris humains venus qu'il rencontre et fait suivre à des parents éplorés le convoi d'on ne sait quels membres épars qui n'appartiennent que rarement aux morts qu'on pleure.

Il y a des légendes macabres, à l'hôpital, sur les garçons d'amphithéâtre, dont la main est souvent plus sûre, pour les autopsies, que celles des internes, et qui, plus d'une fois, dans les examens, a guidé, sur le cadavre, le scalpel du futur chirurgien, comme le maître d'écriture conduit la main de l'enfant ou comme le grognard apprendrait l'exercice du fusil au Saint-Cyrien. Un vieux garçon d'amphithéâtre, du temps de Dupuytren, répondait à un fils qui lui demandait à voir sa mère dans la serpillière : « Ah çà ! Vous n'avez donc pas le respect de la mort? » C'est qu'il n'y avait que des morceaux de cadavre, des lambeaux de chair, dans des détritus que le fils suivait les yeux rouges. Les dessous de la vie ont de ces hideurs.

— Nous nous cotiserons, dit Pedro, nous ferons ce que tu voudras, mais Gustave n'y touchera pas !

Mongobert ne demandait qu'à se joindre aux étudiants pour acheter un coin de terre où l'on déposât Mathilde au bout d'un cimetière. Il se planta, tout pâle, devant le lit funèbre et fit, d'après le visage de la pauvre Mignon, une cire étrangement saisissante qui, représentant la mort, avait toute la réalité de la vie. C'était maladif et transparent, calme, attirant, tragiquement charmant. Un pâle sourire semblait planer sur cette cire, comme hésitant à s'y poser.

— Quel chef-d'œuvre ! dit Vilandry devant cette face exsangue.

Le mouleur hocha la tête, promenant selon son habitude sa main sur son crâne un peu congestionné.

— Oh ! un chef-d'œuvre ! Ils ne courent pas les rues ! Mais c'est un souvenir ! On ne devrait jamais travailler que pour soi — on ne fait que ça de bon ! Pauvre petite ! dit-il en donnant un dernier regard à la morte.

Il avait l'air terriblement ému, ce sceptique.

On enterra Mathilde Mignon le lendemain. Georges, Pedro, le grand Tournoël, le petit Finet, marchaient derrière l'humble bière. Jeanne suivait, s'appuyant au bras de Mongobert. Pauline avait obtenu d'accompagner le convoi, et elle répétait de temps à autre à l'abbé Brochard :

— N'est-ce pas? On la canonisera ! C'est une sainte ! Mais

gardez-moi une place tout de même, à moi : j'ai eu aussi des visions !

Il faisait un temps atroce. Une pluie battante, drue et fouettant les visages, tombait d'un ciel gris, d'un gris d'argent ou de mercure, où l'on sentait sous les nuées chargées d'eau, l'éclat métallique du soleil, voilé maintenant, et donnant cependant à l'horizon noyé de brouillard, aux hachures lugubres de l'averse, aux arbres dégouttants sous l'ondée, un aspect sinistre et clair. De grandes tâches noirâtres couraient éperdues dans le ciel comme d'immenses traînées de fumée.

— Pas de chance, même après sa mort ! disait Mongobert ironique.

Il semblait vaguement du regard chercher quelqu'un. Qui sait? Paul Combette peut-être. S'il l'eût aperçu, il l'eût souffleté ! Mais Combette n'était pas là ! Il avait bien autre chose à faire !

Tournoël se disait qu'il courait sans doute maintenant les magasins, choisissant des tentures et des meubles pour son installation future.

On descendit le cercueil de Mathilde Mignon, étroit comme celui d'un enfant, dans la terre détrempée. Jeanne regarda longuement ce bois jaune, tout luisant de pluie, et cette plaque de cuivre où l'on avait tracé les surnoms du *modèle* et où l'on eût pu écrire : *Une victime*.

Jeanne Barral n'avait qu'une pensée :

— Elle repose !... Elle dort !..

Vilandry ne dit pas un mot à Jeanne en la reconduisant du cimetière à l'hôpital. Elle n'osait pas non plus lui parler. Il y avait entre eux quelque chose d'aussi navrant que cette morte.

Mais Georges, étouffant presque, avait besoin de parler à quelqu'un, de se plaindre, de crier, de dire tout haut ce qui lui pesait sur la poitrine. Il entra dans l'atelier de Mongobert, où il pénétrait rarement. Il trouva le mouleur qui pliait, dans des linges blancs, ses outils de sculpteur : ébauchoirs de bois, éperons de fer.

Mongobert était tout pâle, et, dans ses moustaches grises, ses lèvres tremblaient. Il allait et venait, à travers l'atelier, actif, comme éperonné, n'ayant plus son pas traînant d'habitude.

— Qu'est-ce que vous faites donc? demanda Georges.

— Mes paquets. Ah! c'est vrai, dit le mouleur en regardant l'interne stupéfait, vous ne savez pas? Je pars pour la Russie. J'hésitais. Tout ça me décide. Je m'ennuie ici.

— La Russie?

— Parfaitement, je sais bien que ce n'est pas un pays de choix pour un rhumatisant, mais il y a des chocs qui guérissent — mieux que toutes les frictions — les rhumatismes. Et puis Platoff m'a tenté!... Ça ne doit pas être banal, la Russie, si tous les Russes lui ressemblent.

— Platoff?

— Il s'en va! Il file! — Et tenez, voici ses adieux à la Salpêtrière, dit Mongobert en montrant à Vilandry un tas de fragments de terre épars sur le sol de l'atelier et qui gardaient encore une forme sculpturale : débris de torse pétri dans la glaise, de mains brisées, de jambes cassées.

— Qu'est cela? dit l'interne.

— C'est son Christ. Il l'a trouvé exécrable; ça n'a pas été long, il l'a brisé.

Vilandry regardait, pensif.

C'était lugubre, ces morceaux de terre craquelée, émiettée, perdue, et qui avaient été une œuvre, un effort, une vision, un rêve. C'était triste comme tout ce qu'il y a de confus et d'inachevé dans l'espoir humain. On devinait là le détritus de quelque révolte, un désespoir s'attaquant aux choses.

— Mais elle était superbe, cette figure!... dit l'interne.

— Pour vous, pas pour son auteur. Et puis Serge Platoff semble avoir pris Paris en grippe depuis...

L'œil de Vilandry interrogeait.

Mongobert, qui nouait un mouchoir à carreaux autour de ses éponges, haussa les épaules et répondit :

— Depuis... Rien! Ça ne nous regarde pas! Puisque Serge n'y attache pas plus d'importance que ça — et il a diantrement raison — nous n'avons pas à nous en mêler. Seulement, un jour que Pedro sera échauffé, demandez-lui donc qu'il vous raconte comment le Cosaque sait aimer!

Il s'arrêta, disant tristement :

— Portière que je suis, moi! Qu'est-ce que ça me fait.

tout ça? Il n'y a qu'une chose qui me navre : la fin de cette pauvrette que nous venons de mettre en terre! Chair à plaisir. Un joli coco, M. Combette! — C'est pour ça que je ne suis pas fâché de changer d'air. Je m'assomme ici, malgré vous, Vilandry, qui êtes un homme et, avec ça, un bon garçon, chose que vous payez assez cher, hein! camarade?

Vilandry, très pâle, malgré le hâle de son teint, se tenait droit, dans cette espèce de raideur militaire qui lui allait bien. Il ne répondit rien, ne releva pas l'allusion par un seul mot.

Au bout d'une minute, il dit seulement :

— Vous porterez à M. Platoff et à Mlle Olga tous mes souvenirs!

— Avec plaisir! D'autant plus qu'ils vous aiment beaucoup.

— Je leur ai peu parlé!

— Il ne s'agit pas de beaucoup parler... Allons, docteur, car vous serez docteur demain, bon vent! bonne mer! comme disent les marins, et que la vie ne vous soit pas trop dure!

Il ouvrit, avec un élan soudain, d'une brusquerie mâle qui attira Georges à lui tout d'un coup, ses robustes bras. En serrant Mongobert contre sa poitrine, en sentant la pression violente du sculpteur, qu'une émotion forte faisait trembler, Vilandry eut comme la sensation de ces chères étreintes paternelles qui étaient, là-bas, à Pierre-Buffière, le viatique du départ et la joie ardente du retour...

Ah! son père! son père! Comme il avait hâte de le revoir, de le retrouver, de l'embrasser maintenant que tout craquait sous ses pas, comme une planche pourrie; maintenant que Jeanne lui échappait et que Mongobert même partait, ce Mongobert dont l'amertume honnête lui plaisait, et que ces deux Russes l'emmenaient, l'enlevaient presque, et que le mouleur se laissait, à son âge, entraîner par une dernière aventure!

— Le directeur est prévenu, dit brusquement Mongobert en se dégageant de l'étreinte de Georges, comme s'il n'eût pas voulu donner trop de temps à une émotion bête. Ouf! Je ne suis pas fâché de quitter un peu mon pays! Il me paraît malade!

— Pas assez de sang! trop de nerfs! On l'a déjà crié, fit

Vilandry, voulant, lui aussi, redevenir maître de lui-même; c'est la maladie de la France!

— De la France?... Vous pouvez bien dire du monde. Je suis certain que ce sera la conclusion rapportée de mon voyage. Il y a longtemps que ce poseur d'Hamlet a dit : *Le monde est hors de ses gonds!* A présent, c'est pis. Il est parfaitement détraqué, le monde! L'univers entier est en proie à une vaste névrose. Ah! Vilandry, dites donc, si par hasard vous parveniez à la guérir pendant mon absence, vous m'écririez un mot, hein! mon cher? — Ne craignez rien, dit le mouleur en riant; Platoff et Mlle Olga ne me conduisent pas en Sibérie! Je vous enverrai mon adresse.

## XVII

### PETITE MÉLIE

Il y avait foule à Saint-Augustin. Des équipages aux chevaux cocardés de bouffettes blanches arrivaient en piaffant, fendant la foule, par un beau soleil d'automne, un temps gai, sec et lumineux. Les trottoirs étaient encombrés. On s'arrêtait, boulevard Malesherbes, pour voir passer le cortège. Des officiers de la caserne voisine regardaient tout en fumant. Les roues des équipages, les caisses luisantes des voitures jetaient des éclairs dans ce fourmillement de monde, et tandis que là-haut, dans l'église, les invités, la mariée, le marié, les parents, entraient au son de l'*Ave Maria* de Gounod, les fillettes, au dehors, les petites modistes du quartier, les éternels flâneurs de tous les spectacles parisiens se disaient : « Quel beau mariage! »

Au milieu de l'église, derrière le suisse majestueux, tout en or, frappant de sa hallebarde ajourée et énorme, M. Lamarche, solennel, de blanc cravaté, rouge et éclatant de joie, quoique la cérémonie lui parût longue, s'avançait donnant le bras à Blanche, jolie à croquer sous son voile de tulle, la taille serrée, les longs plis de satin de sa lourde jupe chatoyant sur le tapis avec des frissons. Elle rayonnait, jetant, à droite, à gauche, des regards curieux, vifs ; saluant, d'un air déluré, celles de ses amies qu'elle apercevait sur les chaises.

Paul Combette venait après elle, la tête haute, bien pris dans son habit noir, à la main son claque à coiffe blanche, avec un gros chiffre d'or au fond, et il promenait sur cette foule élégante, parée, sur les chapeaux blancs, lilas, bleus ou roses, des femmes, sur les plumes qui palpitaient avec des vols d'oiseaux dans les rayons multicolores des vitraux, sur les robes mauves, gris perle, blanches ou couleur crème, les satins, les velours, la faille, le damas, toutes les inventions des couturières haut cotées étalées à la fois dans une exhibition fastueuse, ce regard hardi, d'un magnétisme triomphant, qu'il avait toujours et qui convenait à sa taille haute, à son grand air de défi.

Il s'avançait, droit, sûr de lui-même, sous tant de regards, allant vers ces deux fauteuils de velours pourpre, à dossier carré garni d'or qui attendaient devant l'autel, comme s'il fût allé à la fortune, à une victoire tangible. Le petit Valentin marchait sur ses talons, horriblement déguisé en homme, cravaté de blanc, habillé de noir, la figure pâle et les yeux cernés, les regards malicieux et la tournure d'un ouistiti travesti en homoncule.

Au fond, et sur l'autel, dans un scintillement de lumières, une parure de cierges, un entassement de fleurs ; dans le ruissellement des flammes rouges, dans l'éclat des dorures, les paillettes des ors, des bronzes, la joaillerie des flambeaux et des calices, le prêtre sous son étole dorée, basanée d'ornements, apparaissait, entre les enfants de chœur aux surplis blancs jetés sur leur robe rouge.

Comme pour ajouter à ce lumineux tableau, flamboyant, rayé d'étincelles, piqué de clartés, par toutes les baies et les verrières de l'église, le soleil entrait, comme enfonçant les murs de pierre et jetant sur l'autel, sur les mariés qu'il enveloppait, sur la foule, sur les galons du suisse et les sculptures de l'autel, des poignées de rayons qui donnaient à la cérémonie le caractère du plein air et la majesté d'une gloire.

Et, pendant que, comme par ondées, par nappes tombant des grands tuyaux de l'orgue, la musique versait sur cette foule ses harmonies qui pénétraient, caressaient, donnaient ce défilé de joie, à ce rassemblement de Parisiens bavardant de tout, causant de la pièce nouvelle, du dernier tapage, du cours de la rente, raillant, riant ou bâillant, un accent recueilli parfaitement inattendu — dans un coin de l'église, dévorant de ses grands yeux noirs, comme égarés, ces deux êtres maintenant incinés, là-bas, devant le prêtre — une femme se tenait debout, raidie dans un effort tragique, sa volonté imposant à son corps le spectacle de cette joie, l'amertume, le coup de poignard de cette fête.

Jeanne Barral avait voulu venir. Elle avait voulu être là. Elle avait voulu voir. Elle tenait à souffrir jusqu'à la fin, à souffrir de ce double supplice physique et moral qui lui tordait le cœur, lui rongeait l'âme. Elle était venue dans cette église toute seule, sachant et le lieu et l'heure de ce mariage dont les reporters avaient parlé dans les journaux. Sa robe de laine noire avait frôlé le velours frappé de ces invitées du *high life*, de l'art mondain ou de la Bourse. Elle avait cherché un coin dans l'église élégante, tapageuse et décorée comme un théâtre, où elle pût, du fond de son ombre, les regarder, revoir Combette et savoir comment il porterait le souvenir de ses mensonges d'autrefois.

Il le portait bien, cavalièrement et élégamment. Et Blanche, jolie, fine, toute joyeuse, gaie comme une grisette qu'on épouse, riait, là-bas, tandis que Combette lui passait au doigt l'anneau que prenait le prêtre dans le plateau d'argent.

Il semblait à Jeanne qu'elle faisait un rêve, un rêve méchant, un rêve de malade. Sa pauvre tête, tenaillée et congestionnée posait lourdement sur ses épaules, et c'était à travers un nuage gris — à travers ses larmes — qu'elle apercevait, dans l'explosion de lumière de l'église, cet homme qu'elle avait aimé, qu'elle aimait toujours et qui lui avait si bien dit : *Je t'aime!* — agenouillé auprès de cette jeune fille blanche qui était sa femme!

Sa femme! Cette inconnue! Combette marié et marié à une autre!

Nul ne regardait cette pâle dolente, appuyant ses mains

chaudes de fièvre contre la pierre de l'église. Nul ne la voyait, l'abandonnée, dans ses tristes vêtements de deuil, et elle, quand ce fut fini, quand le cortège se remit en marche traversant une haie de saluts et de sourires, quand, du haut de l'orgue, les roulements de la marche du *Songe d'une nuit d'été*, de Mendelssohn, éclatèrent comme un *Alleluia* superbe, lorsque lumières, cierges, soleil, tout embrassa comme d'un baiser ces mariés qui s'en allaient vers la sacristie, elle tout heureuse, lui tout fier, alors il sembla à Jeanne qu'au fond de cette église, brusquement ouverte sur un cimetière, elle apercevait le pauvre coin de terre obscur où l'on avait, si peu de temps auparavant, déposé Mathilde Mignon, et que la pluie mouillait le talus sous lequel dormait la maîtresse morte, tandis que l'or de ces rayons pleuvait sur la blanche couronne de la femme et lui faisait comme une auréole.

Et, au fond de la bière close, Jeanne revoyait Mathilde endormie, avec son sourire d'extatique plein d'un *au delà* mystérieux, et, dans le vent du cimetière, il lui semblait entendre, dominant les harmonies de Mendelssohn, les lamentations des cloches et le dernier appel de la pauvre Mignon :

— *Ding! dong! ding! dong!*

Jeanne s'enfuit alors. Elle sortit, éperdue, de Saint-Augustin ; elle s'oubliait elle-même, elle ne songeait plus qu'à Mignon, et, marchant à travers les rues, au hasard, ne sachant pas où elle allait, elle répétait, comme s'adressant à ce Paul Combette qui ne pensait plus ni à la morte ni à la désolée vivante :

— C'est donc la vie, cela? C'est donc l'homme? Ah! misérable menteur! Menteur et lâche!

On parla beaucoup à la salle de garde, le soir, de ce mariage de Combette. Le malheureux Tournoël était navré. Il ne mangeait pas et restait absorbé, les yeux dans son assiette, l'air très sombre. Vilandry ne disait rien et le regardait, le plaignant beaucoup.

— Il paraît, dit quelqu'un, qu'il faut se moquer de tout pour réussir!

— Réussir à quoi? demanda Pedro, qui retrouvait son

vent gouailleur. Vous êtes donc persuadés, vous, que mons Combette a réussi?

— Il est riche, fit-on.

— Il épouse Blanche, ajouta Tournoël.

— Heureusement, il l'épouse! s'écria Pedro. C'est bien là que sera sa punition. Demande à M. Fargeas. C'est une hystérique aussi que ce petit sac d'écus qui s'appelle Mlle Lamarche. Elle ne sait pas ce qu'elle veut. Elle a épousé Combette parce qu'il lui a paru amusant et suffisamment excédés. Combette croit avoir rencontré la fortune. Voulez-vous que je lui tire son horoscope, à Combette?

— Si nous voulons? dit le petit Finot. Nous ne voulons que ça!

— Eh! bien, reprit le gros garçon avec plus d'amertume qu'il n'en mettait jadis à ses plaisanteries. Voilà. D'abord lune de miel. On va en Italie, on potasse le *Guide Joanne*, on se pâme devant les Raphaël sans y rien comprendre; on revient à Paris, on va aux *premières*, on lit son nom dans le *Monsieur de l'orchestre*. Très chic! On va aux eaux, on s'habille, on se déshabille, on épate la plage, on fait événement au Casino. Parfait. Puis on s'embête. Pas d'enfant ou un seul enfant. On lui flanque une nourrice... très bien mise... avec des rubans dans le dos, larges comme ça!... On n'est pas plus mère qu'une savate. On bâille, on bâille, on bâille. Combette paraît maussade. Il a beau être bel homme, il est toujours le même, Combette! Identique à son idiosyncrasie, Combette! Alors on le juge, on le jauge, on le compare, et — crac! — première comparaison! « Il n'y a que la première qui coûte. » On continue. On cherche autour de soi. Il y en a des blonds, des bruns, des roux, des chauves. On recompare. De comparaison en comparaison, on arrive à collectionner Combette se fâche ou ne se fâche pas, ça le regarde; mais ce qui est certain, c'est qu'il grimace. Ah! elle lui en donnera du fil à retordre, cette petite hystérique du monde, moins caractérisée que nos malades, mais cent fois plus dangereuse et fréquemment rencontrée dans les salons, allez! Ça en est plein, les salons! Il n'y a pas que l'hôpital pour loger les hystériques. Donc Tournoël, mon cher, voici la bonne aventure du paysagiste : marié à trente ans, Sganarelle à trente-trois, plaidant en réparation à trente-six, collé à quarante ou quarante-cinq, à l'âge où les cheveux tombent, avec une drôlesse quelconque qui lui fera payer cher le début de sa vie! — Il sera Georges Dandin après avoir été don Juan! — Il est volé! — La dot de la petite Lamarche n'est pas assez forte. Epouser le sganarellisme pour quelques billets de banque dont on le paye, parole d'honneur, ce n'est pas cher! C'est même pour rien!

— Je ne te savais pas prophète, Pedro, répondit Finet; mais vrai, je crois que tu as deviné!

— Qui vivra verra, et verra ce que j'ai dit, conclut Pedro.

Vilandry sortit le cœur lourd, l'esprit noir, de ce repas du soir. La sanction des habiletés ambitieuses de Combette lui semblait terriblement hypothétique.

Ce qui était certain, c'est que Tournoël souffrait et Jeanne aussi. Et c'était la douleur de Jeanne qui faisait celle de Vilandry. Dès ce jour, ces deux êtres, qui s'estimaient et semblaient faits pour s'aimer, parurent se fuir, évitant, dans la promiscuité de cette commune vie, à l'hôpital, les rapprochements et les contacts. Vilandry devenait, chaque jour, plus silencieux, et sur le visage pâle de Jeanne il y avait comme un voile. M^lle^ Barral affectait une sorte d'impassibilité raide. Elle ne voulait pas qu'on la vît souffrir. Elle ne voulait même pas qu'on devinât qu'elle souffrait.

Elle passait, à travers les salles et les cours, comme une automate, retrouvant des accents d'une pitié douce pour sa mère, dont les dernières lueurs de raison s'en allaient, se perdaient dans un brouillard confus, et pour la petite Mélie qui, la caressant de ses mains grêles, s'accrochant à sa jupe noire avec des avidités d'enfant qui veut qu'on l'emmène, disait de sa voix murmurante :

— *On* t'aime beaucoup, tu sais! *On* t'aime autant qu'on aimait grand'mère! *On* est bien contente de t'avoir, va! *On* est ton chien, vois-tu! *On* te suivrait partout! C'est vrai, je te dis! *On* est comme ça! Bonjour, *m'man!*...

Et chez cette jeune fille, sevrée de toutes les affections, et s'enfonçant toujours plus avant dans son sacrifice, avec cette soif de la souffrance qui fit jadis la folie de la croix, les dévouées, les martyres, un sentiment de pitié profonde pour cette orpheline, cette abandonnée, grandissait peu à peu, et il lui semblait que sa peine était moins écrasante lorsqu'elle songeait à Mélie et à toutes ces Mélies qui l'entouraient, payant les maux des autres, frappées, comme de punitions physiques, d'un tas de maladies qui les avaient prises au berceau et les conduisaient jusqu'à la tombe.

Il fallait bien que Jeanne aimât quelqu'un. Sa mère n'était réellement plus pour elle qu'une espèce de corps inerte, descendant en quelque sorte chaque jour d'un échelon et trouvant à peine, dans sa pauvre cervelle, un furtif éclair de compréhension ou plutôt de sensation pour répondre aux soins de Jeanne par un hochement de tête, un balbutiement, ou une pression de main instinctifs.

Parfois, en voyant ce qu'était sa mère, Jeanne détournait la tête, des larmes grosses roulant dans ses yeux navrés. Cette Hermance, si jolie autrefois, cette *maman* dont la petite Jeanne, coquette pour sa mère comme sont les fillettes, enroulait les beaux cheveux fins, d'un noir lustré, sur ses petits doigts roses, comme sur des *bigoulis*, c'était maintenant cette pauvre vieille aux prunelles mornes, la joue flétrie et tombante, la bouche agitée par un éternel mâchonnement, et dont elle prenait la tête branlante sur ses genoux pour peigner les longs cheveux gris, qui s'emmêlaient sur ce front sans pensée, sur ces yeux sans regard!...

Le docteur Cadilhat était d'ailleurs d'avis que M^me^ Barral pouvait et devait quitter la section Esquirol, où les cris des folles, le bruit, les hurlements, pouvaient lui sembler douloureux, quoiqu'elle ne les entendit guère. La pauvre femme n'était plus dangereuse; on la transporterait dans une des salles du bâtiment de la Vierge où l'on réunit les *admises*, les vieilles pensionnaires de la Salpêtrière, dans ce logis des incurables où les vieilles et les paralytiques attendent la fin, inconscientes.

— Tu vas nous quitter, *m'man?* dit la petite Mélie, effrayée en entendant parler de cela. Nous quitter? *On* sera bien triste!

— Ne crains rien, je reviendrai le soir, petite Mélie!

— Tous les jours?

— Tous les jours.

Jeanne éprouva une douleur nouvelle à voir sa mère couchée, comme inerte, parmi ces vieilles étendues dans des lits verts, avec le bâton qui leur sert d'appui. Mains et figures ridées, ratatinées, gonflées ou parcheminées, pauvres femmes regardant avec des béatitudes d'esprit en enfance des fleurs en papier posées auprès d'elles. C'était maintenant là, dans cette longue salle lugubre que Jeanne restait, regardant machinalement les piliers jaunes, les poutrelles blanches, le parquet ciré, le poêle, le Christ accroché au mur, et, par la fenêtre ouverte, des murs gris, et encore des murs.

Toutes les misères de la vieillesse y étaient comme entassées et encaquées, ces pauvres vieilles montrant leurs têtes rouges comme des pivoines, luisantes, ou jaunes comme des ossements, et émaciées. Et c'étaient des marmottages, des plaintes, les râles de la toux, les litanies de la souffrance.

Hermance Barral ne voyait rien, n'entendait rien.

Il y avait auprès d'Hermance, à sa droite, une malheureuse que l'abus des injections de morphine avait frappée d'un trouble de la parole, de la fièvre intermittente de la morphéomanie, d'hallucinations, et, à sa gauche, couchée et bavardant toujours, une vieille dont les os des bras, comme détachés les uns des autres, semblaient ballotter dans la peau, pareilles à des baguettes dans un sac.

Cette vieille, prise d'une maladie férocement bizarre, marchait en arrière, comme une tortue, dès qu'on la tirait par la robe, lorsqu'elle se levait, et la malheureuse, horrible caricature de la femme, croyait toujours avancer en reculant ainsi jusqu'à la muraille, où elle restait ensuite comme collée.

— Drôle de perturbation de l'individu! disait Pedro en l'examinant.

Il ajoutait, la montrant à Finet, avec cette passion de l'artiste devant un *cas* extraordinaire :

— En voilà encore une que je guette! Elle sera curieuse, son autopsie!

C'était la vieille Saint-Gervais, la grosse Artémise, peu à peu réduite à rien, rongée et comme scalpée par la maladie. Pedro cherchait parfois à lui parler de Mignon. Elle ne comprenait plus, elle n'entendait même pas. Elle suivait on ne savait quel fantôme de pensée, et cette mégère chantait tendrement des rondes enfantines, d'une toute petite voix :

Pour s'y mettre en ménage,
Faut avoir de l'argent,
Avec des mouchoirs blancs.

— Hein! Finet, quand ta femme sera comme ça? disait Pedro.

— Ma femme? quelle femme?

— Lolo! Car tu l'épouseras, Lolo; c'est moi qui te le dis et vous vivrez très vieux après avoir eu beaucoup d'enfants. Je continue à prophétiser!

— Et alors, qu'est-ce que tu te prédis, à toi, voyons? répondait le petit Finet d'un air vexé.

— Moi? j'engraisserai, je deviendrai gros comme un muid; je me retirerai à la campagne avec Manon, que je vais, de temps en temps, revoir à son bureau de tabac; je deviendrai maire de ma campagne et je couronnerai des rosières! Et même, mon petit Finet, comme je sais boire sec et dru, je pourrai, au fond des cabarets, étonner les bons Flamands, mes compatriotes, et devenir conseiller général dans mon département; qui sait? peut-être ministre par la grâce de la bière et du *faro!* Mais, rassure-toi, je n'ai pas d'ambition, je ne demanderai rien du tout. Je finirai médecin de village, le Sangrado de Carvin-en-Flandre. Et je me rappellerai nos bêtises d'aujourd'hui, nos folies d'hier et nos amours... Drôles de romans!... Décidément, il ne faut pas lire les histoires d'amour dans les traductions, et surtout les romans russes!... Allons, viens voir la Saint-Gervais, Finet. Je voudrais savoir si elle sera bientôt bonne à disséquer.

Et Pedro allait voir *sa malade* tout en fredonnant, pour paraître gai, un refrain d'hôpital, la chanson du *Dernier jour de garde,* d'Emile Tillot, sur l'air *d'Aristippe :*

C'est aujourd'hui ma dernière corvée,
L'oiseau captif s'enfuit de l'hôpital;
Après quatre ans ma consigne est levée
Et je retourne en mon pays natal.
En vous quittant je saute d'allégresse,
Sombre prison, vrai séjour de bannis,
Murs ennuyeux d'où suinte la tristesse.
Ah! quel bonheur, mes quatre ans sont finis!

La Saint-Gervais, qu'on soumettait parfois au traitement par la métalloscopie, ne retrouvait une lueur de souvenir que lorsque le métal qu'on lui appliquait sur la peau était de l'or.

— La vois-tu! disait Pedro, la vois-tu revenir à elle, la vendeuse d'amour, celle qui faisait marchandise de Mathilde Mignon! L'idée de l'argent la réveille!

Et la courtisane émerveillée répétait, la tête branlante, avec un éclair, bientôt éteint dans ses yeux demi morts :

— De l'or, de l'or! C'est mon métal à moi!... Le docteur voulait me traiter par le cuivre!... Peuh! du cuivre!... C'est de l'or que je veux! C'est de l'or qu'il me faut! De l'or! de l'or! de l'or! de l'or!

Puis, sa pensée retombant dans l'enfance, elle répétait en se traînant vers son lit, auprès d'Hermance, allongée et muette :

> Qui dira neuf mois sans se reposer :
> Allons nous cou-cou, allons nous coucher!
> Allons nous cou-cou, allons nous coucher!
> A'nous cou-cou, à nous coucher!
> A'nous cou-cou...

Cette Artémise faisait instinctivement horreur à Jeanne. C'était la décrépitude du vice, non pas celle de la misère. La destinée rapprochait cependant, tristement, l'innocente foudroyée par le malheur et la vieille que la débauche avait perdue.

Jeanne se contraignait volontairement à ne plus penser qu'à ces choses quotidiennes, à ce dur devoir dans lequel elle s'enfonçait comme dans un ensevelissement. C'était sa consolation, cet emprisonnement étouffant dans la salle aux odeurs fades et tièdes, ces veillées au chevet de sa malade pendant les nuits que l'hiver maintenant rendait plus longues. Elle n'oubliait pas Mélie. Elle éprouvait toujours un attendrissement en revoyant le regard confiant et caressant de la maigre fillette buvant son regard avec une sorte de reconnaissance infinie.

— Tu viens me voir? *On* n'est pas seule! *On* est bien contente! Tu es ma maman!...

Jeanne devait éprouver l'espèce d'alanguissement des prisonniers qui s'habituent à la monotomie de la vie qui les courbe. Elle se laissa aller, comme à un engrenage, au *train-train* machinal de cette existence. Elle s'efforçait de s'occupe, de ne plus penser. Elle était douce, lente, attendrie, parlant très bas, ne se fâchant jamais. Au fond de cette douceur, il y avait une plaie. On eût dit une eau dormante où, tout au fond, dans les herbes, il y aurait eu un cadavre.

Ce cœur de femme saignait toujours, déchiré par la blessure qu'on ne voyait pas. Elle restait comme éperdue encore de cet écroulement de toute sa vie. Elle entendait éternellement, comme des échos sinistres, la voix de Combette lui répétant : « Vous n'avez qu'à dire un mot pour que nous soyons deux à veiller sur votre mère ! » et le son des cloches tombant des lèvres pâles de Mathilde, et la marche nuptiale de Mendelssohn qui répondait à ce serment d'amour.

Mais elle se contraignait à ne *rien* laisser paraître de sa souffrance. Elle évitait surtout de se retrouver face à face avec Vilandry. Elle se rappelait le cri de Georges lorsqu'elle l'avait consulté pour savoir si elle pouvait se marier.

Le consulter, lui ?... Et lui demander si elle pouvait épouser Combette ! Elle se trouvait méchante, maintenant, d'avoir fait cela, de n'avoir pas deviné, d'avoir fait tant de mal à cet homme !

— Du moins, se disait Jeanne, si je l'ai blessé, j'expie !...

Un soir, avant d'aller à la salle de garde, Vilandry monta à la salle des Incurables voir si l'on n'avait pas besoin de lui. Il poussa la porte et demanda à une petite infirmière, toute blonde, jolie et rieuse sous son bonnet blanc, s'il y avait quelque chose de nouveau.

La jeune fille, qui avait souri à l'entrée de ce beau garçon à l'air un peu sévère, le regarda gentiment de ses grands yeux bleus et, avec un sourire de soubrette, saluant d'un signe de tête, elle répondit, tout naturellement, montrant ses dents blanches dans sa bouche rose :

— Un décès !

— Qui donc ?

— Le numéro 11.

Vilandry éprouva une émotion violente, quoiqu'il attendît, depuis quelque temps, le dénouement.

Le numéro 11, c'était M^me^ Barral.

La première pensée du jeune homme fut celle-ci :

— Pauvre Jeanne !

Il ne répondit rien à l'infirmière et traversa la salle entre deux files de lits, brusquement, allant vers l'endroit où se trouvait le *numéro 11*.

Jeanne, assise sur une chaise basse, regardait sa mère dans une immobilité de statue. Georges ne voyait pas sa figure, mais toute la roideur de ce corps redressé comme avec bravade, les mains jointes, l'attitude du vaincu qui se roidit sous la douleur disait ce que Jeanne devait souffrir. Des tressaillements de fièvre, comme des secousses de sanglots, couraient sur son dos; et, sous la laine noire, Vilandry voyait frissonner les épaules.

Il s'arrêta, respectueux, son regard allant de la fille à la mère.

M^me^ Barral, la tête appuyée dans l'oreiller, blanche sur la toile blanche, sembait dormir, la bouche ouverte, les paupières closes. Sous la transparence de ses paupières, il semblait qu'on aperçût les prunelles, comme recouvertes d'une taie. La mort rendait à ce visage, charmant jadis, une beauté inattendue, la majesté quasi-sculpturale de ce grand silence. Les chairs tirées et flétries s'étaient comme distendues et reprenaient dans cette figure immobile un caractère admirable de recueillement.

Cette femme, hier sans pensée, semblait à présent réfléchir. Cette tête, vide la veille, paraissait, maintenant qu'elle était froide, enflée de songeries profondes. L'aile de la mort avait fustigé l'idiotie accroupie sur cette créature humaine, et de cette folle tombée en enfance, une créature nouvelle semblait renaître — mais renaître dans la mort — une sorte d'aïeule calme, belle, majestueuse, le nez droit, la bouche ferme, ses longues joues creuses entourées de mèches grises, deux bandeaux plats de cheveux, devenus brusquement tout blancs, encadrant de leur blancheur de soie la blancheur de marbre du crâne.

Vilandry ne pouvait s'empêcher de regarder, muet, ce beau visage pensif reparu soudain sous le masque convulsé de la démente.

Cette beauté suprême de la mort le frappait d'une sorte d'admiration respectueuse.

De l'autre côté du lit, en face de Jeanne, une vieille *admise* agenouillée — la voisine de droite que la fièvre morphinique semblait avoir quittée — lisait des prières dans un gros livre et, couchée, ses yeux brûlant dans sa figure jaune, la Saint-Gervais, à gauche, ne disait rien, s'enfonçait dans sa couverture, et, entre ses draps et son bonnet, ne laissait passer que son regard qu'on apercevait clignotant, tremblant, épeuré, et cherchant pourtant ce cadavre étendu sous la couverture bien pliée qui en sculptait les lignes rigides.

La lumière grise du soir entrait dans cette grande salle aux recoins déjà pleins de nuit; le visage marmoréen de la morte se creusait davantage, l'ombre accusant les cavités des orbites, les commissures des lèvres et surtout cette bouche entr'ouverte, cette bouche d'où s'était envolé le dernier souffle; et cette ombre donnait, de plus en plus, à ce visage glacé, l'expression grave, la sévérité de pierre de l'éternel repos.

Georges se demandait s'il allait parler à Jeanne. Chose étrange, il se retrouvait et se voyait enfant à Pierre-Buffière, au chevet du lit de mort de sa mère. Ce qu'il avait souffert autrefois, Jeanne le souffrait aujourd'hui.

L'humanité n'est qu'une succession de fossoyeurs chargés d'enfouir ceux qu'ils aiment le mieux pour être enfouis à leur tour par ce qu'ils aiment le plus.

L'interne se rappelait d'ailleurs combien l'effusion d'une embrassade de son père lui avait fait de bien autrefois. Après tout, Jeanne, sans l'aimer, ne le détestait pas!

Il voulait lui dire : « Courage! » lui serrer la main et, dans cette pression d'ami à amie, faire passer tout son dévouement. Cette Jeanne! Comme il l'eût aimée!

Comme il l'aimait!

Il s'avança doucement vers elle. Il entendait battre son propre cœur.

— Mademoiselle?... dit-il doucement.

Elle ne bougeait pas, ne tressaillait pas.

— Mademoiselle Jeanne!

Il vit alors ce beau visage, blême, les yeux cernés, rouges, fiévreux, se retournant de son côté; et quand Jeanne l'aperçut, une expression de tristesse poignante emplit brusquement ce regard noyé de douleur.

— Ma pauvre mère! balbutia Jeanne.

— Elle repose, dit Georges en essayant de consoler la jeune fille. Elle souffrait tant!

— Mais je l'avais là! répondit-elle la voix brisée.

Il lui demanda comment la malade était morte.

Doucement, sans souffrir, dans un assoupissement qui avait commencé le matin. Il y avait plusieurs jours déjà qu'elle était comme frappée de coma. Elle n'avait pas dit un mot. Rien. Ses lèvres n'avaient même pas remué, seulement il avait semblé à Jeanne que la moribonde la reconnaissait.

— Je tenais sa main dans ma main et elle la serrait. Je sentais qu'elle voulait me dire quelque chose. Elle me parlait ainsi. C'était l'adieu!

Vilandry ne la dissuada pas. Cette pensée, qu'au dernier moment, la mourante avait retrouvé un éclair de raison pour bénir sa fille, consolait Jeanne.

L'interne resta auprès de Mlle Barral pour veiller la morte, comme si cette femme, qui n'avait même pas connu son nom, eût tenu une partie de sa vie. Il redoutait chez Jeanne une commotion trop violente, et, après ce raidissement contre la douleur, une sorte d'écroulement brusque, en plein désespoir. Il sentait bien tout ce qu'il y avait de frêle et de tendre sous l'énergie un peu altière de la jeune fille. Il demeurait à côté d'elle comme un frère auprès de sa sœur. Dans la nuit, il la contraignit à songer à elle, à prendre un bouillon, à dormir, si elle pouvait.

— Je resterai, moi!

Mais elle ne voulait pas, même pendant une minute, abandonner sa mère. Elle s'attachait à la morte comme elle s'était attachée à la démente. Elle l'ensevelit elle-même, posant ses lèvres brûlées de fièvre sur ce front qui lui parut doux, dont l'impression de froid ne lui causa aucune terreur; elle coupa, doucement, comme si elle eût redouté d'éveiller la pâle endormie, une mèche des cheveux de la morte, et, jusqu'à la fo se, marchant d'un pas automatique, ne pensant plus à rien qu'à la disparition de cet être chéri, elle alla, regardant d'un œil fixe cette bière qui roulait avec un bruit sourd le long des cordages, et se demandant si, depuis tant d'années, ce n'était pas un mauvais rêve qui continuait.

Il fallut l'emmener hors du cimetière. Une grande partie du personnel de l'hôpital, le docteur Fargeas, des surveilts en bonnet noir, des sous-surveillantes au bonnet noir ublé de blanc, des filles de service avaient suivi le convoi.

Mlle Devin, de son petit ton sec, dit à Jeanne, quand ce fut ni :

— Ne restez pas plus longtemps, mademoiselle. Venez. ous vous consolerons.

Et il y avait, en dépit de l'accent dur, chez la maigre petite mme, une sincérité d'émotion qui toucha Mlle Barral.

Vilandry avait suivi le convoi, non pas au premier rang, ais de loin, et le cœur serré, souffrant de la douleur de anne. Il éprouvait un des plus cruels chagrins de sa vie, pourtant une pensée lui venait, avec un espoir inattendu, dans l'émotion profonde du jeune homme, une pensée égoïsme se glissait, égoïsme qui n'était qu'un pseudonyme dévouement.

— Jeanne est seule maintenant, toute seule ! songeait-il. Que va-t-elle devenir, si, au seuil de cette vie où sa destinée la rejette, elle n'a pas un bras pour s'y appuyer ?

Et s'étant bien interrogé, seul à seul, jusqu'au profond de son être, Georges se disait qu'il aimait assez Jeanne pour lui vouer encore son existence tout entière, et effacer peu à peu, par une affection de toutes les heures, le souvenir de ce Combette qu'elle avait aimé.

Il ne serait pas jaloux des mélancolies de Jeanne, il ne lui demanderait compte de rien. Il respecterait même le souvenir de ce misérable qu'il méprisait. Si Jeanne voulait !

Si elle voulait !

Vilandry laissa passer, sur ces espoirs qui l'enfiévraient, une nuit pendant laquelle il se représentait Jeanne isolée dans la chambre où elle s'était réfugiée, et pleurant. Elle allait sans doute partir bientôt — peut-être demain — quitter l'hôpital où rien ne la retenait plus maintenant. Dès demain, il faudrait donc lui dire qu'elle n'était pas seule en ce monde, qu'elle avait un ami — mieux que cela — qu'elle pouvait avoir, comme elle disait le jour où elle le consultait, un foyer, une famille.

Georges se leva avec le jour, se rendit à son service, attendit la visite de M. Fargeas, et, sa tâche achevée, demanda, aux infirmières de la salle des Incurables, si l'on avait vu Mlle Barral.

Elle avait paru, venant jeter un dernier regard à ce banal lit d'hospice où sa mère était morte et qui aurait le soir une malade nouvelle et entendrait bientôt un nouveau soupir d'agonie. Puis elle s'était retirée sans que personne songeât à lui demander où elle allait.

Elle n'avait rien dit, seulement quelques *merci* aux condoléances qu'on lui adressait.

— Si elle était partie?... se disait Georges.

Il irait, tout à l'heure, s'informer auprès du directeur. Mlle Devin ne savait pas si Mlle Barral restait ou se retirait. Jeanne n'avait pas laissé deviner ses intentions.

— Les malades la regretteront, dit, du bout des dents, Mlle Devin, en ayant l'air de croquer des noisettes. Mais elle aura bien raison de quitter le bonnet d'uniforme. Ah! si j'avais à recommencer ma vie!... Le métier est trop dur!

Des hystériques à soigner, la vieille Pauline, déjà à moitié abêtie par l'éther et réclamant de l'éther encore pour combattre un accès de zoopsie, des visions d'animaux immondes, et Vilandry passa toute son après-midi dans la salle Sainte-Laure.

Le soir, il était un peu plus libre. Il se dit qu'il voulait trouver Jeanne.

Une tombée de nuit d'hiver triste, avec des bandes livides, emplissait les rues et les cours de l'hospice d'une sorte de brume blafarde où les arbres défeuillés montraient leurs branches grêles. Georges alla, comme machinalement, vers la section Esquirol, où il savait qu'on lui dirait exactement si Mlle Barral était revenue là chercher des vêtements, dire ce qu'elle comptait faire.

Une sous-surveillante, qu'il rencontra, lui apprit justement que Jeanne venait de causer avec le *chef*, M. Cadilhat, qui passait à l'hôpital, par grand hasard, à cette heure-là.

— Vous ne savez pas ce que Mlle Barral a dit? demanda Vilandry, anxieux.

— Non! il est vrai que vous pourrez le lui demander vous-même. Tenez!

Et l'infirmière montrait Jeanne qui descendait les marches d'un petit perron et regardait machinalement devant elle, l'œil à terre, un peu voûtée, l'air très triste.

Elle avait, sur la robe de laine noire des infirmières, jeté un châle de deuil et elle s'enveloppait la tête d'un voile de crêpe qui cachait à demi son pauvre visage assombri. Il sembla à Georges qu'elle avait maigri.

Il alla à elle tout droit, tête nue, et lui dit, d'une voix vibrante d'émotion et qu'il voulait rendre assurée :

— Vous quittez la Salpêtrière, mademoiselle Jeanne ?

— Qui vous l'a dit ? demanda-t-elle.

— Vous n'avez plus rien à y faire. Vous avez appris assez cruellement comme on y souffre.

Elle regarda, de ses yeux noirs dont les larmes avaient éteint l'éclat, ce jeune homme dont la voix tremblait à mesure qu'il parlait, et qui, s'efforçant visiblement d'être maître d'une émotion qui le serrait à la gorge comme une angine, restait là, sa joue brune plaquée d'une large tache blême, et son regard franc cherchant, dans l'ombre grise et déjà froide, le visage de Jeanne, comme pour y lire toute la pensée de la jeune fille.

— Mais si vous partez, dit-il de son accent mâle qui devenait timide, où irez-vous ? que ferez-vous ?

— Je me le suis déjà demandé, fit Jeanne doucement.

Il ne savait pas ce qu'elle pensait, ce que cachait une telle réponse ; il avait peur que ce ne fût encore quelque chose de désespéré qui tombât des lèvres de Jeanne. Il voulait, avant qu'elle eût parlé, avoir tout dit de ce qui lui gonflait le cœur.

Raffermi brusquement par la nécessité qu'il sentait de se livrer tout entier, de crier à cette femme, sans fausse honte, hardiment, le secret de ses rêves d'amour, de l'unique et profond amour de sa jeunesse :

— Mademoiselle Jeanne, dit-il, je n'ai pas de fortune, mais j'ai, je crois, un avenir, un avenir de travail sans doute, mais un avenir d'honnête homme et qui ne demande qu'à être utile. Cet avenir-là — humble ou glorieux, je ne sais — voulez-vous le partager avec moi ? Voulez-vous m'aider à le supporter s'il est misérable ? Voulez-vous être ma femme ?

— Votre femme ?

Elle demeura un moment sans répondre, contemplant, dans un attendrissement douloureux — l'aveu de Georges lui rappelant l'aveu mensonger de l'autre — ce jeune homme qui l'attendait, respectueux, grave, pâle comme un accusé à qui l'on annonce son arrêt, le mot qui allait décider de sa vie.

Il l'offrait, cette existence, simplement, sans phrase, comme s'il était naturel qu'il se donnât tout entier à ce qu'il aimait!

— Ah! je vous connaissais bien, monsieur Vilandry, répondit Jeanne de sa voix triste, qui résonnait comme une musique. Quand je me suis demandé ce que j'allais devenir, étant seule, l'idée m'est arrivée que cette solitude n'était pas complète puisque vous étiez là!

— Moi?... cria Georges éperdu.

— J'étais certaine, dit Jeanne, que ce que vous venez de me dire là, un jour ou l'autre, aujourd'hui ou demain, vous me le diriez!

— Vous savez donc que je vous aime? s'écria le malheureux, fou de joie, et comme si de ce ciel qui s'obscurcissait une lumière soudaine eût jailli.

— Oui, je le savais, répondit Jeanne, mais je sais aussi que celle que vous aimez est une pauvre fille broyée par la vie et qui n'a même plus l'énergie de vivre. Moi, votre femme?... C'est impossible! Vous êtes mon ami, mon conseiller. Vous rappelez-vous? fit-elle avec une amertume poignante, vous rappelez-vous cette consultation que je vous ai demandée, moi à vous? C'est cela qui nous sépare, qui nous sépare à jamais, dit-elle sur un geste de Georges. Votre amie, oui; je serai votre amie toujours, mais je ne peux pas être votre femme!

Il y avait, dans l'accent dont elle venait de jeter ces mots, une résolution absolue, comme le résultat d'une réflexion profonde, d'un de ces combats avec soi-même où quelque chose de votre être reste enseveli.

Elle tendit la main à Vilandry, d'un geste bref, et ce mouvement d'amitié, cette offre d'une éternelle affection dans une étreinte était la plus douloureuse des preuves. Ce qu'elle disait était irrévocable, Georges le devinait, le sentait, le voyait.

Il prit cette main tendue, il la serra. Sa main à lui était glacée.

— Je sais que je vous fais souffrir, dit Jeanne. Mais à un

homme de votre race on répond par la franchise, fût-elle doucement cruelle. J'ai aimé. J'ai, dans le cœur, le dégoût de cet amour. Je n'aimerai plus personne! Personne!

Il semblait à Vilandry, qui tenait toujours dans sa main la main de Jeanne, que c'était là comme le sceau mis sur une pierre tombale. Il y a de ces entrelacements de mains funèbres au-dessus des marbres des tombeaux.

— Alors, balbutia Georges, anxieux, s'oubliant lui-même, ne songeant, dans cet écrasement de son dernier espoir, qu'à ce qui attendait — demain — M^lle^ Barral, que deviendrez-vous, Jeanne?

— Moi? fit Jeanne doucement.

Elle avait sans doute entendu, derrière elle, le trottinement d'une fillette qui accourait, appelant, d'une petite voix d'enfant, d'une voix qui semblait venir de l'autre monde :

— *M'man! M'man!*

— Voyez!... dit Jeanne.

La petite Mélie arrivait comme un poussin qui court après sa mère, et tendrement, coulant sa petite tête blonde sous le bras de Jeanne, elle la regardait d'en bas, cherchait et quêtait un sourire, un coup d'œil, un mot, une caresse, dans ce triste crépuscule d'hiver qui s'étendait comme un manteau gris sur la Salpêtrière.

— Si tu savais, dit la petite Mélie, toute frissonnante, il fait froid! *On* a joliment froid! *On* a l'onglée! Tu me tricoteras des bas pour l'hiver, pas vrai?... *On* souffre tant des engelures!

Et de ses lèvres toutes gercées, là sous l'aile de Jeanne, elle soufflait sur ses doigts comme s'ils eussent été rouges d'onglée, et elle se pressait peureuse, frileuse, tremblante, répétant :

— Tu t'es en allée, dis, Pourquoi? On a dit comme ça que ta maman était morte! Tu avais donc une maman, toi? Moi, je n'en ai plus! Plus du tout! Ni frère, ni sœur, ni papa, ni maman, ni grand'mère! C'est joliment triste! Ah! je suis bête, fit la petite Mélie en sortant tout à coup de son navrement. J'ai quelqu'un, j'ai toi. Bonsoir, *m'man!*

Alors Georges Vilandry comprit que, pour certaines âmes,

blessées par la vie ou avides de martyre, il y a toujours un refuge dans un appétit de sacrifice, un besoin de dévouement, une soif de devoir.

Il se sentit perdu.

Ses pauvres chers rêves!

Et la voix d'or de Jeanne Barral lui répondait, tandis que Mélie, avec l'acharnement d'un pauvre être qui n'a qu'un appui au monde, embrassait la main de la jeune fille :

— Ce que je deviendrai, mon ami? Vous le voyez. Je n'ai plus de mère, c'est vrai, mais je ne suis pas seule : j'ai une enfant! J'ai des filles!

## XVIII

### LA SURVEILLANTE

Jeanne tint parole.

Elle devint la mère de ces orphelins et la consolation de ces souffrances. Des années, des années passaient avec une rapidité de rêve. La vie emportait, en pleine lutte, ceux qu'elle avait un moment réunis. Ils combattaient où ils pouvaient, pour l'existence, ces jeunes gens qui s'étaient coudoyés si longtemps dans leurs causeries de la salle de garde, arrosées de paradoxes et de vin à bon marché. Tournoël vivait en Bretagne. Finet exerçait à Madère, marié à une forte femme que les jolies filles du pays trouvaient encore charmante, se modelant sur la *Parisienne*. Là-bas, *la senora Lolo* était célèbre. On lui trouvait un *très bon ton*. Ah! ces Françaises! Toutes les Portugaises et les Anglaises phtisiques, réfugiées là, la jalousaient. On n'avait plus entendu parler de Pedro, qui, dans le fond de sa province, s'enterrait comme il l'avait promis.

Jeanne restait à la Salpêtrière, toute seule, voyant se succéder les internes, les entendant souvent parler, avec éloges, des travaux du docteur Vilandry, de ses recherches sur la fièvre typhoïde, sur les lésions des hémisphères cérébraux. Elle écoutait tout cela, heureuse de savoir que Georges devenait célèbre, mais ne regrettant rien, se donnant toute à ces pauvres filles qui l'entouraient, cherchant dans son effacement et son ombre à se rendre utile, sans gloire, sans bruit, sans récompense.

Un jour de juin de l'an dernier, par un beau temps printanier, tout rayonnant, un ciel d'un bleu doux poudré de nuages, un épanouissement de toutes les fleurs dans les jardins de la Salpêtrière, quelques lilas restant encore après les grappes ayant passé fleurs — un homme jeune, boutonné dans une redingote noire piquée d'un ruban rouge de la Légion d'honneur, et suivi d'un solide sexagénaire, à tournure militaire, moustaches grises, allure de contremaître ou d'ancien soldat, franchissait le seuil de l'hôpital et disait :

— Tu vas voir, père, l'endroit où j'ai passé les plus sévères années de ma jeunesse !

— Je verrai la chambre d'où tu m'écrivais ? Ta cellule ?

— Si tu veux !

C'était le docteur Vilandry, un peu engraissé depuis les années d'internat, les tempes déjà grises, le teint plus bruni peut-être, mais toujours le même, l'air mâle et doux à la fois, ayant l'air, avec son ruban rouge, de quelque officier en tenue bourgeoise.

Il faisait passer devant lui son père, qui, depuis trois ans, ayant quitté le Limousin, vivait avec lui, à Paris, tout étourdi d'abord, dans l'appartement de la rue de Douai pourtant silencieuse, de tout ce bruit de fiacres et de camions qu'il n'entendait pas à Pierre-Buffière. L'ancien artisan vivait là comme à l'ombre de la gloire du médecin. C'étaient pourtant ses rudes mains calleuses qui avaient gagné la science et la croix de son garçon ! Georges le lui répétait souvent, embrassant parfois, comme lorsqu'il était petit, la tête grise de Pierre Vilandry.

Et c'était touchant cette vie commune de ces deux êtres assis à la même table, le fils tout heureux de conter au père les opérations qu'il venait de faire, les espoirs de salut qu'il avait, et si tel malade allait bien et si tel autre échapperait à la mort — et le vieux écoutant, bouche bée, sous sa moustache grise, admirant ce beau et vaillant homme qui était son fils.

Il n'y avait jamais entre eux aucune discussion, un seul sujet excepté. Le vieux Vilandry eût souhaité que le docteur se mariât.

— A quoi bon? répondait Georges. Le sort de la femme d'un médecin, qui vit en ours, comme moi, n'est pas fort enviable. Est-ce que j'ai la possibilité d'avoir un foyer? Est-ce que j'ai le temps? Et puis, ma théorie est celle-ci: un homme de science, comme un homme de combat, doit être célibataire, pour être toujours disponible. Je ne raisonne point par égoïsme; je fais ce que je puis pour les autres. Je suis marié avec mes livres!

Pierre Vilandry poussait alors un gros soupir, allumait sa pipe dans un coin du salon et ne disait plus un seul mot. Le *garçon* ne raisonnait pas ainsi, jadis, quand il lui parlait, dans ses lettres, de Mlle Barral!

— Entre, dit Georges à son père.

Il s'écarta pour le faire passer, le menuisier regardant avec étonnement cet hôpital vaste comme une ville, et dont les rues s'étendaient à perte de vue, s'allongeant dans une perspective infinie.

Le docteur mena son père à la chambre de l'interne, que son successeur, rouge de plaisir, tout fier de parler à M. le docteur Vilandry, lui ouvrit tout de suite.

— Alors, c'est ici que tu as pioché? dit le père.

— Et beaucoup, fit l'interne nouveau en cherchant un compliment à l'adresse de Georges.

Vilandry restait là, comme ébloui par ce paysage parisien, ces toits, ces tours, ces dômes, tant de fois contemplés jadis. C'était comme une poignée de rayons du soleil de sa jeunesse qui l'aveuglait.

Il descendit, plus triste, l'interne lui racontant combien son souvenir était resté présent à l'hôpital et comme on le donnait en exemple à la salle de garde, dans cette génération nouvelle d'élèves de M. Fargeas, qui maintenant appelaient respectueusement Vilandry un maître.

— Un maître! répétait tout fier le vieux Vilandry.

— Oui, dit Georges, c'est un titre qui coûte cher. Cela veut dire que les cheveux blancs ne sont pas loin!

— Tu n'en es pas là, sacrebleu!

— Non, et je sais d'*ailleurs* qu'on vit plus longtemps vieux que jeune; mais quand on a doublé certain cap, c'est fini, le voyage s'avance. Il n'a plus de gaies surprises, il ne fait plus que traîner en longueur.

En arrivant sous les tilleuls qui longent le boulevard Mazarin, près de la chapelle, Georges fut tout étonné de s'entendre appeler brusquement par une voix qu'il semblait reconnaître.

On lui criait derrière lui: *Vilandry!*

Il se retourna et vit un gros homme à barbe longue qui essayait de le rattraper en courant tout essoufflé.

Le visage du docteur s'éclaira:

— Mongobert! Ah! par exemple!...

— En voilà un hasard! dit l'ancien mouleur. Qu'est-ce que vous venez faire ici?

Mongobert avait beaucoup vieilli. Son torse robuste se voûtait, et son front chauve s'était ridé tout à fait, mais il gardait encore son rictus narquois dans sa barbe de faune. Plus correct dans sa tenue, il portait aussi, à la boutonnière de son paletot-sac, un bout de ruban rouge qui donna tout de suite au brave Pierre Vilandry une haute idée de ce bonhomme, décoré comme son fils.

— Ma parole d'honneur, dit Mongobert, je songeais à vous, docteur, et si vous ne m'aviez pas rencontré ici, par aventure, vous auriez eu ma visite pas plus tard qu'aujourd'hui même. A preuve, dit-il à Georges, en tirant de sa poche un carnet sur lequel il avait écrit au crayon cette adresse: *Dr Vilandry, 22, rue de Douai.*

Georges présenta Mongobert à son père. Le sculpteur se mit à causer et, en l'entendant, sous ces mêmes tilleuls où ils avaient tant bavardé autrefois, il semblait à Vilandry que sa jeunesse renaissait.

— Ah! j'en ai eu des aventures depuis vous! disait Mongobert. Vous, vous deveniez un homme célèbre, je me faisais traduire les comptes rendus de vos travaux dans les revues médicales russes ou allemandes — le père Vilandry redressait la tête en écoutant cela — moi, je travaillais de mon mieux, à Moscou, à Pétersbourg. Et, ce qui est comique, c'est que j'y ai gagné de l'argent. Une fabrique de bronze m'a offert un traité en blanc — à moi, Mongobert ! — pour ne travailler que pour elle et lui faire de ces petits groupes de cavaliers, de ces presse-papier dans le genre des Tcherkess, des Cosaques et des Circassiens de Lanceray, vous connaissez bien ? Et j'ai accepté ! Bah ! ça valait encore mieux que de tripoter des ménages ici, et Barye, qui pétrissait des lions, a bien sculpté des chandeliers ! Mes petites machines de commerce se sont vendues, vendues. La mode s'y est mise. A l'Exposition de 1877, la maison Ogaref a exposé mes bronzes, et, moi, j'ai exposé des modèles de figurines russes en cire, tout une collection anthropologique amusante. Grand succès. Révélation d'un talent. On m'a décoré !

Mongobert se mit à rire :

— Décoré ! moi ! C'est absolument drôle. Tant que j'ai voulu faire de l'art pur, étant jeune, on m'a appelé bohème, et j'ai traîné la savate ! Dès que je me suis mis à faire du métier, j'ai gagné des gros sous, et l'on m'a offert un tas de petits rubans de toutes couleurs. Il en pleut en Russie ! — Moralité : l'art est le métier des imbéciles, et le métier est l'art des habiles. On n'a même de respect, en notre époque commerciale, que pour le métier. On l'honore, on le dore et on le décore. — Ah ! dit Mongobert en changeant de ton, que je suis heureux de vous voir !

Ils causaient, tout en marchant, de ce passé qui leur était commun, de tous ces souvenirs qui leur étaient chers, et, avec la poussière que soulevaient ses pas dans les allées de l'hôpital, Vilandry faisait monter comme de la poudre de choses envolées.

Tantôt c'était lui qui questionnait, tantôt c'était le sculpteur.

— Qu'était devenu Piatoff ?

Il voyageait toujours, ne faisant en Russie que des apparitions rapides, reprenant pied pour repartir, et toujours avec cette énigmatique Olga qui promenait à travers le monde sa pâle beauté de statue.

— Et, ici, le Combette ? demandait Mongobert.

Il s'interrompit, éclatant de rire.

— Au fait, je consulte les *gazetiers*, et la première chose que j'ai lue, en arrivant en France, et en achetant un journal à la frontière, c'est, à la colonne des tribunaux, le procès en séparation de M. et Mme Combette. Plainte en adultère du mari contre la femme !... Elle va bien, Mme Combette ! L'histoire du macaroni est tout à fait étonnante !... Et d'un drôle !

Un petit mouvement nerveux imperceptible passa, comme un tressaillement furtif, sur le visage de Georges lorsqu'après tous ces noms, Mongobert prononça celui de Jeanne.

Pierre Vilandry regarda son fils. Le docteur avait légèrement froncé les sourcils.

— Eh bien, mais, racontait Mongobert, c'était décidément une sainte que cette fille-là !

Il était venu à la Salpêtrière voir M. Fargeas, M. Cadilhat, saluer un peu tous ceux qui restaient là, depuis le temps passé ; mais certainement il n'aurait pas manqué d'aller prendre des nouvelles de Mlle Barral. Et il venait justement de rencontrer la petite Mlle Devin, plus sèche et plus ratatinée que jamais, qui lui avait raconté ce qu'avait fait Jeanne à la Salpêtrière.

Elle avait fondé une école, tout simplement, et elle avait pour sous-surveillante cette Mélie, devenue une femme, grandie, et qui, retrouvant peu à peu des lambeaux de raison, demeurait là pourtant, ne voulant pas sortir de l'hôpital, ni quitter Mlle Barral, comme si elle avait peur de la vie du dehors, de ce grand gouffre de Paris dont le bruit d'orage arrivait à peine par-dessus les murs de la Salpêtrière.

— Mais, au fait, dit Mongobert, voulez-vous la voir, Mlle Barral ? Elle est à la chapelle, m'a dit Mlle Devin.

La voir ! Revoir Jeanne ! Georges éprouvait, quoique la blessure d'autrefois se fût cicatrisée, une douleur aiguë. Il hésita un moment, comme s'il avait eu peur de lui-même, puis il dit :

— Oui, je serai très heureux de revoir Mlle Barral !

Ils montèrent les marches qui conduisent à la chapelle.

— Vous savez, docteur, dit Mongobert, qu'on a supprimé

les processions, cette année, *à la Fête-Dieu!* A la Fete-Dieu dernière — on m'a conté ça tout à l'heure — les cymbales d'une musique avaient brusquement jeté en catalepsie tout une file d'hystériques marchant sous une pluie de roses!... Bing!... Un coup de cymbales et les pauvres filles étaient demeurées immobiles, brusquement, comme les serviteurs de la Belle au Bois dormant!

— Je sais, fit le docteur.

Ils regardaient la chapelle. Des femmes, vieilles, cassées en deux, pétries par l'âge d'une façon tragi-comique, sortaient de l'église. Il y avait, dans l'intérieur de la chapelle, des bannières de calicot, roses ou bleues, avec des invocations à la Vierge, posées contre la muraille. Des hommes tendaient, autour de la chapelle ronde, d'immenses guirlandes de lierre, qui montaient, toutes vertes, sous la lumière multicolore des vitraux.

Des femmes passaient, prenant un peu d'eau dans un bénitier ou s'agenouillaient sur les dalles. Vilandry retrouva, sous la boîte de verre, l'extatique de cire, rose et dorée, qu'il avait regardée jadis.

Devant cette image, une vieille toute blanche, l'œil seul vivant encore dans une face parcheminée, se tenait debout, marmottant des prières, le visage fouetté de longues mèches d'un blanc sale, jaune.

— Est-ce que ce n'est pas Pauline? se dit Georges.

Il appela doucement:

— Pauline!

La vieille le regarda longuement, toutes ses rides se fronçant à la fois, puis, tout à coup :

— Ah! monsieur Vilandry! dit-elle.

Elle fit un signe de croix rapide, achevant ainsi sa prière, et dit au docteur avec une fierté navrante :

— Vous savez que je suis toujours hystérique?... Oui, j'ai des visions!... De belles visions!... J'irai en paradis et j'aurai ma statue comme celle-là!

— Bien, Pauline!...

— Est-ce que Mlle Barral est ici, Pauline? demanda Georges.

Le visage refrogné de la vieille devient farouche, et elle répondit d'un ton hostile :

— Non !

— On m'avait dit...

— Elle n'y est pas ! Elle est dans sa classe, là-bas !... Ah ! on s'occupe donc toujours de la Barral ? En voilà une qui fait des esbrouffes ! On parle de lui donner aussi le prix Montyon, comme à l'autre, la Nicolle... Eh bien ! et moi, qu'est-ce qu'on me donnera alors ?...

Elle haussa les épaules avec colère.

— Elle sera belle, malgré tout, la Fête-Dieu de demain ! Nous n'avons plus de processions, mais ça ne fait rien... rien du tout... C'était pourtant beau les processions ! La musique... Ça sentait le ciel ! Adieu, monsieur ! Allez voir la Barral, allez la voir. Vous aurez beau dire, il n'y a qu'une sainte ici, c'est moi !

Et grognant, gesticulant, énervée et à la fois abrutie d'éther, la vieille épileptique s'éloignait, criant de sa voix aiguë, méchante, sur le seuil de la chapelle, sa silhouette cassée se détachant, en noir, tout agitée, sur la verdure du jardin :

— Allez à sa classe ! A sa classe ! C'est là qu'elle est, la Barral !

— Allons, dit Mongobert.

Georges Vilandry songeait qu'il allait donc, tout à l'heure, se retrouver en face de cette femme qu'il avait aimée de toute son âme. Rien ne la lui avait fait oublier depuis huit années, et, habitué pourtant à ne considérer ce passé que comme un cadavre, il se disait cependant, parfois, que c'était ce rêve d'amour qui était demeuré comme la plus vivante réalité de sa vie. Il y a des parfums respirés dont l'odeur vous reste pendant des journées. Georges était comme imprégné de ce souvenir.

Et de pas en pas, il revivait en quelque sorte sa vie d'autrefois, en remettant les pieds sur les pavés de ces rues. C'était là qu'il avait vécu. Cette rue de l'Infirmerie, elle n'avait point changé. Les cuivres des cuisines flamblaient toujours, au soleil, par la porte ouverte. Ces arbres, ces bancs, il les connaissait. Il avait parlé à Jeanne, là, dans ce coin plein de lumière. Il lui semblait qu'il la revoyait assise et songeant, dans sa robe noire d'infirmière, sous des touffes de lilas.

Un parfum de renouveau montait encore dans l'air baigné de soleil. Les murailles grises semblaient joyeuses. Le vieil hôpital redevenait jeune comme pour fêter le pèlerinage de l'interne aux ruelles de sa jeunesse.

Il fallait tout expliquer à Pierre Vilandry. Le père voulait tout savoir. Il éprouvait un sentiment de gloriole comme si son fils eût été pour quelque chose dans la fondation de ce grand hôpital où, en effet, Georges avait laissé son nom et comme la tradition de son activité! Tout à l'heure, en entrant dans la salle de garde, le docteur avait montré à son père son nom imprimé sur le petit livret qui contient la liste des internes de tous les hôpitaux depuis soixante ans. Et que de noms célèbres! Pierre était devenu tout joyeux en rencontrant le nom de son Georges parmi tous ceux-là, et lorsque la vieille cuisinière qui tenait toujours le fourneau de la salle de garde, dit au docteur: « Ah! vous avez fait votre chemin, depuis moi, monsieur Vilandry, vous êtes l'honneur de l'*Ecole de la Salpêtrière* », l'ancien menuisier eût volontiers sauté au cou de la bonne femme et l'eût embrassée.

— Et vos biftecks? dit Mongobert, sont-ils encore aussi durs, mère Girard?

— Toujours aussi bons, monsieur Mongobert.

— Ah! que vous avez raison, mère Girard? Ce ne sont pas les cuisinières qu'on paye, ce sont les dents qu'on a qui font les bonnes côtelettes, et je parie que le docteur Vilandry regrette celles que vous lui serviez, quoiqu'il en mange de plus tendres depuis qu'il est devenu un Dupuytren! Mais les meilleurs repas sont encore ceux qu'on fait à vingt-cinq sous par crâne, soit douze sous et demi par mâchoire!...

*Un Dupuytren!* « Depuis qu'il est un Dupuytren! » Les joues du vieux Vilandry étaient devenues toutes pâles, et le menuisier se rappelait le temps où il courait le bois avec le petit, les feuilles sèches des châtaigniers criant sous leurs pas, et l'enfant qui trottinait s'arrêtant de temps à autre, riant de bonheur, avec son petit tricot de laine rouge et son chapeau de paille, et se baissant pour ramasser quelque scarabée, quelque fleurette, un *pelon* de châtaigne ou une morille jaune, et apporter cela au père en lui demandant, curieux, d'expliquer comment vivait l'insecte et comment poussait la plante. « Ce sera un savant ! » se disait alors le père. En effet, Georges était un savant maintenant, *un Dupuytren*, disait Mongobert. Ah ! si la mère était là pour entendre !

Maintenant, Georges Vilandry approchait de la section Esquirol où vivait Jeanne. Il avait lentement, cherchant peut-être à retarder la dernière visite, tout fait visiter à son père, la Hauteur, le jardin des pharmaciens, comme s'il eût redouté le moment où il allait se trouver en face de Mlle Barral.

La grille franchie, il alla, suivi de Mongobert et de Pierre, tout droit, sans dire un mot, vers un petit bâtiment composé d'un long rez-de-chaussée qu'on apercevait au bout d'une espèce de jardin qui tenait du terrain vague et du promenoir de prison.

Des arbres grêles, jeunes, aux feuilles hésitantes, comme phtisiques, formaient une sorte d'allée qui conduisait là, sous le soleil chaud. Sur les bancs, ou de loin en loin, seules ou par groupe, comme en tas, se tenaient des fillettes toutes jeunes, tenant de l'enfant rachitique ou ressemblant à de grandes filles *nouées*, têtes nues, les cheveux ras, vêtues de grandes blouses ou tabliers de toile bleue les enserrant comme un grand fourreau, et qui, riant ou chantonnant, l'air sournois ou l'air stupide, regardaient passer ces gens, hébétées, ou s'en approchaient, curieuses.

Il y en avait dont les têtes énormes, comme gonflées de vide, ballottaient sur les épaules maigres, d'autres dont le crâne semblait aplati, allongé comme entre deux planches ; d'autres qui, sur des corps presque trapus, avaient des têtes pas plus grosses que le poing.

— Des idiotes ! dit tout bas Georges à son père.

Le vieux Vilandry ne pouvait s'empêcher de frissonner un peu, se trouvant mal à l'aise au milieu de ces pauvres êtres difformes, sans intelligence, qui s'approchaient de lui comme pour le caresser. Il admirait naïvement le sang-froid de son fils passant à travers ces misères comme un soldat sous le feu.

Les pauvres idiotes couraient, voyant ces hommes. L'une d'elles, grande, forte brune, presque jolie, agitait, au bout d'un fil de caoutchouc, un Polichinelle qui dansait, sautait, bondissait au bout de ses doigts, et elle regardait Mongobert avec un rire bête.

Une autre s'accrochant à Georges, une petite blonde à l'air doux, parlant comme un mouton bêlerait, répétait, de temps à autre, comme une litanie :

— Demain dimanche, papa et maman viendront me voir !

Et, semblable à une machine bien remontée, elle faisait lentement, en s'arrêtant, une belle révérence automatique, puis elle courait pour rattraper le docteur, et elle recommençait :

— Demain dimanche, papa et maman viendront me voir !...

On entendait, du bâtiment aux murs blancs, couvert de tuiles, une sorte de cantique bizarre, d'air traînant, qui sortait, continu, par les fenêtres ouvertes.

— C'est là ! se disait Georges un peu pâle.

Là, parmi ces êtres aux faces bestiales, là, dans ce coin perdu de Paris, au bout du grand hôpital triste, c'était là que vivait Jeanne !

— Il faut peut-être demander la permission d'entrer? dit Mongobert.

Et, comme Georges semblait hésiter :

— Je m'en charge ! ajouta le sculpteur.

Il frappa à la porte de ce bâtiment, qui était une école, et une jeune femme, vêtue de noir et portant sur ses cheveux blonds le bonnet noir doublé de blanc des sous-surveillantes, vint ouvrir, et, dans cette femme, debout au milieu de l'encadrement de la porte, Georges, du premier coup d'œil, reconnut la petite Mélie, mais grasse, rose, très jolie, n'ayant plus ce vague sourire de la démence.

Et derrière elle, par la découpure nette de cette porte, une grande salle apparaissait, vivement éclairée par des fenêtres latérales, ouvertes des deux côtés de la muraille ; une salle longue, coupée de bancs et de rangées de pupitres au milieu desquels on pouvait circuler ; une salle aux murailles couvertes de grandes cartes collées sur rouleau et qui représentaient des objets usuels, des poids et mesures, des animaux, des indications géographiques.

Debout devant ces pupitres, où des papiers, des plumes, les règles de bois traînaient, des fillettes, de taille diverse, la tête rase comme celles qui vaguaient dans les cours, se tenaient, chantant des versets bizarres dont Vilandry ne comprenait pas le sens. Et, dans ce décor froid, entre ces murs blanchis à la chaux, devant ces pupitres noirs et ces idiotes, dont le jour cru faisait reluire les crânes déformés, Georges aperçut, droite, vêtue de noir, comme en deuil de sa jeunesse et de ses espoirs, Jeanne Barral, un livre à la main, enseignant à lire, à écrire, à compter, à penser, à ces malheureux enfants, détritus de la vie de Paris, filles du vice et de la misère.

Georges sentit courir sur son dos un frisson de pitié, qui était en même temps une émotion d'admiration profonde, et il lui sembla voir, dans quelque clair intérieur flamand des vieux peintres, une de ces ménagères au costume sévère et au bon sourire qui veillent là, doucement, sur les enfants nombreux de la maisonnée.

Jeanne ! c'était cette Jeanne qu'il avait aimée si profondément, si sincèrement, pour toujours !

Il ne la voyait pas bien, mais elle lui parut fatiguée, plus pâle.

Il avait hâte d'entrer, de lui parler.

— Alors, lui demanda tout bas son père, c'est... c'est elle?

Georges ne dit pas un mot. Son signe de tête répondit : *Oui*.

— Vous pouvez entrer, messieurs, faisait Mélie, en s'effaçant pour laisser Mongobert.

Et Mongobert, sur le seuil, criait déjà à la surveillante pour la prévenir :

— C'est moi, mademoiselle Barral, et je vous amène un vieil ami, le docteur Vilandry !

Jeanne, toute pâle, sourit, et, doucement, s'avança vers Mongobert et Georges sans que le livre qu'elle tenait à la main tressaillît dans ses doigts.

Mongobert la trouva profondément changée. Il lui semblait que c'était une statue qui marchait. Les mouvements étaient raides, contenus, lents.

Les yeux noirs de Jeanne, qui avaient déjà salué le sculptour, cherchaient de loin Vilandry. Il était entré, la lèvre un peu blême, nerveusement remuée, sentant sur sa poitrine cet étouffement des heures d'angoisse, et il saluait de loin Mlle Barral.

Alors, en faisant quelques pas l'un vers l'autre, ces deux êtres, qui ne s'étaient pas vus depuis huit ans, se retrouvèrent face à face. Elle leva sur Georges un regard doux, bon, mais morne et comme éteint et absorbé par une préoccupation intérieure. Lui, l'enveloppa, d'une interrogation anxieuse, et il éprouva violemment un serrement de cœur. Comme elle avait souffert! Comme elle avait vieilli! Son teint pâle d'autrefois avait pris le ton d'ivoire des vieux portraits, et sur son front, où l'on eût trouvé des rides précoces, il y avait des cheveux blancs, striant de raies d'argent les larges bandeaux noirs. Tout ce beau visage, encore admirable, mais comme maladif et flétri, s'était creusé, les paupières plissées et lasses donnant l'idée d'une de ces apparitions douloureuses de madone larmoyantes, étranges, rayonnantes du charme inquiétant des pleurs.

Elle ne semblait pourtant ni se plaindre ni regretter. Elle souriait en tendant, sans un tremblement, sans une émotion apparente, sa main effilée, blanche, comme exsangue, à Georges Vilandry; mais ce sourire même était cruel, profondément triste, d'une résignation de vaincue, et ce visage de femme jeune encore, sans parure, abandonné et jauni, faisait frissonner le docteur et hocher la tête à Mongobert, y déchiffrant comme à livre ouvert tout un drame poignant, silencieux et caché.

— Vous venez me voir, docteur? dit Jeanne. Vous n'avez donc pas oublié votre vieille amie?

Elle avait toujours sa voix d'or, d'une séduction musicale, une voix de l'infini.

— Comment vous oublierait-on? répondit Georges. Vous faites parler de vous en faisant le bien!

Elle sourit encore, sans que son visage de cire se colorât d'aucun reflet, et dit lentement :

— Oh! parler de moi!... Ce n'est pas cela que je cherche!

— Et vous cherchez? demanda Mongobert.

— L'oubli! répondit Jeanne très doucement.

Était-ce un reproche? Georges, après avoir, jadis, revu Jeanne à la Salpêtrière, avait disparu, disparu pendant des années bien longues. A quoi bon faire souffrir? La vie emportait, séparait ces deux créatures humaines, dont l'une supportait la peine que Combette avait imposée à l'autre. Il fallait suivre la destinée et vivre pour son devoir, chacun de son côté!

— Alors, demanda Pierre Vilandry, c'est ici que vous vivez?

— Mon père!... dit Georges, avant que Jeanne eût répondu.

Il voulait arrêter toute question.

— C'est ici, fit-elle après avoir salué.

— Vous avez fondé cette école?

— Il y a huit ans, oui!

Huit ans! Elle n'avait point tressailli en disant cela, elle n'avait même pas regardé Georges.

— Et ces idiotes, vous en faites des élèves?

— De pauvres filles, qui savent du moins lire, compter, écrire. Parfois des femmes. Mélie, dit Jeanne à la jeune fille, amenez-moi Annette, Claire et Louise.

— Elles sont ici, mademoiselle, fit Mélie. Elles viennent d'entrer avec ces messieurs! C'est si curieux!

— Et elles sont si glorieuses de leur science! dit Jeanne.

Elle appela les trois fillettes, qui, toutes trois, vinrent se planter devant le docteur, Pierre et Mongobert, et ces enfants chétives rivaient aussitôt leurs yeux interrogateurs sur les yeux de Jeanne.

— Écoutez bien et répondez, dit la surveillante. Qu'est-ce que l'enfant fait quand il est content?

— *I! I! I!* répétèrent les trois idiotes avec leur rire niais, découvrant leurs grandes dents jaunes ou blanches.

— *I! I! I!* criaient, comme avides d'être interrogées, elles aussi, et de briller, d'autres idiotes entassées au fond de la classe.

— Taisez-vous, là-bas! dit M^lle^ Jeanne.

— Taisez-vous! répéta Mélie.

Cette soixantaine de petites idiotes, de six à quatorze ans, redevinrent subitement silencieuses, leurs têtes rases toutes dressées vers la surveillante et la sous-surveillante.

— Et rasseyez-vous! dit Jeanne.

On entendit brusquement un grand bruit de souliers remués, et les fillettes s'accoudèrent devant leurs pupitres, les unes écrivant, copiant un *exemple*, les autres épelant, tout bas, d'autres riant et bayant aux nuées, stupides...

Jeanne continuait, interrogeant les idiotes :

— Imitez le geste du cocher qui fait claquer son fouet. Qu'est-ce qu'il fait, le cocher ?

— *Hue! U! U! U!* répétèrent les pauvres petites, d'une seule voix.

— Voilà comment je leur apprends leurs lettres, dit Jeanne en souriant de son mélancolique sourire. Le procédé phonomimique. — C'est bien, fit-elle.

Et elle passa sa main sur les têtes des fillettes qui restaient plantées devant elle, quêtant une caresse comme un chien un morceau de sucre.

Georges éprouvait une stupéfaction profonde, sentant ses yeux se mouiller doucement en retrouvant ainsi apaisée, résolue ou résignée, cette belle jeune fille qui n'était plus qu'une institutrice prisonnière comme ses élèves, et qui ne parlait à lui et à Mongobert, à ceux qui lui rappelaient pourtant le passé, que de sa classe et de ses petites, comme si toujours toute sa vie eût été renfermée entre ces murs froids.

Elle avait fondé, à l'exemple de M^lle Nicolle, une classe pour les petites idiotes qu'elle dirigeait, instruisait, appelait peu à peu à la compréhension de certains mots, de certaines idées. Elle était comme la créatrice de ces âmes hésitantes. Elle mettait — avec quels soins, quel dévouement, quelle patience! — un peu de lumière dans ces cerveaux pleins de nuit.

Une petite, maigriotte, l'air pauvret, bavant et se dandinant, s'approchait maintenant de M^lle Barral en poussant des sons inarticulés, rauques comme ceux d'un cornet à bouquin.

Jeanne continuait, comme si elle eût été devant un inspecteur :

— Celle-là, dit tristement la surveillante, jamais elle n'a pu apprendre ses lettres. Elle ne peut pas compter. Pas de mémoire. Elle ne retient rien. Il n'y a que les airs de musique. Si elle les entend une seule fois, elle les sait.

— Pas flatteur pour les musiciens! murmura Mongobert. La musique n'est décidément qu'un art sensuel.

— Moi, je sais compter; je sais compter, moi! dit une autre macrocéphale, haute comme une perche, grande, à quatorze ans, comme une femme.

— Eh bien! voyons, compte! fit Mlle Barral.

La pauvrette fit visiblement un effort extraordinaire et dit :

— Un, deux, trois, quatre... quatre... quatre...

Puis, elle s'arrêta comme devant un gouffre, devant le vide, et conclut dans un rire muet, tragique :

— Voilà!

— Quel âge a-t-elle?

— Quatorze ans et demi!

— Depuis combien de temps est-elle ici? demanda Georges.

— Depuis soixante ans! répondit une idiote tendrement.

En ce moment, il y eut des cris vers le banc du fond. Une des idiotes menaçait sa voisine d'un coup de règle, et l'autre, son porte-plume à la main, furieuse, lui mettait sur les prunelles la pointe aiguë de sa plume de fer.

Et des cris, des appels gutturaux, des grognements, des trépidations, des frappements de mains saluaient déjà, par toute la classe, cette bataille prochaine : — amusement, distraction, récréation farouche.

— Taisez-vous, Anna! Mélie, arrachez-lui sa plume à celle-là! cria Jeanne.

Mélie s'était précipitée, mais un vent de colère, une espèce de souffle de violence semblait passer, brusquement, sur toutes ces pauvres têtes abêties, et, la chaleur de juin, la présence de ces étrangers aidant, cet événement extraordinaire d'une visite dans la classe surchauffant tout à coup ces embryons de cervelles, des flammèches bizarres passaient dans les yeux mornes, et rapidement, comme un capitaine qui prévoit un grain et y pare en toute hâte, Mlle Barral, frappant dans son livre comme un *moniteur* de classe, jet dans cet atmosphère de tapage cet ordre soudain :

— Chantez l'*Histoire de France !*

Alors, subitement, comme si un ressort eût été poussé l'explosion de rage qui allait gronder éclata en chanson machinalement, la musique calmant aussitôt, comme un douche, ces pauvres têtes allumées — et toutes ces idiotes de leurs voix sinistres comme des rauquements de fauves pures comme des vibrations de cristal, chantaient sur un mélopée bizarre qui semblait lointaine, d'un autre monde ou d'un autre temps :

Pharamond est, dit-on, le premier de ces rois
Que les Francs dans la Gaule ont mis sur le pavois...
Clodion prend Cambrai, puis règne Mérovée.
De la fureur des Huns, Lutèce est préservée !

— C'est un dérivatif, ces chansons, dit alors Jeanne Barral. Elles s'instruisent et elles se calment !

— Elles s'instruisent ? fit Pierre Vilandry, stupéfait.

— Oui ! Il en est qu'en huit ans j'ai rendues capables de tenir des livres. Tenez, ma sous-surveillante, dit Jeanne en baissant la voix.

Les trois hommes regardaient Mélie.

— ... Eh bien, après avoir déraisonné longtemps, la pauvre fille, mon élève aussi, est devenue mon auxiliaire !

Mélie, debout, frappant dans ses mains, jolie sous les flots de lumière entrant par les fenêtres, criait aux petites, machinalement, comme si elle eût à peine compris elle-même :

— *Les fils de Clovis*, maintenant !...

Et les soixante voix des idiotes, reprenant la mélopée bizarre, aux notes criardes, assourdissantes, répondaient comme à un appel :

Entre ses quatre fils son État se divise...
Leurs chefs-lieux sont Paris, Soissons, Metz, Orléans,
Clotaire à tous survit et règne cinquante ans !

— C'est le cours de l'abbé Gaultier, dit de son même ton calme Jeanne à Georges Vilandry, qui la regardait, plein d'admiration, se trouvant petit et inutile devant cette femme qui avait ainsi sacrifié sa jeunesse, voué sa vie à celles qu'elle appelait ses enfants.

— *J'ai une enfant! j'ai des filles!*

Il l'entendait encore, elle lui revenait maintenant cette parole de Jeanne Barral, le soir d'hiver où il lui avait demandé : « Voulez-vous être ma femme? » — Et comme elle tenait ce serment de dévouement à ces souffrances! Elle rayonnait, dans cette humble salle de classe, heureuse des progrès de ses élèves, fière d'arracher à l'idiotie ces pauvres êtres frustes, maladifs et déchus. Elle était la mère de ces orphelines, de ces abandonnées, de ces errantes. Elle les aimait, elle les soignait, elle les sauvait.

Il s'était dit tout à l'heure qu'en retrouvant cette Jeanne adorée, il lui répéterait peut-être que si elle voulait encore de son existence, à lui, il l'aimait encore, il l'aimait toujours, d'un amour plus attristé peut-être, plus estompé, plus rapproché de l'amitié, mais capable encore de lui donner le calme bonheur de la vie à deux, sous la lampe de travail. Oui, cette tentation lui était venue de frapper de nouveau sur ce cœur de femme pour voir s'il n'aurait pas un battement pour lui.

Il n'osa pas.

Il se sentit, devant cette Jeanne, plus près encore de l'admiration que de cet amour. Il avait envie de s'incliner devant cette sublimité qui faisait disparaître la femme sous la martyre.

Il était à la fois heureux et attristé d'être venu. C'était un dernier rêve et comme un arrière-songe qui fuyait.

Elle reconduisit doucement les trois hommes jusqu'à la grille, par les cours pleines de soleil.

Pierre Vilandry et Mongobert marchaient les premiers, causant, et maintenant Georges se trouvait seul, ou comme seul, avec Jeanne, les petites fillettes en tablier de toile, qui rôdaient tout autour ne comptant pas.

Alors, sur le seuil de la classe, la contemplant longuement, cette Jeanne vieillie, mais toujours belle, retrouvant en lui-même toute son affection refoulée qui rejaillissait comme l'eau d'un puits sous une dernière blessure, il se sentit comme devenu plus courageux; des paroles d'affection et de pitié montaient de son cœur à ses lèvres et il allait parler, dire à cette femme :

— Savez-vous, Jeanne? Eh bien! je vous aime toujours!

Mais il semblait que Jeanne, fidèle aussi à sa déception, comprit la pensée de cet homme, car elle dit, presque brusquement, avec un sourire poignant malgré sa douceur :

— Vous voyez, docteur, qu'à cela les journées passent vite... et les années aussi!

Il allait lui dire :

— Il peut y avoir encore du bonheur pour vous!

Elle arrêta encore une fois cet aveu, le coupa comme une plante qui va fleurir, en répondant ces mots qui voulaient dire :

— Ne me plaignez pas, vous voyez bien que je suis heureuse! Laissez-moi finir où j'ai résolu de vivre!

Il la regarda. Elle souriait toujours.

Et Vilandry se heurtait durement à l'impossible quoiqu'il vît bien qu'elle mentait.

Oui, elle mentait, elle mentait! Il le devinait, il le sentait. Mais de quel droit le dire à cette femme, si elle tenait à ce mensonge?

Les idiotes qui jouaient dans le jardin venaient, de tous côtés, vers Jeanne, quittaient leurs bancs, s'accrochaient à sa jupe noire comme des petits poulets courant à l'aile de la mère.

— Comme elles vous aiment! dit Georges.

— Parce qu'elles savent que je les aime bien! fit-elle.

Elle eut un lent hochement de tête qui serra le cœur de Vilandry.

— Ce n'est pas, il est vrai, toujours une raison pour être aimé, dit-elle.

Ce fut dans tout ce qu'ils dirent la seule chose qui pût rappeler cet *autrefois* vieux de huit années.

Georges voyait décidément qu'ils n'avaient plus rien à échanger. Peut-être aimait-elle toujours *l'autre!* Il fallait s'éloigner, et cette opération, après cette visite rapide, lui semblait atroce comme un arrachement.

– Pauvre fille ! disait, là-bas, en marchant doucement, etournant parfois pour voir si son fils venait, le vieux ndry tout bas à Mongobert.

– Brave fille, répondit le sculpteur. Inconnue, dévouée, irable, et *blaguée*, je parie, si l'on racontait son his-e !... Rien de plus ridicule que les prix Montyon ! Des urs, ou des imbéciles !

Les petites idiotes, macrocéphales, chétives, stupides, qui raient derrière Jeanne Barral, répétaient fièrement avec accent nasillard, plaintif, en regardant ses étrangers :

– Je sais calculer !

– Je sais épeler !

– Moi, je sais mes capitales !

– Moi, mes poids et mesures !

– Et moi ! Moi, je connais les sous-préfectures !

C'était le sentiment de l'orgueil, la vanité de leur lambeau ntelligence qui subsistaient seuls chez les malheureuses.

Et la petite idiote, déjà rencontrée, revenait, saluait et sait son éternel :

– Demain dimanche, papa et maman viendront me voir.

Au seuil de la grille, Jeanne s'arrêta.

– Là, finit mon petit domaine, dit-elle.

Ces trois hommes, respectueusement, sans dire un mot, instinct — Georges plus rapproché d'elle, le père et Mon-bert plus éloignés — se découvrirent devant cette femme.

On entendait, au loin, les voix confuses et grêles des otes que dirigeait Mélie, et qui chantaient toujours :

A Louis douze on donne un glorieux surnom.
Il perd Naples, Milan, et voit mourir Gaston.
François premier aux arts, aux lettres rend la vie;
Vainqueur à Marignan, prisonnier à Pavie...

– Merci d'être venu ! dit Jeanne en tendant à Vilandry main transparente.

– Je reviendrai, répondit Georges, fermement.

Elle le regarda bien en face, d'un regard qui suppliait aintenant.

– Oh ! fit-elle alors avec une douceur triste, vous savez, on ami — et vous l'avez bien vu tout à l'heure — il ne faut pas trop troubler mes pauvres idiotes! Ce qui guéri voyez-vous, c'est la solitude et le silence!

Elle avait dit cela mélancoliquement, souriante, d'un to où se montrait tout son désir d'oubli, et il y avait da ces simples mots une espèce de prière tendre qui sen blait dire : « Laissez-moi dans mon ombre! Laissez-m seule, bien seule! On ne remue pas, sans souffrir, certaine cendres! »

Georges ne répondit pas. Il salua encore, serra cette mai tendue sans dire un mot, puis, instinctivement, malgré cela s'inclinant et y posant ses lèvres, il y laissa tomber un bai ser et une larme.

C'était le seul baiser qu'il eût donné à Jeanne. Encor cette larme l'avait-elle effacé.

— Ah! si toutes les femmes ressemblaient à celle-là disait Mongobert en s'éloignant.

Il essaya de plaisanter avec son rire de faune d'autrefois

— Il est vrai que le monde finirait vite! Où serait le mal après tout? Est-ce votre avis, monsieur Vilandry?

— Monsieur Mongobert, répondit le vieux de Pierre-Buf fières, je ne pense pas comme vous : le monde n'est pas une prison qu'il faut fuir, mais un champ qu'on doit labourer

— Soit, fit l'ancien mouleur, mais dans ce champ, i pousse crânement de chardons! C'est pour ça que j'aime assez y rencontrer une Jeanne Barral.

Georges avait rejoint son père.

Le vieux travailleur le regardait de côté.

Silencieux, le docteur marchait sans rien dire.

Il lui semblait qu'il venait de faire visite à une tombe.

— Ça t'a attristé, cette promenade? dit le vieux à moustache grise.

— Moi?

Georges releva la tête.

— Pas du tout. Cela m'a consolé!

Et ce médecin, qui vouait son existence à la rude tâche de vivre dans la sanie, la maladie, la tristesse saignante ou noire, se disait, en effet, que c'était comme une réponse aux tristesses de sa vie, cette femme qui enfouissait jeunesse, beauté, espoir, dans les murs sinistres d'un hospice, vivait rmi les idiotes et courageusement vieillirait là, dans cette mosphère lugubre, dans ce vent de folie !

Et, le cœur déchiré, mais un baume d'héroïsme coulant r la plaie, il songeait, tout en marchant :

— Il y a de telles âmes ! Ce sont celles-là, ces chercheuses âpre idéal et de tâches surhumaines, qui sont les consola-ons et les exemples !

On entendait toujours, au loin, chanter les voix d'enfants.

Alors Georges Vilandry se retourna.

Il voulait, avant de s'enfoncer dans son âpre vie quoti-enne, revoir sa vision d'autrefois, son rêve des vingt ans !

Il voulait jeter à la surveillante un dernier regard, et, ile, se sentant le cœur serré, il l'aperçut, debout, là-bas, rrière cette grille qui se fermait, le soir, sur les idiotes ; la vit, qui, d'un mouvement tout naturel, maternel et oux, attirait à elle, serrait contre ses vêtements, tout un etit tas de fillettes aux têtes roses, blondes, rousses ou unes, et le beau soleil, la claire lumière, les branches uillies, l'horizon bleu piqué d'arbres verts, encadraient élicieusement ce groupe attristé de pauvrettes tremblantes, albutiantes, hébétées, que consolait cette femme.

Rayonnant au-dessus de la hideur de ces réalités et de la ange de ce cloaque — comme l'éternelle charité, comme immortelle poésie — les rayons d'or du soleil de juin en-ourant de lumière, de caresses et d'étincelles ce groupe nsoleillé, faisaient ressortir, comme sur un nimbe, la taille légante, le pur visage mat, la noire chevelure coupée de cheveux blancs, le pauvre sourire triste d'abandonnée de Jeanne regardant la vie — cette mer — comme du bord d'un rivage...

Et Georges restait là, tremblant de s'éloigner, sentant que c'était, cette fois, la dernière apparition de sa jeunesse qui se dressait devant lui, sur ce ciel encore printanier.

Et Jeanne, immobile, attendait qu'au loin, au fond de l'al-lée, cet homme disparût, qui lui rappelait l'autre, celui qui avait emporté son unique amour.

Tout à coup, la petite idiote qui répétait toujours : *Demain dimanche, papa et maman...* s'approcha de la grille et la poussa doucement, lentement, riant d'un rire niais.

Le bruit de ce fer tombant sur le fer retentit lourdemen au moment où, là-bas, vers le chemin d'Orléans, le siffle ment de vapeur d'une locomotive traversait l'air com d'une pointe aiguë.

Il sembla à Vilandry, qu'au bruit sourd de la pierre jeté sur le silence de la tombe, répondait le cri du déchiremen de la vie.

Il regarda encore une fois Jeanne, revécut tout son passé toute sa jeunesse, tous ses amours en une seconde, et s'éloi gna lentement, la jeune femme le suivant des yeux comm on suit de loin une barque qui s'efface, et restant toujour debout, vierge-mère, au milieu de ses enfants que caressai le grand soleil.



1889. — Viroflay.

FIN

# TABLE DES CHAPITRES



FIN DE LA TABLE

PARIS. — IMPRIMERIE MICHELS ET FILS, PASSAGE DU CAIRE, 8 ET 10.
Usine à vapeur et Ateliers, rue d'Aboukir, 6, 8 et 10.

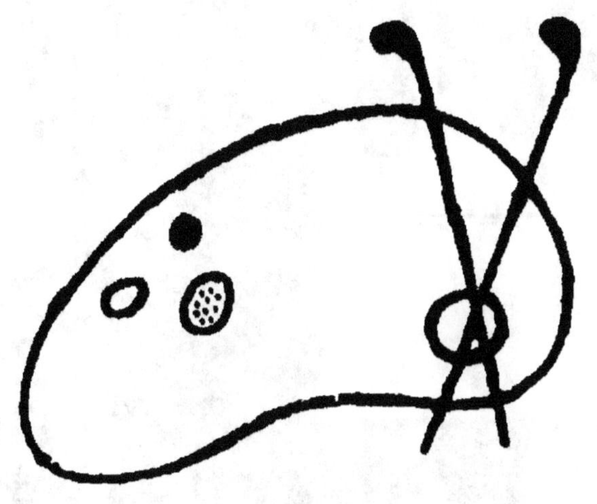

Début d'une série de documents
en couleur

AMOUR
D'UN

D'UN

AMOURS
D'UN

ES AMOURS
D'UN
NTERNE
DÉPÔT LÉGAL
FAYARD FRÈRES
ÉDITEURS PARIS
N° 140. Les Amours d'un Interne 5

PARIS. — IMP. MICHELS ET FILS.

# Œuvres Complètes de Jules CLARETIE

DE L'ACADÉMIE FRANÇAISE

En fascicules de luxe à **DIX centimes.**

*Les ouvrages suivants sont mis en vente chez tous les Libraires, Marchands de Journaux et dans les Gares :*

**Le Petit Jacques** (complet en 12 fascicules, soit 1 fr. 20). Envoi *franco* contre mandat-poste de 1 fr. 60.

**La Maison vide** (complet en 15 fascicules, soit 1 fr. 50). Envoi *franco* contre mandat-poste de 2 fr. 05.

**La Fugitive** (complet en 14 fascicules, soit 1 fr. 40). Envoi *franco* contre mandat-poste de 1 fr. 90.

**Le Train 17** (complet en 15 fascicules, soit 1 fr. 50). Envoi *franco* contre mandat-poste de 2 fr. 05.

**Le Prince Zilah** (complet en 11 fascicules, soit 1 fr. 10). Envoi *franco* contre mandat-poste de 1 fr. 50.

**Jean Mornas** (complet en 5 fascicules, soit 50 centimes). Envoi *franco* contre 70 centimes en timbres.

**Le Million** (complet en 13 fascicules, soit 1 fr. 30). Envoi *franco* contre mandat-poste de 1 fr. 75.

**Pierrille** (complet en 5 fascicules, soit 50 centimes). Envoi *franco* contre 70 centimes en timbres.

**Candidat!** (complet en 14 fascicules, soit 1 fr. 40). Envoi *franco* contre mandat-poste de 1 fr. 90.

**La Maîtresse** (complet en 16 fascicules, soit 1 fr. 60). Envoi *franco* contre mandat-poste de 2 fr. 20.

**Monsieur le Ministre** (complet en 15 fascicules, soit 1 fr. 50). Envoi *franco* contre mandat-poste de 2 fr. 05.

## LES AMOURS D'UN INTERNE

Sera complet en 16 fascicules.

# Œuvres Complètes d'Alphonse DAUDET

En fascicules de luxe à **DIX centimes.**

*Les ouvrages suivants sont mis en vente chez tous les Libraires, Marchands de Journaux et dans les Gares :*

**Jack** (complet en 19 fascicules, soit 1 fr. 90).

**Tartarin de Tarascon** (complet en 4 fascicules, soit 40 centimes).

**Fromont Jeune et Risler Aîné** (complet en 11 fascicules, soit 1 fr. 10).

**Le Petit Chose** (complet en 10 fascicules, soit 1 franc).

**Le Nabab** (complet en 16 fascicules, soit 1 fr. 60).

**Robert Helmont** (complet en 3 fascicules, soit 30 centimes).

**Tartarin sur les Alpes** (complet en 6 fascicules, soit 60 centimes).

**Les Lettres de mon Moulin** (complet en 6 fascicules, soit 60 centimes).

**Sapho** (complet en 7 fascicules, soit 70 centimes).

**Numa Roumestan** (complet en 10 fascicules, soit 1 franc).

**Contes du Lundi** (complet en 8 fascicules, soit 80 centimes).

**Les Rois en exil** (complet en 11 fascicules), soit 1 fr. 10).

**Port-Tarascon** (complet en 6 fascicules, soit 60 centimes).

**Rose et Ninette** (complet en 4 fascicules, soit 40 centimes).

**L'Immortel** (complet en 7 fascicules, soit 70 centimes).

**Trente Ans de Paris** (complet en 6 fascicules, soit 60 centimes).

**L'Évangéliste** (complet en 8 fascicules, soit 80 centimes).

**Souvenirs d'un Homme de lettres** (complet en 4 fascicules, soit 40 cent.).

**La Petite Paroisse** (complet en 10 fascicules, soit 1 franc).

**Les Femmes d'Artistes** (complet en 3 fascicules, soit 30 centimes).

**La Belle-Nivernaise** (complet en 3 fascicules, soit 30 centimes).

**La Fédor** (complet en 3 fascicules, soit 30 centimes).

**Entre les Frises et la Rampe** (complet en 3 fascicules, soit 30 centimes).

**Les Amoureuses** (complet en 7 fascicules, soit 70 centimes).

**Le Trésor d'Arlatan** (complet en 2 fascicules, soit 20 centimes).

**FAYARD Frères, Éditeurs, 78, Boulevard Saint-Michel, PARIS**

PARIS. — IMP. MICHELS ET FILS.

# Œuvres Complètes de Jules CLARETIE

DE L'ACADÉMIE FRANÇAISE

En fascicules de luxe à **DIX** centimes.

*Les ouvrages suivants sont mis en vente chez tous les Libraires, Marchands de Journaux et dans les Gares :*

**Le Petit Jacques** (complet en 12 fascicules, soit 1 fr. 20). Envoi *franco* contre mandat-poste de 1 fr. 60.

**La Maison vide** (complet en 15 fascicules, soit 1 fr. 50). Envoi *franco* contre mandat-poste de 2 fr. 05.

**La Fugitive** (complet en 14 fascicules, soit 1 fr. 40). Envoi *franco* contre mandat-poste de 1 fr. 90.

**Le Train 17** (complet en 15 fascicules, soit 1 fr. 50). Envoi *franco* contre mandat-poste de 2 fr. 05.

**Le Prince Zilah** (complet en 11 fascicules, soit 1 fr. 10). Envoi *franco* contre mandat-poste de 1 fr. 50.

**Jean Mornas** (complet en 5 fascicules, soit 50 centimes). Envoi *franco* contre 70 centimes en timbres.

**Le Million** (complet en 13 fascicules, soit 1 fr. 30). Envoi *franco* contre mandat-poste de 1 fr. 75.

**[illegible]rille** (complet en 5 fascicules, soit 50 centimes). Envoi *franco* contre 70 centimes en timbres.

**Candidat!** (complet en 11 fascicules, soit 1 fr. 40). Envoi *franco* contre mandat-poste de 1 fr. 90.

**La Maîtresse** (complet en 16 fascicules, soit 1 fr. 60). Envoi *franco* contre mandat-poste de 2 fr. 20.

**Monsieur le Ministre** (complet en 15 fascicules, soit 1 fr. 50). Envoi *franco* contre mandat-poste de 2 fr. 05.

## LES AMOURS D'UN INTERNE

Sera complet en 16 fascicules.

# Œuvres Complètes d'Alphonse DAUDET

En fascicules de luxe à **DIX** centimes.

*Les ouvrages suivants sont mis en vente chez tous les Libraires, Marchands de Journaux et dans les Gares :*

**Jack** (complet en 19 fascicules, soit 1 fr. 90).

**Tartarin de Tarascon** (complet en 4 fascicules, soit 40 centimes).

**Fromont Jeune et Risler Aîné** (complet en 11 fascicules, soit 1 fr. 10).

**Le Petit Chose** (complet en 10 fascicules, soit 1 franc).

**Le Nabab** (complet en 16 fascicules, soit 1 fr. 60).

**Robert Helmont** (complet en 3 fascicules, soit 30 centimes).

**Tartarin sur les Alpes** (complet en 6 fascicules, soit 60 centimes).

**Les Lettres de mon Moulin** (complet en 6 fascicules, soit 60 centimes).

**Sapho** (complet en 7 fascicules, soit 70 centimes).

**Numa Roumestan** (complet en 10 fascicules, soit 1 franc).

**Contes du Lundi** (complet en 8 fascicules, soit 80 centimes).

**Les Rois en exil** (complet en 11 fascicules), soit 1 fr. 10).

**Port-Tarascon** (complet en 6 fascicules, soit 60 centimes).

**Rose et Ninette** (complet en 4 fascicules, soit 40 centimes).

**L'Immortel** (complet en 7 fascicules, soit 70 centimes).

**Trente Ans de Paris** (complet en 6 fascicules, soit 60 centimes).

**L'Évangéliste** (complet en 8 fascicules, soit 80 centimes).

**Souvenirs d'un Homme de lettres** (complet en 4 fascicules, soit 40 cent.).

**La Petite Paroisse** (complet en 10 fascicules, soit 1 franc).

**Les Femmes d'Artistes** (complet en 3 fascicules, soit 30 centimes).

**La Belle-Nivernaise** (complet en 3 fascicules, soit 30 centimes).

**La Fédor** (complet en 3 fascicules, soit 30 centimes).

**Entre les Frises et la Rampe** (complet en 3 fascicules, soit 30 centimes).

**Les Amoureuses** (complet en 7 fascicules, soit 70 centimes).

**Le Trésor d'Arlatan** (complet en 2 fascicules, soit 20 centimes).

**FAYARD Frères, Éditeurs, 78, Boulevard Saint-Michel, PARIS**

PARIS. — IMP. MICHELS ET FILS

PARIS. — IMP. MICHELS ET FILS.

S AMOURS
D'UN
NTERNE
Seine
FAYARD FRÈRES
ÉDITEURS PARIS

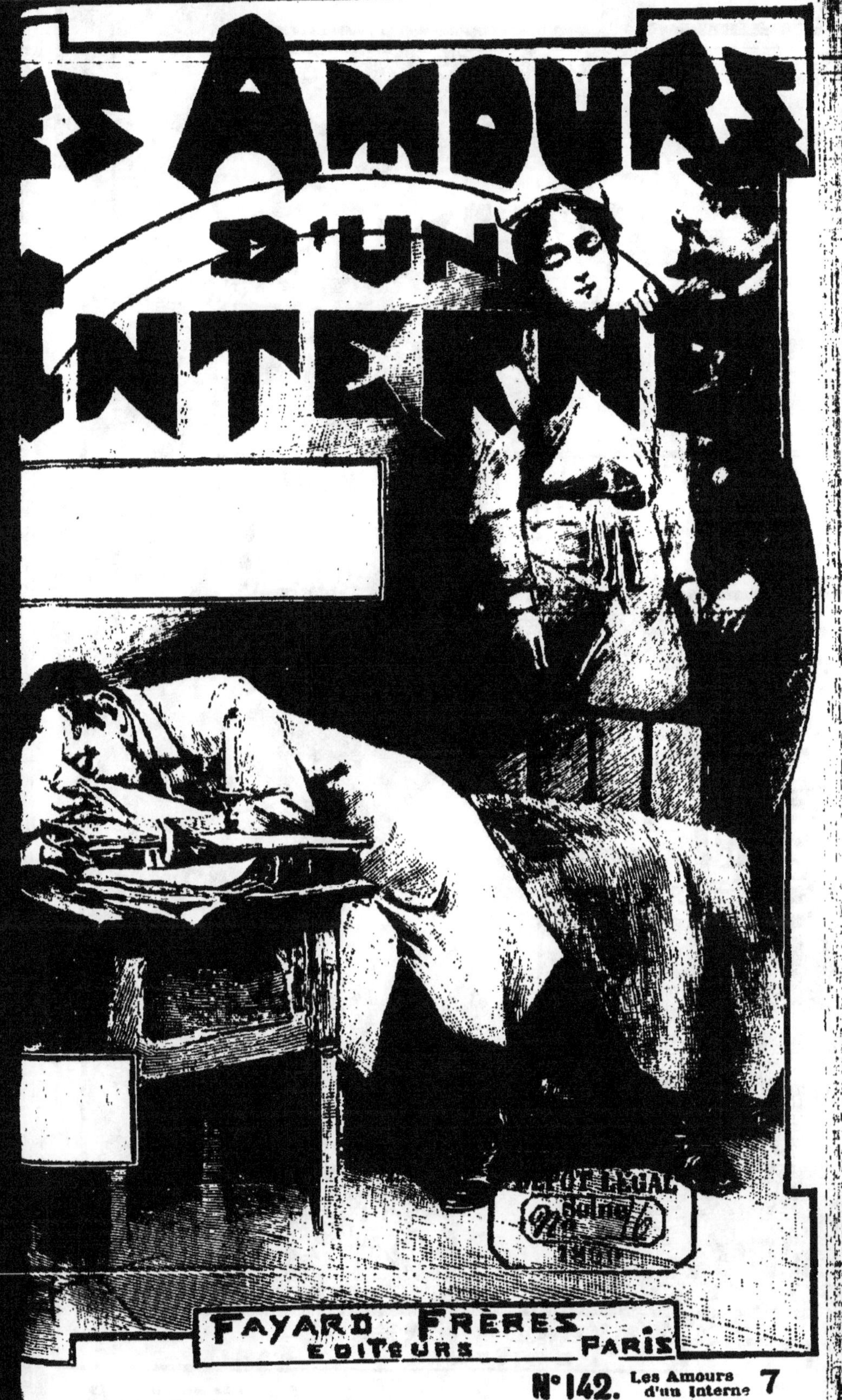

ES AMOURS
D'UN
NTERNE
DEPOT LEGAL
Seine
FAYARD FRERES
EDITEURS PARIS
N°142. Les Amours d'un Interne 7

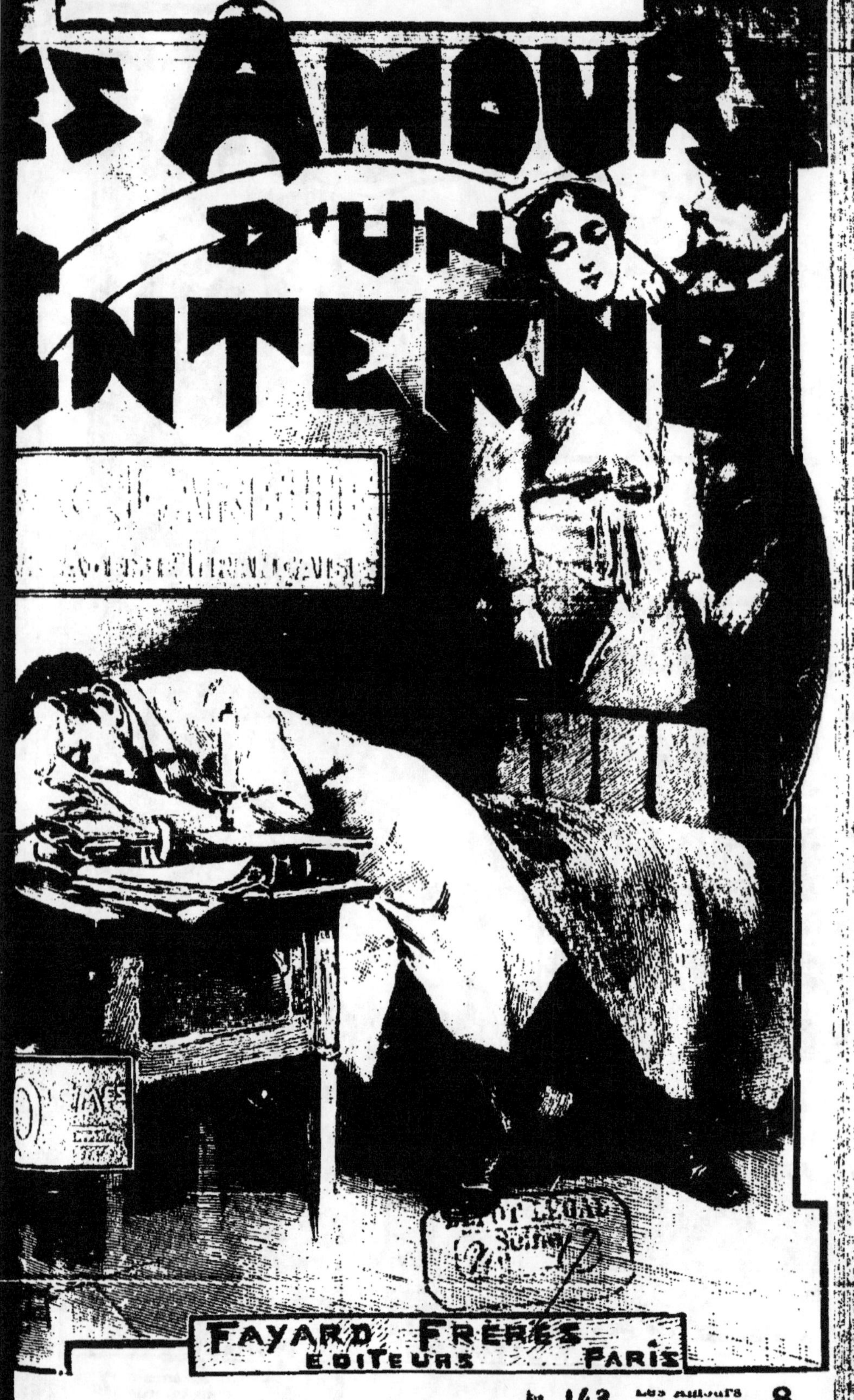
D'UN
FAYARD FRÈRES
ÉDITEURS PARIS
N° 143. Les Amours d'un interne 8

ES AMOURS
D'UN
NTERNE
CLARETIE
FAYARD FRERES
EDITEURS
PARIS

EN VENTE PARTOUT AU PRIX EXCEPTIONNEL DE 5 CENTIMES

Le 1er FASCICULE ILLUSTRÉ des

# ŒUVRES DE HENRI LAVEDAN

**De l'Académie Française.**

Depuis longtemps, le nom de Henri Lavedan a été porté sur les ailes du succès aux quatre coins du pays, du pays intelligent et friand de lecture.

L'auteur du *Prince d'Aurec*, cette satire cruelle, mais que lui ont pardonnée, à cause de son esprit, ceux mêmes contre lesquels elle était dirigée : de *Camille*, de *Catherine*, de *Viveurs*, de ce *Nouveau Jeu* que tout le monde a vu jouer, l'auteur de *Mam'zelle Vertu*, de *La Haute*, de *Leurs Sœurs* et de tant d'autres œuvres pleines de fine observation, de raillerie spirituelle et de sentiment exquis est — bien que sa quarantième année soit à peine sonnée — un vieil ami du public.

L'un des premiers, il a créé — ou pour mieux dire observé et décrit — ce type de jeune fille moderne, dont le langage, plein de liberté, et l'allure garçonnière ont fait la joie de plusieurs centaines de mille de spectateurs et de lecteurs.

Tout d'abord, l'œuvre de Henri Lavedan paraît n'être faite que d'ironie et d'esprit ; mais bientôt on s'aperçoit que cet écrivain est un sentimental et que chez lui, souvent, le cœur l'emporte sur l'esprit.

La lecture de ses œuvres fait s'entr'ouvrir toujours les lèvres dans un sourire : mais souvent, presque aussitôt, une certaine démangeaison de la paupière prouve que la larme est là, toute prête à couler.

Et c'est ce contraste, ou plutôt cette union de ces deux qualités d'esprit si dissemblables, la sentimentalité et l'ironie, qui fait de Henri Lavedan un des plus charmants conteurs qui soient.

Malheureusement, quelque grand que soit le nombre de lecteurs ou de spectateurs auxquels il a été donné de goûter le charme des ouvrages ou des pièces de Henri Lavedan, il n'est rien en comparaison du nombre de ceux qui ont entendu parler de l'auteur du *Nouveau Jeu*, sans avoir pu rien applaudir ou rien lire de lui.

Bref, jamais l'œuvre de Henri Lavedan n'a été l'objet d'une tentative sérieuse de vulgarisation.

Cette tentative, nous la faisons aujourd'hui, persuadés que le public, qui a goûté si fort l'œuvre de Daudet, saura apprécier celle de Henri Lavedan.

Nous n'avons rien épargné pour que cette édition présente tous les attraits que mérite le talent de l'auteur. Illustration, gravure, impression, papier contribuent à donner à cette nouvelle collection un cachet artistique, bien en rapport avec le talent du spirituel auteur du *Nouveau Jeu*.

**La publication des ŒUVRES DE HENRI LAVEDAN, de l'*Académie Française*, commence par :**

# LE NOUVEAU JEU

**QUI SERA COMPLET EN 7 FASCICULES ILLUSTRÉS A 10 CENTIMES**

PARAITRONT ENSUITE :

**MAM'ZELLE VERTU** (3 fascicules à 10 cent.), **SIRE** (6 fascicules à 10 cent.), etc.

**10** cent. le **FASCICULE** renfermant 24 pages illustrées **10** cent.

SOUS COUVERTURE EN COULEURS

**Il paraît 2 fascicules par semaine.**

**Abonnement aux 10 premiers fascicules contre mandat-poste de 1 fr. 50**

**à MM. FAYARD Frères, Éditeurs, 78, boulevard Saint-Michel, PARIS.**

PARIS. — IMP. MICHELS ET FILS.

PARIS. — IMP. MICHELS ET FILS.

PARIS. — IMP. MICHELS ET FILS.

# Œuvres Complètes de Jules CLARETIE

DE L'ACADÉMIE FRANÇAISE

En fascicules de luxe à **DIX centimes.**

*Les ouvrages suivants sont mis en vente chez tous les Libraires, Marchands de Journaux et dans les Gares :*

**Le Petit Jacques** (complet en 12 fascicules, soit 1 fr. 20). Envoi *franco* contre mandat-poste de **1 fr. 60.**

**La Maison vide** (complet en 15 fascicules, soit 1 fr. 50). Envoi *franco* contre mandat-poste de **2 fr. 05.**

**La Fugitive** (complet en 11 fascicules, soit 1 fr. 40). Envoi *franco* contre mandat-poste de **1 fr. 90.**

**Le Train 17** (complet en 15 fascicules, soit 1 fr. 50). Envoi *franco* contre mandat-poste de **2 fr. 05.**

**Le Prince Zilah** (complet en 11 fascicules, soit 1 fr. 10). Envoi *franco* contre mandat-poste de **1 fr. 50.**

**Jean Mornas** (complet en 5 fascicules, soit 50 centimes). Envoi *franco* contre 70 centimes en timbres.

**Le Million** (complet en 13 fascicules, soit 1 fr. 30). Envoi *franco* contre mandat-poste de **1 fr. 75.**

**Pierrille** (complet en 5 fascicules, soit 50 centimes). Envoi *franco* contre 70 centimes en timbres.

**Candidat !** (complet en 11 fascicules, soit 1 fr. 40). Envoi *franco* contre mandat-poste de **1 fr. 90.**

**La Maîtresse** (complet en 16 fascicules, soit 1 fr. 60). Envoi *franco* contre mandat-poste de **2 fr. 20.**

**Monsieur le Ministre** (complet en 15 fascicules, soit 1 fr. 50). Envoi *franco* contre mandat-poste de **2 fr. 05.**

# LES AMOURS D'UN INTERNE

Sera complet en 16 fascicules.

# Œuvres Complètes d'Alphonse DAUDET

En fascicules de luxe à **DIX centimes.**

*Les ouvrages suivants sont mis en vente chez tous les Libraires, Marchands de Journaux et dans les Gares :*

**Jack** (complet en 19 fascicules, soit 1 fr. 90).

**Tartarin de Tarascon** (complet en 4 fascicules, soit 40 centimes).

**Fromont Jeune et Risler Aîné** (complet en 11 fascicules, soit 1 fr. 10).

**Le Petit Chose** (complet en 10 fascicules, soit 1 franc).

**Le Nabab** (complet en 16 fascicules, soit 1 fr. 60).

**Robert Helmont** (complet en 3 fascicules, soit 30 centimes).

**Tartarin sur les Alpes** (complet en 6 fascicules, soit 60 centimes).

**Les Lettres de mon Moulin** (complet en 6 fascicules, soit 60 centimes).

**Sapho** (complet en 7 fascicules, soit 70 centimes).

**Numa Roumestan** (complet en 10 fascicules, soit 1 franc).

**Contes du Lundi** (complet en 8 fascicules, soit 80 centimes).

**Les Rois en exil** (complet en 11 fascicules, soit 1 fr. 10).

**Port-Tarascon** (complet en 6 fascicules, soit 60 centimes).

**Rose et Ninette** (complet en 4 fascicules, soit 40 centimes).

**L'Immortel** (complet en 7 fascicules, soit 70 centimes).

**Trente Ans de Paris** (complet en 6 fascicules, soit 60 centimes).

**L'Évangéliste** (complet en 8 fascicules, soit 80 centimes).

**Souvenirs d'un Homme de lettres** (complet en 4 fascicules, soit 40 centimes).

**La Petite Paroisse** (complet en 10 fascicules, soit 1 franc).

**Les Femmes d'Artistes** (complet en 3 fascicules, soit 30 centimes).

**La Belle-Nivernaise** (complet en 3 fascicules, soit 30 centimes).

**La Fédor** (complet en 3 fascicules, soit 30 centimes).

**Entre les Frises et la Rampe** (complet en 3 fascicules, soit 30 centimes).

**Les Amoureuses** (complet en 7 fascicules, soit 70 centimes).

**Le Trésor d'Arlatan** (complet en 2 fascicules, soit 20 centimes).

**FAYARD Frères, Éditeurs, 78, Boulevard Saint-Michel, PARIS**

PARIS. — IMP. MICHELS ET FILS.

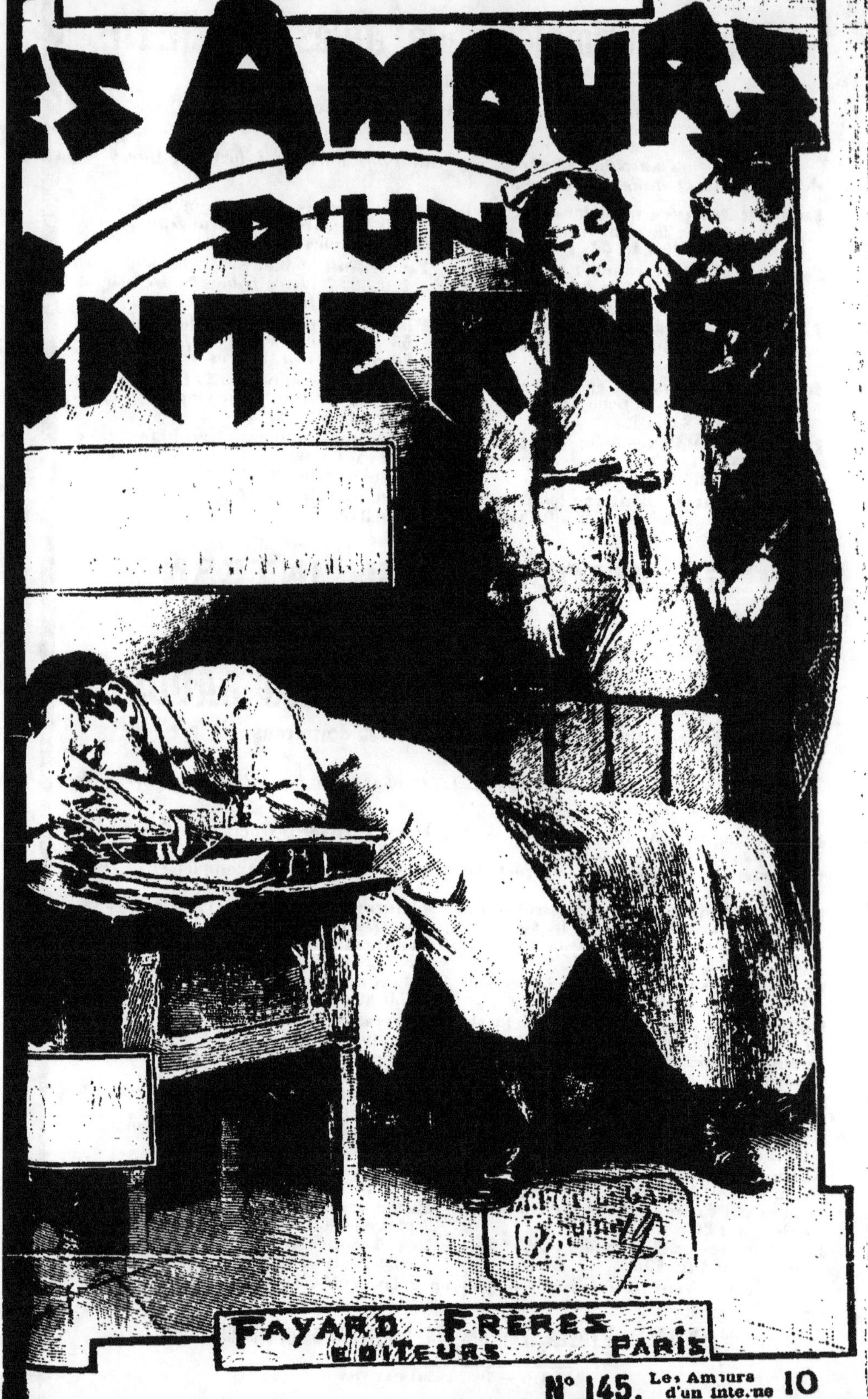


N° 145. Les Amours d'un interne 10

N° 146. Les Amours d'un Interne 11

N° 147. Les Amours d'un Interne 12

ES AMOURS
D'UN
NTERNE
FAYARD FRÈRES
ÉDITEURS PARIS
N° 148. Les Amours d'un Interne 13

PARIS. — IMP. MICHELS ET FILS.

PARIS. — IMP. MICHELS ET FILS.

PARIS. — IMP. MICHELS ET FILS.

**EN VENTE PARTOUT AU PRIX EXCEPTIONNEL DE 5 CENTIMES**

**Le 1er FASCICULE ILLUSTRÉ des**

# ŒUVRES DE HENRI LAVEDAN

**De l'Académie Française.**

Depuis longtemps, le nom de Henri Lavedan a été porté sur les ailes du succès aux quatre coins du pays, du pays intelligent et friand de lecture.

L'auteur du *Prince d'Aurec*, cette satire cruelle, mais que lui ont pardonnée, à cause de son esprit, ceux mêmes contre lesquels elle était dirigée; de *Catherine*, de *Catherine*, de *Viveurs*, de ce *Nouveau Jeu* que tout le monde a vu jouer, l'auteur de *Mam'zelle Vertu*, de *La Haute*, de *Leurs Sœurs* et de tant d'autres œuvres pleines de fine observation, de raillerie spirituelle et de sentiment exquis est — bien que sa quarantième année soit à peine sonnée — un vieil ami du public.

L'un des premiers, il a créé — ou pour mieux dire observé et décrit — ce type de jeune fille moderne, dont le langage, plein de liberté, et l'allure garçonnière ont fait la joie de plusieurs centaines de mille de spectateurs et de lecteurs.

Tout d'abord, l'œuvre de Henri Lavedan paraît n'être faite que d'ironie et d'esprit; mais bientôt on s'aperçoit que cet écrivain est un sentimental et que chez lui, souvent, le cœur l'emporte sur l'esprit.

La lecture de ses œuvres fait s'entr'ouvrir toujours les lèvres dans un sourire; mais souvent, presque aussitôt, une certaine démangeaison de la paupière prouve que la larme est là, toute prête à couler.

Et c'est ce contraste, ou plutôt cette union de ces deux qualités d'esprit si dissemblables, la sentimentalité et l'ironie, qui fait de Henri Lavedan un des plus charmants conteurs qui soient.

Malheureusement, quelque grand que soit le nombre de lecteurs ou de spectateurs auxquels il a été donné de goûter le charme des ouvrages ou des pièces de Henri Lavedan, il n'est rien en comparaison du nombre de ceux qui ont entendu parler de l'auteur du *Nouveau Jeu*, sans avoir pu rien applaudir ou rien lire de lui.

Bref, jamais l'œuvre de Henri Lavedan n'a été l'objet d'une tentative sérieuse de vulgarisation.

Cette tentative, nous la faisons aujourd'hui, persuadés que le public, qui a goûté si fort l'œuvre de Daudet, saura apprécier celle de Henri Lavedan.

Nous n'avons rien épargné pour que cette édition présente tous les attraits que mérite le talent de l'auteur. Illustration, gravure, impression, papier contribuent à donner à cette nouvelle collection un cachet artistique, bien en rapport avec le talent du spirituel auteur du *Nouveau Jeu*.

**La publication des ŒUVRES DE HENRI LAVEDAN, de l'*Académie Française*, commence par :**

# LE NOUVEAU JEU

**QUI SERA COMPLET EN 7 FASCICULES ILLUSTRÉS A 10 CENTIMES**

PARAITRONT ENSUITE :

**MAM'ZELLE VERTU** (3 fascicules à 10 cent.), **SIRE** (6 fascicules à 10 cent.), etc.

**10 cent. le FASCICULE renfermant 24 pages illustrées 10 cent.**

**SOUS COUVERTURE EN COULEURS**

**Il paraît 2 fascicules par semaine.**

**Abonnement aux 10 premiers fascicules contre mandat-poste de 1 fr. 50**

**à MM. FAYARD Frères, Éditeurs, 78, boulevard Saint-Michel, PARIS.**

PARIS. — IMP. MICHELS ET FILS.

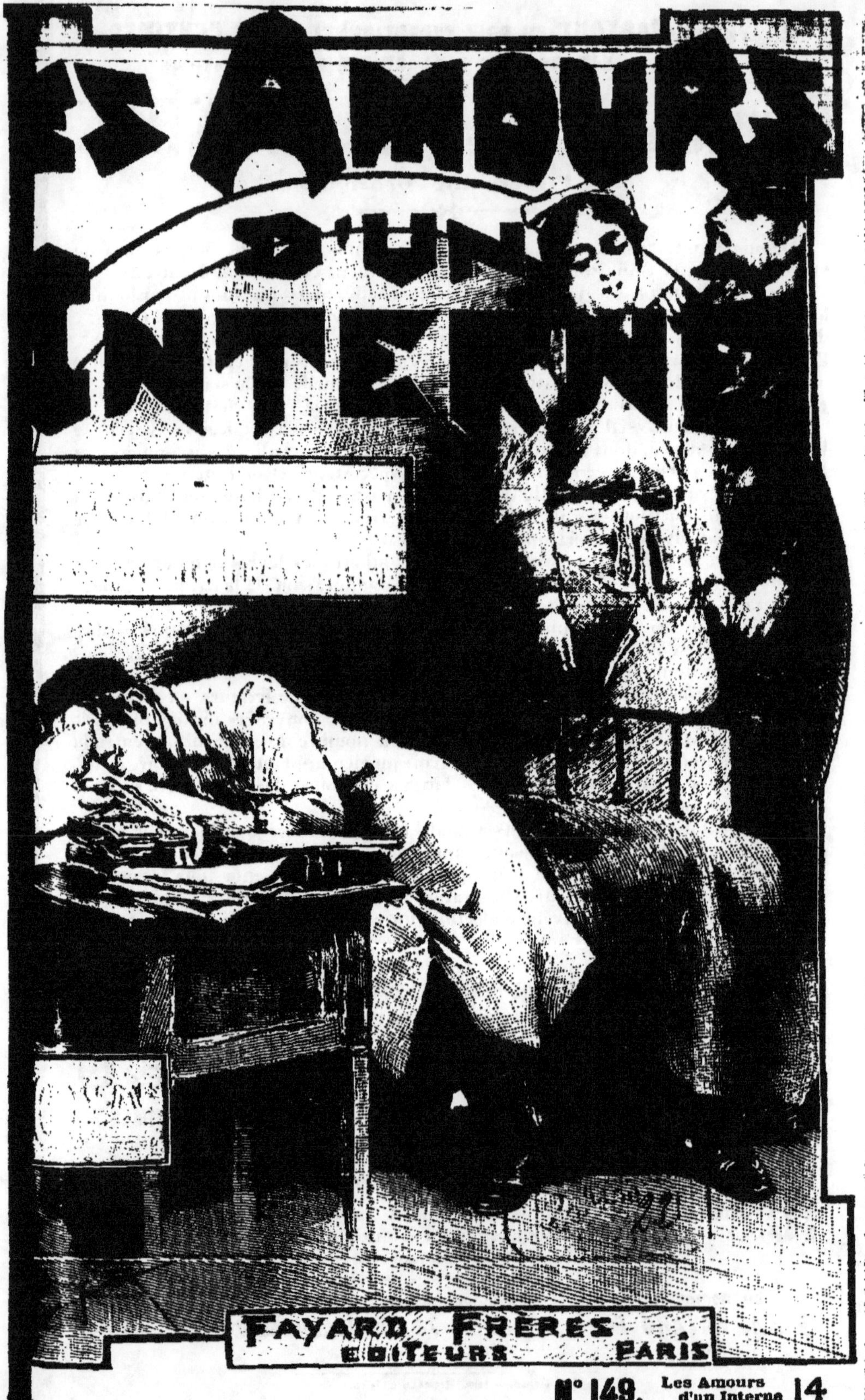
ES AMOURS
D'UN
NTERNE
FAYARD FRERES
EDITEURS PARIS
N° 149. Les Amours d'un Interne 14

ES AMOURS
D'UN
NTERNE
FAYARD FRÈRES
ÉDITEURS PARIS

ES AMOURS
D'UN
NTERNE
FAYARD FRÈRES
EDITEURS PARIS

PARIS. — IMP. MICHELS ET FILS.

PARIS. — IMP. MICHELS ET FILS.

PARIS. — IMP. MICHELS ET FILS

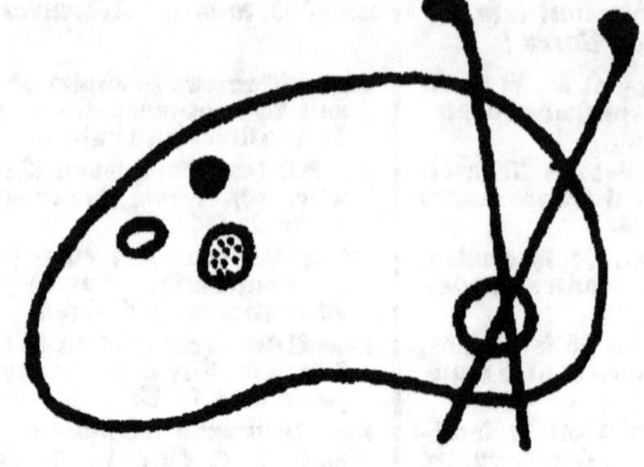

Fin d'une série de documents
en couleur

www.ingramcontent.com/pod-product-compliance
Lightning Source LLC
Chambersburg PA
CBHW050745030726
47505CB00002B/405

*9782012691483*